本书为西安建筑科技大学"地域文化与文学研究"项目、"家国情怀与传统文化研究"项目的阶段性成果

张志昌 著

# 文化传统与家国情怀的审视

以陈忠实及其《白鹿原》为例

中国社会科学出版社

## 图书在版编目（CIP）数据

文化传统与家国情怀的审视：以陈忠实及其《白鹿原》为例/张志昌著.—北京：中国社会科学出版社，2019.12
ISBN 978-7-5203-5288-8

Ⅰ.①文…　Ⅱ.①张…　Ⅲ.①小说研究—中国—当代
Ⅳ.①I207.42

中国版本图书馆 CIP 数据核字（2019）第 221854 号

| 出 版 人 | 赵剑英 |
| --- | --- |
| 责任编辑 | 朱华彬 |
| 特约编辑 | 邢俊华 |
| 责任校对 | 张爱华 |
| 责任印制 | 张雪娇 |

| 出　　版 | 中国社会科学出版社 |
| --- | --- |
| 社　　址 | 北京鼓楼西大街甲 158 号 |
| 邮　　编 | 100720 |
| 网　　址 | http://www.csspw.cn |
| 发 行 部 | 010-84083685 |
| 门 市 部 | 010-84029450 |
| 经　　销 | 新华书店及其他书店 |

| 印刷装订 | 北京市十月印刷有限公司 |
| --- | --- |
| 版　　次 | 2019 年 12 月第 1 版 |
| 印　　次 | 2019 年 12 月第 1 次印刷 |
| 开　　本 | 710×1000　1/16 |
| 印　　张 | 25 |
| 插　　页 | 2 |
| 字　　数 | 408 千字 |
| 定　　价 | 99.00 元 |

凡购买中国社会科学出版社图书，如有质量问题请与本社营销中心联系调换
电话：010-84083683
版权所有　侵权必究

# 序

陈忠实先生逝世三周年前夕，我写了篇怀念短文。之后，又应急完成了一篇对陈先生作品的介绍文章，这才集中时间通读了张志昌这本《文化传统与家国情怀的审视——以陈忠实及其〈白鹿原〉为例》打印稿。

陈忠实及其《白鹿原》的研究著述已经很多，就我所知道的，专著也有个十几部吧，更不要说数千计的论文。可以说，能够涉及的研究视域大概都基本涉及了，要在此基础上有所突破，的确不是件易事。因此，我是抱着一种疑虑的心态去阅读的，直到读完最后一个句号，这疑虑的心绪方才有所缓解：这是一部从书写方式到内容表述，都与我所见到的研究陈忠实的专著所不一样的论著。

这是一种怎样的不一样的情态呢？

给我印象最深的是，这部论著是从一位普通读者对作家及其作品充满敬仰的态度、立场，而不是以凌驾于作家作品之上的研究者的态度、立场，解读阐发陈忠实及其《白鹿原》的。对于这种敬仰式的普通读者态度立场，人们自然可以提出各种各样的疑问。比如，这种敬仰式的态度立场是否会遮蔽研究者的心智而影响价值判断的客观性与科学性呢？是否带有更为强烈的主观臆断性呢？当然，这些疑虑是有其道理的。就我的阅读感受而言，觉得作者的确对陈忠实及其《白鹿原》充满敬仰之情，毫不掩饰地表达了自己情感、心态。他是将自己的生命情感熔铸于整个研究表述之中，而且是那么的坦露，几乎没有任何掩饰。与其说作者在做学术化的研究阐发，不如说是作者在完成着一种生命情感的自我传达。甚至可以说，他是在完成着一种自我生命的夙愿。或者，是对他与陈忠实先生一二十年交往的一种情感交待。也正是从这个意义上说，作者在情感投射于对象的研究过程中，完成了自己的一次精神认知的升华。于这部论著中，我也就读出了一个真实富有生命体温的研究者，而不是被规范的学术研究所左右所遮蔽的抽象的符号化的研究者。

这种普通读者解读研究的态度、立场，决定了这部论著不可能采用我们已经习惯了的那种格式化、规范化甚至呆板化的研究表述方式。这就形成了我阅读的另外一种感受：这不是为学术而学术的研究著述，而是为普通读者而写的坦露自己心灵的书。既然将自己的阅读对象确定为非专业的普通读者，也就自然选择了更为自由自如的具有随笔性质的表述方式，抱着一种谦恭的心态与读者进行平等的对话。或者说，作者不论对于事实的叙述，或者对于自己观点的阐发，都没有了那种凌驾于读者之上的武断姿态，更没有借用或制造一些新名词、新术语，摆出一副唬人蒙人的唯我有学问的学者状来，而是一种将自己置于与读者一样的地位，甚或是将自己置于读者之中的交流对话者。认识的起点和长度决定了思考的角度和高度，这就使得作者自己的论说表述具有了某种亲近感，也获得了更大的言说宽松度、自由度，言说语言文字也就更为坦然自如。也许正因为如此，他在把自己从学术格式规范的战车上解脱出来以后，无意之中在更为自由的随想中，获得了更大的思想与情感空间，将那些富有个人思想的见解火花，融会于更为自由自如的交流言说过程之中。在此，我无意论说甚或批评现在通行的近于僵死的论文格式的论著模态，尤其是那种博士体论文或者论著，更不是因为给张志昌写序，就有意过分褒扬他的研究及其这种学术表述方式。通篇读来娓娓动人，侃侃诉说，畅达贯通，这应是一种学术探索的新形式。由是我想，从这部带有随笔性的论著阅读中，引发出我们的学术研究表述，是否可以更为自由鲜活些呢？是否少些抽象空泛的僵死味，而多些真切生命情感气呢？

如果就这部论著的内容而言，我最感兴趣的是对于陈忠实及其《白鹿原》历史地理的审视视角及阐述。这也可视为该著的一个理论视野亮点。陈忠实是根植于关中平原尤其是灞桥白鹿原这块蕴含着深厚历史文化底蕴的土地的作家，如果没有这块土地的滋养，可以说就不可能有我们今天所看到的陈忠实与《白鹿原》。也许是上苍的眷顾，在陕西这块文化底蕴深厚的土地上，出现了三位大作家：路遥、陈忠实、贾平凹，他们依次出生于陕北黄土高原、关中平原和商州山地。他们都是以书写乡土文学而著称于世，都是当代中国乡土文学不容置疑的大家。但是，他们的性情、文化人格与艺术风格迥异，他们所书写的乡土文学也是姿态各异。研究者自然可以从不同的理论视域对其艺术形态及其形成原因，做出自己的阐发。但是，无论如何都不可无视或回避历史地理这一极为重要的理论视域。很显然，张志昌甚至有些不厌其烦地对关中主要是白鹿原的历史地理进行铺排论说，其目的就是试图从历史地理的探究中，寻找出陈忠实及其《白鹿原》的历史地理渊源。这包括社会、政治、经济、军事、宗族以及民风习俗等历史文化与民间文化的地理渊源。在此，本书作者不是从形而上的抽象理论去探寻陈忠实及其《白鹿原》的历史文化所达到的高深度，而是从史实的梳理中，追寻陈忠实及其《白鹿原》跟这块土地的血脉关系。他似乎在说：只有在白鹿原才能成长出陈忠实这样的作家，也只有根植于这块土地的陈忠实方能完成民族文化史诗《白鹿原》。就此而言，对这部论著所做的努力，是应当给予充分肯定的。最少，极为丰富的历史地理资料，就给人提供了诸多参考。

这部论著与一般研究不同的地方在于：对于陈忠实及其《白鹿原》所处白鹿原进而所辐射的关中平原以及整个中国文化传统、社会时代与文学艺术历史背景拓展性的言说。似乎他不是以陈忠实创作及其《白鹿原》之论去统摄、选择历史背景，而是在敞开了的历史背景梳理言说中，烘托出陈忠实的文学创作及其《白鹿原》的意蕴来。这一方面，可说是不厌其烦，甚至有某种山重水复之感。另一方面，全书充满了深深的家国和人文历史关怀，倾注了作者对中国尤其是关中近代历史文化变迁的绵延思考。我不知作者是否是在阅读了有关陈忠实及其《白鹿原》研究资料后，从中觉察出其有关历史背景研究过于简略而阐发不足，有意识将丰富的历史背景资料摆在读者面前，或者，他也许并未有过多的抽象理性思考，就是想用厚重翔实的资料，构建出一个陈忠实及其《白鹿原》的历史背景来。对于将非常翔实繁多的历史背景资料铺排在那里，而不做更多理性抽象论述，人们自然可以有不同的看法。但是，就这些资料的收集所做的功夫，在我看来，应是那种缺乏翔实资料支撑、拿个理论大棒于空中抡来抡去者所不具备的。

也正因为如此，在对陈忠实的文学传统、《白鹿原》典型人物系列形象，以及《白鹿原》之经典及经典化过程等艺术问题的言说，并不是就问题论问题，比如对于人物形象的分析，简略地给出特点内涵的同时，也是将大量笔墨放在了人物原型及其社会历史背景的考察上。这样，这些人物形象性格，似乎不是条挦理析出来的，而是从这些丰富的社会历史文化资料中生长出来的。这使我想到学术研究，一种是研究者直接给你启迪，一种是让你在阅读中自己去体悟，从中悟出启迪。显然，这部论著所能给予读者的是后者。

如果从论说方式上来说，他不是以某种理论框套研究对象，也不是站在某种理论上告诉人们，我说的陈忠实与《白鹿原》才是真正的陈忠实与《白鹿原》。他是用大量的史料与事实堆砌出来个陈忠实与《白鹿原》，然后让读者结合自己的阅读去判断究竟应是怎样的陈忠实与《白鹿原》，给读者留下了很大的解读生发的空间。也许你会觉得这种论述还不是那么的严整规范，但确实可从中阅读出从历史文化地理土壤中所生长出来的陈忠实与《白鹿原》。

别的读者尤其是专家同行的阅读将会是怎样，不得而知，而我则是从阅读中得出了如上的感受。当然，我也可从严格的学术规范要求，提出些问题来，甚至苛求作者丢弃现有的论说方式，用大家惯用的叙述表达模式去整合自己的研究思考。但是，如果真如此，那还是本书作者自己的表述吗？

本书作者张志昌是倾心倾力下了笨功夫的，高大上的抽象论说不属于他，他能做的也就是去干笨人干的事情。

最后要说的是，我与作者的相识，也是缘于陈忠实。大概是 2005 年吧，西安工业大学召开了中文专业学科建设座谈会以及陈忠实当代文学研究中心成立大会，我被邀请去，算是第一次与志昌相见，但并未留下什么印象。后来去西安工业大学开会的次数多了，总见一位身材不高但敦实干练的人迎来送去的，一问方知他叫张志昌。我并不知晓他在十多年来间一直从事陈忠实及其《白鹿原》研究资料收集，更不知他用数年之功在撰写研究论著。一日，他拿着厚厚一本书稿找我，着实让我吃了一惊。他提出让我写个序，我更是心中忐忑。坦率地讲，我对陈忠实及其《白鹿原》并没有深入的研究，仅写过一篇专门文章。再就是在对陕西作家主要是三大家的整体研究中，对陈忠实及其《白鹿原》有所论及。如此说来，我于陈忠实及其《白鹿原》的研究，最多只能算是个了解知道而已。就此为专门研究陈忠实及《白鹿原》的论著作序，自感有些力不从心。既如此，也就只能啰里啰嗦地说了如上这些话，是否切中根底，或者是否讨人嫌，或者是否适合作序，不得而知，只能写下这些文字勉强交差，权作序。

韩鲁华

2019 年 5 月初于草麓堂

# 目 录

自序　写作缘起 ················································· 1

## 第一章　创作准备 ············································· 6
第一节　历史地理意义上的白鹿原 ······················· 6
第二节　晚清开始涌动的社会思潮 ······················· 17
第三节　家国、家园与经济社会背景 ···················· 34

## 第二章　关学与文化支撑 ···································· 51
第一节　《白鹿原》的关学传统 ·························· 51
第二节　乡约与乡村治理 ···································· 65
第三节　文化重负：辫发与缠足 ·························· 76
第四节　《白鹿原》的民俗传统 ·························· 101
第五节　秦腔的历史文化传统 ····························· 110

## 第三章　军阀乱象和民初人物 ······························ 131
第一节　军阀乱象与《白鹿原》 ·························· 131
第二节　于右任与刘镇华 ···································· 140
第三节　牛兆濂与范紫东 ···································· 151

## 第四章　陈忠实的文学传统 ································· 161
第一节　"文化大革命"期间的创作 ···················· 161
第二节　文学传统的汲取 ···································· 177
第三节　焦虑、孤独与平民化 ····························· 199
第四节　理论升华 ············································· 212

## 第五章 典型人物 ......223

第一节 白嘉轩：另类地主和独立人格 ......223

第二节 鹿马勺、勾践与鹿子霖 ......237

第三节 传统社会最后的智者：朱先生 ......253

第四节 白孝文：小写的顽强生命 ......268

第五节 女性悲歌 ......277

第六节 黑娃：欲说还休的革命者 ......300

## 第六章 经典与经典化 ......330

第一节 《白鹿原》的经典化 ......330

第二节 灾难与死亡面前的人心 ......344

第三节 《白鹿原》与经典类作品比较 ......359

**参考文献** ......381

**传统与情怀：致敬脚下的土地与身边的文学（代后记）** ......385

# 自序　写作缘起

2016年4月26—29日，我在河南林州市学习。29日，学习的第四天，也是最后一天，主要任务是返程。大清早一登上返程的大巴，我翻看微信朋友圈中有哪些值得关注的消息。蓦地，评论家冯希哲的一则消息刺痛了我：《白鹿原》作者、著名作家陈忠实今晨罹病去世。简讯中说2016年4月29日7:40陈先生因病医治无效离开人世。呀，怎么这么突然？刚开始是不相信。再翻看前几天冯先生多次发的对陈忠实老师早日康复的祝福和治疗情况等一系列不是很好的信息，心里遂感到这有可能是真的。

先生生病一年多，我只是在2015年春节前去他在石油大学的工作室短暂探望。当时感觉他气色还不错，简单寒暄了两句，内心舍不得过多打扰，就匆匆告辞了。他住院期间，别人问我去看过了没有，我回答还没有。我总是心有私念：一点小病怎能击倒那样顽强的一颗灵魂！总是心中存着他会很快康复的希冀。人过古稀之年，谁能没有病病灾灾?!何况现在医疗条件这么好，先生是享誉全国的大作家，陕西文化的符号，哪一级组织或哪一个医院能不重视？陕西医疗保障条件也不差，治治肯定就好了。我总是想等他彻底康复了再抽他的空看他一次，再听他说文学，说文坛，谈足球，畅畅快快谈一些他愿意谈的话题。

我总是认为人生了病，你看望病人，病人的心里没有自尊和敏感吗？这样看望病人的效果其实未必好。后来看一些回忆性的文章中流露出陈先生大体上应该也是这种心理。一个地地道道关中生关中长的硬汉子，一个善于写人的蜚声海内外的大作家，一个里里外外透着忠厚实诚的好老汉，刚强的性格岂是你我这种普通人的同情心所能轻易给予慰藉的?!然而，去世的消息毕竟是真的。

从河南回来的第二天傍晚，我在朋友的陪同下去了陈先生咸宁路的小区，看了先生厮守一生的夫人王翠英老人。老人记得我，说我曾送给陈先生的酸菜，先生一直记得，连夸好吃。我和老人及先生女儿说了几句保重身体之类的话，就下楼了。在楼下我看到各地的亲朋好友送来的花圈层层叠叠簇拥着，表达着对陈先生的哀思与敬意。后来我又到位于建国路的省作协大院，看到自发来祭奠他的群众络绎不绝，怀着悲痛深鞠三躬，我默默地离开了。先生的离世，党和国家、社会和群众给予了充分的肯定和由衷的缅怀。

记得2000年的秋天，我通过先生大女儿邀请他对大学一、二年级新生做过一次文学报告。我内心其实是很忐忑的。先生名气大，创作又忙，能答应吗？没想到他竟然就答应了，我内心狂喜。后来学校因其他事情打搅，这事那事延误了好一阵，后来他还通过别人给我传话，说既然答应了，就尽快安排，做了就了了，不然心中总是个事。歉然中我很快协调安排好了邀请他来给大学生谈创作这件事。

司机开着单位的一辆老桑塔纳，我接他到学校。他坐在车前排，卷起裤腿，抽起雪茄烟，我说车不好，只能这样，还请原谅。他说只要是车能把人拉到地方就行，计较这干啥。至今想起来印象最深的是我问他："陕西有不少作家以农村题材作品成名后转入城市题材创作，现在城市改革力度这么大，你为啥不写写城市题材的长篇小说呢？"今天我也承认自己阅历和见识短浅，在与先生不熟悉的情况下问这样尖锐唐突的外行话的确不合适，但对当时的我而言，这算是一个迷惑。先生坦然地说："各人写各人熟悉的，我不评论别人，只能写自己相对熟悉的。"

作为曾经有着文学梦想的青年，我见到著名作家除了激动就是敬畏。我总认为一个普通凡人一生与大作家接触的机会是很难得的。塑造出那么多人物打动了读者心灵的人是作家，是艺术家，是甘坐冷板凳能耐得住寂寞的不平凡的人。我们要接触他们哪里有机会呢？没有想到从2000年前后我因工作关系断断续续地与陈忠实老师交往了十几年，深感这是机缘也是我人生的精神财富，其间深受他人格魅力的鼓舞和感染。

记得一次在车上我问他，别的书法家、画家、作家书法作品价格已涨价不少，陈老师你也不涨涨？他说："普通老百姓谁要用我的字，那是没办法了，一张宣纸卖两三千元，西安人一月工资也就两三千元，买一张字，他这个月吃啥喝啥。一张纸，说有用就值点钱，说没用，分文不值。朋友们家里娃上学、老人看病，有啥事，要用得着，只管说。"他不止一次地跟我说过这话，反复强调自己只是写毛笔字，不能叫书法的。

这些说法后来在多名朋友处也得到了印证。不涨价的理由简单又朴素，没有理由不肃然起敬。此后为家事琐事烦事需要，我鼓起勇气厚着脸皮求了几张字，没想到先生都痛快地答应了，写好后装在大信封里从工作室捎给我，从没打过绊子，一提给钱就翻脸。

2012年，在博士论文写作期间我曾就辛亥革命的相关问题试图进行观念上的梳理和研究。辛亥革命在制度和形式上打倒了皇帝，剪掉了辫子；在观念变革上而言，使帝制成为人人讨伐的对象，共和成为进步象征。谁还抱着老皇历自居于潮流之外，就被认为是封建余孽。这样一来，民主共和的思想深入人心，孙中山称共和的精神为"天下为公"，相对君主专制无疑是历史的大踏步前进。《白鹿原》是先生的扛鼎压棺之作，其塑造的小说人物朱先生曾对"天下为公"和"天下为共"发表过评论，认为三民主义和共产主义有共同共通之处，将"天下为公"和"天下为共"合起来不就是"天下为公共"吗？曾经因为小说人物的这些议论，学术界有过争议。

新三民主义和共产主义难道没有求同存异的地方吗？联俄联共扶助农工不正是国共合作促成的基础吗？"对于中国共产党人，为本党的最低纲领而奋斗和为孙先生的革命三民主义即新三民主义而奋斗，在基本上（不是在一切方面）是一件事情，并不是两件事情。"[①] 小说中的朱先生以及人物原型关中才子牛兆濂都只是关中理学思想的代表人物，有进步性更有局限性。简单地拿马克思主义理论研究者、传播者的水准去衡量关学的最后一位传人是不客观的，也是违背历史唯物论的。小说来源于生活绝不简单等同于生活，人物的观点并非是创作者的观点，对号入座并拿人物观点来说作者的事那就违背常识，滑天下之大稽啦。我就自己的这些疑惑征求先生的意见，他深表赞同。从我多年关注的近代历史变迁与《白鹿原》中的思想文化线索上，我即认定人物、历史背景和观念之间不无关联。我曾向先生讲了上述观点，他也认同小说中的朱先生无法超越自身的阶级局限，发表的这一观点当然是不科学的一种认识。

当然，《白鹿原》甫一问世，相关的争论还不少。评论家陈涌先生力排众议才使《白鹿原》经修改后最终获得茅盾文学奖。《白鹿原》我读过数遍，其中有一个版本也快翻烂了，上面的感悟和眉批也有几万字了。

---

[①] 《毛泽东选集》第三卷，人民出版社1991年版，第1061页。

读《白鹿原》于我已能做到随手翻开一页即引人入胜地读下去，别人随意说起一个情节即大约知道下面要发生啥事，闭上眼睛也能回到小说中白鹿原那个熟悉的场景，一个个栩栩如生的人物跃然来到跟前，或絮絮叨叨或义愤填膺。中国读者对《红楼梦》《三国演义》等经典多多少少都能说上几句，随意翻开随意看，随意看着就顿生感悟。日月流逝，我印象中的经典著作大约就是这样的。也有评论家认为，检阅中华人民共和国成立以来的长篇小说，列举三十部，有它；列举三部，也少不了它。经典著作的根基是庞大深厚的，我要做的，也就是从自己的能力和涉猎范围，从文化传统的角度以及家国家园情怀、历史地理背景作进一步的阐释罢了。

从 2000 年到 2012 年，与先生交往十二年后，我萌发了写一本与《白鹿原》及作者的创作思想或文化传统有关的书的念头来。这个念头一直没有泯灭。想法给陈先生说了后，记得他当时眼前一亮，问我打算怎样写？写些什么？我向他叙述了大致章节篇目，后来又写了两次提纲，先生看了提纲还甚为认同。遗憾的是直到先生离开人世，我连基本的初稿都没有拿出来。答应别人的事，做了就了了，没做一直是个事。于内心深处，《文化传统与家国情怀的审视》这本书还是我答应了自己要一字一句完成的。对长期的思考总结成书就成了一举两得的事情了。

记得 2012 年，我曾向先生表示，"我虽然工作忙，可是如果每天坚持写一千字，一月三万，一年就写成了"，先生当时听了没有吭声。难度何其大矣。阅历、水平、时间、资料、结构等都是估计不足的障碍。现在想来，他当时那睿智的目光不是在笑话我，而是在包容我、鼓励我。一个伟大作家对普通读者或研究者的关怀宽容大抵如此了。看透不说透，明知我在夸大其词志大才疏却不点破，一切只是让时间说明罢。

1992 年 11 月 21 日，在路遥追悼会上，陈忠实先生痛心地说："我们不得不接受这样的事实，无论这个事实多么残酷以至至今仍不能被理智所接纳，这就是：一颗璀璨的星从中国文学的天宇中陨落了。一颗智慧的头颅终止了异常活跃异常深刻也异常痛苦的思维。"2016 年 4 月 29 日以来，这样的评论也被多人多次用在了他身上，我自认为这丝毫也不过分。

我深信作为一部文学巨著，《白鹿原》能穿越时空，启迪感染一代代读者，吸引一批批研究者挖掘其中的丰富内涵。经典历来如此迷人。先生离我们而去,然风范长存。西安民众亦有挽联:塬上曾经有白鹿,世上从此无忠实。一颗伟大的善于描摹心灵史的心脏停止了跳动,陈忠实先生永远离开了热爱他的读者,白鹿原上最好的先生走了。如同小说中民众对朱先生的怀念一样,普通群众不用动员,自发地悼念追思先生。一时间,社会上关注缅怀陈忠实及《白鹿原》的人簇拥出来,这实为近年来一个发人深省的现象。基于对一个好人而不仅仅是中国作协副主席、著名作家的悼念,反映了我们这个时代的一种心声,即人们对公道诚朴、古道热肠的感念。陕西作家方英文早年在光明日报以《多好的老汉》尽写其与先生多年的交往片段,君子以文相交的故事至今依然令人感动。

民众自发纪念他,不独因为《白鹿原》,甚至没有读过《白鹿原》的市民也感念他,当然是因为他迷人真诚朴实的人格魅力。作家不仅要有好的作品,还要有好的人格,这两者之间互相关联影响。先是人格人品,再是作家作品。先生这样说,也这样做。先生在陕西长篇小说座谈会上的话犹在耳边,"社会发展的某个时期,在多样化的同时也会呈现某些复杂化现象,甚至某些陈腐的市侩哲学、平庸观念也会浮泛喧嚣,作家唯一能够保护心灵洁净的便是人格修养。人格修养不是一个空泛的高调,对于作家的创造活动甚至可以说是致命的。"陈忠实先生一边坚持写作,一边强化人格修养,保护自己的心灵免受商业氛围和市侩气息的侵蚀,保持旺盛的艺术生命,保持着对家国、民族深沉的至死不渝的爱恋和忧患。

故乡永远是先生心灵中最温馨的一隅,行走在原上或川道是最为惬意的享受。现实中陈忠实多年生活在旁边的灞河依然湍急弯曲,风雪烟柳,云垂雨疏,桃杏含苞,乡风习习。小说中的滋水河还是当年主人公们玩耍嬉闹争斗成长的伙伴,脉脉清流,深情无限。

"轻车碾醒少年梦,乡风吹皱老容颜。"少年一生追逐的文学梦,业已实现;布满皱纹的作家饱经沧桑,留下美誉和作品。斯人虽逝,风范长存。

立志在先生去世三周年的时候完成这本小作,于我是再也不能耽误过久的一件事。希望这本书能寄托我对先生的感念和钦敬。

2019 年 4 月底于西安

# 第一章　创作准备

## 第一节　历史地理意义上的白鹿原

**历史地理方位**

白鹿原究竟是个什么样的原呢？

从地理角度观察白鹿原，首先是面积和方位。白鹿原实际上是一个海拔约600米—800米，位于今天西安市东南10公里的一处秦岭山脉北麓延续形成面积逾260平方公里的黄土台塬，广义上仍属于渭河平原。

按照今天的行政区划，白鹿原分属西安市长安区、灞桥区、蓝田县，地理方位上位于灞河、浐河之间，与秦岭北麓篑山相接，西接狄寨、红旗、席王街道和长安区魏寨、炮里和鸣犊一线，南及西面临浐河，北临灞河，呈西北倾向，是西安市的东南屏障。白鹿原历史上曾归属于芷阳、灞陵、南陵、灞城、白鹿、宁民、灞桥、长安、蓝田等县管辖。北周隋唐时期曾设蓝田郡，分设玉山、白鹿两县，旋恢复原制。

白鹿原因陈先生的长篇小说《白鹿原》进入了人们的视野，如今，这个地方已经远近闻名了。小说的爱好者们对白鹿原产生了浓厚的兴趣，他们以考证的方式对之进行了一系列的研究。

《世界博览（看中国）》杂志2007年第6期刊登了一篇《名著之外的白鹿原》。该文对白鹿原这个神秘地方的悠久历史和民风民俗都做了很具体的描述。可是，我固执地认为这一方面最具有代表性的作品要算卞寿堂所著的三本书了，即《走进白鹿原——考证与揭秘》与后续修订过的《寻找白鹿原》及《〈白鹿原〉文学原型考释》。作者根据自己对陕西蓝田及白鹿原的相关资料的掌握，对《白鹿原》中所涉及的地名、人物、事件、传说、民俗、方言等探源寻根。卞先生所做的工作根本就是一种热爱和自豪的情感呈现，当然也是一种自觉自愿。

卞先生基于对《白鹿原》发自内心的热爱研究考证，从民间也从专家的角度给作品以很高评价："试看《白鹿原》这部书，哪有一句应景、应世或不负责任的成分？可以说，这部让每个读者都感到心灵震撼的书不是用墨水写的，而是用从心底淌出的血写的！"[①] 他的这三本书不但对《白鹿原》的文本解读有很大的帮助，也使人们更加了解白鹿原这块神秘的土地。

现在，去西安旅游的人，参观完兵马俑和大雁塔，有机会总要到白鹿原上走一走。小说发表之前，这个地方叫狄寨原。现在，白鹿原已经取代了原来的名字，高速公路上也因此有了"白鹿原"的出入口，而且更多的人渐渐知道了这就是当年鸿门宴故事发生的地方。白鹿原也成了旅游胜地，旅游部门开辟了"白鹿原民俗风情游"系列景区。白鹿原地区的旅游经济得到了开发，新建了餐馆、宾馆、大学城、影视城等，一时间游人络绎不绝，逢周末假日拥堵不堪，围绕白鹿原及相关文化为主题的浪潮热闹非凡。

陈忠实曾经有过这么一段关于《白鹿原》中白鹿原地理意义的谈话："西安东郊有一道原叫白鹿原，这道原东西大约七八十华里，南北宽约四五十华里，北面坡下有一道灞河，西部原坡上有一条河川叫浐河。这两条河围绕着也滋润着这条古原，所以我写的《白鹿原》里就有一条滋水河和润河……我在蓝田、长安和咸宁县志上都查到了这个原和那个神奇的关于'白鹿'的传说。蓝田县志记载：'有白鹿游于西原'，白鹿原在县城西边，所以称西原，时间在周。取于'竹书纪年'史料。"

如果统治者道德纯正高尚，关爱所有的民众乃至所有的生命，政治清明、天下安康，白鹿就会出现在人间。间隔出现的白鹿实则寄托了人的期盼，遂成为祥瑞。作为一种期盼成为传说，史书上也留下了相应的记载。《太平寰宇记》最早记载了白鹿活动的事实："周平王东迁，有白鹿游于此，以是名。"如《东观汉书》："章帝元和二年，白鹿见。"又"安帝延光三年，颍川上言，白鹿见。"《魏略》："文章欲受禅，郡目奏白鹿十九见。"历史上秦穆公曾以白鹿原为军事要地筑灞城屯兵扎营；大

---

[①] 卞寿堂：《寻找白鹿原》，陕西旅游出版社2012年版，前言。

将王翦伐荆楚，始皇帝曾送至灞上；明李自成于白鹿原上大战明军，攻陷蓝田县城；白莲教、太平天国等农民起义亦曾于原上作战。历史的记载当非虚妄之笔。

在漫长的中国社会发展过程中，有关白鹿的点点滴滴在汉民族的集体意识中逐渐积淀下来：它的纯洁无瑕，它的稀有珍贵，它的通达人性，尤其他与仁义之德的紧密联系——它能带来太平盛世、吉祥如意，能表彰至纯至善之人乃至扫除一切丑恶的东西等。由此，人们对它产生了一种自然的敬仰和期盼之情。所有这些都存进了先民们的头脑中，逐渐形成了一种集体无意识，一种原型，即关于白鹿意象的集体无意识和原型，它活在了每一个人的灵魂里。只要提及这个原型，人的关于白鹿集体无意识就会被激活，从而产生种种祖先留在我们心中的关于白鹿的记忆，一如所有的原始意象。今天的白鹿原亦留下了数不清的传说和动人的故事，分布于鲸鱼沟两岸亦有鹿走沟、迷鹿村、鹿道坡等地名。

小说中朱先生眼中的滋水县境的秦岭是那么的深沉、苍凉而不失绚烂。

滋水县境的秦岭是真正的山，挺拔陡峭巍然耸立是山中的伟丈夫；滋水县辖的白鹿原是典型的原，平实敦厚坦荡如砥，是大丈夫是胸襟；滋水县的滋川道刚柔相济，是自信自尊的女子。川山依旧，而世事已经陌生，既不像他慷慨陈词，扫荡满川满原罂粟的世态，也不似他铁心柔肠赈济饥荒的年月了。荒芜的田畴、凋敝的村舍、死灰似的脸色，鲜明地预示着：如果不是白鹿原走到了毁灭的尽头，那就是主宰原上生灵的王朝将陷入死辙末路。

真山真原是伟大夫，川道则是如仙草、白灵一样的好女子。"问我来何迟，山川几纡直。"堂上两只燕子的相逢历经千难万险，历史兴废更替上演白鹿山川只是在雨水的滋润下见证悲悯和雄浑。

小说中田福贤曾称白鹿原是共产党的"红窝子"也与史实相符。白鹿原亦是中国共产党建立革命组织、最早进行革命活动的地区之一。1922年，邵虎臣等进步人士在蓝田县西区建立巩村高级小学。"巩小"一经建立就接受中国共产党的教育和影响，成立了以宣传共产主义为主旨的"勉学会"，团结进步青年和书生。1926年，建立了党领导下的国民党区分部，1927年4月，中共蓝田第一个党组织——蓝田特别支部成立，侯德普任书记，成为党在白鹿原地区革命活动的重要阵地和蔽所。于右任曾为巩村高级小学题写校牌；1930年中共陕西省委第五次临时扩大会议在此召开；胡达明、赵伯平等一批优秀革命干部曾以教育为掩护在此成长。《白鹿原》中鹿兆鹏在大王镇高级小学召开非常代表会议实际就是在巩村高级小学召开临时陕西省委第五次扩大会议的史实原貌。

1928年，渭华暴动失败后，起义部队曾退至蓝田；1932年，徐向前、程子华率红四方面军长征过蓝田；1933年，红26军在秦岭山区与敌周旋，遭大面积重创。小说中记述红36军在"章坪镇"遭敌重创全军覆没的故事也和历史上红26军在蓝田张家坪失利溃败的实际经历十分相似。

1935年，红25军在葛牌地区创建根据地，成立苏维埃政权；1936年开始，红15军团在蓝田开始了声势浩大的抗日民主运动；1946年，李先念率部队在蓝田灞龙庙地区建立"蓝洛县民主政府"，这些不朽功绩都成为这一地区人民与村落配合革命战争的丰碑。

根据卞寿堂的考证，小说中的白鹿村大抵上是陈忠实以蓝田县安村镇的白村为村址，以孟村镇康禾村为事由而虚构的一个村名。源于现实中的历史地理概貌而又高于现实，这也是作者陈忠实艺术架构的一个方法，不必一一对应。

他离不开关中，离不开白鹿原。

陈忠实说过："关中是我们这个民族和国家封建文明发展最早的地区，也是经济形态落后、心理背负的历史沉积最沉重的地方，人很守旧，新思想很难传播。"陈忠实作为一名地地道道的关中人，他的身体里深深流淌着关中文化的血液，重礼贵教、质朴务实的文化内核对他造成了深远影响。

叫白鹿的这个原并不大，可是原影响了原上生活的人，演绎了人和文学的精彩。"晚虹斜日塞天昏，一半山川带雨痕。"今天，一拨拨喜欢休闲的人们热热闹闹地来到白鹿原上享受他们的日子，时光流逝，风雨积雪，樱树漫漫，原也会或多或少地影响他们的思绪吧。

### 先生的生活与白鹿原

白鹿原的包容宁静正是陈忠实的人格写照。

明代诗人敖英曾作《鹿原秋霁》抒写丰收季节的景象和期盼："白鹿何年呈上瑞，丰原长岁获两成。"生于江西的诗人此时督学陕西，记载当地民情，钱粮丰歉及化仕途宦海心得，在《鹿原秋霁》一诗中描绘了雨后白鹿原的富饶美丽："雨过梧桐夜气清，隔林双鸟说秋晴。云收秦岭撑重碧，风动荞花弄月明。"金代军旅诗人王渥素有中州豪士之称，兵至蓝田军务之余，在《游蓝田》一诗中也直抒胸臆："塞予懒散本真性，临水登山此生足。官家后日铸五兵，便拟买牛耕白鹿。"白鹿原的辽阔高远和一马平川不仅让诗人在政务军务之余舒缓心情，更重要的是作为富饶长安的一角，提供了百姓农耕生存的落脚地。农业文明的喜悦闲适和丰收渴望跃然纸上。

白居易有《城东闲游》一诗，也是陈忠实先生最喜欢品嚼的一首唐诗：

宠辱忧欢不到情，任他朝市自营营。

独寻秋景城东去，白鹿原头信马行。

白居易在长安官场被蝇营狗苟的龌龊之事惹得心烦意乱，干脆什么也不管，骑马到白鹿原散心去了。平静的白鹿原自古以来以包容宁静见称，一切龌龊的言行岂能淹没污脏这原呢？土原深厚，流水泱泱，桃红柳绿，莺飞草长，天高云淡的白鹿原风光自然会带给不同时代文人志士大致相同的雅怀。山水万古，人事皆非，徒劳的烦忧和无谓的抗争都只是一时之争罢了。在原的浑厚和山的亘古面前，人的无言更是一种深情。生活于喧嚣之中，为琐事所扰，有可能因这样那样的原因委屈得说不出口，或者恶心到极致什么也不想说，人有时只想静静。时间煮雨，勿话沧桑，独处的时光中无人打扰，看花开花落，闲庭信步，品一杯清茶，想以前发生在特定时空中的故事，会是怎样的一种滋味呢？

《原下的日子》中，陈忠实抒写着自己的宁静和苍茫：

这个给我留下拥挤也留下热闹印象的祖居的小院，只有我一个人站在院子里。

我站在院子里，抽我的雪茄。

我一个人站在院子里。原坡上漫下来寒冷的风。从未有过的空旷。从未有过的空落。从未有过的空洞。

他回到原下的祖屋一人独处，整理思绪，在和祖先、土地默默对话的过程中获得心理支持，以"原下陈忠实"署名表明了对自己的认同和归属。陈忠实本身就是生于白鹿原，长于白鹿原，一生也离不开白鹿原，笔下每一篇文字都能代表白鹿原人心声的最终要回归白鹿原的一个人。

2016年6月6日，中国作协主席铁凝在陈忠实创作道路研讨会上充分肯定了陈忠实从未离开人民，从未离开土地，他的创作道路就是强调生活积累，生命体验，深入群众、农村、生活，寻找自己的句子以讲述中国故事，磨炼经典迈向高峰的道路。陈忠实为人厚道诚信，光明磊落，正派公道等都是读者、朋友、同行给他的中肯评价。《白鹿原》中朱先生去世，人称白鹿原上最好的先生走了；陈忠实走了，近万市民自发悼念，亦称之为白鹿原上最好的先生走了。

回顾他的生活和工作经历，可见原涵养了他，他归属于原。

陈忠实先生1942年8月3日出生于灞桥区白鹿原北坡下的西蒋村。原上原下74个春秋，他曾经当过村办小学的民请教师，教过农业中学，搞过专项整党工作，也当过公社卫生院的院长（革命领导小组组长），公社副书记、革委会副主任。后来还有一些再高的职务类似局长、馆长、区委副书记、省作协副主席、省作协主席、中国作协副主席等，这些不仅是档案的记载，还是生命的经历。

先生记忆深刻的是，1977年夏天至冬天的几个月里，灞桥区大干农田水利工程，他先后任毛西公社平整土地学大寨副总指挥、灞河河堤水利会钱工程主管副总指挥等职，和农民一起奋战在工程第一线。认真勤奋不负重托和薪水，清清白白为公家做事，陈忠实当年主持修建的水利工程今天还浇灌滋养着白鹿原的万亩良田。

此后他曾当选中共十三大、十四大代表。职务荣誉都不可谓不高，这些都是国家和社会对他的肯定。名誉也为他珍惜，职务只是创作的平台，并不是显摆的资本，他一刻也没有放下文学创作。从事文学创作半个多世纪以来，他有500万字的丰硕成果存世，人民文学出版社2015年出版了10卷本《陈忠实文集》。代表作《白鹿原》更是成为长篇小说的巅峰之作，长久地被人们记住，被阅读。

然而，名声和巨著不是一天炼成的，父母之言的教诲深深地影响了他。《三九的雨》中写道，当陈忠实第一次走出西蒋村到城里念书时，父母送他的眼神是一个永远不变的警示："怎么出去还怎么回来，不要把龌龊带回村子带回屋院。"因而，在父母眼中，不管是开始的小学民请教师，还是获茅盾文学奖的著名作家，抑或是省作协主席，中国作协副主席那样高级别的干部，抑或中央管理的一级协会副职等光彩历程，都没有关系。人还是那个从西蒋村走出去的人，年岁大了，头发稀了，皱纹多了，本性不能变。这个最初从村子里走出去的人干成了啥事，又干错了啥事，升官了降职了，坐的什么高档车，又去哪里了又见谁了，喝的又是什么型号的名酒，如此这般扎势晃眼显富穷抖的事都是不接地气没有意思的事，有没有多少官大官小都无关紧要，关键是"别把龌龊带回这个屋院来"。做人胸怀坦坦荡荡，做事干干净净，对得起组织和自己的良心，不辜负家人和乡亲的期望，这些沉甸甸的话语只用一个眼神就足能警示自己的儿子，这是陈家的文化传承。陈忠实曾说："文化意识，才是我家最可称道的东西，也是我家几代人传承不断的脉。"家风一脉相传，祖先一辈辈耕读传家的教诲就是这样，眼里揉不得一点沙子，祖屋不容污脏，留下来的精神和信念同样需要坚守，不能变形走样。

"爷爷手抄一大木箱书，作为传家宝。父亲扛着一口袋馍，冒雨步行25公里给我送干粮。我以仅30元的工资艰难地供3个孩子读书，我们三代人都给乡亲写春联。"这其中流淌的是三代人对文化的坚守和睿智以及内心亘久追求的力量吧！

能做到宠辱不惊、宁静致远才能从容不迫、厚积薄发。人生在世多见喧闹浮躁之人之事，少见悠游淡定、临危不惧、闲庭信步之人之事。大家风范是怎么装都装不出来的，发自内心的宁静自然表现在面容上必然是由衷从容的。

"桃李春风一杯酒，江湖夜雨十年灯"，久别难逢，黄庭坚对黄几复表达思念的这句诗也是忠实先生所喜爱的。人在最寂静的时候想起的绝对是印象最深的人和事。流年不觉已皤然，多年前的桃花、春风、友人相聚，夜雨潇潇，漏尽灯残之时，悄然浮上心头蔓延开来的是铺天盖地的惆怅和寂静。《原下的日子》中，先生连用空旷、空落、空洞三个词排比，抒写的正是一种旷古未有的孤单和空落。善思如忠实先生者，方能理解白鹿原上的历史春秋；方能纵横捭阖编织构造起原上的人物关系之网；方能在中国文学史的长河中立起白嘉轩、鹿子霖这样的威权人物和精明人物；黑娃和白孝文这样性格鲜明，方向相反的叛逆人物；田小娥这样复杂纠葛深受封建宗法文化荼毒的"尤物""淫妇"才能立得住；方能用寻找到属于自己的句子捕捉到朱先生、鹿兆海、鹿三等一个个陌生而复杂，富有文化价值魅力的人物形象。一部《白鹿原》足以丰富当代中国小说的人物画廊；足以让陈忠实先生活在读者心中；足以引起评论和关心作家作品的人们长久的痴迷和探究。

**要不要出走白鹿原？**

7岁时，父亲交给他毛笔和纸，让他开始去上学，并和他哥合用一个砚台。上学的地方是西蒋村小学。

情节似曾相识。白鹿原的族长白嘉轩给黑娃也准备了类似的东西，说了相似的话。巴尔扎克说小说是一个民族的秘史，这句话也写在《白鹿原》的扉页上，可见作家对它的信奉程度。毫不夸张地说，《白鹿原》通过描述关中大地上两个家族的风云变迁，达到了探秘我们这个民族五十余年秘史的预期目标。郁达夫坚持认为，文学作品都是作家的自叙传。文学创作的过程不可避免地要融入作家的心灵成长史，人生历程中那一幕幕最能叩响心扉，撞击灵魂的语言、事件、场景总是要进入作品中来，精神会不断剥离旧有的窠臼，羽翼升华超越自己，逐渐接近经典。

因家境捉襟见肘，留着汗水拼命地向土地索取还是凑不了儿子上学的学费，无奈只能让13岁的陈忠实休学一年。父亲经过深思熟虑后通知他，"你得休学一年"。"一年"，然而以后来的发展看，父亲认为这一步走错了，耽搁了一年，儿子没有机会上大学，一步错过了，就错了二十年。临终前，父亲歉疚地说："我有一件事对不住你……"

父亲，为这事背负了一个大包袱。老人的自责，也成为陈忠实沉重的心理情愫。如山的父爱让他情何以堪，以致后来做客央视《艺术人生》时，面对主持人和广大观众，陈忠实潸然泪下。时过境迁，物是人非，可总有一些事、一些人、一些物拨动我们内心的弦，唤醒记忆，让我们怦然心动，情难自抑，甚至泪流满面。这不奇怪，手帕，纸绢总是有用场的。

一些我们司空见惯的东西，可能对别人就成为一种警示或启迪，从而激励一批人戮力向善向上，或者促使人产生邪恶向下的念头。这种事情看来神奇却并不奇怪。世界上的人千千万万，大千世界也丰富多彩，可能某句话某个场景就成为一根导火索或一阵瓢泼雨，完成点燃或熄灭的使命。

火车与汽笛也是这样。一列列火车天天奔跑在大江南北，要说鸣笛的次数恐怕铁道部门也说不清。可偏偏就是1955年路过家乡的一列火车，一声汽笛深深地刺激了13岁的陈忠实。在赶赴灞桥镇报考中学长途跋涉的路上，砂路磨破了他的旧布鞋，脚后跟磨出了血，用布巾包，用一页页课本，用树叶垫都不顶事。他掉队很远几乎绝望，不去考这初中回家割草拾柴不也是日子吗？回吧。这时，鸣着汽笛的火车冒着白烟呼啸而过，车窗映出的一张少年悠闲的脸刺激了他。

感激这张看似悠闲的少年脸！这脸成了符号，成了教材，成了难以磨灭的永久记忆。同样是人，生活在同一个世界，竟然还有许多人不用走路，不用穿磨破脚后跟的破布鞋去旅行或者去探亲，天哪，这人和人竟是这样的不同！一个平素看来十分平常的火车和汽笛作为文化符号警示了这个心劲颇高的英俊少年，而且更为刺激的是，火车里的少年是否注意到了火车外这个乡下赶路的少年，是否注意到了这个少年他的旧布鞋把脚后跟磨破血流不止呢？这根本不可能有答案。我们只知道火车外的少年所思所想，永远不大可能得知火车里临窗少年的所思所想，似乎也没有必要知道。

可是，在这里，陈忠实大约是知道火车里临窗少年的所思所想，这个悠闲少年无非是惊讶乡村的景色，惊讶赶路的少年如此匆忙，抱怨旅途的漫长等不一而足。即便这个坐火车的少年没有这样的思绪，陈忠实理所当然地这么认为了，也没有错。少年在这里只是一个媒介或者符号，足以激起除了本人之外的任何一个个体的思维。很多人都有这样的心路历程。我们坐在腾空而起的飞机上，想象着四周看到这飞机起飞的人们在想些什么，或者他们什么都没有想，重要的是我们的思想一刻不停歇地在翻滚，思逐风云的过程其实就是个体的进步升华或沉沦。

2013年6月《白鹿原》单行本出版二十周年之际，陈忠实欣然接受了《华商报》记者的采访。谈到作品和现实中的白鹿原，他说起自己曾回到原上老家写的两首诗："我写过两首诗，有'轻车碾醒少年梦，乡风吹皱老容颜'，有'来来去去故乡路，翻翻复复笔墨缘'。还有，'忆昔悄然归故园，无意出世图清闲'，结尾是'从来浮尘难化铁，十年无言还无言'。"这里的轻车应正是多年前的这列火车，少年梦当是自己痴迷一生的神圣文学和传世之作。

在一定的价值观指导下，一个人努力地去做能够为大众谋利益而且自己喜欢的事情，体验生活，体验成就，才能在更高的层次上解读生命，追求更高层次的精神境界。心中梦想和日前从事的工作吻合其实是一种莫大的幸运，喜欢读书的人成为一流作家和愿意投机钻营的人成为末流政客二者之间有类似性，只不过境界高低不同。随波逐流人云亦云亦步亦趋永远不是创新的路径。

2006年，全球家居连锁集团红星美凯龙的董事长车建新驱车在浦东世纪大道的红绿灯处停了下来，他看到停在前面的卡车上有一个和自己年龄相仿的木匠扶着家具，趁着停车的间隙正在盯着他。车建新和这个木匠互相对望。他知道木匠在想什么，可能无非是豪车、身份、落差、感叹等，木匠却不会知道车建新在想些什么。浮想联翩，车建新也是靠600元起家的一个小木匠，创业30年，资产扩张了一亿倍，今天登上了胡润富豪榜。鲜为人知的是，他还是一位体验型的思想者，红绿灯前他想如果不努力，可能今天和这个木匠一样；因为不懈的努力，自己的奋斗是值得的，木匠活500年，也做不到自己对世界的了解、对生活的体验、对智慧的了解。我们无意夸大和类比，只是想说明相同的契机、场合点燃的是不同的灵魂。格物善思总没有错，胜过饱食终日，无所事事。

车建新这时候的感想并不狂妄。他后来还模仿了一次乔布斯的演讲，学着说："我很清楚唯一使我一直走下去的，就是我做的事情令我钟爱无比。"同样地，乔布斯知道他想什么，他不知道乔布斯在想什么。车建新想的是，也许可以说，乔布斯比他多活了500年。

生命是分层次的，可贵的是人们的力争上游。很多问题终究没有也不可能有确切答案，关键是要始终保持思维的长寿与活跃。车建新其实是在说："生命应当有更高层次、更高境界的精神追求，而非随波逐流，于是生命价值才会永在。"[①]

2019年，哲学教授丁为祥在书院开班典礼上讲过自己的生命反省体验。他坐的班车和拉鸡的卡车恰遇堵车，他看着卡车上一个个方格子中的鸡；鸡盯着班车上的他，四目茫然相顾，谁知对方所思呢？撇开动物心理学不言，养了48天从未在田野里刨过食的鸡明天一早会出现在宾馆酒店的餐桌上；而从20岁进城在西安生活了40多年的哲学教授面对教育流水线式的培养机制，生命意义何在呢？瞬间的感悟让他热泪横流。上升到哲学层面生命感悟的意义在于明白自己，活在当下，尊重个体，力争上游。

一生长，一步短。总有许多人和事我们割舍不下，总有许多疑问永远没有答案，总有许多梦想等着我们去追逐。也罢，答案并不重要，也不用纠缠细节和究竟，重要的只是我们的目标和行动。

---

① 车建新、钱莊：《体验的智慧Ⅱ生活哲学》，浙江大学出版社2012年版，第17页。

离开白鹿原，会有《白鹿原》吗？

离开故乡白鹿原，没有《白鹿原》，也没有陈忠实。

离开故乡高密，没有《红高粱》，也没有莫言。

离开故乡商州，没有《秦腔》，也没有贾平凹。

离开约克纳帕塔法县，没有《喧哗与骚动》，也没有威廉·福克纳（William Faulkner）。

一个作家的出生和生活地就是他创作的最好背景，因为最熟悉这里的人和事，感情最深，一景一物都亲近，都在心中挂念着，随时都能触发灵感。

南原——《白鹿原》之前的作品中把旱原称为南原，作品成功后，称之为白鹿原，习惯至今。夏天到了鲜果成熟的季节，市场上白鹿原大樱桃总要热卖，原上人一车车拉到西安市销售的西瓜摊上也写个牌子：白鹿原油渣西瓜。这些瓜果无形中与陈忠实的厚道、朴实的品性联系起来，人们咬开樱桃、西瓜，一股沁人心脾的甜蜜立刻渲染感动了味蕾。说是大樱桃那肯定就是大樱桃，说是油渣西瓜那就是用油渣上的，骗人干什么？白鹿原上的人和陈忠实生活在一起，人品大约都是忠实厚道的，那么好的老汉，那么好的原，咋会哄人呢？

《红高粱》《丰乳肥臀》明确以高密东北乡为创作背景，写了大量的风土人情、地理环境等，国内外有不少读者就根据小说的描写去山东高密找那片红高粱地，找小说中的那些风俗和植物，怎么能找到呢？那只是作家的内心的世界，精神上的故乡。美国作家托马斯·沃尔夫（Thomas Clayton Wolfe）创作了《天使，望故乡》，家乡的人攻击他诋毁故乡。

白鹿原之于陈忠实，就像高密东北乡之于莫言一样，是心灵中的故乡。故事发生的地方不纯粹是一个地理概念，在文学创作实践中更是作家的精神故乡。不必要一一对应，只是创作需要。地点是一个文学的概念，就是说故事需要一个可能发生的地点，需要以发源或围绕故乡的人和事来构成和发展情节，展现出作家对人性的描写和社会的批判。

小说毕竟不是历史原封的照搬纪实，不是演义戏说，不是地理的简单复制。陈先生对白鹿原上人物和情节的处理是得当的。既非重复，又高于生活。严谨、虚构、串缀、剪裁、再造移植兼而有之，耐读且发人深思。历史已翻过很多页了，而我们通过小说对它的回顾却无法停止。白鹿原的关中农村风情，早期中国共产党人在白鹿原的火热革命史，牛兆濂、汪锋、张静雯、赵伯平等人物轨迹都是陈忠实在创作小说时谙熟于心的，自然抒写的过程也就愉快地流淌在笔端了。

## 第二节　晚清开始涌动的社会思潮

**社会思潮与故事的理论背景**

一项制度、一种文明的形成与实现绝非朝夕之功，需要长久的历史进化。追求政治清明、海晏河清的状态将是一个漫长的进程。这种漫长甚至可能跨越我们的生命、超越我们能够做出的想象。

人的一生是短暂而有意义的，相应的，一种制度、一种文明在人类历史的进程中引领风骚也只是一个阶段。盛唐文明初期的开明纳谏，赵宋社会经济的多元、士人政治的积极入世，蒙元政治的豁达扩张等诸因素无法延续到今天，作为积极成果会存在文化的传承（当然包括其涵化和濡化），但只是历史发展过程中的一瞬。抚今追昔，我也时常替生活在五代十国、魏晋南北朝、晚明、晚清等社会阶段的文人士子、凡夫俗子和社会众生扼腕长叹！在那样的昏天黑地中，我们的古人如何忍受专制、昏聩、糜烂、党争、不公、不正、不明……

历史发展的继往开来说明每一个人只能面对和解决他所面对的环境与问题，和学生参加考试，完成一张笔试考卷一样，选答题可以不做，但必答题是必须回答的，不然怎么得分呢？在任何时代一种包容、豁达的态度和理性、冷静的认识，一种务实求真的制度设计和果敢、妥协的操作精神都显得无比重要。因而，以平和而无私的胸怀在困境中探索，经历时间的塑造，承受历史的考验，才能为推动国家社会稳定安康贡献力量。

中国人需要怎样的政治生活？中国人需要怎样的制度秩序来安顿他们的政治生活？怎样的政治生活能让中国社会稳定、人民生活安适，在国际上扬眉吐气？晚清以来的近代中国各类政治力量和思想家从不同的立场和利益角度抛出自己的方案、思想。这些问题也引发了众多知识分子的思考和实践，也是晚清至民国期间各派政治力量斗争的焦点。

1839 年是鸦片战争爆发的前夜，林则徐在这一年的努力是开创性的。

作为近代中国"睁眼看世界"的第一人,这一年他都在干些什么呢?4月,他要求英国政府停止向中国贩卖鸦片,正式照会英国国王:"我天朝君临万国,尽有不测神威,然不忍不教而诛。"6月3日开始,虎门销烟,震惊中外;6月17日,接见美国传教士卑治文(Brice, Calvin Stuart),表示想得到地理书、地图和英国传教士马礼逊(Morrison, Robert)所编的《华英字典》;7月,他高度关注国际规则,组织人员对瑞士法学家滑达尔(Vattel, Emericide)的国际法著作《各国律例》进行选译;12月,开始组织翻译英国人慕瑞(Hugh Murray)的《世界地理大全》,译名为《四洲志》。他的行为为近代中国了解世界,认识世界打开了窗户,起到了重要的启蒙作用。这一年,他还开始研究西方的舰船、火炮资料。1839年只是一个平凡的年份,但在近代中国历史上,这一年因为林则徐的上述行为和思考而并不平凡。翌年,震惊朝野的鸦片战争爆发,林则徐的言行启迪和影响了一代中国人,面对列强侵略,如何应对和解决当下的危机,郑观应等先知先觉者设想以西方的议会制为钥匙,迅速打开中国通向富强之路的大门。这一制度到了中国,便"自然而然"地要"化"为君主与人民之间的桥梁——"下传君意、上达民情"。

研究《白鹿原》的政治文化传统,之所以考量从晚清以来的中国社会思潮变化,就是因为理论上的清晰和觉醒始终是影响社会进步和变动的动因。西方工业革命如火如荼,资本主义迅猛发展的时候,中国最先进的思想家面临的是怎样的情境和问题?鸦片战争彻底打碎了泱泱大国的想象,把一个满目疮痍伤痕累累的国家和社会展现在国人面前。救亡超过图存,国富民强一时间只是我们的梦想和目标。

制度不行,众多智慧的大脑终究认为还是制度不行。西方议会制的价值为什么被近代中国知识分子如此看重,竟成为当时的救命稻草?有两点被格外看重:其一,中国是盛行"普遍王权"的国度,"君民一体,上下一心"的价值设定,就可能成为统治者和人民双方唯一可考虑接受的模式。知识阶层对朝廷的要求也只是:"撤堂帘之高远,忘殿陛之尊严,除无谓之忌讳,行非常之拔擢。""联合众情……合四万万之众如一人",做到"上下一心,君民一体"。① 其二,议会制度下人民主权价值设定与国家富强目标之间事实上并无必然的直接联系。近代知识分子群

---

① 王韬:《弢园尺牍》,中华书局1959年版,第87页。

体执意认为西方国家富强离不开议会制度，中国要富强，就必然要建立两者之间的直接关系，就必须对议会制度在当时中国的价值进行重构。如何在中国推行"议院"？大体上他们做了四种设计：第一种是把中国"乡举里选"的传统与他们理解的西方议会制相变通；第二种是把西方的议会制与中国的科举制相结合；第三种是把西方的议会制与中国的官僚机构相混合；第四种是把西方的议会制与中国幕僚制相混杂。

随着时代的变化和思想的演进，康有为在19世纪90年代初认识到，西方政治是包括共和制和君主立宪制等模式的一种复合政治结构，共和制与中国现有的制度相距太远，不可能为中国所取，君主立宪制与我们较近，有可能为中国所用。1895年，康有为等"公车上书"，立宪思潮不断启蒙。

作为近代中国"开风气之先"的启蒙思想家和政论家，梁启超毕生致力于传统政治的现代转型，他进一步从"民权"的角度总结中国贫弱的原因："三代以后，君权日益尊，民权日益衰，为中国致弱之根源。"

实际上，民权是一个在中国传统语境下源于民本又超越民本，简单吸收西方政治部分因素的概念。中国统治者和知识分子在传统和思维惯式上探究的主要课题之一是君民"轻重关系"，近代知识分子调和了中西，设身处地把君民之间的"轻重关系"转换角度，演化成"平衡关系"。[①] 民权概念的出现是历史进程中的现实产物。历史的进步和社会政治的转型不是一蹴而就的，有其复杂性和渐进性。梁启超等人的思考有松散性和庞杂性的特征，前后有时也不一致，存在游离多变的特点，其中一个重要原因就是近代中国历史的动荡和复杂性。他们的探索是一种有益的和理性的试错过程，启发后来者重新审视议院制度和富强目标之间的关系。

**天朝模型与文化变革**

为了应付统治危机，清朝统治者不得不采取一些措施。一方面，迫于西方政治、经济势力以及各种政治文化思潮的进入，不得不在政治、经济等方面有所改变。1860年，设立总理各国事务衙门，进行官僚体制方面的变革。1898年，更是掀起了戊戌变法，进行全面的改革。在变法失败之后，以慈禧太后为首的保守势力迫于大势，不得不在1901年开始

---

① 王韬作为先行探索者，提出"重民"观点，"天下之治，以民为先，所谓民为邦本，本固邦宁也"。参见王韬《弢园文录外编》，中州古籍出版社1998年版。

实行"清末新政",继续打起"变革"的大旗。另一方面,由于外来思想等的进入,更引起对自身统治合法性的担忧。在政治策略上,统治者十分自然地采取了以退为进的策略,一切变革都是在维护自身统治的前提下开展的。在某种程度上,他们的变革是不得已的,只要有可能,有机会,他们就会采取种种专制措施,维护专制政权的合法性。甚至提出"防民甚于防寇""宁可亡国、不可变法"这样的荒唐之言,政治决断均取决于一己之私利,政治变革不过成了一块遮羞布。清朝统治者根本不可能主动向人民让权,还政于民。在1840—1898年的每一个历史阶段,甚至在以后的历史时期,统治者都以人民素质不高为由,拖延实施宪法,迷恋人治而搪塞法治,留恋专制而拒绝民主。

西方强大于我们是因为他们有优越于我们的制度,那么我们如何效仿并结合自身实际建立起我们的一套制度就成为中国知识分子思考的重中之重。具有"西方学者"之称的严复以对中西文化的深湛造诣为基础,通过认真钻研赫胥黎、斯宾塞、穆勒、孟德斯鸠等人的著作和思想,认为"自由为体,民主为用"是解决这一冲突的具体方案。以孙中山为代表的革命党人偏好"共和"主要有两个理由:一是"取法乎上"的理念。即是说,中国必须向西方学习,共和制比君主立宪制更先进更文明,学习西方就应该采用共和制而不是君主立宪制;二是孙中山推崇共和制更多的是出于一种反抗清朝统治的需要。辛亥革命推翻了清王朝的统治,孙中山信奉共和"余以人群自治为政治之权利,故于政治之精神,执共和主义"①。

文化与社会之间的变动关系是一个头绪复杂、值得思考的重大课题。"在任何一项事业的背后,必然存在一种天然的力量;尤其重要的是,这种精神一定与该事业的社会文化背景有密切的渊源。"② 在西方文艺复兴运动蓬勃发展,封建专制主义受到前所未有的抨击以及资产阶级的政治思想文化得到广泛传播之时,中国的思想文化在封建主义高压下日趋沉寂,难有作为。明末清初的思想家曾经对封建君主专制主义进行了批判,呼唤民本主义。但清朝康、雍、乾时期,推行文化专制主义,大兴文字

---

① 《孙中山全集》第1卷,中华书局1981年版,第281页。
② [德]马克斯·韦伯:《新教伦理与资本主义精神》,彭强、黄晓京译,陕西师范大学出版社2002年版,译者语。

狱，使知识界噤若寒蝉，讳言时政。嘉庆、道光之时，一些有识之士提倡经世致用，但他们的变革并非要改变整个封建制度，仅仅局限于对封建制度的枝节修补。龚自珍看到这个时代将"悲风骤至"，进行了辛辣的抨击讽刺，对近代知识界产生了重要影响。但他的补救方案只能流于空想，整个中国思想文化界处于"万马齐喑"的黑暗与封闭之中。

首先，近代中国坚守"严华夷之辨"的传统。① 中国人长期以来形成的天朝模式的世界观认为中国文化即是世界文化的中心，因此，中国很难从根本上颠覆传统的儒家文化而在精神和制度层面接受认同他们认为是夷人的西方思潮。

在《尚书》（《禹贡》《周诰》）、《周礼》等著作中，有所谓的"九服之制"（或者"五服之制"），反映了上古时中国人对世界的基本理解。根据《国语》的韦昭《注》可知，这一世界图式是以"王城"（周天子的都城）为中心，向"九州""荒裔"渐推，凡离"王城"愈近的，文化的程度便愈高，凡离"王城"愈远的，文化的程度便愈低，周天子的都城"王城"，则是"世界"的中心。这是中国人华、夷思想的最古老体现，这一文化思维模式浸透着浓厚的"我族中心主义"倾向，在中国长达数千年的历史演进过程中，渐渐地演化成"天朝模型"的世界观。

"天朝模型"的世界观，有以下几个特点：1. 中国广土众民并且是位居平地中央的国家。2. 中国的文化包括文字、道德、礼仪、制度等，无不优于四夷。3. 中国是政治的中心，万方来朝，四夷宾服。4. 中国物产丰饶，经济自足，无待外求。5. 中国的道德原则对于一切人民都有效，古圣先贤的言行堪为后世法。"天朝模型"世界观的形成，使得中国的文化分子，用自己的心灵构筑了一道坚固的文明体系防线。华、夷不但成为种族的语言图腾，而且还成为人与兽、文明与野蛮的符号表征。传统的儒生文士们十分看重华夷界限，只允许"以夏变夷"，不允许"用夷变夏"。王夫之说："天下之大防二：中国、夷狄也，君子、小人也。……而其归一也。一者，何也？义、利之分也。"②

由此可见，发展到后来，封建礼义及其外在化的政治制度，成为

---

① 也叫夷夏之辨或夷夏之防。中国历史上大体以血缘、地域、服饰礼仪为文化符号衡量华夏与蛮夷之标准。

② （明）王夫之：《读鉴通论》（卷一四）。

"华夷之辨"所严守的最基本标准。在这种标准下,知识分子们甚至可以接受"夷狄"入主中原,因此,元朝和清朝的许多大儒认为,只要夷狄接受中华礼义就可以成为正统,这就是所谓的"王道之所在,正统之所在也"①。

中国知识精英一直坚持的夷夏大防,深深地积淀浸透至中国文化的深层结构,对中国历史的发展和知识阶层的思维定式产生了久远的影响。夷夏大防导致了国人多忽视异邦的存在,而且在同异邦打交道时,想当然地以自己为中心,往往给予其不平等的待遇,对异邦之来中国通商,则视之为向中国朝贡,并且认为这一切理所当然,天经地义。这一心理上的盲目优越感助长了国人虚骄自满、傲慢自大的习性,使自己沉浸在"天朝上国"的迷梦之中,自以为真,自高自大,不愿醒来。一部分率先觉醒的文化分子,开始睁开眼睛看世界,发现他们所看到的西方,是一个文明程度很高的世界,与传统中国所碰到的"四裔"已经不可同日而语了。因而有了向西方学习的念头,洋务运动、维新变法等应运而生。

然而,即使在这样的社会大变局之中,华夷之辨的影响力仍然不可低估。在许多中国人看来,西方是蛮夷之国,除了以暴力毁灭中国的文明,尤其是中国的礼仪和政治体制,没有别的好处。对一个长期处于世界领先地位、充满优越感和高度自信的民族来说,让他们低下头来向历来看不起的夷人学习,那是绝不能接受的,会导致他们整个文化优越感的丧失和民族自信心的动摇。因此,近代中国人学习西方,只能停留在中学为体、西学为用的层面上。

这就导致中国人在学习西方文化过程中,不断出现彷徨、犹豫,反复曲折的程度远远高于其他国家。由于文化冲突引发的内心煎熬和痛苦,折磨着许多近代的知识精英。

对于清王朝来说,它的处境与以往汉族王朝比较,显得尤为尴尬。它不得不时刻提防汉族知识分子和民众对其"夷狄"身份的质疑,还要与朝鲜、日本等近邻论辩,批驳对方把自己称为蛮夷。因为"在18世纪,日本的儒学家与朝鲜同道竞相争称自己才是儒学真谛的继承者"②。

---

① (元)杨奂:《还山遗稿》上,正统八序总论。
② [美]吉尔伯特·罗兹曼主编:《中国的现代化》,江苏人民出版社1988年版,第37—38页。

面对这种尴尬处境，清王朝不得不保护明朝皇陵、大力提倡华夏礼仪、严守中华政治体制，以保证自己的正统和合法性。但这样做又给自己套上了一个枷锁，它比汉族王朝更加关注正统性，而正统性的主要标志就是夷夏大防。因此，清王朝对于立宪一直怀有疑心，而且内心十分胆怯，总担心自己也被看成非正统的夷狄。

其次，这种文化抵抗也是当时的历史大背景造成的。由于近代西方文明在中国的传播与帝国主义列强的侵略活动几乎是同步推进的，因此，对于一个靠武力强制侵入的异族文化，让向来自诩天朝大国、有着强烈文化优越感的中国人从思想上很难接受与认同。可以说，近代中国人在向西方的学习过程中，始终有一种屈辱感，认为自己是在向野蛮和邪恶屈服。正如李鸿章所讲，中国自古以来文物制度完备，唯有火器一项落后，他对西方的制度在很长时间里抱有偏见。张之洞更是提出"中学为体、西学为用"的主张。这都表现了一种矛盾的心理。而在事实上，他们不得不看到，西方利用其优势武器打败了中国，"欧洲的侵略扩张和它后来的变种，是近代世界历史的一个主要事实"[①]，但在同时，西方也展现了其自由、民主、平等等价值文明追求的一面。

这种双重感受，使得向西方学习的中国知识精英们感到惶惑和痛苦。传统的道德教育使他们具有威武不能屈的大丈夫气概和忠贞的爱国主义精神，但残酷的现实又使得他们不得不痛苦地向西方这些蛮夷之族学习，其在内心痛苦之余，还有深深的屈辱。在民族危机的严峻时刻，向西方学习是知识精英们用来救亡的主要手段而已，功利性和被动性十分明显。

再次，清官文化在中国已有了上千年的历史，已经成为民族心理的重要组成部分。清官文化源自性善论，反映的是民本思想，其主体是统治者。中国传统的"性善论"教育使百姓寄希望于统治者内心的圣明，而圣明的统治者应当是以民为本的，于是民本思想便发展起来。纵观中国历史，民本思想一直绵亘不绝，而且越是提倡民本思想，人们对封建帝王之圣明、对各级官吏之清廉的要求就越高。从统治者的角度而言，重民的主体是君主与官僚，广大民众在他们眼里只不过是消极的被管理者。把吏治清明寄托于道德的根基之上，便不会产生出用制度来限制政

---

[①] [美] 费正清等编：《剑桥中国晚清史》上卷，中国社会科学出版社1985年版，第6页。

府权力的意识，更不会产生出一部限制政府权力的宪法。清官政治为封建专制披上了虚伪的、欺骗性的外衣，在封建社会政治的发展中维护了专制政治文化，清官文化在其中无疑起到了严重的阻碍作用。

**康有为和严复的方案**

人类社会在迈向政治现代化进程中，中西方面临着不同的问题和处境。一个人、一个群体能不能像亚里士多德说的那样，作为天生的政治动物参与到这种生活模式中，是不同阶层，主要是不同个体必须面对的问题。虽然"人是生而自由的，但却无往不在枷锁之中"①，获取自由和资格，成为独立自主的、享有相应权利、承担相应义务就成为作为本体意义上的"人"应该探讨的重大课题，成为民主的主要内容。传统中国在一种大一统的模式下，家族是王朝更迭的主力，刘、李、赵、朱、爱新觉罗等不同的家族操持着农业文明下老百姓的生活和政治权力的运行。当富强成为明日黄花，尤其是遭受近邻日本那样一个"蕞尔小国"的痛击之后，救亡压倒富强成为主流思潮。在知识分子心目中，在整个社会，当然独立自主、甚至富强都应该是在群体意义上的一种期盼。近代中国关心国家能否充分行使权利（权力），实现富强超过了作为个体的"民"是否享有基本权利，权力运行中是否需要限制国家权力等诸多问题。

康有为提出了大同社会中的理想模式，在社会蓝图设计中把"仁""孝"等传统观念作为达到彼岸的主要手段。康有为认为在当时的中国，不能奢谈共和，因为共和是较远大的理想，只能由君主立宪渐次达到共和。

"无论是康有为还是梁启超，中国的落后挨打所带来的耻辱给他们思想上的震撼比他们对中国个人的悲惨生活状况的关切要强烈得多。因此，个人作为活生生的个体容易被他们看高的眼睛冷落在一边，最多也只能作为民族和国家致富的一种工具而被记起。"②

严复断定，中国从秦代以来就无所谓国，而只有家，政治权利全集中于皇帝一人之身，历朝历代都是君主专制的制度，实行的是家天下，亿万人民不过是皇帝的臣妾奴婢，天下的兴亡不过是一家一姓的兴与亡。

---

① ［法］卢梭：《社会契约论》，何兆武译，商务印书馆1996年版，第8页。
② 王人博：《宪政文化与近代中国》，法律出版社1997年版，第13页。

皇帝是一国的象征和一切权力的集聚者，宪法、国家、王权都集于一身，一旦家亡，则一切与之俱亡，对人民而言不过是换了一个新的主人而已。因此，这种家天下的统治是难以持久的，因为人民丝毫没有权利而且政权兴亡与其没有关系，不能从根本上改变自身的地位。"要救国，只有维新，只有学外国。那时的外国只有西方资本主义国家是进步的……"① 严复是深信这一点的。

天朝大国地位的衰落、政治的腐败与黑暗、经济的凋敝与衰退、文化的专制与保守、军事的失败与无奈，整个社会陷于动荡困顿之中，社会整体感到愤懑而又无可奈何。对近代中国自身现状的屈辱与忧虑、对西方文明的困惑与探索一直困扰着乱世中的国民。许多人感到忧虑，对外国侵略和现实的黑暗表示极大愤慨，一个个"太息痛哭流涕""梦寐不安，行愁坐叹"。马克思在著作中表达了这种愤慨："英国人控告中国人一桩，中国人至少可以控告英国人九十九桩。"② 谭嗣同在甲午战争失败后书写的"四万万人齐下泪，天涯何处是神州"，写出了多少中国人的愤懑之情，写来沉痛，读之悲愤，更激起无数人爱国救亡的豪情。在愤懑之余，社会底层的被压迫者就会铤而走险，寻求生路。知识阶层无可奈何之中，将批判的矛头指向了传统，更面向了现实，力图改变现实。在愤懑与抗争之中，中国社会各个阶层对中国传统政治产生了严重的认同危机。

一个国家人民共同的认同感发生动摇时会出现政治认同危机。造成这种现象的原因有两个方面：一方面是部落、阶级、种族、语言、团体的认同与对国家的认同发生冲突；另一方面是传统与现代、乡土与世界发生冲突，使新兴国家人民不知所从，甚至出现无根的感觉。

在中国传统社会里，人们生活相对稳定。在封建皇权统治之下，民众受儒家等思想的影响，对自身的社会、政治制度和文化传统形成了一种近乎本能的自我认同。人们产生政治认同危机一般只有在异族入侵和皇权暴政的情况下才会出现，很难跳出传统政治文化的藩篱。鸦片战争的失败，给予中国社会尤其是知识界空前的震动。随着战争不断的失败和西方文化的传入，中国人对现实社会和政治的认同开始发生动摇，开

---

① 卢云昆：《严复文选》，上海远东出版社1996年版，第255页。
② 《马克思恩格斯文集》第2卷，人民出版社2009年版，第620—621页。

始对传统社会、政治制度和政治文化产生怀疑、反思，进而进行批判。

　　社会变革的先声是思想变革，政治认同危机的发生，势必导致心理上的调整和对出路的探求。鸦片战争后，长期盘桓于士大夫头脑中的天朝迷梦开始瓦解。龚自珍、林则徐、魏源等有识之士面对着亘古未有的社会变化，不得不开始思考堂堂的天朝大国为什么会败于冥顽不化的夷人。沉痛之余，他们不得不承认现实的残酷。龚自珍通过对中国社会现实的观察，明确指出现实统治是"衰世"，是"日之将夕"。他用"万马齐喑"来形象比喻思想被禁锢，到处是一片死寂、昏沉、愚昧和令人窒息的状况。他们通过对失败原因的剖析，意识到知己知彼方能百战百胜。魏源在报纸上看到朝廷征集信息的通告，感到十分痛心。中英战争已经过去，中国人依然不了解英国的基本国情。为此，他在林则徐组织编著的《四洲志》的基础上，编写成《海国图志》，向中国人比较系统地介绍已知的世界各个国家的风土人情，特别是各国的政治、经济和文化。徐继畬对西方民主政治的认识代表了这个时期的较高水平，他在自己所写的《瀛寰志略》中介绍美国时写道："米利坚合众国以为国，幅员万里，不设王侯之号，不循世及之规，公器付之公论，创古今未有之局，一何奇也！泰西古今人物，能不以华盛顿为称首哉！"这段文字被传教士于1853年刻于石碑上，赠给华盛顿纪念馆。石碑后来被砌在华盛顿纪念塔第十级内壁中。在封建专制长期统治下的中国，他们能够这样赞美无君主的政治制度，是很有胆识的。同时也说明他们对西方的民主政治的合理性和优越性有了初步的、感官的认识。

　　第二次鸦片战争以后，外国对中国的侵略进一步加深，清朝政府也开始推行洋务运动，中国人对传统和现实的反思，不仅触及器物方面，而且将触角伸向了制度层面，即对中国的封建政治制度出现了认同危机。这主要是因为中国人对西方民主的认识已经不再停留在表面的介绍上，而是对西方民主政治的运动有了更为深刻的认识，从而在价值层面对传统政治发出了质疑。这个时期形成了以冯桂芬、王韬、薛福成、马建忠、郑观应等为代表的早期维新派。

　　早期维新人物对封建政治的弊病进行了揭露和批判，认为官僚制度的弊病一是机构重叠，冗员太多。晚清思想家、林则徐学生冯桂芬说："国家多一冗员，不特多一糜廪禄之人，即多一胶民膏之人，甚且多一偾国是之人,亦何若而设此累民累国之一位哉。"① 二是贪污横行,营私舞弊。贪污横行是封建吏治腐败的一个特征。在君贵民轻的专制制度下,王韬说:"惟知耗民财、殚民力,敲骨吸髓,无所不至,囊橐既饱,飞而飏去。"② 这种官吏根本不能治民,只能殃民、剥民,比豺狼还凶狠,比强盗还难治;三是繁例酷刑。他们主张减条律,省号令,以利于民,反对酷刑;四是对科举制度的揭露。早期维新派认为科举制度不能治国安邦,反而毁坏人才,摧残人才。对君民关系,他们认为君位太尊,君门万里,上下隔阂,民情不通,民隐不达。

半殖民地半封建社会的近代中国,经受着三重牵制力量的影响:第一重是传统的封建势力,第二重是西方侵略势力,第三重是近代中国新兴的资产阶级势力。三重牵制力量同时发挥着作用,既有动力又有阻力,但在总体上,面对民族危机,中国传统的政治体制实现转型已经成为不可避免的事情。由于面对外来侵略势力,中国失去了主动调整和发展的时机,外来势力的影响和刺激作用远大于其他两种势力的作用。近代中国政治转型遂成为一种迟发的、外生型的转型模式。近代中国政治发展和变革的过程就是这种被动反应和主动反应交织、斗争和演化的过程。

**晚清王朝短命的立宪变革**

1898 年的百日维新是当时一个无所不包的休克疗法,实施时间短,支持的权力不够强,最终以失败告终,历时 103 天。这是一次重要的思想启蒙和政治变革。"之后 10 年,清政府几乎采纳了百日维新的所有主张。但此刻,这个组织自我挽救的速度已落后于它腐朽的程度,而且它最终发现自己也无力面对层出不穷的危机。"③ 晚清开始的立宪变革就是一次悲壮仓促的无奈努力。

1905 年 7 月 16 日,清王朝宣布派官员考察各国政治,待考察政治大臣回国后便实行立宪,预示着清朝的政策发生明显变化,准备由恪守祖制转向改革。清王朝派出李盛铎、载泽、戴鸿慈、端方、尚其亨等五大臣,出访时间为半年左右,他们考察了 14 个国家,重点考察了试行君主

---

① 冯桂芬:《校邠庐抗议》,中州古籍出版社 1998 年版,第 76 页。
② 王韬:《弢园文录外编》,中州古籍出版社 1998 年版,第 65 页。
③ 许知远:《醒来:110 年的中国变革——从甲午战争到镀金时代》,湖北长江出版集团、湖北人民出版社 2009 年版,第 11 页。

立宪的英日俄三国。除李盛铎外，其余四人均未曾出过国，通过出访对国外的政治情况开始有所了解。强烈的对比使他们不得不认真思考，开始意识到中国落后的最主要原因就在于长达几千年的封建专制统治和闭关自守的心态。回国之后，戴鸿慈、端方向朝廷提交的《请定国是以安大计折》中明确提出，中国要想实现富强就必须学习西方，推行君主立宪制度。他们建议，为了避免贸然行事引起国家政治混乱，中国就应该学习日本，先实行预备立宪，使官吏和民众都有一个适应和准备的过程。近代以来，中国各个阶层的人都对国家的发展道路、实现富强的路径有过各种各样的思考和设计，也发生过无数的论争与分歧，但这次五大臣出国考察给出了一个明确结论，中国落后的根本原因就在于中国传统的封建专制与西方立宪两种政治制度的不同。基于此，清王朝开始实施"预备立宪"。

1906年9月1日，朝廷发布《宣示预备立宪先行厘定官制谕》，并于次日成立官制编制馆，作为对五大臣出国考察结果的回应，从改革官制入手，预备立宪正式启动。同年11月2日，官制编纂大臣孙家鼐等制定了改革方案。清廷根据"三权分立"思想，"分权以定限"，设立资政院。在议院设立之前由资政院代行立法权；行政权属内阁和各部大臣；司法权属大理院，不受行政方面节制。大理院设总检察厅。"分职以专任"，中央设立11个部，分管政务；"正名以核实"，原各部根据实际职责更名，如兵部正名为陆军部、商部正名为农工商部等。各省也按照"三权分立"的原则进行改革，建立了咨议局暂时代行省议会的职权，保留原有的督抚作为各省地方行政机关，地方最高审判机关是各省高等审判厅。此次官制改革由于反对派压力巨大，没有全面执行，但改革已对原有政体作了明显的改变。

各省建立了咨议局，具有地方立法机构的权力，而且具备较为完整的议事章法和规则。例如江苏省咨议局就具有完备的议事细则，在议事日程表安排、审查提案、议员提议、讨论表决的程序和方法、重要议案采取的三读会方式、审议会和特别审查会的设置、选举、议事、内事机构的组织形式等诸多方面，基本上与西方国家的地方议会在形式上具有相似性，而且具有较完备的一套立法程序。到1909年10月，全国21个省的咨议局均如期开会，议员们十分珍惜来之不易的参政权，表现出高昂的政治热情。

1908年8月27日，清朝迫于各方面的压力终于颁布了《九年预备立宪逐年推行筹备事宜谕》，公布了《钦定宪法大纲》《议院法要领》《选举法要领》等文件。《钦定宪法大纲》是中国第一部具有宪法意义的法律文件，列有"君上大权"14条，"臣民权利义务"9条。它明确规定了"宪法者，所以巩固君权保护臣民者也"。它明确宣布筹备召开国会，撤销传统的中枢机构——军机处，实行全新的、西方式的责任内阁制。《钦定宪法大纲》推崇司法的独立性，使人民在一定程度上获得了参政、言论、著作、出版、集会、结社及人身权利不受侵犯等诸多政治权利，这是中国历史上前所未有的。但清廷将颁布《钦定宪法大纲》当作一种拖延手段，不想立即全面实施，坚持将预备立宪期确定为九年，一直到1916年才宣布宪法，召开国会。立宪派人士大为不满，他们先后组织了三次大规模的请愿，运动的精神领袖是梁启超和杨度，实际领导是江苏省咨议局局长张謇。立宪派和群众要求召开国会，组织内阁。这种请愿活动是政治精英与民众的第一次结合，因而带有一定群众运动的色彩。

　　迫于内外压力，朝廷不得不将召开国会的时间提早到1913年。1911年初，朝廷修订筹备立宪方案，于5月制定《内阁官制》和《内阁办事暂行章程》，明确了责任内阁的政治责任。从制度上讲，它比旧的体制大有进步，对皇权有一定的限制。但在实施中，旧的体制被取消了，新内阁13名阁员中满族9人，且有7人为皇族，故称"皇族内阁"。立宪派大为失望，迅速与革命派合流，革命已箭在弦上，不可避免。

　　在革命派发动的武昌起义立宪派转向支持革命派的双重压力之下，清政府不得不面对现实，按照资政院的建议，宣布取消皇族内阁，并决定正式召开国会，实行维新，推行宪政。为了向各方面表明自己的决心，清廷宣布并开始释放在押政治犯，开放党禁，同时下令要求资政院开始起草宪法。在1911年11月3日，清廷颁布了《重大信条十九条》，并在太庙宣誓表示立即执行。客观地讲，《重大信条十九条》只是紧急情况下不得已而为之的产物，但它比过去颁布的《钦定宪法大纲》还是有了很大的进步。事实上，这是清廷正式颁布的唯一一部真正意义上的宪法，也是近代中国所颁布的第一部宪法。在《重大信条十九条》中，明确规定中国采用英国式的君主立宪制度，将至高无上的皇权分散划转归国会、内阁和司法机关，皇帝作为国家元首，在很大程度上只是一种政治象征。

同时加强了国会的权力,并取消了钦定议员,实行责任内阁制,体现了分权与制衡的原则。大厦将倾之际,清王朝抛出了意在指导将来宪法起草的纲领性的宪法文件,以图挽回局势。可是在辛亥革命的洪流面前,《重大信条十九条》已成为明日黄花,不可能挽救清王朝的统治了。

从客观的角度看,预备立宪活动只是统治者为挽救政权采取的权宜之计。清朝丧钟的敲响,与其说是革命党撞击的结果,不如说是清廷自动拨快时钟所致。武昌起义爆发,民主共和国的曙光冉冉升起。不到两个月,全国14个省宣布独立,清朝统治土崩瓦解。革命高潮突然到了,有点出乎革命党的意料,但他们对建立什么样的政权并未陷入尴尬境地。经过很多次武装起义和以三民主义为核心的政治动员,革命党对建立民主共和制早已形成共识。立宪派对建立皇族内阁的朝廷已经完全绝望,政治取向与革命党大都趋同。因此,武昌起义后各地纷纷建立了民主制的地方政权。中国历史走出了传统社会改朝换代的循环怪圈和历史旧迹。

### 从孙中山的共和精神开始

"俟河之清,人寿几何?"[①] 穷尽一个人的一生,只为等待黄河变清显然不现实。孙中山根本不满足康、梁、严的渐进式改良思想,坚决主张暴力革命,走捷径实现民主共和理想。

1905年,孙中山先生在《"民报"发刊词》中正式提出了民权、民族、民生的三民主义学说,这一学说随着日后革命实践的发展不断丰富和完善,经共产党帮助提升后以联俄、联共、扶助农工为要旨的"新三民主义"出台,亦成为第一次国共合作的理论基础。

1911年爆发的武昌起义,导致在中国延续两千多年的封建君主专制制度覆灭。短短几个月内,孙中山等进行了资产阶级民主共和国的政治尝试,列宁评价辛亥革命"终于推翻了中世纪的旧制度和维护这个制度的政府。在中国建立了共和制度"。称赞这对"唤醒人民、争取自由和建立彻底民主的制度""做出了许多贡献"[②]。伟大的民主主义者孙中山先生自觉主动地进行的史无前例实践虽然是一个半途而废的革命,但实践

---

[①] 《左传·襄公八年》。
[②] 《列宁文稿》第2卷,人民出版社1978年版,第129—130页。

理性的光辉彪炳史册。但是,"绵延了两千年的一个封建大帝国的解体绝不会轻而易举。六君子的臂力和孙中山先生的臂力显然力不从心,推倒了封建大墙也砸死了自己"①。

辛亥革命在制度和形式上打倒了皇帝,剪掉了辫子;在观念变革上的意义在于,帝制之为成了人人讨伐的对象,谁还抱着老皇历自居潮流之外,就被认为是封建余孽。摒弃封建专制,哪怕仅仅是形式上的摒弃,使民主共和的思想深入人心。朱先生义退清兵时对方巡抚说:"张总督反正文告二十八条,我只领受三条,一为剪辫子,一为放足,一为禁烟。"武昌起义不久,朱先生说出了这样的话,足见革命的形式意义远大于实际意义,也足见革命生命力的软弱。昙花一现,辛亥革命过后,白鹿原迅速恢复了原有的生活秩序。

孙中山先生称共和的精神是"天下为公",这个"天下为公"用君主专制的眼光看是一种进步。

陈忠实先生在《白鹿原》中塑造的主要人物之一朱先生曾对"天下为公"和"天下为共"发表了经典评论。小说中的朱先生是儒家思想的代表,也是宋明理学中的重要学派关中学派的最后一位传人。他扶犁除烟,心忧国事;赈济会场亲尝舍饭,民之疾苦寄深情;倭寇犯边,扼腕疾呼,他不顾垂老之躯投笔从戎,欲捐躯以赴国难。站在他的立场上,他认为三民主义和共产主义是大同小异,将"天下为公"和"天下为共"合起来就是"天下为公共"。小说凸现了朱先生的特征,也凸现了儒家文化、关学理学与现代思想的区别。

《中华民国临时约法》其功勋受到后人敬重,缺陷让人刻骨铭心。缺陷主要表现为民众参与渠道设计不畅,权力分配方式含混不清,回避中央与地方分权问题,未考虑设立约法有效实施的监督机构,最终把《约法》的贯彻寄希望于袁世凯的政治操守。这些缺陷从一开始就注定了《约法》的悲剧命运,但它为近代中国文化在观念启蒙上注入了强心剂,民族凝聚力增强,国家认同感高涨,以其辉煌,亦以其遗憾载入史册。

在1919年开始的五四新文化运动中,陈独秀作为这场运动的旗手、共产主义运动的创始人,高扬"科学、民主"的启蒙大旗。在个人与国家的关系上,陈独秀总结了民国初期的失败,认为与其把原因归结到没

---

① 《陈忠实文集》第5卷,人民文学出版社2015年版,第360页。

有自觉的国民，不如说没有一个值得自我觉醒的理想国家。没有一个理想的国家便无法激起自我的觉醒，而没有觉醒的国民又不可能缔造一个理想的国家。陈独秀是悲观的，但抑制不住的是思想中的自由主义情结。他不反对爱国，但爱什么样的国家却要思考和选择，"我们爱的是人民爱国心抵抗被人压迫的国家，不是政府利用人民爱国心压迫别人的国家。我们爱的是国家为人谋幸福的国家，不是人民为国家牺牲的国家"①。自由主义与国家主义之间这种难得的张力是值得深思和借鉴的。李大钊批评了陈独秀的厌世心和亡国感，认为国家被赋予了生存所必需的绝对地位，无所谓恶不恶的问题。李大钊以"子不嫌母丑"的赤子情怀，劝告国人要以积极创建一个理想国家为己任，一息尚存，爱国不止，奋斗不止。"李大钊是毛泽东真正的好老师"②，他给毛的启迪之一就是将个人从封建主义中的解放与民族国家从帝国主义中的解放视为一体两面的关系，从而，个人的自由取决于集体自由，个人自由的获得融入民族独立和共和国建立的伟大事业之中。

在西方民主思想中，先驱们已经不奢望能仅仅依靠"西体中用"的思想或简单移植宪政政体就能实现救亡富强的历史任务，转而把目光投向更深层次的原因。他们发现西方国家的强大得益于科学与民主精神在整个社会的融会和充溢。新文化运动深揭猛批封建专制制度、宗法家族制度、纲常礼教、陈腐的法律文化和野蛮的司法制度。

马克思在《黑格尔法哲学批判导言》中说："当旧制度还是有史以来就存在的世界权力，自由反而是人突然产生的时候，简言之，当旧制度本身还相信也必定相信自己的合理性的时候，它的历史是悲剧性的。当旧制度作为现存的世界制度同新生的世界进行斗争的时候，旧制度犯的是世界性的历史错误，而不是个人的错误，因而旧制度的灭亡也是悲剧性的。"③ 马克思的精辟论述能帮助我们理解时代与作品之间的关系，对《红楼梦》悲剧性与时代特征之间的关系适应，对晚清开始的思潮与一切把准时代脉搏的文艺作品都具有借鉴意义。

晚清中国已经走到了封建社会的末路，早已经失去了汉唐的宏大气

---

① 陈独秀：《我们究竟应当不应当爱国？》，《每周评论》1919年6月8日第25号。
② 李银桥：《在毛泽东身边十五年》，河北人民出版社1991年版，第125页。
③ 《马克思恩格斯文集》第2卷，人民出版社2009年版，第7页。

魄和思想文化的积极自由，制度显示出了颓废和落后。统治者消极守成，悖逆社会发展规律而动，面对西方资本主义迅猛发展的大背景，一味以镇压盘剥钳制等为主要统治手段，盲目追求表面上大一统，暂时的安定只是形式表征，一切都显示出制度面临被淘汰被颠覆的末世乱象。

民国时期的旧中国政坛始终存在着较量。复辟与反复辟、革命与反革命，要倒退的反动腐朽势力与进步光明的人民革命势力之间进退起伏，斗争不断，社会动荡政局不稳。陕西地区先后有十余种政治势力角逐。包括升允"勤王"旧部、秦陇复汉军、哥老会、白朗起义军、靖国军、北洋军阀、中央陆军、民国南路军、镇嵩军、国民联军等。战祸频生、乡勇兵匪交织，这些力量多次驻扎集结在蓝田境内，抓丁拉夫、支差派款、敲诈勒索、民不聊生，无法长期忍受欺压的蓝田人民在中国共产党的领导下像火山爆发一样，开始觉醒并勇于反抗，努力成为社会的新主人。小说中朱先生在续修县志时拿不定主意是否还要再沿用历代县志"水深土厚、民风淳朴"的评价，因为被愤怒的烈火武装起来的人民不再是"顺民"了，而是谋求彻底解放前仆后继勇于斗争，具有光荣革命传统的人民群众了。一代人有一代人的使命与责任，把握社会运动规律，正确认识风起云涌的革命浪潮方向也已经远远超过关中理学的认识范畴了！

这一时期社会剧变，历史动荡，百姓和农民总是充当看客或牺牲品在夹缝中生存。生活困苦不堪，生命缺乏安全保障，无数生命个体或高尚或丑陋，频发的人生惨剧群像构成历史悲剧。儒家理想丧失，躬耕农桑的民人们失去家园，追求自由解放的女性被鞭挞，神秘魔幻文化印证昭示理想与现实，以白鹿、白狼为不同代表的正义者力挽狂澜，投机者大行其道，民主革命志士们无辜蒙冤，历史以一种非线性的复杂方式在纷繁活动的社会思潮挟裹下滚滚向前。

为创作《白鹿原》，陈忠实做了扎实的中国近代史温习积累工作。评论家李国平给他推荐了一本书，即学者王大华1987年出版的《崛起与衰落——古代关中的历史变迁》。通读这本书，他觉得新鲜而且不乏理论深度，加深了他对关中历史的认识，验证了他对近代关中历史变迁的一些思考。

赖肖尔的《日本人》也是这一时期他的案头书。西方列强的炮舰几乎同时轰击了中国和日本。海上丸国日本的政治经济制度是模仿中国封建制度建立起来的，然而，结果大相径庭。经由明治维新，日本开始了脱胎换骨式的彻底变革，中国戊戌六君子走上断头台，军阀混战，日本侵占大半个中国，这是为什么？"我只能看作是老师比学生的封建文明封建制度更丰富，因而背负的封建腐朽的灰尘也更厚重，学生容易解脱，而先生自己反倒为难了。"历史进展是必然性和偶然性的统一，必然中有偶然，偶然中有必然。从来没有无缘无故的爱和恨，从这个意义上讲，小说之所以是"一个民族的秘史"，原因就在于政治经济历史衍生发展的规律性，从衰败到复兴到强大必然是一个历史演进的过程。陈忠实认识到，"从清末一直到一九四九年中华人民共和国建立，所有发生过的重大事件都是这个民族不可逃避的必须要经历的一个历史过程，所以我便从以往的那种为着某个灾难而惋惜的心境或企望它不再发生的侥幸心理中跳了出来"①。

为创作一部史诗题材的长篇小说，艺术准备是必要的，研习晚清以来社会思潮的变化更是必要的，更进一步对近代中国经济家国家园等支撑性观念的探究更是尤为必要的。

## 第三节　家国、家园与经济社会背景

**传统社会的政治构架**

几千年来，小农经济、高度集权的君主专制、宗法制三位一体，互相依赖和补充，构建了稳固的经济社会与政治机制，导致中国封建专制存在了两千多年。游牧民族四处漂泊，逐草而居；希腊地理环境优越，商业发达具有天生优势；这些都是异域发展的特殊道路，不具有模仿性。在以农耕文明为主导的中国传统社会中，稳定有规可循安居乐业是理想。

传统社会的政治构架主要有三大显著特征：

第一是家国同构。通过一代代遗传，家作为社会细胞和生存样态建立继承，成为修齐治平的起点，绵绵不断地延续了旺盛的生命力。家的繁衍和聚居需要程式化、规范化，从而构成家族。在山高皇帝远的地方，家族行使着治理乡村的权限。在朝堂京都州府，国家权力秉承皇帝旨意，

---

① 《陈忠实文集》第 5 卷，人民文学出版社 2015 年版，第 360 页。

占据着主导地位。对皇帝而言，也有一个权力即江山的姓属问题。

　　家族权力和国家权力是人类文明发展历程中并存的两种权力形式。文明程度越高，国家权力越是区别并高于家族权力。中国社会长期归属于封建专制，刘汉、李唐、赵宋、朱明等王朝都呈现出家国权力交织同构的局面。"正如皇帝通常被尊为全中国的君父一样，皇帝的官吏也都被认为对他们各自的管区维持着这种父权关系。"① 君父、臣子、父母官岂能完全区分开来？家族权力成为国家权力的代理者。

　　国是家的放大，家是国的缩小和基本单位。对家的固守和依恋是儒家文化的深刻内涵。为了家，白嘉轩呕心沥血，赶走长子白孝文；被黑娃打断腰杆仍坚持农耕；不避瘟疫给妻子煎药喂药；在所有的外来邪恶力量面前中流砥柱，处惊不乱。他极力让这个家有规矩和传承，极力让这个家和谐安宁，以英雄本色让白家过湾转滩，挺立在白鹿原上。

　　国和家一样，都应该成为一个人物质和精神上的安全栖居地。国法和家规一样，都是尽可能地保证每个成员遵守秩序谋得发展的保障。国法与家法就是相互融合与补充，国家的法度通过一个个家族的家法延伸到社会的每个层面和每一个人。人们先知家法而后知国法，因而宗族祠堂就具有了统治者赋予的震慑力。人心似铁，官法为炉，家法同样不容违背，实践中常以对受法者人格的贬抑和践踏为表征。白嘉轩可以命令族人给赌博者嘴里灌大粪；可以公开鞭挞偷情的小娥、白孝文等，这都是大庭广众之下剥去对方尊严，以自己的刚直腰板和凛然脸孔注释着执掌权力者的坦荡正派和道德人格。

　　国家权力实施以法治程序为手段驱动国家机器正常运转。机器转动就会循规蹈矩，与开机器的人品行无关。家族权力行使必须通过执掌者的个人意志，以权力的承袭为负担和荣耀，以"乡约"等理念为遵循，以自己的率先垂范维持运行和发展。白嘉轩们求雨的辛苦、"挺直的腰板""纸一样薄的脸面"可以理解。而鹿子霖成为保障所乡约之后得意到祖先坟上放铳子意义重大，除了族长的家族权力外，分级代表的国家权力登台竞争。彼进我退，征粮征丁派赋都是国家权力的体现，这大大挤压了家族权力的生存空间，仁义道德分量愈来愈轻，以至于后来的白嘉轩退出权力中心，只好带着儿子续修家谱，祭祀祖先，"站在坡坎上久久

---

① 《马克思恩格斯文集》第 2 卷，人民出版社 2009 年版，第 608 页。

凝视着远处暮霭中南山的峰峦",超然安度余生了。

在这种体制下,皇权至上是不可动摇的,皇权又通过对族权的控制,将权力伸向社会的每一个角落。皇权至上使得法律成为皇权的工具,皇权高度垄断着各种权力,基层社会力量或者民间力量在皇权与族权的压榨下,没有任何活力,可以说对社会政治的影响微乎其微,因而整个社会系统极不健全,基本上是国家权力的附庸。西方那种所谓的市民阶层或者公民在旧中国事实上根本不可能萌芽和存在。

第二是官僚政治。官僚政治是中国政治制度的一大特征,从秦汉直至明清不断完善,达到了登峰造极的程度。不同的是,西方只是把官僚政治作为从中世纪贵族政治向近代民主政治转化的一种手段,但中国的官僚政治体系极其完备、分工十分细密,是由皇权完全操控的政治体制,皇权完全凌驾于官僚体制之上。层层官僚机构不过是皇权下达的工具,皇权的至高无上也就再次充分体现出来。对于百姓而言,除了皇权的压迫,各级官僚机构对他们也是一种压迫和控制,层层集权加剧了层层压迫,而层层压迫又有效维护了层层集权。应该说,这种层层压迫与层层集权维护了中国两千多年封建专制政治体制的结构性存在。

第三是政教合一。严格说来,中国社会没有系统的宗教信仰,但中国以儒家思想的社会性道德教化代替了宗教。孔子的儒家道德学说深深影响着中国人,不断地内省、自律,以此追求自身的所谓理性,有效维持了古代中国人自得其乐的人生态度。

孔子的"仁"和孟子的"民为贵,社稷次之,君为轻"的思想是理想和民间状态的。自董仲舒以后,仁与仁政成为统治阶层对下层人民偶尔的雨露式恩赐,修齐治平只是在相应的语境中割裂存在,无法一以贯之。君主治国,为臣者兼顾齐家,士人"穷则独善其身,达则兼济天下"。

白嘉轩也多次感叹这"熊"国家,他召集族人说:"从今日起,除了大年初一敬奉祖宗之外,任啥事都甭寻孝武也甭寻我了。道理不必解说,目下这兵荒马乱的世事我无力回天,诸位好自为之……"国将不国的时局之下,白嘉轩本身也没有政权力量的庇护,"治国""平天下"成为一种幻象游离于家族化的社会理想之外。

在这一点上,儒家道德与一般意义上宗教要求人们不是自信而是追求他信是完全不同的,甚至是背道而驰的。但中国古代文化有一大特性,就是其强大的同化力,任何外来文化,包括宗教在内,一传到中国就会被中国文化同化,成为中国文化的一部分。这样,外来文化在很大程度上失去了原有的含义。在此背景下,儒家思想成为不是宗教的宗教,被赋予类似国教的权威,渗透到社会政治的各个层面。皇帝成为整个社会独一无二的大教主,各级官吏成为各个地方的教主,负有政治统治和教化一方的双重责任。这就形成了中国特有的政、教合一的政治统治特色,整个社会成为一个铁板一块的封闭体系。当然,在这种政、教合一的架构下,儒学原来具有的通过内省、自律,达到人格独立的主体意识及其人文精神逐步地被淡化乃至被完全消除,儒学只剩下政治统治需要的、被政治化的伦理躯壳,完全成为一种皇权至上的专制政治理论。

在这三项特征中,家国同构是根本,它构成了中国传统社会的基本政治结构,官僚政治和政教合一对家国同构起到了保障作用,它们分别从政治制度架构和政治文化的层面起到了作用,使得传统政治具有西方政治制度所没有的高度成熟性和不可比拟的牢固性。到17世纪中叶,满洲贵族入关,建立清朝统治,中国传统的封建专制主义政治体制达到了登峰造极的程度。君主专制和中央集权制成为维护落后民族统治汉民族和其他各民族的有力工具,官僚政治体系更加完备,文字狱等控制手段达到了令人窒息的程度,政治危机不断加深。

"家国同构""官僚政治"和"政教合一"的相互作用及其不断强化,进一步加剧了这个时期政治心理的专制和民主窒息性。

首先,传统的专制政治统治造成政治权力一元化和政治权力多元化的缺位。封建专制统治固化了人治色彩,君主专制与中央集权是其主要特征,统治集团内部有了权力斗争,也形成了不同的权力集团或者利益集团,往往斗得你死我活,要么一方被消灭,要么一方臣服于另一方,而不是按照一定的政治规则,既相互斗争又相互妥协,最终依照一种政治契约的形式实现政治利益的共赢,并实现政治权利的合理分配,从而成为事实上的政治权利多元化。在事实上,这种传统的政治架构完全是一种等级森严、由上而下的控权模式,其控制权力的线路完全是单向的,是靠强权加上封建伦理维持的,州县乡村无不如此。

其次,专制心理和缺乏民主性,更加重了集团权力本位并加剧了个人权利诉求的缺失。社会长期处于专制统治之下,民众缺乏个人权利意识,更没有对个人权利的追求。长此以往,中国人缺少公共政治意识,既不去追求个人政治权利，也不可能去追求公共政治权利，广大民众缺乏发自内心地对个人政治权利的追求，民众认为政治不是自己的事情，精英也认为民众没有用，精英们自以为为了百姓，而百姓却毫不领情，形成怪圈。

缺乏系统科学理论指导的农会在白鹿原上轰轰烈烈地搞斗争，而白嘉轩更关心的却是土地、牲口、吃饭穿衣、婚丧嫁娶。农会是代表社会发展的进步力量，而儒家代言人白嘉轩有其根深蒂固的保守性，两者没有形成统一联盟。在白嘉轩心中，"哪怕世事乱得翻了八个过儿，吃饭穿衣还得靠这个"。靠什么？靠自信踏实地干好庄稼人该干的事。那就是轧棉花、耕地播种、务弄牲口等，这是本分，其他都不相干！革命作为政治的一种较高形式缺乏基础、内在动力、科学理论支撑和群众工作方式，那就只能是革命者的事情。不能怪民众不关心，而是现实的物质生存问题压倒了一切人。黑娃自然是鹿兆鹏培养出来的白鹿原上的革命精英，一度激情高昂，但随着形势发展，有限的财富重新分配不能解决根本问题的情况下，他也无奈地认为革命"在白鹿村发动不起来"。国民党在白鹿原拘捕反对者，"尽管石印的杀人通告先贴到每一个村庄的街巷里，仍然提不起乡民的热情好奇，饥饿同样以无与伦比的强大权威把本来惊心动魄的杀人场景化为冷漠"。多么无奈！阶级斗争是矛盾剧烈化的特殊表现，更深层次的是人格、尊严、文化、伦理、道德、地位、荣誉、恩怨等之间的斗争，在生存危机的高压下，这些文化心理内涵跃然站在前排，个人政治权利却屈居后排了。

最后，皇权统治及政治腐败，更多体现为人治色彩过于浓厚，其特点是道德至上，而法律至上却严重缺位。在中国传统的封建法律体系当中，成文法不过是道德规范的必要补充，是皇权统治的工具，用来控制和调整庶民百姓的行为，在一定意义上说，所谓法律不过是统治者要求、人们自觉提倡的实现自我道德的一种工具，法律沦为道德的附庸和工具，道德至上进一步得到强化，"权大于法"的现象时有发生，最终只能在提高执法者的"道德"、祈盼清官的出现上寻求出路。

历史的发展与演变既是曲折的又是复杂多样的。鸦片战争以后，由于西方资本主义的侵略，中国传统的政治制度和政治架构受到前所未有的冲击，在大势面前，中国传统政治只能是被动地转型，除此别无选择。

应当说，鸦片战争发生以前，中国封建统治完全处于盲目自动和自我封闭当中。"满族王朝的声威一遇到英国的枪炮就扫地以尽,天朝帝国万世长存的迷信破了产……"[①] 鸦片战争以后,西方文明猛烈地冲击着中国的官僚阶层,迫使一部分先进的知识分子认真思考社会的剧烈变迁。王韬、薛福成、郑观应等早期维新派提出的实行"君民共治"等改革主张,揭开了中国人探索民主政治的序幕。甲午战争震惊了全中国,中华民族终于觉醒,以戊戌变法为标志,力图对中国的政治制度进行全面改革。在这前所未有的变局之中,封建皇权终于衰落并走向终结,家国同构走向解体,族权的影响逐渐消亡。官僚政治经过革命的洗礼,其内涵发生了根本的变化。维新浪潮、革命思想和新文化运动等的兴起和反复冲击,使儒家的政治伦理学说完全失去以往的影响力。人们追求新的政治文化,打破了封建礼教对中国人长期的束缚,民主和科学成为人们向往的目标。这一切说明,中国原有的家国同构、官僚政治和政教合一的三位一体的政治架构失去了存在的基础,终于走向崩溃。

**自然经济的逐步瓦解**

两千多年来,小农经济一直是古代中国的主要生产方式,在这种生产方式下,人们主要从事一家一户的生产,其产品除了少量用于交换生产和生活必需品之外,其余都是自给自足。这种自然经济状态构成了传统社会的经济基础,整个社会处于老子所形容的鸡犬之声相闻、老死不相往来的封闭状态。人们的梦想就是拥有自己的土地,自给自足,那才是天堂般的生活。由于相互之间缺乏经济交流的动因,因而很难产生那种在商品交流和利益交换中必然产生的独立意识和自我意识,由于长期被束缚在土地上,农民也更难产生平等、自由等意识,更不会主动去追求与向往这些东西。

鸦片战争爆发前,中国依然处于自然经济状态,资本主义萌芽有所发展但十分微弱,整个中国几乎不存在近代化的工商业。随着鸦片战争的发生,中国社会发生了亘古未有的重大变化,西方资本主义经济侵入中国,古老的中国逐步被卷入世界资本主义的市场,逐步沦为半封建社会。资本主义国家对中国进行原料掠夺和商品输出,导致中国农民手工业者大量破产,自给自足的封建经济形式被打破,并逐步走向解体,中

---

① 《马克思恩格斯文集》第 2 卷,人民出版社 2009 年版,第 608 页。

国成为他们的原料产地和商品市场，成为资本主义体系的组成部分，中国传统经济的衰落成为历史的必然。可以说，鸦片战争的枪炮声，宣告了自然经济在资本主义市场经济中的失败。

西方列强的侵略改变了中国在世界格局中的地位。从1840年开始，英国等帝国主义国家利用鸦片、洋枪、大炮打开了中国大门，同中国签订了许多不平等条约，使中国沦为半殖民地半封建国家。加之清政府腐败无能，导致经济下滑，同西方相比，经济实力已出现很大悬殊。"非法的鸦片贸易年年靠摧残人命和败坏道德来填满英国国库的事情，我们一点也听不到……"① 以1840年为例，英国人口约2000万，年产生铁140多万吨，人均53公斤，煤产量达3500万吨，修建铁路1350公里，拥有年消耗5.28亿磅（合480万担）的机器生产的原棉的纺织工业。而中国当时有4亿多人口，全国铁产量只有2万吨左右，人均0.05公斤，煤只有少量开采，铁路没有，纺织业以家庭手工业生产为主。这种经济实力的悬殊，在1840年后由于西方列强的侵入，使中国经济更是一落千丈，走向衰退，在世界上的地位不断下降。

随着中国半殖民地半封建社会程度的不断加深，中国农村经济逐渐衰退。天灾人祸，社会动乱，严重破坏了农村正常秩序，农村社会生产力遭到空前浩劫，自然经济逐渐解体。

伴随着自给自足的自然经济和封建地主经济结构一定程度的解体，以及新式资本主义工商业的发展，近代中国社会的经济结构发生了极大变化，由此导致晚清阶级结构发生变动。原有各阶级阶层出现分化与解体，产生了新的阶级与阶层。在中国近代社会的阶级结构体系中，最基本的阶级集团表现为两大类属：一是与封建社会生产方式相联系的地主阶级与农民阶级，二是与近代社会新兴生产方式相联系的资产阶级与无产阶级。其他的阶层一般都从属于这四大阶级集团。

**家国、家园与富强**

文化不仅具有正向功能，而且有反向功能。个人和群体并不总是顺从社会规范，违反社会规范的情形也是时常发生的。这种非整合状态和违规行为并不是偶然的，而是文化功能的一种表现形式。例如社会的机

---

① 《马克思恩格斯文集》第2卷，人民出版社2009年版，第621页。

会结构是一种文化安排，这种机会结构使一部分人通过合法的方式去追求自己的目标，而使另一部分人通过非法的方式去追求自己的目标。当社会现有的制度和秩序安排通过"合法"渠道不能保障人民的正当权利，而且经过个体穷尽自身的一切手段之后仍然不能实现权利保障时，铤而走险，寻求体制外的帮助就成为一个无奈、被迫的必须选择，这时，社会秩序或稳定性可能会受到影响。前者是文化的正向整合功能的体现，后者是文化的反向非整合功能的体现。正向功能保持社会体系的均衡，反向功能破坏这种均衡。

德治要求治国者必须要有高尚的道德修养，并在实践中注重道德教化。中国古代的儒家站在"性善论"的立场上提出治国方略，通过"求善"，践行"内圣外王"，希冀把社会建成一个具有完美道德风尚的有序状态，使广大社会成员都成为完美的"道德人"（即"君子"或"圣人"）。在人人都是君子的情况下，"内圣外王"的理想才能真正实现。"内圣外王"也是儒家政治思想的基本内容，为儒家所津津乐道，在不同的历史朝代得到继承和发展。"内圣"指道德修养，"外王"指政治实践，"内圣"是"外王"的前提，"外王"是"内圣"的延伸。在数千年的中国传统政治实践中可以看出，一个好的政治家未必就是道德上的"圣人"，而"圣人"从政未必能成为一个好的政治家。一个具有一般道德水准的"圣人"若能按法度治理国家，同样能把国家治理好。过分强调"内圣"即道德修养的重要作用，在实践中必然忽视外在制约机制的作用。按儒家要求，统治者必须是也理应是"圣人"，"圣人"在现实生活中几乎不可能出现，这一点让儒家和普罗大众十分失望。换言之，现实中的君王都不是圣人，"金无足赤，人无完人"，可是封建统治上不是圣人意味着统治的合法性受到强烈质疑。君王及其统治集团于是竭力伪饰自己，装扮成"圣人"，打着"圣人"的旗号干着统治阶级需要干或者想干的事情。一切轰轰烈烈的造神、造圣运动的结果必然导致政治上的普遍虚伪。总结和深究中国古代法家的思想成就，通过道德教育不能完全解决政治问题和社会问题，必须诉诸制度和法律的问题，必须要由法律和制度来解决，其实，政治秩序和社会秩序只有建立在法治之上，才能可靠和持久，外在约束机制比内在约束机制更有效力。

作为治理国家、服务民众、凝聚人心、巩固社会根基的两种理论，在发展中使人们逐步达成了共识：德治、法治扬长避短，相辅相成、相得益彰，这不失为一种理想的选择。以治理腐败和其他各类预防犯罪为例，在树立牢固思想防线的同时，必须要加强制度建设，两者并重。"法律是准绳，任何时候必须遵循；道德是基石，任何时候都不可忽视。"①如果说制度建设是硬件，那么，思想建设就是软件。中国传统文化重心性、人格、修身、伦理、道德，这是一种政治文化，讲修身、齐家、治国、平天下，修身、齐家是前提和基础，治国、平天下是其自然而必然的结果。从政治实践的历史看，软件好，就能使硬件的运作畅通无阻。

近代以降的历史是一段以"追求富强与独立"为表征的历史。在这一焦灼的心态下，近代中国实际面临的是社会的转型问题。古老中国要进行的社会变革就是，从一个封建落后的农业国家转变为一个先进的近代工业国家，从一个封建专制的国家转变为一个具有现代意义的民主法制的国家，从一个有着几千年封建传统的大国转变为一个有着现代民主平等意识的新型国家，这是中国历史上从来不曾有过的，这是一场翻天覆地的新革命。一个传统的自给自足的封建农业国家，由于发生了同西方国家的巨大碰撞，鸦片战争起使整个中国的社会结构、思想文化、经济基础等都发生了巨大的动摇和变化，传统的封建超稳定结构遇到了前所未有的巨大冲击，旧有的封建模式遭到了亘古未有的巨大挑战，外甥打灯笼，无论如何也不能照旧（舅）下去了，唯一的出路就是适应形势，尽快变革，使中国迅速摆脱那种阴影和困境，通过认识和纠正自己的不足，学习西方的优点，重新振作以走向近代化。也许就当时的中国人而言，对富强与独立的渴求绝非仅缘于西方的船坚炮利，中国历经数千年的封建统治，可谓千疮百孔，危机四伏，中国人不得不认真面对自己的社会，运用脑力去思考变革求生之道。墨守成规和简单重复都不是解决问题的良策，只能在反思中前进，在进步中扬弃，在叛逆中回归，重建家国特色，赢得生机。我们不得不承认，当西方的坚船利炮把一种现代化文明摆在中国人面前时，中国人再也不能守循着千年遗传的文明循规蹈矩地生活了！

在面对亡国灭种的巨大困境时，传统的儒法两条路径上的知识分子达成一致：必须捍卫我们的民族。他们抛弃了儒家思想中正统的维持民众最低的生活需求的生存经济，转而主张与法家紧密相连的富强哲学，因为在

---

① 《习近平谈治国理政》第二卷，外文出版社2017年版，第133页。

这个时候只有富强才能捍卫我们的民族。寻求富强的原因与技术就成为在内外张力下的必然结果，因此不论是枪炮，还是工厂都有富强的隐语。

戊戌变法对近代中国发展产生了很大影响，主要表现在政治生态和文化生态方面。就政治生态而言，维新派（后来演变成立宪派）作为新生的政治力量，而且是作为先进的政治力量的代表登上了历史舞台，传统政治统治的基础越来越薄弱；就文化生态而言，中国破天荒地出现了舆论机关，政论报刊崛起，控制了舆论与传播主动权，导致中国传统的政治文化加速瓦解，近代化的政治文化生态逐步形成。

鸦片战争后，中华民族面临着"亡国灭种"的危险。人们开始对政治制度的变革产生了浓厚的兴趣。统治者则对此保持着一种极为矛盾的心理。

19世纪中叶是资本主义兴起并急剧扩张开始的时代。以英国为代表的资本主义国家试图打开中国这个自成体系的东方大国大门。在全球工业化的潮流汹涌澎湃中，资本主义所创造的生产力超越了人类社会过去几个世纪的积累，以自然经济为主要特征的传统中国遭遇到了变革时代的强烈冲击，坚船利炮一次又一次地叩击着近代中国统治者的心弦。1839—1842年的中英战争；1856—1858年与英国、法国的战争；1895年的中日战争，累计三次灾难性的战争彻底撕开了清政府的遮羞布，打破了中国闭关自守和泱泱大国的自满状态，清晰地把近代中国的贫弱落后面貌真实地展现在国人和世界面前。"19世纪后半叶所经受的屈辱和灾难使传统的以自我为中心的中国进行了痛苦的自我反省并开始重新评价和组织自己。"对这三次战争，斯塔夫里阿诺斯有着尖锐的评断。他认为1839年11月战争爆发以后，战争的进程清楚地表明中国令人绝望的军事劣势；在1856年开始的战争中，英法联军的力量不可抵挡；最为耻辱的1895年的中日战争，给了中国的傲慢自满一次毁灭性的打击，这个大帝国落后的武器配备在拥有现代战争武器的邻国面前显得十分无能。[1]

近代中国作为一个文明、历史悠久的古老传统国家，面临着外敌入侵、内政交困的局面。"天朝""华夏"在和"蛮夷"的对抗中一败涂地，彻底丧失了元气和底气。敌强我弱的事实促使人们认清了家底，迫使一批先知先觉者发现：西方凡是强大的国家，都有一部统一的宪法来

---

[1] [美]斯塔夫里阿诺斯：《全球通史：从史前史到21世纪》（第7版）下册，董书慧等译，北京大学出版社2005年版，第580—582页。

制约整个社会生活。于是，立宪就成了国家富强的一根救命稻草。

　　传统之稳定性决定了一种文明在没有外来挑战的情况下，其变革是缓慢而微弱的。促使传统瓦解和变迁有两种因素：一为内在的因素；一为外在的因素。就外在因素而论，它之所以能促使本土传统的嬗变与解体，归因于它明显的优越性。

　　某种文化一旦深刻地影响了一个人，那么这个人的行为处事、生活方式等方面无不受到这种文化的制约。在传统中国，自汉武帝"罢黜百家，独尊儒术"以来，儒家文化一直是社会的主流价值观和国家意识形态，对中国两千多年的传统社会影响深远，对人们的生活方式和价值取向作用十分明显。

　　儒家思想传统指导着人们的言行举止。人有遵循，心有坚守，所以异于禽兽，然而在社会变化过程中儒家仁义传统亦在发生变化。白嘉轩所坚守的仁义不同于孔孟，当然也不同于今天我们倡导的儒家传统文化的精华部分，而是集聚浓郁的封建宗法因子和狭隘自私愚昧专制因子于一身具体化了的思想。这种特殊思想天然抗拒变迁，固守旧有的农业文明，在日新月异的社会剧变面前保守失落闭塞，颓废怪诞。鹿三最信服仁义，却手刃追求幸福自由的小娥；朱先生集白鹿精魂于一身，却终生土布土鞋，拒绝洋线，拒绝接纳思考新事物；白嘉轩终日忙碌，践履乡约，只不过是封建思想渗透强化的助推器。复杂多难的时代呼唤开放变革上进的文化，渴望新生和光明，这显然不是白嘉轩所能承担起的历史重任。

　　由于饱受异族侵略之痛，导致近代中国民众心态呈现典型的两个特点：一是强烈的民族主义意识；二是与此相关联的国家主权高于公民人权的价值观。和其他民族相比较，中华民族在近代不断失去主权遭受侵略和掠夺的程度较深，民众心态普遍有一种"苦难意识"和"危机意识"。

　　社会政治转型的成功抑或失败在很大程度上取决于对普通民众心态的引导情况。长期遭受异族的侵略苦难经历，使中国的民众深知个人的人权与自由同整个国家的主权是紧密联系的，如果国家丧失独立，那么任何个人的人权也必然完全丧失。

　　鸦片战争以来，在思想观念领域"国民教育，以孔子之道，为修身大本"与"民主、自由、平等、博爱"等发生了激烈冲突，"科学、民主、自由、平等"的理念已经引起中国知识分子的普遍关注，这在一定程度上解除了几千年以来套在中国人脖子上封建礼教的枷锁，使得个人获得了更多的自由。维新运动中的激进派提出人格的平等包括君臣之间的平等、男女之间的平等、满汉民族的平等；反对女子的缠足、提倡婚姻自主、主张女子有受教育的权利。

预备立宪的政治转型唤醒了公民的参与意识和争取权利的意识。当时公民权利的争取，主要集中在"结社自由"方面。当局于1908年3月11日颁布了"结社集会律"，随后在1908年8月27日颁布的《钦定宪法大纲》中也明确规定了臣民的结社集会自由权。当时的立宪党人充分利用有利的时机，纷纷成立各种社团组织，这些社团组织往往有一定的政治诉求，他们以合法的手段争取参与国家事务，行使公民权利。据统计，在1906—1909年间成立的立宪团体就有65个，这些团体在随后的国会请愿运动中，扮演了重要角色，发挥了一定的积极作用。立宪团体一方面利用其合法组织的身份参与国家事务，行使《钦定宪法大纲》赋予公民的参政权，另一方面扩大在国内的影响，积极出版书籍和创办报刊，如《大公报》《新民丛报》《东方杂志》《时报》《申报》等报刊鼓吹其政治理念，开启民智、针砭时弊、议论国事，阐发公民权利和宪政思想。这些进步的报刊和杂志为公民权利在中国的传播起了积极作用，提高了公民参与政治事务的热情。从当时的历史现实可见，公民的权利意识和政治参与意识开始在普罗大众中普及。

辛亥革命胜利后通过宪法保障了公民的基本权利。在辛亥革命时期，公民的含义被赋予了更多的内容。首先要有"国家思想"。孙中山认为普通民众的国家意识贫乏，缘于只是纳粮、服役，却不被允许说三道四，因此不在意谁当皇帝，而民主共和革命旨在将国家的权力赋予人民。其次，要能够主张权利并能履行义务。正如邹容的《革命军》被誉为近代中国的"人权宣言"，如春雷一样炸开万马齐喑的中国大地，提出"国民有选举议员的权利，当政府侵犯国民权利时，国民有推倒政府的权利，有效忠于新建国家的义务，有承担国税的义务……"而蹈海殉国以唤醒同胞的陈天华把公民的权利更为具体化，包括：政治参与权、租税承诸权、预算决算权、外交参议权、生命与财产权、地方自治权、言论自由权、结会自由权等权利。

公民的合法权利需要受到宪法的保护。1912年，南京临时政府正式颁布《中华民国临时约法》，这是中国历史上第一部资产阶级性质的宪法，在这部法律中就权利归属实现了从主权在君到主权在民、由人治到法制的转换，赋予公民人权与自由，使人从臣民转变为公民。《临时约法》规定："中华民国人民一律平等，无种族、阶级、宗教之区别。"人民享有人身、居住、财产、言论、出版、集会、结社、通信和信教的自由；人民有请愿、诉讼、考试、选举及被选举等权利。同时规定，人民有纳税、服役等义务。

《白鹿原》中描写交农事件后，白嘉轩到成立的滋水县政府想保释被拘押的鹿三等人，接待他的白面书生向他宣讲了新政府的民主精神："交农事件没有错。""而今反正了，革命了，你知道吧！而今是革命政府提倡民主自由平等，允许人民集会结社游行示威，已经不是专制独裁的封建统治了。交农事件是合乎宪法的示威游行，不犯法的。那七个人只是要对烧房子砸锅碗负责任。你明白了吗？"民怨要有正常的疏散渠道，游行只是权利表达的方式之一，虽然事先未经批准，但宪法赋予人民自由。破坏财物却是违法的，需要承担相应的赔偿。明明白白的新政府道理令白嘉轩越听越糊涂，这也说明了新宪法的无奈无力无根基。

鲁迅说得更为明确："保存我们，的确是第一义。只要问他有无保存我们的力量，不管他是否是国粹。"[1] 由此可见，在国家、民族与个人的关系上，一反传统把个人利益放在了第一位从而培养公民的主体意识，主张树立人格独立的新道德的巨大进步在实践中异常艰难。

家国观念与家园观念暗含了公权与私权的张力，这一张力实质上反映了国家与市民社会的张力。典型的市民社会是面对绝对主义权力而主张自己获得自由的市民社会，是以经济的自律为基础的自律的独立社会。"在真正意义的公法关系中，国家和人民之间的关系并不是上级和下级的关系，而是作为平等主体之间的关系存在。"[2] 通过市民社会的集体意识和权利诉求行为可以形成对国家权力的制衡，二者之间关系，适度紧张可防止国家权力违规运行。承认国家权威至上和"家国同构"，以服务和报效国家、遵从国家权威作为行为道德的基本准则是中国传统政治文化中家国观念的主要特征。在利益格局上先国后家，在道德追求上坚持修

---

[1] 《鲁迅全集》第 2 卷，中国文史出版社 2002 年版，第 301—302 页。
[2] ［日］川岛武宜：《现代化与法》，申政武等译，中国政法大学出版社 2004 年版，第 93 页。

身、齐家的最终目的是要治理国家,因此,这一观念深受国家主义思想的影响,也更多地打上了公权的烙印。

从一定意义上来说,社会转型作为社会结构的整体性变迁,意味着社会稳定机制的转换,而社会稳定的维护是靠社会控制机制来实现的。在计划经济条件下,我国的社会控制是通过政治和行政手段向社会各领域渗透思想观念以及思维方式的整体划一来实现的。在改革开放以前的社会中,政治权力覆盖社会生活的诸多方面,绝对化的主流文化基石上建立起稳固的社会控制机制。而在转型社会中,随着政治与经济、国家与社会的相对分离,并由此带来市民意识的萌发,维持原有的社会秩序和社会稳定的控制机制正在发生变革。社会转型之初,由于控制机制的转换滞后于社会的发展,作为维持社会稳定重要手段的控制机制便产生了一定的功能障碍,在某些社会生活领域便出现了控制的盲点。这些盲点随着社会转型的进展,社会生活的某些领域游离于社会控制范围之外而导致社会局部秩序失范,产生不良影响,这都将成为治理体系现代化面临的实际问题。

**城乡境遇的当代转换**

生活在城市或乡村是生存的不同方式。千百年来,城市以富庶发达成为文明的集中地,乡村以朴素生态诠释着生命的延续。富强民主自由是最终目的,一体化协同发展应该是共同的美好前景。陈忠实早年生活在农村,成为专业作家后进入城市,结识了一些商海弄潮儿和社会各色人等,体验了水泥森林下的城市生活,写作《白鹿原》时却矢志蜗居在乡下西蒋村的老屋里,孤独苦闷,愉快悠然地抒写生命体验。如何准确真实地反映小说中人物所处的时代脉搏和精神,艺术追求上如何达到当时时代的文学水准,对陈忠实而言,小说篇幅长短是其次,深度广度却是关键,无关城乡居住地的差别,却关乎长年累月的忍受寂寞和持之以恒的韧劲。

民族的发展和城乡的进化同样充满苦难和艰辛,同样存在一个对腐朽落后的剧痛剥离问题。这个缓慢而渐次进行的以建立新秩序的过程是痛苦和不彻底的,陈忠实在谈到创作感受时说,这种变革"对上层来讲是不断地权力更替,而对人民来说是心理和精神的剥离过程,所以,民族心理所承受的痛苦就更多"。《白鹿原》试图反映的就是民族剥离过程中的矛盾冲突和心路历程，从推翻帝制开始到军阀混战，再到国共合作都是缓慢复杂的剥离史。

家国传统的传承和魅力家园的建设应该成为大国发展的两翼，既融合又平衡。陈忠实在多年创作实践中坚持爱国爱家，贴近普通群众，因塑造了一系列活灵活现的农村老汉形象而广受赞誉。在《白鹿原》中塑造的站立于文学长廊的白嘉轩、鹿子霖是代表中国农村社会的两类典型农民形象，更是代表中国传统政治、文化的两类典型人格。现实生活中，我们希望有时候要有白嘉轩的固本坚守，有时候要有鹿子霖的诙谐达观；有时候反感白嘉轩的不近人情和精于算计，有时候痛恨鹿子霖的沦丧无底线。白嘉轩不大进城，鹿子霖时不时进城，文学形象的非线性复杂性让我们品味着家国、家园；咀嚼着黄牛、狐狸；体会着繁华和落寞。经典铸就后留给读者的就是意味隽永的个体体验了！

人生境遇的差别，不是品质和智慧的差别，而是机遇，正如同样的瓷片，有的贴在锅台，有的却贴在厕所。瓷片一样的光亮，然而命运和功能陡然发生巨大的变化不是瓷片的错，只是机缘的差别。我工作以后，闻听工作的小区里有户人家的京巴狗产了七个崽，兴奋地抱了一个回来。孩子倒是很喜欢，无奈小狗不适应环境，夜夜哀叫不止，闹得四邻不安，只好找个周末送回乡下家里看门。一年后回去，父亲告诉我这狗很尽职尽责，见生人狂吠不止，见熟人摇尾乞怜，在看家守院上确实是帮了大忙，但有一次误食老鼠，而这老鼠竟是吞噬了鼠药的！从抱上这条狗的那一刻起，我就历史性地改变了这狗的命运，最终的凄惨下场让我很是自责。同样都是京巴狗，有的卧在城里贵妇人的双膝上，有的却在乡间小院中守护门院，谁能知道他们品种一样，甚至一母同胞呢，而结局却如此大相径庭呢？

农民并不比城里人缺少智慧，缺少的只是见识和经历。地大物博，人口众多，治理上的一个现实可行的办法就是长期实行城乡二元制的社会结构。把近八亿到十亿的农民稳定在广袤的乡村从事农业集体生产，加快消除城乡差别，巩固国民经济的工业基础是新中国成立后长期发展的写照。在以后的年份中，当然有一些脑瓜灵活的农民进城务工，做生意，挣了钱，也有走上邪路的，更多的农民则扎根这片土地上，认为种地就是人的本分。

社会转型是复杂而漫长的，建设新农村，加快城镇化是一个大趋势，重要的是改变农民心里根深蒂固、与时代不相适应的传统观念。有些观念无所谓先进或落后。

贾平凹的小说《高兴》叙述了农民进城以后心理上的巨大反差：

黄八愤愤不平："为什么这个世界上有了男有了女还要有穷和富，国家有了南有了北为什么还有城和乡，城里这么多高楼大厦都叫猪住了，这么多漂亮女人都被狗睡了，为什么不地震，为什么不打仗呢，为什么毛主席没有万寿无疆，再没有了'文化大革命'？"

主人公之一五富说："城里不是咱的城里，狗日的城里，城里人是凤凰，乡下人是乌鸦。"

当然，在这里农民对楼房、城市女人的议论之偏见是显见的，但其中包含着社情民意的积极价值，在现代化进程中显示的资本所向披靡的疯狂现象所引起了农民的不满。但是，看着这些真实思想的记录，我们还会说，人生来没有差别吗？城乡之间的巨大差别使得新老市民的融合始终是一个难题。城市是城里人的城市吗？乡下也成为城里人的乡下吗？满怀优越感的老市民们看着进城打工的新市民在街道上走来走去，就像刮过一阵风或者走过一条狗，看了一眼之后心里不留任何痕迹。在歌舞升平的发展模式下，仍潜藏着深刻的社会、人道危机，这并不是我们社会发展的终极和理想状态。

农人对自己的苦日子是淡然相处习以为常的。生下来是农民，不种地又能干什么？社会给他们又提供了什么平等的机会吗？贾平凹在《高兴》中塑造的人物黄八说："苦瓜不苦还是苦瓜吗，农村不苦还叫农村吗。"这种天经地义的观念并无所谓先进落后吧。实际上，社会不公正、苦难、贫穷是这个物质繁荣时代的一种现实，人们，包括农民，思想的解放、理想的飞扬、人格自觉的空前提升，同样是这个时代的现实。

城里人就真的生活优越，精神富足吗？大多数城里人生活在城市底层，依然过着贫困、卑微屈辱的日子或者过着与池莉的《冷也好热也好活着就好》、刘恒的《贫嘴张大民的幸福生活》主人公一样的泛喜剧式生活。中国人向来乐天知命，逆来顺受，自得其乐，能忍自安，习惯在沉重中找轻松，在苦难中觅快活。乐观写在脸上，而骨子中的悲哀麻木却时不时显现出来，无法消除干净。

自觉把准时代脉搏，用文学的手段和细节记录剧变下的人和事是作家的责任和使命。陕西文学的三足鼎立者路遥、陈忠实、贾平凹，他们的出身和生存环境决定了他们的平民地位和写作的民间视角，关注和忧患中国和关中的这片热土始终是他们的天职。

无产阶级政党在夺取政权、巩固政权的过程中一刻也离不开农民。革命导师早就强调过争取农民和建立稳固的工农联盟的重要性，"被我们争取过来的农民人数越多，社会改造的现实也就越迅速和越容易"①。从社会发展条件而言，马克思恩格斯的城乡观与之前的观点亦是一脉相承的。"城乡关系的面貌一改变，整个社会的面貌也跟着改变。"② 这不仅是一个城乡差别的问题，还是一个民族自信的问题。因此，把农村建成宜居生态的家园，把城市建成蓝天白云的花园，让身处不同城乡的人们凝心聚力安居乐业，是执政党的胆略和担当，是国家长治久安的战略性布局，是马克思主义中国化、时代化、大众化的生动体现。

---

① 《马克思恩格斯选集》第4卷，人民出版社1995年版，第500页。
② 《马克思恩格斯全集》第4卷，人民出版社1958年版，第159页。

# 第二章　关学与文化支撑

## 第一节　《白鹿原》的关学传统

**关学宗师张载**

人生活在自然与社会环境中，必然涉及认识和观察周边世界的问题；而人区别于动物的一个基本特征就是人具有思维能力，人的思维方式及成果构成世界观和方法论。这就是爱智慧的哲学，是人和行尸走肉最根本的不同，这也区别于动物的遗传惯性和生存本能。羽翼再饱满的蜜蜂也只能筑出来精美的蜂巢，即使没有经验的工人也会模仿制造出蹩脚的巢穴，其中的区别是人在动手之前大脑中就有一个蜂巢的模型架可以图纸化并随着施工的进展不断改进，蜜蜂只是惯性的本能遗产。"我思故我在""心之官在思"，古今中外的哲人都认识到了并十分重视人类思维主观能动性的重要性。

哲学包括理论与精神两个方面。哲学理论就是理论体系和观点，包括本体论、方法论、认识论和历史观等；哲学精神就是哲学所包含的学术使命、理论宗旨、思想志趣、思维方式、价值取向等，以及哲学学者自身体现出来的人格情操、人生志向、治学风格等，凝练的精神气象和使命意识等。

先秦哲学中的儒家以道德精神为核心，道家以自然精神为核心，墨家倡导勤俭精神，法家强调功利精神，大千世界，主张和看法不尽相同。先秦哲学形成诸子百家，其中的儒学在长期的发展中因为地域和观点的不同也形成了不同的学派。

宋明理学是儒学发展的新阶段，尤其以程朱理学和陆王新学为典型形态。北宋周敦颐的"濂学",程颐、程颢的"洛学",张载的"关学",朱熹的"闽学"并称为宋代的四大学派。中国古人勤奋地思考整理着对世界的认识,帮助我们梳理内心谱系。

张载的关学是在关中地区传衍的地域性理学学派,是宋明理学的一个重要分支。关学 800 多年来流转没有中断过,与程朱理学、陆王新学包容创新,融合发展,在哲学理论上为中华民族的智慧宝库作出了独有的贡献,在哲学精神上也形成了鲜明的特色。1960 年,英国陆军元帅蒙哥马利访问西安时,对陪同的周恩来总理评价张载时说:"横渠先生所创唯物主义,比笛卡尔早了 500 多年,世界唯物主义哲学之父,张横渠当之无愧。"在今天位于眉县的张载纪念祠中,仍然可以见到这句话。

在陕西这块土地上,自古以来有 71 座皇陵,埋葬了 72 位皇帝,皇亲贵胄文臣武将更是难以计数,但称得上学派宗师且从祀孔庙的,仅有张载一人。在张载关学国际学术研讨会上,也有学者认为眉县迄今为止有两座高峰无可超越,一是自然界的太白山,为秦岭最高峰;一是张载关学,为思想界高峰。

张载(1020—1077),祖籍河南大梁(今河南开封),宋凤翔府郿县人,今陕西眉县横渠镇人,世称"横渠先生"。张载祖父张复,真宗时任给事中、集贤院学士、司空等职;父亲张迪,真宗时任殿中丞、仁宗时期任涪陵知州、尚书督官郎中等职。

公元 1034 年,张载父亲张迪积劳成疾,于四川涪陵病逝。年仅 15 岁的张载和弟弟张戬同母亲陆氏一起,护送父亲的灵柩一起踏上归葬河南故里之路。张载一行从涪陵北上出川,进入大巴山区,在勉县定军山修养数日。他思考了三国时期军事家、政治家诸葛亮叱咤风云的一生,瞻仰武侯祠,把诸葛亮修身养德的经验总结提炼成"六有":言有教,动有法,昼有为,宵有德,息有养,瞬有存。"六有"箴言当时被张载题写在武侯祠大殿的墙壁上。离开勉县,张载和母亲以及 5 岁的弟弟张戬翻越秦岭,沿褒斜古道来到眉县大镇谷村,此时路费所剩无几,前路惆怅。听说前方发生战争,母子三人遂在当地村民的帮助下,把父亲安葬在大镇谷村的迷狐岭上。张家从此就在眉县安家定居下来了。

澶渊之盟后,积贫积弱的北宋王朝以每年给辽国二十万匹绢和十万两白银的代价赢得了暂时和平,大规模的战争变成了频频发生的小侵略和掠夺,人民的负担和灾难并没有减轻。

1040 年，张载编写了《边议九条》，建议选任好的官吏和将帅，严明军纪，演习备战，储粮集财养兵，兵民一体，共同御敌保边。建议写好了，送给谁呢？血气方刚，踌躇满志的张载专程赴延州把它送给了当时的陕西招讨副使延州知州范仲淹将军。范仲淹读后感到张载谈吐文雅，志趣不凡，从事哲学思考可能更有利于苍生社会，奉劝他"儒者自有名教可乐，何事于兵"[①]！张载回到眉县后，遵从范仲淹的教导，以"夜眠人静后，早起鸟啼先"自撰联勉励自己，从《中庸》开始仰思俯读，研习儒家经典，求知悟道。

1057 年，张载参加科举考试，与苏轼苏辙、吕大钧吕大临两双兄弟登临同科进士。此后，他先后任祁州司法参军（河北安国）、丹州云岩县令（陕西宜川）、著作左郎（掌管天文历法修订）、签书渭州军事判官、崇文院校书（掌管文史修订）等职。

王安石推行的以"青苗法""免疫法""方田均税法""农田水利法""保甲法"为主要内容的新政推行起来步履维艰。张载客观上是赞同王安石变法的，但是他主张要着眼于解决社会根本问题，实行王道，如把土地收归国有再分给农民耕种，"人授一方""以田授民""渐复三代"；变法要渐变，事缓则圆，不能"顿变"；变法要获得大多数人的支持，避免孤军作战。张载不是变法的核心人物，这些正确的主张并未得到宋神宗和王安石的采纳。"芭蕉心尽展新枝，新卷新心暗已随。愿学新心养新德，旋随新叶起新知。"张载在这首《芭蕉》中，以芭蕉为意向，表达了支持改革的心声，这与荀子"苟日新，日日新，又日新"的观念一脉相承。

其弟弟张戬反对王安石变法，受到打击排挤，多次被贬，张载深感自己也将受到株连，遂以病为由，怀着满腹的惆怅依恋，"藜藿野心虽万里，不无忠恋向清朝"[②]，辞官回归故里，专意著书讲学。

眉县、岐山、扶风一带是西周京畿之地，自古民风淳朴，尊礼重教，山川秀美，人杰地灵，物产丰富，历史源远流长，文化底蕴深厚。徜徉在这样一个氛围中的张载过着普通百姓的生活，他坚持"六有"的自律要求，弘文崇道，研读《中庸》《易经》《道德经》等传世经典，结交焦

---

① 《宋史·张载传》，中华书局 1978 年版，第 366 页。
② 《张载集》，中华书局 1978 年版，第 386 页。

寅等好友，在边防附近区域的贤山寺、楼观台等庙宇古迹，思逐风云，思追古人。他在太白山神功石观日月星辰斗转星移云卷云舒气吞山河之万象；在周围的大小河流记录地球自转公转对两岸遭水侵蚀的不同强度；在田间地头市井街巷听百家甘苦谋思恢复井田制的可能和方式；在不长的仕宦生涯中深谙民间疾苦，处理社会矛盾得法，礼遇老人小孩，"敦本善俗为先"，继承发展了前人的学说，逐步形成了自己的哲学体系，影响了当世和后人。

张载把自己当年读书的崇寿院扩大规模，设馆办学，世称"横渠书院"，前来求学的学子络绎不绝，书院也达到了历史上最辉煌的时期。

张载与吕氏家族关系密切。《白鹿原》中记叙了显赫于中国历史上的吕氏四贤的功绩。吕氏兄弟四人先后中进士，均有非凡学问和建树。吕大忠曾任代州、石州、秦州知州，一生为政清廉，言行诚恳。吕大防英宗时为监察御史，力揭时弊；神宗时期持疑王安石变法；哲宗时期任开封知府至尚书左仆射兼门下侍郎（左丞相），参与司马光"元祐更化"，是苏轼时期"厚朴纯直，不植党朋"的铮铮大臣。

蓝田吕氏家族中的吕大钧、吕大临品行高洁、志趣相投，亦拜张载为师，为关学的创立和走向兴盛奠定了基础。吕大钧和张载是同榜进士，互相尊敬，"横渠倡导于关中，先生与横渠为同年友，心悦而好之，遂执弟子礼，于是学者靡然之所趋向"。吕大钧丁父忧服孝期满后，甘居家中讲道，伺认"道不明，学不优，不足以及禄位"，这是十分可贵的。风格高尚的吕大钧学识渊博，尚认为自己德学不配位，居乡间率众人演习《乡约》，变更风格。张载赞其"秦俗之化，和叔有功"。

号芸阁的三弟吕大临先后师张载、程颢，泛采众长，著《易章》《易传》《论语解》《老子注》等，功力深厚，挥洒自如，与谢良佐、游酢、杨时同称为程门四大弟子，程颢、朱熹都高度赞扬其学术成优。吕大临实际上是关学派的重要起家人物之一，后世牛兆濂将多年讲学地命名为芸阁学舍也正是对吕大临的纪念和对学术弘扬传承之意。张载把自己女儿许配给吕大临，师承和亲缘关系叠加，更加密切。

"北宋名相"吕大防钦佩张载学识和为人，于熙宁十年（1077 年）曾向宋神宗举荐张载，"张载之学，善法圣人之遗意，其术略可措之以复古，迄召还旧职，防以治体"（吕大临《横渠先生行状》）。

吕氏弟子继承张载关学思想，躬行礼仪学以致用，编写《吕氏乡约》

《乡仪》等，从一乡开始，教化民众传授学理，行化关中，成为我国历史上最早记载的乡规民约。

张载一生著述甚丰，《正蒙》《文集》《礼乐说》《孟子说》《语录》《横渠易说》《经学理窟》等，其中最为重要的也是我国古代哲学史上经典的首推《正蒙》。

这些著作有些是张载亲力亲为写就的，"终日危坐一室，左右简编，俯而读，仰而思，有得则识之，或中夜坐起，取烛以书"，如《正蒙》等。他自己也认为《正蒙》是集多年精于思辨的结果，内涵与孔孟之意相符，"此书予历年致思之所得，其言殆于前圣合与，大要发端示而已，其触类广之，则吾将有待于学者。正如老木之株，枝别固多，所少者润泽华叶耳"。有些是后人收集编辑的，如《洛阳议论》等。1077年冬天，任太常礼院同知（礼部副职）的张载因病辞官西归，路经洛阳时与程颐、程颢兄弟就关学和洛学的异同、人性和道德伦理、军事等方面进行了推心置腹的探讨，思想火花交锋碰撞。张载是程颐、程颢的表叔，他和这兄弟俩的最后一次学术交流被弟子苏丙整理成《洛阳议论》传世。

张载西归到达陕西境内的临潼时因病重去世。但无钱买棺成殓，在众多弟子的资助下，张载的灵柩才回到眉县横渠。后来朝廷下诏赐支丧葬费用，1078年3月，一代宗师张载魂归横渠大镇谷迷狐岭张家墓区。1220年，宋宁宗赐谥"明公"；1241年，宋理宗赐封"眉伯"，从孔庙祭祀；1530年，明世宗赐"先儒张子"，声望和赐封达到了顶峰。张载"巍巍只为苍生事"，他的思想适应了统治阶级理论上的需要，封建朝廷对他身后的地位不断确认，既是顺应民间呼声，也是从正统上对关学思想体系的认可。

**张载关学思想的要点**

人生活在世界上，要追求物质文明的不断进步，要应对外界的纷杂变化，要客观认识周围的自然境界，如何能有一个大致正确的认识？如何能面对剧变临危不乱？如何能与环境和谐相处，赢得内心的平衡？万古长夜里需要明灯指引，蒙昧不清时需要人点拨迷津，张载"为往圣继绝学"，他的思想犹如夜航中的明灯，犹如滋润心田的涓涓细流，润物无声，温暖世人，代代流芳。历史证明，当年范仲淹对青年才俊张载万勿热衷金戈铁马驰骋疆场，而宜研习儒教，精思实践，风行教化，泽被后世的厚望并没有落空！

　　北宋初年，佛教盛行。佛教主张人们忍受现世的苦难以追求来世的幸福，灵魂永生、生死轮回、因果报应等主张混淆了普罗大众的思想。张载宣扬鬼神是根本不存在的虚幻之物，自然界和人各有不同的属性和特征，他激烈批判佛教思想的糟粕，唤醒责任和良知，以正视听。

　　北宋王朝积贫积弱，面临严重危机。政治上朝廷冗官、冗兵、冗费现象突出。蒙荫、荫补、特恩、科举取士等制度使得官僚机构臃肿不堪，"州县之地不广于前，而官五倍于旧"。拥有百万人数的军队战斗力低下，士兵待遇优厚且终身化，将领经常变化，导致兵不识将，将不知兵。北宋奉行高薪厚养官吏，官吏们享有俸钱、禄粟、职钱、侍从、衣粮、茶、酒、炭、盐等；士兵收入占财政70%，整个朝廷在财政费用上捉襟见肘。

　　军事上，北宋政府边患不断。西北部的西夏和东北部的辽国不断兴兵进犯，北宋丢失大片领土。檀渊之盟以向敌方输送大量财物苟且偷生的方式换取了边境的暂时安宁，人民却被增加了沉重的负担。

　　经济上，北宋统治阶层赋予大地主大官僚种种特权，"不抑兼并"的土地政策使得人民无地可种，流离失所。

　　公元993年，王小波、李顺在四川青城山发动起义，义军一度占领成都，建立大蜀政权，提出了"吾疾贫富不均，今为汝均之"的口号。当时北宋政权下，大地主、大官僚特权阶层掠夺土地庄园极度扩张，全国70%以上土地被地主官僚霸占，大批农民失去赖以生存的土地，赋税徭役沉重不堪。封建社会里的农民起义总是能起到调节作用，打击暴政阶层，适时惊醒统治者进行社会改革，使生产关系生产力矛盾暂时缓解。起义军要求夺回劳动成果，平均分配土地，一度发展到几十万人。王小波、李顺领导的农民起义直指封建社会的剥削制度，在农民起义的历史长河中，已经从前期的反对人身奴役发展到反对财产不均了，是农民战争史上一次重要的实践理性升华。

　　隋唐以来的关中政治经济文化进入了鼎盛时期，柳宗元、韩愈、刘禹锡等致力于恢复儒学正统地位，躬身实践、经世致用，反对佛教和道家的唯心史观，对北宋社会思想领域产生了深远的影响。

　　北宋开国之初，太祖皇帝"杯酒释兵权"，成功解决了武将专权独断割据的危险，维护和巩固了中央集权，大力推行"以文驭武"的方针。

北宋王朝逐渐成为文人的靓丽舞台。武将在枢密院任职越来越少，仁宗年间武将基本被排除。手无缚鸡之力不懂兵略的文臣完全控制了枢密院、禁军和三衙将帅，国家武备空虚，边防羸弱。

武备松弛，自然文人兴盛。北宋是我国历史上读书之风最为盛行的时代。帝王决心以文治国，带头读书。

宋太祖常常手不释卷。太祖重用赵普为相，相信赵普所讲的"道理为大"，总是希望重文抑武，风华天下。

太宗见到儒臣李昉等编撰的《太平总览》1000卷，喜不自禁，决心日读三卷，实际上一年就读完了800多卷。

真宗当太子时，精读《尚书》七遍，《论语》《孝经》四遍；当了皇帝后，设立经筵制度即皇帝读书制度。他还设立了翰林侍读学士和翰林侍讲学士，让全国最有学问的人陪皇帝读书，随时答疑解惑。真宗亲作《励学篇》，勉励天下士子读书。"富家不用买良田，书中自有千钟粟。安居不用架高楼，书中自有黄金屋。娶妻莫恨无良媒，书中自有颜如玉。出门莫恨无人随，书中车马多如簇。男儿欲遂平生志，五经勤向窗前读。"

大儒程颐在担任哲宗的经筵官时指出，经筵的目的是让皇帝"知道畏义"。

经筵一年分春秋两个学期，制度不断完善。春季学期从二月至端午节；秋季学期从八月至冬至。隔日安排一次讲读，有时遇单日，有时遇双日，早讲、晚讲各一次。仁宗更好学些，一度天天进行。读书时认真读、认真请教；不读书的日子与大臣谈经论道。皇帝锦衣玉食，可谁知晓心忧天下，学习对他们竟也是头等大事。

教材除了《尚书》《周易》《论语》等四书五经外，还包括《汉书》等。大臣们甚至还为皇帝编写了专用教材《帝书》等。

改革是时代的潮流。进步的思想家范仲淹、王安石相继推动改革，以图缓和阶级矛盾。张载是顺应时代潮流应运而生的一位杰出思想家。

张载的思想主要是哲学思想和教育思想。探究一个哲学家的哲学思想，主要是看他对这个世界的认识上都有哪些高见，不外乎唯物史观或唯心史观、认识论、辩证法、人性论、道德观、历史观或世界观等。我们超不出这个范畴的，自然一一看来。

张载倡导"气本论"。什么意思？世界是由什么元素构成的？古今中外哲学家首先要回答这个问题。金、木、水、火、土都曾经是哲学家研究和考察之后认定的对象。作为一种朴素的认识，不无道理。

张载远离当时的"新旧党争"，学术上也没有依傍哪个组织或派别，思想独立形成和发展。长期观察太白山的云卷云舒云蒸霞蔚，气流涌动气象万千的景象使得他认为"气"在宇宙中呈现为不同的形态。

儒家倡导的天、道家主张的道，在张载看来都属于气的范畴。气就是宇宙的最高本体，构成了阴阳矛盾对立的万事万物，如虚实、动静、聚散、清浊，这已经是对朴素唯物主义的契合，是对朴素辩证法的丰富发展了。

人性道德问题是历代哲学家不能回避的。张载认为人性中包含天地之性和气质之性两部分，来源于宇宙的天地之性具有先天性，清澈纯一善良恒久；气质之性则受到后天欲望环境的影响，有善有恶，可以变化。因而，人人都要加强道德修养，通蔽开塞，克制私欲，存理成性以变化气质，恢复先天善性。人性的发展完善有一个由低到高的过程，学者——贤人——圣人是一个持续努力，从自律到自由自在不断提升的过程。

哲学让人沉迷也在这里，认识世界后如何看待未来和理想呢？张载精心设计了一个"民胞物与"的大同世界：人民是同胞，万物是同伴，人人和睦相守尊老爱幼，大家同为天地之子；人人自律自省自警自爱自尊自敬，才能达到真善美天人合一的理想境界。

学者的使命是什么？张载提出并要求大家践行"四为"：为天地立心，为生民立命，为往圣继绝学，为万世开太平。"横渠四为句"这种宽广胸襟感动激励后人，成为中华文化责任使命的核心要素，温暖了中国人十一个世纪。

**关学学派的特征**

关学主张学贯于有用，研究现实问题，如军事天文地理宗法农耕等。张载尊师重教践履，重视躬行礼教。

张载在自然科学尤其是宇宙奥秘的探究上成绩斐然。他把天看作是一个以恒星为中心的整体，金木水火土诸星及地球运转不穷，突破自古以来的地心说；日月星辰等各有自己的运动规律，各自的运动机制造成了速降缓升；地球自转与其他天体之间公转有相对关系，日行一度，月行十三度,"月右行最速"而"日右行虽缓";用气化论解释了天文历算地理现象,如日食月食、四时更迭、寒来暑去、潮涨潮落、风云雷电、雨露霜雪等。张载的这些思考成果比欧洲同类认识的成果早了500—700年,有些阐述虽然不精确,但解释基本是科学的。谭嗣同曾高度评价了张载的这些认识:"地圆之说,古有之矣,惟地球五星绕日而运。月绕地球而运,及寒暑昼夜潮汐之所以然,则自横渠张子发之。"[1]

明清之际的唯物主义哲学家王夫之最推崇称赞张载。"杜门著书,神契张载,从《正蒙》之说,演为《思问录》二篇。"王夫之继承发展了张载气本论、气化论思想。一个人崇拜另一个人,大多着迷的是他的思想或行为。支配行为最多的是思想,所以,人的所思所想会成为别人眼中的神奇。所谓神交古人,主要是很多年前古人面对同样问题所表现出来的智慧和思考方式打动我们。十五岁的张载在拜谒了武侯祠,总结反思诸葛亮一生的成败得失后提出的"言有教,动有法,昼有为,宵有德,息有养,瞬有存"六有箴言不正是他对外在社会的智慧认识吗?因而,王夫之对张载的钦佩和继承是发自内心的。"张子之学,上承孔孟之志,下救来滋之失,如皎日丽天,无幽不烛,圣人复起,未有另易焉者也。"思想智慧成为桥梁,连接了六百年的时空距离,王夫之深深地被张载打动并推崇一生。

张载创立的关学不以思辨见长,而以尚实躬行著称,把实行实事看作实现价值的根本途径和达到圣人人格的最高标志。关中民间常将张载称张子,与孔子相提并论。很多关中家庭铭刻着"家尊东鲁百代训,世守西铭一卷书"的训言,博采众长,艰苦力学,重农恋家,崇拜土地,内敛守成。不管别人怎样追逐时髦,自己总是寂寞清醒,坚守一份信念,干好自己当下要干的事,打上这种印记的陈忠实在创作中润物无痕地展现着这种心理倾向。白嘉轩不让儿子去城里的新学就读,数次警戒白孝文不要理会农协的系列行动,反而轧好棉花,筹办好儿子婚事等都是这种文化细致入微的体现。

关学经世致用尚实积极的传统既根植于儒家入世致用的传统观念,也得益于关中地区独特的水深土厚和淳朴民风。这区别理学一定时期的空谈心性。周秦故里的地理历史传承,让自元入金的学者元好问不无感

---

[1] 蔡尚思、方行:《谭嗣同全集》,中华书局1981年版,第123页。

慨:"关中风土完厚,民质直而尚义。风声习气,歌谣慷慨,且有秦汉之旧。"《诗经》中的秦风当然明显不同于《楚辞》。昆山顾炎武游历秦中大地,晚年更是定居关中华阴,也借鉴吸收了关学的思想传统。

苍凉古拙,沉郁开阔的关中厚实冷静地滋养着一代代学人,无论南北东西。岑参、高适、杜甫、薛据、储光羲五人相约同登慈恩寺,留下了公元752年秋的关中印象。岑参在《与高适薛据同登慈恩寺浮图》中吟道:"秋色从西来,苍然满关中。五陵北原上,万古青濛濛。"两年后在凉州暂住时,他写尽了朋友间的情辞慷慨和人生感悟:"花门楼前见秋草,岂能贫贱相看老。一生大笑能几回,斗酒相逢须醉倒。"杜甫远眺,看到了终南山的一片青苍和泾渭清浊相混:"秦山忽破碎,泾渭不可求。俯视但一气,焉能辨皇州。"高适写尽了关中的清旷和高远:"秋风昨夜至,秦塞多清旷。千里何苍苍,五陵郁相望。"田园山水诗人储光羲惊叹于关中的雄浑开阔:"苍芜宜春苑,片碧昆明池。谁道天汉高,逍遥方在兹。宫室低逦迤,群山小参差。俯仰宇宙空,庶随了义归。"

从张载到明清李二曲到民初牛兆濂等都是在关中地域文化浸淫之下开创、传承关学的,其中的尚实传统一以贯之。学者李继凯曾研究了小说与三秦地域之间的关系,重点研究了杜鹏程、柳青、陈忠实三人经历与作品品格后指出:"陕北窑洞中的血泪最容易培植造反的火种,关中房舍中的心田最容易植下儒学的根苗。那种入世济世的人文精神,那种'究天人之际,通古今之变'良史笔墨,那种忧患意识制约的作家情怀,都很容易从关中作家的作品中找到。"[①] 从少年时代陈忠实就开始耳濡目染关学传统,在做长篇小说创作准备时更是发掘关学和关中文化潜力,品昨审今,秉笔抒怀。他为写长篇小说《白鹿原》,查阅三县县志、走访遗存古迹、遍听长者叙述、为乡亲掌管红白喜事等,无一不是关学尚实传统的根茎枝蔓。

### 书院与白鹿书院

私学即私人办的学校。中国古代私学发端于春秋中叶,到了春秋末叶已发展到初步繁荣的阶段。春秋战国时期,列国纷争,各诸侯国内部斗争也激烈。在此情况下,统治者无心顾及教育,于是官学普遍衰废。

---

[①] 李继凯:《秦地小说与"三秦文化"》,商务印书馆2013年版,第107页。

为了维护其统治地位并扩张势力，必然需要有一批人才以组成强有力的政权机构。这给民间人士参政提供了机会。当然，民间人士必须学有所长才能被重用，私学就是在这样的形势下兴起的。

据史书记载，最早的私学是由法家的先驱人物春秋中叶郑国的邓析所创办。邓析讲授自己的著作《竹刑》，专教讼诉之法，收取一定的费用。当时规模最大的是孔子私学，还有少正卯的私学名声也很大，二者并立，竞争颇为激烈，曾把孔子的学生吸引过去。到春秋末期，私学更加兴盛，最有名的是儒、墨两家，当时号称"显学"。战国时期，私人讲学之风大盛，出现了百家争鸣的局面。但对教育发展影响最大的则为儒、墨、道、法四家私学。其中儒、墨两家的规模最大，影响也最广。在孔子死后，儒家私学最有影响的是以孟轲为代表的"孟氏之儒"和以荀况为代表的"孙氏之儒"。孟子"从者数百人"，以阐明人伦为教学目的；荀子先后授徒于齐、秦、楚国著书讲学，培养出李斯、韩非这些当时属一流的政治家和理论家。荀况私学极为注重儒家经籍的传授，对保存古代文献作出了贡献。墨家私学是个严格而有纪律的政治团体和学派，要求学生具有刻苦、耐劳、服从和舍己为人的精神，并重视生产劳动和科技知识教育。

秦代实行"禁私学，以吏为师"的政策。汉代私学分两部分，一是以启蒙教育为主的书馆或学馆，先教认字，可读《孝经》和《论语》；一是传授经学的精舍。精舍一般由当时精通儒学的名家所建，一些经师鸿儒，所教授的门生弟子多达数千甚至上万人，其讲学已初具学术讨论与研究性质。

魏晋南北朝时期，官学兴废无常，私学相对得以发展。名儒聚徒讲学，常有几百人或几千人听讲。如雷次宗在庐山，顾欢在天台山，沈德威在太学当博士，回家还要授课讲学，许多贵族、士子也纷纷到此授业解惑。北魏时期的徐道明讲学20余年，学生先后多至万人。

隋唐时期官学兴盛，私学也随之发达。如隋朝大儒王通、曹宪，唐代颜师古、孔颖达、尹知章、韩愈等都曾在私学中教授学生，许多名儒隐居山水胜地，开学馆、设书院，当为宋代书院大兴的起源。

宋代私学教育和启蒙教育都得到了充分发展。经过北宋三次兴学，南宋官学有名无实，许多学者致力于私学。这一时期的启蒙教育已形成相对稳定的教学内容，《三字经》《百家姓》《千家诗》等启蒙教材大都为宋人编撰或改订。

辽、金、元各朝代私学也很活跃，其原因是统治力量上发生了不同民族的更迭，各民族都迫切需要加速培养本民族的治国人才。不同民族组建的一统政权总需要规范体系秩序和得力的人才。战乱的频繁，使得官学远远不能满足需要，私学才得以兴盛，其形式有私塾、家塾、经馆、家学等。明清时代的私学，继宋、元以后仍兴盛不衰，形式也无大区别。另外值得一提的是唐末以后的私学中产生了一批书院，宋代得到发展后明清时代即向官学转化，这不能不说是私学在中国历史上的贡献之一。

私学的产生是基于社会变革时期，各个阶级、阶层不断分化组合，吸引人才阶级斗争的需要。春秋时期私学替代官学是中国教育发展史上一次历史性的重大变革。在特定的历史条件下，私学依靠自由办学、就学、讲学竞争来发展教育事业，满足了当时社会对不同人才的需求。

书院之名始于唐代，分官私两类，但都不是聚徒讲学的教育组织，前者如集贤殿书院为藏书修书之所，后者为文人士子治学之地。唐"安史之乱"以后，国家由强转衰，政治腐败，民生凋敝，官学废弛，礼义衰亡。于是一些宿学鸿儒受佛教禅林的启发，纷纷到一些清静、优美的名胜之地读书治学。此后，归隐山林、论道修身、聚徒讲学之风逐渐兴起。但在当时还不普遍，规模一般也不大，没有形成系统的规章制度。真正具有聚徒讲学性质的书院至五代末期才基本形成，北宋初年才发展成为较完备的书院制度，成为中国传统教育制度的重要组成部分。

宋朝实现了国家统一，社会生产得到一定程度的恢复和发展，文风日盛。统治者无力顾及振兴官学，急功近利，对著名私学采取"赎买"也是不错的选择。官私联营的学校模式开始出现。据考证，两宋书院应有二三百所，最著名的六大书院包括：白鹿洞书院、岳麓书院、应天府书院、嵩阳书院、石鼓书院、茅山书院。

北宋自仁宗庆历四年（1044年）起，开始重视设学育才，曾先后三次掀起大规模的兴学运动，官学空前兴盛；且重在改革的实践理性成为主流，纯学术的研究日渐消沉，因而书院不彰，连著名的六大书院也破败停办或改为官学。

南宋外族的入侵，内部的倾轧和科举的腐败，致使南宋的官学形同虚设。由于朱熹等人对书院卓有成效的复办和理学的流行，书院又日渐昌盛。书院教育的理学家们特别推崇《大学》《中庸》《论语》《孟子》

等儒家经典，朱熹专门为这四部书作了注解，合称为《四书集注》，成为南宋书院和后代各级学校、科举考试的基本教材。宋代书院还普遍订立了比较完备的条规，这是书院制度化的重要标志，其中朱熹亲自拟订的《白鹿洞书院揭示》，成为书院学规的典范。不仅对当时及以后的书院教育，而且对于官学教育都产生过重大影响。

到了元代，统治者为缓和蒙汉民族的矛盾，笼络汉族士心，对书院采取保护提倡的政策，同时也逐渐加以控制，使元代书院日益呈官学化趋势。

明后期，由于书院研究学术特质的复归，讲学的政治色彩愈来愈浓，"讽议朝政、裁量人物"，统治者深感"摇撼朝廷"。明代后期，当权者先后四次禁毁书院，严重地戕害了学术思想的发展。尤其是"洞学科举"的创设，使书院、官学、科举逐渐融为一体。

清初，统治者为压制舆论，消除南明的复国情绪，对书院严加限制，不过这时的书院已经同官学没有什么区别了，从元代开始的书院官学化倾向，到清代达到极致。清代书院学习的主要内容是八股文制艺，目的是参加科举考试，获取功名，完全丧失了书院原有的教学风格与学术研究的性质，其独立性和自主性已所剩无几。

鸦片战争之后，清政府采纳了张之洞、刘坤一的建议，于光绪二十七年（1901年）下诏将各省城书院改为大学堂，各府书院改为中学堂，各州县书院改为小学堂，并多设蒙养学堂。书院制度走完了近千年的曲折历程之后，最终汇入了近代学校教育的洪流之中。

书院是我国封建社会独具特色的文化教育模式。作为中国教育史上与官学平行交叉发展的一种教育制度，它萌芽于唐末，鼎盛于宋元，普及于明清，改制于清末，是集教育、学术、藏书为一体的文化教育机构。它在系统地综合和改造传统的官学和私学的基础上，建构了一种不是官学但有官学成分，不是私学但又吸收私学长处的新的教育制度，它是官学和私学相结合的产物。自书院出现以后，我国古代教育便发生了一个很大变化，即出现了官学、私学和书院相平行发展的格局，三者成鼎立之势，直到清朝末年。它们之间虽有排斥，但更多的是互相渗透与融合，促进了我国古代文化教育的发展和繁荣。书院在中国大地上存在了一千余年，成为中国文化史和教育史上引人注目的一大奇观。

脱序于喧嚣与纷争的俗世，白鹿原上出现了白鹿书院。乱世中，一介寒儒静守方寸净土，小说人物朱先生笃行"三不朽"观念，"上山——下山"的隐见之间息干戈、编乡约、撰县志、赈灾民、禁鸦片、抗倭寇，以"出世的精神做入世的事业"。

白鹿书院既不挨村也不搭店，如是清僻之地确实清幽超逸，体现出士子们对隐逸空间的追根寻梦情怀。但是，在道德理想主义根祖文化认同中，它更是俗世认同的文化空间，如族长白嘉轩适逢治族、治家犹疑迷惑之际，则必登山以求朱先生"指点迷津"；而黑娃从"闯荡半生，混账半生，糊涂半生"到拜朱先生为师，在朝拜的时间关系上，黑娃拜师在先而拜宗祠在后。

作为白鹿原精神符征的朱先生，得知白嘉轩要在白鹿原兴学，竟然给白嘉轩和鹿子霖打躬作揖跪倒在地，热泪盈眶地说：

二位贤弟做下了功德无量的事啊！你们翻修祠堂是善事，可那仅仅是个小小的善事；你们兴办学堂才是大善事，无量功德的大善事。祖宗该敬该祭，不敬不祭是为不孝；敬了祭了也仅只尽了一份孝心，兴办学堂才是万代子孙的大事；往后的世事靠活人不靠死人呀！靠那些还在吃奶的学步的穿烂裆裤的娃儿，得教他们识字念书晓以礼义，不定那里头有治国安邦的栋梁之材呢。

白鹿学堂请的徐先生在学堂第一次典礼上只说了一句话作为答辞："我到白鹿村来只想教好俩字就尽职尽心了，就是院子里石碑上刻的'仁义白鹿村'里的'仁义'俩字。"朱先生和徐先生作为文化人，试图通过学堂传播儒家的忠孝节义思想，使其镌刻在白鹿原人的心里，于无声处对白鹿原人的身体和灵魂以不易觉察的方式进行细致的雕琢，使他们成为仁义价值的守护者。

白嘉轩、鹿子霖二人挑头兴办的学堂就是开设于家族、宗族、乡村内部的一种以儒家思想为中心的基础教育机构——私塾。私塾与关学相匹配共同传授经典传递传统文化，培养人才启蒙儒教。朱先生、徐先生就是广受尊敬的塾师，传播的就是以"张载四为句"为要义的关学启蒙思想。

孩子出生会给家庭带来光明和希望。出人头地有学问，读书参加科举考试做官是人们孜孜追求的目标，治国安邦则是他们更崇高的愿望。当时西风东渐，改革传统教育者创办新式学堂的呼声也日渐高涨。西方国家给孩子们传授德、智、体、数、理、化成为潮流，如果依旧沉浸于"四书""五经"的传统教化中，私塾教育就会落后于整个时代。

教育成为变革的新声。梁启超 1896 年在《论幼学》中讲:"举无足以亡天下,惟学究足矣亡天下。欲救天下,自学觉究始。"1902 年,晚清政府开启了从中央到地方的兴学运动。1905 年慈禧太后颁布上谕废除科举制度:"自丙午开始,所有乡会试一律禁止,各省岁、科考试,亦即停止。"这对田秀才一类的人是一大打击。"田秀才是个书呆子,村里人叫他'啃书虫儿'。考中秀才以后,举人屡考不中,一直考到清家不再考了才没奈何不考了。"

私塾教育开始被许多新式学堂取代,女子学堂也大量出现。1907 年,清政府颁布《奏定女子小学堂章程》《奏定女子师范学堂章程》,多层次的女子教育开始初步形成。鹿兆鹏、鹿兆海开始到城里的新式学堂上学,朱先生徐先生渐渐招不到学生也大多是在这一历史背景下出现的事。"孝文和孝武一人背一捆铺盖卷回到白鹿村。因为学生严重缺失,纷纷投入城里新兴的学校去念书,朱先生创立的白鹿学院正式通告关闭,滋水县也筹建起一所新式学校——初级师范学校,朱先生勉强受聘出任教务长。"

关学思想的正式传播途径通过私塾中断了,但白鹿原上孩子们摇头晃脑耳濡目染知晓的做人做事道理却印在心里了。

# 第二节 乡约与乡村治理

### 《吕氏乡约》的出笼

王安石改革开始以至北宋后,保甲、乡约、社仓、社学在传统社会的广大农村逐步推行。农村远离城市远离皇帝和地级政权,如何有效治理是一个问题。程颐在山西晋城以居住较近的每五户为一个小单元,使得力役相助、患难相恤,一时间,乡亲们之间行旅能互相照顾,疾病能有所养。王安石受到启发,以十家为保,五十家为大保,五百家为都保,在开封试行,全国推广。王安石以改革家的姿态,意欲用一个纯粹唯物的方案实现兵民合一的崇高理想,调用政府的力量,把青苗和保甲制度捆绑推行。然而,理念的先进遭遇现实的骨感,忽视了道德感化的功能,进而系列改革受到朝廷大臣和地方官的抵抗,并未普遍化实施。

熙宁九年（1076年），乡村又出现了一种新的乡约组织。陕西蓝田吕氏兄弟脱离现存政治体系，用纯粹民约的方式进行道德教化，大体上用一段启事和四句约文厘清了农村社会组织的基本理论。

传统王权统治并无法直接触及基层乡里。农村的乡里社会是一个休戚相关、处于自治状态的整体，利害相同，共生共存共依赖，家族制度在其中承担着不可或缺的整合力量。吕氏兄弟设想了宗法观念联结下的一个极端理想："人之所赖于邻里乡党者，犹身有手足，家有兄弟，善恶利害，皆与之同，不可一日无之。"吕氏兄弟假定农村社会和人身体一样是一个不可分割的整体，然而依据是什么？没有说。兄弟利害相关可以分家，身体能分家吗？手离开脚，手不是手，脚也不会是脚，只是僵死的残肢。通俗的道理大众易懂且能接受需要时间和实践。

农村社会组织必须得有规则秩序才能和谐相处。"德业相劝，过失相规，礼俗相交，患难相恤"四句话交代了个人道德修养和与人相处的原则。吕氏兄弟作为乡约的倡导者亲身躬行，希望全体乡民都能遵守。

如何做人？"德"告诉乡民们准则；事怎么做？"业"从内外两个方面提出了要求。

见善必行，闻过必改；

能治其身，能治其家，能事父兄，能交子弟，能与僮仆，能事长上；

能睦亲故，能择交游；

能守廉介，能广惠施，能守寄托；

能救患难，能规过失，能为人谋，能为众集事，能解斗争，能决是非；

能兴利除害，能居官举职；

能读书治田，能营家济物，能礼乐射御。

"德业相劝"的主要内容是这些，如果德业不相劝就是过失，就是违反约法。交非其人，游戏怠情，动作无仪，临事不恪，用度不节等都属于不修之过。

"礼俗相交"提出了农村社会在处理婚丧嫁娶祭祀方面的礼仪。婚姻丧葬、乡人相接、庆吊、遗物、助事等方面应该有哪些基本规范？吕氏兄弟给出了一个大致的原则，实际价值相比其他条款就逊色多了。白孝武结婚、白灵满月、白嘉轩鹿子霖主持修祠堂修学校等这些农人们生活中的大事断续发生，大体按照什么规程进行，白嘉轩和乡民们还是遵守了乡约的要求。

"患难相恤"则是吕氏乡约中最完美最完整的情感互助。七个方面的实际问题，如水火、盗贼、疾病、死丧、诬枉、贫乏等都是农村社会里最需要通力合作的重要条款。《白鹿原》中描写了瘟疫流行时白嘉轩和族人们在处理问题上的纷争；叙述了白狼和白腿子乌鸦兵扰民时宗族轮流值班抵御外来威胁的制度安排；还不厌其烦地写了白秉德去世、鹿兆海战死、朱先生仙逝、仙草患病离世等丧葬活动中族人们的分工协作和患难真情。

**《吕氏乡约》的基本特色**

一是从小处着手。从最小的乡村自然单位一乡开始实施，而不是一县一州一国；从日常的起居待人接物言行开始，而不是笼统宏大的礼仪法则。从乡开始，从个人开始才有实现的可能。孔子倡导修身治国平天下，由小而大；老子主张身家乡邦天下；后来的儒家修身也从扫一屋开始再扫天下！小事是最有可能做到的，说得再宏伟，流于口头等于没说。一点一滴的修为方有日积月累的积淀和厚度。

二是纯粹民间约法。离开政教合一体制，没有官府和官员的威权来压制民众，只是一个在大家了解基础上形成的契约。吕氏兄弟是乡村领袖是发起者，然而也是在族人赞同下得到认可的。在实施过程中，民众自发觉得它可以维持乡村礼教，办好社会事务。

三是自愿实施。地域上是一乡，一乡也不是全部，入约是自愿的，并不强迫。在这个局部的自愿参加的组织中，可以进也可以出。没有人强迫全村人人参加，也没有强迫每个坏人都要变好！加入后因为违约而退出则是要受到舆论谴责的。乡村是熟人社会，德行出了问题又不接受规劝岂能立足！

四是成文法。它不是民间的口口相传的习俗成训，而是以具体的约文条款出现，吕氏兄弟是起草代笔，内容是民众共同认可实施的。成文的乡约便于流传发展完善推广，朱熹在原来乡约的基础上增损修补，以礼教民，以礼化民，才有我们今天看到的《朱子大全》中的《朱子增损吕氏乡约》。

朱熹一生多次做过地方官，同安主簿、知南康军、知漳州、知潭州，这些岗位上都留下了他以学教民，以礼化民的政绩和声名。以理学名世的朱熹博学多能，不仅考证出吕氏乡约的真正作者是吕大钧，而且从审慎实际的角度和自己地方官吏的身份做了增损。

《吕氏乡约》约定定期聚会聚餐，表彰奖罚主事。朱熹对违约行为主张精神感化，取消罚金，由约正进行说服教育，最后才予以书面记录方便互相规劝，月旦集会时集体诵读约礼。

朱熹在"德业相劝"中进行了文字上的增补。如把"能规过失"改成了"能规人过失"，一字之改只为和新增加的"能导人为善"相对仗。增加了"畏法令，谨租赋"则是从自己地方官身份出发的自觉行为，这显然区别于吕氏兄弟乡民领袖的身份。

"过失相规"部分变化不大。如"衣冠大华"改为"衣冠太华饰"等，文字表达更清楚些。

"礼俗相交"部分增损较多，乡约乡仪合为一体，有条不紊，涵盖了社会常用的大多数生活交往礼数，包括相见之节、长少之名、往还之数、刺字、往见进退之节、宾至迎送之节、拜揖、请召、齿位、献酢、道途相遇、献遗、迎劳、饯送等十五种宾仪。《吕氏乡约》只是按照礼经记载人们应该讲求礼节，"如未能遽行，且从家传旧仪"。这就是说，社会礼节如果做不到，家庭礼节也能代替，怎么都行，反正不能离开礼。中国自古号称礼仪之邦，很多事情人们意识到应该如此但具体要怎么做，如献酢之礼等，这些都可能在实践中不知所措。朱熹按照儒家礼仪的教导告诉人们日常交往需要关注的礼节。

**饮酒其实有大规矩**

如献酢之礼是指人们在饮酒时的规矩。"献"指主人向宾客敬酒，"酢"指宾客向主人回敬。古人饮酒也大有讲究，并非我们想象的围坐在一起，大快朵颐的同时大碗畅饮。《诗经·大雅》云，"或献或酢，洗爵奠斝"，意思是敬酒和回敬时，主人敬的酒客人饮毕，置杯于几上；客人回敬后，主人饮尽也必须这样做。这其中就有讲究了。主人用爵，一种带有流、柱、鋬和三足的青铜酒器；客人用斝，一种有鋬和三足的圆口青铜酒器。敬酒和回敬时，主宾双方都有一个洗杯子的环节，不能缺少。宴会过程中，主人热情，客人殷勤，洗杯捧盏，场面宏大又忙碌有序。《诗经·小雅》曰："君子有酒，酌言献之……酌言酢之……酌言酬之。"在献、酢、酬、旅酬阶段，主宾不但要进行洗爵、洗手、辞降、祭祀等复杂而有序的程式，而且对行酒的次数有着严格的规定，对饮酒的爵数也有着明确的计数。这都是周礼的实践和要求。

旅酬之后，就进入互相劝饮阶段。《仪礼·燕礼》中称之为"无筭爵"。郑玄认为，"筭，数也。爵行无次无数，唯意所劝，醉而止。""无筭爵"也就是"无算爵"，即对行酒的次数就不再作规定，对饮酒的爵数也不再作计算，至醉方休。今天一些地方的酒宴中也有宾主双方合计提酒三杯，三杯之后轮流转圈敬酒开怀畅饮的规矩。

社会生活中总有一些公众活动需要一定的程序和仪式。正式一些的场合总要有一些规矩吧。带有祭祀功能的宾主相欢和家庭家族的欢宴讲究总是不同，儒家就是想要通过饮食中包含的文化礼俗来传播和规范一些基本观念。吃什么，怎么吃从来都不是一个简单问题。

《论语·乡党》中记载了孔子对饮食规矩的讲究。"食不厌精，脍不厌细。食饐而餲，鱼馁而肉败不食；色恶不食；恶臭不食；失饪不食；割不正不食；不得其酱不食；肉虽多，不使胜食气。惟酒无量，不及乱；沽酒市脯不食，不撤姜食，不多食；祭于公，不宿肉；祭肉，不出三日，出三日，不食之矣。"这段话为我们所熟知，一般解释为孔子对饮食的科学养生的高要求。孔子一生崇尚节俭，但并不等于为了不浪费而食用腐烂变质的食材。一切都要从当时的生产力水平和孔子恢复周礼的出发点去理解。理解孔子的思想离不开祭祀的要求，建立在"礼""仁"的崇儒重道基础之上的祭祀饮食，应选用上好的原料，加工时要尽可能精细，这样才能达到尽仁尽礼的意愿。

那么，酒呢？"唯酒无量，不及乱"。酒以与人为欢，量的供应上不应该有限制。喝多喝少根据每个人的量，不能过量，过量误事坏事乱事。一斗亦醉，一石亦醉，有人化解酶的能力超强，三斤不醉，且斗酒诗百篇；有人酒精过敏，醪糟亦上脸，情况不同，岂能勉强？强人所难能喝三两喝八两显示豪爽或者忠诚以至于出现夺命酒席，究竟为了什么？谁还敢去？谁还敢饮？

《孔丛子·儒服》中记载有"孔子百觚"的说法，这应当是正式的献、酢、酬、旅酬后劝饮阶段的事情了。赵平原君曾劝孔子的六世孙孔穿（字子高）饮酒，但子高推辞，平原君就说："昔有遗谚：'尧舜千钟，孔子百觚，子路嗑嗑，尚饮十榼。'古之圣贤无不能饮也。吾子何辞焉？"孔子可能酒量很大，来者不拒，参加宴会时主宾酒行无次，爵行无数，再醉仍然不乱上下之礼、宾主之序，不为酒所困，这是孔子。然而不是每个人都能成为孔子，无论酒量还是品格。

《论语·子罕》中记载了孔子的一句话："出则事公卿，入则事父兄；丧事不敢不勉；不为酒困。何有于我哉？"在朝廷上尽心服侍公卿，在家尽孝服侍父兄，丧事不敢不尽礼，不为酒所困，我还有什么可担心的呢？孔子的要求是不能迷醉于酒，喝酒成瘾，始终保持清醒，更不能装疯卖傻。其实在如今社会中，酒后不能失德失规仍是基本要求。喝酒喝出洋相，醉卧草丛的有，胡言乱语的有，驾车出事的有，酒后乱性滋事的有，这些行为违背道德，亦违背法律。

有人饮酒被酒拿住，有人饮酒能拿住酒，这是定力不同，也是儒家不为物役思想的体现，跟酒的度数品种和饮酒者的状态等其实关系不大的。白嘉轩、鹿三喜喝老西凤，干抿几口，为的是解乏提神沟通交心；鹿子霖碰上啥酒喝啥酒，吆五喝六，酒菜不分家，酒后乱性，图的是快活享受，恣意纵行。

南朝皇侃的《论语义疏》解释了孔子的这一思想，举足轻重。皇侃曰："酒虽多，无有限量，而人宜随己能而饮，不得及至于醉乱也。一云：不格人为量，而随人所能，而莫乱也。"酒喝多少不要求，每人要根据自己的酒量定，不能喝得"醉乱"。醉乱为酗酒，容易闹事扰人伤己。朱熹的《论语集注》："酒以为人合欢，故不为量，但以醉为节，而不及乱耳。"酒本来就是为了让人们欢快交往的，因此不能限制数量，喝到醉就行了，不能喝得神志大乱。儒家素来强调自我调控，不予放纵而以"微醺"为最高境界。苏轼一生离不开酒，但并不是整日醉醺醺："饮酒不醉最为高，见色不迷真英豪"。

古人对饮酒十分谨慎。西周初，周公在分封卫国时，反复告诫康叔，希望他不致因酒误政。周公还专门作了《酒诰》，这可以说是最早的"戒酒令"。周公的思想也对鲁国产生了重要影响，鲁国酿酒时，很注意使酒味道清淡，战国时人们还说"鲁酒薄"。

《战国策》中就记载了仪狄酿造了美酒进献给禹，禹饮过之后觉得很甘美，于是就疏远了仪狄，并不再饮此酒，还说后世一定会有因为酒而亡其国的人。又比如《史记》中记载萧何制定的律令规定"三人以上无故群饮酒，罚金四两"。

**明清对乡约的推演**

受蓝田《吕氏乡约》的启发，时任南赣巡抚的王阳明在《圣训六谕》的基础上于明正德十五年颁布了《南赣乡约》。《吕氏乡约》是民办乡约的创始和典范，在朱熹的继承和修正下，乡约被统治阶级认识到价值，逐步具有官方色彩。《南赣乡约》是官办乡约的典范，更具体详尽地规定了全乡人民共同遵守的道德公约，其中涉及军事训练、政治教育、道德陶冶等内容，防止人民"犯上作乱"，为善去恶，使民众变为封建地主阶级的驯服精干的臣民。

王守仁是明代心学的集大成者，一反程朱"分心与理为二"的主张，提出"心与理是一个"的学说，倡导"知行合一"，认为"知"和"行"在本体上并无分别，"知之真切笃实处即是行，行之明觉精察处即是知"，心之所思，行之所动，举乡约便是知行合一，便是格物致知。

《南赣乡约》带有强制性和官方传统，要求当地民众不论是否自愿都必须入约。"自今凡尔同约之民，皆宜孝尔父母，敬尔兄长，教训尔子孙，和顺尔乡里，死丧相助，患难相恤，善相劝勉，恶相告戒，息讼罢争，务为良善之民，共成仁厚之俗。"

明朝开国皇帝朱元璋颁布过"圣训六谕"，即"孝顺父母，尊敬长上，和睦乡里，教训子孙，各安生理，毋作非为"。为推广圣谕六言，朱元璋曾下令各乡各里选或年老或失明之人，每月六次手持木铎，在路旁向众人宣读圣谕六言。圣谕六言在明代可谓深入人心，它不仅写进了众多明代家谱中，也逐步融入明代乡约中，《南赣乡约》是最早将圣谕六言融入其基本精神的乡约。

从《吕氏乡约》起，历代乡约都倡导用推选的方式组织乡约领导阶层，《南赣乡约》也不例外。按照王阳明的设想，同约之人应推年高有德、为众人尊敬信服者一人为约长，二人为约副，推公正耿直果断沉毅者四人为约正，推通情达理善于观察者四人为约史，推身体健康品行清廉者四人为知约，推熟悉礼仪者两人为约赞。

约众聚会是乡约的古老传统，《南赣乡约》规定约众每月农历十五在约所聚会。约所是约众聚会的固定场所，如今在福建等地还能见到明清时代的约所，它们已成为乡土建筑的瑰宝。王阳明对约所的要求相当简单，甚至不必单独建筑一所房屋，而可"择寺观宽大者为之"。

聚会当天，王阳明在传统的读约之礼前，新设了宣读圣谕的仪式。约众跪在告谕牌前，听约正朗读皇帝圣谕，读毕约长将对众人说："自今以后，凡我同约之人，祇奉戒谕，齐心合德，同归于善；若有二三其心，阳善阴恶者，神明诛殛。"约众亦附和其言。在一个贼民不分的社会中，宣读圣谕有助于强化国家对当地民众的影响，树立国家的权威地位。

王阳明设计的聚会，在惩恶扬善的环节后，安排了聆听申诫的环节，约正向众人高声说：

人孰无善，亦孰无恶；为善虽人不知，积之既久，自然善积而不可掩；为恶若不知改，积之既久，必至恶积而不可赦。今有善而为人所彰，固可喜；苟遂以为善而自恃，将日入于恶矣！有恶而为人所纠，固可愧；苟能悔其恶而自改，将日进于善矣！然则今日之善者，未可自恃以为善；而今日之恶者，亦岂遂终于恶哉？凡我同约之人，盍共勉之！

为善去恶是贯穿《南赣乡约》的宗旨。作为一代心学大师，王阳明倡导"知行合一"，所谓"知"即是知善知恶，所谓"行"即是为善去恶，知未能行，等于未知。《南赣乡约》的可贵之处，在于它将精深玄远的心学思想化为人人都能看懂、人人都能做到的生活规范，它为当地民众提供了一条化盗贼为圣贤的道路。

**因地制宜**

不能因地制宜的乡约必然是失败的乡约。《南赣乡约》共有十六条，它根据当地民风民情提出了一系列具有针对性的措施。如第十条为防止民众向盗贼传递官府情报，规定"军民人等若有阳为良善，阴通贼情，贩卖牛马，走传消息，归利一己，殃及万民者，约长等率同约诸人指实劝诫，不悛，呈官究治"。又如第八条针对民众无法偿还高利贷而被迫逃亡为贼的情况，规定"放债收息，合依常例，毋得磊算"，"偿不及数者，劝令宽舍；取已过数者，力与追还"，如果债主恃强凌弱，约长可率同约之人向官府报告。

由于土著与新民（即移民）之间为争夺经济利益时常发生冲突，《南赣乡约》第十二条、第十三条分别对他们的行为做出了约束。王阳明对土著说，以前你们屡遭新民侵害，现在官府既然允许他们改过自新，他们强占的田产也已责令退还，你们不得再怀前怨，以致彼此不安。王阳明对新民说，官府因你们尚有一念之善，因此对你们的罪过宽大处理，你们应当彻底改过自新，勤耕勤织，平买平卖，不得再像以前那样甘心下流了。

婚丧之事是百姓重视的大事，往往花费极多，容易产生经济纠纷。《南赣乡约》第十四条针对民间男女成婚，女方责怪男方聘礼太少，男方责怪女方嫁妆不厚，以致婚期延误的情况，要求约长晓谕约众，各家应根据其经济条件，随时婚嫁。《南赣乡约》第十五条也倡导节俭办丧事，举办丧礼的意义在于尽人子之孝，不可讲究排场，若有约众办理丧事时浪费奢侈、不遵礼制，约长可直接在纠恶簿中书写此人不孝。

王阳明的《南赣乡约》不仅影响了其后的南赣巡抚以乡约教化这一地区的民众，也启发了众多王门弟子或在其生长之地或在其为官之地以乡约介入社会的改造。

嘉靖年间（1522—1566年），季本在揭阳主簿任内推行乡约，王阳明称赞此举"足见爱人之诚心，亲民之实学"。1534年，季本调任吉安府同知，王阳明的另一位弟子聂豹，是吉安府治下的永丰县人，他知道季本到自己家乡做官后，邀请他在家乡推行乡约。1536年，《永丰乡约》正式实施，它进一步强化了国家在基层社区的影响，主要内容包括申明约法、崇尚礼教、经理粮差、安靖地方，它将保甲、社仓、社学整合到了乡约中，而在王阳明治理南赣时，保甲、社仓、社学和乡约是彼此分开的。

聂豹日后回忆乡约举行当天，现场有数千人观礼，但秩序井然，他写道："是日也，穆穆于于，老安少怀，不谓复见三代之隆，予于是而乃知王化之有所基也。"或许我们难以说清乡约的实际效用到底有多大，但一代又一代的士大夫，确实在乡约的创制与实践上耗费了大量心血，王阳明就是其中的佼佼者。

**乡约：有规矩才有秩序**

中国人总是追求一种和谐上进、积极乐观的社会氛围。无论居家抑或外出，友善和睦都是基本原则。做生意讲究和气生财；做官讲究得道多助；封建统治者执政也多希望能有周公吐哺，天下归心的理想愿景。千百年来，无论城乡，人们"出入相友，守望相助，疾病相扶持"总是一种理想境界。老百姓居住在良田美景桑竹之地，阡陌交通，鸡犬相闻，往来种作，怡然自乐，始终是一种桃花源式的追求，我们一直在努力接近，暂时未达臻境。

"世界上没有一个民族能比得上中国人那样善于耕种土地并靠土地养活自己。一俄亩土地人能养活一个俄国人，两个德国人，而这同一面积的土地却能养活十个中国人。"① 1884 年，托尔斯泰（пев Никопаевич Толстй）在《中国的贤哲》一文中惊诧佩服中国这一时期领先世界的农耕文明。他研究认为社会稳定，文化完整，经济富足的原因在于中国这个"最富有、最古老、最幸福、最爱好和平的民族在生活中遵循着某些原则"。不错，托尔斯泰心中的某些原则就是自古以来的儒家文化和乡土社会的规矩和传承。

人总是不愿意受约束，可是社会没有规矩不行。有一个规矩，自己才不会成为无约束的牺牲品。人人遵守规矩，人人得到的就是一个权利自由的平均值，这是不少人不甘心的。有可乘之机，超越规矩总能多得一些，这就是规矩不断被违犯的原因。违背者必须得到惩罚，不然威信荡然无存，纸老虎能吓人吗？只是玩具而已。

在《白鹿原》中，《吕氏乡约》就是行为规范，是农民自治自救的一种有效形式，是村社文化的治本之道，教民以礼，以正世风。以梁漱溟为代表的新儒家文化对《吕氏乡约》高度评价，并身体力行地倡导了 20 世纪 30 年代初期中国乡村建设运动。

作为族长的白嘉轩要求：晚上，白鹿两姓凡十六岁以上的男人齐集学堂，由徐先生一条一款、一句一字讲解《乡约》。每晚必到，有病有事者必须请假；每个男人把在学堂背记的《乡约》条文再教给妻子和儿女。白嘉轩郑重向村民宣布："学为用。学了就要用。谈话走路处世为人就要按《乡约》上说的做。凡是违犯《乡约》条文的事，由徐先生记载下来；犯过三回者，按其情节轻重处罚。"处罚的条例包括罚跪、罚款、罚粮以及鞭抽板打。白鹿村的祠堂里每到晚上就传出庄稼汉们粗浑的背读《乡约》的声音。从此偷鸡摸狗摘桃掐瓜之类的事顿然绝迹，摸牌九搓麻将抹花花掷骰子等赌博营生全消失，打架斗殴扯街骂巷的争斗事件再不发生，白鹿村人都变得和颜可掬文质彬彬，连说话的声音都柔和纤细了。对于违背《乡约》赌博抽大烟的，白嘉轩把众人召集大祠堂，说："赌钱掷骰子的人毛病害在手上，抽大烟的人毛病害在嘴上；手上有毛病的咱

---

① 《列夫·托尔斯泰文集》第 15 卷，冯增义等译，人民文学出版社 1989 年版，第 71 页。

们来给他治手,嘴上有毛病的咱们就给他治嘴。"对赌博的人,白嘉轩惩罚他们的方式是让他们把手伸进滚烫的开水,对抽大烟的让他们吃屎,这样的人身侮辱刑罚,在正式的法律惩罚中是不会有的,在宗族中却为众人所接受。小说后面有效果跟踪和隐性评价:

后来,两个烟鬼果然戒了大烟,也在白鹿村留下了久传不衰的笑柄。

朱先生所立的"乡约",成为他的治村方略,村治取得了明显的成效。祠堂约束了白鹿原人的言行举止,也走出了一批日后接受革命理想的优秀青年。白鹿村一霎时在这一社会动荡时期成了儒家圣洁的精神乌托邦,从此,"白鹿村的人一个个都变得和颜可掬文质彬彬,连说话的声音都柔和纤饧了"。在这样一个民风、乡风的整饬过程中,白鹿原最基本的意义世界形成了,其核心就是"学为好人",就是以道德人格为立身处世之本,这一道德人格包括行孝敬、讲礼仪、懂仁爱、知廉耻等基本价值准则。

白鹿原上的人在儒家文化的底蕴之中,在《乡约》条文的规范之下,在耕读传家的警示之内稳定而安然地生活着,偶有冲突,也只是家庭内部狭隘、狡邪心理的表露,并没有你死我活的流血冲突。随着外部势力(白狼)的入侵,白鹿原衡定的生活轨迹被打乱,不同的人在外来势力的冲击之下,开始变形重组,取而代之的是冲突、流血和死亡。

白嘉轩更是用"乡规""民约"把白鹿原控制在手中,他是白鹿原上的世俗精神的领袖。他组织村民学习"乡规""民约",以净化灵魂;他惩治赌徒和烟鬼,让他们严格遵守乡规民约,使他们的行为符合儒家文化的教条;他通过认祖归宗,排除叛逆者,净化队伍。正如白嘉轩的预言:白鹿原上的任何人都要回到祠堂里。回归祠堂就是回归儒家文化,实现"学为好人"的目标。白嘉轩以宗族礼法、狭隘专制为中心的儒家思想拒绝开放包容,无法科学判断理解社会变化的依据,不能提供社会进步的理论阐释,成为革命者眼中白鹿原上"最顽固的封建堡垒"。祖宗牌位、族规石刻代为家族血脉联系的象征,拒绝接纳反叛者。以乡约为核心的治理体系对黑娃、小娥这样不合儒家伦理的反抗之人,绝不留情,甘冒众人指责的风险,终于用砖塔镇压了她的魂灵,以逼迫决绝的姿态造就了黑娃的一步步出走,使其最终沦为白鹿原上第一个彻头彻尾的土匪。

《乡约》条文奠基了白嘉轩稳定的心理结构。"一个人撑着一道原。

白鹿原就是白嘉轩。一道原具象为一个人。"原上最后一位族长为坚持《乡约》面临诸多对手的挑战，用自认为的凛然正气与各种违背族规的行为斗争：鹿子霖频频违背挑战《乡约》；田小娥生性叛逆，追求肉体自由；掌上明珠白灵追求精神自由，反叛传统，以新生社会力量的全新形象颠覆《乡约》和白鹿原；着意作为接班人培养的长子白孝文道德沦丧彻底堕落；忠厚实诚的最好长工鹿三手刃儿媳却遭到小娥冤魂的附身报复，精神失常；自己一心匡扶救济的黑娃却在原上掀起"风搅雪"式的农会暴动，沦为土匪，当过红军，学为好人成为人民政府县长后却被自己儿子孝文镇压……风吹雨打，白嘉轩心理结构岿然不动。可是事情的发展远比人们想象复杂得多，世事如棋，翻云覆雨，无奈悲催的老族长孤独终老，历史规律不可抗拒。叹然谢幕是白嘉轩唯一体面又尴尬的结局。

## 第三节 文化重负：辫发与缠足

### 清朝贵族的兴起

清王朝延续了267年，是中国历史上统治较长的封建王朝之一。这其中有三个重要的时间节点：一是1636年政权初创，皇太极在盛京（今沈阳）登基；二是1644年入关定都北京，取代明王朝执掌中央政权；三是1911年辛亥革命爆发，清廷退位，"中华民国"政府成立。三个时间点其实是大清王朝勃兴、繁荣和衰亡的标志。

清军入关定鼎北京，满族第一次成为一个庞大帝国的统治者之时，满族文化就面临着和已经延续了数千年的汉族文化激烈冲突碰撞的现实。征服者往往被征服地区的文化所征服。恩格斯曾对这类问题表达过意见："在长期的征服中，比较野蛮的征服者，在绝大多数情况下，都不得不适应由于征服而面临的比较高的'经济状况'；他们为被征服者所同化，而且多半甚至不得不采用被征服者的语言。"[1]

元朝初年（1271年），蒙古族南下攻占中原，大量地把良田改为牧

---

[1] 《马克思恩格斯文集》第9卷，人民出版社2009年版，第191页。

场，并对汉族和其他少数民族分化压迫。马上得天下并马上治之，中原土地平坦辽阔，自古以来就是粮仓，岂能放牧？这样的统治必不能长久，面对中原人民的奋起抗争，元世祖主动适应了中原先进生产力的要求，重视农耕，设立"行省"，继承了中央集权制；设立宣政院，使进入黄河流域的各民族包括蒙古、契丹、女真等进入中原和江南，同汉族杂居，逐渐接受了汉族文化。

马克思说过："相继入侵印度的阿拉伯人、土耳其人、鞑靼人和莫卧儿人，不久就被印度化了——野蛮的征服者，按照一条永恒的历史规律，本身被他们所征服的臣民的较高的文明所征服，这是一条永恒的历史规律。"[①] 鲜卑族、蒙古族、满族接受汉族文化和伊斯兰文化的传播过程都是这一规律的生动例证。

满族生活在白山黑水间，是一个马背上的民族。兴起之初，就一直同汉族交换武器、粮食、盐及丝织品，他们一边与明朝军队作战，一边进入辽沈地区，完成了从奴隶制向封建制的过渡，迅速适应了这一地区的先进文化。定鼎北京后，清初统治者在满汉文化冲撞中始终保持着清醒头脑，清帝们奖励农耕垦荒以恢复生产；沿用明制以完善中央集权制度；实现满汉融合，使得各民族间的经济文化和联系得以加强。

面对以儒学为核心的汉族传统文化，清朝贵族主动接受并积极促进融合，同时又保持自己"国语骑射"的文化特色。一种新的充满活力挑战的满族文化与一度低迷、空幻的汉族文化冲撞融合互补互生，社会进入了一个新的发展阶段。康乾盛世维系百年，版图辽阔的疆域基础奠定，华夏民族人口众多，中华文明远播周围国家和人民，创造出了其他封建王朝未曾出现过的辉煌业绩，不可不谓泱泱大国和世界强国。

到了清末，统治集团少了开拓进取的锐气和顺应历史潮流的魄力，因循守旧，已经无力面对来自西方的文化大冲击。国门逐渐被迫打开以后，任何人也无法阻挡全球范围内资源、劳动力等配置的大趋势，国家日渐衰微。

西方近代资本主义思潮唤醒了一批用新思维看待事物的先行者。魏源、林则徐、郑观应等都是睁开眼睛看世界，冷眼向洋、师夷长技以制夷的民族文化精英。

---

① 《马克思恩格斯文集》第 2 卷，人民出版社 2009 年版，第 686 页。

睡狮醒来之时必定会震天动地，如浩浩荡荡之势冲破任何罗网，波澜壮阔，炫彩纷呈。

1789年，乾隆皇帝回复英国国王乔治三世说："天朝物产丰富，无所不有，不必同外国人互通有无。"中国还是一个孤立的中国吗？在早期资本主义和殖民主义者眼中，这个庞大的古老王国资源、物产、劳动力、市场都是一块块诱人的蛋糕，岂能放过！

**辫发的历史**

满族的前身是女真人，1636年，皇太极宣布改为满族。

以狩猎为生的女真人穿行生活在山林之中。山林中枝条蔓芜，穿行时头发常被刮扯。环境总是逼迫人们来适应。怎么办？女真人剃掉大部分头发，脑后留一缕拧成辫绳垂下来，方便狩猎。当时的汉人不必这样，因为他们生活在平原，以农耕为生，穿行山林玩刺激吗？加之传统儒家崇尚"身体发肤，受之父母"岂能说剃就剃？汉人因此看不起女真人，嘲笑他们是僧人，因为从正面侧面都看不见头发，类似"秃瓢"。

明末努尔哈赤1616年称可汗，建立后金政权，1618年颁布"七大恨"征明檄文，不承认与明王朝的附属关系，挑起了女真族对中原的仇恨，实现了民族迅速崛起并占领了辽东广大地区。

广大的汉族人不是看不起女真的发型吗？这种歧视必须要从内从深处打消。努尔哈赤命令辽东地区的所有汉人改变原来的束发垂髻，必须接受女真人的发饰。屠刀之下的强令，汉人并不接受。辽东的金州、复州、海州、盖州的工人们聚集在一起，杀了自己同胞中已经剃发的懦夫，向八旗兵提出不剃发的要求。努尔哈赤大开杀戒，在广袤的辽东地区包括后来的长州、镇江（丹东）等汉族聚居区实行残酷镇压，一时间尸横遍野血流成河。镇压越残酷，反抗越猛烈，民族矛盾不断升级。汉人向女真人的井水、猪肉、蔬菜中投毒，甚至努尔哈赤在举行小型宴会时井水中也险些被当场投毒。愈演愈烈的反征服斗争使努尔哈赤内心恐惧，8位实施投毒的汉族勇士被扭送到他面前，努尔哈赤命令8人吞掉毒药，8人当场毙命。这难道就只是一个发型的问题吗？历史的河流静静流淌，时间过去了这么久，我们今天读到这段惊心动魄的史实，不由得对异族的镇压和历史的残酷感到震惊！原来历史的每一步都充满血和泪！

《明经世文编》等史料记载，当时大批汉人背井离乡涌向山海关、朝鲜或山东等地区，不愿意离开的汉人据守清河城、沙岭城、义州城等，拒不剃发。努尔哈赤攻下这些小城后，片甲不留，实施了血腥的屠城政策。开原被攻陷后，全城军民上吊投井，死不剃发！

顺治元年（1644年），吴三桂剃发引清兵进入山海关，李自成兵败，改成满族的女真人终于进入了北京城，建立大清政权。"留头不留发，留发不留头"，严峻的剃发令迫使全国范围内的剃发与反剃发斗争开始了。"嘉定三屠""扬州十日""江阴十万人同心死义"，甚至驱逐荷兰殖民军远据台湾的郑氏家族也因反对剃发迟迟不愿归降清朝。

屠刀杀遍全国，强权成了真理。全国男性的发式陡然变为"金钱鼠"：头顶只留一小撮，结辫下垂，大部分剃掉。因为剃发令，剃头业遂兴起。

1911年武昌首义后，清廷退位，中华民国诞生。小说《白鹿原》中的人们一时有些懵。城里"反正"的消息扑朔迷离，冷先生顶着头顶上咕儿咕儿乱响的枪声，魂飞魄散钻过大街小巷随着亲戚家发丧的灵柩出了城门才安全回到原上。封建君主制两千多年了，人们习惯了有皇帝，看天过日子看脸色行事，没有皇帝，日子咋过？"皇帝再咋说是一条龙啊！龙一回天，世间的毒虫猛兽全出山了，这是自然的"，冷先生的话加剧了原上的人心惶惶。

朱先生挺身前去清兵大营拜见巡抚方升退兵后，给张总督写下了两行稚头拙脑的娃娃体留言：

脚放大，发铰短

指甲常剪兜要浅

这两句话实际上是孩子们传唱的童谣。朱先生书写下来送给总督，意味深长。白嘉轩心中的迷惑在于：没有皇帝，皇粮还纳不纳？剪了辫子的男人成了什么样子？长着两只大肥脚片的女人还不恶心死人了吗？

这时候辫子是人心理结构外化的一个平衡点。辫子在，心理是稳定的；辫子不在，心理平衡被打破了。鲁迅短篇小说《风波》中人物七斤的痛苦就在于辫子没有了，不知道咋过日子了。新的道德观念和价值观念如何迅速建立是接下来的大问题，朱先生的方子是《乡约》。

头发体肤虽来自父母，但终究是身外之物。剪了长发方便生活生产，省得天天耗时梳理装扮。女人脚放大方便走路，行动便捷。朱先生的开导解开了白嘉轩心中的疙瘩。变天了，难道不考虑穿衣打伞的问题吗？

政治体制发生了根本性的变革，是注重发、衣这些外在形式呢，还是注重民风民情的教化呢？朱先生自己拟定了一笔不苟楷书的《乡约》，意在告诉平民百姓日月在频繁变换，城头大王旗走马灯似的更改，咱们平头百姓还是过的儒家传统文化德业相劝、过失相规、礼俗相交、息讼治本的日月罢了。

鹿子霖出任白鹿仓保障所第一乡约后，在县城接受了为期半个月的任职训练。回到村里，他穿着一身青色洋布制服，街巷里熟人全部认不出他来，向父亲请安时，鹿泰恒老汉眨巴着眼睛从头看到脚，很是惊奇："你的辫子呢？"子霖早有准备："凡是受训的人，齐茬儿都铰了。保障所是革命政府的新设机构，咋能容留清家的辫子呢？"

鹿老太爷老了，不懂得外面的世事变成啥样子了，但是他没法反对子霖的短发。人们对男人家拖着长长的辫子从反抗、适应到被迫剪掉、主动剪掉，经历了近三百年。白嘉轩也剪掉了，原上的人们都剪掉辫子以后也就慢慢适应了。

清初兴盛的剃头行业走村串户为大家服务。匠人们担一个担子，两头都装着剃头必需的工具，摇摇晃晃。前面的担子上竖立着一根细长杆子，这个杆子的警示意义在于谁不剃头就要被砍头，系上高竿示众。这个行业的兴衰与清王朝的兴衰几乎同步。

从清末民初开始一直到北伐、第二次国内革命战争、抗战等以后，剃头业从最初的兴盛也慢慢地衰落成个别群体的爱好。不营业，但是为家人和村里的乡亲剃头也算是不用出远门，就把摸索到的手艺造福大家了。朱先生感觉到自己大限将至，希望陪伴一生的夫人朱白氏为自己再剃一次头，朱白氏撇撇嘴："剃就剃嘛，咋说'再剃一回'？这回剃了下回不要我剃了？"儿子朱怀仁要给父亲剃头，朱先生不大相信儿子的手艺，二子朱怀义作证："俺哥剃头一点也不疼，村里人老老少少都焖了头求拜他给剃哩！"对儿子这种仁义乡里的行为父亲大为赞赏："这倒不错，给乡亲剃头总比在他们头上'割韭菜'好哇！"朱先生"割韭菜"的议论是缘于国民党对乡民们的苛捐杂税征兵拉丁的变本加厉行径，痛恨的同时却无能为力！生逢乱世，民不聊生，生命如草芥，民间的忍受和反抗犹如火山爆发前暂时的寂静，当时的社会对朱先生这样的传统关学学者而言正是一个回天无力徒自叹息的时代。写剃头就单纯是写剃头吗？陈忠实不愧是一个现实主义大师，《白鹿原》也无愧于一部文学经典的赞誉。作家通过剃头是写历史转变、写人物命运、写民族文化变迁。

然而，剃头这门手艺是有技术含量的，学成也是要经过一番历练的。剃头难就难在人的头不是篮球样一溜儿圆，它是有高有低的，剃刀稍不注意就会划破头皮，因而关键技术就在于剃刀要顺着沟坎的微小起伏而顺势起伏。朱先生很诧异大儿子啥时候学成的这门手艺，老二趁机在父亲跟前糟蹋哥哥："俺哥在我头上练刀子练出师了！头一回割下我五道口子，割一个口子沾一撮棉花。我说，哥呀，你甭剃那半边了，留下明年种芝麻……"朱怀仁学成的手艺一心想在父亲头上得到认可，朱先生开儿子的玩笑："你也想给你爸头上种棉花呀？你把棉花地卖了交了捐款没处种棉花了不是？"平民百姓只是想过安生平稳的日子，农民就是想种好土地养家糊口，耕读传家而已。朱先生看似平淡玩笑的话语中无不隐含着这种朴实的思想，然而这种愿望却无法得到保障和满足。饱受父亲关中大儒气息耳濡目染的大儿子朱怀仁善良温厚："甭听怀义尽糟蹋我的手艺。我一搭剃刀你就知道了。"

朱先生最终还是谢绝了儿子的好意。在行将告别这个世界的时候，他最愿意的还是让陪伴一生的夫人朱白氏给自己剃去一头的白发，怀着无人能解的孤寂冷清和理论上的迷茫安然无奈黯然神伤地离开人世。他说："我还是信服你妈的手艺。你妈给我剃了一辈子头，我头上哪儿高哪儿低哪儿有条沟哪儿有道坎，你妈心里都有底儿，闭着眼也能剃干净。"

厮守着和老妻一生的相濡以沫，朱先生意味深长意犹未尽地剃完了这辈子的最后一次头："剃完了我就该走了。"圣人的话凡人往往理解不了，朱白氏不理会也不在意："剃完了你不走还等着再剃一回吗？"朱先生一生研学宋明理学传承关学，匡扶正义教化乡里，依恋着白鹿原上的山山水水，遗憾自己修身治平的理想未能拯救乱世，临终前带着老妻剃头时的温热，化身一只飘忽而逝的白鹿抱憾离世："再剃一回……那肯定……等不及了！"

"自古长安地，周秦汉唐兴，山川花似锦，八水绕城流。"以长安为中心富饶的关中平原，自然条件优越，历史底蕴深厚，人文大师层出不穷，这里孕育涵养了朱先生的渊博温情和忠义凛然，他离不开舍不得这里的风土人情世故变幻。不谢幕的人生毕竟是没有的。《白鹿原》写尽了人生的遗憾和委屈。人的一生遗憾不能缺席，遗憾就是不完美，而追求完美是人的天性，完美却不可能，一切只是过程，那就坦然面对释然放下吧。未竟的事业总是有后来者继承，一代代人的使命岂能相同！朱先生基本完成了自己一生能想到的所有使命，不忍再看人世间的百态纷争，白鹿精魂从而寿终正寝。白鹿在这个情节里成为朱先生的化身，再次向我们展示了作者魔幻现实主义的思想。

渭南人王元朝为一个电视栏目《世相》总结创作了四句话："风花雪月平凡事，笑谈奇闻说炎凉，悲欢离合观世相，百态人生话沧桑。"王全安执导的电影《白鹿原》片尾启用华阴老腔演唱了这首小诗。其苍凉悲怆深邃宏厚无不让人记住白鹿原和《白鹿原》中的人物，而朱先生的传奇一生尤其是离奇天意般谢幕让人惆怅不已。

**裹足成了政治和道德象征**

可是，女人究竟为什么要裹足呢？

封建伦理道德中的"三纲"和"三从四德"规定了妇女一生的地位和言行规范。女人在封建社会家庭中始终是附属和依存的地位。"三纲"讲得很清楚："君为臣纲，父为子纲，夫为妻纲"；"三从"专门规定了妇女的附属性："未嫁从父，既嫁从夫，夫死从子"；"四德"更是进一步明确了妇女们在品德言语容貌技能等方面的规范："妇德，妇容、妇言、妇功"，这些都是不能违背的清规戒律。

"三纲"和"三从四德"在封建社会的激烈体现的是"节烈观"。"好女不嫁二夫"即妇女一生只属于一个男人，维护了男人对妇女的专有权。守寡为"节"；"殉夫""殉情"为"烈"。《二十四史》中每部史书的最后部分均列有节烈妇女传记。节烈妇女的产生不仅是当时各地政治生活中的大事，而且被纳入了政府官员政绩考核体系。全国每个地区每年的节烈名单均由中央政府的礼部进行审核批准大肆表彰。出现节烈妇女的家庭地位均会提高。

清朝尤其标榜节烈，受到表彰的队伍不断扩大。历史上多次出现过豪门家庭为病入膏肓的儿子娶贫寒人家女子为妻，病人故去，为富不仁的富豪家庭立即按"三从四德"的要求，逼迫少女自尽，顺理成章地成为"节烈人家"。其灭绝人性的惨烈程度可见一斑！

裹足是"四德"中"妇德"的要求。《女儿经》云："为什么事缠了足，不是好看如弓曲，恐怕她轻易走出房门，千缠万裹来拘束。"妇女裹上脚行动不便，姿势笨拙走路艰难，只能在家中养育儿女操持家务，所谓"内外有别"。

裹足起源于奢靡浮华的南唐后主宫廷。宋代开始以脚小好看风行缠足，南宋时蔚然成风，元明时社会愈发崇尚缠足和小脚，缠足变成了财富、权势、荣耀的象征。清代男方娶妻是拒绝天足的，因为只有小脚女人有妇德，高尚尊贵才能进入上流社会。只有偏远地区和下层社会的妇女因为要从事生产劳动，担负赋税和繁重的体力劳动，才不会缠足。封建社会中的大脚妇女并不说明这些家庭先知先觉，观念先进，相反不缠只能说明这个家庭贫穷，妇女卑贱，没有条件缠足，也就不可能嫁入较高阶层的家庭。

满族在接触汉族文化接手统治中原地区之初，在两种文化冲突和较量中有着独立的见解，坚持不许满族妇女和汉族妇女缠足。1638年，皇太极传令："若有仿效他国衣帽及令妇人束发裹足者，等于身在本朝，心在他国，视为内奸。自今以后犯者俱加重罪。如果家中奴仆举告家长者，可以除奴籍自立门户。旁人举告则得奖赏，被告连同他的本管官一起治罪。"不许满汉妇女裹足成为清朝贵族统治天下的一项大政方针被明确坚决地定了下来。

1645年，顺治皇帝再下禁令："自此以后满汉人所生女子不得缠足。"随着剃发易服令在全国大范围的推广，清军转战各地着力镇压屠杀反剃发令的汉人，成效显著。人民因贫困无法立即置办清朝式样的服装，易服则可以放宽缓行。放足的要求是易服政策的一部分，不能像剃发那样靠屠杀来执行，有的汉人根本没有执行。

康熙三年（1664年），辅佐康熙皇帝的4位辅政大臣颁布禁令：康熙元年以后所生女子违法缠足，其父有官者交吏、兵部议处；兵民之家亦交政府责打40大板，流放；十家长（最小的基层行政单位）稽查不力者，十家长带枷一个月，责打40大板；总督、巡抚以下文职官员失察的，悉听吏、兵部议处。一个妇女禁止缠足的政策管辖权如此之高配，处置如此之严厉，严厉得快赶上剃发令了，在全国范围内还是没有得到有效执行。这是个奇怪的现象，一方面说明传统理论观念和习俗的抵制之坚决强力，一方面说明不严厉这个基本国策无法顺利推行也不利于清朝的统治。

放足行不通，裹足却根深蒂固。汉族士大夫自觉强迫女儿从4岁左右开始缠，6岁左右成型，也有的地方这两个年龄点能再推迟大约3年。

生身父母的爱变成了残忍，社会衡量一个女子美丑卑贱的标准维系于脚的大小。天足父母以为耻辱，本人自惭形秽；小脚自然而然，社会认可，行为高尚门第高贵，权贵人家争相令女子缠足。清朝贵族自家女子绝不缠足，对待汉族缠足的陋习也从观望转到支持，这都是出于维护统治的需要。

既然裹足对清王朝的好处看不出来，但也看不出什么坏处；还能收拢汉族士人官绅人心，那何必绷得那么紧呢？礼部员外郎王士祯请奏"请放宽民间女子裹足之禁"，康熙皇帝是明智的，顺势批准了，禁令于康熙七年（1668年）松弛了，皇帝的一言九鼎在这个问题上让步了。

白鹿原上的卓越女人吴氏仙草第八次坐月子时，已经司空见惯胸有成竹，早就祛除了对于怀孕临产的恐惧痛苦，挺着大肚子像平日里一样地擀面绞水拉风箱、织布纺线染布。这一天，当她正在忙碌时，镇静地感到"裤裆里有热烘烘的东西在蠕动"，原来是要临盆了。白灵出生了。白嘉轩的夙愿得偿缘于白灵的出生，没有女儿的缺憾终于如愿弥补了。

白灵的成长是顺顺当当的，直到缠足的当紧关头。进了一趟城，剪掉辫子的白嘉轩一回到家就听见让人撕心裂肺毛骨悚然的嚎叫声，妻子仙草在给女儿白灵缠足哩。

民间怎么缠脚？用浆过的长布带分别裹紧女子的双脚，裹的同时要将大脚趾之外的其他脚趾用力弯压到脚底，前面只留一个大脚趾，从而形成一个脚尖。整体上要包紧箍实，确保未成年女子的脚按照包裹的样子发育。为了让小脚长成得更快更有模样些，有时还会给裹脚布中夹杂些尖利的东西，例如瓷器的碎渣，破坏脚的正常发育生长。民间谚语有云：缠小脚一双，流泪水一缸。为什么流泪？没有别的原因，疼痛和恐惧！

"从来脚小说山西"，三晋大地膜拜小脚以大同为甚。晚清时期大同地区每年农历六月和中秋节都要举办"亮脚会"，遴选出前三名，让游人观赏。阎锡山主政山西时曾派军队阻止"亮脚会"举行，但陋习难改，上有政策，下有对策，大同地区的"亮脚会"从公开场合移至自家门口举办。每年六月六日，行人纷至沓来，当地男子也以脚小纤细，绣花鞋精美作为标准择偶婚配。

女真人攻占辽东开始一直到入关后清朝一统天下，中华民国建立，甚至抗日战争爆发，裹足的陋习折磨了中国妇女超过300年。1912年3

月。民国大总统孙中山发出禁止缠足文告:"通令各省一体劝禁。其有违禁令者,予其家属以相当之罚。"时代风气才逐步转变,国民政府严禁缠足的号令也渐次取得成效。特别是在抗日战争期间,小脚女子们在躲避战乱的颠沛流离中倍受所谓"三寸金莲"之苦,于是缠足现象慢慢减少。新中国成立后,人民政府严禁女性缠足,并强令已缠足妇女放足,这才使得这一陋俗恶习彻底退出了历史的舞台。

小说《白鹿原》写尽了父亲对女儿的疼爱,写尽了新旧观念对人们的冲撞。原谅我对小说文本的再次引用。

他紧走几步进厦屋门就夺下仙草手里的布条,从白灵脚上轻轻地解下来,然后塞进炕洞里去了。仙草惊疑地瞅着他说:"一双丑大脚,嫁给要饭的也不要!"白嘉轩肯定地说:"将来嫁不出去的怕是小脚儿哩!"仙草不信,又从炕洞里挑出缠脚布来。白灵吓得扑进爸爸怀里。白嘉轩搂住女儿的头说:"谁再敢缠灵灵的脚,我就把谁的手砍掉!"仙草看着丈夫摘下帽子,突然睁大眼睛惊叫说:"老天爷!你的辫子呢,看看成了什么样子!"白嘉轩却说:"下来就剪到女人头上了。你能想来剪了头发的女人会是什么样子?我这回在县里可开了眼界了!"

白嘉轩怎能不知道娃子女子都应该严加管教的道理,只是他无论如何对灵灵冷不下脸来。仙草禁斥道:"念书呀?上天呀?快做到屋里纺线去!"白嘉轩还是哄乖了灵灵,答应她到本村徐先生的学堂去念书,并说:"你太小,进城去大人不放心,等你长大再说。"

白嘉轩不仅是出于对宝贝女儿的天生的疼爱,而且显然是认识到了缠足的弊端,才对这种陋习忍无可忍愤而摒弃。虽说深受传统关学文化的浸染,但他对于妇道妇德的认识随着时代变化也在转变。女子可以学习织布纺线,也可以不学这些,城里学堂的教育也能接受。他的第七房女人仙草在偏远的山里长大,从小跟着父母干农活,自然不缠足。吴长贵嫁女给白嘉轩是诚恳的原本就有的想法,"只是想到山外人礼仪多家法严,一般大家户不娶山里女人,也就一直不好开口"。出了山、为人妻的仙草在白鹿原上生活养育儿女却不希望唯一的女儿是个大脚,因为大脚是卑微人家生活困难不得已的做法,是浅陋的习惯,女儿长大了是见不得人的!观念对人们生活的影响是深远的,但都是有缘由的。不能站在今天的立场上去简单评价历史上曾经出现的做法和现象,哪怕是在今天看来类似裹足这样不好理解的事情。历史是客观存在的,存在就有其必然性。从经典小说中追溯历史的本来面目，意义就在于复原和反思，借鉴和总结。陈忠实是这样一位植根于关中风土民俗的大师，通过小说中的人物和细节，让我们触摸到了民族秘史的脉搏，作家这样的写法来源于对历史的忠实还原和对生活的翔实了解。

### 剪掉辫子是社会变革先声

1853年，马克思在《中国革命和欧洲革命》中论及："与外界完全隔绝曾是保存旧中国的首要条件，而当这种隔绝状态在英国的努力之下被暴力所打破的时候，接踵而来的必然是解体的过程，正如小心保存在密封棺材里的木乃伊接触新鲜空气便必然要解体一样。"[1] 在英国大炮的轰炸之下，晚清政府面临的冲击和危机同样日趋严重。

殖民主义出于打开中国市场和牟取暴利的需要，以输入鸦片的形式侵略瓜分中国。晚清统治阶层在经历了战争的失败和丧权辱国后，逐步和洋人互相利用并勾结起来，前者保持统治地位，后者瓜分剥削中国。英国人赫德曾被清政府委任支持海关总税务司，这个侵略分子毫不掩饰地表述过从大规模武装干涉改变为通过清政府间接统治的好处："各国于支那问题，大率不外三策：一曰瓜分其土地，二曰变更其皇帝，三曰扶植满洲政府。然变更皇统之策，无人足以当之，骤难施行。今日之计，惟有以瓜分为一定之目的，而其达此目的之妙计，则莫如扶植满洲政府，使其代行我令，压制其民。民有起而抗者，则不能得义兵排外之名而可以叛上之名诛之。我因得安坐以收其实利，此即无形瓜分之手段也。"[2] 狼子野心和如意算盘很清楚了！

这样的治国策略之下，4万万中国人饱受欺凌，亡国灭种危在旦夕！"九州风气恃风雷"，社会需要一场大的变革。戊戌变法声震朝野却失败了；孙中山推翻清王朝封建统治的革命救国运动开始了，而辫发与裹足正是清王朝和封建统治的两个象征。

辫发是清朝政权建立时的一场惊心动魄的斗争；裹足是封建专制理论指导之下禁锢人们思想解放的一道枷锁，此时，剪辫子、放足就同变

---

[1] 《马克思恩格斯文集》第2卷，人民出版社2009年版，第609页。
[2] 张枬等：《辛亥革命前十年间时论选集》第1卷上，生活·读书·新知三联书店1960年版，第254页。

革与革命紧密相连，是贫弱中国改良派、革命派都主张的一项重要内容，是衡量个人是否自我解放，自强奋发，摆脱封建束缚的政治标准，是伟大变革的起点和走向近代文明的标志。

改革从谁开始呢？1888年，康有为上《请断发易服改元折》，请求光绪皇帝率先垂范。康有为、谭嗣同等的主张未及实施，变法就失败了。剪辫子还是留辫子在康有为身上实在是反反复复。1912年，沦为保皇党的康有为很后悔当年的主张，认为自己没有游历外国，想借剪辫子改易服装来改变视听推进改革的想法有些过激和不妥，但仍坚持剪发，而不必易服，"现在国人也都说剪辫子不易服，我很赞同。因为我是首先提出剪辫子易服凡人，现在提出附议国人的意见。"随着政治风云的不断变幻，五年后他又开始蓄起了辫子，1917年，康有为又回到辫子军保护的溥仪皇帝身边，成为忠实的保皇派。

1879年还在檀香山上学的孙中山就把剪辫子和革命理想联系在一起，认为"发辫是中国受到许多耻辱中的一种"。1895年，孙中山在日本横滨剪掉辫子，换上西装，成为清朝的真正叛逆者和革命的榜样。

清朝的辫子与头颅是否落地相联系，是高压统治和民族压迫的象征，没有哪个人敢轻易剪掉。白莲教起义、太平天国革命、义和团运动、西北西南回民起义、上海小刀会、捻军等农民起义都试图用蓄全发令与剃发令对抗，这是一个反抗清政府的标志。义军被清政府污蔑为"长毛""发贼"也正基于此。没有毅然决然的勇气和决死一战的信念是断然不敢剪掉辫子的，因为任何一级军政府都可以将剪掉辫子的人宣布为叛逆、十恶不赦，立即执行杀戮。孙中山是革命的先行者，剪掉辫子是把身家性命都豁出去的政治抉择，是发誓与清政府决裂的第一人。

日本经历明治维新建立了资产阶级新政权，1871年发布"断发脱刀令"，剪掉长发脱掉腰刀，告别封建政体。1896年开始，中国派往日本第一批留学生13人，此后人数逐年增多，到1906年，以官、私费形式前往日本的留学已经超过万人。长袍长辫的中国留学生饱受日本人嘲弄，亲眼目睹了明治维新后日本的迅速发展，爱国反清排满革命的思想逐步达到高潮。1896年，李鸿章与俄签订《中俄密约》，引发了国内持续几年的拒俄运动；1902年俄军17万人侵占东北，违背撤兵条约；1903年，沙皇尼古拉二世命令部队强行占领奉天，国内空前高涨的拒俄士气迅速传到了日本。

1902 年，青年邹容在赴日的轮船上剪掉辫子扔进大海；1902 年，张继剪掉辫子成为在留学生中推行剪辫子的积极分子；1902 年，黄兴在日本参加拒俄义勇队，为掩护革命回国后旋即剪掉辫子；吴玉璋同年到达日本后，"一怒之下，马上把头上的辫子剪掉了，以示永不回头的决心"；1902 年，许寿裳到日本的第一天剪掉辫子；1903 年鲁迅在日剪掉辫子，为纪念断发赋诗一首，"灵台无计逃神矢，风雨如磐暗故园，寄意寒星荃不察，我以我血荐轩辕"。

　　辫子要剪简单，一把剪刀一分钟足矣，但对留存近三个世纪的"大辫子"下手却不容易，革命进步的风暴要吹开每一个人封闭的心扉也不是一下子就能完成的。从今天所能看到的有关前辈们剪辫子的资料看，只有先知才能先觉然后先行，一个个归国剪掉辫子的留学生经过海关检查时就是在向政府社会家人公开表明自己的政治抉择，是在庄严地向旧有政权和没落文化宣战！

　　相对反动阶层的镇压，观念的变更和传统习惯势力的阻力也是剪发放足运动的障碍。陕西留日学生马步云 1906 年回到家乡合阳后，借春节、集市等机会登台向乡亲们宣传革命道理，提倡剪辫子却不被人理解。父老乡亲议论纷纷，马步云去了日本就剪了辫子，要是去"穿心国"，难道要把自己的心也穿个洞吗？

　　然而，历史的洪流浩浩荡荡，进步的符合发展规律的事物总是会以不可转移的力量为人们所接受。

　　邹容在《革命军》中记述了辫子带给中国人的凌辱，号召国人革命先排满，抵外先自强，革命和自强必先从自我剪发开始。章炳麟 1900 年在《解辫发》中对自己而立之年仍梳大辫子，感到罪过，"《春秋谷梁传》曰：'吴国剪发'，《汉书严助传》曰：'越国剪发'，我的家乡是古吴越之地，我剪发是为行古人之道"，同年 7 月他在上海参加"张园国会"时明确反对排满勤王的主张，当场剪掉辫子以示决裂，可以说，章炳麟的率先垂范和口诛笔伐成为全国剪辫子风潮的急先锋。

　　《苏报》《湖北学生界》等革命刊物关于剪辫放足的宣传带动了革命思想在广大劳动群众中的深入。清朝的湖北新军在革命舆论中学习并接受新思想，首举义旗之前都剪了辫子，以有无辫子为革命的标志。

　　社会处于激烈动荡中，人们的思想也分为两派针锋相对。1911 年暑期，杭州求是书院教员孙江东布置命题作文《罪辫发》，在批改作文时将学生文章中的"本朝"改为"清贼",有旗籍的学生向杭州将军告发。①巡抚任道镕受命查办,他召集隆重书院当局,却出人意料地宣布结果:"将书院布告和学生作文带去,一一仔细过目,并无悖逆文字,所谓报告确属诬告。"这位开明的巡抚认同孙江东的做法,对旗籍学生的告状很不满意,"在这个时候还有人挑拨满汉关系,希望大兴文字狱,实在不是国家之福",并报请上级杭州将军惩办诬告者,最终不了了之。

1911年,湖北陆军学兵李左清公开声明"辫发一物妨碍操练",毅然自行剪去辫发,没想到清军协统黎元洪却大为称赞:"我国朝野上下,近年因受外界刺激,剪发一事几乎风靡一时,我原想剪去,为军界同仁起个表率,但因朝廷未颁明确诏旨,所以没有实现。现在你毅然剪去辫子,免去被人'猪尾巴'之类的嘲笑,引导文明,不但社会欢迎,我也崇拜你。"

这些事例表明,当新旧力量的对比矛盾达到一定程度后,虽有各种各样禁令,但大势所趋,不可阻挡。新生事物的支持力量会越来越多,甚至反对阵营也会倒戈,所谓得道多助,失道寡助矣。1910年12月5日的《民立报》以"辫发之死刑期将近"为题报道了辛亥革命前夕北京地区次第剪辫的盛况。资政院作为清政府预备立宪所设置的中央咨询议事机构迫于形势,遂响应表明了态度:"宪政馆定议,剪发先从外交、海陆军、学、警各界开始。"从全国到北京到清政府的剪辫子运动恰似辛亥革命一样都是从下而上开始的历史伟大变革。

**因地制宜和历史的复杂性**

剪辫子是革命是潮流是社会变革的先声,某些情况下不剪辫子也是革命的另一种需要。日知会成员李长龄曾任湖北新军营部书记长,甩着长辫子为革命奔走。为了掩盖身份发动更多的革命力量,他认为暂留一段时间的辫子有时更为方便,"革命在精神,不在形式,无辫不如有辫为便"。革命党人黄兴在日期间也没有剪辫子,也是回国后才剪的。

剪掉辫子又戴上假辫子也是形势需要。同盟会会员查光佛入武昌普通学堂时不等毕业即剪掉辫子投入清湖北新军当兵,为了宣传和组织工作,又盘条假辫子在头上。鲁迅先生剪掉辫子回到上海后,为避免受到

---

① 《辛亥革命回忆录》(一),文史资料出版社1961年版,第176页。

政府监视和伤害，一度也盘条假辫子在头上。"我是在宣统初年回到故乡的，一到上海首先装个假辫子在头上"，开始也很不自在，因为留学生的身份格外受到关注，别有用心的人一旦"留心研究起来，那就漏洞百出。要装成没剪辫子的，夏天不能戴帽子，也不行。戴上假辫子在人堆里要防止挤掉和挤歪。装了一个多月，我想如果在路上掉下来或者被人拉下来，不是比原来没有辫子更不好看么，索性不装了，贤人说过，一个人做人要真实"。

鲁迅先生在文学作品中也用如椽巨笔书写了中国人的垂辫裹足，用无情的批判和鞭挞以期唤醒国民。《阿Q正传》中又痴又愚的流浪汉阿Q动不动被人揪住黄辫子，碰四五个响头才被放走，精神胜利法成了他心理平衡的法宝。这个精神麻木的穷汉最终没有逃脱被枪毙成为牺牲品的命运，他的悲惨遭遇正是那个时代中国人可怜可恨的现实写照。实际上鲁迅先生在《头发的故事》中写了自己留学归国剪辫子的心路历程："头发是我们中国人的宝贝和冤家，古今多少人在这上吃些毫无价值的苦啊！"封闭保守是我们的思想惯性，只有面临外侮置之死地时才有可能发生些许转变。"啊，造物的皮鞭没有到中国的脊梁上时，中国便永远是这一样的中国，决不肯自己改变一支毫毛！"鲁迅没有丝毫的奴颜媚骨，猛烈批判封建主义、帝国主义和附庸势力，坚决否定封建腐朽文化，他的思想和文章不啻是黑暗中国的一盏明灯和匕首，如霹雳的闪电，划破长空，光照古今。辫子其实就是先生剖析社会丑恶和剥开国民劣根性的一个很好的切入点。

上海经济发达，人才荟萃，剪辫子方法得当，平稳扎实，开风气之先。1911年12月29日，沪军都督府发布《剪辫告示》和《禁止强迫剪辫告示》，开导劝剪，绝不强迫，军严民宽，军急民缓，从必要性和策略上做了妥善的制度安排，确保剪辫子运动轰轰烈烈，覆盖全市。

从武昌到上海，从上海到全国，剪辫子形成了燎原之势，中国人形象变了，心灵受到震撼。安徽绩溪的亲戚给远在美国的胡适写信说："吾乡一带，自民国成立以后剪去辫发者已有十之九。"英国人记录了在剪辫风潮的荡涤下，十几天之内中等城市芜湖没有一条辫子的见闻。

1911年3月29日黄花岗起义失败后，广州无辫子或穿西装的人立即遭到清政府缉捕。武昌起义以后张勋困守南京，发现没有辫子的青年就判定为革命党人立即杀害，两江师范的学生被杀害的人数最多。

山东巡抚孙宝琦受袁世凯指示，大肆搜捕革命党人，侦探们对剪辫者尾随跟踪，拷问时，无辫子者过三堂，残忍至极。福建光复后清军与匪霸勾结，匪霸樊彪公开悬赏：每斩杀一名剪掉辫子的革命军人，赏大洋50，不少剪掉辫子的广东商人被误杀。

辫子不仅仅是生活小事，事关满洲贵族，事关民族问题，事关观念变革，而且是激烈的封建统治阶级与资产阶级民主革命派及被统治阶级之间的政治斗争。

孙中山发布禁止缠足的文告也是经历了一番历史波折的。1911年12月29日，17省代表集会南京，选举孙中山为中华民国临时大总统。临时政府的第29号令就是关于剪辫子的，《大总统令内务部晓示人民一律剪辫文》中指出：

凡我同胞，应该洗去陈旧的污垢，做新国之民。经过调查，各省大城镇剪辫子的人已占多数，而偏僻乡村留辫子的还有不少。请内务府通告各省都督，并请各都督转告所属地方人民全体知悉：凡没有剪辫者，于此令到之日算起，限二十日之内一律剪除净尽。有不遵令执行者按违法论处。该地方官不许稍有隐瞒，干犯国法。又查各地人民，有已剪去辫子同时还剃四周，此种发式属不合格。请该部一并勒令禁止，以除满族剃发之俗，改风貌以壮观瞻。

剪辫令很严格很具体，全国实行的基础也都不错，然而效果却因为袁世凯的倒行逆施百般阻挠而打了折扣。历史发展是有规律的，潮流不可阻挡，各种破坏注定是暂时的，各地民众的革命精神不断地发扬光大，从南到北，从东到西。1912年4月13日爆发了新疆阿克苏起义，喀什喀尔道台得知消息立即自剪辫子，并劝周围汉人也要剪掉辫子。1909年内蒙选送120名青年到沈阳蒙文学堂读书，剪掉发辫的博彦满都还得经常戴上假辫子，他在《辛亥革命时期的内蒙古》中回忆了当时的残酷情景："我曾亲眼看见沈阳城的城墙上悬挂着一排一排没有辫子的人头，城门内站立着几十个手持枪刀，身穿灰衣、垂着大辫子的张作霖的喽啰，正在那里以凶恶的贼眼注视着来往人的发辫，有的他们还叫人把帽子摘下来验一验。幸而我没有受到检验，但我从此不敢出校门。"

台湾人民剪辫子历经波折。1895年甲午战争后，根据《马关条约》，台湾及周围附属岛屿归日本。日本殖民者认为留着辫子是不服从日本统治的表现，强迫人们剪辫子，除了有公职的人员被迫剪了辫子以外，其他人谁也不肯剪掉。辛亥革命后，孙中山及其他革命党人剪了辫子的画报传到台湾，居住在台湾的广东人带头剪掉辫子，表示自己是中华民国公民，不是清朝遗民，也非"日本国民"，其他台湾人纷纷跟进。很多台湾人剪掉辫子后鸣放爆竹，备办喜宴，以示庆贺。日本殖民当局通过"理发会"，让警察和学校给民众施加压力，人民普遍剪掉了辫子。理发费从大人5分，小孩3分统一涨成4角，商业行为反映了社会动态，理发师一时煞是忙碌。实际上，台湾人不剪辫子是反抗日本殖民侵略，后来风起云涌剪掉辫子是出于对祖国革命事业的爱戴和响应，并非是对日本统治阶层的屈服。

　　1911年10月6日，宣统皇帝令资政院研究改用公历和剪辫子问题，10日后清廷颁布"发式自由令"，"凡我臣民，均准其自由剪发"。革命形势的迅猛发展迫使每一位男子必须对自己头上的辫子做出决定。

　　1912年2月12日，清帝下诏退位，当天晚上，袁世凯在官邸外交部大楼哈哈大笑中兴奋地剪掉了辫子，攫取了辛亥革命的胜利果实。3月10日，在袁世凯就任临时大总统的仪式上，发式服饰五花八门，"内有洋服者、有中服者、有垂长辫者、有红衣喇嘛者、有新剃之光头者，五光十色，不一而足。其中以海军部人员一律军装最为整齐，以法务部人员之一律拖辫者最为腐败"。这种场面不仅是对新政权的嘲讽，也从一个方面说明袁世凯的口是心非和阳奉阴违。

　　民国政府对废弃的清帝待遇优厚，保留皇帝称号称孤道寡，仍居住紫禁城中，一些封建余孽幻想着有朝一日能复辟成功，张勋和他的"辫子军"就是一例。张勋指着棺材表示至死不剪辫子，1917年7月1日，拥戴清室复辟，改民国6年为宣统9年。张勋宣布官员雇员必须要有辫子，一时间一些无业游民、拉车的、做小买卖的脑后垂有辫子的踊跃投效，用马尾巴做假辫子的生意热闹非凡。战败的辫子军被民国军队生擒后，被剪掉辫子，反缚双手，胸前挂上"割发代首"的牌子放其归队，张勋大怒："既然没有了辫子，我也不承认你们是我的部下了。要你们何用！"这些被割掉辫子的士兵立刻就被枪毙了。7月12日，辫子军全部缴械投降，张勋也逃往荷兰领事馆。盛极12天的辫子军和丑陋的复辟闹剧宣告终结悄然匿迹了。

　　鲁迅先生在《风波》中也描写映射了这几天的历史。小人物赵太爷本来是把辫子盘在头顶的，张勋复辟的日子里突然又把辫子放了下来，吓唬剪掉辫子的农民赵七斤:"皇帝坐了龙廷,一定要有辫子。""你们知道,长毛的时候,留发不留头,留头不留发,没有辫子该当何罪。"没几日,张勋战败,赵太爷不穿长衫,再次把辫子盘了起来。

溥仪皇帝的辫子是大家关注的焦点。1913年开始,民国政府多次派人督促溥仪剪辫子,紫禁城内务府以种种理由搪塞拖延。1921年,在信任的英文教师庄士敦的介绍影响下,溥仪剪掉辫子穿上了西装,这就意味着辫子退出了中国政治舞台。

**禁足的艰难推动**

缠足是封建礼教的产物,植根于"理",而"理"是封建社会延续的理论基础。从北宋起源到清末根除,缠足和"理"摧残了中国妇女近千年。

清嘉庆年间钱泳向缠足的恶习发起了猛烈的挑战。他认为脚的大小无关乎妇德妇容,缠足违背仁义,有碍身体健康,无利于国家兴盛。"妇女缠足,则两仪不完,两仪不完,则所生男女必柔弱,男妇一柔弱,则万事隳矣"。龚自珍娶了大脚妇女为妻深感兴奋,作诗表达心情:"娶妻索得阴山种,玉颜大脚其仙乎?"

太平天国运动是在客家人聚居的广西发起的。建立在劳动基础上的客家人秉承男女平等,妇女不缠足。1851年金田起义爆发后,失业破产的农民和手工业者和客家人一起加入义军,举家起义。洪秀全将男女分编男女军营,统一管理。女兵们赤裸大脚,爱穿裤子不穿裙子,冲锋陷阵英勇杀敌,涌现出了许多女中豪杰。女首领洪宣娇、苏三娘等跨马持枪驰骋疆场,英姿飒爽,如果没有一双天生的大脚怎么行呢?

清朝官方资料中记载了女军的情况:"她们中有的是太平天国诸王的亲族,也有瑶、僮等少数民族,皆生于洞穴之中,打赤脚,用红布裹头发,即使险峻山谷也能攀登自如。其勇武有胜于男子者,在战场上常常手持武器搏斗。官军遇上她们,常常败北。"贬义归贬义,从侧面也说明了不缠足的妇女参加起义后顽强的战斗力,让清军望而生畏的实情。

攻陷南京城之时,太平军已经拥有缠过脚的妇女10万人。这些人不方便参加战斗,便成为劳动的主力军。缠足妇女进入女营的第一件事就是强迫放足,每到晚上,女官们逐一检查妇女的脚,对没有解开裹脚布的妇女劝说批评,也传说有拷问鞭打甚至断脚等。军营中站起来的小脚妇女们承担了制造竹签、运送粮草、砍柴挖沟等大量工作，劳动强度超过了和平时期。

太平天国运动虽然失败，但是放足的政策在前后十余年中波及18省，后续的回民起义、捻军等都把蓄发放足等主张推广开来，这一伟大壮举堪称封建社会中妇女解放的先声。

1888年6月，近代改良派领袖康有为上《请禁妇女缠足折》，7月20日上《请断发易服改元折》。禁止缠足、剪辫子、易服都是改革变法的大事，但康有为把禁止缠足放在第一位，可见他对这件事考虑更先，心情更急切一些。康有为认为缠足类似古代的"刖刑"，是中国的耻辱，是让父母失去仁爱，让个人致残，让国力弱种族弱兵弱，是见笑于邻国的野蛮陋俗，他的奏折产生了前所未有的震撼。

其实1883年，康有为就在广东南海创设了禁缠足会，率先垂范。1895年他和弟弟康广仁再度成立"粤中不缠足会"，他的两个女儿康同薇、康同璧都没有缠足，现身说法，在当时的社会以及亲朋好友的挖苦嘲笑中这都是需要巨大勇气的。

1897年，梁启超在《变法通论》之《论女学章》中认为缠足违背圣明之制，导致女人无尽的痛苦，留给子孙代代衰弱之躯。同年6月30日，梁启超、汪康年、谭嗣同在上海创办了不缠足总会，发布的《试办戒缠足会简明章程》对会员明确五条规定，在妇女界和全社会都产生了积极影响。据统计，加入上海不缠足总会者达到30多万人，海南96个乡也联合成立了不缠足分会，在形势影响下，福建、湖南、北京、天津、武昌、重庆、澳门、新加坡华侨等也相继成立了戒缠足类似组织。

1898年8月13日，光绪皇帝采纳康有为奏折建议，令各省劝导地方禁止妇女缠足。戊戌变法的迅速失败客观上使得戒缠足运动夭折了，没有收到预想效果，但放足的进步观念得到了社会大众的理解和支持，慈禧太后在后续推行新政时也下诏书废止缠足。1902年，慈禧发布的劝诫缠足上谕代表了清政府的态度："汉人妇女，大多缠足，由来已久，有伤造物之和。以后缙绅之家，一定要婉转地劝说，使之不缠足，要做到家喻户晓，逐渐就会革除积习。"虽是不得已而为之的遮羞新政的一部分，虽是邀取民心的一种无奈，虽是没有实质保障举措的一种规劝，但慈禧地位毕竟至高无上，她简短浅显的表态推动了民众中兴起的不缠足运动，特别是促使掌权的上流社会从阻止旁观扭转到支持参与，不缠足也作为一项规定写入了清政府颁布的女子学堂章程。

历史的复杂也在这里，当下要做的事情也许并不为了当下，当下的不成功并不意味着来日的不进步。一点一滴的细节在历史的长河中并不起眼，集腋成裘，团结和凝聚的是一种精神和力量的持之以恒。历史再蜿蜒最终是要前进，暂时的倒退从长远看并非完全没有意义，认识更深刻了，后续步伐更坚定了，目标也更明确了。

民众是最富有创造力的，民间蕴藏着丰富的创造力资源。人民看透看清的事情，再从心里发出时就是一首首优秀的民谣了。民谣口口相传，地域广泛，一直到不希望看到的事情在现实中消失成为历史资料为止。检阅中国妇女革命历史、中国近代民间歌谣目录、晚清文学相关章节、调查回忆个别有亲身经历的长者等，我们仍然可以清晰地通过歌谣读到妇女缠足的辛酸。

晚清京剧改革家汪笑侬署名天地寄庐主人按照"红绣鞋十二月"格律，有《戒缠足歌》，家喻户晓。唱词中 12 月 12 段，"三寸金莲一步也难抬""十趾屈曲疼痛好难挨""皮破肉烂谁见了也心灰""满洲人大脚一样坐八抬""西洋人天足好不爽快"等句子历数缠足的痛苦。

天地寄庐主人还有一首《五更调》广为流传。

五更调是我国民间小调名，歌词从一更到五更递转咏歌，因此也叫"五更曲""叹五更""五更鼓""五更转"。五更调最早是由南北朝时乐工从民间采集的，被列为相和歌辞清调曲的一种。小调其实不小，广泛流传在江浙、苏南、河北、山东、山西、东北等区域，至今超过 1500 年了。

五更调早期内容上多反映军旅生活和征人相思之情。南朝诗人伏知道的《从军五更转》至今读之仍感大漠风光，战马嘶嘶，孤笛长鸣。

一更习斗鸣，校尉逴连城。遥闻射雕骑，悬悼将军名。二更愁未央，高城寒夜长。试将弓学月，聊持剑比霜。三更夜警新，横吹独吟春。强听梅花落，误忆柳园人。四更星汉低，落月与云齐。依稀北风里，胡笳杂马嘶。五更催送筹，晓色映山头。城乌初岂堞，更人悄下楼。

隋、唐、五代时期，五更调在敦煌曲子词中多描写市井生活的悲欢离合，后也被教徒们填入佛教故事唱词，用来进行通俗的宗教宣讲。宋元明清期间，由于商业的发达和城市寄生阶级的大量出现，五更调又被某些文人利用，成为青楼歌妓们习唱的小曲。辛亥革命前后，一些进步文人用五更调编醒世歌谣，宣讲时事，起到了良好的作用。土地革命和抗日战争时期，广大人民群众用五更调旧瓶装新酒，进行革命和抗日宣传，动员和教育群众。

汪笑侬平日放浪形骸，耽溺诗酒，常以李太白自喻，题署居处为"天地寄庐"。李白《春夜宴桃李园序》开篇"夫天地者万物之逆旅也，光阴者百代之过客也"，清新俊逸如行云流水，这大约是汪笑侬题署的来源了。其《叹五更，悯缠足也》痛陈缠足危害，倡导天足主张女权：

一呀一更里，月影儿上栏杆，谁家姑娘裹起了小金莲，可怜呀，皮破肉又烂，寸步难移走到阶前。

二呀二更里，月影上纱窗，缠足的姑娘好不心伤，惹人呀，笑骂不把脚来放，野蛮不过二爹娘。

三呀三更里，月儿照花台，扭扭捏捏出房来，闻得呀，外国兵来到，想要逃命跑不开。

四呀四更里，月影儿向西斜，三寸红鞋困住了小奴家，不如呀，讲脚来放开，帮助男儿保护国家。

五呀五更里，月落到天明，奉劝同胞姐姐妹妹们听，闻说呀，立下天足会，我把这纺棉花的钱捐入在会中。

无名作者的弹词《缠足叹》讲述了母女忍痛含泪裹成小脚的过程。民间搜集到许多控诉缠足的歌谣读来让人心酸，诸如"下轻上重怕风吹，一步艰难如万里""母亲爱儿似孩提，何缚儿足如缚鸡？"等，民间艺人让这些白话形式下的大众文学走街串巷，博取了广大群众的大力支持。

陈天华、秋瑾等革命家也利用歌谣的形式进行革命宣传。陈天华在发行量最大的弹词《猛回头》中以押韵的俳句劝人们尽早放足："缠足之害，已经多人说了，不消重述。但大难临头，尚不敢紧放足岂不是甘心寻死么。"革命先驱秋瑾在日本创办的《白话报》以通俗的大白话敬告同胞："不问好歹，就把一双雪白粉嫩的天足脚，用白布缠着，连睡觉的时候也不许放松一点，到后来肉也烂尽了，骨也折断了，不就为讨亲戚、朋友、邻居们一声，'某人家的姑娘脚小罢了'"，秋瑾对缠足恶俗的揭露与谴责意在唤醒广大女同胞的觉醒。

深奥的革命理论要深入民众，必须以浅显易懂喜闻乐见的形式为大家所接受，具有较高文学修养的革命家们善于利用通俗文学这个有力工具努力感染发动民众。广大妇女面对摆脱裹脚束缚的解放运动，从不合法不敢参加到以积极参加为时髦，期间经历了革命形势和历史潮流迅猛发展的过程。1907年，一个全国性团体成立了，那就是中国天足会，并且有了《天足会报》这样专门的刊物，这说明戒缠足运动取得了相当的规模和合法地位。

不缠足运动在这一时期的迅速发展是历史合力的结果。

首先，这一运动与历史规律是契合的。违背历史潮流的事不可能得到民众的热烈响应和迅速推广。妇女解放的要求、平等自由的思想洪流、社会生产力发展的需求、科学尤其是X光透视技术的运用等要求放足而非缠足。

其次，倡导社会变革的先进分子的宣传鼓动呼吁实践。社会的发展中我们不能忽视进步分子的作用，时势造英雄，英雄也造时势，启蒙思想家、维新派、资产阶级民主革命家始终站在时代发展的风口浪尖上，引领潮流。

再次，掌权阶层中有明事理趋势的统治者们。慈禧的颁诏、大吏要员们的支持和基层官员的积极响应也不能忽视。美国传教士林乐知在总结天足会兴盛的原因时说："该会之兴盛，其第一最大助力，应当感谢中国明理之诸大员，为之首先倡导也。"这其实某种程度上是没有看到革命运动使得越发展越无法照旧生存无法照旧统治的短视论调。[①]

**辛亥革命对这一问题的贡献**

从留辫子到彻底剪辫子在中国是经历了流血斗争的，缠放足却没有直接的流血，缠绵婉转，放了又看风声再裹上，迟迟不能在全国范围彻底实现。女人自觉自愿地戕害着自己的身体，不肯不敢停手，这种傻事愿意不愿意却主动做了千余年。鲁迅先生从1919年开始的随感《四十二》开始到小说《风波》、1933年的《由中国女人的脚，推定中国人之非中庸，又由此推定孔夫子有胃病》无不对缠足进行了辛辣的讽刺和无情的鞭挞。封建思想将妇女残害至极，"然而奇怪得很，不知道怎的，女士们之对于脚，尖还不够，并且勒令它'小'起来了，最高模范，还竟至于以三寸为度"，真正实现戒缠足靠什么呢？鲁迅先生也意识到了，批判的武器永远不能代替武器的批判，直面斗争或变革才是唯一有效的手

---

① [美]林乐知：《天足会兴盛述闻》，《万国公报》1904年第4期。

段。"但天下有许多事情,是全不能以口舌争的。总要上谕,或者指挥刀。"

孙中山先生一当选为中华民国临时大总统,即发布第37号临时政府公报:《大总统令内务部通饬各省劝禁缠足文》。这道紧急通令从国家民族的长远利益出发,革除缠足之弊,痛陈缠足之害,虽无具体惩戒详例和步骤方法,但诚意字字可鉴!

"缠足之俗,由来已不可考。起于一二人之偏好,导致社会流俗而难以改变。"缠足起源大致是可考的,但新政府已经成立,百废待兴,考不考无关紧要,紧要的是革除陈弊。南唐一两任皇帝的偏好竟然形成长达千年的流俗,不可谓不顽固啊。通令开宗明义,对缠足的起源说到这个程度就足够了,关键是接下来怎么办。

"至今已有千年,害家害国没有比缠足更严重的了。如果想要强国必先求国民体力的强壮。至于缠足一事,残毁肢体,阻阏血脉。虽然伤害只一人,却影响子孙,生理已经证明,不是枉说。至今缠足妇女走路无力、跌跌撞撞,深居简出,不接受社会教育,不问世事,不能独立谋生,更不能服务于社会。以上之外还有其他弊害,难以历数。"缠足不仅是对个人的戕害,重要的还是对国家的危害。男权社会中的妇女不要说顶不了一半天,更可悲是通过畸形变态的缠足大门不出,二门不迈实际上成为男人的附属和玩物,对国家民族的贡献下降,于社会的发展进步受到限制。这样的新政府通令老百姓均能看懂,看懂就愿意照着去做,文风朴实通俗,说理真切感人。文章是让人看的,政令是让人做的,不是用来炫耀说教的。新政府通令当然区别于学术研究,追根溯源推理论证要少而又少,起草通令的人显然是谙熟于心,一气呵成的。

"昔日仁人志士曾创设天足会,开通者入会放足,顽固者仍执守旧观念。当今正值除旧布新之际,如此恶俗尤应首先革除,以强国富民。为此令内务部从速通告各省,一律劝禁缠足,如有故意违禁者,给家属以相当惩罚。切切此令。"康梁一批仁人志士在广东、上海等地设立的天足会促进了妇女解放运动的发展,1901—1905年间不缠足运动达到高峰,孙中山等资产阶级民主革命家更是该运动的积极推动者。旧有的腐朽观念和反动势力一样,要退出历史舞台总是不情愿的,有时还存在反复过程。如今社会中仍然存在一些恶俗,同样要革除诸如大吃大喝、薄养厚葬、男权至上等一些恶俗也是顽固势力不愿意的,非经一番久久为功难达臻境。多少年来上流社会见不到天足女子，也没有人愿意娶大脚女子为妻，这是一个流俗。缠足女子出不了家门，参加不了社会劳动，无法自力更生，只能依附男子生存，不能强身何谈救国？偏远地区下层社会的女子要参加劳动谋生养家，任脚自由生长，无缘嫁入上流社会，这部分人比例不大，不缠足政策实施后女子和女子首先平等，当然拥护新政。新政没有规定对违背禁缠足令家属的具体惩戒，当然这是革命不彻底的一个侧面表现。

辛亥革命没有推翻卖国和剥削人民的反动统治，在当时80%人口在农村的现实下没有推翻封建土地占有制。在农村没有实现耕者有其田，农民没有得到实惠，生活没有得到改善。《白鹿原》中讲到，清家没有了，皇粮依旧纳，只不过纳给走马灯一样的军阀了。佃户照样要租田种，种完一年还是要给地主交租子，哪怕是白嘉轩这样的仁义庄主。

大约与《白鹿原》故事同时代的江苏，广泛的抗租活动发展到了顶峰。"一个集镇，把地主封锁起来强迫他们退回地契。按农民的说法，这种地契，清朝灭亡了也就失效了。但新政权建立起来，它表示无意倾听农民要求土地的呼声。新的国民党成立时，同盟会提出的平均地权的口号也被摈弃了"。革命的不彻底和妥协性，导致多少仁人志士用鲜血换来的权力被反动军阀攫取，从袁世凯开始的一个个军阀轮流坐庄，满洲皇帝没有了，军阀匪盗来了，农民生活没有实质改善。封建思想和习俗对农村的束缚依然存在，缠足依然束缚着广大农村妇女，约有1.5亿妇女仍然忍受着缠足的痛苦。

解决上流社会的问题，传播并使中国社会向西方先进观念靠拢没有错，错在没有解决根基问题。中国的主体人口是农民，农村农民农业是根基，只有中国共产党在曲折中认清了这个问题，满足了农民对土地的要求，取得了反帝反封建的成功，革除了多年的恶习陋俗，才能真正让戒缠足、禁烟、禁娼等彻底实现。

**妇女的真正解放**

妇女解放运动不单纯只是放足那么简单。一切问题都要放在时代背景下看，由根溯源。向警予1922年加入中国共产党后，马克思主义理论水平得到很大提高，在理论和实践上把我国妇女解放运动推向纵深。她坚持把妇女问题同政治问题、劳动人民解放事业、无产阶级事业联系起来看,"真正的觉悟的中国妇女,必然是一面参加政治改革运动,一面参加妇女解放运动"。只有参与政治,参与斗争,才能赢得权力,赢得女权。放足办女学的活动如果不与当时的社会政治形势相联系,就依然是老问题,实践中必然自拉自吹自弹自唱,池水微澜,社会影响不会大,因为没有抓住主要矛盾和矛盾的主要方面。

与虎谋皮就是与敌人争利益,要平等,是不可能实现的,继续一意孤行就必然不得要领收效甚微,头破血流。向警予回忆起民国元年和十余年后的女权运动时,指出了问题的实质所在:

回忆民国元年的时候,"禁烟""放足""兴学"是何等的雷厉风行,到现在是罂粟遍地,卧榻横陈,俨然又复民元以前的故态,乡下女子放了足的也重行裹起来,国立省立各学校几乎被摧残得奄奄一息。所有这一切哪一件不是受着政治影响?目前鸦片居然成了各省大小军阀的利薮,甚至英国人代中国人提出鸦片公卖,在这样情况下我们请求他们严禁种植和销售,不又是与虎谋皮吗?军阀的心目中只有个人的地盘和权利,把个中国搜刮得民穷财尽。已有的学校不能维持,还说什么平民教育!

无产阶级的妇女解放运动不同于资产阶级的女权运动,实质目标结果迥然不同。结合中国当时的社会现实和自身斗争经历,向警予认为:"有反动的政治然后有反动的社会,禁烟、放足、扩张平民教育、改善劳工生活与改良家庭,都不是反动政治下的反动社会所能容受的。"紧扣时代主题,推翻反动统治,融入革命洪流才是妇女解放自身和解放运动发展的主旋律。

广大妇女只有投身火热的革命斗争,才能成为时代和社会的主人,取得男性的理解支持帮助,取得与男性平等的权利和地位。革命不断深入,对民众和农村就是一次次冲击和教育,就会促成一次次改革和解放。中国共产党领导的新民主主义革命中,妇女们参军参战支前参与社会斗争,保障后方传递信息收养伤员,涌现出了许多可歌可泣的模范和英烈。妇女解放的热门话题早就不是缠足放足了,广大妇女向往新生活,追求自由幸福,投身革命和建设的热情高涨。到1949年中华人民共和国成立,缠足陋习和娼妓、鸦片就完全绝迹了!清末以来旧中国一直力图铲除的这些社会毒瘤在党的领导下彻底被禁绝根治了!

辫子是清朝皇权和王室特权的标志,留就是支持和顺从;剪掉就是威胁和背叛。末世清朝统治者把政权的命运和辫子紧密相连,保护辫子就是保护统治地位。维新派剪辫子也不是要推翻清朝统治,而是想增强国力维护统治,与世界接轨,占据统治地位的清朝贵族并不领情,用血腥的屠杀来说话。维新运动失败说明改良道路在中国行不通,好说歹说都不行,革命只能是唯一的选择。孙中山坚决剪掉辫子,就是表明一定要走反清反封建的新路。

新旧社会交替时期人们的保守习惯和观念也是进步的重要障碍。满族人入关时强迫汉人留辫子的惨痛历史过去太久了,不管外国人怎样嘲笑,这习俗是多年形成的。祖宗如此,怎可轻易改变。千余年来,人们质疑过,女子们不愿意,痛苦过,但却自觉自愿地裹起来。这种不入典章制度的风俗固化后,成为"国粹"保留下来了。

缠足是封建纲常和伦理的表现,缠就是遵循,放就是破坏。任何废除缠足风俗的企图都是对封建制度的否定和封建秩序的破坏,"较洪水猛兽为尤烈,其危险实不可思议",任何标新立异的言行都应该被诅咒和扼杀。戒缠足虽是生活中的小事,但是事关女性贞烈节操能否普遍实现,事关封建社会男尊女卑的等级秩序是否有效维护,事关社会制度思想理论观念的根基是否千秋稳固,说放就放岂能那么容易?!

真正解决社会成员对一些问题的思想观念依赖于社会矛盾和主旋律的变化,依赖于社会成员对关系时代主题的革命运动的参与程度,换言之,移风易俗一定要成为社会斗争的主题和民主革命的重要内容。剪辫子和反缠足必须反封建,必须在反帝、救亡图存的爱国主义思潮中找到印证,否则只是一派一群人的呐喊和行动,社会大众的悲苦麻木仍无动于衷保守恐惧甚至变本加厉。民族危机和近代政治斗争折射到社会生活领域,就突出表现为剪辫子和反缠足。

在中国近代各阶级、各阶层的共同努力下,辫子和缠足衰亡了,中华民族开始迈向世界迈向近代化。

## 第四节 《白鹿原》的民俗传统

《礼记·缁衣》中这样解释民俗:"慎恶以御民之淫,民不惑。"这句话的意思是君王通过强化民俗,就可加强统治。可见,民俗是群体在社会生产劳动过程中所形成的一种行为规范和风俗习惯,民俗在一定程度上约束着人们的行为。

陕西地处古雍州之地，即《尚书禹贡》所说中原九州之一。东边靠近黄河，西边与甘肃接壤，北面背靠草原，最南边与川蜀相接，因此陕西的民俗文化融合了周边的文化，由于地理接近性的原则，陕北、陕南、关中地区的民俗文化不同程度地受到了其他地方的影响。在20世纪30年代编纂的《续陕西通志稿》中，就有对陕西民俗文化的地域类型划分。"陕西民俗，向分三区"是对陕西民俗地域类型的概况总结：即陕西民俗主要体现在关中、陕北及陕南地区。

**物质民俗**

物质民俗是最常见的一种民俗，它分布于人类日常的物质生产和消费过程中，是一种社会文化现象。物质民俗主要体现在人们日常生活中的生产劳动和衣食住行这五个方面。

生产民俗。生产民俗是指人们通过生产劳动创造和遗留下来的物质文化事象，包括农作物的耕种方式、农业工具的分类、生产节气等。生产民俗不仅包括农业生产活动中的一切民俗，例如粮食的种植、收获和加工，农具的使用和农事生产活动中的信仰和仪式。还包括林业、畜牧业、渔业生产实践活动中的一切民俗。如林业生产中的狩猎民俗、畜牧业中的养殖民俗和渔业中的捕捞民俗。除此之外，生产民俗还包括掌握一技之长的工匠民俗等。

八百里秦川的关中平原由于地势平坦，土壤肥沃，适宜种植小麦、棉花为主。"麦客"是关中地区群众对雇请的帮助收麦人的尊称。每当小麦成熟时都需要大量的劳力来收割麦子，请来收麦的人按日结算工钱，这种习俗具有悠久的历史，至今盛行不衰。

祈雨仪式是自然崇拜的一种典型现象。过去人们对风雨雷电这种大自然现象不了解，认为是鬼神在作怪，对大自然也存敬畏之心。当碰到干旱、洪涝等自然灾害时，就通过祈祷祭祀等方式，希望能够获得神灵的眷顾。因此，久旱祈雨、淋雨求晴就成为人们在农事生产活动中的一项重要内容。

饮食民俗。俗话说得好，"民以食为天"，饮食民俗与人们的吃喝有关。面食主要分为面条、蒸馍、锅盔等大类，其中面条的花样品种最多，也最富地方特色，仅日常食用的面条就有摆汤面、麻什面、裤带面、油泼面、搓搓面、菠菜面等数十种。

臊子面也是陕西一种特有的面食。臊子面是陕西农村红白喜事中必备的一种佳肴，"酸辣香、煎稀庙、薄劲光"是臊子面的特色。臊子鲜香、长面柔韧、红油浮面、汤味酸辣。端上一碗臊子面意味着宴会达到高潮部分。臊子面的制作分为切面和做汤两个部分。将攒好的面饼切成细细的条状，滚水里下熟后加入勾好的汤汁，简单又方便。臊子面的声价很高，人们将它视作美食，无论逢年过节或遇红白喜事，待客都离不开它，在特定的场合吃又有特定的意义和名称。

逢年吃臊子面，哪怕是再穷的人家也要做到这一点。即使是一个人生活在村口的破窑里，小娥也不忘给自己、给即将到来的新年和打心眼里喜欢的孝文哥做一顿臊子面。小说中这一大段的描述不是可有可无的。小娥纵然低微卑贱也不忘用臊子面庆祝新年，这一生动民俗说明，禾苗野草也有向往阳光和新生活的权利，乡约民规也不能剥夺。汤宽酸辣肉香，回味无穷，从西周就传承下来的这种吃食让人心宽气顺，小娥再不读书也知道其中的道理。只有日子过得实在不行了，才不讲究这些规矩。曾经知书达理家境优越的白孝文岂能不知道这其中的深情?! 生命中最感动我们的往往是这些点滴细节和作家对人物的一往情深，民俗是陈忠实展开情节剖析人物不动声色的工具。

服饰民俗。服饰民俗指与人们的穿着打扮有关的民俗。包括衣服、帽子、配饰及相关的衣着讲究。人们穿着服饰最初是为了蔽体防寒，后来随着时代的变化，服饰具有了满足人们审美需求和象征穿着者身份地位的功能。

行旅民俗。行旅民俗是指与人们出行的交通工具有关的交通民俗。关中地区地势平坦，人们出行多乘坐马车，拉麦子用牛车。郑芒儿学艺学的就是当木匠，做好车轴是关键。

居住建筑民俗。居住民俗是指与人们的居住格局有关的民俗。建筑民俗是指与房屋的建筑风格及建筑讲究有关的民俗。除此之外，建筑民俗还包括房屋宅基地的选择、搬家时的祭土仪式，上梁吉日等建造讲究。

窑洞的建造对环境的要求极高。黄土高原由于土质疏松，降雨量少，因此植被覆盖面积小，稀少的树木使得人们缺乏建造房屋的木材。反而拥有大片面积的黄土，黄土保暖性好，垂直性强，易于挖掘，不占用耕地，加之西北干燥的气候都为窑洞的建设提供了良好的条件。西北地区多风沙，因此一般背风而建，冬暖夏凉，隔热隔音达到保暖驱寒、躲避风沙的目的。由于窑洞是黄土性质，一下雨就有朽塌的危险，鹿三杀死田小娥后，为了掩人耳目，让人误以为田小娥是被塌的窑洞压死的，于是抽走了支撑洞的柱子，加之暴雨如注，洞立刻就朽塌了。

**祠堂与戏楼**

《白鹿原》中最重要的物质民俗莫过于祠堂和戏楼了。

祠堂是汉人祭祀祖先的场所，"崇宗祀祖"是其重要功能，同时亦为宗族议事、聚会、教育规诫之所。

依循祖制，祭拜宗祠为必需的婚姻仪式。小娥因此前是郭举人的小妾，因而族长将其拒之于宗祠之外，寓意其与黑娃的结合不被宗族礼法认可。反讽的是，孝义乃白嘉轩第三子，孝义之妻乃兔娃的堂嫂，但因孝义先天缺失生殖功能，继而白嘉轩巧借未谙房事的兔娃为己子完成了传宗之务。显然，叔嫂媾和存有乱伦之虞，而"父为子隐"借种之举则是出于对孝文化传统的认同，"不孝有三，无后为大"压倒了乱伦借种带来的羞愧。这在白嘉轩那里是维持子嗣和正义的需要。

父亲过世后的头几年里，每逢祭日，白嘉轩跪在主祭坛位上祭祀祖宗的时候，总是由不得心里发慌尻子发松；当第七房女人仙草顺利生下头胎儿子以后，那种两头发慌发松的病症不治自愈。

白孝文主持的祭祀活动。

孝文第一次在全族老少面前露脸主持最隆重的祭奠仪式，战战兢兢地宣布了"发蜡"的头一项仪程，鞭炮便在院子里爆响起来。白嘉轩在一片屏声静息的肃穆气氛中走到方桌正面站定，从桌沿上拈起燃烧着的火纸卷成的黄色煤头，庄重地吹一口气，煤头上便冒起柔弱的黄色火焰。他缓缓伸出手去了注满清油的红色木蜡，照射得列祖列宗显考显妣的新立的神位烛光闪闪。他在木蜡上点燃了三枝紫色粗香插入香炉，然后作揖磕头三叩首。孝文看着父亲从祭坛上站起走到方桌一侧，一直没有抹掉脸颊上吊着的两行泪斑。按照辈分长幼，族人们一个接一个走上祭坛，点燃一枝紫香插入香炉，然后跪拜下去。鹿子霖站在祭桌前眯着眼睛消磨着时间，孝文领读的乡约条文没有一句能唤起他的兴趣，世事都成了啥样子了，还念这些老古董！好比人害绞肠痧要闭气了你可只记着喂红糖水！但他又不能不参加。

这个看似热闹的场面,被冷眼的鹿子霖看穿了背后的实质。

在其选择性记忆"遗忘"中,不被"遗忘"的是对祠堂表征的"崇宗祀祖"文化观念的认同,而真正被"遗忘"的则是对僭越礼法手段的遗忘。身为仁义白鹿村的族长,白嘉轩既是封建礼法的执法者也是守护者,因其过于熟悉祠堂"乡约"的伦理规训,所以能巧妙地加以规避与躲闪,结果使得小娥与儿媳有着"淫妇"与"贤妇"道德臧否之别。因而,宗祠空间表征的是"性"禁忌、性规范等伦理话语的在场。

基于仁义白鹿村宗祠空间话语的在场,小娥因贞洁操守的坍塌与身份的污化,以致生前寄寓在村外的破窑里,死后则被镇压在六棱塔下,可谓生死失据。据此,破窑、六棱塔与白鹿村、祠堂形成空间并置与文化对峙关系,空间表征的文化正统与异端之别赫然可见。

黑娃对镇压小娥的六棱塔已无触景伤怀之情。但反溯情史的源点,当年黑娃带头砸宗祠、毁乡约的僭越之举,无疑是对宗族纲纪的彻底否定。后因亲翁杀媳又加剧了他的反抗精神,具体表现为:一是断绝了父子关系,二是打断了族长的腰杆,三是发誓永不回白鹿村,如此决绝之态表明他对小娥的情深意切。只是在博得功名、抱得贤妻归的返乡祭祖之际,源于玉凤的在场,小娥则彻底成了另类、他者的人物意象存在。黑娃从"离原"到"归原",从"砸祠堂"到"拜祠堂",如是空间复返后的文化认同,旨在凸显黑娃修得正果后复返乡土主流社会,诚如白嘉轩所言:"凡是生在白鹿村炕脚地上的任何人,只要是人,迟早都要跪倒在祠堂里头的"。

在祠堂人格化建构中,祠堂宛如历史老人观瞻着历史裂变与文化嬗变。戏台上接踵发生的公审大会、耍猴戏、杀人戏、兵痞戏等,适逢乱世各色人等的粉墨登场,上演的是时事的混乱与无序。在空间表征的文化时间上,"祠堂"表征着白鹿村的传统时间,"戏台"则寓意着时序新变的现代性时间。

白鹿原上的革命与反革命活动都是在当地的戏台上进行的,庄严的革命仿佛成了一场表演,一场与绝大多数百姓无关的表演,谁胜谁负对他们来说没有多大区别,革命的争议性、斗争性、严肃性都被消解为无意义的闹剧。在这里,有远比革命重要的事情,如生存问题、道德伦理、宗法制度、邻里往来等,似乎更能激起人们的关注和热情。革命的忠诚追随者遭受"左"倾路线的迫害,革命成果被窃取,百姓的冷漠旁观等,都使重大的革命历史事件完全呈现为社会化、生活化的日常形态。这里没有了二元对立的两条路线、两条道路的论争，没有历经艰险后的歌功颂德，却道出了革命真实而残酷的一面。

祠堂在陕西关中平原普遍存在。它在封建宗法制家族中具有神圣的意义。拥有同样血缘关系的家族祭拜一个祠堂。一般宗祠陈列共同祖先的世系图表，反映了关中平原悠久的宗法制度。祠堂具有三种功能：一是祭拜祖先；二是商议族中大事；三是用来执行族规。

祠堂用来祭祀祖先，因此对族人有着强大的精神约束力。祠堂中摆放着白鹿两家祖先的牌位，新媳妇也要经过拜祭祖先才能得到族人的认可。黑娃把田小娥领回来后，找到白嘉轩提出想要让田小娥进祠堂，白嘉轩看到田小娥的相貌谈吐后，认定田小娥不似表面看上去的简单，因此拒绝了黑娃进祠堂成亲的请求，白嘉轩说道："想进白鹿原的祠堂首先得是来路清白吧……"后来田小娥的事情传到了白鹿村，宗法制度森严的祠堂就更不可能接受田小娥，黑娃的亲事自然得不到族人的认可和祝福。后来黑娃和鹿兆鹏在白鹿原建立农协会时，掀起了"风搅雪"，他带领着田小娥第一个冲进了祠堂砸毁了祖先牌位，并让田小娥把名字写在祖先牌位跟前。这实际上表达了黑娃对祖宗家法制度的不满与愤恨。田小娥后来的悲惨遭遇也是因为祠堂以及封建宗法制度对人性的迫害，但是，祠堂另一方面也起到了凝聚人心，安抚人心的作用。国共合作破裂后，鹿兆鹏建立的农协会解散了，祠堂又被人们重新建立起来，可见在战乱年代，祠堂的祭祀仪式仍然是人们精神的寄托。

祠堂的族法家规是不可触犯的，祠堂的惩戒是族中任何犯了错的人都不能回避的。

祠堂除了起到规范族人行为的作用之外，另一个作用就是聚众议事。官府征粮时会把村子里的男女老少聚集到祠堂，告诫大家粮食一粒都不许少；鹿兆鹏和黑娃也是在祠堂面前将九个乡长贪污银两的事情公之于众；田小娥死后，村子瘟疫盛行，白嘉轩也是和族人在祠堂里商议建一座青砖六棱塔来镇压田小娥的鬼魂……

与祠堂离不开的是族谱。白、鹿本为一族，以血缘和地缘的流传为脉线记录一干人的生存史是族谱编修的本意，这一开始是伦理需要。"述祖德，纪君"的原因在于"人之所以动木本水源之念，而切敬亲收族之心者，因理之所当然，亦情之所不容己者也"，使人知道来处和归属，即是伦理秩序的迫切精神需要。

族谱的编修经儒者解释引导也成为政治需要，符合王者以孝治天下的理念。苏轼云："使民相与亲睦者，王道之始也"。族谱巩固强化了君臣上下等差之分及尊亲敬长秩序的稳定性。"宗法若立，则人人各知来处，朝廷大有益。或问朝廷有何益？公卿各保其家，忠义岂有不立？忠义既立，朝廷之本，岂有不固？……家且不保，又安能保国家？"白嘉轩及白孝武在瘟疫灾荒战乱年代专注族谱编修既是秩序治理需要，也是内心安稳的需要。

**社会民俗**

社会民俗包括方方面面。

民间社团民俗。民间社团民俗是指因某种原因而集结的社会组织团体在日常的生活、生产活动中制定的一系列行为规范和习俗惯制。血缘组织民俗和地缘组织民俗是民间社团民俗的主要表现形式。宗族宗法与族人生活息息相关。聚居的家族，既是由血缘关系和传统习俗力量而结合成的共同体，也是由物质的、经济的力量联结在一起的一个村落。白鹿两家是白鹿村上的大家族，白嘉轩作为族长，必须掌管族中的大小事务，包括制定族规、祭拜祖宗、管理田产等。

民间制度民俗。民间制度民俗是指人们在生产和生活实践中达成的共同遵守的规范体系。民间制度民俗主要体现在人生礼仪习俗方面。

人生礼仪习俗包括诞生礼、成年礼、婚庆仪式、过本命年、丧葬仪式等。人生礼仪习俗是人们自诞生起在生命活动中的重要阶段而举行的庆祝仪式。例如给小孩过满月，表示"家有后人""添丁之喜"；青年男女在十八岁时举行成人礼，庆贺自己发育成熟、长大成人；结婚礼仪是向社会宣告自己的配偶关系，表示成家；人死后举行的葬礼是为了让亲人表达哀悼之情。

丧葬习俗的场景。田小娥死后，白鹿原发生了瘟疫，人们认为瘟疫的发生是因为田小娥的鬼魂在作怪，因此将她的骨灰封在坛子里，埋在她的窑洞，在窑洞上面建一座六棱塔，叫她永远不得出世。当有人告诉白嘉轩田小娥有孕，埋到塔底下怕断了白家人的香火时，白嘉轩仍坚持到："即使鱼死网破，也要埋！"表面上看，田小娥遭到了报应，实质上是以田小娥为代表的女性在封建宗族礼教制度下所遭受的残害和压迫。

岁时节日民俗。岁时节日民俗主要是指与传统的民间节日有关的风俗习惯。例如端午节吃粽子、元宵节看花灯吃汤圆等习俗。

民间娱乐习俗。民间娱乐习俗是指与人们的精神生活有关的习俗，以放松精神、休闲娱乐为目的。民间娱乐习俗主要包括音乐、舞蹈、戏曲等活动。在《白鹿原》中，秦腔是作为一种文化氛围出现的。搭戏台子唱大戏，是关中老百姓生活中不可或缺的重要存在，小说中的重大事件如田福贤惩治"农协"分子等也都与戏、戏台子分不开。秦腔是老百姓喜爱的东西，更是关中文化的代表。"白孝文也是个戏迷。白鹿原上百分之九十以上的男人无论贫富贵贱都是秦腔戏的崇拜者和爱好者。"在《白鹿原》中作者直接明白地用一句话道出了秦腔对于老百姓的重要性，无论你是普通百姓还是一族之长，无论你是富家子弟或是贫家儿女，在秦腔面前大家都是一样的"崇拜者和爱好者"。

民间音乐。民歌是黄土高原上的人民智慧的结晶，反映了浓郁的黄土气息和地方特色。民间舞蹈是民间娱乐习俗的一个重要组成部分。各民族由于受不同自然地理环境的影响，创造出的舞蹈也不同。民间戏曲是指人们运用自己的生活知识和经验所创作出来的地方戏，例如东北的秧歌戏等。老腔是一个戏曲剧种，属皮影戏，也被称为"老腔影子"。老腔原本是在后台，为皮影戏进行配唱的一种演唱形式。老腔多由年长的男性进行表演，因此唱腔粗犷豪放，激昂动听。老腔的表演中使用一种叫作"惊木"的敲击乐器，用来强调表演的节奏感和增强激昂的气氛。在一段说唱结束后需要换场景时，大多采用"拉波"的满台吼形式进行。在电影《白鹿原》中，十二位麦客演奏的老腔《将令一声震山川》为电影增色不少。高亢激扬的老腔将陕西人民不畏艰险、英勇豪迈的民风展现在了观众面前，原生态的老腔震撼人心，电影完整地记录了老腔这一艺术瑰宝，向观众展现了陕西特有的娱乐习俗。《白鹿原》中的老腔唱段出现在众人结束了一天的割麦劳作之后，从创作者、表演者到欣赏者，都是身处社会底层的农民，文化生产到文化消费之间没有明显的界线，这种民间大众文化反映了底层人民群众对美好生活的向往。

民间工艺美术。皮影戏在陕西又称"影子戏"，发源于陕西华县，分布遍及陕西各地。皮影戏主要内容为说书，配合说书内容让皮影做出相应的动作，制作精良，表现内容博大精深。

**精神及语言民俗**

精神民俗是指与人们的心理经验有关的民俗。它不同于物质民俗具有具体化、形象化的民俗事象，主要是通过人们的行为表现出来的。它与人们生存的社会环境和接受的教育文化有关，主要形式有民间禁忌、鬼神论、宗教崇拜、迷信等。

一是信鬼神的封建信仰；二是以儒家思想为主体的宗法哲学。这两方面融会贯通，集中展现在了族长白嘉轩的身上。白嘉轩的精神世界是靠传统的儒家思想和祭祖这一原始的信仰崇拜来支撑的，虽然他的思想是封建的、保守的，但是这种思想恰好反映了传统农耕社会下中华民族的保守性格。在新旧社会交替的时代背景下，这种性格造就了白嘉轩自身的悲剧命运。

鬼是我国民间故事中的一个重要角色，《白鹿原》中对鬼的描述可谓让人毛骨悚然，而作者描写鬼怪之时，又大都是我国古老民俗的再现和发展。作品中有关鬼的描写大致有：豌豆打鬼、法官捉鬼、小娥附体闹鬼几个情节。这种捉鬼的方法和法官一样的人物，在我国民间许多地区都流传过，如在我国东北地区，"跳大神"的神汉或仙姑，他们也头戴红帽腰扎红带脚登红鞋，可以说是作品中法官的原型。

民间有关求雨的记载可谓很多很多，不同地区会有不同的方式，但大都是抬着关老爷的神像，穿雨衣戴雨帽打雨伞，烧香磕头，敲锣打鼓到各地游历一番。而《白鹿原》中的手拈黄表纸接住烧成金黄色的铁铧，再用烧得发红的钢钎从人的左腮穿到右腮的叙述惊心动魄。因此，作品中的记载不仅反映了我国的传统习俗，也反映了渭河平原独特的风土人情。

语言民俗大多指各地人们的方言习俗，也包括民间文学。方言习俗包括谚语、歇后语等。民间文学是指神话故事、说唱等口头文本。语言民俗的使用者是人，因此语言民俗在一定程度上体现了人们的心理活动。

王全安导演的电影《白鹿原》中鹿兆鹏对包办婚姻不满，黑娃向他祝贺新婚大喜时，兆鹏一句话："大喜个锤子。"直爽的言语展示了鹿兆鹏内心的愤懑和想要摆脱封建枷锁的强烈愿望。

从罐罐蒸馍、烙锅盔、溜鱼鱼到吊庄子、门楼、窑洞，从吼秦腔、打秋千、说故经到形形色色的方言俚语，这些生活细微处无不能够感觉到乡村文化、地域文化的脉动，因为它们本身就是其中充满生命力的细胞。

饥馑年代中白孝文用卖地得来的钱买了罐罐馍，自己吃了五个，把其余的钱给了小娥，小娥却用这些银元不间断地换取了鸦片。在悠悠迷迷中两人荡完了家产，山穷水尽并未迎来柳暗花明。哪怕再简单的民俗元素都在作家笔下信手拈来，游刃有余地发挥着刻画人物性格、命运的功能。

蜗居在农村老家写作的陈忠实则是设身处地地去感受关中大地所有的负载，他在那幅温情脉脉的风俗画中看到了乡村粗陋、狭隘的色彩——面朝黄土背朝天、一分耕耘一分收获的背后是短浅的眼光和对命运的漠然，安家乐业、养生送老的背后是顽固的观念和对人道的漠视。

祭祖、婚礼、宴请、拜祖宗、认干亲、伐神取水、治丧、迁坟、重修祠堂、编修家谱等白鹿原风俗被认认真真代代相传。风俗流转自有其中的道理，移风易俗也是世事变迁的需要。小说中描写的一个个礼俗都在型塑着白鹿原人，表现着他们对共同体的认可和凝聚力的强化。罗素在《西方哲学史》中认识到了这个现象，"祭祀往往能够鼓动伟大的集体的热情，个人在其中消失了自己的孤立感而觉得自己与全部族合为一体"①。其乐融融，耕读士农气脉相通，礼俗成为法律，道德取代宗教，白鹿原上的白嘉轩率领着族人一步一步朝前走。

## 第五节　秦腔的历史文化传统

秦腔传统剧目考察可知的大约 2800 种，其中以历史人物、事件和故事为题材的大约 2500 种。

戏曲学家王季思教授推选出了包括元朝《窦娥冤》《汉宫秋》《赵氏孤儿》；明朝《琵琶记》《精忠旗》《娇红记》；清朝《清忠谱》《长生殿》《桃花扇》《雷峰塔》等为代表的十大古典悲剧，这其中又有 6 部是以历史题材为内容的。

这些历史曲目构成了一部有声的中国文明史，"表扬了可歌可泣的忠

---

① ［英］罗素：《西方哲学史》，何兆武、李约瑟译，商务印书馆 1963 年版，第 33 页。

贞侠义行为,也描画了贤士独行、文人逸事和勇敢而智慧的女性",洋洋洒洒,浩浩荡荡。

剧作家取材创作时,多的是"原要借优孟之衣冠,发泄我胸中之块垒",借古喻今居多,大刀阔斧或脱胎换骨的变更也不在少数,人物、故事都有了较大的变革或装配。他们对题材和内容的组合,高屋建瓴,严肃谨慎,表现出了强烈的民族忧患意识和时代责任感及历史使命感。

历史是螺旋式发展的,总是有许多相似的轨迹。一代代反复上演的分合忠奸、兴败盛衰、门庭改换等都是更高层次上的发展和进步。作家们客观审视这一系列变化,站在当时历史的制高点上,"写情则沁人心脾,写景则在耳目,述事则乃其口出是也",以艺术的手法,调用史诗与抒情手段,写出了一幕幕惊心动魄的国家民族生死存亡悲剧,震撼人心。

**赵氏孤儿:故事和精神传承**

宋金对立时期,民族矛盾和阶级矛盾尖锐交织,冲突不断。南宋政权偏安一隅,风雨飘摇。朝廷里主战主和派剑拔弩张,士人阶层忧心忡忡,普通老百姓时刻关心着国家前途和命运的走向。这一时期的历史与春秋战国时三家分晋、屠赵两大家族的忠奸斗争极为相似,人们自发自觉膜拜程婴存赵救孤的忠义之举,殷切地希望朝廷能收复失地,重整山河。

元人纪君祥的《赵氏孤儿大报仇》(简称《赵氏孤儿》)在戏曲发展史上影响很大,以不同剧种传唱悠久。全剧歌颂英雄,褒扬自我牺牲的大忠大义,情绪愤懑,扣人心弦。在流传至今的诸多剧种中,以秦腔和京剧影响最大。

《左传》《史记》中记载了三家分晋时期的这一故事。

《左传》记载:赵盾之子赵朔率兵与楚庄王大战,因战功赫赫娶了晋成公姐姐赵庄姬。赵朔于公元前587年去世后,庄姬与赵盾弟弟也就是叔叔赵婴齐私通,引起赵婴齐两位弟弟赵括、赵同不满,两人联合起来将婴齐放逐。刚找了一个称心的男人填补空白就被放逐他国,赵庄姬不思己过反而十分嫉恨,她遂联合栾氏等家族的力量反赵,最高领导人晋景公听信谗言,杀死了赵括、赵同。庄姬把儿子赵武带到晋国王宫里保护起来。景公这时打算把赵家的土地封赏给他姓,彻底打击赵家势力,执政大夫韩厥进谏:"赵衰、赵盾、赵朔三代于国有功,失去后代失去土地恐让人心寒天下人不再为晋国效忠。"景公采纳了忠告，把赵氏土地封还给了赵武，赵家得以复兴。

《史记》的记载与《左传》大不相同，人物也多。晋灵公被杀害，赵朔袭职辅佐晋景公。大司寇屠岸贾为报灵公知遇之恩，认定赵盾弑君，便联合不同利益背景的势力欲诛杀赵氏家族。执政大夫韩厥劝阻无效，力劝赵朔逃亡，赵朔看重自己名节，不肯外逃："子不必绝赵祀，朔死不恨。"屠岸贾不经景公允许，围攻赵朔下宫，将赵氏灭族。赵朔和叔叔赵同、赵括、赵婴齐等三百余人悉数被杀。

赵朔怀有身孕的夫人晋成公的亲姐姐赵庄姬、门客公孙杵臼、好友程婴侥幸躲过灾难存活下来。得知躲进晋景公宫中的庄姬分娩并生一男婴的消息，屠岸贾一心灭赵家之后封锁宫门搜索男婴，庄姬藏子于胯下逃脱大难。屠岸贾认定遗孤被转移，遂下令全国搜捕。

公孙杵臼问程婴：立孤与死孰难？

程婴：死易抚孤难。

公孙杵臼：请你承担难事，我先死承担容易之事。

公孙杵臼与程婴商定，演了一场瞒天过海的双簧。二人找一婴儿，由公孙杵臼收留抚养。程婴遂向屠岸贾告密："愿得千金，即告孤儿藏匿之处。"程婴带着屠岸贾一干人等来到公孙杵臼门前，结果在预料之中：伪装成赵氏孤儿的婴儿和公孙杵臼当即被杀。真正的赵氏孤儿被程婴留存抚养成人了。

景公十五年，韩厥告诉景公当年的孤儿赵武被留存长大的实情。程婴、赵武在景公、韩绝的支持下灭屠岸贾全族，赵氏复立。程婴认为自己完成了使命和当年的承诺，也毅然自杀。"赵武服齐衰三年，为之祭邑，春秋祠之，世世勿绝。"实际上赵武祭祀的就是为赵氏家族延续做出艰苦努力的公孙杵臼、韩厥、程婴和其母庄姬。

纪君祥的《赵氏孤儿》大致以上述《史记》故事为蓝本，对情节进行了综合提炼和虚构改造。其主要不同是：

一、戏曲故事发生时，晋国的最高首长是灵公，而非历史上的景公。

二、屠赵矛盾主要是武臣屠岸贾和文臣赵盾之间的不和引起的，导致后来的设计谋害和赵氏被满门抄斩，而非《史记》记载中的屠岸贾感恩灵公、赵盾逃亡等事实。剧本中的赵朔是因屠岸贾假传灵公圣旨自杀的，赵朔妻子庄姬在生下男婴托付给程婴后也是自缢而死的。历史上赵朔被诛杀，庄姬被幽禁深宫。

三、屠岸贾展开全国搜捕后，程婴、公孙杵臼献出的婴儿来源不同。史实中的婴儿是从民间找来的；剧本中的婴儿是程婴同时出生的亲生子。剧本的情节设计中，程婴眼见屠岸贾三剑剁死婴儿后，忍痛不语，情感冲突达到极致。

四、剧本中，屠岸贾因程婴的背信弃义感其忠诚收为门客，收其子（实为赵氏孤儿）为义子。这种设计下，人物的心理和命运张力凸显更扣人心弦。

五、剧本中，孤儿身世是由程婴手绘一图画长卷告知孩子的，《史记》中是由韩厥告知景公的。戏曲有词："忠义人一个个画成图像，一笔画一滴泪好不心伤。幸喜得今夜晚风清月朗，可怜把众烈士一命皆亡。"

后世对程婴、公孙杵臼等人的表彰在南宋、元等朝代掀起一轮高潮。爱国者任何时候对国家民族都是忠心耿耿，至死不渝的。南宋抗金主战派领袖韩侂胄在镇江塑立韩世忠庙，追封岳飞为鄂王，任命力主收复失地的辛弃疾为绍兴知府兼浙东安抚使，削卖国贼秦桧王爵，一时间大快人心。

辛弃疾在《六州歌头》中怀念褒扬了程婴存赵抚孤的忠烈行为：

记风流远，更休作，嬉游地，等闲看，君不见，韩献子，晋将军，赵孤存。

为了维护统治，南宋朝廷从自身危机出发，立庙祭祀加封程婴，大肆表彰他存赵之忠。南宋时赵姓江山，这个赵和三家分晋的赵难道不是一个姓吗？历史极其相似，当初程婴等人存赵救孤的忠节引起了南宋朝廷的高度重视。宗泽、李纲、岳飞、韩世忠、吴玠、刘琦、韩侂胄、张俊、刘光世、辛弃疾、文天祥等人的行为不也正是感动朝政和百姓的大忠大义吗？！陆游有诗："堂堂韩岳两骁将，驾驭可使复中原。"可见，韩世忠、岳飞两人是其中灿烂耀眼的将星，其抗金志向和军心民心日月可鉴！

文天祥这一时期曾手不释卷地阅读程婴存赵的故事，激励自己辗转抗敌。诗《无锡》云："英雄未死心为碎，父老相逢鼻欲辛。夜读程婴存赵事，一回惆怅一沾巾。"诗《使北》云："程婴存赵真公志，赖有忠良壮此行。"

### 《白鹿原》中三姑娘与王宝钏

《白鹿原》中，与秦腔有关的情节、故事、人物等多处出现。这不奇怪，故事发生在三秦大地，秦腔一直是小说中人物的精神滋养来源，也是作家日常生活和创作过程中的重要元素。了解小说中涉及的秦腔元素，才能真正读懂《白鹿原》，读懂作家，读懂白鹿原上的人和事，历史和文化。

接连死了四任老婆的白嘉轩屋漏偏逢连阴雨，白秉德老汉也死了。父亲的死亡给嘉轩留下了永久性的记忆，这种记忆不因时间的推移而淡化，"反倒像一块铜镜因不断地擦拭而愈加明光可鉴"。白嘉轩对父亲暴死的悲痛和刻骨铭心的敬仰作者表达得富有哲理，雄浑厚重。父亲临终告诫嘉轩尽快把定好的木匠卫家的女儿娶回家，传宗接代。嘉轩遵从服孝满三年再娶亲的礼教，快咽气的父亲很生气：

"不孝有三无后为大"。你把书念到狗肚子里去了？……你守三年孝就是孝子了？你绝了后才是大逆不道！

父亲的教诲不敢也不能违背。人在世上行走，长命百岁只是一个美好的祝愿，总有一日要告别红尘世界。再不舍都是枉然。行将离去的时候，知道将有一个自己的亲生子秉承自己的愿望和风格继续行走，看花开鸟吟，品百味人生，传祖宗家风，这大约是那个时代人们最大的愿望了。抱怨不得，如今的很多人大约也有这种观念。生命和文化正是在一代代的繁衍中走向更久远的未来。

白嘉轩拗不了父亲，也拗不了母亲。父亲去世两个月，麦子收完碾打完毕地净场光、秋田播种的夏忙空闲里，他的第五房女人，卫木匠家的三姑娘被娶进门了。

陕西民间常把命运多舛、生活不顺的苦命女子称为"三姑娘"。那个时代的家庭大多数子女众多，三丫头上有哥哥姐姐，下有弟弟妹妹，吃苦受气在所难免。

故事发生在唐懿宗时期。秦腔《五典坡》里的女主人公王宝钏是丞相王允家的三姑娘。两个姐姐分别与权贵阶层的苏龙魏虎结为婚配。宝钏抛绣球招亲时选中了流浪汉薛平贵，与父亲三击掌断绝父女情缘后与平贵在城南废弃寒窑中安家度日吃糠咽菜。西凉国玳瓒公主造反，"打来了战表要江山"，薛平贵受封为先行官，率兵前去平反，期间十八年未能返回长安城。

王宝钏苦守寒窑，痴心等待丈夫归来，缺粮时就在曲江池畔挖荠荠菜充饥。周围的百姓见了这种情形就十分同情：原来不光老百姓家的三姑娘命苦，丞相家的三姑娘也苦命啊。"三姑娘"自此成为苦命女的代名词。

木匠卫老三的三女儿说自己是三姑娘，其实是认可民间流传的三姑娘命运坎坷的说法。她首先认定自己是个苦命人，没办法，三姑娘嘛。在娘家吃苦劳累受哥哥姐姐弟弟妹妹欺负为一苦；因父亲贪图白家聘礼被迫成为白嘉轩的第五房妻子，心里承压为第二苦；原上传说的白嘉轩命硬克妻，自己能否扛得住活下去为第三苦。

三姑娘王宝钏十八年后苦尽甜来，等来了丈夫薛平贵胜利还朝，戏曲最终是皆大欢喜的大团圆结局。妻因夫贵，平贵当上了西凉国国主，宝钏被封为皇后，十八天后去世。十八年的含辛茹苦孤单寂寞换来了十八天的甜蜜恩爱欢天喜地。

宝钏故事是传说，可其中的精神让人钦佩。王宝钏对爱的忠贞不屈，威武不能屈、贫贱不能移、富贵不能淫的高洁品质流芳百世。以宝钏故事为主题的剧目常演不衰，如今西安城南的曲江寒窑香火旺盛就说明民间对她口碑相传的纪念。1934年，杨虎城的母亲孙一莲女士看完秦腔《五典坡》后，参观城南寒窑，感慨不已，遂捐资修缮。老人的命运与宝钏颇有相似，其夫杨怀福被人陷害后1908年被清政府处死，孙一莲孤儿寡母生活窘迫历尽多少艰辛！所幸后任陕西省政府主席的长子杨虎城立志报国，矢志从事国民革命。日本侵占东三省，爱国军人前方抗敌，有多少军人的妻子像王宝钏一样承担家庭重任苦守寒窑？"薛郎夫一去无音信，寒窑里哭坏女钗裙。"景让人生情，人物可让不同年龄出身经历相同的人感动。1943年，叶圣陶参观寒窑后，就深感王宝钏的忠贞非凡和薛平贵的英武豪放，欣然题联：征夫远行为报国，节妇苦守忠爱情。

三秦大地普通百姓的生活离不开秦腔，秦腔离不开《五典坡》和王宝钏。王宝钏无一例外地影响了白鹿原上人们的行为方式和思想观念。

卫家三姑娘心中期盼自己未来也能苦尽甜来过上安生日子，但显然她并不奢望这个大饼。当下最重要的是对白嘉轩长着个带毒倒钩，专门捣烂女子心肺肝花的家伙的恐惧，对这个传说的恐惧战胜了三姑娘对婚后生活的向往。日复一日的羞怯畏惧主导了三姑娘，心病无法排除，时间不长即半疯半癫，洗衣服时犯病栽进涝池溺死了。

卫家三姑娘在解释自己命苦原因时，作家陈忠实先生有一句注释："秦腔剧《五典坡》里的王宝钏排行为三，称三姑娘，乡间就把排行为三的女子视作命苦的人。"卫三姑娘漂亮健壮，脸膛红扑扑，双眼乌黑机灵，手臂强健，但"劳动练就的一副强健的额体魄终究抵御不住怪诞流言的袭击"，纯粹被流言吓坏了，癫狂了，死了。卫三姑娘的死让白嘉轩深感内疚，心里复杂，心态彻底坏了。"他觉得手足轻若片纸，没有一丝力气，一股轻风就可能把他扬起来抛到随便一个旮旯里无声无响，世事已经十分虚渺，与他没有任何牵涉。"二十几岁的白嘉轩在五娶五丧的光景下，不知道是哪里出了问题，万念俱灰。长工鹿三又急又快吃饭的声音在他听来烦躁不堪，食欲全无，"他想不出世上有哪种可口的食物会使人嚼出这样香甜这样急切的声音。"

一个人在全方位的打击下，内心坚守的信念和周围万事万物都可能会崩塌，这能理解。如果一个人数年之中就是一件事无论怎么费劲总是做不成，总是半途而废，总是面临毁灭性的结果，持续性地单点打击到极致，类似白嘉轩这样五娶五丧，白家传后无人的情况下，心里承压可想而知是几乎要达到顶峰了。三姑娘命苦不假，白嘉轩也命苦啊！白鹿原上的乡亲们同情怜悯者众，看热闹者高兴者寡。鹿家父子当属于后者。

白秉德老汉去世了，母亲坐在父亲生前常坐的太师椅上，以一种父亲样的强悍和坚决张罗起第六房妻子来。父亲的遗愿必须满足，白家不能绝后，母亲的果断韧劲不容拒绝："甭摆出那个阴阳丧气的架势！女人不过是糊窗子的纸，破了烂了揭掉了再糊一层新的。死了五个我准备给你再娶五个。家产花光了值得，比没儿没女断了香火给旁人占去心甘。"

**胡凤莲的美貌与其《白鹿原》中的结局**

娶进家门的第六个女人让闹洞房的村里人立即联想到传说中的美女。美女像谁呢？村民们喊她胡凤莲。

胡凤莲是秦腔《游龟山》中的一位美貌无双家喻户晓的美女。关中民间口头上形容女子美貌，也常会说某人长相好看，美得像胡凤莲一样。胡凤莲美到啥程度？

明世宗时武昌总督卢林的儿子卢世宽游览龟山时，强买霸占殴打渔夫胡彦，江夏知县公子田玉川路见不平挺身助相，恶少卢世宽重伤死亡，一时得救的胡彦回到船上也重伤死亡。田玉川逃亡至江边小舟被胡彦女儿凤莲搭救，二人情投意合私订终身，玉川顺利逃走。卢林缉拿打死儿子的凶手，凤莲到江夏县衙鸣冤据理力争，命案一时搁浅。适逢卢林奉旨征番，押运粮草和征战过程中被化名雷轰的少年玉川立功营救。卢林感激之余将自己女儿凤英许配，花烛之夜，玉川吐露真相，凤英隐忍相安无事。第二天田父将玉川带至卢府投案，卢林遂化仇为亲，胡凤莲亦同配玉川。

这是一个典型的英雄救美，郎才女貌的故事。田玉川被胡凤莲的美貌打动。藏在小舟上的田玉川是青年才俊，一轮皎皎，月色如银，月光下的胡凤莲"好一似天仙女降下凡间"，泪湿粉面，梨花带雨，有胆有识聪慧敏捷的凤莲让玉川心生爱慕，"江湖中倒有这沉鱼落雁，偏教我但不敢讲说姻缘"，遂赠以随身携带的祖传宝物蝴蝶杯相约盟定终身。

胡凤莲对自己的美貌也颇为自信。

白嘉轩的第六房妻子被大家喊作胡凤莲，一是姓胡，二是美貌。小说为什么这样写？原上娶妻有聘礼，白嘉轩这样的情况，连娶连丧，自然聘礼越来越高。"那些殷实人家谁也不去考虑白鹿村白秉德家淳厚的祖德和殷实的家业了，谁也不愿眼睁睁把女儿送到那个长着狗毬的怪物家里去送死；只有像木匠卫老三这种恨不得把女子踢出门去的人才吃这号明亏。"卫老三养了五个女子，经济困窘，只要有高金聘礼，不大注重男人命硬命软的传闻。娶三姑娘，白家卖了一匹骡驹，这是高聘礼了；娶"胡凤莲"，二十石麦子二十捆棉花，这是超级聘礼了，值！新婚之夜，两人互相瞄瞅，"她的光彩和艳丽一下子荡涤净尽前头五个女人潜留给他的晦暗心理"，白嘉轩觉得高级聘礼娶回了高级美女，"不再可惜二十石麦子和二十捆棉花的超级聘礼"。其实，白家不在乎美不美，只在乎能尽快娶回来扫屋扫院洗衣拆被做饭纺线织布能生养的女子就行，不在乎让正常人咋舌呆脑脊梁发冷的高聘礼。小说中胡氏的父亲不是渔夫，而是赌场上掷色子一夜之间输光所有家当的南原上的胡姓赌徒。债主用胡家的所有牲口拉走胡家所有的粮食，走投无路的老胡寻短见未遂，只好高价卖掉天仙一样的女儿，不择家世，不管远近，不避男人命硬命软。

表面上只是对第六任新婚娘子的一个外号，笔底却波澜汹涌，陈忠实先生实际写的是动荡年间百姓的悲苦生活和曲折命运：美貌亚赛天仙的女子在封建社会成为还赌债的标志物；急于传宗接代的殷实人家花再多的钱财也要连丧连娶，不间断地糊上这层窗户纸。

### 《白鹿原》创作的秦腔准备

秦腔不仅是陈忠实的一种生活方式，而且也是文学创作的一种手段或恰当渠道。

秦腔渗入了西北地区人民的日常生活。看戏就是看秦腔，不是指别的。陈忠实回忆起秦腔和陕西人、和自己的渊源来，颇有感触。先生在《我的秦腔记忆》中写了自己结识秦腔的那份激动和情缘。

"原上原下固定建筑的戏楼和临时搭建的戏台，只演秦腔，没有秦腔之外的任何一个剧种能登台亮彩，看戏就是看秦腔，戏只有一种秦腔，自然也就不需要累赘地标明剧种了。"一种戏曲形式能长久地镶嵌在白鹿原上人的生活中，那绝不是偶然现象。最有生命力的艺术往往深藏和流行于民间，高雅殿堂的演唱尽管演唱，飞不入寻常百姓家照样演绎自己的阳春白雪。遍布西北大地的秦腔尽管不是每个人的最爱，一听到旋律唱腔就跺脚捂耳朵的人也不能责怪，文化滋养和生命记忆的不同终归勉强不得。艺术最终在打动人的心灵上是殊途同归的，欧洲的歌剧和俄罗斯的舞蹈同样是历史和现实的交织，是生命的顽强和世界美好的写照。文化的异彩纷呈多元并存将是一个长期的现象，即便到了未来的共产主义社会，全世界的人们也不可能都欣赏一种文化形式，都穿一个款式的流行服装，都吃一个风味的菜系，但此刻，影响广大西北地区人民的秦腔是一种不可忽视的艺术形式，漠视或视而不见不是科学的和客观的。

记不得是哪一年哪一岁，我跟父亲走到白鹿原顶，听到远处树丛笼罩着的那个村子传来大铜锣和小铜锣的声音，还有板胡和梆子以及扁鼓相间相错的声响，竟然一阵心跳，脚步不自觉地加快了，一种渴盼锣鼓梆子扁鼓板胡二胡交织的旋律冲击的欲望潮起了。自然还有唱腔，花脸和黑脸那种能传到二里外的吼唱（无麦克风设备），曾经震得我捂住耳朵，这时也有接受的颇为急切的需要了；白须老生的苍凉和黑须小生的激昂悲壮，在我太浅的阅世情感上铭刻下音符；小生和花旦的洋溢着阳光和花香的唱腔，是我最容易发生共鸣的妙音；还有丑角里的丑汉和丑婆婆，把关中话里最逗人的语言作最恰当的表述，从出台到退场都被满场子的哄笑迎来送走……我后来才意识到，大约就从那一回的那一刻起，秦腔旋律在我并不特殊敏感的乐感神经里，铸成终生难以改易更难替代的戏曲欣赏倾向。

我不辞辛苦地引述先生的这段话，不是偷懒，而是自己深感于和先生同样的欣赏经历。20世纪七十年代的农村，不听秦腔听什么？听京剧？从小没听过，京剧在陕西农村也不普及。听样板戏？样板戏也被改编成了秦腔。听流行音乐？恐怕香港才流行起来，还没有到时候呢。唯有秦腔，自己的周围唯有秦腔。刚开始看不懂，咿咿呀呀不知道在唱些什么，但是从四村八乡赶来的挤得严严实实的台下观众，不畏惧严寒酷暑，不畏惧刮风下雨，这种精神和炽热感动了我。村子过会，农村孝敬老人的一种最佳方式就是把老人接来，占好地方，摆好椅子，熬好沱茶，听几天酣畅淋漓的老戏。那时节，孩子们的任务就是摆凳子占地方，大戏开演时总是盼望着升堂断案的或双方交战的一刻，喽啰衙役你来我往，舞枪弄刀总是感觉很带劲。随着年龄的增长，对这种戏曲形式的了解和喜爱也与日俱增，对舞台上的生旦净末丑的表演和激烈慷慨宛转悠扬的曲牌也会渐渐品咂了。

我不甘心把电视机当收音机用，又破费买了放像机，买回来一厚摞秦腔名家演出的录像带，不仅我把包括已经谢世的老艺术家的拿手好戏看了个够，我的村子里的老少乡党也都过足了戏瘾，常常要把电视机搬到院子里，才能满足越拥越多的乡党。我后来又买了录音机和秦腔名角经典唱段的磁带，这不仅更方便，重要的是那些经典唱段百听不厌。大约在我写作《白鹿原》的四年间，写得累了需要歇缓一会儿，我便端着茶杯坐到小院里，打开录音机听一段两段，从头到脚、从外到内都是一种无以言说的舒悦。……在诸多评说包括批评《白鹿原》的文章里，不止一位评家说到《白鹿原》的语言，似可感受到一缕秦腔弦音。如果这话不是调侃，是真实感受，却是我听秦腔之时完全没有预料得到的潜效能。

秦腔秦韵已经和陈忠实先生的日常生活和创作实践融为一体了。久远年代传来的传统文化会深深地影响一个人的情绪，自觉不自觉地会使人沉浸其中，一杯茶，一支烟，一曲传统秦腔，自是乐在其中。新疆地区载歌载舞时离不开吉尔拉，西藏民族离不开锅庄舞，这不奇怪，因为只有这种欢快明亮的舞蹈才能和天山南北、青藏高原的人相匹配，犹如陕北放羊汉子的民歌，青海农牧民随口唱出的花儿一样，都是生活必需品。秦腔的激越高昂、穿云裂石、酸心热耳构成文化巨大的穿透力，突破地域和时间，敲击不同地区人群的耳膜，冲刷着人们的心灵，如海浪拍打久久不能平息。

在原下生活创作的几年中，陈忠实创造条件每天用固定一段的时间和村里的乡亲们听秦腔或者与《白鹿原》中的白嘉轩、鹿子霖、小娥、黑娃等一个个全新的活灵活现的人物纠缠久了听一段秦腔，就能让他转换一个时空，好像常年在外的游子回趟家一样，朝拜家乡朝拜老巢汲取力量重新出发。我们只有在特定的环境场景下，才会理解陈忠实先生对秦腔艺术发自内心的挚爱。

之所以有人无法理解，只是因为他不是陈忠实，他不是生于白鹿原长于白鹿原而且没有考上大学，信守文学依然神圣理念六十多年且创作出《白鹿原》的特定的那一个。六十年犹如一阵烟雾被一阵急风驱散一般，历历如绘呈现在我们面前的仍然是耐人咀嚼的《白鹿原》，街道、楼房、广场、田野、农舍如旧。

然而，在我久居的日渐繁荣的城市里，有时在梦境，有时在一个人独处的时候，眼前会幻化出旧时储存的一幅幅图景，在刚刚割罢麦子的麦茬地里，一个光着膀子握着鞭子扶着犁耙儿吆牛翻耕土地的关中汉子，尽着嗓门吼着秦腔，那声响融进刚刚翻耕过的湿土，也融进正待翻耕的被太阳晒得亮闪闪的麦茬子，融进田边沿坡坎上荆棘杂草丛中，也融进已搭起原顶的太阳的霞光里。还有一幅幻象，一个坐在车辕上赶着骡马往城里送菜的车把式，旁若无人地唱着戏，嗓门一会儿高了，一会儿低了，甚至拉起很难掌握的"彩腔"，在乡村大道上朝城市一路唱过去⋯⋯

《白鹿原》创作获得巨大成功，小说持续热销且被改编成多种艺术形式以后，陈忠实兼任了几所大学的教授，有数不清的文学青年的新作需要推介，有一场接一场的与文学有关联的座谈会活动要参加，有多年的老朋友需要说说知心话，最终他回到城市的一个角落蜗居下来。夜深人静时或独处时脑海里幻化的这个吆牛耕地的农人、赶着骡马车送菜的车把式是谁呢？这人是白嘉轩吗？这人难道不是白嘉轩吗？

白嘉轩被土匪黑娃的弟兄打断了腰，原本挺直如椽的腰杆儿佝偻下来。秋末初冬的时节，他抢过了长工鹿三的鞭子和犁耙，把犁尖插进垄沟，一声吆喝，一心犁地。黄褐色的泥土翻滚，他悠然吆喝着简短的调遣牛的词令，舒心悦意地吼起了秦腔《苏武牧羊》的唱段："汉苏武在北海⋯⋯"苏武宁死不屈艰苦卓绝的顽强信念和意志也是白嘉轩赞赏的，两人精神上有相似相通之处。这曲秦腔唱词其实早就在陈忠实胸中谋划好了，看似无意其实意义重大。白嘉轩在这个困苦的时期要唱秦腔，只能是《苏武牧羊》一段，《花亭相会》《虎口缘》《黑叮本》如此等等都不合适！

重新检阅白嘉轩的一生，越是困顿艰难的日子，他越是振作，越是要扼住命运的喉咙，翻过大山和一路的坎坷，看到曙光过上相对舒坦的日子。天杀人，人不能自己糟践自己。陈忠实先生心目中吼唱秦腔的汉子或是奋力耕地，或是进城送菜，总之是在人物现有的境遇下努力向上的一种表现。秦腔的豪迈慷慨激昂悠扬符合西北地区人民群众与天与地与一切艰难困苦进行卓绝斗争的生命场景，小说与生活的契合绝非偶然，而是长期的文化浸染下的必然。因此，陈忠实颇有感慨地在散文《我的秦腔记忆》中总结道："秦人创造了自己的腔儿。这腔儿无疑最适合秦人的襟怀展示。黄土在，秦人在，这腔儿便不会息声。"

秦人离不开秦腔。秦腔是他们与外部世界沟通的基本方式，秦腔中包含的道德伦理观念和为人处世的原则是他们的自觉遵循，渗入到秦人的审美旨趣、思维方式、价值认同和外界认知。像三姐王宝钏一样忠贞不移于自己的挚爱选择；像苏武一样忠心于自己的政治选择，忠诚于国家和民族；像北宋杨延昭一样不负使命大义灭亲；像包拯一样明察秋毫爱民清廉；像《赵氏孤儿》中的程婴一样救亡图存大忠大义；像给母亲送米的安安一样孝顺懂事品洁高尚等，这些戏曲故事和人物千百年来口口相传教化人民向善向上。祖祖辈辈的秦人就以秦腔伦理性诠释传承践行着对世界社会和做人做事做官的认识。戏曲的道德教化功能自然隶属于艺术功能的基本范畴，无一例外地以社会意识或其中部分内容进入上层建筑的形式在漫长的封建王朝中起着或推动或滞障社会发展的作用。

**李十三与黄桂英**

剧作家的创作一旦不符合主流意识形态的需要，戏曲的被扼杀、传唱的中断或者剧作家命悬一线也是常有的事。基于对三秦才子秦腔剧作家李十三（1748—1810，本名李芳桂）的钦佩和怀念，2007 年，陈忠实得知李十三推磨的细节时，"竟毛躁得难以成眠"，遂有短篇小说《李十三推磨》。祖辈务农出身贫寒的李十三是乾嘉年间的剧作家，陕西渭南人，科举制度下的秀才举人，但终未获取功名。科场、家庭、社会的不平遭遇使他身处清王朝的黑暗腐败之中，体会着老百姓的痛苦艰辛，激发了用戏剧浇胸中块垒的强烈愿望。伴随着清风明月，他奋笔疾书边吟边唱，有《十大本》流传于世：《春秋配》《白玉钿》《香莲佩》《紫霞宫》《如意簪》《玉燕纹》《万福莲》《火焰驹》《四岔捎书》和《玄玄锄谷》共计十部剧目。自诞生以来就家喻户晓常演不衰，被改编成多种剧种形式。1810年，嘉庆皇帝为加强对民间的思想统治，降旨罢演地方戏，陕西艺人遭到残酷镇压。李十三以创作"淫词秽调"为名被专使追拿，逃亡途中毙命在荒郊野外，"再也看不见渭北高原上空的太阳和云彩了。"

李十三在渭北家中和着旋索鼓点在麻纸上谋划新戏时，他忘情的哼唱吸引了四村八乡的乡亲趴到他家的院墙，蹭掉了墙上的瓦。渭北的皮影班子凭借他的剧本走遍大大小小的村子，马不停蹄日程欢畅地出现在村庄的"忙罢会"上。中国南北各地的剧院说唱着文墨不知深浅的李十三编的唱词，秦腔、京剧、川剧、豫剧、评剧、晋剧、蒲剧、汉剧、湘剧、滇剧、河北梆子等方言差异不一，剧情陡转变换，人物幻彩生动。"权当少收麦一升，也要看一回黄桂英"，《火焰驹》中这个不背信弃义忠贞不屈的美人儿牵动了乡下穷富老少男男女女的心，追着戏班子看了一遍又一遍。为什么？

李十三去世二百多年后，陈忠实先生解释了其中的机缘。陈忠实十几岁从学校回到乡下家中取干粮的一个周末，马家村要上演第一次搬上银幕的秦腔《火焰驹》。十村八寨的乡亲们未及太阳落山就赶紧去抢占前排位置。"'日行千里夜行八百'的火焰驹固然神奇，而那个不嫌贫爱富因而也不背信弃义更死心不改与落难公子婚约的黄桂英，记忆深处至今还留着舞台上那副顾盼动人的模样。这个黄桂英不单给乡村那些穷娃昼思夜梦的美好期盼，城市里的年轻人何尝不是同一心理向往。"秦腔在这里不仅让后生们学会做人做事，而且还让他们升起希望，点燃期盼。

黄桂英是什么人？礼部侍郎黄璋的掌上明珠。我犹然记得大学期间一位男同学觅得同班一位女生芳心，心满意足，和我们来自乡下的诸位男生闲聊起来，轻描淡写中透露出得意："咋说也是个副县长的女儿呀。"这种神情让人依稀记得。我不知道当年的副县长现在干什么？这个县级头衔应该给婚后的如意生活带来不少吉祥和保障吧。更高级别的职位和婚姻家庭的幸福指数是成正比吗？《火焰驹》中的礼部管理全国学校事务、科举考试、藩属和外国之往来之事，相当于今天教育部、外交部的综合。礼部侍郎大约是今天的副部长，假若当年这位同班女孩的父亲是副部长呢？不得而知。

副县长也罢，副部长也罢，当官是一时，做人是一世。秦腔《火焰驹》中，兵部郎官李绶之子李彦贵与礼部侍郎黄璋之女黄桂英自幼订下婚约。这实在是门当户对，如果没有后面的情节就又是一个郎才女貌的现实教案。枢密使王强为陷害李绶长子、边关大帅李彦荣，谎奏李彦荣投降番邦。朝廷偏听偏信，李绶遭陷被抄家，含冤入狱。李老夫人与次子、儿媳回到苏州老家，寄居在庙堂。无奈，李彦贵卖水度日。可谓天有不测风云，人有旦夕祸福。从社会的顶层直接沦为社会底层，人和事、环境都会发生巨大的变化。危难时刻，真情何在？

桂英的父亲黄璋思想此时发生重要变化，企图昧婚，黄桂英不从。定亲是高攀，黄璋的心理活动很清晰，"许婚原为光门第"；悔婚是知机善变，"人生做事贵知机。他如今满门犯抄大势去，我岂能跟着他玷污带泥"。黄璋作为朝廷的高级官员，主导他做人做事做官的原则这个时候发生变化，是一个典型的背信弃义见风使舵投靠邪恶势力的反面典型。"梧桐树岂容乌鸦栖"，他断定李家会彻底倒台，我们又何必接纳乌鸦，自惹麻烦，让正当势的枢密使王强大人不满意呢？强权和专制政治下，官员们要坚持正义公理其实都是需要巨大政治勇气和牺牲精神的。

黄桂英头脑清楚，在朝廷政治变故和自己婚姻命运变化之时颇有主见和坚守。"想李门世代称忠义，事出意外费猜疑。莫不是王强暗中施诡计，其中必定有蹊跷。"然而，女儿的告白并未被父亲理睬。不理睬就不理睬，大户人家出身的娇弱女子黄桂英守信明理"纵然受屈儿愿意，誓不与他人配夫妻。"在动荡年代和重大历史变故面前，占卜预测未来的走势以投机钻营的做法是没有胜算的，黄桂英的父亲黄璋的做法受到剧中人物的惩罚，也受到百年来观众的诟病。只要秉承向上向善孝老爱亲、忠于国家民族、守信诚实清正廉洁、明理公正的执着和原则，总体上不会出错。黄桂英就是这样一个广大观众在历史和现实中能够见到和效仿的巾帼不让须眉的舞台形象。

后续情节可以预料，小丫环芸香让桂英和以卖水为生的李彦贵花园相会，不料相约夜晚赠银时被父亲派来的人谋害了性命。李彦贵遂被诬入狱行将斩首。贩马为生的义士艾谦受兵部老爷李绶也就是李彦英、李彦贵的父亲多年前赠银相助，知这一系列消息后驱驰宝马"火焰驹"千里奔赴边关给李彦荣传送信息。黄桂英为了见李彦贵一面，冒雨去法场祭桩，途中遇李母和大嫂，因受误解而遭打，经一番哭诉表露真情，一干人等共赴法场。未来的婆婆李母称赞黄桂英："实难得我的儿有志气，贤德聪明世间稀。"最重要的关头上，从边关飞赴沙场的李彦荣到了，李彦贵得救与黄桂英团圆，惩恶扬善，故事完美结局。

　　这样的可人儿出现在舞台上而且还不嫌贫爱富忠贞婚约，甘受委屈孝敬公婆，长相甜美富有学识和教养，堪称一个完美的女性形象。唱遍三秦大地的秦声秦韵感染人也鼓舞人，类似黄桂英这样的形象成为秦腔文化滋养下一代适龄青年的心中佳偶，某种意义上也是奋斗目标了。

### 秦腔社团传承、麻子红和陈忠实

　　陈忠实小时候在原上听秦腔，看秦腔电影《火焰驹》；生活中喜欢听却不入迷，"秦腔在我的关于戏剧欣赏的选择里，是不可动摇的"，但远不如痴迷足球；《白鹿原》构思和写作进程中抽烟喝茶听那些百听不厌堪称经典的名角唱段；从酷暑三伏到数九寒冬整整四载，1991年12月25日下午5时许，《白鹿原》的最后一个标点符号画上了，到灞河河堤上转了一圈回来的陈忠实特意选择听脍炙人口普及城乡的《花亭相会》唱段。旋律欢快婉转，唱词生动形象，青年才俊高文举和结发妻子张梅英花园相认，冰释前嫌，妙趣迭出，一瞬间和自己作品写完的喜悦心情相匹配。"高文举读书一更天，梅英打茶润喉咽；高文举读书二更天，梅英磨墨膏笔尖；高文举读书三更天，梅英添油拨灯盏；高文举读书四更天，梅花篆字奴教全；高文举读书到五更，梅英陪他到天明"，满屋满院的灯火和百听不厌的名家唱段让创作完成的陈忠实情绪明亮，他吃了几年来最晚最从容的一碗面条。"这个长篇小说真的就这么写完了！"听秦腔，抽巴山雪茄，喝有劲的陕青茶，吃自己老伴用原上麦子磨成面的面条，写秦人的传统文化和白鹿原上发生的历史故事，陈忠实用文化完成了自己对生命的诠释，经典必将也终于铸就。

　　冷先生应一位亲戚攀扯到西安城里出诊，晚饭后，"亲戚家人领他去三意社看秦腔名角宋得民的《滚钉板》。木板上倒扎着一拃长的明灿灿的钉子，宋得民一身精赤，在密密麻麻的钉子上滚过去，台下一阵欢呼叫好声。此时枪声大作，爆豆似的枪声令人魂飞魄散。剧场大乱。宋得民赤着身子跑了。"

"滚钉板"是封建社会平民的一项酷刑。老百姓在诉讼请求得不到一级官府支持的情况下，当街拦住上级官员的轿子诉冤是最直接的办法。认为自己有冤屈的平民都越级告状秩序岂不是乱了？怎么制约并保证诉讼的程序不受挑战？清王朝统治时期，平民越级告官是要拿滚钉板来检验勇气和决心的。冤屈大到可以坚决滚钉板，那十有八九是真的，上一级官府也会格外重视并很快受理这类案件。一个人要光着身子从一个钉满钉子的木板上滚过去，皮开肉绽痛苦不堪。清朝著名的冤案"杨乃武与小白菜"，就是杨乃武的姐姐通过滚钉板告御状后才被受理，最后在慈禧太后的亲自过问下才得以平反昭雪的。

旧时代江湖艺人从平民告状的滚钉板中得到窍门，把它改成貌似惊人的可在大街上表演的特别魔术，成了他们赢得掌声混饭吃的看家本领，历史上也曾被一贯道等利用作为神功的象征。如此一来，滚钉板就有了窍门，找到其中的技巧让人少受到伤害成为首要问题。这其中的核心是木板上铁钉的密度和钉子的长短。在每12厘米之间有一颗铁钉，并且钉子越大越均匀，表演者躺上去痛苦越少。钉子的长短还要一致，钉尖这时就处于同一水平面上。还有一个因素是钉尖要挫得圆滑一些，不至于伤人皮肉。这时候，穿过木板的钉子实际上形成了一个由密集的钉头构成的平面，类似人们穿的按摩鞋子，掌握技巧的表演者平稳地躺在钉板上面会感觉有点儿硌，但不至于刺穿皮肉。江湖艺人在表演时还常常会在滚钉板的人身上放上一块青石板，青石板上站立几个大汉，承压千斤，大汉们下来后，再铁锤碎石，青石应声破碎，表演者翻身跃起，安然无恙，围观者掌声如雷。

滚钉板表演是各种技巧的完美运用，无论是江湖艺人还是舞台艺术都只是表演。历史现实中平民拦轿告状时的滚钉板却没有人设计和考虑面子、疼痛等感受，纯粹是心中有极大的冤屈，才能不顾一切甚至舍弃生命纵身一试。

1915年，秦腔艺人苏长泰、耶金山招收了一批学生，并从社会上另外招聘一批秦腔名家，在西安骡马市创建了"长庆社"，专门演出秦腔传统剧目，一时间成为古城西安最叫座的班社。1918年，军阀陈树藩的部属强行改其名为"关中三义社"。1919年，耶金山采用苏长泰三个儿子乳名中的"意"字，重新改名为"三意社"。

在秦腔和三意社的演出历史上，究竟有没有宋得民这个名家，依据现有的资料已经无法考证了。

马健翔在《〈血泪仇〉的写作经验》中说："我写《血泪仇》的时候，我自己想出来的几句话，时刻在指挥着我，纠正我：近情近理，红火热闹，叫人看得懂，受感动；看完了，明白又懂得道理。"

王震回忆道："《血泪仇》和《穷人恨》的演出，前后我看过五六次，观众都为剧情激动着，对于人民的敌人高度的仇恨，对于深受重重的压迫的人民高度的同情。……因此多看它，使我对前方今天明天如何，服务人民都有启示意义。"

陈独秀在《论戏曲》中说："戏馆子是众人的大学堂，戏子是众人的大教师，唱戏一事对一国的风俗教化大有关系，戏曲乃是世界上最大的教育家。"

普通群众多不识字没有文化，却能通过看戏了解社会体会人生。戏曲和通俗小说一样，受众面广，移风易俗，效果明显，正是从这个意义上，狄葆贤在《论文学上小说之位置》中有未免过于偏激的评论："宁愿有一个施耐庵，不要一百个司马迁、班固；宁愿有一个汤显祖，孔尚任，不要一百个李白、杜甫。"这一言论当然有偏激之处，但强调了戏剧对普通大众的感化作用，难道改良改革不应该重视这一利器吗？

陕西同盟会领导人井勿幕、辛亥革命后首任督军张凤和陕西文化名流高培支、范紫东等人一起于1912年7月1日成立易俗社。几经修改补充的章程开宗名义：以编演各种戏曲、辅助社会抚育、移风易俗为宗旨，最终要以维护革命成果和共和体制、教化人民为宗旨和要义。

易俗社的著名剧作家范紫东、孙仁圣、高培支，李桐轩、王伯明、封至模等学识渊博，亦有一定的西学基础，编写了各种剧目五百余种。《三滴血》《软玉屏》《柜中缘》《看女》《夺锦楼》《庚娘度》《双锦衣》等都是至今还活跃在舞台上、情节曲折、感染力强、雅俗共赏、启迪民智、经久不衰的经典剧目。

李桐轩认为："声满天下，遍达于妇孺之耳鼓眼帘，而有兴致，有趣味，印诸脑海最深者，其唯戏剧乎？"先生一生编写大小剧目40余种，代表作有《一字狱》《天足会》《人伦鉴》。

其长子李约祉承父业，有《庚娘传》《韩宝英》等传世。次子李仪祉1904年考入京师大学堂时，桐轩先生赠诗曰：唯华人兮神明胄，不可奴兮不可虏，人生自古谁无死，死于愚弱最可耻。仪祉先生则成为我国现代水利建设先驱，主持建设陕西泾、渭、洛、梅四大惠渠，福荫三秦。

秦腔也不乏针砭时弊，记录重大史实的佳作。不知者不妄言，有人总以为秦腔故事老套，不是奸邪陷害忠良，就是西宫倾诬东宫；不是男女一见钟情、破镜重圆，就是嫌贫爱富，悔婚夺婚，这都是为李桐轩先生所批判的八股陈套。

范紫东先生以我国近代史上重大事件为题材，忧国忧民，以一腔爱国热忱再现了历史上的重要史实。

范先生的《关中书院》和高培支的《鸦片战纪》表彰了鸦片战争背景下林则徐禁烟御敌的民族大义，洋溢着强烈的爱国主义精神。

《宫锦袍》歌颂了中法战争的民族英雄刘永福。

《秋风秋雨》赞扬了秋瑾、徐锡麟等革命党人视死如归的精神。

李约祉的《韩宝英》通过太平天国石达开的历史教训，告诫人们应以大局为重，不可逞强误事。

《颐和园》积极评价了戊戌变法和光绪皇帝维新自强的成绩。

秦腔剧作家以陕人为主，但吕南仲先生例外。吕南仲生于浙江绍兴，1919—1923年间任易俗社评议长、社长等职。1924年7月，鲁迅先生至西安讲学到易俗社看的就是吕南仲先生的《双锦衣》前后本和《大孝传》《人月圆》等四场戏。鲁迅认为："吕南仲以绍兴人编著秦腔剧本，并在秦腔中落户，很是难得。"他反用刘长卿"古调虽自爱，今人不多弹"之句，亲批"古调独弹"四字制匾赠予易俗社。

"九一八"事变后，封至模以岳飞、韩世忠、梁红玉等民族英雄抗敌救国的事迹为蓝本，关照现实激发抗日斗志创作了《山河破碎》和《还我河山》两个剧本，剧目在北平演出时振聋发聩，盛况空前。

值得一提的是，鲁迅先生离开陕西之时，当时的省长刘镇华设宴演剧践行，这里的刘镇华就是《白鹿原》小说中镇嵩军的首领。

1921年前后，易俗社的200多种剧目中，内容涉及劝剪发辫、戒女子缠足、戒吸鸦片、戒婚姻骗财、戒鬼神迷信、宣扬科学文化等，无不起到了辅助教化、适应时代需求、振奋人心、启迪民智的作用。

嘉庆以后的秦腔分为以渭河以北大荔同州梆子为代表的东路秦腔；以凤翔、礼泉为中心形成的西路秦腔；从周至向南过秦岭形成以汉中为中心的汉调称南路秦腔；从渭河以南的渭南开始到西安形成中路秦腔乱弹，可谓流派纷呈，争奇斗艳，融合发展。

清人陆次云在《圆圆传》中就写到陈圆圆被进献到宫中后唱昆曲助兴，李自成皱了眉头："何貌其佳而音殊不可耐也。"即和群臣一起拍拳唱起了西调（秦腔），繁音激楚，或声震林木、响遏行云、酸心热耳。这实在是文化差异导致的心理感受不同。

《白鹿原》中提到的麻子红现已无法考证是哪位演员的艺名了。咸丰年间同州梆子东路秦腔的一位著名艺人，郓宝儿也称麻子红，技艺精湛，为观众所赞许。

艺名麻子红的李云亭（1872—1921）是清末民初誉满关中的一位须生演员，尤其擅长以表演为主的身段戏，如《拆书》《杀驿》《广寒图》《破宁国》等。从秦腔记载看，这个麻子红并未演过小说中提到的《走南阳》。麻子红在台上表演贴切细腻，缠绵爽朗，留下了宝贵的遗产。一时间，城乡间争学他的唱腔，满城麻子红声：

大堂口把豪杰气炸肝胆；（《拆书》）

伍子胥在马上思念先朝；（《兆园》）

想从前受贿赂尽都是你；（《广寒图》）

一世间吃了你骄傲气。（《杀驿》）

京剧表演艺术家程砚秋先生1949年冬到陕西西安进行戏剧考察，专程到骡马市梨园会馆实地勘察。"在骡马市的中间路西，有一所很大的房子……一九四九年冬去西安，据封至模兄告诉我们，说这地方原是一座戏剧界的祖师庙，早年规模庞大，民国以来，累年作为兵营，破败不堪了，一九三八年旧历十月十九日，遭逢日寇飞机的轰炸，损失奇重，所剩下的一些东西，又屡次被人盗卖。"

据考证，梨园会馆坐西向东，与当时药会馆戏楼即今天三意社剧场相对，足见当时戏曲班社已有能力营建会馆，行业活动活跃，经济力量上升，观众戏迷拥戴。

昆曲长期占据戏曲的正统地位，称为"雅"，指高雅、正宗之意。以京腔、秦腔、梆子腔为代表的地方戏兴起于民间，成为"花"，指驳杂、低俗之意。

"花雅"两种曲目之争持续多年，代表着戏曲中富有民主性的文化与封建正统文化的对立，客观上促进了戏曲之间的融合借鉴与繁荣发展。

秦腔传入北京舞台之后，因其泥土芳香和生活情趣深得观众喜爱。

清人徐孝常记载了所闻所见："长安（指北京）梨园盛称……而所好惟秦音、罗、弋，厌听吴骚。闻听昆曲，辄轰然散去。"这其中，杰出的秦腔演员魏长生（排行为三，又称魏三）两次进京献艺，名动京师，后来又先后到扬州、杭州演唱收徒，先后演出了《滚楼》《铁莲花》《背娃》等剧目。魏长生的演唱繁音促节、委婉多风、自然炽烈、新颖大方、出神入化、绚丽丰富，一时间唱遍了半个中国，"谁家花月，不歌柳七之词，到处笙箫，尽唱魏三之句"。

艺术是丰富多彩的，昆曲好听，京腔渐成新宠都可以，但连听几百年就过于单一了。清朝当局规定艺人只能唱演昆曲、弋腔，不能唱秦腔、乱弹、观应也。只能看昆曲、弋腔，不能看秦腔。嘉庆三年（1798 年）上谕中称"乃近日偶有乱弹，梆子，弦索，秦腔等戏，声音既属淫靡，其所扮演者，非狭邪蝶亵，即怪诞悖乱之事。于风俗人心，殊有关系……流风日下，不可不严行禁止"。

秦腔班社暂时偃旗息鼓，人心岂可违？时尚岂可悖？秦腔班社最终金鼓齐鸣，薪火相传，观众的喜爱与日俱增，秦腔艺术百世流芳。

20 世纪 80 年代初，面对秦腔剧目演员、观众老化的现象，为了借助电视这一大众传媒工具，陕西电视台通过三十多年探索实践，凭借一腔赤诚创办了《秦之声》专栏。终于将这一节目办成了全国颇有影响的名牌栏目。陈忠实先生为这一栏目写了散文《惹眼的"秦之声"》，并于 2005 年欣然为秦之声专栏举办的戏曲新春晚会提笔祝贺："菁华百看仍觉鲜，一听十年还绕梁。"

李十三和他的《十大本》也是传奇。近三百年来，大江南北的剧院，不同剧种，不同人群和他刻画的戏曲人物同悲欢共哀乐，体味着丝丝扣扣的细腻情感，感动着深沉激越惩恶扬善的铁肩道义，在精神文化的滋养中演绎百态人生，推动自己和尽可能大范围的社会传承与革新。

自觉不自觉地把秦腔的故事、人物、曲牌、道义、背景等元素运用到文学创作中，促成《白鹿原》的产生和经典化，于陈忠实和小说创作来说，也是传奇。

列夫·托尔斯泰感慨于人类文明的延续和创作者的责任，说过作家的幸福："人一生的幸福，是能为人类写一部书。"一个人能为世界文学长廊贡献一颗明珠，而且这颗明珠长时间地受到不同地域和肤色读者的喜爱本身就是传奇。这里的"一"，当然是泛指。托翁自己的传世之作就有《安娜·卡列尼娜》《复活》和《战争与和平》三本。雨果也因《巴黎圣母院》和《悲惨世界》《九三年》三本书彪炳史册。作品成为经典是时间和读者检验的结果，毫不夸张地说，陈忠实的《白鹿原》得到的认可足以说明他之前的准备就是为了这本书，准备上和事实上垫棺作枕的这本书当然属于"为人类写的一部书"。

# 第三章　军阀乱象和民初人物

## 第一节　军阀乱象与《白鹿原》

鸦片战争后，由于资本主义全球扩张的需要和列强之间发展利益的不平衡，中国沦为半殖民地半封建社会。国际帝国主义之间、帝国主义和殖民地之间的矛盾不断发展，列强们争夺中国的愿望愈加迫切。各派军阀成为列强们在中国国内不同的代理人。激战矛盾频发，占领地盘冲突不断、赋税地租加重、劳资冲突加剧、社会分崩离析、人民求生无路、不同地域不同人群均惶惶不可终日。近代中国大大小小的军阀们造成了全国性的灾荒和匪祸，阶级矛盾日益深化，全国布满干柴，革命运动随时都会形成星火燎原之势。

**北洋军阀与袁世凯**

中国军阀萌芽于湘军、淮军，横行泛滥于民国时期。清末镇压太平天国运动中的各地团练如曾国藩的湘军、李鸿章的淮军只是军阀的雏形，虽然形成或拥有军人集团，但没有割据一方、自成派系，财权及地方人事还是掌握在清政府手中，直接为晚清政府政治上的镇压服务，没有或不具备为派系谋取权力、地位、地盘、金钱等而争斗割据的事实。起源于小站练兵的袁世凯应是中国最早的军阀，后来逐渐发展起来，形成北洋军阀。

清王朝步入末途，朝政废弛，人心失散，政治经济外交军事全面失控。统治阶级赖以依靠的满族贵族和汉族官僚多已腐败不堪，墙倒众人推，八旗、绿营两支大军战斗力松懈，建立和依靠新军遂不得已成为补救之策。袁世凯提出"训以固其心，练以精其技"，在天津小站训练新军，借机培植私人势力，攫取政治军事资本和话语权。袁世凯以封建伦常关系来团结军心，以西方军械操典来娴熟军事技能，明确提出"兵不训不知忠义""兵不练不知战阵"等主张，把训与练作为两大建军思想和练兵内容，朝野提供给新军较充裕的供应和装备，使其在创建阶段能够顺利地发展和壮大。实际上，在日常练兵中他极力向士兵灌输"袁大人是我们的衣食父母，我们要为袁大人卖命"的思想，各营房定期向袁世凯的"长生禄位"牌跪拜叩头；用封官许愿、金钱收买了一批亲信和党羽，徐世昌、段祺瑞、冯国璋、王士珍等成为只忠于袁世凯的骨干力量；普通士兵怀着"只知有袁宫保，不知有大清朝"的信念一心准备为袁卖命。北洋军从建立开始就脱离了清政府组建新军的宗旨，成为私人武装力量和工具，自然也就成为政府的掘墓人和人民头顶的大山。这些军事首领登上政治舞台后野心不断膨胀，北洋军愈发强大，清政权就越失控，江山摇摇欲坠，人民陷入水深火热之中。

袁世凯在组建北洋军的同时，以自己为中心，控制山东、河南、直隶等地盘，在交通、商务、矿务、金融、外交等领域中安排亲信，编织势力网，形成了清末统治阶级中最强有力的北洋集团派系。实力雄厚的袁世凯在政治上举足轻重，戊戌变法时期因出卖维新派有功，深受慈禧信任。

庆亲王奕劻与袁世凯可谓是互相帮衬提携利用的紧密同盟。宣统三年（1911年），清廷裁撤军机处，奕劻任"皇族内阁"总理大臣。同年10月，武昌起义后，他竭力主张起用被罢黜的袁世凯。不久，袁世凯被起用，入京代他为内阁总理大臣，重新组阁，奕劻改任弼德院总裁。民国六年（1917年）一月二十九日，奕劻病死于天津租界，时年七十九岁。英国《泰晤士报》驻华记者莫里循披露，庆亲王的银行存款高达712.5万英镑——稍早，简·爱小姐在桑菲尔德庄园做家庭教师，年薪30英镑，生活就比较体面了；而达尔文买了一幢带花园的豪宅，也不过2000英镑。

庆亲王理财很有天赋，也有超前意识。虽然外国银行已经进入中国，但是八国联军侵华硝烟未散，人们的爱国热情空前高涨，大家耻于与外国人打交道，更愿意到中国人的银行或钱庄存钱。庆亲王却格外青睐外资银行，特别是英资汇丰银行，民族金融机构里没有他一厘钱。要是迟生一百年，庆亲王肯定是个家小在外、见首不见尾的"裸官"。

袁世凯通过重金笼络清皇室实权派庆亲王奕劻，使之成为其在朝廷中的内援从而支配朝政。辛亥革命爆发后，清政府求助手握重兵的袁世凯，袁世凯逼迫皇帝交出统治权，不再满足通过类似奕劻等中间人。

北洋军阀的主要特征表现为：

一是走狗性。形式上对内不对外，外软内硬，本质上主要受帝国主义侵略势力支配，为之卖命。军队的使命本来是保卫国家安全、领土主权完整、人民安居乐业，如果军队对内屠杀、压榨人民，对外卖国求荣，就沦为私人工具，沦为反动军阀。北洋军阀中只有极少数人以中华民族利益为重，抵制侵略者霸占中国的阴谋，大多数沦为对内不对外的帝国主义侵略者的走狗。

二是割据性。北洋军阀们实行封建割据，各有一支为自己所有、支配和服务的军队；每个军阀首领都控制有一块或大或小的地盘，自立政权，自订法律，自发货币或自征赋税，相当于大大小小的皇帝；奉行暴力征服一切，频发的战争只为争夺地盘和利益分割不均等。

三是封建性。北洋军阀体系内部多以宗族、血缘、地缘等人身依附关系结成纽带维持发展。如何使自己的队伍规模更大，战斗力、凝聚力更强，军阀头目们也煞费苦心。地缘、业缘等关系就成为最佳的借口和纽带，"会说五台话，就把洋枪挎"，奉行"中庸哲学"的阎锡山是山西五台县人，他招募老乡、重用老乡、依赖老乡，建立了紧密的以地缘关系为纽带的军阀部队，从辛亥革命开始统治山西达38年。

**宪法成为被利用的工具**

任何一国宪法的创建首先都是由一部分先知先觉者来推动的，而这部分人对宪法的理解及其所采取的行动在宪法的创建阶段尤为关键。1914年5月1日，袁世凯正式公布由约法会议根据他的意思制订出的《中华民国约法》，以代替《中华民国临时约法》和《天坛宪草》。

《中华民国约法》俗称为"袁记约法"。该约法规定总统"总揽统治权"，以"大总统对于国民之全体负责任"这一冠冕堂皇的词句勾销了立法对于行政制约的理论依据。因为只对"抽象的国民"负责，而无须对任何民意机关负责，这样就避开了民意机关、司法机关的监督与制约。通过《修正大总统选举法》，将总统任期由5年改为10年，连选连任无限制，且可以自己宣布连任和决定候选人。同时，新约法还对人民的各项权利都加上"于法律范围内"的附带条件，使得人民享有的言论、结社、出版等各项自由以及请愿、选举、被选举等各项权利也随时可以受到袁世凯所代表的政府的约束和剥夺。从此，袁世凯剥夺了人民甚至资产阶级参与任何国家事务管理的权利，总统专权的思想得以转化成总统集权的现实，为袁世凯以后帝制思想的形成埋下了伏笔。高唱"民主"者成为人民之主，其后的段祺瑞、曹锟、张作霖等更是掩耳盗铃，明目张胆地破坏甚至抛弃民主制度，军阀专权迭次实现。

北洋军阀政府对《大清新刑律》稍加删改，于1912年4月颁布《暂行新刑律》。1914年，袁世凯企图复辟帝制，以"重典"威慑人民。袁世凯又颁布了《补充条例》，加重了一些处罚，但对妇女问题未能认真对待。

《补充条例》第12条明确承认小妾的地位。"凡以永续同居，为家族一员之意思，与其家长发生夫妻类同之关系者，均可成立。法律不限何种方式。"因此当时社会上达官贵人或有钱男子均以纳妾为荣。田秀才的掌上明珠田小娥限于种种原因做了郭举人的妾，其实在郭家只是做饭洗衣，泡枣养生的工具罢了。"郭举人自打吃起她的泡枣儿，这二年返老还童了。"

至1930年，南京国民政府颁布民法宣布实行一夫一妻制，禁止纳妾，但对于已纳妾的情况要求妻子予以承认，这无疑是对民国时期纳妾的合法保护。袁世凯、范绍增、刘湘等无不妻妾成群，蔚为壮观。川军将领范绍增（称范哈儿）为40名小妾建造豪华公馆居住，设总管等，配服务人员百余名，从上海请教师为小妾们培训西方文化，这被默认为特权和身份的象征。

国会及其代用机关、总统、国务院及司法机关等组成的中央政权机构都由军阀主宰着，都是军阀刺刀上的玩物，更换频繁。军阀和官僚政治把苦难的旧中国逼上了绝路，社会前路的车轮被污泥浊水阻挡着。

宪法成为谋取政治合法性的工具。政党政治和议会政治没有走上成熟轨道，宪法价值被严重歪曲，易于引发政治上的混乱。武力强大者有资格制定宪法，攫取国家权力，操纵议会和议员，宪法道德、价值被粗暴践踏。有的政党成为纯粹的政治游戏参与者，背后没有所代表的利益阶层，从而变成了寡头政党。由于不代表任何利益集团，政客加入其他政党就成为家常便饭，如赵秉钧就有8个党籍，伍廷芳有11个党籍。各党对入党者来者不拒,成分十分芜杂,共和党甚至"不惜牺牲团体之名誉为赃官藏污纳垢之数"。党员加入政党并不因为其主张。《国民》月刊编辑邵元冲指出:"吾国自改共和政治以来,其所号称为政党者总总林林,相比而立;然考其党纲,询其实义,率皆漠然未能明了。"①茫然加入某个自己不明确党纲的政党,接下来要干和该干些什么都不知道,又怎么会为维护其纲领而奋斗!

党派间的政治斗争缺少互相尊重的理念,违反现代政党政治游戏规则,斗争没有限制在合理合法的框架内,多采取激烈政治手段对付敌党:"今以政党论,则共和党与国民党各有主张,亦何妨和平进行,乃据两党之口,皆欲取消其异党之人格而后快,觉立党之资格,惟己党所独有。"②各政党"以整灭他党为惟一之能事,狼鸷卑劣之手段无所不至","乃各杂以私见,异派因相倾陷破坏;而同派之中,亦往往相忌刻,视若水火,率以主义目的精神思想毫无区别之人,亦复分抗,不欲联合"③。就连鼓吹"革命军起,革命党消"的章太炎对此也失去信心:"中国之有政党,害有百端,利无毛末。"④

**军阀与禁烟**

林则徐铁肩担道义,雷厉风行地实施禁烟运动,尤其虎门销烟打击了鸦片商人和瘾君子们的嚣张气焰。此后发生的震惊中外的鸦片战争使中国陷入了一个主权更沦丧、社会更动荡,鸦片毒害更严重的局面。弱国无实力亦无外交,1854年后,英政府派公使进京,增天津为通商口岸,通过税收的方式使鸦片贸易合法化了。

清末民初,基于财政税收的紧张,晚清和民国政府对鸦片的吸食、种植、贩卖纵容,民间遍地种罂粟,很多人吸食成瘾。中国人被戴上了"东亚病夫"的耻辱帽子。鸦片泛滥,长此以往将亡种亡国,有识之士从维新派开始提出"禁烟为中国富强最先基础"口号,禁烟的呼声愈来愈高。

1912年,袁世凯宣布:"各省都督,无论已报禁绝及未报禁绝各省份,一律剀切晓谕,如再有私种罂粟,即严禁分别犁拔,凡国民尤宜互

---

① 邵元冲:《政党泛论》,《国民》1913年第1期。
② 来新夏:《北洋军阀》(一),上海人民出版社1988年版,第726—727页。
③ 梁启超:《饮冰室合集》文集之二十九,中华书局1989年版,第21页。
④ 汤志钧:《章太炎政论选集》(下),中华书局1977年版,第648页。

相惩戒，毋得干犯禁纲，致贻后悔。"1914年3月，袁又令今后不得再种罂粟，如有发现，各地政府须强行铲除。袁死后，各地军阀为抢地盘，筹措资金，鸦片又成为重要的财政资源。从弛禁到鼓励种植吸食，广袤的中国陷入更加深重的烟毒劫难之中，无论城乡大街小巷，穷乡僻壤都是烟毒灾祸。

1926年，国民政府在广州设立专卖总局，所有烟商必须按时领取代销执照，交纳烟税，即为"寓禁于征"政策开端。

从此，种植、炼制、运送、零售、吸食每个环节都要交纳相应的赋税，种植按窝交"窝税"，不种交"懒税"。这类饮鸩止渴的做派遭到国人反对。这一期间，白鹿原上朱先生从妻弟白嘉轩的烟苗开始铲烟禁烟，震动万民。可是时间不长，滋水县令又重新命令种植罂粟，美丽的花儿再次开放，延续了多年，大烟、洋烟、乡民熬制的"土"迅速成为衡量一家农户财富多少的标准。

"在那条新修的汽车路上，沿途的罂粟摇摆着仲胀的脑袋，等待收割……陕西长期以来就以盛产鸦片闻名。几年前西北发生大饥荒，曾有三百万人丧命，美国红十字会调查人员，把造成那场惨剧的原因大部分归咎于鸦片的种植。当时贪婪的军阀强迫农民种植鸦片，最好的土地都种上了鸦片，一遇到干旱的年头，西北的主要粮食小米、麦子和玉米就会严重短缺。"小说《白鹿原》特意转引了美国探险家、作家斯诺（Edgar Snow）当时的所见所闻，这种描写和喟叹是与当时的真实历史相吻合的。

军阀的放纵引导使得鸦片的种植在陕西也达到了顶峰，占据了原来种植农作物的大量耕地。关中地区粮食供应紧张，在1928—1930年大旱灾的冲击之下，这一地方出现了前所未有的人口和财物损失。种植罂粟的恶习甚至从关中蔓延到了陕北。作家柳青1916年出生于陕北吴堡县寺沟村。1956年，他在自传中分析了自己家庭富裕的原因："出生时，家庭是贫农。后来由于大量种植鸦片，迅速变成中农。至三十年代，上升为富农。"[1]

"历史好像首先要麻醉这个国家的人民，然后才能把他们从世代相传的愚昧状态中唤醒似的。"[2] 其实隐患早已埋下，人们图眼前之利，当危

---

[1] 蒙万夫等：《柳青写作生涯》，百花文艺出版社1985年版，第1页。
[2] 《马克思恩格斯文集》第2卷，人民出版社2009年版，第608页。

机爆发时,弥漫白鹿原的就是恐惧和饥饿了。

**军阀生存的土壤**

武力干预和贿选相结合,选举表现为一幕幕闹剧。段祺瑞为了给当时的国会大换血,选举成为"贿赂与流氓行径的大暴露","像大米、豆饼和其他可出售的商品一样,当地报纸每天都登有选票的行情及市场波动情况"①。曹锟大约支付了1356万元的费用,打造了一批"猪仔议员",登上大总统宝座。选票的发明,将变化无常、琢磨不透的抽象的民意变化为形式化的、精准的、具体的数据。在西方,这是治理技艺的提升和政治文明进步的表现,然而,移植到民国初年的中国,却把中国的政治引向了更加混乱和黑暗的局面。当时走马灯般上演的一幕幕丑剧打击了笃信议会制度为国家富强之本的知识分子,形式上集结民众力量的制度在现实中国运行的效果是极差的。冷静思考之后,知识分子的目光转到以"个人自由"为焦点的政治价值追求上。

传统文化中的血缘感情、地域乡情、师生感情等成为军阀政治生存的文化土壤。军阀(封建军阀)一般不依靠制度或法律的作用,主要以血缘、地缘、业缘关系等为中介,通过排除异己、扩充实力、控制官兵思想等手段来实施治理和强化凝聚。父子、兄弟、甥侄、同宗、裙带、同乡、同学、师生等都存在着主从、长幼、尊卑的传统伦理关系的等级界限,所有关系都是为了在貌似"自家人"的气氛中,尽可能地确保群体的向心力,建造一座首领高踞塔顶的金字塔。

血缘关系。上阵父子兵、亲兄弟,自家人最保险,因而张作霖最信任张学良,曹锐、曹瑛就是曹锟的心腹。在这种宗法式的亲缘关系下,军阀有提携家族成员和亲友的义务,后者亦有责任效忠。

地缘关系。血缘圈子太小,满足不了一个军阀集团发展壮大的人才需求,老乡成为次选。一人得道,鸡犬升天,长期处于一个地域中的人们熟悉、亲近、易沟通,这种乡土认同感成为军阀凝聚团体,感恩融通的情感切入点。奉系从官到兵多为东北人,军队里存在"妈拉巴子是护照,后脑勺子是路条"的说法(张作霖是辽宁海城人,这两句均为海城

---

① [美]费正清:《剑桥中华民国史》第一部,章建刚等译,上海人民出版社1991年版,第290页。

方言）；晋系军中"学会五台话，就把洋枪挎"（阎锡山是山西五台人）；湘军何键是"非醴勿视，非醴勿听，非醴勿用"（何键是湖南醴陵人）；黔系军阀周西成治黔期间，把家乡桐梓县能识字的全都拉出来做官，老家乡间连个能写信的人都找不出来了。

业缘关系。社会活动中，人们会结成同学、同事、师生、甚至结拜兄弟等关系。师生关系可以制造，也能有效控制军队。皖系各部分首领都是段祺瑞的学生，段曾为北洋军阀早期所办各类陆军学堂的总办。当然，作为国民党各种军事学校的校长，蒋介石最成功，尤以黄埔系为最亲近，也容易建立起无条件服从的权威。

一批知识分子，以胡适为代表的自由主义者对社会中各种主义驳杂冲突、消磨缠夹的现状忧心忡忡。他们撰文呼吁摒弃空洞的主义，将行动统一在"建立一个更满人意的国家"上来；认为各种主义都只是建国的筹谋和工具，提议"大家应该用全幅心思才力来想想我们当前的根本问题，就是怎样建立起一个可以生存于世间的国家的问题"[①]，转而寄希望于军阀的尚未泯灭的"天性"，提出"好人政府"主张，这无异一种空想；相比之下，"废督裁兵""联省自治"等相对现实的政治思潮更受到社会各阶层的认可，在军阀混战时期，人们依然希望依赖宪法能重建、稳定社会政治秩序，其结果依然失望。

**思潮冲击下的白鹿原**

1920—1924年间大体上是中国社会普遍兴起的联省自治，即省宪运动的时间段，这一时期是我国地方自治思想发展的一个顶峰。在南北两个军阀各自为政的态势下，任何一方都无法标榜中央或一厢情愿地代表地方。理论上非难、舆论上谴责、合法性上质疑、行为上不服从等都是出于自身利益立场且理直气壮的事情。

根据卞寿堂先生查阅蓝田县志的结果，从1912年至1949年间蓝田的知事、县长更换了39位，平均11个月换一任，1927年一年之内更换了4位。可见政局动荡，走马灯一样的人事更迭政策变动常使百姓不知所以。"乡民们搞不清他们是光脸还是麻子，甚至搞不清他们的名和姓就走马灯似的从滋水县消失了。"

---

[①]《胡适全集》第21册，安徽教育出版社2003年版，第671–672页。

在长达几千年的政治生活中,中国经历了屡次政权更迭和多种外来文化的冲击,但以宗法伦理为核心的法律制度一直占据着国家统治的根基,儒家文化对法律生活的影响源远流长。个人与家族、个人与国家、个人与社会的关系完全建立在宗法家族制度基础上。黑格尔把这个问题说得更具体:"中国人把自己看作是属于他们家庭的,而同时又是国家的儿女。在家庭之内,他们不具备独立的人格,因为他们在里面生活的那个团结的单位,乃是血统关系和天然义务。在国家之内,他们一样缺少独立人格,因为国家内大家长的关系最为显著,皇帝犹如严父,为政府的基础,治理国家的一切部门。"① 在这一思想的指导下,礼治、道德、人治至上性的价值基础与宗法伦理制度和官僚家族本位制度蔚然一体,与西方宣扬的自由、民主、平等、共和的法律价值大相径庭。皇帝是国家的主心骨,族长是家族的主心骨。"没有了皇帝,往后的日子咋过哩?"白鹿原上的农人们茫然无措,不知道皇粮纳不纳,总督是个啥官职,大约是要改朝换代了。跪拜习惯了,没有贤明的君主和地方父母官,谣言四起,人心惶惶不安。

古希腊哲学家亚里士多德认为人是自然趋向城邦政治生活的一种理性政治动物,"人类在本性上,也正是一个政治动物。""凡人由于本性或偶然而不归属于任何一个城邦的,他如果不是一个鄙夫,那就是一个超人。"② 亚里士多德的这一学说影响了后来的思想家。人应该参与的政治生活是怎样的一种政治生活呢?犹太裔美国政治理论家阿伦特(Hannah Arendt)结合对康德哲学中判断的理解,力图梳理出"政治生活的精神活动",明确指出:"康德意义上的判断力乃是一种特定的政治能力,即个人不仅要从自己的角度去看问题,而且要从所有其他可能出现的人的角度去看问题,判断甚至是人作为一个政治存在最基本的功能之一,因为它把人引向公共的领域、共同的世界。"③ 因此,在政治生活思维判断中要站到别人的地位上思考,从一个普遍的立场去衡量自己的判断,根据

---

① [德]黑格尔:《历史哲学》(第一部),王造时译,上海书店出版社 2006 年版,第 114 页。

② [古希腊]亚里士多德:《政治学》(卷三),吴寿彭译,商务印书馆 1981 年版,第 7 页。

③ Hannah Arendt, *Between Past and Future*, *Eight Exercises in Political Thought*, New York: The Viring Press, 1968, p. 221.

相应的政治生活标准做出抉择，最终寻求对方的同意。人是政治动物，人离不开政治生活，人参与和从事政治活动是生存方式之一，而政治生活是以协商权衡、冲突斗争等为特点的。

　　文学家基于自身善良天性，一般倾向于否定战争和暴力。陈忠实在《白鹿原》中通过人与人之间野蛮攻击杀戮批判了暴力的攻击性。兆鹏力劝朱先生不要渡河作战，朱先生说："我还是我。我只想做我想做的事。我不治这党那党。你们也甭干预我。"之前他力劝方巡抚罢兵，痛陈战争危害："天下大乱，大家都忙着争权夺利，谁个体恤平民百姓……"白嘉轩、朱先生的批判软弱无力，苍白无益，其实质是对历史发展规律的罔顾。伦理色彩和道德内涵岂能挽大厦于将倾？退守远离斗争并非是符合唯物史观的历史客观态度。托尔斯泰说："在现存秩序和生活理想之间，存在着无数的阶梯。人类沿着这一阶梯不断前进。人们只有逐渐地日益摆脱参与暴力，使用暴力和对暴力的习惯，才能接近于这一理想。"①

　　军阀混战下的旧中国兵荒马乱，天灾人祸，国仇家恨，外敌入侵，民间草菅人命，个体生命夭折暴亡屡见不鲜。畸形的半封建半殖民地社会虽处强弩之末，礼教宗族力量仍和愚昧保守思想交织，生命苦难，人性扭曲淋漓尽致，进步力量不甘沉沦。在马克思主义科学理论的指导下，共产党犹如初升的朝阳引领社会前行。我们党领导的新民主主义革命呼之欲出，犹如"出色的手术"拯救人民拯救民族社会。这些背景正是小说《白鹿原》史诗品质的依赖要素，深邃厚实，凝重苍茫而又强悍悲壮生机勃发。

## 第二节　于右任与刘镇华

### 去台前后的于右任

　　于右任去台之前，是想留在大陆的，被迫去台之后，一直思念大陆。1949年8月在广州，于右任拉着霍松林、冯国璘的手说："我很想留

---

① 《列夫·托尔斯泰文集》第15卷，冯增义等译，人民文学出版社1989年版，第454页。

你们在身边，但时局如此，不敢留，你们就去吧！以后有机会，再叫你们来。"所谓以后有机会，只能是先生当时的自我安慰。11月28日上午，于右任就从重庆被迫飞往台湾了。

其实之前的10月份，于右任一直住在香港治病，等待机会去北京。听说有飞机飞重庆时，便立即登机去渝面见蒋介石，目的是想救出多年前被囚在重庆牢里的杨虎城。岂不知国民党弃守重庆前夕，毛人凤受蒋介石指示，在其直接命令指挥下，杨虎城及其幼子杨拯中、幼女杨拯贵、秘书宋绮云和夫人徐林侠及他们的幼子宋振中（我们所熟知的"小萝卜头"）已在重庆戴公祠惨遭杀害。

于右任和杨虎城在推翻清末专制、重建靖国军反对北洋军阀、二虎守长安等共同战斗中结下了深厚的情谊。如有机会当面劝谏蒋介石营救杨虎城，纵使前方刀山火海，于老也会临危不惧，欣然前往。得知杨虎城已经不在人世的噩耗，于老担心被送往台湾，对蒋提出："我心脏病很严重，正在香港接受治疗，请您派飞机送我回香港。"蒋介石飞机是派了，却把于右任送到了台湾。人民解放军摧枯拉朽，新生的共和国如日中天，苦心经营大陆多年的蒋介石面临大厦将倾的衰败形势无力挽救颓局。12月9日，刘文辉、邓锡侯、潘文华三位国民党军川军将领在彭县龙兴寺通电起义；12日，驻宜宾的国民党第七十二军军长郭汝瑰经与解放军第十八军接洽谈判，亦通电起义，这两起率部起义的壮举成为击垮蒋介石心理防线的最后稻草，仓皇出逃至台湾就成为必然选择。据蒋经国的日记记录和我军的战斗史料考证，蒋氏父子离蓉赴台的日子应为12月13日。

于右任在台湾拒绝了蒋介石为他准备的花园洋房，住在台北青田街7号寓所，小巷幽静，围墙斑驳，疏影离离，枝叶嫩绿。住所随主人，只求简单朴素。回不到大陆，回不到故乡三原县城西关斗口巷5号始终是于右任一生的痛。三原的故居青砖瓦舍，古朴典雅，陈设简陋，六百余年的古槐枝繁叶茂，郁郁葱葱，凝重殷殷，让于老一直魂牵梦萦。居台十五载，他忘不了当年费力购得此屋的欣喜："吾屋虽漏，放声读书较自由也。"没有故乡的人寻找天堂，有故乡的人做梦也要回到故乡。时光再流逝，离家多年的游子总是要寻找那份久远的厚重和痕迹。于老在回忆录《我的青年时期》一书开篇就引用了他1937年抒写故乡三原老屋的一首诗："堂后枯槐更着花，堂前风静树荫斜。三间老屋今犹昔，愧对流亡说破家。"

日本京都人西出义心为于右任写过题为《视金钱如粪土》的传记，记载了于右任说过的话："别人有求于我，不要叫人家失望，拿钱去帮。谁都有廉耻之心，不要伤了来人的自尊心。家中有路，能来能往，为啥要让人来得很苦呢。"

年逾九旬的霍松林老先生回忆起时任监察院长的恩师于右任对自己的提携资助总是十分感动。1947年，家境贫寒的甘肃才子霍松林在南京中央大学中文系读书。一次监察院会议间隙，汪辟疆教授向于右任夸奖推荐来自西北功底扎实、才华出众的霍松林，希望找个业余工作挣点学费以资助学业。于右任平时也注意到报刊上署名霍松林的诗文，认为做工影响学业，主动提出供霍松林学费。他认为出身清贫的人，由于洞察民间实情和百姓疾苦，往往能以造福人类为己任，立大志，成大业。霍松林自此便常去宁夏路一号的于宅趋谒论学谈艺，每次谈话结束时，于右任都会用宣纸写条子让霍到财务室从他的工资中支一笔款子。这样的条子先后写了十多张。

霍先生清晰地记得最后那次写完领款条子，于右任看了看数字，叹口气说："这些金圆券现在只够换两个袁大头了。"①

于右任工资高吗？不是的，他一身正气，两袖清风，一贯缺钱用，却从微薄薪水中资助一个年轻人，实在是惜才爱才护才育才，心之切切，胸襟开阔。

1948年5月，于右任曾奉命参加"副总统"一职的竞选。别人竞选副总统均用不同手段厚待握有选举权的代表，于右任只以声望和笔作为竞选资本。他每天在书房书写录有张载名言的条幅："为天地立心，为生民立命，为往圣继绝学，为万世开太平"；另放置签名照多张，凡国民大会代表，条幅和照片均予以赠送。与此同时，李宗仁给每位代表提供一辆汽车，司机早晚精心服务，提供酒店住宿，每日设宴款待；行政院长孙科、武汉行辕主任程潜亦日日设宴请客，发放礼品。花样繁多的招式让代表们应接不暇，竞选者也东奔西走，拉拢关系，可谓"副总统"职位面前竭尽所能。有人劝于右任不要守株待兔，哪怕出去找财团借款参与竞选也行。于右任却以"太平"条子赠人，不是争名利地位，而是希

---

① 霍松林：《松林回忆录》，陕西师范大学出版总社有限公司2014年版，第87—106页。

望更多的人"为万世开太平"。临投票前一天，他突然发请柬邀代表到酒店就餐，席间演讲时说："我家中没有一个钱，因此，很难对代表厚待，今天，是老友冯自由等二十位筹资，才略备薄酒相待，我只是借酒敬客了……"

这样的竞选姿态和方法，在当时的体制和形势下，失败是理所当然的。国民党政权末期的贪腐衰败让一切热爱自由、崇尚政治清明的民主人士所有的希望都会落空。于右任在投票第一天就遭淘汰出局。冯自由感慨地说："右老身无分文，凭人格声望，笔墨竞选，这能成功吗？纸弹根本抵不过银钱，这社会政治腐败，靠金钱、美女、红酒、车子拉票，于老怎能不失败呢？"当不当副总统没有关系，于右任清贫、廉洁、清正、儒雅、豁达的形象不可磨灭。

**生命末年的于右任**

冯国璘先生长期担任于老秘书，去台湾后又升任主秘、参事。冯国璘1993年5月回西安与霍松林先生晤面时，谈及于右任在世时的真实情况，今天我们读《松林回忆录》披露的这些事不禁心潮起伏，感慨良多。1960年前后，多次有海外华侨汇巨款赠送于老，每次见到汇款单据，冯国璘即去报告，于右任总是一句话："转给大陆救灾委员会！"连钱数都不问。一代伟人的胸襟不是凡人所能理解的。

台湾出版的《于右任年谱》记载："1963年4月18日，因喉部不适，被家人送入石牌荣民总医院检查治疗，由于无力支付巨额费用，一再要求出院……勉从本人意愿，移家休养。"

1964年8月1日，病情突然加重，在家中晕倒一次，仍拒绝住院治疗。

9月10日又拔二牙及残齿，随即引起发烧。老人颇感不适，心绪极其烦躁，便坚决要求出院，天天嚷道："太贵了，住不起，我要回家！"

11月10日已入弥留状态。中午，有关人士寻遗嘱，打开保险柜，仅发现老人亲笔所书债单数张。延至晚8时8分，不幸逝世，享年八十有六。

于老八十以后身体仍健旺，不过偶患喉病和牙病，如果一直在医院坚持治疗，康复是不难的。过早地与世长辞，一是可惜可叹，二是可敬可感。侨胞汇给他本人巨款是让他维持改善生活的，他却毅然全部转给大陆救灾委员会；与此同时自己却借债度日，无钱住院治病。发生在同一个人身上有关有钱和无钱的两种现象让人受到强烈的震撼。

"富者田连阡陌，贫者无立锥之地"，这历来是贫富分化差距下中国自古社会惯有的积习。当一个社会制度畸形，个人修为放松的时候，贪腐难除，蛀虫丛生，而清白者度日艰难，只是人格伟岸，这实在是社会的悲剧。随着社会愈来愈商品化，用于社会公平正义，救济援助的制度措施滞后，温情便会愈来愈少。

让人肃然起敬的是，一个人始终胸怀天下百姓和社会太平希望，洁身自好，清廉刚直，以"为万世开太平"的气魄去做人做事，屹立于天地间，声望传于全球华人中的于右任先生当是炎黄子孙心灵深处的灯塔。

1958年，于老金婚六十年，困居台湾十五年，他时常思念家乡和亲人。诗《思念内子高仲林》中写道："梦绕关西旧战场，迂回大队过咸阳。白头夫妇白头泪，亲见阿婆作艳装。"读来令人心酸悲切，在人生来日无多的情况下，与老妻相聚的愿望遥遥无期了。

1962年，思乡心切悲伤到极处，故土之恩，黍离之悲，于右任吟成《国殇》，即千古绝唱《望大陆》一首：

葬我于高山之上兮，望我大陆；

大陆不可见兮，只有痛哭。

葬我于高山之上兮，望我故乡；

故乡不可见兮，永不能忘。

天苍苍，野茫茫；

山之上，国有殇。

1964年8月中旬，于老病重中先伸出一个手指头，后来又伸出三个，无论旁人怎么解释，他都摇头否定了。后来病情日渐加重，陷于昏迷，到11月10日，竟与世长辞。

一个指头，又三个指头是什么意思？资深报人陆铿以为于右任是想表达自己最终的愿望：将来中国统一了，他的灵柩要运回故里陕西三原归葬。柳亚子先生想到于老多年生活的故宅，猜测到可能要表达：三间老屋一古槐，落落乾坤大布衣的意思。

人们在整理他的遗物时，发现了他1962年1月12日的日记。于右任在日记中说："我百年之后，愿葬在玉山或阿里山树木多的高处，可以时时望大陆。""山要最高者树要最多者。""远处是何处，是我之故乡，我之故乡是中国大陆。"1967 年 8 月，台湾人民设计铸造了一尊 3 米高的于右任铜像，竖立在海拔 3997 米高的玉山主峰上，玉山主峰从此增为 4000 米。于右任先生的爱国和思念故土、登高望故乡的精神高峰不会因为历史流转、时光流逝而发生变化。

**《白鹿原》故事背景中的于右任**

《白鹿原》中冷先生从城里一出诊回来，马上叫来白嘉轩和鹿子霖，告诉他俩城里"反正"的惊人消息。冷先生口中，反正就是造反，反清朝政府，就是革命。那皇帝在哪里？没有皇帝了，日子咋过？冷先生接着根据自己的理解推测着对当下形势的判断："皇帝还在龙庭。料就是坐不稳了。听说是武昌那边先举事，西安也就跟着起事，湖广那边也反正了，皇帝只剩下一座龙庭了，你想想还能坐多久？"

清政府的官员们跑了，一位姓张的总督上台了。乡亲们不太关心这些名义上的变化，今后日子咋过？还纳不纳皇粮才是最关心的实际问题。封建君主专制两千多年了，人们习惯了有皇帝。哪怕这皇帝走马灯般地轮换，哪怕这皇帝年幼无知，哪怕这皇帝为非作歹，不替天行道，皇帝总是一条龙，岂是黎民百姓能非议的？看天过日子，看脸色行事，按皇帝朝廷要求留辫子、穿衣服、交皇粮、跪拜高呼万岁，一霎时没有皇帝，日子咋过？不由得白鹿原上的农人们人心惶惶。

于右任其时在干什么呢？1900 年，八国联军攻陷北京，慈禧、光绪出逃到西安，21 岁的于右任在"跪迎"的仪式中认清了清王朝的腐朽面目。"换太平以颈血，爱自由如发妻"，他遭到通缉，逃往上海从事革命活动。1906 年赴日考察期间，结识孙中山，加入同盟会，先后创办《神州日报》《民呼日报》《民吁日报》《民立报》宣传革命，"一支笔胜过十万横磨剑"，影响了包括毛泽东在内的一批革命青年。毛泽东回忆起他在长沙第一次看到的报纸就是《民立报》，"那是一份民族革命的报纸""充满激动人心的材料"。

冷先生口中的"反正"后即 1912 年 1 月 1 日，孙中山就任"中华民国"临时政府临时大总统，于右任出任交通次长。大清帝国的最后一位皇帝爱新觉罗·溥仪于 1912 年 2 月 12 日颁布退位诏书。像冷先生预料的那样，皇帝的龙庭自从"反正"起事，没有坐多久，只不过三四个月。1912 年 8 月，孙中山辞去临时大总统职务，交通次长于右任在首创国内火车夜间行驶的先例后也随之辞职。1918 年，于右任奉孙中山之命，回陕就任陕西靖国军总司令，反对袁世凯，支持孙中山"二次革命"。

于右任任总司令的陕西靖国军从 1918 年 8 月至 1922 年 5 月间，整编军队，严明军纪，一度发展壮大到三万余人，将领云集。靖国军总司令部驻三原，各路举义部队先后改编为一至七路军和总指挥署。1919 年 3 月开始，第一路、第二路同奉军议和；1921 年 9 月，第三、四、七路军接受冯玉祥改编，第五路军被刘镇华改编成一个旅；1922 年第三路军第一支队司令杨虎城反对被收编，敦请于右任到武功设立靖国军行营，司令部设于凤翔，杨虎城即晋升为第三路军司令。1922 年 5 月，北洋军阀围剿下，形势迫使于杨凤翔会晤后决定于右任赴沪，杨虎城率部转战千里退至榆林与陕北镇守使井岳秀联合，靖国军兵败瓦解。

1922 年 10 月，东南高等师范专科学校改组为上海大学，学生代表酝酿推举于右任为首任校长。第一次国共合作建立后，于还通过李大钊邀请共产党人到学校任职，如总务长邓中夏、社会学主任瞿秋白等。中共中央先后还派蔡和森、恽代英、任弼时、施存统等到上海大学任教。

1924 年，国民党一大召开，于右任担任中央执行委员，赞同国共合作，竭力拥护孙中山先生"联俄、联共、扶助农工"的三大政策。

1926 年，国民党同奉军作战不利，"豫陕甘剿匪总司令"刘镇华率十万镇嵩军从春到冬围困西安，西安城内军民弹尽粮绝，军民饿死战死逾五万人，万分危急。西安告急，这就是小说《白鹿原》中描写的"二虎守长安"。在李大钊建议下，于右任赴苏联莫斯科邀请了冯玉祥回国解围，说服冯玉祥 7 月立即回国。9 月，五原誓师，冯玉祥即回国召集旧部组成联军誓师五原，南下西安解围。于右任被任命为国民革命联军陕西总司令。于右任召开乾州会议商讨西安解围之策。1926 年 11 月 28 日，于冯指挥的部队与西安城内的李虎臣、杨虎城守军联合打败镇嵩军，军阀刘镇华败退离开陕西，反围城斗争取得最后的胜利。1927 年春，于右任主持陕西民众革命运动，因其一生爱蓄长胡子，人们喜爱地称其为"美髯公"或"于胡子"。他在省农协大会上曾讲：我愿做一个小牛，拉回许多快枪小炮，发给我们的农友，打倒残害我们的军阀，铲除鱼肉我们的土豪劣绅，收回农友们的一切权利。《白鹿原》中白灵转述引用的"谁阻挡国民革命就把它踏倒"，这的确是于右任当时的心声和行动，他还为农协大会题词号召："农民要想铲除自己的痛苦，只有站在农协会的旗帜之下努力奋斗！"

西安解围后，于右任在中国共产党的帮助下把陕西地区的民众革命推向高潮。1927年春，直指反动军阀和贪官污吏的"蓝田人民自治会"成立。小说中写到白灵和200多名滋水籍同学把县长赶下台，将一块"滋水县人民自决委员会"的牌子挂在县政府的门口，这与历史原貌基本吻合。蓝田县长杨天章将学潮情况密函呈送于右任，于右任当即嘉奖了运动的领导人共产党员陈子敬等，不久即罢免了杨天章的县长职务。

**刘镇华登场和翻覆作为**

刘镇华围困西安，久攻不下，心情郁闷，遂驱车白鹿原，请朱先生掐算破城时间。小说中写道：

刘军长不好强求，就说出第三件事来"……请先生给我算一卦，何时围城成功，几月进城？"朱先生不假思索一口回绝："刘军长，你进不了城。"

刘军长猛地愣住，脸色骤变。同人们也都绷紧了脸瞪瓷了双眼气不敢出。朱先生随之款款地笑了："我两只柴狗把门，将军尚不得入，何况二虎乎？"守城的两位将军的名字里都有一个虎字，人称二虎。

信心满满的刘军长问起究竟何时能攻破西安城时，朱先生掐掐算算，说道：

城里守军二万不足，城外攻方二十万有余，按说是十个娃打一个娃怎么还打不过？城里被围五个月之久，缺粮断水，饿死病死战死的平民士兵摞成垛子，怎么还能坚守得住？噢噢噢，账还有另一个算法，城里市民男女老少不下五十万，全都跟二虎的将士扭成一股，坚守死守。要把那五十万军人、民人全部饿毙……大约得到秋后了。对！刘军长——朱先生睁开眼说："秋冬之交是一大时限。见雪即开交。"

是年初冬，围城的部队已换上冬装，经过整整八个月的围困，仍然未能进城。刘军长眼巴巴等待着大雪降止，不料从斜刺里杀来了国民革命军的冯部五十万人马，一交手就打得白腿子乌鸦四散奔逃。刘军长从东部韩氏冢总指挥部逃走的时候，漆黑的夜空撒落着碎糁子一样的雪粒儿。

因而，小说中的朱先生在县志"民国纪事"里如实记载了这一幕：镇嵩军残部逃过白鹿原烧毁民房五十七间，枪杀三人，奸淫妇女十三人，抢掠财物无计。牛兆濂主持的《续修蓝田县志》记载了镇嵩军对西安及关中几县侵扰的史实:"丙寅年三月,刘镇华围西安,后防司令部驻县供给前方饷糈,民不堪命。十月败退,过县又被抢掠。"小说中的这些描写与史实基本相符。

小说中还写道:"……革命的形势却愈见险恶。国民党和共产党共同组建的国民党省宣部宣布解散,共产党和国民党共同组成的省农民协会也被勒令解散,停止一切活动,国民党主持陕政的省府于主席被调回国民党中央,一位姓宋的主席临陕接替。"

这是对重大历史事件的真实反映和记录。1927年1月,冯玉祥支持于右任、邓宝珊、魏野畴、史可轩、杨明轩等人组成国民联军驻陕总司令部,履行了事实上的陕西省政府职能。于右任任主席,国共合作领导的农民革命此时亦达到空前水平。

"四一二"反革命政变后,冯玉祥和汪精卫合流,下定决心彻底反共。7月15日,冯玉祥正式宣布决裂,疯狂镇压民众运动,一大批革命者死在屠刀之下,白色恐怖笼罩了陕西的白鹿原。小说中叙述的鹿兆鹏对这一行径的控诉和事实上西安城里日益增多的被填枯井的革命者也是对当时历史的还原,革命从地上转入地下,低潮来临了。中共陕西省委在1927年8月总结说:"郑州会议以后,冯之反动日益显著,于(右任)因而南来汉口,不能回陕。冯于此月余时间中,一再布告,限制共产党活动,电令改组省党部,停止省农协、省工会、省子联、省为联及一切民众运动,电调各军政政治工作人员一律到豫,迫命同志出境……"1927年12月末,冯玉祥调宋哲元任陕西省主席,即成立了"铲共团",诱捕杀害活埋一大批革命志士。

小说中的宋主席是指宋哲元。1927年12月,宋哲元接替石敬亭任陕西省政府主席。宋曾是冯玉祥最为器重的将领之一,也是蒋介石看重的一名杂牌军将领。宋哲元在陕执政期间清共铲共、镇压了渭华起义,曾攻陷凤翔后一次残杀5000多名守军以泄愤,残忍无以复加。宋又秉承旨意在天津签订投降条约,落一世骂名为国人不齿。宋哲元只是在卢沟桥事变时期与日军喜峰口勇战,重创敌寇立不朽功勋。宋哲元的一生毁誉参半,过大于功。

需要探究还原历史真相的问题是刘镇华的镇嵩军为什么在白鹿原上烧杀抢掠?尤以征粮征物为甚?

刘镇华（1883—1956），字雪亚，河南巩义人。1908—1911年间，以豫西"刀客"土匪出身为主的武装被刘镇华控制，因靠近嵩山一带活动而被称为"镇嵩军"。镇嵩军原为仓促之间纠集的乌合之众，吴佩孚并没有能力满足这10万人的开支。刘率部队攻打陕西提出的口号就是：打到陕西去升官发财，因而镇嵩军所到之处，就地征粮发饷，人民群众惨遭劫掠。

鹿兆鹏给黑娃解释1926年4—11月间二虎守长安的两派力量时说："镇嵩军刘军长是个地痞流氓。他早先投机革命混进反正的队伍，后来又投靠奉系军阀。他不是想革命，是想在西安称王。河南连年灾害，饥民如蝇盗匪如麻。这姓刘的回河南招兵说，'跟我当兵杀过潼关进西安，西安的锅盔一指厚面条三尺长。西安的女子个个赛过杨贵妃……，他们是一帮兵匪不分的乌合之众。'"可见，反革命的号召也很通俗易懂，容易打动诱惑人。当兵为吃粮，为娶妻生子过好日子，说到底最初也都是为了谋生。在兵荒马乱的年代，基层民众生活困苦，因种种原因被逼为匪的情况也常见，落草后往往染上了一些坏的习气，站到与人民群众对立的一面。刘镇华等全国各地的军阀头目伺机笼络这批人，整顿纪律，加强编制，这就成了为自己抢占地盘谋取利益的私人军队和政治舞台上讨价还价的砝码。

1917年冬，陕西革命党人郭坚等支持孙中山护法反皖，率靖国军围攻西安。陕西省督军兼省长陈树藩已投靠皖系，力量薄弱，驰电刘镇华求援。刘即率队赴陕，在潼关停止前进，派人告诉陈树藩，陈述自己"在陕西没有什么名义，不便深入"。这时候，一方等待援助，一方按兵不动，军阀们手中的军队便成了谋取政治资本的工具。凭借手中的资本待价而沽，讨价还价常是军阀谋取政府经济利益的惯用手段，屡见奇效。陈树藩许以省长职位，刘镇华才率军击退靖国军，解了西安之围。1918年3月，北京政府任命刘镇华为陕西省省长。

军阀们在治理一方政务时，有时为了贴饰门面，笼络人心，多以捐资助学的形式拜访文化名人，教化礼俗。陕西督军陈树藩、省长刘镇华闻知清末举人牛兆濂翻修扩建芸阁学舍，遂拨巨额为其增修讲堂、门房共10间，使牛才子在蓝田讲学的条件大为改善，二十多年由于此地发扬关学要义，率诸生演习周礼，名声大震，一时间求学者遍及南方诸省，朝鲜学子亦慕名前来学习。

刘镇华的镇嵩军是"白腿乌鸦兵"。"他们一人皆一丈黑不溜秋的长枪，黑鞋黑裤黑褂黑制服，小腿上打着白色裹缠布"，给白鹿原带来惊扰与纷乱。

晚清秀才刘镇华1908年加入同盟会，曾在豫西一带从事反清革命。1911年12月，陕西军政府秦陇复汉军张钫在潼关与清军作战，刘镇华率部参加，升为参议。后刘部受命负责维护豫西嵩山一带社会治安，规模大约4000人。刀客出身的镇嵩军官兵匪气十足，兵匪牵连，刘镇华在整肃军队过程中一度诛杀过半。1913年"二次革命"爆发，黄兴派人联络刘镇华、张凤翙、张钫反袁，刘即杀害密使，向袁世凯告密，同时奉命镇压白朗起义，因而不断得到袁赏识，势力得到壮大。

1916年后，刘镇华投靠皖系段祺瑞、陈树藩部，1918年3月就任陕西省省长。1920年，刘出卖陈树藩，与冯玉祥义结金兰，1922年兼任督军，成为陕西王。1924年10月，冯玉祥等组建"中华民国"国民军，刘让部下憨玉琨在河南与冯之胡景翼部激战，1925年，冯带兵击败刘镇华，刘就逃往山西投奔直系阎锡山，伺机东山再起。1926年，刘镇华率部二次围攻陕西，历八月之久被冯部击败，1927年，刘再投奔奉系，向冯玉祥请罪终被收编。1930年，蒋、冯、阎中原大战中，刘再次背叛冯玉祥，投奔了蒋介石。1934年，刘终于得到蒋信任，任安徽省主席。1936年刘镇华精神错乱离开政坛，解放前夕去台湾，后1956年病死于台湾，一生告结。

值得一说的是，1924年10月，冯玉祥等发动北京政变后，委派胡景翼入河南任督办，刘镇华暗派自己35师憨玉琨阻止胡。胡憨战争爆发后，冯玉祥部在河南与憨玉琨作战的主力部队是胡景翼国民二军十旅李虎臣部。1925年，李虎臣一战成名，后入陕任督办，推进了陕西的国共合作，人称常胜将军。李虎臣也即是小说中"二虎守长安"的中坚力量之一，胡憨战争中的胡部二军独立营长许权中亦立下战功，擢升为团长。

当时许权中所在旅的旅长是共产党员史可轩，在史可轩的感染帮衬下，1925年，许权中见到了李大钊并加入中国共产党。1927年7月，史可轩遇害后，许即接任由中山军事学校师生和政治保卫部保卫队整合而成的革命旅西安旅长，1928年初，许权中旅经整顿后按中共陕西省委指示投李虎臣部为三旅，这即是小说中所说的"习旅"。

"习旅是省内乃至西北唯一一支由共产党人按自己的思想和建制领导的正规军，现在扼守在古关道口，为刚刚转入地下的共产党保住了一条通道。"渭华起义前，刘志丹、唐澎、谢子长等先后接受省委指示到许旅工作，5月，许旅即脱离李虎臣部以西北工农革命军名义参加渭华起义。

起义失败后，许旅退守蓝田许庙，南下邓县时遭民团及"红枪会"围剿溃散，许旅彻底失掉了。

1933年，许权中受党指派察哈尔抗击日寇；1936年，经中央批准在杨虎城部二旅任副旅长，在西安事变中发挥了重要作用；1937年，率部参加忻口战役，击退日军进攻。1939年后许权中一直以国民党合法身份从事地下革命活动，1943年12月，被特务杀害。脱胎于旧军阀，浴火重生的许权中一接受革命理论和主张就一直为共产党的事业艰苦奋斗，但至死仍穿着国民党军服，这也是他的伟大和坚韧之处。

雁过留影，人过留名。在历史的发展进程中，每个人都会有自己的政治、经济、法律、职业和岗位、身份、职责等外衣，除此之外还有良知良心和无过错责任。个人的作为或不作为、乱作为，进退行止都是个人小历史的一部分，留下的脚印是难以磨灭的。小历史的总和是大历史，大历史是小历史的背景。个人融入历史发展的洪流，顺应规律，把握命运才能有积极作为，否则可能会一塌糊涂。个人历史是否清白，主要在自己，每个人都应该对自己的历史负责。个人书写的只是小历史，人民永远书写大历史。

感谢一代大家陈忠实用长篇小说的形式记录了历史人物在时代风云中的所作所为，让我们掩卷抚案之余，不禁感慨万千。于右任、刘镇华、冯玉祥、陈树藩、宋哲元、许权中等人物都在事件、地域的纵横面上留下了自己的脚印，历史早有公正褒贬，人民亦爱憎分明，留待后人不断检阅评说。

## 第三节　牛兆濂与范紫东

**孝廉的名声和作为**

牛兆濂，字梦周，号蓝川，生于1867年，卒于1937年，享年70岁，属相兔，蓝田华胥镇新街村鹤鸣沟人，因出生之前其父梦见北宋名儒周濂溪，取名兆濂，世称蓝川先生。

范紫东，名凝绩，生于 1879 年，卒于 1954 年，享年 75 岁，属相虎，乾州东乡西营寨人，今乾县灵源乡西营寨人。

两人生活于同一个衰亡救亡、动乱烽烟的跨世纪年代，东府牛才子，西府范才子，牛比范大了一轮多，行走人世也都是七十多年。

两人都是孝廉名声颇大的人，都是蜚声关中道的才子。

1896 年，关中时疫流行，范父因病去世，家道骤然中落，19 岁的范紫东被迫辍学务农。光绪二十八年（1902 年）开始，陕西连年大旱。腐朽的晚清王朝不但不救民于水火，而且搜刮民脂民膏的步子并没有停下来，全陕西饿死二百多万人，惨不忍睹。为了让母亲吃上麦面，大灾的这一年，23 岁的范紫东遂以全年几串钱（合二斗小麦）的价格为一富户孩子授课。当年，三原县宏道学堂招生，七县秀才统考中范紫东名列第一，范进入这所陈西创办最早的大学入学修业。

1889 年，22 岁的牛兆濂中举人，后丁忧父丧兼母病，无法奔赴北京应试。按理应削举人名，陕西时任巡抚端方以孝廉名义向朝廷举荐免于削名，并加"内阁中书"衔。谁知天大的好事他并不接受，"慈亲之命但愿濂学为好人，他非所望焉"，博学多才潜心理学的牛兆濂却上书力辞虚衔。1893 年，牛兆濂赴三原县拜正谊书院创始人，清末著名理学家、教育家、书法家贺瑞麟为师。品性严正、克勤克俭的贺瑞麟，无论盛暑严寒，必正襟危坐、无欹侧容、循循善诱、诲人不倦。生命末年的贺瑞麟收下了这个得意门生。牛兆濂被称为"横渠以后关中第一人"，誉为关学学派最后传人。

同为三原人的 16 岁的于右任 1895 年以第一名成绩考入县学，成为秀才，其时，牛兆濂 26 岁，范紫东也是 16 岁，贺瑞麟去世两个年头了。1897 年，于右任辗转三原宏道书院、泾阳味经书院和西安关中书院继续求学，受教于刘古愚，与吴宓、张季鸾并称为"关学"余脉。他在《我的青年时代》中这样记述家乡宿哲贺瑞麟："那时关中学者有两大系：一为三原贺复斋先生瑞麟，为理学家之领袖，一为咸阳刘古愚先生光蕡，为经学家之领袖。"

一个人青少年时所受的影响是终生铭记的。才华横溢的人不仅共同让这个时代流光溢彩，面对相同难题，谱写人生华章，而且宛若英雄之间惺惺相惜，仰慕牵挂一样。群英之所以容易荟萃到一起，是因为大家都想更优秀。陈忠实、路遥、贾平凹等之所以将当年成立的文学社命名为"群木",就是希望每一颗热爱文学的心灵都竞发才华,伸向天空,用自己的作为犹如簇拥的群木一样为天空增色。今天的不少少男少女们愿意追捧明星,过去时代的学子追慕名师,佳人仰慕才子,时光再变,其中遵循的原则不变。单纯的爱好会演变成相应的价值追求,哪怕这价值追求与时代暂时不相吻合。

19世纪末的贺瑞麟显然是影响了于右任的,于曾说:"贺先生学宗朱子,笃信力行,我幼年偶过三原北城,见先生方督修朱子祠,俨然道貌,尚时悬心目中。"[①]。凛然于天地之间的关学才子们面对世界波谲云诡的变换,坚守的其实是知识分子的良知和使命,影响的是后来者的政治抉择和经世致用方略。

牛兆濂、孙灵泉不仅在正谊书院学习,后来也曾执教于此。离开家乡来到三原执教,是出于一份感恩感激、责任使命?还是传道授业或者是书院的氛围、人格?都有吧。其实,关中文化的浸染是不分地域和时间的。道理都在那里,领悟和践行都是每个人自己的事。

范紫东身上有牛兆濂的影子,两人均精通儒家经典,受秦地传统文化浸染,享誉一方。同是秀才,同是举人,同是年少时通览经史子集,都是乡亲们心目中的神童和才子,都慷慨凛然,都师从过贺瑞麟等前辈名师,两人都好编通俗易懂的歌谣作为教化讥讽或鼓舞宣传的工具,都是孝敬双亲的榜样。

辛亥革命后,1911年10月22日,陕西革命党人积极响应,发动起义,成立了以张凤翙为首领的秦陇复汉军政府。原陕甘总督升允逃亡至甘肃,被清政府任为陕西巡抚。升允和陕甘新任总督长庚纠集二十万清军,南下驻兵乾州,企图扼杀秦陇复汉军政府。西安一时形势告急。牛兆濂和范紫东在这一历史事件中有了交集。

牛兆濂去清兵大营力劝恩师撤兵。1912年,原陕甘总督升允由陇东率军进攻,以乾州为屏障激战三月,西安告急。为避生灵涂炭,牛兆濂慨然应张凤翙之邀和兴平张果斋一起到乾陵与升允晤谈,陈说利害,大清气数已尽,恩师为谁而战?升允即日罢兵息战,兵撤甘肃。

升允驻兵乾州,张凤翙之前曾派雷恒炎去议和。升允决心攻占西安,岂能让议和之人扰乱军心?即下令残忍杀害前来议和的雷恒炎4人。为

---

[①] 《咸阳文史资料》第1辑,咸阳市政协委员会,1985年12月版,第73页。

避免生灵涂炭，兵马大都督张凤翙再邀牛兆濂前去劝和。这时候的范紫东被秦陇复汉军政府任为乾州知县兼西路招讨使署参谋。议和要成功，牛兆濂一定要与范紫东见面，掌握第一手资料，做到有的放矢。因此，在乾州罢兵这一历史事件中，牛兆濂和范紫东是有交集的。二次劝和成功来之不易，实为百姓幸事，历史、民间、小说都传为美谈。

为保证军需和兵源，范紫东鼓励青年学生农民参军，征集粮草和人力车夫，创设"粮台"。紫东先生发挥了他艺术特长，编写谚语："升子（允）烂，肠子（长庚）断，宣统不过两年半。"这一朗朗上口通俗易懂的谚语广为传唱，鼓舞了军心士气。

小说《白鹿原》中的张总督就是历史上的秦陇复汉军政府总督张凤翙。小说中的方升就是历史上的升允，曾三次向朝廷举荐过牛兆濂的陕西巡抚。升允到陕任职第一年，张凤翙和牛兆濂同得中举人，升允曾力荐张凤翙享官费赴日本留学，曾以孝廉名义举荐牛兆濂任职，因此升允和牛兆濂二人算得上有师生之谊，升允在陕为政多年，最为看中的亦是名儒牛兆濂。

范紫东在政治上拥护孙中山，认识到只有推翻清王朝才能保国保种，民主主义革命思想愈发坚定，于1910年春经井勿幕介绍加入同盟会。当年秋，范受井勿幕指派回乾州，任高小校长，宣传和准备革命。紫东先生一生更贴近革命政治现实。

牛兆濂面对反正以后的政府公告，欣赏其中的放足、禁烟、剪辫子，编写传播移风易俗的歌谣，注重民间乡里的德业相劝、过失相规、礼俗相交；侠义凛然，力劝恩师罢兵；反抗日寇，联合关学传人共举抗日宣言；晨诵午习，传道授业解惑；教导弟子学为好人，矢守书院，精研整理关学思想。蓝川先生一生更贴近百姓生活，研习儒家经典，处事不惊，国家民族乡亲存亡危急，无不如临大敌，如坐针毡，拍案而起，铮铮铁骨，执言仗义。

范紫东和牛兆濂一样，都先后受过陕西军阀陈树藩的拉拢。面对肥差厚禄，两人都毅然拒绝，"不饮盗泉之水""不为权贵作私人"，专心致力于启迪民智，风化育人。

**无双的才华和作品**

为人的中和从容，心灵的端庄纯净都体现在两个人的文字或书画作品中。范紫东传世有《二老谈经图》《风雨鸡鸣》，四尺横条尽显书墨趣味。《二老谈经图》中，牛兆濂和孙灵泉两位老先生隔几对坐，如切磋然，于灞水岸边，几间陋舍、几亩静野之中，尊经重孔，说学论道。范紫东对牛兆濂、孙灵泉先生两耄儒殊深敬重，生前颇有交往，但如今鲜有资料可按。

孙灵泉（1861—1940），于1897年、1924年两次在三原正谊书院主讲，1931冬入陕在三原清麓书院讲学，期间赴蓝田芸阁学舍与牛兆濂谈经论义，这是贺瑞麟先生两位末世弟子会晤佳话。范紫东特作《二老谈经图》和《风雨鸡鸣》两画分别赠之。

旬邑焦振巷（焦东溟）欣然为两画题词。其中，为《二老谈经图》题词为："画本流传景色殊，辋川胜迹未榛芜；谁从美雨欧风里，为写谈经二老图？"

为《风雨鸡鸣》题词为："芸阁白云深复深，故人千里叩荒林；蓝田居士灵泉叟，风雨鸡鸣万古心。"

范紫东在两画题论中道：东溟奉此诗复嘱凝绩为作《二老谈经图》《风雨鸡鸣》二图分赠两先生，以老卫道之盛心，亦千载一时矣。谨如教，恭绘并述缘起如右。后学范凝绩绘并题。

画，牛兆濂收到了，悲凉温馨，感慨无限，并以"焦东溟先生以《风雨鸡鸣》及《二老谈经》二图索题为赋绝二首"为题曰：

无心听处有心听，响彻中宵梦早醒；对语未应忘对舞，四檐凉雨一灯青；

祖龙烈焰逼天庭，断壁独留数卷经；说道天心天欲语，后先日月几晨星。

《二老谈经图》今天在灵泉先生故里已经发现；遗憾的是《风雨鸡鸣》在蓝川先生故里仍未有下落。

范紫东被田汉、曹禺誉为"中国的莎士比亚"，"以剧本抒写历史"，针砭时弊，警顽立儒，激振民心。在其1935年创作的《关中书院》一剧中借人物王鼎之口，大声疾呼："锄奸恨无龟山斧，忧国常存捐躯心。"

范紫东代表作是《三滴血》。剧中借饱读经史、学富五车的两榜进士晋信书滴血认亲断案的荒唐行径警醒他人：读书不明难以致用，"尽信书，不如无书"必陷入认识误区。

剧作家范紫东通过《颐和园》中两宫太后争权，西太后摄政，甲午海战，马关条约签订，百日维新，八国联军入京，辛丑条约签订等重大历史事件、人物的精准反映，"欲令满座哭一场，笑一场，怒一场，骂一场。知国耻之宜雪，信民族之可振。刻骨莫忘，补牢未晚。各息内争，共御外侮"。

"寄情于选声选色之外、移人于不知不觉之中"，通过历史故事和历史人物讲道理；运用一波三叹的唱词，雅俗共赏，抒发个性和心声；精于布局谋篇，用鸿篇巨制包罗万象服务严肃主题；倾力于重点场次出彩，让演员发挥特长，让观众回味无穷，耐咀嚼，或质朴自然，俏丽典雅，或堂堂正正，诙谐风趣，思想和阶级局限在所难免，然瑕不掩瑜，范紫东先生仍是中国近现代戏曲史上可"与莎翁媲美"（田汉语）的天才剧作家。

1908 年，范紫东历时六年从三原宏道学堂毕业，即被西安府中学聘为博物、理化教员，同时还兼任了私立健本小学国文教员。位于西安西大街的健本小学是井勿幕先生倡建的新式学校，同时也是同盟会在西安的秘密据点。辛亥革命后，范接任健本小学校长以后，成绩更加突出，是经国家考核的陕西唯一合格小学，教育部曾授予范校长三等金色嘉禾勋章。1926 年升为初级中学。1926 年 4 月，河南军阀刘镇华围困西安 8 个月之久，西安城内米珠薪桂，物价高得离奇，百姓生活困苦不堪，健本小学也债台高筑，关门解散。

辛亥革命不彻底，孙中山迫不得已将革命成果拱手相送，袁世凯图谋复辟，革命党人备受摧残。袁世凯派往陕西的爪牙陆建章任总督。陆建章到陕西任职以后，搜刮民财，抓捕革命党人，同时大规模的种植鸦片。《白鹿原》小说中描述的和美国记者斯诺《西行漫记》中的所见所闻，历史上的真实情况并无二致。两人都是中国传统文化的坚守和传承者，兴教办学是主要方式之一。

北宋河南汲郡人吕贲去长安经蓝田时，见此地风光锦绣，遂迁其父骨骸于斯，并购地置舍，定居白鹿原。吕贲生五子，吕大忠、吕大防、吕大钧、吕大临皆中了进士。四吕去世后，人们在四吕曾经讲学的五里头建立"四献祠"，即吕氏庵以为纪念。历代多次修葺，1901 年开始，牛兆濂主持维修扩建，取吕大临号芸阁之意命名为"芸阁学舍"，即小说中的"白鹿书院"。名声日盛的芸阁学舍招收多名求学者，传播了关学和三秦文化，理学思想不断趋于成熟。除芸阁学舍外，牛兆濂先后治学于正谊书院、清麓书院、西安鲁斋书院、兴平爱尔堂、宋濂学舍等。

**关中与关学鸿儒**

历史意义上的关中是华夏文明最早的发祥地。蓝田猿人、大荔猿人乃至六千年前的半坡村落都是同时期居世界领先地位的文明。旧石器时代中晚期的关中以彩陶、农耕最为兴盛发达，生产资料和生活必需品实行原始共产制和平均分配制度，同一氏族共同生活，拥有共同的血缘，崇拜共同的祖先。周族始族后稷在泾、渭二水下游（部，今陕西武功、扶风境内）耕种立业。古公亶父时，周人迁至周原，初具国家雏形。《诗经·大雅·绵》就歌颂了周原的肥沃和富饶："周原膴膴，堇荼如饴"，周人东向灭商，黄河流域第一个统一的王朝形成了，秦、汉唐之后，关中文化日益成为全国文化的中心。

地理意义上的关中指秦岭北麓平均海拔500米的渭河冲积平原，居"四关"（四关一般是西大散关、东函谷关、南武关、北萧关）之中，天下之脊，中原之龙首，实为兵家必争之地。

秦中自古帝王都。13个王朝，1100多年绵亘不绝的历史，渭河流域优良的自然条件，游牧经济和农业经济交织，都是关中丰富的人文历史资源，孕育了悠久的关中文明。秦人擅长养马，游牧经济转换为农业经济为主后，畜牧传统并没有被丢弃，善于相马的伯乐即为秦穆公之臣。关中文化具有鲜明的时代性和功利性，或农耕垦荒、攻伐重战，或开塞迁民、勒石创制等，干的都是对国计民生有直接利害关系的事，不玄想空想，少论证牵附。

曾经童叟皆知的范紫东先生如今长眠在家乡乾县西营寨村，枯蒿荒草遮掩着的一座普通坟茔里安眠着一个侵染了关中文化精髓的灵魂。"笔冻坚疑折，炉灰冷尚持。寒威愈凛冽，诗骨倍清奇。"不经一番苦学，焉有修齐治平的宏伟建树。除戏曲方面大小69个秦腔剧本外，范紫东存世的还有《关西方言钩沉》《乐学通论》《关西周秦石刻摹本》《地球运转之研究》《西安城郊胜迹志略》等，主持编修的有《乾县县志》《永寿县志》《陇县县志》等。

面对晚清的动乱沦丧，范紫东洞悉时局，援古论今，抨击时弊，毅然加入同盟会，参加革命军，弃文从武。书生走出书房，融入时代，即成为社会的中流砥柱。范先生以笔为枪械，以舞台为战场，揭露批判社会腐毒，教化启迪民众灵魂。

直面社会人生，保持直率洒脱个性，诗只为"天籁"，不为造作，这既是秉性也是传统。康海、王九思同为陕西西府人，同列明"前七子"，均擅长散曲、杂剧创作，同热衷于史志编纂。康海编的《武功县志》收入《四库全书》；王九思编的《鄠县志》为明三秦八部名志之一。明武宗时宦官刘谨败，康海、王九思均被列为谨党罢黜返乡，闲居数十年。二人开始潜心研究曲词音律，组织自己的演唱创作家班，共创"康王腔"，以切身实践为秦腔文化传承发展作出了划时代的贡献。同为西府人，同受秦腔文化熏染的范紫东更是融美学、社会学、心理学、历史、地理诸多因素于一体，古调独弹，推陈出新。

宋明理学发展到北宋，张载将其中的"气本论"思想发扬光大，达到了中国古代朴素唯物论哲学的一个新高峰。由于张载是陕西关中人，之前的学者申颜、侯可，以及之后大量的学者吕大钧兄弟、李复、张舜民、范育、游师雄、种师道杨奂、杨恭懿祖孙三代、吕柟、韩邦奇、马理、冯从吾、李二曲、李因笃、李柏、刘古愚、于右任、牛兆濂等都是关中人，因此，理学的这一流派被称为关学。自张载正式创立关学以来，关中就成为哲学研究传播振兴的中心区域，明代中后期仅关中理学家就达百人之多。

从北宋到清末，关学延续了800多年，成为和"二程"洛学、王安石新学、阳明新学或鼎立或对衡的重要儒学学派。王阳明曾说："关中自古多豪杰，其忠信沉毅之质，明达英伟之器，四方之士，吾见亦多矣，未有如关中之盛者也。"一代代关学学者躬行儒家"仁爱"礼教，安贫乐道，讲学著书，关注民生，耕读传家，高扬爱国主义和民族主义的旗帜，推动了关学的传承和延续。鸿儒层出的关中孕育丰富了机敏厚道、淳朴热情、豪爽正义、包容崇德的多彩文化，成为中华文明发展历史上一道亮丽的风景线。

牛兆濂就是这璀璨群星的延续和代表。牛兆濂对关学传承的贡献，《蓝田县志》中有记载。友人、同为关学学者的兴平大儒张果斋论及关学的传承时评价道：关学自北宋以来"代不乏人，综其本末，惟蓝为胜，自伏羲肇娠华胥，进伯、微仲、和叔、与叔诸先生继起，而少墟之编，丰川之续，独以羲圣、秦关为始终。然集关学之大成，其惟先生乎"①。

关中老百姓生活中需要这样的智者和脊梁。衣食住行当然是百姓日常生活的主要形式，以一种明智达观、幽默朴实、宽广包容的心胸去对待一草一木和一言一笑，维系岁月的悲欢离合。牛兆濂在关中至今留下了许多种豆成豆、南行寻牛、戏笑军阀的趣闻和美谈。小说《白鹿原》中对此也有坦然的脍炙人口的续写。然而，在民族生死存亡的关键时刻，先生如何表现也是大众关注的焦点，也应该是知识分子良知的试金石。面对1926年的军阀混战，牛兆濂赋诗："大祸中原小祸秦，至微亦足祸乡邻。苍天若念黎民苦，莫教攀阙生伟人。"1930年，牛写下《我明告你》一诗，抨击当局政府对外投降对内屠杀内讧，号召团结御敌。惊闻"九·一八"事变，牛义愤填膺，挥笔写下了《阋墙谣》一诗，积极倡导抵制日货，激励民众爱国救亡，号召大家共赴国难。1936年，西安事变和平解决后，他认为"全民联合抗敌，由此发扬，中华民族便有复兴之日"，并与同道好友兴平张果斋组织500名兵勇，通电全国誓师抗日，自己率队效命疆场，兵行灞桥时被自己早年学生、国民党监察委员杨仁天阻拦返回。1937年，卢沟桥事变爆发后，日本大举进攻华北，牛兆濂闻讯痛不欲生，病情日渐加重，愤然辞世。在一系列危难忧患面前，牛兆濂始终挺起耿介的脖颈和笔直的脊梁，坦然直书大写的人生。

牛兆濂一生存世有《吕氏遗书辑略》4卷，《芸阁礼记传》16卷，《近思录类编》14卷，《音学辨微》《芸阁礼节缘要》《秦观拾遗录》《蓝田新志》等各若干卷；另有《蓝川文钞》12卷，《蓝川文钞续》6卷及《蓝川诗稿》等。

"良好的国家始源于良好的国民。"② 每一个人都是成长于既有的传统文化之下，都要在这一传统中汲取知识，培养能力，形成自己的思想。关学鸿儒们身在民间，弘道教化，讲学向善，承担了自身的责任。传统与生俱来，长期浸染会渗透到我们的血管中，无法彻底割裂，唯一正确的态度就是继承和扬弃。每一代学人当然有自己的历史和阶级局限性，能不能把握住时代发展变化的大势规律，顺应潮流，回应最尖锐的矛盾

---

① 张果斋：《牛蓝川先生行状》，载蓝田县地方志编纂委员会编《蓝田县志》，陕西人民出版社1994年版，802页。

② [美] S. E. 佛罗斯特：《西方教育的历史和哲学基础》，吴元训等译，华夏出版社1987年版，第417页。

和冲突，从而提出自己学派的解决方案，是一个巨大的挑战。固守旧有的窠臼，思想跟不上时代进步的步伐，落后只是时间问题，结果毋庸置疑。关中理学也只是儒家思想的分支和传承，清末民初的关学传人们不可能科学的回应风起云涌的 20 世纪所面临的民族危亡，也不可能担当国家民族社会的重任。作为中国传统文人的代表，牛兆濂、范紫东等关学传人们面对外侮表现出来强烈的民族自尊、血肉精神、爱国激情在学界、在全国产生重大影响，鼓舞前方奋勇杀敌，激励后方支援前线，不啻雄兵百万！功过是非留予后人评说。俄国十月革命发生后，尤其是马克思主义传入中国后，"铁肩担道义，妙手著文章"就成为早期共产党人的历史使命了！

# 第四章　陈忠实的文学传统

## 第一节　"文化大革命"期间的创作

**题材与文学追求**

如何看待陈忠实在"文化大革命"期间的创作？

陈忠实通过对历史和社会重大细节的忠实记录坚持了对文学的挚爱。"文化大革命"十年，他在基层单位工作，在干好本职工作的同时，点灯熬油业余创作没有停止。我们可以统计各个年份他在干什么，又写了什么。尽可能地列举如下：

| 年份 | 身份及大事 | 作品一览 |
| --- | --- | --- |
| 1966 年 | 2 月入党 | 散文《春夜》《迎春曲》 |
| 1968 年 | 结婚、初中教员 |  |
| 1971 年 | 抽调到毛西公社工作 |  |
| 1972 年 | 公社卫生院院长 | 故事《配合问题》，散文《寄生》《闪亮的红星》等 |
| 1973 年 | 任毛西公社副主任 | 编村史《灞河怒潮》，散文《青春红似火》《水库情深》，小说《接班以后》 |
| 1974 年 | 1—6 月南泥湾学习 | 小说《高家兄弟》 |
| 1975 年 | 任毛西公社副书记 | 小说《公社书记》《铁锁》 |
| 1976 年 | 3 月参加《人民文学》北京创作笔会 | 小说《无畏》，特写《社娃——农村生活速写》 |

续表

| 年份 | 身份及大事 | 作品一览 |
|---|---|---|
| 1977 年 | 毛西公社学大寨副总指挥，灞河河堤水利会战工程副总指挥，修筑 4 公里河堤 | 根据《接班以后》改编的电影《渭河新歌》公映，他任编剧 |
| 1978 年 | 调任区文化馆副馆长 | 短篇小说《南北寨》，报告文学《忠诚》 |

作家总是生活于一个特定的时代的，一般情况下难以超越，我们也不能苛求。一些阅历丰富、造诣深厚的如巴金、汪曾祺那样的大家都无法摆脱时代的桎梏，我们又怎么能要求陈忠实那类抱着文学神圣观念的业余作者呢？

"文化大革命"期间，什么是当时的重大题材？政治与文学又是什么关系？陈忠实虔诚地相信党中央、讴歌时代、歌颂领袖，认为无产阶级革命进行到一定历史阶段要带着普遍性的问题就是重大题材。在当时社会大的形势下，"文化大革命"历经十年之久，一代青年的前途在哪里？大学招生还能否恢复？大多数人心里都没有底。改变时代的风潮还处于酝酿积淀阶段，日后的精英们也正陷入痛苦的思考中。政治家都做不到的事情，我们又有什么理由要求陈忠实这样一个 24—36 岁的青年做到呢？短篇小说中的人物如兆平、铁锁这样的年轻人是农村基层干部的主流，可能受到了极"左"思潮的影响，可正是这些与作家朝夕相处的底层人物把青春、智慧、才能都献给了家乡的经济建设，辛勤劳作，流血流汗，促成了山乡巨变。

2016 年 6 月 6 日，中国作协主席铁凝在陈忠实创作道路研讨会上说道："对陈忠实来说，人民不是一个抽象的概念，而是活生生的有血有肉的具体的人，是那些和他谈笑，向他倾诉生活中苦恼的农民朋友，是素昧平生但一见如故的读者，陈忠实从来不会用居高临下的眼光去看待他们，因为他知道自己和他们一样，自己就在他们中间，他和人民血脉相通，心心相印。"[①] 对热爱了一辈子文学的陈忠实而言，离开土地和村庄，离开关中，离开白鹿原，那就不是陈忠实了。回顾他"文化大革命"期间的本职工作和业余创作，在担任毛西公社领导期间，他自觉选择写那

---

① 铁凝：《在陈忠实的创作道路上的讲话》，《文艺报》2016 年 6 月 8 日第 1 版。

些自己最热爱最亲切最熟悉的人和事，如农田基本建设、兴修河堤、副业医疗、分配等这些农村生活现实中群众最关心的利益和问题，事关农村稳定和发展。作品中的矛盾可能涉及阶级斗争、地主阶级的复辟、捣乱和破坏，不奇怪，这都是时代的烙印，任谁再伟大高明也不能完全消除印痕。不苛求作家，只要作家发自内心忠实记录当下的社会人物风情就是忠于历史。

陈忠实对于自己"文化大革命"十年期间的创作持全面否定的态度，也有过深入反思，为自己这一时期的作品感到惭愧。七卷本《陈忠实文集》只收录了1975年的短篇小说《铁锁》，只是因为这篇小说没有明显的时代特征和阶级斗争烙印。艺术是对历史最真实可信的记录，无法忘却和抹去，因而，特定历史阶段下的文学创作不能回避。我们总不能否认"文化大革命"期间的艺术文学创作影响了一代人吧。王尧当年急切地等待《朝花》并如饥似渴地阅读，他意识到："'文革'，'文革文学'曾是我和我们成长的思想文化资源：历史的残酷在于他开了一个玩笑，一个曾是'正面'的资源终于成了'负面'，但历史又不是简单地分为正和负的。"① "文化大革命"是要被全盘否定，但对于这期间的文学艺术创作、工业、科技、体育、卫生、农业等领域中的单方面突出成就却不能简单用线性思维的模式去考量。

正视历史其实更主要的还是分析原因和汲取教训。邓小平说："历史上成功经验是宝贵的财富，错误经验、失败经验也是宝贵财富。"② 研究我们为什么失败才会明白下一步的努力修正方向，更何况失败也是历史的一部分。"文化大革命"是我们这个民族应当永远汲取的历史教训，定期反思和总结这一时期的细枝末节，决策过程和群众所思所为并补齐漏洞和加固堤防才是正确防范方式。

放弃文学的日子是不可想象的，也是索然无味的。高考落榜回乡务农了，文学创作被陈忠实自觉地作为追求人生价值的唯一途径，对他而言，政治形势的发展不应挤压、剥削文学发生发展的空间。1965年，他刚开始发表几篇散文，牙牙学语的文学青年离一个作家的距离虽然十分

---

① 王尧：《"文革"对"五四"及"现代文艺"的叙述与阐释》，《当代作家评论》2002年第1期。

② 《邓小平文选》第3卷，人民出版社1994年版，第234—235页。

遥远，但稚嫩的文字见诸报刊极大增强了他的信心。

不幸的是，第二年春天，我们国家发生了一场动乱，就把我的梦彻底摧毁了。我十分悲观，看不出有什么希望，甚至连生活的意义也觉得黯然无光了。我一生中最悲观的时期，就发生在这一刻。我发现为了文学这个爱好，我可以默默地忍受生活的艰难和心灵的屈辱；而一旦不得不放弃文学创作的追求，我变得脆弱了，麻木了，冷漠了，甚至凑合为生了。①

追求爱好文学犹如注定的命根子，须臾不可放弃。

**文学的坚守和锤炼**

"文化大革命"期间，坚持创作并且较密集发表作品的业余作者除了陈忠实以外，全国范围内还有刘心武、蒋子龙、韩少功、陈建功、李存葆、路遥、铁凝等。他们的创作也基本遵循着"文化大革命"激进的思想艺术规范，但这些特定的历史条件下的创作实践锻炼和成长了一批中青年砥柱型作家。一点也不过分地说，正是由于革命的火热生活和丰富的创作实践，使这批作家记录生活、思考社会的能力迅速提升，成为当代中国文学史上闪亮的群星。

陈忠实记录生活和思考的能力得到锤炼。从1965年陈忠实第一次发表作品开始的漫长岁月里，他从来没有放下他的笔。2016年生命垂危之刻，他还用笔在纸上写着，字迹虽难以辨认，笔却不甘停止。他为文学而生，终生信仰文学，也把一切献给了文学。从陈忠实一生的文学历程来看，"文化大革命"期间的创作只是一个作家成长的必经阶段，出于对文学发自内心的膜拜，创作热情的自然流淌和书写，当然不影响他人民作家的称号，无愧他对文学、土地和村庄的虔诚，无愧于他和群众的血肉联系和对关中大地、中国社会的热切关爱。

通过对群众个性化语言的摹写，锤炼了他的写作基本功，为日后不断寻找自己的句子奠定了扎实的基础。陈忠实喜欢并善于使用形象化的关中方言。在长期接触群众和实践的创作生活中，每个作家都或多或少的形成了具有自己个性的艺术特色，而语言就是其中的标志之一。嚼别人嚼过的馍和说别人说过的话一样，在文学创作中属于大忌，语言要与

---

① 陈忠实：《我的文学生涯》，《小说评论》2003年第5期。

当时社会世情及自己的风格一以贯之,"宁今宁俗,不可拾人一字"①。

乡土乡音是围绕陈忠实生命生活的红飘带,不可能取掉,犹如烙印深深地刻印在脑子里,不假思索脱口而出,既是性情使然,也是乡土乡音说话思考下意识促使的,是从根子里对自身所处文化特性的一种认同。贾平凹从来学不会说标准的普通话,不是咬了舌头,就是发出来的音成了"醋溜"的,让真正操京腔的人听起来不伦不类,有时哭笑不得,这犹如贾平凹所讲的乌鸡,那"乌"是乌到骨头里了的。

陈忠实和贾平凹一样,在文学叙述语言中加入了大量回归自然、回归生活的方言,这是因为作家坚持认为用生活语言进行写作更接近生活的真实和文学的本质。贾平凹小说中类似"死死的朋友、活得泼烦、携在怀里、兀自生出"等,由于"大量吸收了一些方言,改造了一些方言",认为自己"语言的节奏主要得助于家乡山势的起伏变化,而语言中那些古语,并不是故意去学古文,是直接运用了方言。在家乡,在陕西,民间的许多方言土语,若写出来,恰都是上古雅语。这些上古雅语经过历史变迁,遗落在民间,变成了方言土语"。

陈忠实这一时期小说中到处可见大量的关中农民普通常用的方言,如:怯火、紧火、试火、直杠脾气、搁事、瞎塌、搜事、干梆硬正、碎杂、假圣人、撕不展、踢腿骡子等,形象生动,让人心领神会。方言不仅仅是叙述工具,更主要的是其中蕴涵的文化意味,语言和文化本就是同质的关系,与方言相联系的必然是一个社会具有鲜明草根性和地域性的民间价值观。一个人从小习得一种方言母语,长期操练日久浸没其中,就意味着具备了娴熟使用这种语言进行写作、交流、交际的能力,这诸种能力作为文化认同,将终生影响一个人。

许久以来及至现在,许多人总是以地方方言、地方风俗来体现地域特色,这当然无可厚非。但那方言和习俗的根络,却发端于那个地域的文化。②

不同的人生有着不同的语言表现,北京胡同中生活的人说不了、理解不了关中方言,吴侬软语原汁原味带来的神韵对关中人而言无异于

---

① (明)袁宏道:《与冯琢庵师》,《袁宏道集笺校》卷二十二,上海古籍出版社 2008 年版,第 780 页。
② 《陈忠实文集》第 5 卷,广州出版社 2004 年版,第 365 页。

"天书","翻译"成沟通的共同桥梁——某种媒介会导致沟通更加困难,或面目全非或支离破碎。颇具特色的方言书写体现着陈忠实作品中人物形象的具体存在和作家姿态的生命体验。

语言说到底是思想的载体。语言蕴藏着作家的思想,其分量最终定论在这里。通过语言感受到作家的体验、作家的情怀、作家的境界、作家的人格。①

"文化大革命"期间使用方言来表述他的生活体验为日后创作《白鹿原》奠定了思维和表述的基础。风格一经形成犹如烙印,自打上关中白鹿原、灞河、浐河;农民,干部,国家,民族;风,雪,雨,霜;男人,女人,老人,孩子(汉子、婆娘、老汉、碎娃)等种种印痕后,便再也离不开作家和作品了。

"文化大革命"期间他的创作和同时期其他作家一样,有阶级斗争模式下的单一化写作倾向。我们不能拿今天的标准去衡量当时的青年作家,一大批经验丰富的政治家分不清方向和性质,处于迷茫、思考和观察之中。浪潮铺天盖地而来的时候,个人是没有多少选择空间的。

哲学家冯友兰的反思能帮助我们分析当时的文学现象。他说:"1974年我写文章,主要是出于对毛主席的信任,总觉得毛主席、党中央一定比我对。实际上自解放以来,我的大部分工作就是在否定自己,批判自己。每批判一次,总以为是前进一步。"②

和哲学家冯友兰一样,大多数知识分子真心讴歌党和政府,讴歌领袖,没有人驱使,他们自觉地歌颂、认同"文化大革命",自觉、自愿地认同国家的意识形态。一批老作家,文学作家暂停写作,工人作者胡万春说:"十年内乱,我与所有文学工作者一样,被剥夺了创作的权力。这十年是我最好的年华,正值三十五岁到四十六岁,然而在创作上却是个空白。一九七五年写过几篇,也只能算是废品。直到一九七九年我出席全国第四次文化代表大会以后,才逐渐恢复创作的元气。"③

可以想象,很多作家在"文化大革命"以及"文化大革命"刚结束的几年中陷入思考,突如其来的社会动乱颠覆了人们的思想体系,粉碎

---

① 《陈忠实文集》七,广州出版社2004年版,第349页。
② 冯友兰:《三松堂自序》,人民出版社1998年版,第149页。
③ 《胡万春短篇小说集》,宁夏人民出版社1982年版,前言。

"四人帮"又让他们很快从这庞大的事情中醒悟过来。

张抗抗说:"我要好好想想这些问题:到底人怎样生活?过去我们社会的伦理道德,思维方式对不对?"①

作家不是政治家,我们不能要求作家具有对社会超常的敏感性和适应性。在历史上多次社会动荡中,作家首先要考虑的还是如何看待、适应并尽可能地在社会剧烈变动中保持一份冷静和理性,以便能置身其中又不会陷入过深地观察事件,即用自己的生活体验、生命体验转化成艺术体验。

在《创业史》发表 50 周年纪念会上发言时,谈及对这本小说的热爱,回忆起来势汹汹的"文化大革命",陈忠实显得心里没底。"我记得在'文革'发动的时候,气势之猛,令人很恐慌,我把我存的书(当时宣布是黑书),全部都当废纸卖掉了,唯一保存的一本就是《创业史》。"②

山雨欲来风满楼,在社会剧烈动荡刚开始的日子里,没有人能说明白以后的变化趋势。上面要求咋干就咋干,社会不要求干啥谁还会一意孤行地坚持呢?人人都是凡人,火眼金睛者还没有出现。这是一段痛苦真实的历程,陈忠实所能做的就是歌颂、迷惘、思考、体验等的循环往复,直到拨开迷雾见到蓝天日子的到来。一味地要求作家在过去年代要作出今天形势明朗下的反应,就犹如在今天要求一个人对未来十年二十年三十年作出科学正确预判一样夸张,都不是一种实事求是的态度和做法,忽视了现实世界的客观复杂性和历史发展的曲折性。

1952 年,柳青从北京来到陕西长安县皇甫村落户,参加正在进行的农村合作化运动。他深入农村十四年,不遗余力地走村串户,一个村子一个村子地宣传实行农村合作化的好处,与当地农民一起研究制定方针政策,推动农村的土地改革与经济发展,汇成一曲热情洋溢的生产大合唱。1960 年,正式发表的《创业史》甚至影响并指导了长安等区县农村合作化运动。长安县委的领导人在合作化和其他工作中遇到困难时,也时常翻阅参考《创业史》,小说生活中间有答案。人物的做法为实际工作

---

① 梁丽芳:《从红卫兵到作家》,万象图书股份有限公司 1993 年版,第 176 页。
② 陈忠实:《我读〈创业史〉》,载董颖夫等编《柳青纪念文集》,西安出版社、西安曲江出版传媒股份有限公司 2016 年版,第 4 页。

提供了有益的借鉴。

1982年，农村实行责任制。陈忠实被灞桥区派到公社工作，给农民分牛分马分地，在渭河边上一个村子一个村子地说服农民，说服干部，宣传分地单干的好处。1952—1982年，中间相隔30年，刚好是两个极端，生活中发生的这种戏剧性的变化对作家的心理撞击是巨大的、难忘的。斯人已逝，如何看待？今天看昨天一目了然，昨天看今天却十分惆怅。

针对合作化，柳青说过："如果我们的革命只是为了夺取政权，掌握政权，那这个革命就是过去时代的循环；如果一个革命不能使生产力得到解放，生产极大发展，那这个革命的意义何在？"①

真诚和痛苦不应被历史忽视和否定，同样，对文学虔诚的信仰，对历史的描述和记录及其作者也不应该被怀疑和否定。陈忠实后来不乐于回顾"文化大革命"期间的作品，一旦不得已提及时也都对自己作品的创作方式进行了完全否定。自己对自己一时期作品的否定，是作家急于超越自己，尽快实现精神剥离，自我加压的一种表现，然而我们却不能轻率地否定作家这个阶段的努力。最起码，这一时期的努力为后续阶段创作锤炼了技巧，积累了经验教训，训练了语言风格，谋篇布局的能力不断提升。写作总是在思考中进行，持续的探索为后一阶段的不断剥离和自我脱壳奠定了基础。平地起高楼，只是表象，作者精神裂变的艰辛历程只有通过作家的一篇篇作品才能不断寻找蛛丝马迹，集腋成裘。

尽管陈忠实认为无产阶级革命进行到一定历史阶段出现普遍性的问题即为重大题材，并乐于摹写农村阶级斗争的新动向，触摸农村社会关系的微妙变化，虽然，"文化大革命"时期他的小说存在人物类型化、主题单一等问题，但是与同时代作品相比较，他的小说生活气息扑面而来，人物鲜明生动，语言活泼接地气，是那个时代人们的精神面貌和追求。

### 《春夜》和《南北寨》仍可读

1966年发表在《西安晚报》上的小说《春夜》讲的是年轻的生产队长吉长林的故事。长林给社员们安排妥当明天的活后回家喝毕汤，想起

---

① 刘可风：《柳青传》，人民文学出版社2016年版，第427页。

治治叔验收棉粮的事，于是趁着春夜月色来到治治家里，却发现老婶子在复查验收过的棉粮。对老婶子精益求精并且不计较工分的行为长林十分感动。治治前天帮老五家盘炕，今晚又把炕洞的陈灰掏出来，和老五一起提前均匀地点到棉田里，以便明天让社员们照标记倒粪。长林深受感动，认为治治不愧是贫农代表，老五不愧是带头模范，他们考虑集体利益，时时处处在为自己撑腰。故事结局是长林和治治、老五一起在春夜里乘着月光愉快地继续干农活。

小说不足两千字，叙述了特定年代的一个简单的故事。《春夜》主题鲜明，人物"高大上"，寓意深刻，在"文化大革命"初期人们读这样的作品自然清晰，顺理成章，现在读起来可能恍若隔世，存在阅读障碍。

文学与政治都属于社会的上层建筑，政治中的制度及意识形态体现着统治阶级的意志。不问政治的文学是根本不存在的，完全依附政治的文学则不是文学，可能是政治宣传品或其他东西。今天再读《春夜》为什么觉得仍然可读？合作化结束了，为什么《创业史》可读？这两个问题答案大致是类似的。

一是创作方法和道路。一个人民的作家须臾不能脱离人民群众，犹如鱼儿不能脱离水。以火热的农村生活为题材的作家，离不开农村人群社情。多年以后，在解决基本经济温饱之后，陈忠实担心自己在城里长期生活会脱离群众，和农民不能说心里话，那就失去一个农民作家的本色了。在这一点上他和自己的文学导师柳青如出一辙。开始时他只是开会时才到城里来，其他时间都在乡下住着，后来为了创作《白鹿原》，他干脆四个年头都住在乡下的老屋里，接着地气，连着乡亲，参与到村子的生活中，坚持创作。

二是语言特色和创作风格。一个作家寻找自己的句子是一种艰辛的艺术创造和劳动。词语句子段落那么多，究竟哪些才是自己塑造人物，布局情节的需要呢？这种积累得从一开始决定献身文学，一开始笃信文学依然神圣，一开始码第一行字就努力摸索。《春夜》中熟悉的关中土语"喝汤"（关中地区农村把吃晚饭叫喝汤，吃馍、吃简单的菜都叫喝汤，但晚饭大多时候还要喝稀饭的。稀饭以苞谷糁子为主。喝苞谷糁子稀饭也是陈忠实多年的饮食习惯之一）"目下""活路稠"（意指要干的农活繁多之意）都是日常生活中常用的语言，在小说中使用也显示了作者对生活的热爱熟悉和把控自如。

小说中提及的当时农村常见的农活如打胡基、盘炕、投肥、压底肥、追肥、点灰堆、倒粪、量码子等，一方面看出开春季节农活的确稠；二是农业文明的更替和传承。农村再有变化，农活得有人干，大致干的还是这些事。《白鹿原》中黑娃在田家什子村寻着小娥，欲把小娥娶走，田秀才眼不见心不烦当即允诺，免去聘礼去了块心病，两人回到白鹿村开始过日子时，黑娃即以打胡基养家糊口。

黑娃扛着青石夯挂着木模，天不明就起身到外村给人打土坯去了。

打土坯也就是打胡基，一回事。对于黑娃而言，选取这个营生去赚钱养家真是对路子了。他力气大，又肯出力，因而一年下来，除了他和小娥的吃喝开销，已攒下一定数目可观的铜子、麻钱，这些足以买下一亩地、栽几棵树、逮个猪娃、养几只鸡让小娥务农，院子霎时有了生气，日子也过得争强好胜。

打胡基需要什么工具？买一个石锤和一架木模就行。技术熟练是一个很简单的过程。七十二行里，这一行不要花费很多本钱购置设备，也不用像木匠郑芒儿那样三五年投师学艺。自己打过两摞土坯后，就无师自通地精通了这一粗笨的手艺。营销上怎样开拓市场呢？黑娃扛着石锤挑着木模在各个村庄上门转悠，谁家需要就开工。一日管三餐，傍晚以工作量计算工钱，晚上回家就能把钱交给老婆。

我始终坚信作家的成长不是一帆风顺的，其一生各个阶段的创作历程总是有机关联的。基于生活的积累，刮风下雨，灾害喜庆，社会动荡，春暖花开等都会触动他们敏感的神经，引起他们对社会和人物命运的思考。1966 年创作的《春夜》中出现的一个结构简单的农活名目——打胡基，在陈忠实构思《白鹿原》的时候，就下意识地按在了黑娃头上。黑娃和小娥过安稳日子期间最适合的谋生手段就是走乡串村给农人们打胡基，以满足农人盖房子和自己养家糊口的需要。

《春夜》中治治让吉长林量码子，就是估量灰堆之间的距离，以便算得更均匀，长林年轻经验不足担心量不均匀，治治像父亲那样严肃地说：

一辈子不剃头还是个连毛子，我俩能给你量一辈子？不会你就学嘛！

一件事，如果因为担心失败没勇气去做，那就永远做不了，"一辈子不剃头还是个连毛子"就是这个意思。这句俗语广泛地运用于西北地区，形象地说明人在事面前不能退缩，要知难而上，要有战胜它、完成它、跨越它的勇气。小说中运用这句俗语也是治治和五叔对于年轻人的帮扶和激励。

　　三是主人公形象的青春阳光，鼓舞人心。在世间的万物中，人是最具能动性的因素。一个正面的积极乐观的干练处事的青年能够感染带动许多人按照制定的目标努力前行，而一个垂头丧气、邋邋遢遢、没有志气、缺乏执行力的人又怎么能让团队信服和支持呢？小说虽短，但塑造了这样一个青年。吉长林作为新上任的生产队长，安排每日社员们的集体活动，又担心贫农大伙的生产生活，在自己家简单吃完即去找治治，看见婶子不计个人得失，加班加点查棉籽，心里热乎乎的；过村西小桥到棉田里见到两位长辈替自己把关点灰堆，心里又一阵热乎；三人一起干活时治治又指导长林："腰挺直，步子扯开！"小说末尾的这句话其实不光是干农活的具体指导，还寄予了老一辈对年轻一代干工作的希冀。有了老同志的大力帮扶，长林这个年轻的生产队长浑身是劲，充溢着浓浓的正能量。

　　这样的年轻人不好吗？不感染鼓舞我们吗？我们现在干一件事，上级和前辈热心指导，年轻人虚心接受又肯下功夫，何愁事干不好，干不成呢？因而，虽时过境迁，《春夜》仍具可读性，不光因为上述三点，还因为它记录了时代。探寻一个时代真切的历史，就到那个时代现实主义的小说或其他艺术形式中去寻找，大约不会失望。

　　1978年的短篇小说《南北寨》里南寨大队党支部书记常克俭和大队长吴登旺团结一心，抵制"左"倾，带领乡亲们平整土地、冬灌施肥，粮食生产连年获得了大丰收。北寨村的领导王焕文在公社革委会副主任韩克明的支持下，组织农民唱戏赛诗，"唱戏唱得美，编诗编得多，墙上贴得花，广播上扬，材料上登"，可是农业生产没人抓，农民有怨气，粮食断了顿。不少北寨的农民私下开始向南寨人借粮食以图度日。

　　故事有强烈的时代背景。当时党的联产承包政策还没有在基层农村落地，新旧两种思想和力量的认识、冲突就此展开。人物个性鲜明，故事情节生动，还原了过去年代的场景和故事。小说语言通俗易懂接地气，都是写农民，今天读《南北寨》，还能从中间看到《白鹿原》的一些影子。

　　吴登旺得知北寨有人要向自己村子借粮，兴奋不已，深更半夜硬是砸开了支书也是老伙计的常克俭的家门，打算一抒胸臆。两人是多年的知己，脾气想法都对路，一躁一稳，一急一慢，却是肝胆相照，信任无感。不论自己承受多大压力抑或处境多艰难，都做到是啥说啥，有啥说啥，不包庇，不栽赃，不昧良心。无论啥时候，这样的搭档和朋友不是太好找吧？吴登旺甚至说："老常哥，下辈子你托生哥屋里家，我娶你！定下咧！"这种亲昵的合作关系让人羡慕。

小说写两人日常生活中的熟悉程度，说两人互进对方家，都跟在自家屋里一样："饿了在笼里摸蒸馍，渴了取暖水瓶倒水"。半夜来了要茶喝，故意问常克俭老婆："老嫂子！茶叶在哪达搁着哩？"女人嗔怒："还不是在老地方嘛！"吴登旺："噢！我当你睡着咧！你把被子盖严噢——"常克俭心情舒畅，估计自己的老伙计为集体肯定遇到了大好事啦！为啥？"你看眉眼里那个得意劲儿嘛！"

过于简单直接地表明作家的态度，投入炽热的生活中，紧贴时代主题，这一切表现在文学作品中就是陈忠实前期小说的印象。

在小说人物的命名上，正面人物命运多与"许多美好的、伟大的、崇高的、雄伟的事物联系在一起，寄予着作家的政治寓意和深厚的赞美，崇敬和爱戴之情"①，如《南北寨》中坚决抵制错误政治路线的大队长吴登旺和支部书记常克俭；《小河边》中不计前嫌，恕道忠厚坚持党的路线的支部书记罗坤等。

前期小说中，天气多温暖晴好，太阳冒头染红群山峰顶，社会主义小河流水蓝莹莹，麦田霜光蒙蒙，野花团团簇放，桃红柳绿，一切都象征着对生活的认同和前景的乐观。

前期小说中，故事多以社会主义与修正主义两条路线斗争为焦点，人物多以地主与富农或积极进取执行党的路线的党员、支部书记与思想后进拖集体后腿的农民为矛盾设计双方，少见性格复杂真实生活的中间人物，充斥着政策再现和道德宣谕。

作为对那个时代的记录本无可厚非，陷于创作上概念化限制和理论升华的不足，陈忠实前期的探索还是有一定影响的。文艺理论家钱理群"文革"后期在贵阳仍表现出这种敏锐性："但凡文艺界有什么动向，出现了哪些新人新作，总逃不过他（指钱理群）的眼睛，并经常向我的推荐他的发现。记得刚刚显露头角的几个作家，如克非、陈忠实、蒋子龙

---

① 宋颖桃、王素：《生命体验与艺术表达——陈忠实方言写作叙论》，中国社会科学出版社 2013 年版，第 19 页。

等，都曾受到他的推重。"①

### 《无畏》开始的剥离

"文化大革命"后期，不少知识分子已经意识到中国社会即将要发生翻天覆地的变革。"对那些曾经是非常'神圣'的油彩已经感到失望"，必须要有一个新的思想与社会运动才能找到新的出路。理论的准备是必需的，铸造新的理论之剑已经成为时代的尖锐命题。大多数先知先觉的作家从心里暗暗适应即将到来的巨大变革，主动深入生活、捕捉各类信息，借鉴已有理论，思考过往的事实，判断检验当下的社会萌芽，在坚持中试图恢复马克思主义创新理论的权利。遗憾的是，陈忠实也为之感到羞愧的是小说《无畏》的出笼。

1976年的《无畏》给他带来了无尽的麻烦，也是促使他剥离反思的诱媒。

《无畏》中仍然以两条路线的斗争为故事发展逻辑。以杜乐为代表的无畏战士，以斗争为法宝，勇力反击右倾。以县委书记为代表的老干部刘民中同情农民社员，反对虚张声势的大会战，试图将全县经济建设和日常生活恢复正轨，但这些努力在杜乐等人的阻挠下半途而废了。小说结尾不出意外是一个宣言式的光亮尾巴，杜乐踌躇满志，胜券在握：

我们无畏的战士杜乐同志，握着双手，胳膊肘搭在桌沿上，正在全神贯注地收听广播。小小半导体收音机里，放出激越人心的以毛主席为首的党中央的声音，回击右倾翻案风！

杜乐站起身，两手捏得关节咯吧吧响。他一把推开窗户，窗外，落光了叶子的梢枝，抖擞地站在山野里，雪原中，像战士举起的手臂；莽莽高原，逶迤伸展而去，此刻，似乎变成了黄河的怒涛，在他眼前奔涌，涌向他的胸口……

这篇作品是"文化大革命"即将结束时期陈忠实文学上不自觉、理论上准备不足和后期剥离反思的主要作品之一。钱理群等一拨知识分子于无声处听惊雷，开始思考国家和民族的未来。山雨欲来风满楼，国民经济已到崩溃边缘，整顿恢复拨乱反正已是箭在弦上，但作家陈忠实并未感觉到。

---

① 钱理群：《我的精神自传》，漓江出版社2011年版，第45页。

粉碎"四人帮"后，陈忠实供职的灞桥区委以"用小说反党"的名义不点名地批评了他，并派人到《人民文学》编辑部调查陈是否与"四人帮"有瓜葛。创作小说本来是紧跟时代潮流，用文学反映生活的一种积极作为，对政策理解上有偏差，对即将到来的社会变革缺乏敏锐思想，对当时社会的矛盾转化趋势认识亦不到位，扣上"反党"的帽子接受组织审查，流言和实际存在的压力，对一个作家的打击是致命的。陈忠实不是政治家，用政治家标准要求作家并非一种理性做法。用作家标准要求看，陈忠实对自己是有认真反思的，这种痛苦和焦虑一直到《白鹿原》创作完成获奖并为他赢得了巨大声誉之后，持续了多年。

2012 年，他与几位评论家说："我现在也想不通，我当时怎么会写以一篇与'走资派'做斗争的小说！我就没有与'走资派'做斗争的生活么……"

作家不是政治家，在作品中务必要和现实生活保持一定距离，以一种批判精神和清醒视角观察生活，才能真实准确完整客观地叙述好生活。因为大多数作家不是托尔斯泰和马尔克斯，没有形成自己独立稳定的思想体系，面对复杂现实，动用自己所有储备冷静观察理性批判是唯一可行路径。

农村实行联产承包责任制以后，丰衣足食等基本温饱问题得到解决，但下一步农民的出路在哪里？作家只负责叙述发现，不负责开药方，不能借小说中人物宣扬政策或提出方案。因为你提的不一定符合历史规律。

农民在解决温饱以后，干什么？到哪里去？中篇小说《初夏》中陈忠实借上级领导人的话提出了自己的解决方案：

农村扩大青年的出路，还在咱农村哩！国家现时还不可能把农村人口大量转变为工业人口的。有志气的共产党员，应该和乡亲们一起奋斗，把自己的家乡建设好，做缩小城乡差别和工农差别的带头人。农村的物质丰富了，文化生活多样了。社会主义文明建设好了，谁还挤进城去做啥？

作家提出解决这一问题的方案就是共产党员和有志青年一起扎根农村改变乡村面貌，不必要挤到城市去打工创业落户。

问题是，长期看，我国现代化过程就是城市化过程。城市化就要把大量的农村居民变成新城镇人、新上海人、新北京人、新昆山人、新深圳人等。为什么农民不能进城享受城市文明的成果？人为的差别和资源分配方式还要维持多久？农民的子孙后代必然要待在农村？落后贫穷，教育医疗住房等都远低于城里人吗？时至今日，社会发展的不均衡、不充分已成为一个显性问题。城市反哺乡村，工业反哺农业，东部反哺西部，脱贫攻坚，缩小差距才是执政党解决这一问题的政治途径。同时，乡村振兴计划的实施、美丽中国、生态中国理念的提出作为系统工程也会为农村发展注入活力。中国广袤的农村已经成为大量留守老人、儿童、妇女的家园，大量青少年涌入城市打工创业谋生，不少乡村成为实际上的空巢等，这些事实都是当下城乡一体化道路的出发点。

时过境迁，今天我们看陈忠实对这一问题的思考是富有建设性的，虽然这并非他的本职工作。社会主义文明建设好了，谁还挤进城去做啥？建设社会主义新农村也是执政党提出的一项宏伟蓝图。我们作为读者佩服作家的预测和方案，但作家的类似努力绝不是他的职责。这次靠谱了，下次呢？下下次呢？农村建好了，农民就不能进城落户工作了吗？未必吧。

城市从来就是移民城市，原住民鲜有超过三代的。大量的现有城市居民往上数，很快就能找到自己在农村的根源。大量进城的农民不仅为自己争取了自我发展的更优越空间，而且候鸟式的往返从生活方式和观念上撼动了固有的乡村传统结构，社会正是在城乡之间的交流融合中向前发展着。

陈忠实的纪实性报告文学或特写如《可爱的乡村》《崛起》《躯干》等记叙了一个个农村中的优秀人物。主人公们具有超凡的意志，疯狂的工作热情，旺盛的工作精力，慷慨的奉献精神，把集体、劳动、群众看得至高之上，改造了一个个村落的落后面貌，富裕了，成功了。

1980 年的《躯干》中，平反回到陈家坡的陈广平又成为村子的大队长、当家人，粮食获得中华人民共和国成立以来的最高产量。农民评价："有这个人和没这个人，大不一样！社员从切身饥寒温饱中更清楚地归结到这一点"。这属于典型的一个人改变了一个群体的命运。农村改革致富要有各种各样的带头人，这符合党在农村的政策。

《可爱的乡村》和《崛起》中出现的都是礼泉县袁家村的优秀领导人郭裕录。领路人郭裕录用了十多年时间，用无私奉献的道德品质、迎难而上不断创新的思路方法、和群众一起扑下身子苦干猛干的劲头，把袁家村从一块贫瘠苦焦的土地建成了一个富裕美丽祥和的社会主义乐园。作家把一个局部农村的成功上升到道德自觉，希望能给类似地方提供一种可供效法的楷模。文末，作家说："领导班子，尤其是主要领导者的作风问题，是党取得成功的关键所在。"这依然是一个领袖人物的突出才能改变一方水土成就一方天地的传奇和希冀。

大众起初对榜样的力量可能是盲从的，信服的，但清醒的大众久而久之对这种模式会产生抵触反感情绪。因为"领导者的道德自觉必经置于制度监控之下，必经与一种外在于权力的监控机制一同发挥作用，否则，除了极个别例外，一般是维持不了多久的"①。

很多长久以来流行的榜样在实际中并没有发挥想象中的持续引导作用。因为缺乏机制的有效监督，高大宏伟的形象轰然倒地的大有例子，不免让民众和树立者、讴歌者失望，甚至大跌眼镜。

千百年来，对领袖人物或者清官的期盼是民众心理上的依赖，这种依赖是善良的天真的。信任和监督应是同时，信任并不能代替监督。乌纳穆诺深刻地认识到了"领导者"的危害："到目前为止，我永远不会把自己或者我的信心交付给任何受欢迎的领导者，他因为领导一个民族而得以统御人，而他从来不曾深切体会到这种情感层面：他领导的人是有血有肉的人，是生而受苦的人，是不愿死但又有其终点的人；人本身就是目的，而不是充作手段而已；人必须成为他自己而不是其他的人；总而言之，是寻求所谓幸福的人。"② 显然陈忠实在理论上没有认识到这一层，"我首先感到的是自己的理论对于生活理解上的无能为力，"同时，这类纪实作品主题鲜明却都不精深，人物感人却缺少了可圈可点之处。

普通的劳动者，才是大地的精灵。对这类人物的描写，陈忠实骨肉丰满，生动感人。《大地的精灵》中主人公陈秀珍不断经受生活的磨难和打击，没有灰心，始终站立，永不放弃，辛勤劳作，生生不息，为的就是有一天能过上好日子。

《渭北高原，关于一个人的记忆》是为努力改变一个地方干旱贫瘠面貌的高级农艺师李立科刻碑立传。每个真正的人身上都有温柔怜悯的心肠，李立科之所以打动人心，就是因为他"爱穷人，谁越穷，他越爱找谁；哪个村子穷，他往那个村子跑得最勤最欢"。李立科没有政治动机，

---

① 李建军：《陈忠实的蝶变》，二十一世纪出版集团2017年版，第143页。
② ［西班牙］乌纳穆诺：《生命的悲剧意识》，殷继承译，北方文艺出版社1987年版，第17—18页。

没有功利之心，把自己生死置之度外，激发了改变"穷人"面貌的倔强劲。陈忠实围绕"情"字展开人物叙事，礼赞普通劳动者理融情畅，令人怦然心动。

作家不为成名的创作可能会是去功利化的，然而成名不是成功。成功指作品被读者喜爱的程度高，持续的时间长；被评论家研究得越来越深，内涵发现的越来越多；被不同领域艺术形式改编移植借鉴的越来越丰富，而不是相反。

作品成为高峰和标志，其中一个要素就是体量大，内涵丰富。鸡窝之所以相比人民大会堂，不具有丰富内涵和代表意义，也没有研究价值；相比蜂巢也没有精致性和数学意义，就是因为一眼能望穿。就那点东西嘛，就那一条单纯的线索。这样的作品可能会成名，但绝不是成功的。

评价家韩鲁华说："你研究鸡窝，研究了一辈子没人认为你是专家。你研究一下人民大会堂，研究成专家了。为啥？因为鸡窝的内涵量太小了，构不成研究对象，就这么简单。"话可能偏颇，但道理是真的。

能经得起时间和不同读者群检验的作品才是成功的。《九三年》是经典，表面写政治战争，其实是写人性人伦。《红楼梦》博大精深，内涵丰富，热爱它的人越来越多；《巴黎圣母院》写了吉普赛人流浪生活，写巴黎社会风情，其实是写善恶斗争，写正义人性公理。作家的最高目标是写宇宙、人间的感应，发现世界上最打动人的情趣，把握之并在存在之上构建他的意象世界。这些作品的体量和内涵奠定了其成为经典永续流传的可能。

## 第二节　文学传统的汲取

**柳青的魅力和影响**

以《创业史》蜚声于世的柳青是这样一种人：他时刻把公民性和艺术家巨大的诗情融通在一起。作为一个艺术家，他始终像燃烧的火炉和激荡的水流。他竭力想让人们在大合唱中清楚地听见自己的歌喉；他处心积虑地企图使自己突出于一般人。但在日常生活中，他又严格地把自己看作是一个普通公民，尽力要求自己不丧失一个普通人的感觉。对于今天的作家来说，我们大家不一定都能采取柳青当年一模一样的方式，但已故作家这种顽强而平凡的追求，却是值得我们每一个人尊敬和学习的。

路遥写过一篇文章《柳青的遗产》，默认柳青是自己的文学教父。路遥认为自己和柳青都是陕北人，地域相似，文化相近，他自觉从方方面面学习柳青。李星曾准确地评价了柳青对路遥的深刻影响说："熟悉柳青的人，包括他的朋友和敌人，都没有像一个只和柳青匆匆几面，远远不可能成为忘年交的朋友的年轻的路遥，如此深入地理解着，准确抓住了柳青心理、性格、气质的最突出、最根本点。更为可怕的是，一个刚刚走上文学之路的年轻人，在自己的事业还远未打开时，就借柳青之身，坦露式预设了自己全部的心灵世界和人生目标：在一切领域一切事情上都要比别人强，都要当排头兵，即使快要倒下去的时候，他也要把所有的文学健将甩在后头。"在路遥的创作手记《早晨从中午开始》中，我们能清晰地感受到路遥在进行史诗般的创作过程中夸父逐日般的激情和毅力。一个人对另一个人从事一种事业的影响能深入到骨髓里，柳青和路遥在把文学当作六十年如一日的事业追求上如出一辙。

新中国一解放，柳青就担任《中国青年报》文艺部主编。我们印象中的柳青总是一副老农打扮，穿棉袄，带老式帽子，说关中话，混在农村的集市上不会有人认为他是个大作家。为体验生活，他精于在黄堡镇集市上和农民算计谷丰麦欠，盐涨布跌。岂不知刚进入北京工作的柳青英语熟练，戴金丝眼镜，穿洋气的背带裤。他是朴鲁执拗地抒写农民的作家，却没有农民式的狡黠。

他以孤注一掷的孤绝，14年蜗居长安县皇甫村，敏锐地抓住改变几亿农民千百年生活方式的历史机遇，成就了自己史诗性追求。

作家没有境界便会陷入平庸，作品必然平庸。柳青是有大境界的，他说搞创作的人就像挑着筐鸡蛋去黄堡镇赶集，别人敢撞你，你不敢撞别人。挑筐鸡蛋在人群中左右躲避，为的是鸡蛋完好无损地卖个合适价格，交付给需要它的人，而不是直接交锋或不断地停下来向别人解释鸡蛋的质量和生产鸡蛋的母鸡如何如何。单一的目的决定了行为的执着，也决定了必定不受任何外界干扰的顽强意志。柳青在长安皇甫村14年的阅历影响了陈忠实的生活选择和艺术追求上的质朴坚韧：生命的历程中遇到怎样的挫折怎样的委屈怎样的龌龊，不要动摇也不必辩解，走你自己认定了的路吧，不要耽误了自己的行程。

陈忠实一直把柳青当作榜样和偶像，一直梦想要走和柳青相仿的道路。

1979年5月，《陕西日报》"秦岭"副刊编辑吕震岳向陈忠实约反映农村现实生活的稿件，强调不超过7000字。6月3日，《信任》在该报文艺版发表，反响强烈，《人民文学》予以转载，后获1979年全国优秀短篇小说奖。

这一时期，陈忠实经济上一直困窘。1983年按照"专业技术干部的农村家属前往城镇"政策，陈忠实爱人和三个孩子户口迁至西安市。长安实在大，白居着实不易，柴米油盐粮食水电煤仅靠每月52元的工资着实不够，稿费微薄，生活入不敷出。每盒不足两元的汉中卷烟一厂生产的"巴山雪茄"成了陪伴他十多年的廉价食粮，一是劲大，二是便宜。

茶喝老陕青，名茶毛尖类统统喝不惯，主要是汉中西乡鹏翔绿茶特炒，每年都是由汉中朋友王蓬等邮寄10斤。

一代大家怎样热爱生活？吃百姓小吃，说平常人实在话，接地气，近庶民，平淡中是从容，朴实中见大气。1993年初，读到《白鹿原》的作家王蓬最大的感受就是两个字：震撼！

仅书名一字千钧。黄土高原的中华民族繁衍生息之地，苍凉空旷，东周时期就有白鹿出没，源远流长，繁衍和演绎着民族文化的精华与糟粕，精神上负重前行和心灵创伤剥开愈合复杂交织的宏大历史。离开脚下的这片塬，离开黄土，离开西部，陕西作家还能说些什么？

作家之间用作品说话，互相抬爱赏识或看不上或干脆不置可否，这其实都能理解。观点不同，怎能盲目说好话？一个骄傲的母鸡欢快地叫着是因为它下了蛋，这叫声是炫耀也罢，是对自己的安慰也罢，总之它下蛋了。其他同院子的母鸡也许就得暗自下决心也下一个蛋来。

20世纪50年代合作化兴起之时，众多作家深入基层体验生活以便有个像样的作品出来。有人专门给柳青送去了周立波的《山乡巨变》和秦兆阳的《在田野上前进》，其意图是询问柳青创作的进展。柳青看到后往桌上一推，淡然一笑，未作评价。史诗品质的《创业史》出来后，人们才终于认识到柳青是和赵树理、周立波、孙犁地位相当的描写农村生活的"四杆铁笔"。

与柳青等"四杆铁笔"同时代的作家众多，他们大都亲历合作化运动的高潮，但写出《创业史》《山河巨变》等杰作的只是两人。

与陈忠实同时代的作家为数众多，陕西作协会员亦有五六百之多，当代中国每年出版的长篇小说超过千部，但能达到文学巅峰的却只是《白鹿原》等少数几部。

文学创作没有达到陈忠实和《白鹿原》的高度，但其他作家的作品亦是丰富了诞生《白鹿原》的这个时代，为这个民族的文化积累作出了自己的贡献。平原、丘陵、河流方显高山的巍峨，才有仰止的可能。天道多变，有阴有晴，物有聚散时有损增。不能苛求花开一样的鲜艳，月升一样的皎洁，世界正因其丰富多样而异彩纷呈。精品只能是极个别，大多数都是精品那就不成精品。雪莲只能长在昆仑山，稀少才珍贵，居高才能让人仰望。俯视一杯酒，仰聆金玉章，传承千秋万代的只能是《诗经》《史记》《红楼梦》等名著。

路遥愿意给陕南农村的普通作者说好话推荐稿件源于相同的家道和境遇。贫穷催人奋进，没有人愿意和贫穷待一辈子。从事文学，以文学上的些许成就一步步改变自己的命运这是初涉文学的爱好者从苦难堆里体会到的真理。这一点路遥很坦诚，没有隐瞒过自己的想法："我们这些人首先要靠自己的奋斗和努力真正干出了成绩，愿意帮忙的人才好替你说话，现在就要有这种想法和目的，而人是有了目的才会锲而不舍地奋斗……"[①] 这也是中国古人所讲的"先自助之后天助之"吧。

拼搏时用多大力气，就会碰到多大机遇。世界是公平公正的，付出的不一定有对等的回报，但不付出则一定没有回报。

类似陈忠实的《信任》，发表于《当代》上的中篇小说《惊心动魄的一幕》获全国第一届中篇小说奖，在路遥最绝望的时候鼓励了他。多个编辑部退稿让人心灰意冷，如果不是时任《当代》主编的著名作家秦兆阳慧眼识珠，路遥原计划是烧毁原稿，另谋他计。果真如此的话，还会不会有两年后的《人生》和后来的《平凡的世界》呢？

路遥生来就是要和命运、苦难、生活挑战的，他不甘心像父辈那样扛一辈子老锄去山梁上从早挖到晚。在艰苦的自然环境中，长期坚持战天斗地是需要勇气和毅力的。向往知识希望读书是他内心的渴望，哪怕家徒四壁。苦难成了路遥等一批人成长成熟的一剂良药。陀斯绥耶夫斯

---

[①] 王蓬：《横断面——文学陕军亲历纪实》，西安出版社 2016 年版，第 159 页。

基说过,"我一直在考虑一件事情,那就是,我是否对得起我所经历过的那些苦难,苦难是什么,苦难应该是土壤,只要你愿意把你内心所有的感受隐忍在这个土壤里面,很有可能会开出你想象不到、灿烂的花朵"。生命的苦难和人生的低潮往往成为作家艺术上峰回路转的转折点。

"三四岁你就看清了你在这个世界上的处境,并且明白,你要活下去,就别指望别人,一切都得靠自己。"路遥这样回忆自己打小认识到的真理。

平凹以写作为乐趣,并无乏累之感,笔墨轻柔,气韵充盈,常下笔千言,晚间不写作,常访亲会友,40万字的《废都》也只用两个月时间,在写作中享受和成熟。

路遥不同,为写《平凡的世界》翻阅十年间的报纸和各种书刊,积累几十万字的读书笔记,压力大精神紧张,以烟酒为寄托和刺激,在饥饿状态下和时间赛跑,以体力的超负荷和生活的极度不规律、克服思想和艺术的平庸为代价,铸就了现实主义杰作。

沉重悲苦内向的生活方式,名人的脆弱和幻想,强烈的社会责任感和竞争参与意识成就了路遥殉难的苦行僧式的创作生涯和执拗坚韧的文学个性。他43岁的短暂生命仿佛就为了《人生》和《平凡的世界》而来的,匆匆而逝的年轻生命和挑战文坛悲壮如山的道路让后来者敬仰敬畏,坚实苍凉,光焰不息。

所谓小说的史诗品质就是通过阅读还原小说描写的时代的背景和精神特质。《平凡的世界》把人物的命运放在时代的洪流巨变中还原了那个年代中国的贫困、闭塞、愚昧和挣扎、期待、渴望;《秦腔》以乡土叙述的方式,朴拙憨厚又波澜不惊地还原了当时农村社会细节和农民的精神挣扎状态;《白鹿原》还原了那个时代的波谲云诡和礼教传统的没落,让人扼腕叹息,思绪难平。越本真越好,哪怕真实得让读者觉得血腥残酷,无法置信。

《废都》则大胆借鉴《金瓶梅》的表现手法,通过对西京城四大文化名人的放任自流迷茫痛苦,颓废荒唐的际遇琐事的叙述,从容不迫浓淡相宜简洁流畅地还原了20世纪80年代中国社会的风俗风情和作品对之的深刻文化反思。

知识分子本应是引领社会先进精神食粮生产潮流的,可开放社会中文人的浮躁失落迷茫烦忧心绪无疑是面对社会转折时期固有目标价值体系被侵蚀瓦解后的一种无奈选择。在失衡状态下文化出现断档期，没有目标的知识分子只能颓废傲岸痛苦不堪。因此，《废都》的写作无关乎政治选择，只是作家真实表达的需要。贾平凹说："我写作是我生命需要写作，我并不要做持不同政见者，不是发泄个人的什么怨恨，也不是为了金钱，我热爱我的祖国，热爱我们的民族，热爱关注国家的改革，以我的观察和感受的角度写这个时代。"

蒸馍要添柴烧火上足气，母鸡下蛋也不能空怀无蛋。真心喜欢写作就是表达和流露的自然过程，不需要矫揉造作，摆什么花架子。

这是作家责任和使命的体现，是对文人酸楚喜乐的表达，是对生活的批判和灵魂的拷问。把一时看不清的文学作品动辄和政治态度相联结起来，认为这个人政治上有问题，这个帽子也扣得太有高度了，但这也是一批人的思维惯性。"避席畏闻文字狱，著书都为稻粱谋。"社会进步的标志是什么？我们生活的世界究竟什么时候才能容忍思考的勇气和创新的氛围？强权和武力可以征服疆域，未必能永久征服人心。岁月流逝能检验和说明一切问题。

司马迁在《史记·六国年表序》中说："夫做事者必于东南，收功实者常于西北。"西北地区的关中历史悠久，周秦创制，汉唐拓疆，千年积淀，已渗入秦人骨髓，奠定了华夏民族生生不息的根基。

陕南气候湿润，水旱人从，物种丰富，衣食无忧，然知足守旧，偏僻封闭，俭朴内秀，包容迂回，重视现实和生活质量，历史上少爆发农民起义，大多顺民，与山水默契交融，文学作品婉约细致，曲径通幽，少雄浑粗犷气吞八荒之作，多隔山听歌，缠绵咿呀意犹未尽。

陕北苦寒苍凉，梁谷纵横，历史上多征伐劫掠，狼烟四起，少温柔富贵，优柔寡断。多大漠孤烟直，英雄气概。陕北人看惯了大漠白骨，出现李自成惊天动地的农民革命情在理中。人一辈子不做英雄，不干大事，不创造传说便白活了一世。不识多少字的老农也看《参考消息》，不关心谷收丰欠，心中常挂念全球军政风云。

关注个体，关注个体在时代风云变幻之际的人生道路和曲折命运，从而揭示不同境遇下的复杂人性，不向权贵谄媚弯腰，不向孔方兄膜拜，不在赞扬声中陶醉，才能在对艺术无止境的追求中把握困惑和苦闷，才能回归文学价值，达成创新和突破。

19世纪俄国文学批判家别林斯基倡导个体解放和个性伸张。主体、个体、个人的命运比整个世界和中国皇帝的命运更为重要。因此,独特性和不可取代性是一部作品能否留存的唯一标志。

表现五十年或一百年民族心灵史的作品,如《静静的顿河》那样的经典,不是在巨额文学基金支持下,也不是作家在优裕的创作条件下,憋着一心要写经典的恒心下写出来的。

经典是在油灯下窑洞里或圆桌旁,淡化了经典意识之后孤独寂静地写出来的,用不着披红戴花,敲锣打鼓,也用不着绞尽脑汁煞有介事、技巧新奇、咬文嚼字,而是内心不动声色的自然流淌。巴金云:"文学的最高技巧就是没有技巧。"

**生活体验与文学思考**

"拭目扪心史为鉴,解禁放足不作囚。"曾经信服和沉浸于柳青"一个单元"和"三个学校"主张的陈忠实在进入知天命之年的时候深感焦虑:自己以前所写的《接班以后》《高家兄弟》《公社书记》《无畏》等为代表的"文革四部曲"都是些啥作品呢?按照一个既定的公式生产出来的都是高大上式的人物和情节,千部一腔,千人一面,可憎雷同。

强调生活体验没错,但如果没有理论升华,也容易产生许多相似雷同的作品,诸如批判现实主义的大量小说,五六十年代大量的以合作化为题材的作品,包括大批的写新时期农村改革的作品。这种现象产生的原因,在于作家顺着一种公用的通行的理论思维去概括生活。尽管南方北方东方西方的中国农村生活差异很大,在这一批作品中也仅仅使读者感受领略到风俗的纷呈和不同方言的魅力,以及故事情节的大同小异,但整体上几乎都是农民在合作化集体公社里生活困苦、娶不下老婆、生产形式单一等的叙事环境。农村联产责任制推行了,农民吃饱了,穿暖了,房子盖了,和村干部在一起敢于发表不同意见甚至对抗了,也要追寻真正的爱情了。这样一个模子里翻腾出来的小说数目众多,陈忠实认为,自己的"一些作品也不能摆脱这样的窠臼"。

深入生活永远是对的,然而深入生活并不意味着被生活淹没,想象不能被束缚,神经不能被麻木,热情不能被遏止。文学创作有自身特殊的规律,生活的丰富多彩和人性的艰深多变也不是单一理论和线性公式可以直接规范的。文学和生活的距离性表明文学不单纯是歌颂和肯定,而是透过现象的深入批判和复杂再现。"凡是始终都只是肯定的东西,就会始终没有生命",黑格尔主张作家通过批判,发现生活的真相,提供真理性内容。

马克思在1842年《评普鲁士最近的书报检查令》一文中强调了自由思想和表达的重要性:"我是一个幽默的人,可是法律却命令我用严肃的笔调。我是一个豪放不羁的人,可是法律却指定我用谦逊的风格。一片灰色就是这种自由所许可的唯一色彩。每一滴露水在太阳的照耀下都闪现着无穷无尽的色彩。但是精神的太阳,无论它照耀着多少个体,无论它照耀什么事物,却只准产生一种色彩,就是官方的色彩!"①

柳青晚年研读了马克思这一思想,冷静反思了自己早期的文学创作,一度摆脱了盲从因素。"文学家不要被政治上的需要所牵连,为宦海潮的升迁所迷恋,哪怕人家当皇帝,咱也不眼红,心不跳,搞文艺就不要羡慕官场。……唉,我们这个国家呀,是个官僚国家。"② 摆脱盲从状态的柳青并未以天才般的语言大师和叙事能手创作出超越《创业史》式体验的作品,但他晚年对社会、政治、文学等问题实事求是的思考是极具批判价值和思想锋芒的。

1985年后的陈忠实在思考中不断升华。他意识到了作家最重要的应该是以本真求实理性客观的心态不看别人脸色,不为不同流派观点左右,批判地观察,勇敢地叙事,以如椽巨笔书写生命体验。走出柳青并超越柳青、放飞自己是陈忠实实现文化精神剥离的起步。

到了1985年,当我比较自觉地回顾包括检讨以往写作的时候,首先想到必须摆脱柳青和王汶石。我曾经在一篇文章里写到过这段经历,概括为一句话说"一个业已长大的孩子,还抓着大人的手走路是不可思议的。还有一句决绝的话:大树底下好乘凉,大树底下不长苗。这是我那段时间反省的结论"。

认识到柳青六十年一个单元,三个学校,文学是愚人事业等的主张并深受影响的陈忠实自觉践行着这些真知灼见。在发表一系列农村题材小说后,陈受到王汶石、柳青等前辈的关注,一时人称"小柳青"。

活用关中方言,柳青是典范。梁三老汉的口头禅"我跟你没话!"绝

---

① 《马克思恩格斯文集》第1卷,人民出版社1995年版,第111页。
② 刘可风:《柳青传》,人民文学出版社2016年版,第449页。

对传神。用地道的语言把农村老汉写传神；贴紧生活实际把无产阶级革命不断深入下的农村矛盾与斗争写真实；风景场景的描摹更换与小说风格浑然一体；以对文学的赤诚不断推进自己创作理论的升华，为后来从生活体验到生命体验的剥离做无意识的艰苦准备等，这些陈忠实都做到了，而且做得很出色。

柳青晚年通过口述让女儿刘可风记录自己对农业合作化、苏联领导人、陕北土地经营等重大问题的反思，陈忠实关注不多，思考也没有再前进一步，李建军经过深入研究，在《陈忠实的蝶变》中认为柳青晚年的思想财富表现了一个共产党人的理论品质和政治勇气。人贵在处于一种朝不保夕的状态下考虑的不是自己，而是国家民族的危机苦难灾难教训。遗憾的是，陈忠实对这些认识并不深刻。犹如自己未实现蝶——豹质变飞跃一样，他对柳青的认识和柳青自己的转变同样没有更进一个台阶。没有从社会转变的深刻背景中追溯人性的复杂，没有从情节的冲突中突破类型化；没有从"刺激—反应""民族文化心理结构"的理论局限中再升华，柳青、陈忠实只是中国文学的经典大师，离托尔斯泰、雨果等世界级文学大师还有一步之遥，但对于《创业史》和《白鹿原》的作者和喜爱这两部经典作品的读者而言，这足够了。

生命足够深情。陈忠实庆幸在自己大脑最清楚、思维最活跃、身体最年富力强、艺术创造力最旺盛的几年中完成了自己最想完成的作品。不是每个作家都有这种幸运，前辈柳青哮喘，花粉过敏，每年春季长安地区小麦杨花时节，他都要在家人的陪同下，到北京等地躲开花期，思考未停，写作中断，《创业史》只完成了第一部、第二部，第三、第四部也只是构思和提纲。

作家邹志安贫病交加，长期抽最廉价的劣质香烟，在作协上班都拿不到一个工人的工资，没有事业编制，为亿万农民理想追求摇旗呐喊，为农村变革鼓与呼，摒弃高雅闲适用生命写就对文学的矢志不渝。1993年1月，46岁的邹志安去世了，为我们留下了数百万字的作品和为文学燃烧生命，让人潸然泪下的如怨如歌从农民到作家的悲壮历程。

邹志安的父亲死于肺心病，他在《黄土》中写了父亲，读来让人揪心不已。繁重的劳动让父亲累弯了腰，老人一辈子创造了财富，从不看病吃药，舍不得乱花一分钱。"临死时他默默流泪，留恋这个世界——他为之洒尽汗水然而仍不富裕的世界。"

在黄土地劳动一生77岁的父亲最终回归黄土，邹志安跪在泥水里为他送行。七八十岁高寿实属不易！过低的生活水平仅能维持基本需求，看不起病，贫瘠的农村精神生活等都是当时农村面临的实际问题。形势并非一派大好。读邹志安的文章能看到不同于主流媒体的真实信息。

"将军和领导人死了，会有无数悼文，因为他们功勋昭著。一个普通劳动者死了，我们洒下这一把黄土，并期望世人能够容纳。"读他的文学，有田园生活的朴素清新，有传统和创新的冲撞沉重，有改革的勃勃生机，有社会文化心理的巨大变迁，更有厚实深沉的审美和悯农亲农独特现实的人文情怀。

邹志安由农民到作家的人生轨迹不是个例。陈忠实悼念他说："我们悼念邹志安，实质上是在悼念一种精神。这种精神就是对黄土地，对土命人深深的爱恋；这种精神就是对文学事业执著追求并至死不悔；这种精神将和邹志安的名字一起永垂不朽……"

1992年11月17日，42岁的路遥的去世更是陕西文学乃至中国文坛的一个众所周知的灾难。庆幸的是，他以夸父逐日的热情、以早晨从中午开始的创作激情为我们留下了全景式的史诗般的《平凡的世界》，百万字巨著展现了城乡社会生活和情感经历的巨大变迁，给自己留下了身前身后文学声望和肝硬化腹水医治无效的人生句号，戛然而止。

2018年2月24日，农历正月初九，国人还沉浸在中国年的浓浓氛围中，又一名陕西作家红柯突发心肌梗塞，56岁的壮年去世了。五次入围茅盾文学奖，高产高质留下了《西去的骑手》《乌尔禾》《生命树》《喀拉布风暴》等800万文字。人靠实践存在，作品靠力量存活。写作本是一种精神的宣泄，与名利权力无关，获不获奖不能太在意。当然，低调的红柯可能并未像文学之外的人们对自己能否获茅盾奖那样纠结、折腾。

文学是一生的事业，他每天坚持锻炼身体。"我喜欢冷水浴，写出最好作品的时候，也是我身体最好的时候。"然而，命运最爱捉弄人，从中学开始天天锻炼身体，为了一生更好从事文学的人突发心肌梗塞英年早逝，离开了文学；连续入围第六、七、八、九、十届茅盾文学奖，历时16年，文思泉涌，长篇小说一篇篇问世，甚至以天山、周原为地域特色开创西部文学新领域，读者一大群，其他奖都能获，就是最高奖周围人都想让你获你自己也十几年坚持申报，可就是不给获。有什么办法呢？不弄人还叫造化吗？类似苦瓜不苦还叫苦瓜？农村不穷还叫农村？道理大抵如此，然人总是心有不甘，心有戚戚焉。

二十多年前，邹志安感叹周围七八十岁老人少而又少，"不是老人们不想活，也绝非儿女们不孝顺，实在是因为生活水平太差。那么，尽快发展生产，改善人民生活，则是儿女们挽留老人多住一时的最孝道的方法了"。

人不在了，寄托哀思都在情理之中。人如长生不老，地球甚至星空都会拥挤不堪，人总是要谢幕的。自然规律和生命规律岂能违背?!"哭也徒然，哀也无助。死者去已矣，生者当勉力。"人世无常，繁花易谢，活在当下，砥砺奋进，才是客观清醒的态度。

作家和社会保持适度的张力是必要的。深入观察的能力和以文学的眼光忠实记录的基本功，能有效帮助作家记录时代变迁中人的矛盾、冲突、命运、性格的只能是一双犀利敏锐的眼睛和一颗怜悯忠诚的心灵。否则，要作家这个群体干什么呢？看官方正史就行了。

罹患绝症之时邹志安抒写了《不悔》，以圣徒殉道精神言明心声。不悔少作，谁一开始就是成熟的？今天看以前，有多少幼稚甚至荒唐？然而都要否定吗？没有《高家兄弟》《接班以后》的历练，怎会有《蓝袍先生》《白鹿原》？

世界上最浪漫的事，对作家而言可能不是陪着一个心爱的人慢慢变老：陈忠实在电视上接受访谈时，在青海西宁和文友相聚时都表示，世界上最浪漫的事是喝着小酒，听着秦腔。小酒在陕西则是西凤，在外地则是入乡随俗的当地酒，要听的腔调则必须是秦腔。

衡量一部作品是否是真正的文学，是否能够传世，基本上与作家的出身和身份、创作动机与创作手法、统治阶层的评判与认可程度等这些非关键因素关系不大。文学是人学，因而最关键的因素要看作品对人的精神提升和净化的贡献度有多大。《荷马史诗》距今2000多年了，可其中表现出的人对命运的挑战和自身的积极进取精神穿越时空，依然让后世的读者着迷，散发着永恒的魅力。作品要穿越时空打动读者，非得经过不同读者群和时间的考验不可。柳青很清楚这一点，"作品的全部力量都在作品里头，作品以外，任何评论家给你加不上去。一部作品，评价很高，但不在读者群众中间受考验，再过五十年就没有人点头"。

柳青1947年创作的第一部长篇小说《种谷记》反映陕甘宁边区的大生产运动。1951年完成《铜墙铁壁》描写沙家店粮站护粮支前斗争，表现人民群众是革命战争的铜墙铁壁的主题。1952年起，柳青到陕西省长安县安家落户14年，亲身亲历从互助组到合作化的过程，细致观察研究各类人物积累了丰富的创作题材。在1956年出版散文集《皇甫村的三年》，1958年发表中篇《恨透铁》，1960年6月在此基础上出版长篇《创业史》，竖起了他文学道路的里程碑，也制造了陕西文学在当代文学史上第一个高峰。

《创业史》中蛤蟆滩各阶级人物在合作化运动中的行动、思想和心理的变化过程凸显了无产阶级与资产阶级两种思想，社会主义与资本主义两条道路的斗争。以富农郭世富为代表的农村资本主义自发力量、以姚士杰为代表的反动富农阴谋破坏合作社、以郭振山为代表的党内资本主义人物三股力量与梁生宝为代表的无产阶级先进分子之间的斗争使得合作化道路漫长曲折。梁生宝的集体创业梦想实现过程举步维艰。柳青虽然选取从政治视角去关照人物和事件，但他仍重视人物心理的挖掘，写出了人物的复杂性和深刻性。《创业史》是一部完整反映我国广大农村在土地改革和消灭封建所有制以后所发生的一场无比深刻的社会主义运动的作品。

柳青注重观察和描述人物在政治运动中的表现，通过人物言行表现人物性格和命运。《创业史》作为一部贴近时代的经典著作，不写合作化，不从政治视角写故事写人物是不可能的。政治观念是20世纪50年代占主导地位的文学观念，选取政治视角作为解读中国农村和组织是柳青创作《创业史》的指导性原则。1960年7月22日，柳青在北京参加全国第三次文艺工作者代表大会，他心潮澎湃，激动难抑，对评论家阎纲深有感触地说："短短的几年，就把一个千年落后、分散的社会，从根底上改造了。庄稼人现在成了敢想、敢说、敢做的公社社员。时代赋予中国革命作家光荣的任务——描写新社会的诞生和新人的成长，思想意识的改造是首要的，最重要的是对党的无限忠诚，对工农兵方向的坚定性。"

对人物的描写又不能仅通过政治活动来描写。政治不是生活的全部，人的物质生活和精神生活占有相当大的比例。"政治不是两条线，任何时候都是三条线，一个世界，还有不结盟国家嘛！第三条线上的人是多数。"

陈忠实《白鹿原》中的一组人物却表现出对以儒家道德理想为中心的传统文化的迷恋和选择，这也是文本特定的写作语境中的必然。写作于20世纪80年代末90年代初的《白鹿原》表现出对传统文化命运的思考，显然顺应了80年代寻根文学热和90年代初的国学热潮流。

"小柳青"陈忠实到了80年代中期，已经完成了《康家小院》《初夏》《蓝袍先生》等八部中篇小说，八十多篇短篇小说和五十多篇报告文学。这个时候，他是陕西省作协的专业作家，过一个城里人体面日子的所有条件都有了，创作也可以沿着以前的路子继续走下去，可是他却对自己以前的创作严重不满了。

一个写作者，如陈忠实那样，把《创业史》读过6遍，称柳青为"伟大的作家"，众人赞誉为柳青的好学生，他在塑造角色的人性化、个性化的复杂、精确与出神入化，以及小说的技法和修辞手段方面，得益于柳青，这是巨大的成绩。大树底下好乘凉，同时，大树底下不长苗，陕西文坛上、中国文学史上，不允许有第二个柳青。走出并超越柳青才能弄出超过老师的作品。《创业史》里，常常用"大救星"的头脑来思考，用最高批示"教育""最严重"的农民，《白鹿原》却用作者自己的头脑思考。抚今追昔，追昔鉴今，陈忠实比柳青幸运，他全程经历了"文化大革命"，更见证了改革开放的伟大进程，坚信只有实践才能检验真理，亲自解放了自己的人物与小说，在寂寞厚重中铸就了《白鹿原》这样的长篇小说的里程碑！

**摆脱柳青　超越柳青**

20世纪80年代以来的陕西当代文学先后有三座高峰，那就是路遥、陈忠实和贾平凹，这大概没有争议。三人先后都获得过茅盾文学奖，三人都崇拜柳青，三人都来自最基层的县乡并和村落里的群众保持长久的联系，三人都从《创业史》中汲取过巨大的精神力量。

贾平凹说柳青是陕西文学的旗帜，是我国杰出的作家。《创业史》是经典，是时代的杰作，放射着神圣的光辉。旷世的才华和文学上的远大抱负，强烈的使命感和深入生活的全身心投入，农民模样的土里土气和懂外语、懂政策的现代性学养结合起来造就了柳青的杰出，造就了《创业史》的高水准。

柳青最常见的打扮是穿对襟黑棉袄，剃着光头，这不影响他双目炯炯有神，大脑对国家社会农村异常活跃的思考。他住在由破庙改造成的陋室里14年，更是把家搬过来，把老婆带过来，踏踏实实过农民的日子。离开皇甫村时村里很多人也不知道他是大作家。在柳青的生活中，没有可去可不去的应酬，拒绝了无谓的会议，离开了热闹的形式，听不到也不参加文坛和圈子里的是是非非，只是潜心写出自己满意的作品来。这让他的心很安静，离农民很近。在集市上把手缩进袖筒里和对方捏指头讲价交易只是让他自觉地全身心地融入农民的生活，这并不仅仅是对生活的简单体验，埋藏在人物行为下面的其实是柳青对神圣日常生活的敬畏！

没有作品，你是什么作家？！柳青深深知道这一点，讴歌真善美、鞭挞假丑恶，创作出符合时代特征的不朽作品，才是自己沉心静气、不为名利诱惑、不耍小聪明、不急功近利、不左顾右盼、不脱离百姓的意义所在，才有可能接近艺术的最高峰。一个人背着作家的名，就要一辈子深入生活，写出有意义的东西来，须臾不可松劲。作品好不好，能不能传世，作家投入不投入，先看60年吧。柳青的这些话自然会让一些标榜为作家的人大吃一惊或者默默走开。柳青还认为，一个作家的使命就是深入人民和生活，为人民写作，如果有一天实在写不出来了，就不要勉强，收起笔来，做一个与世无害的好人，也是另外一种贡献。

陈忠实深知任何作家都是用作品和世界对话的。托尔斯泰、巴尔扎克、马尔克斯、鲁迅这些大师都是以对世界的深刻认识和解剖称誉文坛的。

陈忠实从初二年级对文学产生兴趣时，读了《三里湾》，"顶崇拜赵树理"，便从学校图书馆里借阅了所有能借到的赵树理的作品，以为赵树理是世界上最尊敬最伟大的作家了。当时的初中语文课程进行改革，语文分设为文学和汉语两门课程。文学课程学习之余，他读了赵树理的《田寡妇看瓜》，按捺不住创作的冲动，照葫芦画瓢，写了小说《桃园风波》。

初二暑假，读了《静静的顿河》，肖洛霍夫（Михаип Ашопохов）遂成为他最崇拜的外国作家了。

陈忠实反对脱离实际的所谓空灵和超脱，主张文学必须要有深切的时代关怀。作者要深入到生活中去，了解一线群众的疾苦，切中社会的弊端，把剧变之中的人物提炼升华到作品中来，从而成为时代的记录。他说，文学如果不关心民众的疾苦、时代的重负、历史的阵痛，那还叫什么文学？应该说，这一点他继承了现实主义流派的精神传统，是柳青的学生。中国作协主席铁凝评价陈忠实面对传统满怀虔诚和礼敬，面对未来又是一个"坚决的、大胆的、一往无前的创新者"。

陈忠实自己经历了一个崇拜柳青,走出柳青的过程。"柳青是我最崇拜的作家之一。在我小说创作的初始阶段,许多读者认为我的创作有柳青味儿,我那时以此为荣耀。因为柳青在当代文学上是一个公认的高峰。到80年代中期我的艺术思维十分活跃,这种活跃思维的直接结果,就是必须摆脱老师柳青,摆脱得越早越能取得主动,摆脱得越彻底越能完全自立。"文学创作好像小孩学步,三四岁时需要大人引导,十多岁再牵着大人的手是不可思议的。艺术创作的要害在于创新而不是模仿,不然怎样前进?摆脱和超越老师必须彻底,无论从构思、人物、细节甚至语言、结构形式等方面均须突破。陈忠实博采各种流派之长,以博大的胸怀,创造出了色彩斑斓的现实主义之作。他曾经回顾了这一段心路历程,"我当时有一种自我估计,什么时候彻底摆脱了柳青,属于我自己的真正意义上的创作才可能产生,决心进行彻底摆脱的实验就是《白鹿原》"。

别人成为一个时期的高峰,成为标志;不能因为你和他一样高,也称你为高峰和标志。"一个业已长大的孩子,还抓着大人的手走路是不可思议的。"[①] 要脱颖而出,必须超越剥离。一座名山的高峰只有一个,其他只能称第二、第三较高峰,除非万年之后发生新的沧海桑田。

以20世纪50年代关中地区长安县农村合作化为视角,《创业史》成为"三红一创"的鼎足之作。"三红一创"是指罗广斌、杨益言的《红岩》、吴强的《红日》、梁斌的《红旗谱》和柳青的《创业史》,四部作品均是当时长篇文学的代表,而以《创业史》综合成就最高。

《创业史》的社会背景集中于农业合作化。农业合作化时期指导思想上"左"倾主导,阶级斗争扩大化造成农村族群分裂,人人戒备,占全国总人口80%以上的农民失去生产经营自主权深陷经济贫困,农业凋敝,几近崩溃的边缘。时代有局限性,农村政策存在"左"倾冒进,柳青本人出于对党的热爱和农村政策的坚决支持,无法对"左"倾路线提出异议,只是通过细节、心理活动和人物关系的冲撞,秉持现实主义立场,秉笔直书,客观地再现了特殊年代下农民们的生活状态和心路历程。

柳青在《创业史》中以家喻国,把宏大历史叙事融进日常生活场景,

---

[①] 《陈忠实文集》第9卷,人民文学出版社2015年版,第339页。

他的创作是一条受到主流舆论肯定的创作道路，这条道路影响了后来者的创作。以政治斗争为视角，主要叙述不同家族在合作化这一伟大历史进程中的利益纠结和真实较量。对梁生宝和父亲梁三老汉来说，脱贫致富是共同的目标和愿望，但新老两代农民意识有不相适应的地方，实际上是梁三老汉的个体意识与梁生宝的集体意识不断摩擦碰撞，冲突的大背景就是以主流意识形态与农民小农意识的对立，这是当时社会的两种典型矛盾。富农姚士杰郭世富凭借优厚的经济实力与梁生宝互助组公开较量，并在暗中进行破坏，梁、郭、姚几个家族的利益在合作化过程反复纠合。

《创业史》之所以成为经典，到今天还拥有一批读者，一方面是因为真实地记录了农业合作化的历史，另一方面主要是因为对农民心灵深处创业精神的挖掘和描摹。勤劳勇敢、坚强不屈、锲而不舍、意志顽强、愈挫愈勇等特征的创业精神表现在一个个诸如梁三、梁生宝等栩栩如生的人物形象上。这些农民一代代这么拼命为什么？买了别人家的黄牛犊、小牛养成大牛、租来18亩水稻地、参加农业合作和人民公社等，在这一系列过程中，柳青以简括的笔墨和高度的浓缩告诉我们，致富或过上更好的日子是他们最大的渴望。农业合作的道路可能有偏差，以"一大二公"人民公社为代表的创业道路失败了，但是生生不息顽强奋斗的精神不正是我们前进的法宝吗？这种致富创业的火种不正是中华民族文化精神的内核吗？

陈忠实对农业合作化的历史过程和农村政策背景的熟悉可能是后来的事。对这一历史事件的了解于幼年的他是有深刻印象的。1950年，8岁的陈忠实亲眼看到父亲把自家刚刚生过牛犊的黄牛拉到农业生产合作社的牲口槽上。从农业合作化一直到联产承包责任的实施，他亲身经历了这一历史过程。在基层公社工作的十年里，他踏遍了三十多个村庄，熟悉每一户的男男女女，又亲眼看着农民把农业社集体槽口上的牲口拉回各家饲养，把集体大块的耕地分割成条条块块，清醒地意识到自己十年努力巩固的人民公社之地大面积瓦解了。他不是旁观者，而是领导者、参与者。

这个行为和柳青当年的努力从方向上看正好是相反的。他在灞桥公社当实职副书记，柳青在长安县挂职当副书记，他自觉以柳青为榜样。对比起来，他自己也认为："我崇拜且敬重的前辈作家柳青，他在离我不过几十华里远的终南山下体验生活，连同写《创业史》历时 14 年，成为至今依然着的一种榜样。我相信我对乡村生活的熟悉和储存的故事，起码不差柳青多少。"①

人人都在生活中，都在一天天地过日子体验生活。普通人过日子也会有不同的感受，与日俱增，如珍惜生命，保重身体；如孝敬老人，善待他人；如官法似炉，人情似铁等。随着现代通信手段的不断进步，百度看病养生，微信谈经论道也大致都属于流行的一种生活方式和体验。然而对作家而言，这样远远不够。作家的思想流同于普通读者，那就不能感动和震撼读者，无法穿透生活和历史。

作家更需要从生活体验上升到生命体验。

古人杜牧也有诗"四十已云老"。四十老了吗？2002 年 1 月，评论家邢小利陪着陈忠实到陕西泾阳考察，深夜清谈良久。陈忠实谈起对这句话的理解，说起自己小时候，看那五十岁的人，就像个老汉。"回想五六十年代，是感觉有些遥远，但四十岁时的事，确实就像昨天。人到了五十岁以后，时间更显得快。"现在回忆起十年前的事，恰如昨天。

乡下人常讲，人老如日落西山一样快。太阳落山快吗？早上八九点的太阳人们感觉不到移动，一直到午后两三点也觉得就在头顶，只有到了五六点，人们才觉得下得快，尤其到压山时感觉飞快。陈忠实说："太阳压倒山上的时候，你先看还是一轮，很快就变成了半个，紧接着，几乎是一眨眼的工夫，就下去了。这时候，你会感觉到黑夜突然降临了。"这是普通读者的生活体验。凡是看过海上夕阳、草原落日、山间落日的人可能都会有这样的体验，和樱花的落英缤纷带给人们的伤感是相似的。

好的文学作品毕竟是要沟通古人和当代人的，肤色不同语系不同都没有关系。"沟通心灵，这才是从事文学创作的人痴情矢志九死不悔的根本缘由。"要沟通，就要从普通的生活体验上升到生命体验，这是陈忠实下硬功夫琢磨做的事情。

过了 44 岁的陈忠实有感于日落西山之快，强调说："人生要抓紧。……我在四十多岁的时候，突然感到了强烈的生命压力，而这时正好有了一个好的题材，那时对历史的认识也有了一个新的高度，我不敢懈怠，就

---

① 《陈忠实文集》第 9 卷，人民文学出版社 2015 年版，第 309 页。

写了那部作品（指《白鹿原》）。"

忙碌于日常白鹿原上村镇百姓之间的家常生活，如种一片包谷以便子女们有嫩玉米吃；别人家过红白喜事当账房先生；过年给乡亲们写写对联；给闹了纠纷的族人间居中调解以便睦邻友好等，这都是陈忠实长期居住在白鹿原西蒋村的日常体验。思考创作之余忙碌于此却绝不满足此，他要追寻的是更深层次的生命体验。

"我顿然意识到连自己生活的村庄近百年演变的历史都搞不清脉络，这个纯陈姓聚居只有两户郑姓却没有一户蒋姓的村庄为什么叫做蒋村。我的村子紧紧依偎着的白鹿原，至少在近代以来发生过怎样的演变，且不管两千多年前的刘邦屯兵灞上（即白鹿原）和唐代诸多诗人或行吟或隐居的太过久远的轶事。我生活的渭河流域的关中，经过周秦汉唐这些大的王朝统治中心的古长安，到封建制度崩溃民主革命兴起的上个世纪之初，他们遗落在这块土地上的，难道只有鉴古价值的那些陶人陶马陶罐，而传承给这儿男人女人精神和心理上的是什么……"① 作家自己给自己出了一个难题。这个难题一下子打击了自己的自信心。陈忠实猛然感到自己奢谈熟悉白鹿原的历史、地理和人文生活了！

陈忠实在关于《白鹿原》的写作手记《寻找属于自己的句子》中，曾用"剥离"一词来描述自己在20世纪进入80年代以来发生的"精神和心灵体验"，以取代之前的"回嚼"观念。他说：我对生活的回嚼类似"分离"，却又不尽然，在于精神和思维的"分离"，不像植物种子劣汰优存那样一目了然，反复回嚼反复判断也未必都能获得一个明朗的选择；尤其是在这个回嚼过程中，对于昨日既有且稳定了不知多少年的理论、观念，且不说审视、判断和选择的艰难，即使做出了劣和优的判断和选择，而要把那个"劣"从心理和精神的习惯上荡涤出去，无异于在心理上进行一种剥刮腐肉的手术。我选用"剥离"这个词儿，更切合我的那一段写作生活。

这种发生在精神和心理上的剥离显然既艰难又痛苦。如果我们不单把这种剥离囿限于陈忠实十年的心灵和精神历程，而是验之于《白鹿原》整部作品，那么剥离的意义和内涵就将更为丰富。黑娃对徐先生叫他学名鹿兆谦时"竟然毫无反应"的身份错位是一种剥离；鹿子霖出任白鹿

---

① 《陈忠实文集》第9卷，人民文学出版社2015年版，第310—311页。

仓第一保障所乡约那阵对"保障所""乡约"这些新名称感到"别扭"和"满腹狐疑，拿不定主意"；等他"脱下长袍马褂，穿上新制服到大镜前一照，自己先吓了一跳，几乎认不出自己了。停了片刻，他还是相信"这个穿一身青色洋布制服的鹿子霖""比那个鹿子霖显得更精神了"。鹿子霖从身份误认到肯定制服的魅力，也是一种剥离。不仅如此，在白鹿书院念书的儿子鹿兆鹏、鹿兆海看见父亲一身制服"就惊得愣呆呆地瞅着"；当鹿子霖回到村里在街巷遇到熟人，"全都认不出他来了"；走进自己院子，他的女人"吓得双手失措就把盆子扣到地上了"，他的父亲也是"眨巴着眼睛把他从头到脚瞅盯了半响"。可以说剥离在悄无声息随时随地发生着，只是有的来得缓慢，有的来得急遽，就连白嘉轩和朱先生这类极具稳定性的人物形象依然逃不脱剥离的困惑与无奈。白嘉轩在听到冷先生讲述城里"反正"和"革命"这些新名词后只留下"没有皇帝了，往后的日子咋样过哩"的茫然；交农事件后，白嘉轩去法院想自首救人，却遭遇了一个白面书生关于交农事件"没有错"、而今"提倡民主自由平等"以及允许"结社游行示威"等新一轮话语的冲击而"愈加糊涂"和"不明白"；后来何县长要聘请他出任本县参议会议员，他依然对县长的话听不明白，"什么民主，什么封建，什么政治，什么民众，什么意见，这些新名词堆砌起来，他愈加含糊"，但是一旦听懂不过是"百姓说了算"时又"不当一回事了"。甚至白嘉轩也剪了辫子，妻子仙草为之惊恐，白嘉轩却说"下来就剪到女人头上了"。可见白嘉轩的审时度势和处乱不惊，思想上本是有与时俱进的要求的，只不过他的剥离显得更加缓慢和艰难罢了。所以当白灵要去城里上学遭到父亲拒绝后，白灵大铁剪子支到脖子上的威胁就是对白嘉轩缓慢稳妥的落后思想观念的一次反叛，是对白嘉轩和谐家庭理念的一次"不和谐"反动。用他的二姐当面对他说的话就是"老脑筋见啥都不顺眼"，用他的女儿白灵的话说就是"封建脑瓜子"。不论如何，白嘉轩既主动又被动地进行着剥离，而女儿的行为及后来参加革命地下活动，也是一种告别旧式家庭、告别女性被别样人生所安排的剥离。

### 陕西作协的大环境培养

陕西作协成立于1954年，当时叫中国作协西安分会，是全国六个分会之一，也是西北五省作家协会。首任主席为著名诗人柯仲平，五级高干，与西北局书记刘澜涛平级。胡采、柳青、杜鹏程、王汶石、李若冰、魏钢焰等先后走上作协领导岗位的同志都是从延安走出来的老革命。从1954年开始，省作协一方面送年轻作者去北京中国作协文学讲习所培训，一方面组织本省年富力强的骨干作者举办集中读书和研讨班，培养创作力量。

位于北京的中国作协文学讲习所1950年由中国文联和文化部创办，是今天鲁迅文学院的前身。从成立至1957年反右停办，文讲所共招收4期约160名各省文学创作骨干参加培训。丁玲、张天翼为首任所长、副所长。1980年停了23年的文讲所恢复了。

胡采1978—1993年担任陕西省文联主席和作协主席。胡一上任1979年10月即举办了十多期的文学创作骨干读书班。百废待兴，重整旗鼓，陕西文学新人辈出，可以说胡采功不可没。京夫、王丕祥、王蓬、刘建军、陈忠实、徐岳、蒙万夫、邹志安、肖云儒、路遥、叶广岑、李佩芝等都是胡采1978年复出后早期读书班的学员。

1985年，省作协召开理事会（扩大）会议，增选路遥、陈忠实、贾平凹、杨维昕为副主席。

1993年6月8日至10日在省作协第四届会员代表大会上，陈忠实当选为主席，赵熙等10人为副主席。

1976年，任灞桥公社党委副书记的陈忠实在《人民文学》发表的短篇小说《无畏》受到区委调查。调查的核心是小说发表的北京以及陈忠实是否和"四人帮"有关联。《人民文学》编辑部解释是主动向作者约稿，且承担了莫须有的责任。陈忠实遂被调到郊区文化馆担任副馆长。

1979年初冬的首期培训班学员是精心挑选的，有陈忠实、京夫、张敏、胡广深、朱合作、王蓬、张敩、赵茂胜、郭培杰、刘斌、黄桂华等人。

读书班脱产三个月，陈忠实不是每天都能来。他隔三岔五地和学员们交流创作中的心得体会，听胡采、杜鹏程、王汶石这些大家们讲课，像春草发芽一样萌生着自己的文学梦想。

最初从事文学的动因除了兴趣、名利以外，一个根本的起因还应该是改变命运。不避讳，大多数作家起步时都有这样的想法。没有人一辈子愿意待在贫瘠的土地上。毛西公社之外的灞桥区、灞桥区之外的西安市、西安市之外更广阔的地方应该是精彩的天地。

1962年，陈忠实高中毕业，适逢国家经济大调整，高校停办或减少招生。与陈忠实同期毕业的高中无一人上了大学。当个民请教师远不是落脚点，业余从事写作既是兴趣又可能成为改变命运的桥梁。

陈忠实1962年20岁高中毕业回乡务农。

王蓬1964年16岁初中毕业也回乡务农。

张艺谋1968年18岁初中毕业，待业两年后去陕西乾县插队。1971—1978年间，张艺谋还在咸阳棉纺八厂当工人。之所以学摄影，最初也只是想离开沉重苦累的车间到厂里的工会当个干事，轻松些。

湖北襄樊作家李叔德1968年到松滋县开始了7年的插队生涯。1975年，招工进城当工人烧了8年锅炉。1978年开始他拼命写小说，发誓要用文学改变命运。李叔德同时寄出去9篇小说，每收到一篇退稿做一个记号，9个记号做满的当晚又创作了小说《赔你一只金凤凰》。这篇小说发表后让他调进了文联，人生出现了重要转机。

一个人兴致勃勃的念头有时会因为历史细节的变动而透心凉。1966年"文化大革命"爆发，刚看到文学改变命运曙光的陈忠实在西安街头看到自己的偶像胡采、柳青、王汶石等被挂着牛鬼蛇神的黑牌子游街，他心凉了。难道还要执迷不悟地再走这条路吗？文学改变命运的念头被现实一刹那间击得粉碎。1965年集中发表了一批散文的陈忠实偃旗息鼓直到1972年。"当一个农民又如何，天底下多少农民不都活着嘛。"父亲的这句话警醒了他，他踏踏实实地做起了民请教师，安心代课，做好娃娃王。陈忠实所带的初小毕业班成绩名列全区前茅，他被调进了农业中学，当上了基层农村干部，融进农民农业故乡，头脑中不再奢想文学词汇了。

1976年，《西安晚报》编辑张月赓辗转托请陈忠实写稿子。陈忠实以解放军帮助赤脚医生的故事为主题创作了《闪亮的红星》，这篇小说刊登在《西安晚报》文艺版上。从此以后，陈忠实的创作再也没有中断过，内心深处文学的火苗一直燃烧到生命的最后一刻。

1979年5月，新历史小说的开创者莫言意识到自己创作上出现的新质，他说："有人认为从八十年代开始我们的文学创作中实际上存在着一个'新历史主义思潮'，我的《红高粱》、张炜的《古船》、陈忠实的《白鹿原》、刘震云的《故乡天下黄花》，另外叶兆言、苏童的历史小说等，都有一种对主流历史反思、质疑的自觉。为什么大家不约而同地都有这种想法，都用这种方式来写作？我觉得这就是对占据了主流话语地位的'红色经典'的一种反拨。大家意识到红色经典固然不是一无可取，但的确存在着很多问题。我们心目中的历史，我们所了解的历史，或者说历史的民间状态是与'红色经典'中所描写的历史差别非常大的。我们不是站在'红色经典'的基础上粉饰历史，而是力图恢复历史的真实。"①

在20世纪中国所经历的历次战争、动乱、变革、政治运动中，整个社会在不同阶级力量的主导下发生着翻天覆地的变化。变化是历史进步演变的规律，谁也无法抗拒。作为个人在巨浪中会是怎样一个变化？家族呢？社团呢？以前的作家重视不够。莫言、陈忠实、贾平凹等注重从山乡巨变中观察家族、个人命运，从宏观到微观，从宏大到琐碎，从高大上到庸常平中倾注了对历史的关注、对人物的评判、对事件的摹写，从而呈现出迥然不同的审美特征。

特定历史状态下的文化信仰与人性内涵在历史演进中的命运和前途会有怎样的变化？家族村落坚守仁义孝悌，人物坚守仁义忠孝，命运能否逃脱毁灭和死亡的宿命？

20世纪80年代以来，中国迎来了思想大解放和社会转型，在文学思想和创作实践呈现多元并存的情况下，作品中个体意识无限膨胀，就小说而言，出现了极端个人主义的书写，出现了商业主义、消费主义、享乐主义、金钱至上、意识和思想的全盘西化、甚至下半身写作等创作现象，一些流行元素的无序和泛滥，更促进了部分作品中广为出现的金钱、美女、豪宅、隐私、凶杀、肉欲、虚无、绝望等歌颂丑陋欣赏污浊的创作倾向，这种倾向导致了民族虚无主义，导致了中国文化传统的消解，导致了民族精神的下滑，导致了腐败气息的弥漫和社会心态的紊乱。

怎样抒写自己对这个世界和人生的感悟，怎样在关中历史和地理变迁中描摹人性的善恶美丑，怎样把做事做人做文融为一体等诸如此类的问题一个个涌上心头，让生于陕西长于陕西汲取丰富文学营养和传统的陈忠实如何淡定？他琢磨该怎么样做自己的"活儿"了。

---

① 莫言曾关注陈忠实《白鹿原》对土改等历史问题的涉猎，认为土改只是故事的背景，代表着作家对历史反思的勇气，并非单纯的艺术创造。参见莫言《作为老百姓写作：访谈对话集》，海天出版社2007年版，第220—221页。

## 第三节　焦虑、孤独与平民化

**"枕头工程"缘起**

陈忠实发誓要创作一部让自己死后能垫棺做枕的大作。这是个大活,是作家自我加压的表现,是让自己有资格能说得起话的硬货。作家区别于领导人、区别于企业家、区别于书法家的就是文学作品了!《白鹿原》写成多年后,人们把这个机缘称为作家开始要实施自己的"枕头工程"了。"枕头工程"实际上缘于作家的焦虑感和孤独感,这不是坏事。

无情的疾病和时光剥夺了我们再次当面聆听陈忠实先生叙说文学的机会。回忆往事,他可亲可敬、幽默坦然、毅然坚韧、朴实无华的面孔浮现在眼前,欲寻觅白鹿精魂,欲追寻先生踪迹,还是回顾他的文学历程,默然翻开《白鹿原》吧。

沉浸在原下的日子里,他一边关注着文学界新的观点和理论,一边排斥以前受到的极左到可笑的非文学因素的影响,恶补契诃夫和莫泊桑的短篇小说,惘然不顾窗外季节的变换。"房子里生着火炉,我熬着最廉价的砖茶,从秋天读到冬天直读到春节,整个沉浸在阅读的愉悦之中,没有物质要求,也不看左凉右热,是一种最好的阅读心境。"当年,陈忠实在原下写了近十篇短篇小说。

他捧着马尔克斯、卡彭铁尔在绿荫环绕的田埂村子里如饥似渴地读,咂着嘴心里惊叹着读完《百年孤独》和《王国》,兴奋处一拍大腿抬头就见着白鹿原山川纵横,原野辽阔,天高云淡,微风习习,于是心里布局谋划着自己的现实主义,归拢整理着自己的魔幻王国,踱着沉稳的步子,猛吸一口廉价的老牌子雪茄烟,走进屋子,摊开稿纸,不动声色持久丰沛地写起自己的史诗来。这种对文学的痴迷心态和干活架势和当时文坛上的"剪刀浆糊党""身体写作党""开会典礼党"相比起来,同为文学圈一员,陈忠实的做派无疑让后者们脊背发凉,望洋兴叹。

人总是不舍得否定自己。以往多年的努力轻易否定,搭好的架子推倒重来是需要勇气的。在对自己的不断否定中深入思考持续提高,这就是陈忠实多次谈到的"剥离",这一过程是痛苦的历史的,却是化蛹成蝶所必需的。

　　他素来以农村题材著称，这源于他对农村生活的熟悉。陈忠实不可能也写不了风花雪月。面对火热的社会生活，他不可能置身事外，而是一个积极的参与者和冷静的思考者。他早期作品脱离不了阶级斗争的时代印痕，这无法避免。当时的作家都大体一样，谁都得面对，谁都在写作上有一个明确态度，因此，当时谁都不能笑话谁，现在谁也不能笑话当时的作家。政治家和政治活动家都做不到的事情能要求作家做到吗？以理论上幼稚和政治上不成熟来憪然评判作家当时的创作，本身就是幼稚和不成熟，根本不是一种客观的和历史的态度。

　　不写出来，何谈存在？

　　一个人自认或号称为作家，平日里阅读量也很大，遣词造句也很有水平，社会阅历也有，写作计划也很详尽，然而总是限于时间、机会，最终竟没有写出来，这充其量只能是一个文学爱好者，不能称为作家的。

　　对酒当歌以浇心中块垒是一种消遣和娱乐方式，当不得真。古人一般在曲终人散的时候总是有佳作传世的。

　　送行有王维的《送元二使安西》："渭城朝雨浥轻尘，客舍青青柳色新；劝君更尽一杯酒，西出阳关无故人。"可谓朗朗上口传颂至今的佳句。安史之乱后，王维送友人元常赴西域守护边疆。这一天，雨不大不小，湿润了道路，轻尘不扬；离开客舍，折柳相别，羁愁离恨，黯然魂销；已经酒过三巡，知心的话儿说过多遍了，再说下去总不能不走吧；西出阳关那是穷荒绝域之地，何时再能相见无人知晓，此去长途跋涉要经历多少艰辛寂寞，我亲爱的朋友，千言万语无从说起，此刻竟无语凝噎，还是再饮了这杯酒吧。这首诗色调明朗清新，声韵轻柔明快，修辞朴实无华，最后一句劝酒的大白话似乎脱口而出，情真意切，意蕴隽永。千年之后，我们分明感到文字下面还蕴藏有很多没有说出来的话，余味袅袅。"西出阳关无故人"是对远行的朋友说的，其实也是自己的感悟。大约诗人在这个时候的诗意流淌是一吐为快，不写出来，何谈存在？遣词造句这时候只是一架欲望的机器，而文学快感是唯一真实的快感！

　　人过45岁就是完完全全的中年了。1985年8月，陈忠实在长安县查阅县志时和李下叙说起这个问题：叹说自己到这个年纪，还不是说死就死了。死就死了，揪心不下的是没给自己弄下个垫头的东西。①

关中人死亡仪式中，总要给死者头下安放一个安枕垫棺的东西，原则上这东西是死者生前最为看重的。

作家只有过了中年到了一定的年龄才有可能去思考国家、精神、民族、命运等一类课题。年轻时可能追求的是语言的灵动，技巧的多样，作品的数量，刊物的级别等。只有人过中年后，高远理想和生活尴尬不时碰撞，明白清净淡泊的读书并不能当作一种生活方式，尊严和创造性等内心深处的孤独蔓延开来，才逐渐想到要安妥灵魂，认识到只有思考人类命运和精神建构的孤独感、焦虑感才是走向艺术境界的必由之路。

具备和世界文学对话的中国作家走的都是这条路，不独陈忠实，还有贾平凹、莫言、阎连科、刘震云、余华、王安忆、苏童等。他们继承和发扬了"五四"一代作家群所开创的现代文学传统，经过近一百年的历史转换，已经具有了现代中国文学的独立品格，将以平等平和的心态努力把中国文学推向一个新的阶段和高度。

人过中年的作家更注重通过忠实地记录和还原日常生活，在日月流淌中呈现历史，进而揭示出民族性格和命运。关注的中心发生转移，对象和表现方式也会发生变化，竭尽可能地动用生命感情和生活积累中的宝藏，越写越本真，越写越混沌，越写越清晰。

中国人今天比任何时候都希望自己强大，中华民族到今天也比任何时候更接近伟大复兴的民族梦想，然而在这一过程中，面对世界上其他国家、势力设置障碍和门槛，以种种不信任不友好的方式阻挡我们前进的步伐，作家深入思考中华民族的历史命运和走向：别人为什么强大，而我们历史上多年努力一遇到外敌入侵就失败得稀里哗啦？这其实是沉积于陈忠实先生内心深处的真切焦虑。这种焦虑要呈现在自己的作品中，只能蕴藏于叙事、语言、议论等之中。在纷繁热闹的尘世生活之中，于清净的原下老屋思考这一宏大的历史命题，表面上思绪中流淌的全是一村一家的兴衰，大多数时候作家是沉浸在漫无边际的孤独痛苦之中。

巨著已经铸就，写命运写人性写历史到这样深邃精妙精彩绝伦的程度，受到一代代读者喜爱以及传世是必然的。我认同评论家何启治先生

---

① 邢小利等：《陈忠实年谱》，陕西新华出版传媒集团、陕西人民出版社 2017 年版，第 49—50 页。

的评价：《白鹿原》不仅是中华人民共和国成立以来，而且是五四新文化运动以来，继承了现实主义文学传统的最优秀的长篇小说之一，是当代中国最厚重、最有概括力、最有认识和审美价值，也最有魅力的优秀长篇小说之一。它荣获茅盾文学奖当之无愧，如果不获奖反而是这一奖项甚至是整个中国当代文学的悲哀。在作品《白鹿原》获茅盾文学奖庆祝会上，贾平凹说："其实大家早就让《白鹿原》获奖了，只是形式上迟了几年。"《红楼梦》《尤利西斯》获不获奖并不影响古今中外读者阅读，也不影响作品传世。获奖有助于增强作者创作主动性、获得感，有利于作品传播谱架，但是和是否传世，是否得到一代代读者喜爱，最终是否成为经典是两回事。

陈晓明对此曾言："《白鹿原》即使评不上也依然畅销，《骚动之秋》即使评上了还是卖不动。"① 一个不变的事实是："假如这次还没有获奖，假如永远不能获奖，假如没有方方面面的恭喜祝贺，情况又会怎样呢？陈忠实依然是作家陈忠实。他依然在写作。《白鹿原》依然是优秀著作，读者依然在阅读。"②

灵感当不会拜访懒惰者。因为无准备的头脑其知识可能零散，思维线性，现象熟视无睹，也就没有对一个问题长期思考的有效结论。查阅咸宁、长安等县县志时看到不计其数的只能占据一个小方框位置的节烈贞妇，甚至连名字都没有留下时，陈忠实大为感慨。穷尽多半生的青灯孤寂，这些封建社会的女子用悲情痛苦的日月换来的是社会正统的无意义肯定。千百年来究竟有没有哪怕是一个不守夫死守节礼教陋规，追求自身幸福自由真爱的大胆女子呢？有，自然是有的，不过为社会舆论的不容自然正史上见不到。小娥的形象犹如一道闪电划过陈忠实这颗勤奋的有准备的头脑，因此一吐为快。正是面对现象的思考勾连，想象和记忆、知识交融，感人的全新人物形象在文学深厚功底的孕育下恣意倾泻，横空出世。

灵感只有在合适的实践中碰上适合的头脑，否则永远只能是一闪即逝的镜中花水中月，存在过，留不下。现实生活中的某些物品或事件可

---

① 陈晓明：《请慎重对待第五届"茅盾文学奖"》，《科学时报》1999年11月27日。
② 贾平凹：《上帝的微笑——贺忠实同志获茅盾文学奖》，《三秦都市报》1998年1月3日。

能会成为激发作家灵感的诱媒。有些和作品有关,有些并无关系。托尔斯泰看到一棵折断的牛蒡草,写出了《哈泽·穆拉特》,而作品中并没有出现牛蒡草。这棵牛蒡草就充当了虚构与真实之间的桥梁。田小娥这个人物的闪现完全是陈忠实阅读县志贞女节烈部分时出现的,但小说《白鹿原》中并没有出现牌坊,没有出现一个节烈守志的烈女。

作家通过作品与世界对话。因此,了解一个作家从作品中了解是最直接有效的,作品越宏伟,了解潜力越大。钱锺书去世了,杨绛谢绝了大量自发前来悼念的热心读者:纪念先生,读先生的书吧。同样地,了解怀念陈忠实,读《白鹿原》吧,读先生大量的中短篇小说和散文吧。那里有先生对这个世界想说的所有话,越咂摸越有味儿。

命运很奇妙,各种各样的意想不到的可能都会出现。命多指因出生形成的身份家境遗传等,帝王家百姓家;江南江北;黑白胖瘦高矮等都是无法改变的先天符号。运指的是机遇,尤其是能抓得住能改变人生走向的机遇,对的时间碰上了合适的人,命运就此改变是常有的事,碰不上也是枉然。

命运看起来很偶然,可往往很偶然的结局都是必然性的表现。《白鹿原》中黑娃受白孝文栽赃陷害要被处死了,妻子高玉凤去找鹿兆鹏申冤作证却怎么也找不到人。这么大的中国,共产党从地下走到地上开始全国执政,怎么就找不到白鹿原上早期党的领袖呢?表面看起来是偶然间找不到的,其实都是历史的必然。电讯科长鹿兆鹏策划了滋水县保安团起义却随大军西行,当时的上级组织均不知晓黑娃炮营首倡起义的细节;三营长焦振国解甲归田也是无法联系,因为人证不足,黑娃必须死了。偶然中的必然是大西北解放的紧急形势;是地下党单线联系的工作形式;是混入新生政权的投机分子保护自己铲除异己的强烈渴望和一有机会必然实施的冲动;是心性坦荡追求真理学为好人的新生君子受制于踩踏别人阴鸷险恶唯利是图的传统小人;是历史复杂曲折性的精彩体现等。

伴随光明前途的必定是筚路蓝缕。心上插得住刀子,才能在原上活人;心只有碎成渣渣,才能换来从头缝缀浴火重生。"历史从来不是在温情脉脉的人道牧歌中进展,相反,它经常无情地践踏着千万具尸体而前进。"[①]

---

[①] 李泽厚:《美的历程》,安徽文艺出版社 1994 年版,第 43 页。

### 文学、作家与李、杜

文学对一个人到底意味着什么呢？是职业？还是兴趣？是几十年如一日痴爱，无论贫穷富贵生老病死，像对自己唯一钟爱的爱人一样不离不弃？还是一时兴趣所至，吟诵几首诗歌，涂鸦几篇不痛不痒枉谈理想信念人生感悟的书面文章？很多人对这个问题想过说过写过，想法不一样，答案也多不一样。

喜欢文学，就要当作家？怀揣文学梦想的青少年一代代成长，其中总能出现极个别矢志不移的人最终成为作家，绝大多数从事了其他行业，文学依然只是个曾经的梦想，此生不大可能实现了。曾经喜爱文学当然也没有吃亏，陶冶了性情，丰富了人生。知道了"采菊东篱下，悠然见南山"是一种人生的理想和飘逸的情怀；知道了有孔、孟，中华能称为礼仪之邦，有了李、杜，中华方可称诗书之国；也才知道"天生我才必有用""会当凌绝顶，一览众山小"等句子是怎样深深地镌刻在了我们的心灵，使得我们这个民族一路走来，胸阔昂扬。喜欢文学最终没能当成作家却做了一个普通人，度过了简单朴素闲适明丽的一生并不亏；犹如喜欢政治最终没能修身治平一展宏图却因诗歌青史留名，丰富了中华民族的灵魂一样伟大不朽！

好剑术，嗜酒，访道炼丹羽化成仙，治国理政都是李白的抱负，唯独文学不是理想。"我志在删述，垂辉映千秋"，是说自己要学习孔子，入仕济世，平定天下。李白的《侠客行》"十步杀一人，千里不留行。事了拂衣去，深藏身与名"只不过表达了一个柔弱书生的游侠情怀，不是说唐朝的法制就约束不了一个杀人犯！在李白眼里，文学不是一个专业，是生命现象的自然表达，是达到或实现自己政治抱负的一个辅助工具，如《与韩荆州书》和后来的干谒作品只是表明自己志向和才华的。骄傲如李白者，怎么会将文学创作当作自己一生的事业呢？"大雅久不作"只是一时想起来诗人身份表露的少有的与诗歌有关联的理想罢了。成为一个专业诗人那是很悲催的，李白从来没有想过。李白所有的理想都未能如期如愿实现，唯一成功的却是文学。文学才让他率真骄傲，才让他简单朴素，才让他文字有韵，生命有痕，文学让他名垂青史，其他只是茶余饭后的谈资。

每个人心中都有自己的李白、杜甫，这和很多写作者心中也有自己的海明威一样。海明威除了不炼丹成仙,不一心当官,其余的爱好和李白差不多,冒险狂放,嗜酒恋爱,周游天下。欲望社会的潇洒有时会很伤害人,危及人的名声、志向甚至性命。没有免费的午餐,也没有免费的早餐和晚餐。努力了几十年才发现餐餐都要靠自己,凡免费总是有代价,只不过有些代价延后罢了。

读书懂事越多,就越能知道从普遍意义上来说绝大多数人都是凡人,因为普罗大众面对的是同一个地球,经历的是大致相同的人生过程,要解决的问题类似,方法手段类似,目的地相同等等。哪怕权贵家庭的后代也未必然走上先辈们权贵的道路。人和人一路走过来风景各异,悲欢离合各异的原因在于思想的不同,遇到的时节和环境的不同等。同一个班级,不管是幼儿园、小学、中学、大学的同一个班级,学生最终的命运和前途都不会一样。后天的努力和社会境遇的差异造成了人的分层和去向。李白、杜甫的出现不是偶然的,有时候读到李白的精彩诗篇,会让人感叹如此美绝的句子,后人是不会超过了,大约也不用写了,只是不断地读就足够丰富浸淫我们的灵魂了。"感时花溅泪,恨别鸟惊心""兰生谷底人不锄,云在高山空卷舒",读这样的句子,我们分明能感受到李、杜那两颗自由的不被世人理解的天赋感受力极强的灵魂的疼痛!这种疼痛和觉悟可以穿透时空隧道,映射在别的国度别的伟大作家身上,如泰戈尔等。

大作家的产生看似偶然但其实是多种因素的耦合。印度自泰戈尔产生一百多年来再没有出现达到同样高度的作家和作品。周恩来高度评价了泰戈尔,认为他不仅是对世界文学作出卓越贡献的天才诗人,还是憎恨黑暗、争取光明的伟大印度人民的杰出代表。作为具有世界影响的著名作家,泰戈尔享誉全球是多种复杂因素的交织耦合。这与他婆罗门种姓的商人兼地主身世有关;与他祖父、父亲的社会活动家、哲学宗教改革者的身份有关;与他家庭的东西方文化交融背景有关。这一期间,他与国大党领袖甘地真挚密切交往,意见分歧但互相尊重;他先后访问日本、美国、英国、中国、苏联等,看到了不同制度国家的现状和演变实际,1861年至1941年正是印度、孟加拉的民族运动进入高潮时期,第一次、第二次世界大战先后爆发,日本、美国不断崛起,英帝国全球殖民,东方睡狮的中国沦为半殖民半封建社会,民族解放和独立运动风起云涌,年轻的社会主义国家苏联方兴未艾,崭新神奇,等等,丰富多变的世界激发了作家的创作热情。泰戈尔的出现当然不是随机的，他共写了 50 多部诗集，12 部中长篇小说，100 多部短篇小说，20 多部剧本及大量文学、哲学、政治论著，并创作了 1500 多幅画，谱写了大众传唱的歌曲。瑞典诗人魏尔纳－冯·海登斯塔姆读了泰戈尔的这些诗歌，深受感动："我不记得过去二十多年我是否读过如此优美的抒情诗歌，我从中真不知道得到多么久远的享受，仿佛我正在饮着一股清凉而新鲜的泉水。在它们的每一思想和感情所显示的炽热和爱的纯洁性中，心灵的清澈，风格的优美和自然的激情，所有这一切都水乳交融，揭示出一种完整的、深刻的、罕见的精神美。他的作品没有争执、尖锐的东西，没有伪善、高傲或低卑。如果任何时候诗人能够拥有这些品质，那么他就有权得到诺贝尔奖奖金。他就是这位泰戈尔诗人。"1913 年，泰戈尔荣获诺贝尔文学奖。泰戈尔有在英国伦敦大学学习英国文学和西方音乐的经历，但更多的是回国后熟悉乡村、故土、自然，深入人民，投身反帝爱国的生活斗争实践。

作家是如何产生的呢？大学中文系科班培养出来的就能成为大作家？那未免我们这个国家和地球就能成为作家孵化器啦！"作家不一定要上文学系，作家也不是谁教出来的。"[①] 截至目前，根据我国第四轮学科评估的数据统计，全国共有全日制普通高校 2688 所，开设中国语言文学专业的有 568 所。全球 100 多个国家中 3000 多所高校开设了汉语课程，培养硕士和博士的院校分别为 110 所和 65 所。若是拿百分比来说，培养出的作家数量恐怕 1% 都不到。不少大学的文学院或中文系也被称为"作家的摇篮"，意思是毕业生中出现了多名著名作家，但著名的也仅仅是几位，累计不超过十几位，那就很了不起了。

陈忠实先生因为家庭和社会的原因，也只是高中毕业。可谁敢说他现在还是个高中毕业生的水平？当代中国文学什么时候才能出现逾越《白鹿原》的经典作品呢？读者和评论界都在期待。毋庸置疑，谁都不是顶峰，巅峰只是暂时的。江山代有才人出，各领风骚数百年。我们的期待肯定能实现，但就不知道何年何月何人了。

然而，文学远不止是一种兴趣，对热心长期搞文学的人来说，文学就成为理想和坚守了。陈忠实先生自然很谦虚，可能他担心一心将文学作为毕业生事业可能会挫弱了文学爱好者的积极性，实际上对所有的文

---

[①] 刘可风：《柳青传》，人民文学出版社 2016 年版，第 278 页。

学青年来说，将文学作为事业、理想进行到底的寥寥无几。

李建军在研究中认为，作家深入生活、观察、分析是必需的，然而首先要在一种批判的精神、个人环境和价值体系的关照下去观察、分析和叙述生活，在权力体系和意识形态的约束之下千人一面，彼此雷同，作家优秀与否只是写作技巧和语言风格的不同。

德国作家托马斯·曼（Thomas Mann）说过："我的时代——我可以说，无论在艺术还是在政治、道德方面，我都从未对它进行奉承、恭维；我在表达时代思想的时候，我多半与它背道而驰，我对事情表态的时候，总是碰上最不利的时刻。"① 以非文学的方式歌颂时代的伟大成就，不是作家的职责。所谓深入到生活之中也只是希望作家与社会之间保持距离，通过人物、事件、场景记录评价生活，深入人物内心和历史纵深入木三分，总结完成作品的厚度和普遍规律，实现作品的长效化和经典化。

作品自然要写人性，写人性之善，美好动人，晶莹剔透，向上执着，但更要写人性之恶，写隐藏在人性深处的难以清除的恶，顽固卑微邪恶伪善。

改造自然界相比改造社会要容易得多。改造社会之所以难，就是人性中包括的可以限制防范但不能荡涤干净的恶。"恶是人的精神体验，是人的生活道路。人在自己的生活道路中可能由于自己体验的恶而使自己丰富起来。"② 人精神上的提升是一个依托时代进步物质文明发展而不断渐进的过程。"仓廪实而知礼节"，在整个社会极度匮乏的均衡状态下，依赖一种程序化的极端方式宣泄完成这种艰巨改造，也只能说明人性之恶暂时会被压抑或伪装，但不会根除。人不会自发变成一个纯粹高尚的脱离低级趣味的人。

**作家要有平民意识**

作家要把自己置身于火热而又平凡的日常生活中去，不能高高在上。现实的市井充满生活气息，各式各样的市民大众都是闪耀不同人性精彩华章的个体，认真观察并为他们的喜怒哀乐写作，为他们的柴米油盐鼓

---

① ［德］托马斯·曼：《托马斯·曼散文》，黄燎宇译，人民文学出版社2014年版，第332页。

② ［俄］尼·别尔嘉耶夫：《俄罗斯思想》，雷永生等译，生活·读书·新知三联书店1995年版，第124页。

与呼，为他们的愿望苛求状态直抒胸臆，才能说一个作家没有无病呻吟。作家本人来源于平民，其作品一直是贴近生活，大多数情况下我们认为这个作家体现着平民性。当然，我们不反对宏大题材的作品，但是宏大题材的历史感一定要体现在普通人物的思想状态和命运趋势上，否则只能说这部作品是为历史而历史，为宏大而宏大，背弃了文学是人学的根本。

多数作家都认为自己具有平民意识。平民意识要有根，这个根就是平民的日常生活，写作必须设身处地地从日常生活出发，而不是以落难公子的心态叙写市井和乡下生活。陈忠实、贾平凹祖上多是耕读传家的农民家庭，不存在落不落难，他们天生和农民和普通人血脉想通，自觉不自觉地流淌于文字之中的就是与农民与生活与农村息息相关的关爱、矛盾、喜悦、忧愁。

陈忠实1986年至1992年住在白鹿原下老屋潜心创作时，凡村里人家有事吩咐到他头上，总是义不容辞地为乡亲们婚丧嫁娶担当账房先生。进城后又为村里人家看病求人、孩子上学、就业等四处打电话安排好。每遇文学爱好者求字求序求指导，他总是不辞劳苦地读书作序，出席各类各样的新作座谈会，发表自己的真知灼见，提携新人，拳拳之心，殷殷可鉴！有时遇到那些高高在上的官员、商人或其他成功人士，对方颐指气使的口气两句话不合他立即沉下脸来赶人走："你走走走，我还有事，忙着哩！"

这些事大多我都经历过。十多年的交往，他也曾为村里老人看中医、城里普通人家孩子要当代课教师、给业余作家题字等琐碎事给我打过电话，叮嘱之语殷切，竟使我一时怀疑这就是那个蜚声海内外的著名作家吗？这般没有架子，如庭院里邻居家的老人一般可亲可敬。

因而，虽不是每天荷锄扛锨，不是到菜市场买菜买肉，不是每天都走在市井街道乡村工厂，但陈忠实先生始终关心的是普通人的命运，塑造的是源于生活又高于生活的人物，思考的是半个世纪以来民族社会发展的历史轨迹和神秘走向，谁又能否认他的平民意识呢？

从更深层的意义上而言，陈忠实思考的是人性的本质和表现形式问题，忠实记录，还原生活，对人类的历史命运和精神使命进行系统的反思和批判等，他通过作品秉承的正是文学的使命。

在民族命运的前提下进行农村题材创作，扩大视野，把人物的命运变化融入国家民族前途的历史变化之中，可谓是陈忠实文学观念和思维方式的转换。

"以农村生活为创作题材的作家，我猜想他们大约都企图通过自己的作品，来概括我们几十年来农业发展走过的道路。这条道路上，走着八亿农民，南方和北方，农民和牧民，发生过多少喜剧和悲剧啊！"[①] 如何写出这篇土地上人们的欢乐哀愁，这是以柳青为代表的陕西老作家群所驾轻就熟的。党和政府调整政策带来了农村新气象，新生产关系变化导致人与人关系发生新变化。有人适应，有人不适应；有人往前扑着走，有人犹豫甚至想往后走，当然这也是活生生的历史。在历史变动中，人性的光辉弱点都会活灵活现，敏锐地深入生活的作家如柳青、浩然等就善于抓住闪光点，塑造出熠熠生辉的人物，奉献出经典作品，这是一条现实主义传统的朴素的创作道路。

直到20世纪80年代中期，陈忠实对自己此前的创作进行了反思和自我否定。"这种自我否定前提使我已经开始重新思索这块土地的昨天和今天，这种思索越深入，我便对以往的创作否定得愈彻底，而这种思索的结果便是一种强烈的实现新的创新理想和创造目的形成。"我们看到的现状并不必然是这样，昨日的历史可以为今天所借鉴，今天的现状和昨日的历史必然是有某种关联的。只有了解事件发生的历史渊源和传承，才能接近正确判断。"当我第一次系统审视近一个世纪以来这块土地上发生的一系列重大事件时，又促进了起初的那种思索进一步深化而且渐入理性境界，甚至连'反右''文革'都不觉得是某一个人偶然的判断的失误和失误的举措了。所有悲剧的发生都不是偶然的，都是这个民族从衰败走向复兴复壮过程中的必然。"正是从民族历史发展的过程中，陈忠实梳理思绪，明确了准备艰苦探究感受挖掘民族命运和历史人物性格的方向。这个转变是自觉主动的一次攀升，其过程是艰难痛苦的，其效果是真切神奇的。"我愈加信服巴尔扎克的一句话：'既然小说被认为是一个民族的秘史，那么，要成为真正的小说家就必须对社会生活进行调查。'从这个意义上说，要了解一个民族，最好是阅读那个民族优秀的文学作品。从这个意义上说，作家要获得创作的进展，首当依赖自己对这个民族的

---

① 《陈忠实文集》第二卷，太白文艺出版社1996年版，第542页。

昨天和今天——历史和现实广泛了解和理解的深刻程度。"①

这样，陈忠实紧贴在生活的大地上，跨过了理论上的盲区，反而站在了一个更高的起点上，完成了认识上的飞跃，豁然开朗，天高云淡，走进了一个文学上的新境界，进入独特抒写人性和探究民族历史命运的自由地。雄宏苍凉的《白鹿原》主题有了定位，犹如巧妇下厨，已经想好要蒸馍了，接下来就是开始和面干活了。

**坚守文学**

顶着一顶作家的帽子，必然不是行政意义上的官员，哪怕是作协主席或文联官员。想清楚这点很容易，做到却不容易。以挂职的身份体验生活，不会混淆作家和官员的区别。

柳青任过长安县的副书记，陈忠实挂任过灞桥区的副书记，叶广岑任过周至县的副书记，贾平凹、高建群等也都挂任过相应的职务，按照规定列席、参加常委会和其他一些重要会议活动，这都是党和政府对作家深入生活的关心和政治关怀，是希望他们能增强生活积累，能创作接地气的好作品。挂职的作家不会因此俨然把自己当作一个官员，甚至一个领域的诸侯来。

最难过和难看的事莫过于既当着作家又想着当官员的种种光环。一身两任都能干好的是天才，无奈这个社会天才太少或根本没有，吃力不讨好两边都荒芜的事会经常发生。

陈忠实当公社副书记、文化馆长时是一个称职的、农民交口称赞的干部。他认认真真"学大寨"，当年修建的防洪设施经受了洪涝灾害的考验，至今还在发挥作用。当时的写作只是基于对文学的喜欢而执意要过"文字瘾"，和烟瘾酒瘾一样。没有稿酬的实际利益，仍冒着一句话写不好就会被扣帽子的风险写只能解释为割舍不下的兴趣。兴趣是魔鬼，让人走进去拔不出来。他坦陈当年的心态："我真喜欢写作，如同酒鬼的酒瘾和烟民的烟瘾，我一年写一个短篇外加几个生活速写或散文，就是要过一过文字表述的'瘾'，最大的安慰就是在杂志和报纸上发表出来的时候，看着被铅印的自己的名字，有某种自我欣赏的愉悦。"他这时候的写作只是本职工作之外的自我研修和业余兴趣，并没有打算把这事当成事

---

① 《陈忠实文集》第五卷，太白文艺出版社 1996 年版，第 376 页。

业干，一旦单位忙起来，读书写作马上就耽搁了。

《白鹿原》获奖后他担任陕西作协主席十多年，是一个好主席。仗义执言秉公处事，扶助文学新苗，解决老作家生活困难，修建作协办公大楼，争取作协运转经费，办好文学刊物等都是合格的、至今受到大家肯定的职务行为。雁过留声，人过留名的道理时时警醒着他。他也牢记父亲母亲的教诲，不管到哪里，见过多大的领导，到过多么气派的地方，吃过多么好吃的吃食，关键是不能把不干净带回到原上祖屋。名字中的"忠"和"实"既是父辈祖辈的厚重期望，亦是他人生的箴言。离开老家外出干事出走时堪称风度翩翩一少年，归来时坚守着廉洁厚德实诚的赤子心态，俯仰天地，他一生对得起自己的名字和良心。

他当了省作协的主席，当选为党的十三大全国代表，当了中国作协的副主席，党的十八大后又在中央电视台谈家风家训，受中央纪委之邀请以"大家"的身份笔谈文化修身和党性，一路走来的过程中可谓见足了世面。他没有迷失自己，庆幸自己选择了写作这条路，矢志不渝，无怨无悔。从事写作一直是一个清淡艰苦孤独的事业，没有热闹，只是一个人的默默探索，没有斗转星移走马灯式的失落，昨天今天明天后天都差不多，面对的只是稿纸和笔。

他当过一段时期的省委候补委员，光是开会时见的事就让他感慨唏嘘不已。"光是开会主席台上的你上我下，就让人很有看的，先是这个人当书记，在主席台上慷慨激昂地大讲'开发''振兴'，忽然间，那个人来了，坐在主席台上讲话，唾沫星子乱溅，这个人苦着脸坐在台下听，忍受着那个老汉那陕西腔夹杂着醋溜普通话的折磨。接下来，那个老汉还没坐满一届，第三个人又来了，老汉又坐在了台下，老老实实瞪大着眼睛，听一个比他年轻得多的人坐在台上又讲话，那个失落，那个难受，比啥都难受。"先生私下和挚友的谈话当时未见书面文字。如今斯人已逝，评论家邢小利写出来，读者们看到先生的议论自然也是别有一番感慨。一个人见惯了你方唱罢我登场，也就能想清楚自己想干和要干什么了。

一个人年轻时对很多事情激愤尚能理解，中年以后仍然这样可能就无理无趣了。怨气重并不表明一个人的强大，有时反而是猥琐和虚弱的表现。万物规律无法抗拒，朴质无华、平淡积极、宠辱不惊、安怡自立高贵坦然地笑纳阴晴悲欢、枯荣生灭，达观通透地经历人生不好吗？现实可能良莠交织，彼岸也并非完美无缺，采集凝望一切美好的事物，敬天敬地敬人敬物，即使干扰严重，即使疲惫困顿至极，始终不坠明净向往，才不至于太辜负这一生？在我看来，四十岁以后意识到生命紧迫之后的陈忠实心态缓和，有焦虑但更有平民意识地坦然走着接下来的时光。

1978年至2012年共44年间，陈忠实的作品接近500万字。人民文学出版社2015年10月以编年的形式分10卷本予以结集出版；每一卷的文体包括中篇、短篇、散文、言论等，编排上以写作时间为序，方便了我们阅读，也满足了研究的需要。

从上初中开始的文学兴趣，到生命最后一刻的不停笔，积近60年"一个单元"的承诺，陈忠实先生分明在感激生命对自己的深情，以如椽巨笔验证着对文学这一神圣事业的坚守和痴情。自然流露和呕心沥血于他是一种完美的结合。

## 第四节　理论升华

**象征与闭环**

小说《白鹿原》中最少出现了四组象征。白鹿是生机勃勃、理想、幸福、真善美的象征；白狼则是死亡、骚乱、苦难、不幸、假丑恶的象征；鏊子也是小说中忧患、悲慷、社会历史循环现象的象征；铜元则是无奈尴尬、盲目盲动、非此即彼的象征。人在面临紧要关头或阵线选择时，由于信息量不够、理论准备薄弱，多数时候往往凭借有限的感觉体验做出集体非理性的选择。这类选择在日后的实践中或者会导致更加坚定自己当初的幸运，或者会推翻自己当初偶然得来的机遇。

《白鹿原》中白灵和鹿兆海在国共合作时期无法选择到底加入国民党还是共产党时，商定用抛银元猜正反面的方法各择其一，历史进展完全颠覆了这对恋人对彼此以及彼此党的认识。兆海以抗日烈士的名义被原上人隆重纪念而真相却是死在了剿共的前线；白灵以满腔热忱追随革命与兆海的哥哥兆鹏结为夫妻却在肃反中遭遇活埋惨死在自家阵营中，解放后平反昭雪。

铜元以最初的正反面走向了结局中的反正面，一对当初的恋人看似以生命做出了无畏的牺牲。鹿兆海成为剿共反共的先锋，并非牺牲在抗日战场；白灵也并非是动机不纯混入革命队伍的内奸，而是一腔热血的真正共产党人。

白鹿的象征性在小说中也形成一个闭环。最初白嘉轩发现雪地上形似白鹿的蓟草开始到结尾，想起自己以卖地形式做掩护巧夺"宝地"做坟园的悠悠往事，不禁觉得内疚而向鹿子霖真诚道歉，至此，白鹿意象形成闭环。

儿子孝文当了县长也可能是白鹿和福地荫育的结果。因为换走了鹿家的风水宝地，鹿子霖最终家破人亡，白家却善始善终。的确过分了，乡里乡亲不堪回首，此生无法弥补，白嘉轩盯着鹿子霖的眼睛说："子霖，我对不住你啊。我一辈子就做下这一件见不得人的事，我来生再世给你还债补心。"然而，鹿子霖并未收到这份迟来的诚心诚意的道歉，他疯了。

鏊子被朱先生用来比喻白鹿原上国共两党反目后的激烈斗争，犹如烙面饼一样，不是你煎我，就是我煎你，总之满原人肉味儿。小说中朱先生是关学的最后一代传人，他的理学修为决定了他对暴力混乱带来的纷争的排斥和厌恶。

两大阶级或两种势力的敌我斗争总是残酷的，稍微一丝无原则的宽容就会留下日后的隐患。对敌自当秋风扫落叶，这是形势和取得政权赢得人心稳定团队的刚需。朱先生的厌恶不满甚至批判在历史滚滚潮流面前自然软弱无力。

批林批孔运动中，斗志昂扬的红卫兵骁将们掘开了朱先生的坟墓，在唯一的一块烧制打磨的砖头上发现了两句话："天作孽，犹可违。人作孽，不可活。"年幼的革命小将在老师的讲解下，以"阶级斗争熄灭论"为主题用激烈的语言满腔愤怒地现场讨伐封建伦理。砖头被一位不解恨的小将摔断后，"折腾到何日为止"的刻文让众人惊呼起来。

朱先生生前的精心设计和导演昭示我们：斗争是相互的，犹如鏊子一样总有自身的职能，鏊子是烙面饼的，面饼是被烙的。天和人都会违背自身规律从而作孽的。自然灾害难以避免，刮风下雨打雷闪电总是要伤害一些地区一些人一些财物的；而人为的灾祸只要控制调整得好，当不会愈演愈烈，从而达到无法收拾的地步。鏊子烙面饼的过程是一个不断调控温度腾挪翻转的过程，不折腾则容易夹生或烧焦。中国人历来喜欢折腾，但社会治理和发展，民众期盼的是合理政策战略原则指导之下的合规律的风调雨顺和休养生息。《白鹿原》中红卫兵们撬开朱先生生前设计烧好的砖坯时，鏊子的意象至此也形成了一个自给自足的闭环链。

白狼作为邪恶灾难的象征，只有天狗出现才会消失。

"保持道德上的连续性，保持与传统的传承关系，是保证一个时代生活不逸出健康的伦理原则的前提条件。切断了传统的民族，不会有真正的未来，正像不能创造性地超越传统的民族不会有真正的未来一样。"[①]文化从来不是无根的，它和其他意识性特征一样代代相传，尤其是伦理道德。旧有的道德体系被摧毁后，要迅速建立一套能够有效取而代之的规范体系是有难度的，精神生活上的暂时混乱和道德行为的狂悖都是有可能发生的。

知道来处，知道归路，民族和民众才会心里踏实。皇帝没有了，皇粮还纳不纳只是一个程序性指令性的问题。白鹿原上的人们很快明白了，皇粮倒是不纳了，军粮却纳得更多了。因为烽烟四起的旧中国，诸侯割据，白腿子乌鸦兵来了。变本加厉的苛捐杂税军粮国赋依旧压在头顶上，想喘口气都难。

日子还得像流水一样一日一日过，朱先生一丝不苟楷书的《乡约》为白鹿原上的乡亲们及时提供了学用农耕日常教化的治本之道。从千百年流传下来的道德传统中汲取的规则很快使得白鹿原上的乡民们和颜悦色文质彬彬，德业相劝礼俗相交等都有了基本的遵循。不为什么，只是因为古人就是这么做的。蓝田的吕氏四兄弟在南宋创立的乡村道德规范作为一种文化传承，被朱先生在白鹿原上践履下来了。

黑娃带着农协的三十六兄弟没有迟疑地先后用铁锤砸开祠堂的铁锁铁环、祭桌、"仁义白鹿村"的石碑和石刻乡约条文，没有一个乡民敢阻拦。农协摆开自己的桌子要在祠堂办公了。

"风搅雪"式的白鹿原革命在"四一二"反革命政变后暂时陷入低潮，白嘉轩专意把砸断的石碑和乡约碑文在朱先生的授意下一一收拢拼接，重新恢复，在学堂任过教的秀才徐先生慨叹发问："人心还能补缀浑全么？"

---

[①] 兰淑会：《"二难"困境与无意义终极，透析〈白鹿原〉中的历史》，硕士学位论文，河北师范大学，2003年。

徐先生虽是小说中着墨不多的人物，但他亦是关学的虔诚弟子和传统文化的守望者。生活秩序的一再破坏恢复尚能做到，但道德秩序一经破坏，还能德业相劝、过失相规、礼俗相交如旧么？徐先生的惊天之问提醒了任何一个白鹿原上传统道德的守候者，他最担心的正是不可逆转的白鹿原乡民们精神生活陷入失控混乱和道德行为的狂悖焦躁。是非善恶还会有标准吗？"仁""义"自觉还有没有了？孝悌良心还管用吗？

儒教道德中最有价值的这些成分还能在白鹿原上浑然一体、身体力行地传承下去吗？原有的建筑和其他设施在大户们的慷慨解囊下，在众位乡邻不计报酬的劳作中得到了很快恢复。社会动荡加剧，"白狼"来了，传统宗法关系不断遭到消融侵蚀濒临瓦解，关于是非善恶仁义道德的标准如何重建，这是徐先生们忧心忡忡的当务之急。

**"仁"和"义"的认识**

"仁"是儒家传统价值的基础和核心。"义"是"仁"外化出来的一种行为方式，主要指接人待物处事的正当方式。

朱先生是集"仁"和"义"于一身的道德典型，忠诚信义，慈爱乡邻，淡泊名利，息讼和缘，恕道谦让，"一生留下了数不清的奇事逸闻，全都是与人为善的事，竟找不出一件害人利己的事来"。朱先生一生注意关照提醒白嘉轩，恪守传统文化的"仁义"道德核心，身体力行循循善诱地启迪了刚开始处于浑蒙状态的白嘉轩。

白嘉轩为换宝地与鹿子霖大打出手，做的均是不仁不义的俗事情，这与儒家伦理主导的仁义精神是相违背的。朱先生是白嘉轩的姐夫，但实质上是他精神上的导师和父亲。朱先生在一块宣纸上稀稀郎朗地写了四句话分别给嘉轩和子霖：

倚势恃强压对方，打斗诉讼两败伤。

为富思仁兼重义，谦让一步宽十丈。

就是这简简单单的四句话蕴含着无声的巨大力量，两个盛年男人从扭住厮打惊起骡马险些卷起两个家族的斗殴，陡然到抱拳打拱，释然和解，连呼惭愧惭愧。

息讼是儒家所倡导的，孔子数次表达过"吾愿无讼"的理想。谦让、和为贵、周济弱势有助于维护社会旧有的稳定秩序，但按照契约自由和在先的现代民法交易原则，白嘉轩对儒家传统的首先顿悟其实是对自己合法权利的放弃。长此以往，一件件具体纠纷的和解并不有利于人性伸张和私权的张扬，这当然也是儒家传统伦理维持社会秩序结构稳定性带来的并发症。

中国传统道德温馨宽恕的一面在白嘉轩一生中得到完美诠释。观其一生，他几乎宽恕了所有伤害过他的人。农协游斗不规乡民，他向田福贤下跪求情；黑娃当土匪被保安团擒住，他向当营长的儿子孝文求情；滋水和平解放后，黑娃再次下狱，他再向当县长的儿子孝文求情。前两次成功了，最后一次气血蒙心，无功而返。

白嘉轩唯一没有宽恕的是触犯儒家伦理观念淫荡卑贱的小娥，直到小娥死了化为蝴蝶也没有放过，小娥因为触犯伦理色戒而被封建礼教戕杀。

好色不必好德。儒家伦理道德中，色和德是对立的。"吾未见好德如好色者也"。友情家族部落利益永远高于子女的前途和真爱。父母之命指导了媒妁之言，婚姻服务于秩序治理的需要。因而在鹿家和冷先生利益友情联姻的现实需要下，鹿兆鹏必须娶冷家大女儿为妻，以放弃婚姻自由和家庭内部人格尊严为代价服务于宗族秩序。子霖向冷先生为这桩婚姻郑重其事地打了包票："你放心，他兆鹏甭说当校长，就是当了县长、省长，想休了屋里人连门儿都没有！"

名著一经诞生就打动着世界上不同地域和肤色、性别的人群。读托尔斯泰的《复活》，聂赫留朵夫的向善救赎心理和自恋执着；读《白鹿原》，白嘉轩、鹿子霖、白孝文、黑娃、田小娥等人物对传统的固守游离、摆脱冲击无不对读者产生着强烈的心理震撼。

孝文受到小娥的引诱，父亲白嘉轩严厉得近乎苛刻地惩罚了他。白嘉轩扬起的刺刷抽在孝文脸上，鲜血染红了脸颊。自己最为着意栽培的长子让他颜面尽失亏心丧气，白嘉轩的抽打"是泄恨是真打而不是在族人面前摆摆架式"。

### 写作的自由状态

冲破原有的框框本本和心理预期，找到属于自己的文学道路和独特语言，提升文学创作水准从而提升生命质量，这种剥离挑战是痛苦沉重而又是积极自觉的。陈忠实自从实现创作思想上的升华后，就必将因自己的杰作而不朽。

一批批概念和体验将被颠覆。工农业生产上人为的极"左"的瞎指挥在文学创作领域将不复存在。放之四海皆准的真理和多年思想禁锢下形成的文学教条将不再成为束缚作家创作的藤条。

天空不一定非要湛蓝，乌云密布时也未必是阶级敌人要登台。浓眉大眼的不必须是正面人物，比如加西莫多那样的小人物也会是捍卫正义善良的英雄。烦恼忧伤，孤独厌倦，绝望恐惧也不一定必须属于灵魂深处的小资产阶级王国。

眼泪和哭泣可以是一个正常人的情感反应，不必非是软弱和胆怯的代名词。爱和欲望不必非是可耻甚至有罪，而只是人在生活生命体验中的一种丰富的常态下的内心感受，外在表现罢了。七情六欲只是吃五谷杂粮的回归常态的人的正常反应。

人生活于这个世界上，与自然界、社会相处，需与形形色色的人、事、物打交道，实属不易。人皮难披，披着人皮的也不一定都是人。生逢乱世面对矛盾冲突可能出现英雄；生逢治世也不见得一直就是康庄大道。"事非经过不知难""几家欢乐几家愁"，欢乐和忧愁的内涵也未必都一一对应相仿。

江畔何人初见月？江月何年初照人？

谁家今夜扁舟子？何处相思明月楼？

前不见古人，后不见来者。念天地之悠悠，独怆然而涕下。

张若虚、陈子昂这些句子之所以流传至今打动我们心扉，是因为生活体验上升到了生命体验。被幼稚少年呼作白玉盘的月亮目睹了多少沧海桑田、悲欢离合，脚下的城市乡村路桥曾行走承担了多少人的喜怒哀乐，而只有与生命对话的作家才能触摸把握到这真实的脉搏。幸而有类似陈忠实这样的作家，他点点滴滴，非凡、里程碑式地再现推进了人类的生命体验。

生命体验是可以信赖的。它不是听命于旁人的指示，也不是按某本教科书去阐释生活，而是以自己的心灵和生命所体验到的人类生命的伟大和生命的龌龊，生命的痛苦和生命的欢乐，生命的顽强和生命的脆弱，生命的崇高和生命的卑鄙等难以用准确的理性语言来概括，而只适宜用小说来表述来展示的那种自以为是独特的感觉。

达到写作自由状态的陈忠实，感觉精微敏锐，思想独立自主，精神强大自我，下笔皆有血有肉，痛痒相关，他反对刻板的四平八稳的写作模式，主张每个人以自己的生命体验为写作的前提和内涵，疏远虚假的和形式化的共性模式，越独特越好，哪怕是为自成一家而走到极端也要支持："个性化的艺术形态，既是作家成熟的重要标志之一，也是作品存活于世的关键之一。"

从生活体验到生命体验，就是蚕蛹化蝶的飞跃，当然不是每个作家或其每部作品都能实现这种升华。

老之将至，疾病死亡哀伤留恋才是最真切的感受，幸福健康喜悦只是短暂的过往云烟。人只有在过了四十岁、五十岁、六十岁之后才会更多地听到看到周围熟悉的人离世的讯息，如期而至的威胁会让生命感受警钟不时敲响。作为一个久有想法不得实现的作家，能留下什么呢？陈忠实捧出的是凝结了人性、人道、悲怆、历史意识的《白鹿原》。

写作需要理论支撑，小说中的人物亦需要历史文化心理结构的支撑。作品不单薄，人物才有内涵。文化支撑人物，文化主导事件，某种程度上是这么回事。离开儒家道家互补共融，解释不了中国历史和历史上的中国人物。以孔子为代表的儒家学说和以庄子为代表的道家学说互补共融，塑造了中国几千年以来的民族性格和心理结构。历史事件不会无缘无故地发生发展，历史之所以这样而不是那样，抛却了政治阶级利益冲突主线之外，螺旋式曲折前进的主要根源大约就是一个民族或一个群体的心理状况和心理结构了。李泽厚《美的历程》是"一次向中国古典美学、古典艺术和古典文学的致敬之旅。含英咀华的鉴赏力，要言不烦的概指力，清雅活泼的表达力，无疑都是此书令读者着迷的地方"[1]。

阅读《美的历程》，及时满足了陈忠实的文化需求和小说的理论支撑。李泽厚提出的"文化心理结构"一词让他茅塞顿开，主动予以采纳和信赖："人物文化心理结构说，在上世纪八十年代中期令人难忘的思想和学术的氛围里，似乎还没有形成轰动效应，大约是学术味太偏浓的缘故，我都有幸领教了也接纳了，而且直接进入创作试验了。……觉得它有道理，有道理就可以信赖，就对自己认识世界认识生活以及正在努力着的写作具有启示意义，自然就信服了。而我确切地感知到这是一次重要的非同一般的启示。"

人做人做事都得有理念信念为支撑，不同的风格当是不同内心心理

---

[1] 李建军：《陈忠实的蝶变》，二十一世纪出版社集团2017年版，第336页。

平衡状态指导下的展现。一个人素来忠诚老实或一贯打抱不平、替天行道，是因为道义不同所导致，而非阶级地位决定。外部环境发生变化或社会矛盾剧烈冲突之下，心理结构可能受到冲击，产生失衡颠覆，"能否达到新的平衡，人就遭遇深层的痛苦，乃至毁灭"。

黑娃铡了老和尚，农会毁了乡约石碑和祠堂，白孝文惊慌失措，而白嘉轩一如既往纹丝不动，父子两人表现截然相反是因为内心坚守不同。农会再革命再疯狂总不能不让庄稼人种田施肥不娶媳妇不喝苞谷糁子稀饭吧？两党政治斗争再激烈白热化，以至于白鹿原变成烙煎人肉的鏊子，原上普通人总得吃饭，农民不种地总不行吧？社会再变化，妇女总得坚守妇道，不淫乱不出卖肉体始终遵守纲常伦理吧？这都是白嘉轩内心亘定的理念，一时很难颠覆的。

人物有了理念的支撑，从而在种种社会冲击和家庭变故下才会有鲜明的痛苦、欢乐、准确的心灵变动轨迹，哪怕不写外貌，读者也会将之铭记在心。陈忠实着意从人物的文化心理结构上塑造了朱先生、白嘉轩、孝文、黑娃、小娥等几个典型人物，甚至为了实现从这条（指从心理结构入手的刻画方式）途径刻画人物的目的，他给自己规定了一条限制，不写人物的外貌肖像，看看能否达到写活人物的目的。

的确，我们读《白鹿原》只是觉得有田小娥美丽温润卑微绚烂等核心特征，鼻子眼睛脸庞等外貌肖像方面没有见到作家过多的刻画渲染，面貌虽不清晰但不影响人物栩栩如生。白嘉轩、孝文、黑娃、鹿三、兆鹏、兆海、朱先生等活灵活现不是因为外貌，而是因为性格。大抵文学历史上的美女俊男土匪强盗形象能流转刻印至今，都是人物言行品性所致，而非超出常人的外貌。

慈眉善目之下可能刚韧豪恨手段毒辣，风平浪静之下往往暗流涌动。矛盾往往是冲突的统一体，有机辩证不动声色。从面容肖像上能洞察人物言行动机，文学也就太单纯如水了。莽汉心细到亦可绣花；明眸善睐的少女马大哈骑驴寻驴也是常有的事。文似看山不喜平，怪上加怪不稀奇，其中都有人的理念和想法作祟。

陈忠实认为，千百年来的中国古典小说为我们塑造了张飞、诸葛亮、曹操、贾宝玉、王熙凤、林黛玉、孙悟空、猪八戒等读者耳熟能详流传至今的典型人物。至于新时期文学仅就性格的典型性而言，孔乙己和阿Q大约绕不过去。其他能让读者记住印象深刻的人物则不大能想得起来了。

先生一部《白鹿原》，则有白嘉轩、鹿子霖、白孝文、黑娃、小娥等多个人物可圈可点，其痛苦欢乐让人思绪难平，铭记在心，功莫大焉。

人性及人心理的复杂程度不是一个简单的文化公式或几个符号可以描述或归纳的。其中不变的部分就很难改变，如趋利避害，热爱及认可；面对孤独的焦虑及面对死亡的恐惧，无论穷富人，左右派，无论阶级种族地域等区分。电子信息网络再发达，与人性基本考量的要素亘古未变。弗洛姆（Erich Fromm）说得好："从感情上讲，绝大多数人，包括许多有权势的人，仍然生活在旧石器时代。"①

这种不变的基本情感只有在遇到时代、环境，尤其是体制性力量和权力发生变化时才可能发生巨大变化。权力是最好的春药。鹿子霖被委任为白鹿仓第一保障所乡约后，立马感到光宗耀祖了，到先人坟上放了雷子和铳子，以慰祖先嘱托；白孝文成为炮团营长和滋水县第一任县长后，恐惧被放大到极致，立马费尽心思猎杀了潜在的对手黑娃；只有《乡约》的守护者白嘉轩不认为官饭好吃，官服好穿，恪遵姐夫朱先生教诲，安心农耕和关学本分。原有的心理平衡体系在外因的冲击下犹如试金石一般，或碎了一地或波澜动荡或恢复平静。

在文学评论家李建军看来，国民性、阶级性、民族性和文化心理结构这样的概念，只能是一系列笼统的象征性的简单符号，要全部框架复杂人性远远不够。文化心理结构不是万能的，解释不了世界级文豪们如托尔斯泰、普希金、契诃夫、车尔尼雪夫斯基、曹雪芹笔下的作品和人物。世界文学长廊中众多人物形象复杂的个性，境遇和命运岂能"来自同一个渊源，即同一种文化同一种价值道德观所织成的同一种心理结构形态"？

"文化心理结构理论"帮助陈忠实实现蝶变，完成了对关中平原百余年激荡社会史、家族史、人物命运史的描述，却无法助推他实现豹变，超越《白鹿原》，完成后续设想的关于土地、合作化、"文革"的创作。遗憾归遗憾，然而足够了，"对于一个已经写出《白鹿原》的作家来讲，这也算不得多大的遗憾"②。

---

① ［美］艾里希·弗洛姆：《论不服从》，叶安宁译，上海译文出版社2017年版，第17—18页。

② 李建军：《陈忠实的蝶变》，二十一世纪出版社集团2017年版，第347页。

《创业史》中的人物梁生宝、郭振山等都是一种线性的性格特征，缺乏成熟丰富的内心生活。私有制就是罪恶，梁生宝把这当成一切罪恶的根源，"共产党人是世界上最有人类自尊心的人物，生宝要把它当作崇高的责任"。这也是梁生宝做事判断人的重要标准。反对私有财产意味着限制个人在生活和行动上的自主性、独立性、幸福性，个人与集体之间势必存在着紧张关系，在梁生宝正义思想和光辉形象的观照下，徐改霞提起自己思想中的进城当工人的自私想法，简直羞愧的无地自容。

她一提想考工厂，生宝就冷淡她了。她是该被冷淡的，甚至是该被鄙视的！……唉咳！俗气，真个俗气！

反对私有制的过程中，我们是否让农民承受得过多？农民个人的合理需求与时代的发展之间存在怎样的尖锐冲突？路遥在《人生》中塑造的高加林是一个让读者分不清好坏人的真实形象，这就是生活和现实的真实。

托尔斯泰说："最好写一部艺术作品来清楚地表现人的流动性，就是说，同一个人时而是恶人，时而是天使，时而是智者，时而是白痴，时而是大力士，时而是最软弱的人。"[①] 1905 年 7 月，高尔基（Maxim Gorky）说："人们是形形色色的，没有整个是黑的，也没有整个是白的。好的和坏的在他们身上搅在一起——这是必须知道和记住的。"[②]

高加林在农村和城市生活的艰难和坚韧牵动了亿万读者的心。小说《人生》被拍成电影后，许多观众更是纠结于高加林能否再次进城？后续能和黄亚萍再续前缘吗？高加林的人生还会有哪些机会？他为前途奋斗抛弃刘巧珍是好人还是坏人？观众和读者或许只是一种具体的抽象的时代关心，而非人性命运深处的关怀，但作家自觉沿着文学大师的理论始终如一实践则是更艰难的选择。

陈忠实把对文学的爱好和理想坚持了一辈子。初中二年级，开始阅读赵树理的小说《三里湾》，创办"摸门"文学社，定期张贴《新芽》壁报，此后 60 多年的创作都是对爱好的坚持和理想的接近。其间近 30 年间他始终与我国文学界主流作家、评论家保持良好的对话关系，不断提

---

[①] 《列夫·托尔斯泰文集》第 17 卷，陈馥等译，人民文学出版社 1991 年版，第 226—227 页。

[②] ［苏］高尔基：《高尔基文学书简》上册，曹葆华等译，人民文学出版社 1962 年版，第 219 页。

升净化，实现了崇高博大的价值人格。一批作家评论家如王汶石、柳青、李若冰、贺敬之、王愚、路遥、贾平凹、吴克敬、畅广元、陈涌、何西来、王仲生、蒙万夫、肖云儒、李星、白烨、阎纲、李国平、李建军、韩鲁华、冯希哲等始终和他有或多或少的往来，这些人大多也保持着对他创作的长期关注。尽可能地通过交往反馈积累以厚植自身创作是作家成长成熟的必要途径，他一直是这么做的。

# 第五章　典型人物

## 第一节　白嘉轩：另类地主和独立人格

**另类地主**

在白嘉轩身上，既看不到革命的色彩，又闻不到反革命的气息。白嘉轩展示给我们的，不是哪个阶级或哪个阶层的人，而是一个族长，一个实实在在的人，一个黄土地上土生土长的男人。"在《白鹿原》中，我尽可能地将我们这个民族在50年间的不断剥离过程中产生的种种矛盾冲突和民族心理历程充分地反映出来。我们几千年的封建制度，许多腐朽的东西有很深的根基，有的东西已经渗进我们的血液之中，而最优秀的东西和新生的东西要确立它的位置，只能是反复的剥离。所以我们这个民族就是在这样一种不断饱经剥离之痛苦过程中走向新生。"[①] 因而作者把白鹿原上的众生放在半个多世纪的历史渐进的过程中，从风起云涌的历史事件中，剥离历史的沉渣，挖掘底层民众身上沉淀的民族文化的精髓，求得民族的新生。传统宗法文化是现代文明的障碍，农业文明的传统在小说中日落西山，可传统人格魅力如何能拯救和重铸民族灵魂？在批判挽悼、赞赏疑虑中作家收获着自己历经生命体验后的感悟。

陈忠实是农村题材作家，《白鹿原》是以白、鹿两家风云斗争为主线展开的，可是能简单地说《白鹿原》是农村题材作品吗？

白嘉轩、鹿子霖的性格、心理、智慧、阅历是清末以来中国社会两种农民的基本类型，他们的命运与那段历史的许多重大事件相联系，是

---

[①] 《陈忠实小说自选集》，华夏出版社1996年版，第4页。

那个时代农民的缩影。从一定的意义上看，他们也是中华民族精神中的两种人物类型，用既定的一些思想框架很难判断他们一生的是是非非。白嘉轩、鹿子霖是农民，故事也主要在白鹿村演绎，但白嘉轩、鹿子霖已超越了农民，《白鹿原》也自然超越了农村题材。

　　强调斗争哲学、突出阶级对立的年代里地主成了恶霸的代名词。最为典型的是梁斌的《红旗谱》，小说开篇就定下了地主冯兰池是个恶霸的基调。冯兰池仗势欺人，横行乡里，霸占良田，趁火打劫，在农民革命斗争的壮丽史诗中专门和穷人和英雄人物作对，顽抗到底。在同期的文艺作品中，地主一概以凶残狠毒的面目示人，如《暴风骤雨》中的韩老六就是一个"好事找不到他，坏事离不开他"的十恶不赦的恶霸。此外，《白毛女》中的黄世仁、《红色娘子军》里的南霸天，也都是罪大恶极、臭名昭著之辈。电影《刘三姐》中的唱段就是当时仇视地主心理的一种典型概括："莫夸财主家豪富，财主心肠比蛇毒，塘边洗手鱼也死，路过青山树也枯。"此时期的作品主要围绕两类对立阶级矛盾展开情节，而且用阶级关系掩盖了所有的社会关系，"在小说里，地主和农民的矛盾成了唯一的矛盾，地主之间、贫农之间似乎不存在矛盾。而且斗争的双方营垒分明，阶级阵线就像政策条文规定的那么清楚，绝不存在互相渗透关系；作家所要反映的似乎不是生活本身，而是经历政策过滤过的生活的规范化形式"。作家无视人物特有的中国乡村的伦理生活环境，经常为政治观念所牵制，坏肯定就一坏到底，创作出来的必定是扁平性格的妖魔化了的地主形象。

　　20世纪初期的地主形象发生了变化，以李劼人的长篇小说《死水微澜》中的土财主顾天成为代表。小说没写顾天成的劣迹，更多的是表现他的痛苦和不幸：买官不成，钱财被骗，老婆病死，女儿走失，身染恶疾等。作品淡化阶级斗争和政治色彩，突出中国的乡村生活、风土风俗、伦理秩序、世态人情等，体现了旧中国的落后和贫穷，关注动荡时期人物的命运变化及内心痛苦，使作品透露出一种悲凉、忧郁的情绪氛围，契合20世纪初期人们的心理感受。

　　刘震云小说《故乡天下黄花》中的李文武，就是一个老实本分的地主形象，似乎有意与红色经典中的地主大唱反调。此外，作家余华在小说《活着》中，在细致入微地剖析地主的心理、行为方面也做过一些努力。

其实说起地主，不都是周扒皮、刘文彩，实际历史当中的白嘉轩、鹿子霖这样的地主亦不在少数。白嘉轩的形象颠覆了长期以来我们在文艺作品中司空见惯的"贪婪、吝啬、凶残、狠毒、淫恶"的地主形象。他身先士卒，费尽心机，勤劳致富，待长工如家人，视权贵为敌人，力图教子有方，尤其白嘉轩梦想用仁义道德感化附近乡邻，用耕读传家维护纲常名教和乡村精神承续。如著名评论家雷达所说："白嘉轩这一形象远不是一般的地主可以望其项背的。"

白嘉轩并非生就的富人，小说具体描述了白嘉轩和家人如何通过劳动而发家的整个过程。"我是个罪人我也没法儿，我爱受罪我由不得出力下苦是生就的，我干着活儿浑身都痛快；我要是两天手不捏把儿不干活儿，胳膊软了腿也软了心也瞀乱烦焦了……"劳动是他的天性和习性。依靠劳动才有美好的生活，不劳动便不习惯。同时，白嘉轩心中对自己的遭遇有深深的宿命感，认为该是谁的谁受，别人无法替代。被土匪打折了腰，其他家庭成员再服侍再表现也替不了他，疼痛伤感自己命该承受隐忍，怨不得别人。

在水深土厚，民风淳朴的白鹿原上，白嘉轩勤劳善良，终生劳作，他为改变家庭运势在置换土地上动过心思，为发家在自家土地上半遮半掩种植罂粟，借以完成原始的资本积累，而后逐步购置田地并经营有方，终成家业殷实的一方地主。书中着力描写和渲染白嘉轩在发家前后对待劳动一以贯之的态度：发家前固然终日辛劳、耕种不辍，即使富甲一方之后，他也并非不劳而获、坐享其成，而是仍旧保持着热爱劳动的农民本色，日出而作，日落而息。

白嘉轩依赖土地而生存，拥有更多土地是他的梦想。曾有一位鹿姓小伙想出卖半亩水地给白嘉轩，白嘉轩爽快地说："你去寻个中人就行了。你想要多少我给你多少，要粮食可以，要棉花也可以。"这说明白嘉轩在购置土地的过程中，并未乘人之危，压低价钱，好让自身利益最大化，而是随行就市，让利于人，一切均按乡村交易原则进行。

一夜暴富只是天方夜谭，大多数地主的家业都是靠几代人的勤奋劳作，一点一点积累起来的。鹿子霖的老太爷早年给饭馆炒菜发了财回到白鹿村置买田地；另一个叫黄老五的地主，"其实也是个粗笨庄稼汉，凭着勤苦节俭一亩半亩购置土地成了个小财东"。

中国式的发家，不仅仅是财源的兴旺，也包括人口的兴旺，可谓人财两旺。随着娶妻次数的增加，白家拿出的聘礼也越来越高。红白喜事的操办让白家元气大伤，但即便如此，白嘉轩也是明媒正娶，该给的聘礼一分不少，该走的程序一样不缺，一切均依乡规民约而行。白嘉轩对儿女绕膝共享天伦的企盼，深深打上了"不孝有三，无后为大"传统思想的烙印。由于动机单纯，这样一来，不管他一生中娶过多少房女人，就都变得理所当然了。

地主与农民的关系历来被当作敌对关系对待，彼此间有不共戴天之宿仇。而小说中白嘉轩和长工鹿三的关系却大相径庭：他们之间与其说是主仆关系，不如说是兄弟关系更为准确。白嘉轩是一个干活才舒坦，闲着就难受的人。他与鹿三的友谊，有一半是在长期的劳动合作过程中建立和巩固起来的。鹿三是一个本分的庄稼汉，他对自己的劳动付出是这样解释的："咱给人家干活就是为了挣人家的粮食和棉花，人家给咱粮食和棉花就是为了给人家干活，这是天经地义的又是简单不过的事。"从历史长河来看，地主与农民之间矛盾的尖锐对立是短暂的变态，地主与农民之间矛盾的互相依存是持久的常态。

"学做好人"是白嘉轩的人生信条，也成了他恪守一生的行为准则。对县长亲自邀请他当议员之事，他的回答是"嘉轩愿学为好人。自种自耕而食，自纺自织而衣，不愿也不会做官"。白嘉轩发家后，慷慨捐钱翻修祠堂和兴办学校。他在村中有身份有地位，但不会恃强凌弱，做伤风败俗之事。他既不宽恕触犯族规之人，也不偏袒有罪的儿子；他以德报怨，救助蒙冤的黑娃；他戒烟戒赌，订立村规民约，以正风气。"君子怀德，小人怀土；君子怀刑，小人怀惠。"无论为个人谋利还是为百姓请命，白嘉轩所做的一切，就是为了维护"仁义白鹿村"的尊严，他因此被称为白鹿原上"头一个仁义忠厚之人"。

白嘉轩在白鹿原"城头变幻大王旗""你方唱罢我登场"的政治角逐中，始终保持不介入不评说的超然态度。他怀着君子不党的传统节操，既不偏向国民党，也不靠向共产党，他认为天下大乱，大家都忙着争权逐利，真正受害的是平民百姓。他赞同姐夫朱先生的"革命"是一场争权夺利的闹剧的观点。作家冲破了"左"倾思想的束缚，抒写了一个地主在革命大潮中的切身体验和悲凉感受。

中国革命的根本目的之一，是剥夺地主阶级的土地和财产，但任何改革和运动如果要损害既得利益阶层的权利，都会遭到该势力的反对和阻挠，所以地主必定是要反对革命的。当然，对于中国的革命运动，一般地主仅仅是从自身利益的得失去选择支持还是反对，人们也根据其选择去判定地主的好坏。

一开始，他并不理解革命，将参加革命的小女白灵赶出了白家，后来认识到这黑暗的一切实在是需要改变了，他也开始帮助负伤的游击队员……白嘉轩这个如此保守的乡绅，也在历史的洪流中不断修正和改变着自己的态度，他的选择和改变不正代表了当时大多数中国群众的改变和选择吗？白嘉轩对待革命的态度，是看其对百姓有利还是有害，对社会生活是促进还是促退。

作者对中国近现代民族历史的深刻反思表现在：一是地主阶层在中国传统经济发展和文化传承过程中起着不可忽视的作用；二是地主与农民是彼此合作共同发展的互相依存关系；三是由于地主有恒产，在社会稳定方面起着积极作用；四是地主阶层消失后对社会发展产生了一定的消极影响。正如评论家费秉勋所说："白嘉轩所代表的是一个应当早就退出历史舞台的阶级，但随着这个阶级的被推翻，他们的不少道德、思想、哲学主张等却显示了确定无疑的价值。这种价值与其说是属于封建阶级的，不如说是属于整个中华民族的。"[①]

**父子关系的承接**

君臣关系是一种父子关系。国是大家，家是小国，封建社会中把君臣之间的关系定位清晰，称之为"君父""臣子"。臣对君的服从和依赖是一种精神上的崇拜和皈依；君对臣的教诲和依靠成为一种天经地义的规则和现实治理的需要。君王——臣子，父亲——儿子，族长——族人，这是遍布在中国封建社会庙堂楼宇中需要摆布的三大类关系，其中最重要的就是精神维度。精神上的依赖表征着文化的认同和承接，这种传统宗法社会体制和道德伦理规范并不随着社会生产力生产关系的根本变革而马上变化，意识层面的变动总是缓慢于经济基础的变革，这是符合历史唯物主义辩证法的。不能简单地认定它是封建社会的遗毒。新中国成立后，这种精神上的依恋关系并没有完全退出历史的舞台。

白嘉轩对父亲白秉德老汉的依赖主要是精神上的钦佩。白嘉轩从十

---

[①] 费秉勋：《谈白嘉轩》，《小说评论》1993年第4期。

六岁开始，短短几年娶了四个女人，死了四个女人，心理恐惧地开始相信原上关于他本人命硬克妻的流言蜚语。面对父亲白秉德为他张罗再娶的打算时，他希望父亲缓缓再考虑。父亲根本不理睬，主意早已确定，无非就是再卖一匹骡驹再采办聘礼嘛！

秉德老汉把噘着的嘴唇对准水烟壶的烟筒，噗地一声吹出烟灰，又捻着黄亮绵软的烟丝儿装入烟筒，又噘起嘴唇噗地一声吹着了火纸，鼻孔里喷出两股浓烟，不容置疑地说："再卖一匹骡驹。"

说好娶第五房媳妇后，不幸父亲暴病在床，临终之际以一种不容置疑的口气交代后事："我死了，你把木匠卫家的人赶紧娶回来。"白嘉轩作为独子这时只想给父亲治好病，其他事眼下怎能顾得上呢？

秉德老汉说："我说的就是我死了的话，你当面答应我。"

嘉轩为难起来："真要……那样，也得三年服孝满了以后。这是礼仪。"秉德老汉说："'不孝有三无后为大'。你把书念到狗肚里去了？咱们白家几辈财旺人不旺。你爷是个单崩儿守我一个单崩儿，到你还是个单崩儿。自我记得，白家的男人都短寿，你老爷活到四十八，你爷活到四十六，我算活得最长过了五十大关了。你守三年孝就是孝子了？你绝了后才是大逆不孝！"读过五年书就返回土地开始人生历程的嘉轩的头上开始冒虚汗。秉德老汉说："过了四房娶五房。凡是走了的都命定不是白家的。人存不住是欠人家的财还没还完。我只说一句，哪怕卖牛卖马卖地卖房卖光卖净……"嘉轩看见母亲给他使眼色，却急得说不出口，哪有三年孝期未过就办红事的道理？正僵持间，秉德老汉又扭动起来，眼里的活光倏忽隐退，嘴里又发出嗷嗷嗷呜呜呜的狗一样的叫声，三个人全都不知如何是好了。嘉轩的一只手腕突然被父亲捉住，那指甲一阵紧似一阵直往肉里抠，垂死的眼睛放出一股凶光，嘴里的白沫不断涌出，在炕上翻滚扭动，那只手却不放松。母亲急了："快给你爸一句话！"鹿三也急了："你就应下嘛！"嘉轩"哇"地一声哭了："爸……我听你的吩咐……你放心……"秉德老汉立时松了手，往后一仰，蹬了蹬腿就气绝了。

可以说，从父亲为他张罗第一房媳妇开始，不孝有三，无后为大就是白家的一个坚定的信念。夫权对女性的天然占有是维系血脉、传承家业的需要。孝悌观念、祖宗崇拜结合在一起构成了道德规范，无法违背时刻警醒。"人类对于生命继续的坚定信念，乃是宗教的无上赐予之一。

因为有了这种信念，遇到生命继续的希望与生命消灭的恐惧彼此冲突的时候，自存自保的使命才选择了较好的一端，才选择了生命的继续。"读书就是为了明白这个道理，而且这个道理要和白家目前的实际状况相结合。三代单传到白嘉轩这一辈，不能因为娶了四个媳妇死了四个媳妇，就把传宗接代的大事耽搁了，这怎么向先走的秉德老汉交代?！不管女人是生育工具是家中劳力还是丈夫帮手，现在白家的事业不能中止！作家第一章的描述实际上给白嘉轩连娶七房女人毫无心理障碍寻找了一个精神上的交代。

他的四个女人死亡时自己没有见到她们最后咽气，那时节，他身披红布被安顿在牲畜棚里，防止鬼魂附体。小说中的白嘉轩保持着对死亡的恐惧，亲人的离世使他不愿回想这些过程，但那一幕幕生离死别的过程无疑让他悲痛难耐。父亲死亡是他亲眼目睹的，难以忘怀成为心中永远的痛。"他的死亡给他留下了永久性的记忆，那种记忆非但不因年深日久而暗淡而磨灭，反倒像一块铜镜因不断地擦拭而愈加明光可鉴。"这种记忆其实是对父亲坚定的信念、昂扬的生命、命运的抗争、平静沉静冷静的心态等的反复回想。父亲最能影响儿子的就是精神和信念，我们平日里说谁像他爸一样，其实说的就是儿子像父亲的精气神，而不仅仅是相貌。

第七房媳妇仙草未进门之前，母亲白赵氏完全承接了父亲的精气神。第五房女人木匠卫家的三姑娘劳动练就的强壮体魄还是因恐惧败在怪诞流言的攻击溺死后，母亲实现父亲遗愿的心理很坚决，坐在父亲生前常坐的太师椅上，绝不容许白嘉轩拒绝：

甭摆出那个阴阳丧气的架式！女人不过是糊窗子的纸，破了烂了揭掉了再糊一层新的。死了五个我准备给你再娶五个。家产花光了值得，比没儿没女断了香火给旁人占去心甘。

对这时候的白嘉轩而言，娶了五个姿态各异的新媳妇，抬走了五具同样僵硬的尸体，前前后后花去小半个家当都不说，关键是心态破坏，世事虚渺，了无牵挂，乏力乏心了。但是母亲在父亲精神的激励下俨然变成了父亲，办事干练果决，没有瞻前顾后，认定一条路只顾往前走而不左顾右盼，这种专注和果断很快娶来了第六房媳妇。

第六房媳妇胡氏入门前心中就有主意，超级聘礼是次要，关键是不能因为被这个命硬的男人克得自己丧命。谣言让这个像胡凤莲一样美貌的女子用剪刀做工具，绝不让步："你要是敢扯开我的裤带，我就把你的那个东西剪掉"，自发武装起来保护自己。坦然陈述深受《百年孤独》影响的陈忠实先生其神秘主义的笔法最终还是让胡氏卧炕不起，气断身绝了。

胡氏还是一张破旧了的糊窗纸，撕了当然要重新糊上。时间上白赵氏坚持尽快糊上，白嘉轩觉得母亲的固执比父亲还要厉害几成，在经过和母亲的一番争执后，母子达成一致：请阴阳先生看看宅基和坟地，一辈子不能光忙着红事和白事，这下要审慎地娶一房牢靠媳妇了。密谋换得风水宝地后，白嘉轩进山和盘龙镇中药材收购店的吴长贵商量一致，第七房女人仙草踏进了白家门。仙草是个奇女子，怀着一般人没有的胆略和不信邪念头，愿意与白嘉轩一起扼住命运的喉咙，把自己展露在土炕上时，毫无疑问，她愿步步紧随，哪怕前面是万丈深渊和雷霆万钧。白嘉轩终于娶到了一个可以陪伴他共走人生旅途的冒死破禁的奇女子，牢靠女子！

现在，放心媳妇娶进门，母亲白赵氏就安心纺线了。白嘉轩坐在父亲常坐的太师椅上，吸着父亲留下的白铜水烟袋。通过白秉德老汉和白赵氏的努力，白家精神中的豪狠劲儿，拿主意办事的干练果决劲儿已经有大部分精髓被白嘉轩承接住了。这种豪狠劲头表现为白嘉轩的六丧七娶，生殖繁衍功能超过了性行为的其他诸多功能，关键时刻也压倒了宗法上的血缘纯洁观。莫里斯把人类的性行为归结为生殖、爱情、欢愉、交流、游戏、认证、征服、炫耀、麻醉、逃避、商业、政治、升华等十三种功能。白嘉轩最充分的当然就是"无后为大"道德规律下的生殖功能，这对他而言是压倒一切的。白孝义之妻借助兔娃怀孕生子为的是传宗接代，那个时候完美设计这一计划的白嘉轩是不在乎血脉纯洁的，也彻底忘记了自己指责白满仓之妻袒胸哺乳的义正严词吧。

孝道伦理主要涉及孝在生活中从子女角度处理与长辈尤其是父母辈关系的道德原则，主要体现在三个方面：第一，以嗣继亲，孟子有云，"不孝有三，无后为大"，所谓以嗣继亲也就是说作为一个家庭中的儿子，就有责任和义务娶妻生子继承父姓，传承家族血脉；第二，以养事亲，《中庸》称："仁者，人也，亲亲为大。"孟子云："仁之实，事亲是也。"也就是作为子女，成年后首先应该侍养父母，所谓孝顺，孝敬也；第三，以功显亲，也就是作为子嗣还应该发奋努力取得功名成就，将家族名声发扬传播。

关中大儒朱先生的出现及时填补了白嘉轩心理上的父亲缺位和母亲退位。他对朱先生的依恋其实就是一种类似于对父亲精神的依赖。朱先生奉命禁烟,首先毁掉的是妻弟白嘉轩家的烟苗,白嘉轩不仅没有怨言而且对朱先生心服口服。后来白嘉轩为买李寡妇的地与鹿子霖起冲突,在朱先生的劝诫下主动弥补损失化解纠纷。白嘉轩组织修祠堂、办学堂、订乡约无不是在朱先生的赞同和支持之下完成。白嘉轩正是在朱先生的言传身教之下参透儒家的道德精义,在生活中重义轻利,仁爱谦恭;在天灾人祸匪患面前仍挺直腰杆,对伤害过他的鹿子霖、黑娃以德报怨,白嘉轩的言行举止无不折射出朱先生学为好人的儒家道德光芒。当朱先生化作白鹿归天后,白嘉轩拄着拐杖佝偻着腰在庭院里急匆匆走着,几次跌滑倒地,爬起来奔到灵堂前,顾不得上香,就跌扑在灵桌下,巨大的哭吼声震得房上的屑土纷纷洒落下来,口齿不清地悲叫着:"白鹿原最好的一个先生谢世了,世上再也出不了这样的好的先生了"。在这里,白嘉轩既是对自己亲人死去的悲痛,更多的是对自己失去人生导师的心理失落。

白嘉轩是儒家文化的世俗化、民间化的代表。他没有达到圣人的高度,但是圣人思想的最忠实的实践者。"他是儒家文化的具体实践,也是儒家文化的理想化身。"他的所作所为体现了儒家文化"修身齐家"的一面。这从他家的门楼上"耕读传家"的匾额就能看出。白嘉轩对儒家文化的领会有一个过程。当他娶回仙草时,也把罂粟带回白鹿原,随之罪恶也在白鹿原上蔓延开来。朱先生在铲除罂粟时,先要白嘉轩把"耕读传家"的匾额用布盖住。因为这既不符合农民传统生存之道,更是违背了儒家文化的道德规范。在与鹿子霖争买李寡妇的土地时,因夸富而引起争斗,闹上官府打官司,违背了"仁爱"之心。在朱先生的调解下,二人才恍然大悟,共同联手帮助李寡妇,为白鹿村赢得了"仁义白鹿村"的美名。从此他要把儒学的美德世代延续。所以他办学堂,让白鹿村的孩子去接受儒学的熏陶,熏染儒雅之气,传递儒学香火。因此,他断然拒绝自己的孩子到白鹿原外去学习,因为"各家有各家的活法"。他对孝文、孝武很满意,因为"两个孩子都是神态端庄,对一切人都彬彬有礼,不苟言笑,绝无放荡不羁的举止言语,明显的有别于一般的乡村青年自由随便的样子"。子孙后代符合儒家的"温、良、恭、俭、让"的美德,通过读书提升精神境界，面对人生失意窘迫时豁达高雅，这始终是白嘉轩的希望。"一等人忠臣孝子，两件事读书耕田"，仁爱厚德包容质朴勤谨劳俭的白氏家风家训才能代代相传。再加之白家起家的"木匣子"故事不时警醒，白家在政治的风浪中、乡村的演变中始终能够兴旺，没有走向败落。

儒家文化对民间社会的影响，主要是通过美善的品德来感化和影响别人。白嘉轩坚守"耕读传家"的传统，修身养性，忠厚爱人，不慕名利，以德报怨，体现了至善至美的人品。他多次拒绝官府让他做官的要求，始终过着靠土地为生的生活。他对鹿三亲如兄弟，把他当作亲兄弟来看待，要求家人都要尊重他。在大荒之年，不让鹿三回家，同甘共苦。他送黑娃去上学，他给兔娃分了田地，娶了媳妇。虽然黑娃打断了他的腰，但是当黑娃被抓时，却毫不犹豫去搭救他。鹿子霖受兆鹏连累被抓进监牢时，他同样的去搭救；更不许乘人之危去顶替鹿子霖的官职。

儒家文化以"仁爱"为根本，讲求处事的忠孝信义。特别讲求信义，就是要言而有信，以身作则，公正无私，不徇私情。白嘉轩作为白家的家长和白鹿村的族长，治家和治村以仁爱为基础，身体力行，率先垂范。无论是家人或族人，如果违背人伦道德，必将遭到惩罚，无一例外。当孝文与小娥在砖窑厮混被发现后，不顾亲情，在祠堂当众予以惩罚。剥夺他当族长的权利，把他赶出家门。他一生勤俭持家，以劳动为荣，自耕自织，从不铺张浪费，使亲人和乡民们由衷地敬佩。即使后来孝文当了保安团长，他也没有一丝骄意，更加谨慎地生活。

白嘉轩也实现了儒家文化的处事风格。坚强刚毅，勇敢无畏，为民请命。他一生历经磨难，但始终自信坚强地活着，刚毅无比。

继任族长白孝武对父亲白嘉轩的精神认同如父亲对朱先生的崇拜一样，在处理重要事件的时候仍然需要父亲出面，造塔镇压小娥的妖邪，率众祈雨上的点火仪式，主持黑娃认祖归宗的大典仪式等。白孝武生理上的成熟让他可以顶替哥哥白孝文当族长，但他精神上仍缺乏一种文化意识的支撑，表现出梁生宝式的农民自卑，所以总需要父亲白嘉轩站在身后。

白嘉轩在中华人民共和国成立后20世纪50年代开始的合作化运动中成了一个顽固落后分子，这是很多人没有注意到的。作者在叙述白灵死因时特意插入一段在小说后半部分有交代，这不是无意的。

鹿鸣20世纪50年代中期在白鹿村搞农业合作化运动时结识了白嘉轩，在白嘉轩的门框上看到过那块"革命烈士"的牌子。他写过一本反映农民走集体化道路的长篇小说《春风化雨》而轰动文坛，白嘉轩被作为小说中顽固落后分子的一个典型人物生活原型给他很深印象。

**人的孤清和文化的孤清**

封建社会有包拯那样的忠臣，有唐太宗那样的明君，更有白嘉轩这样的农民。他一生遭遇的劫难无数，儿女背叛、亲人死亡、土匪抄家、饥馑、瘟疫等让他身心饱受摧残。他的耕读传家的梦彻底破灭，他的人生哲学将后继无人。最后，他成了谁也难理解的孤家寡人。精神和肉体都孤独无依，像一条狗蜷缩在墙角。鹿三的一句发自肺腑的感叹"嘉轩，你好苦啊！"正是他一生的写照。

"表里不一"乃人之常性。就像白嘉轩悟到：凡人"难以遵从圣人的至理名言来过自己的日子。圣人的好多广为流传的口歌化的生活哲理，实际上只有圣人自己可以做得到，凡人是根本无法做到的"。朱先生说过一句话："读书原为修身，正己才能正人正世；不修身不正己而去正人正世者，无一不是盗名欺世"，白嘉轩曾对镇嵩军乌鸦兵的快枪威胁并不示弱，义正严词地说："亏心事不能做"；有一次问鹿三："凡我做下的事，有哪一件是悄悄摸摸弄下的？我敢说你连一件也找不下。'交农'那事咋闹的？咱把原上的百姓吆喝起来，摆开场子列下阵势跟那个贪官闹！"然后嘱咐两个儿子："我一生没做过见不得人的事。凡是怕人知道的事就不该做，应该做的事就不怕人知道"。虽然他话这么说，但他早年不光彩的事迹，如骗取白鹿宝地，闹"交农"也并非出于义愤，而是带有对鹿子霖的私愤，关键时刻他却没有出头露面，倒是鹿三挺身而出，他很清楚，除了自己和朱先生以外，别人是找不出他的劣迹的。

白嘉轩一生行善，致力做个好人，鼓励他人"学为好人"，然而他又是个"俗人"，有着各种欲望与追求，必定会为了自己的某些利益伤害他人。白嘉轩或许是一个有强烈责任感的族长，但他绝不是一个称职的父亲。作为白鹿原的监察者和督促者，他制定了一系列冷酷的刑罚，决不允许有人跨越雷池半步。当得知自己最信任、器重的儿子白孝文与田小娥私通，白嘉轩不顾父子亲情再次在祠堂实施"刺刷"的刑罚，之后对白孝文彻底不闻不问，任由其发展。当儿子生命受到威胁的时候，白嘉轩考虑的不是儿子的生命，而是自己的颜面。就连邪恶的鹿子霖在遭受儿子批斗后，仍然会为了儿子的生命安全到处奔波；对于亲情的珍视，白嘉轩远远逊色于鹿子霖。白孝文"受过死亡的洗礼"后，"死亡意识，生命意识的觉醒，使他格外的珍视生存的每一次机会""生存下去，生存得好是他的最高原则"，他可以毫不犹豫地窃取革命的果实，处死昔日的战友。是白嘉轩的自私与冷酷一步步将白孝文改变成一个"无毒不丈夫式"的枭雄的。

这块土地既接受文明又容纳污秽。在缓慢的历史演进中，封建思想封建文化封建道德衍化出村规家法民俗，渗透在每一个乡镇，每一个村庄，每一个家族，渗透过一代又一代平民的血脉，形成这一方地域上的人特有的文化心理结构：善良，仁慈，以德报怨是白嘉轩人格的集中体现。

美丑高低、对错善恶总是相随相生。狄德罗说：人是一种力量与软弱，光明与黑暗，渺小与伟大的复合物，并不是责难人，而是为人下定义。

陈忠实在《关于白鹿原的问答》一文中说：所有悲剧的发生都不是偶然，都是这个民族从衰败走向复兴的过程中的必然，这是一种生活质变的过程，也是一个历史演进的过程。

娶妻、生子、换地、置业、任族长这是他个人的一生，另外白鹿原上从民初的禁烟运动，到后来的土改、农民暴动、反围剿、国共合作与破裂、抗日战争、解放战争、三反五反、大跃进、三年困难时期、"文化大革命"、平反等历史进程中的大事件，他都是亲历者，是农民又不像农民。白嘉轩是传统的继承者又是反叛者，眼睁睁看着自己固守的传统不断凋零坍塌，忧患实深，奈无可奈。一个悲哀的英雄行走在人生末路，愈发孤寂苍凉。内战期间，家族衰落，民赋沉重，秩序混乱，"乡约"不再，在祠堂召集最后一次宗族会议之后，"诸位各自保重，"无力无心打理宗族事宜的白嘉轩悲戚谢幕。

**农耕文化是白嘉轩性格的核心成分**

白嘉轩倡导遵循耕读传家。"耕织传家久，经书济世长"，土地是农民的命根子，无论哪个党派执政白鹿原，种地吃饭是铁规，天变地变这一条不变。他勤恳劳作，和长工一起亲耕垄亩，根据农时变化，经营土地。丰年歉年始终"能喝一碗苞谷糁子"是温饱和平安的需要。女人织布纺线是持家本分，妻子仙草则是身正品端、厚朴慈爱、姣好温良的审美理想。

不孝有三，无后为大。农耕文化下子女是劳动力，是维系生产的需要，同时也是家业传承和人多势众的心理暗示需要。白嘉轩强烈的传宗接代扬名立万意识使得他六丧七娶，养育三男一女。他在和鹿子霖明中暗中较劲的一生中，子女也是一个关键指标。"我三个儿，他俩。大约那女人已经腰干了？"也就是说，要超过我怕不可能了。解放后儿子白孝文当了县长，主持枪决了黑娃等人，原上百姓议论，鹿子霖自己也认可，"天爷爷，鹿家还是弄不过白家"，不管怎么说，这句话白嘉轩心里是舒坦的。三十年前看父母，三十年后看子女嘛，看就是观察和依赖。所谓物质来源、教育养成、心理气势都是看的主要内容。

白嘉轩重视儒家道德修养，奉行仁义原则。翻修祠堂、领诵乡约、创办学堂、善待长工、搭救黑娃、带头祈雨等都是修身仁厚的义举。用刺刷抽打狗蛋、小娥、孝文和赌博的村民都是对违背儒家修身要求的惩戒，自信一生无愧于人。命运不可测，自己也不是圣人，做事有坚守，不轻狂。"圣人能看一丈远的世事；咱们凡人只能看一步远，看一步走一步。"他把仁义作为自己处事的恒定标准，问心无愧，不计成败，历经磨难愈发坚毅。

白嘉轩是传统宗法礼教文化的捍卫者。一切不符合族规乡约的行为都要得到遏制或绞杀。即使是亲儿子孝文辱没族规，也要毫不留情地整饬甚至断绝关系。万恶淫为首，小娥死了也要烧成灰用砖塔镇住，哪怕她怀有白家骨肉，白嘉轩的这一行为把自己对传统宗法礼教的理解充分诠释。女性只是传宗接代的工具，追求违背三纲五常之外的幸福自由则是大不敬，是坚决不能容忍的。一生中，他对一切违背伦常的男女性行为痛恨反感倾力打压，鹿子霖就是牲口嘛，不用证明。

白嘉轩讲究中庸之道。在农业文明中，种子、土地、雨水、阳光、人力、畜力等生产要素的有机适时搭配才会获得丰收，温和、厚重、和谐、坚韧作为农耕文化的特征也贯穿到为人处世的中庸精神中来。从白嘉轩之前的五代开始，祖先白修身除了家产的积累适度，还传下了立家立身的纲纪。

田地、牛马、房屋、隐藏着的黄金白银是世世代代的积累和传承，适度是准星，"家业发时没有发得田连阡陌屋瓦连片，家业衰时也没弄到无立锥之地"。追思家族先贤和历史，白家信守中庸慎独之道，反对大起大落，才保证了天灾匪祸瘟疫和地方官的贪婪横征暴敛等特殊情况之外的家业不至于洪暴，也不至于破败。"地里没断过庄稼，槽头没断过畜牲，囤里没断过粮食，庄基地没扩大也没缩小"，财富只是维持兴旺生存的基本需要，畸多畸少都不是正常状态，穷奢极欲也并非白家纲纪。物极必反，多寡丰歉也存在一定规律，犹如白鹿原上人口亦不过千一样。

"凡遇好事的时光甭张狂，张狂过了头后边就有祸事；凡遇到祸事的时光也甭乱套，忍着受着，哪怕咬着牙也得忍着受着，忍过了受过了好事跟着就来了。"人生世事复杂多变，福祸难料。在修身处事过程中把握好恰到好处的"度"才能不偏不倚不早不晚地抓住时机。量变还未到质变的时候，人要做的就是忍耐和等待。"福兮祸所伏祸兮福所倚"也。汉字福祸，左边部首一样，右半边不一样，"就是说，俩字相互牵连着。就好比罗面的箩柜，咣当摇过去是福，咣当摇过来就是祸"。

主导农民的难道不是农耕文化吗？白鹿原上雨水丰润，四季和顺，农人敬恭桑梓，服田力穑，经济富足，农业经济占据着主导地位。商业文化并没有在这块古老的原上落地生根。白鹿两家实际是一脉同宗的两个分支，走上了不同的发展道路。面对时局的冲击变化，白嘉轩恪守农耕精神，静观外界，企图以不变应万变。

白嘉轩多次教谕自己儿孙，"哪怕世事乱得翻了八个个儿，吃饭穿衣过日子还得靠这个"，这个是什么？其实是一种精神和态度。通过自己辛劳换得物质充裕以便务实踏实居家过日子的生活方式；对政治中立对乱兵迂回抗拒对生命自重自保的慎独心态；德仁处世以德报怨以仁待人，对回归正路的浪子宽容与敬重等都是支撑白嘉轩安身立命的人格精神。"中国文化的最高理想人物，是一个对人生有一种建于明慧悟性上的达观者。这种达观产生宽宏的怀抱，能使人带着温和的讥评心理度过一生，丢开功名利禄，乐天知命地过生活。这种达观也产生了自由意识，放荡不羁的爱好，傲骨和漠然的态度。一个人有了这种自由的意识及淡漠的态度，才能深切热烈地享受快乐的人生。"[①] 唯知命达观，名气半隐半显，适度富裕悠闲，再兵荒马乱内心亦是波澜不惊，白嘉轩的人生就是这样。他读书不多，却从日常生活的诸多单一性事件中超脱出来，格物致知，

---

[①] 林语堂：《生活的艺术》，湖南文艺出版社2018年版，第3页。

进入一种对生活和人性的规律性思考，逐步接近内圣外王的理想境界。

老谋深算，为了自家利益巧夺宝地；不开明，不让女儿外出读书；不讲科学，用迷信对待瘟疫以至仙草染病身亡；维护封建道统，逼死小娥；顾面子，让孝义媳妇借种生子等，这都是白嘉轩礼教儒学虚伪的一面。传统文化的精华和糟粕集于白嘉轩一身。

做好自己，管他谁人背后议论？从不关心八卦，只是做自己想好的事。平凡平安的一生，乡土哲学家白嘉轩过的是质朴清白踏实日子。曲折纷争的一生，白嘉轩过的是坚守机巧义勇胆识的日子。守望亲情传承香脉的一生，白嘉轩过的是孝天敬地儿女妻子情深意切的日子。人们敬重的是白嘉轩的精神，敬畏恐惧的是白嘉轩的豪狠残酷，内心渴望成为一个顶天立地的男子汉，走白嘉轩一生坚持的道路需要勇气和毅力。

## 第二节　鹿马勺、勾践与鹿子霖

**鹿马勺的屈辱和荣耀**

鹿马勺是小说在末尾部分交代出来的一个次要人物，但意义重要，能帮助我们理解鹿子霖这一类农民和这一类文化。

鹿子霖往上大约百十年前也就是五辈前的鹿家光景败落，日子难以为继。兄弟三人，先祖马勺排行老三，十五六岁开始就靠走乡串户要饭为生，原上远近的大村小庄的男人女人都认识了。他没学会走路是由母亲抱着讨饭的，学会了走路就自己去讨饭了。他裤带上系着一只铁马勺用来接受施舍，吃完了在水渠涮一涮又系到裤带上，人们不记得他的名字，就叫他马勺娃或勺儿娃。鹿马勺告诉自己的子孙："你大我就是原上的勾践哇！"

勺勺客有着悠久的历史和强大的阵容。烹饪行业本身技术性不是很强，但要提升获得食客赞誉却很难，往往火候不到就差之千里。人口舌味蕾的敏感性使得厨师成为一个师徒间口授手教的人为壁垒森严的行业。想学在你，教不教在我。鹿马勺的学徒生涯是艰难辛酸、备受屈辱的。年轻的学徒鹿马勺像孙子一样服务伺候师傅，为了学得一手烧菜的好本事，挨骂挨打不说，甚至不惜满足师傅变态的性欲，同意对方对自己的屈辱行为，侮辱三次教学一道菜。

　　学点本事容易吗？五年后鹿马勺终于出师，成为一名水平超过师傅的炉头。时来运转春风得意，鹿马勺给微服私访的清廷大员做了四样菜，大员题词"天下第一勺"，从此饭店生意更加红火，鹿马勺名扬古城。达官贵人富商巨头每遇红白喜事，官府衙门清兵标营每遇庆典会餐，都以请到鹿马勺师傅为荣耀。鹿马勺终于等到了出气报复师傅的机会，他趾高气扬地找来师傅，让师傅自己骂自己，自己打自己，从大街上找来五位力气精壮的叫花子完成操的任务，操一次一个银元，彻底痛快酣畅淋漓地报了多次走自己"后门"的深仇大恨。鹿马勺认为自己的经历就类似卧薪尝胆，最终一雪前耻，就像打败吴王夫差的勾践一样，功成名就又备受屈辱。在以后的日子里，鹿马勺因为自己曾经卑微而饱受冷遇，便想把后代培养成高贵的种类又去轻贱别人的卑微。

　　大世面的气魄豪华和大人物的威仪举止，深刻地烙刻在心头，在他感到幸运的同时又伴随着自卑。饭勺子成为他发家致富的工具，但鹿家岂能满足，勺子再励精图治，也是屈辱伺候人不好传世的。那种不断重复的生活经历和越烙越深的印象终于凝结一个结论，"要供孩子念书，通过科举考试进入上流社会坐一把椅子占一个席位，那才是家族在社会的上层牢牢站稳脚跟"。成龙成虫，居官为民，哪怕务农经商也不能久居人下，所有的隐忍目的只是为了出人头地。学而优则仕是家族真正的荣耀；至于自己嘛，说到底还是个勺勺客，是把一碟一盘精美的菜馔烩炒出来供大人阔人们享用的下人，只能在灶锅前舞蹈而绝对不能进入自己创造的宴席。

　　读书改变社会地位以获取更大的利益是鹿家文化的一条主旨，这一思想根本不同于朱先生内圣外王的治学原则和实践精神。修齐治平是儒家读书文化的最高理想，鹿子霖读书远没有这样的境界。黑娃后来脱胎换骨学为好人，读儒家经典不为升官发财，只为了活得明白，做个好人。

　　鹿马勺艰难曲折的人生经验是留给鹿姓门族的又一重要精神财富。他对两个刚刚懂事的儿子简明扼要地灌输这种思想：无论你将来成龙或是成虫，无论是居官还是为民，无论你是做庄稼还是经商以至学艺，只要居于人下就不可避免要受制于人，就要受欺，你必须忍受，哪怕是辱践也要忍受；但是，你如果只是忍受而不思报复永远忍受下去，那你注定是个没出息的软蛋狗熊窝囊废；你在心里忍着，又必须在心里记着，有朝一日一定要跷到他头上，让他也尝尝辱践的味道……越王勾践就是这样子。"娃子哇，你大我就是原上的勾践！"鹿马勺一句话概括了自己，把一个千古传颂的卧薪尝胆以图复国的越王勾践个性化具体化了。为了加深娃子们的记忆和理解，他把自己辛酸经历经过适当的改编讲给他们，特别把自己冬天穿着单裤携着讨饭马勺走进省城的经过讲得格外详细，在哪个村子被狗咬，在哪个村子的庙台上过夜都讲得一丝不乱；到饭馆被炉头用勺背勺沿儿敲脑袋、打耳光、撕耳朵、拧脸蛋也都一件不漏地讲了，只是把炉头走自己"后门"的丑事做了重大修改，说那个老畜生把尿撒到了他的脸上，那时候他就是卧薪尝胆的勾践。他对后来报复那个老畜生的情节也做了重大修改，说成自己请了皇城里的兵卒成百人一拨接一拨往那个老畜生脸上撒尿，直到淹得半死……这时候，他就是重新得国踩踏吴王的勾践。这个个性固化了的勾践精神就一代一代传下来，成为鹿家在白鹿原撑门立户的精神财富。

**勾践和勾践精神**

勾践是个什么样的人呢？

勾践是一个有抱负重行动，有理想、有信念、有目标的人。为了实现灭吴称霸，他殚精竭虑，信念恒定，始终坚持要置夫差于死地，不给对方任何东山再起的机会，自己则想尽千方百计不计成本，不顾尊严善于抓住对自己有利的一丝一毫机会。信念本是一个中性概念，无所谓善恶。如果对善没有具体的质的规定，那么信念越坚定，人也就有可能越来越背离良善初心，越来越踩踏底线，变得越来越痴狂，越来越让人吃惊，越来越可怕。用《白鹿原》中陈忠实先生寻找到的自己的句子来描述，勾践的确是一个豪狠角色。勾践像谁呢？鹿马勺、白孝文身上都有他的影子。

夫差和勾践的较量也是伍子胥和范蠡、文种之间的较量。第一次吴越之战，越胜吴败。公元前496年，吴王率用兵大师孙子曾训练过的精锐之师在今天的浙江嘉兴与越军展开激战。勾践用范蠡为军师，大败吴军，吴王受重伤不久死亡。

第二次吴越之战，吴胜越败。年轻的夫差继任后在首辅大臣伍子胥的扶持下于公元前494年大败越军，攻占越都会稽。在亡国灭种的危急时刻，文种费尽心机周旋，夫差动了怀仁之心，勾践放弃尊严率大臣妻子入吴为奴。乱世之中的人情味会成为致命的毒药。公元前491年，勾践抓住机会，为生病的夫差尝大粪以寻找病源，这一招彻底牵动了吴王的恻隐之心，夫差下令释放勾践，让其返回越国。

回到越国的勾践放弃舒适的宫殿，移住在破旧的马厩，卧薪尝胆，励精图治，开始了著名的虐心生活。他每日反躬自问："汝忘会稽之耻邪？"勾践动员军师范蠡献出挚爱的西施，作为国家复仇战略的一部分，获得夫差的专宠。西施的成功潜伏等于在敌人身边安置了定时炸弹，一有需要即可引爆。机会的确会垂青有准备的头脑。公元前482年，夫差率全部精锐部队参加黄池之会，勾践乘虚而入，彻底击败吴国。吴不得已与越议和，是为第三次吴越之战，结果是越胜吴败。

公元前473年，第四次吴越大战发生，越胜而吴大败。吴王夫差求降不得而拔剑自刎，吴亡。勾践渡淮，会齐、宋、晋、鲁于徐州，声威大震，俨然已经成为春秋时代的最后一位霸主了。

千百年来人们只知道勾践是一个身怀大志又甘于忍辱负重，为了远大目标的实现有恒心有毅力的人，然而，看看他对待功臣文种的言行又可知道历史上的勾践本质上还是一个无耻可恶的豪狠之人。

文种与勾践也曾经共同患难，长期隐忍，殚精竭虑，安邦定国，谋略超人。一个战壕的战友范蠡劝文种功成身退，否则"飞鸟尽，良弓藏；狡兔死，走狗烹"的历史大剧可能再次上演，你文种就是男二号。可是文种贪图享受，岂肯立刻放弃！悲剧上演了。心里早已谋划妥当的勾践胸有成竹，笑眯眯地赐剑给文种说："子教寡人伐吴七术，寡人用其三而败吴，其四在子，子为我从先王试之。"勾践话说得明白：你文种真是聪明呀，出了七条计策，我只用了三条就灭了夫差，其余四条你还是到已故的先王那里去实践吧。"太阳底下无新鲜事，对新事物的认识无非是一种回忆。"文种一听，想起好友范蠡之劝，心立即凉透了，遂选择自杀。

可以共患难的君臣比比皆是，但可以同安乐的君臣却十分少见。杯酒释兵权的宋太祖历来被视为宽和的典范。对开国将领石守信、高怀德等来说，太祖皇帝赵匡胤实在是为部下考虑周到的好君王。太祖说："人生在世，如白驹过隙，要得到富贵的人，不过是想多聚金钱，使子孙后代免于贫穷。你们不如释去兵权，解甲归田，回故乡多置良田美宅，为子孙立永远不可动的产业。同时多买些歌伎舞女，日夜饮酒相欢，以终天年，朕同你们再结为婚姻，君臣之间，两无猜疑，上下相安，这样不是很好吗!"自己多年前被将领们黄袍加身,南征北战取得皇位,然而有一天众将领中的某一个被属下黄袍加身,岂不是危及皇权的安危!反正人生一世图的就是荣华富贵,通过职权去捞钱还要冒风险,不如现在我赐给你们金钱美女良田豪宅,问题通过和平谈判两相情愿不就解决了吗!这样的上下级关系处理中显示出一种现实妥善的技巧,当然从价值观来看处处是赤裸裸的金钱享乐观念。北宋开国皇帝为了皇权的安全付出了巨大的制度成本,通过杯酒释兵权,加强了中央集权制度,维护了皇权的绝对性和完整性,开始了又一轮治乱兴替的单循环。高明的是,不伤君臣和气就解除了大臣的军权威胁,成功地防止了军队的政变,彻底消除造成强唐灭亡的藩镇军制,为宋政权的安稳发挥了积极影响,当然,军事上的不断羸弱也造成了南宋事实上的偏安一隅。

慑于臣子功高震主的潜在危险,为谋求社稷和国家政权稳固,大多数君王舍弃或逼杀臣子,这是历史常态。"勇略震主者危,而功盖天下者不赏""大名之下难久居""久受遵名不详",知趣的臣子不等矛盾爆发,早就明智地选择退隐江湖,忘情于山水之间,享尽天伦之乐,以不羡君权富贵的姿态侥幸地躲开本该属于自己人生的那份灾难,如张良、范蠡等。共同攻坚克难、励精图治、创立宏图伟业的日子过去了,不应留恋。不明智,贪恋荣华富贵,认不清君臣关系真谛和走势的臣子却一批批毅然走向自己人生的末路,拦都拦不住。文种如此,以后的心凉在所难免,封建专制社会中这样的悲剧一幕接着一幕上演,老是谢不了幕。

当然,这样的臣子可悲、可怜、可恨、可叹,这样的君主同样心胸狭隘、道路狭窄,政权根基不牢前途自然渺茫。勾践灭夫差之后数年重蹈覆辙,不能审时度势,又不能容忍良臣,忧心忡忡,其走向覆亡也在所难免。

与勾践这样队友为伍是普通人的悲哀,与之做朋友不值得,与之做君臣很危险,只因为他是一个无耻可恶、忘恩负义之人。为了达到目标,他可以送臣子(朋友)的妻子给仇人;也可以把为自己出过力的臣子赐死;做这些事虚仁假义心安理得,无所不能无所不为。这样的人夫差、文种没有看懂看透,范蠡却是看透看懂了。

勾践还是违背人情伦理规律之人。不平凡的业绩永远是由不平凡的人做出来的。历史上的枭雄总有不同于我们平常人的思想和行为,这一点必须承认。"宁可我负天下人,不可天下人负我",这虽然是曹操总结出来的指导他自己的一种价值观和方法论，但不等于之前就无人实践过。勾践等历史上的枭雄做出的违背人情伦理基本规律的惊人之举总是让我们望尘莫及，自愧不如，不敢不愿不屑于模仿，当然也就不可能成就那样的伟业。勾践为了伪装自己，通过为生病的吴王夫差尝粪便来寻找病源，从而彻底打动夫差。勾践尝粪没有甘之如饴，没有表情痛苦，只是一脸平静，显得为大王健康忧心忡忡地做完这件事，表现得没有一点不愿意。他尝粪时眼前闪过的必定是千军万马，千军万马践踏的也必定是吴国的大好河山和吴王夫差的人头，没有这种精神胜利的诱惑怎堪忍受这种奇耻大辱！这样违背人情伦理基本规律的惊人之举岂是我们凡人能做出来的?！

人吃五谷杂粮，蔬菜瓜果鱼肉正常，迫不得已生吃也属正常范围之内，尝尝野草野果野味尚可，哪有尝粪的？违背人情伦理的事，乍一看，让人感动，仔细思考一下，就会感觉可能双眼已被蒙蔽，不由人不心生恐惧。

其实，这样的人早在一百多年前的齐国就出现过。春秋五霸之首的齐桓公能继承先祖姜太公吕尚的权谋德业，能"尊王攘夷"，能会合诸侯，能成就霸业，但晚年昏庸的他却被宠臣蒙蔽了双眼。晚年围在身边的三个宠臣易牙、卫开方、竖刁都是违背基本人情伦理，标榜爱桓公胜于爱自己的大伪之人。生活中遇到这样的人千万要像躲避危毒禁品一样远离他们。遇到这些人的表演，我们也要像看小品一样，只观看，绝不入戏。

齐桓公大王当久了，啥都吃过，就是遗憾没有吃过人肉。晚餐时易牙就呈上一盘肉，齐桓公吃了直呼过瘾，问是什么肉。易牙说，是我儿子的肉。把自己亲生儿子杀了炖成美味让大王吃，齐桓公感动糊涂了，认为易牙的确是真的对自己好。

卫国公子卫开方抛弃父母妻子全心侍奉齐桓公，日子久了，桓公问，你远离故土，难道不想念他们吗？卫开方说，这些事跟侍奉您相比，就是粪土。齐桓公几乎又要落泪了。

竖刁更是乐于献身，为了表白对领导一片忠心以及对领导周围的佳丽们无二心，自愿阉割自己入宫侍奉齐桓公。这种精神更是感动了齐桓公。

一般来说，人爱自己胜过爱别人。如果违背基本的人伦天性去爱别人，那就失去人的真性情，和禽兽差不多了，这样的人没有底线，什么事情都可以做出来，人一定要善于鉴别和彻底远离周围的这一类人。这也是管仲对齐桓公的忠告，桓公不以为然。良药苦口利于病，忠言逆耳利于行，古来皆如此。管仲死后，齐桓公生病在床，易牙、卫开方、竖刁发现效忠老国君已经不能带来任何利益，立即封锁宫门，活活饿死了他。

厚道和笨拙没有关系，只是内心品行使然，厚德载物，助人为乐，赠人玫瑰，手有余香。

善良和软弱没有关系，只是善良能让人坦然快乐，作恶必然让人内心不宁静，损耗福报。

忍让和退缩没有关系，只是忍让能赢得难得的平安和谐，风平浪静，天高海阔。

宽容和怯懦没有关系，宽容是对人对事对物的一种包涵大度，并不是没有原则，很多时候不必苛求，条件具备的时候水到渠成，好运挡都不挡不住。

糊涂和真的糊里糊涂没有关系，糊涂只是不愿计较罢了，面对一时的误解委屈，锱铢必较只能让事情更糟糕，大度一些反而更能赢得理解和尊重。

情义和真诚相连，和欺骗奉承无关。重情重义的人不掩饰内心的情感，有话直说，他知道违心奉承是应付和欺骗，割舍不下那份难得的缘分和情义，明知道忠言逆耳也要说出来，这是对朋友的真情流露和责任心。齐桓公明明不爱听对三个宠臣的批评，管仲执着地说出来是一种责任心。重情义的人明白真诚是一种品质和习惯，欺骗是用一时的谎言来暂时圆场子，岂不知一个谎言要滴水不漏接下来得配套八个谎言去佐证，累啊。

人生在世不同阶段都是有基本的人伦规范需要遵守的，轻易违背不得。一时违背了，赶紧纠正不要偏离正轨，否则前路未卜。成人做成人该做的事，小孩做小孩该做的事，男女也应各行其是，规律使然，一旦混同就麻烦，就难以理解。唐代将军严武的故事迄今还让人们深思。

《旧唐书》记载，严武（今陕西华阴人）8岁时，有一天见母亲因为父亲严挺之厚妾薄妻而伤心哭泣，遂以铁锤当即击杀了父亲宠爱的名叫玄英的小妾。当父亲问起时，8岁的严武振振有词："安有大臣厚妾而薄妻者，儿故杀之，非戏也。"父亲惊奇地说："真乃我严挺之的儿子?!"这父子俩的个性可谓强悍得可怕！

严武 8 岁时即有此违背人情常理的惊人之举，谁人不奇？谁人不惧？成人以后的严武果然性格彪悍，做人做事非常人所能想象。公元 764 年 7 月开始，严武率兵西征，8 月破吐蕃 7 万余众，10 月攻占盐川城，一举击退外敌入侵。公元 765 年 4 月严武 40 岁时暴病卒于成都。

西征期间，严武写下了著名的《军城早秋》一诗，好朋友杜甫称赞"诗清立意新"。"昨夜秋风入汉关，朔云边月满西山。更催飞将追骄虏，莫遣沙场匹马还。"严武的这首诗气概雄壮，干净利索，面对来犯之敌，主将胸有成竹，指挥若定，显现出严武的统帅本色。一般的边塞诗人不可能写出这样恢弘雄壮，淡然自若的诗。

《太平广记》中记载了严武盗妾的故事。32 岁时，严武任京兆少尹兼御史中丞，看上了邻居的小妾，遂成功引诱其一同私奔。当官府到船上追查时，严武为了逃避罪责，决定销毁人证，他当即用琵琶弦勒死了这名小妾并沉入激流之中，没有了人证，自然顺利逃过了此劫。这故事让我们不寒而栗，后心发凉，严武的性强豪狠无耻亦可见一斑！一个人竟然可以残忍无情丧心病狂到这种失去底线的程度，让人咋舌愤怒，也让人同情一个弱女子的凄惨命运。悔不当初，一个花季女子的生命陨落只是因为自己认错了人！

严武生前在四川时，因下属漳州刺史章彝犯小事，竟用棍子将其击毙。母亲时常担忧他的骄暴行为会惹下大祸，甚至可能株连全家。严武死后，母亲伤心落泪："我不会担心沦为官婢了。"

认清类似齐桓公身边的三位宠臣，认清严武，认清勾践、认清鹿马勺等都是困难的事，认清认准了是侥幸，认错了后果极其严重。这样的人日常生活中时能见到，那就尽可能地认清认全认早认准吧。每遇违背基本人伦常理之人之事时就要格外警惕，这应该是辨认的基本法则。

**认清鹿子霖**

《白鹿原》中描写道，镇嵩军的乌鸦兵从白鹿原上撤走后，白鹿仓大批的房子被烧毁，总乡约田福贤决定以付给麦子的方式聘请乡民到山里扛来木料，日管三餐，在废址上翻建新房，补修围墙。这是一项宏大的工程，更重要的意义在于乡民出了力气，受到优待，总乡约和乡约的宽厚仁德声誉交口相传。鹿子霖受命监督管理工程，负责发放待遇。这其实都是国民党县党部为了笼络人心，巩固其在白鹿原上统治的系列措施。

小说传神地写到鹿子霖的表现，可谓活灵活现地刻画了一个慈善和亲、幽默风趣的农民形象。

鹿子霖深眼睛里蕴含着微笑，走到正在盘垒地槽基础的乡民跟前："干一阵儿就歇一会儿抽袋烟，谁要是饿了就去厨房摸俩蒸馍咥喽！"结果惹得乡民们哈哈笑起来。大家干得更欢了，没有哪个人蹭皮搓脸好意思不到饭时去要馍吃。

鹿子霖虽然是个农民，但他不是一个普通的农民。他是总乡约田福贤之下九个乡约中的一个，而且是受到田福贤赏识信任的一个，地位也算是显赫。"谁要是饿了就去厨房摸俩蒸馍咥喽！"这话是口语，通俗易懂，但不是客套话，一点都不见外，显着异常和蔼亲切。这说明鹿子霖把乡民们没当外人，希望乡民们把总乡约设的这个食堂当自己家一样，根据需要随时拿馍吃。只有吃饱了，只有关系近了，才能有力气干活，把任务完成好。这一点，鹿子霖心里清楚得很。

创作来源于生活。创作实践未停止，深入生活未停止，陈忠实多年后对人物形象的刻画一样来源于多年来的积累。只有这样，"属于自己的句子"才会自自然然汩汩流淌出来。陈忠实是语言大师，更是生活大师，他离不开白鹿原的历史地理人文乡俗，山川河流一草一木。

人得意之时眉毛上扬，眼睛含笑，步履轻盈，言语轻快，这是大多数人的常态。鹿子霖这样，吴登旺也这样，总有一些事让他们按捺不住，喜上眉梢，眉眼里全是活泛和笑意。这神情和眉眼，常克俭看到了，白嘉轩也看到了。

鹿子霖二次出狱后情绪低落，到田福贤处走了一遭，重新受到启用，得意起来。他从省城买了一件地道的宁夏九道湾皮袄和一副镀金的硬腿石头眼镜，一顶黑丝的呢质礼帽，全身武装起来，一下子改变了两年牢狱生活朴稀邋邋的倒霉相，抖了起来。白嘉轩问他："子霖，你穿这么排场做啥去？"子霖压住内心的得意劲儿，矜持地回答："田主任硬拉我到联上替他干事，我推起不掉喀！"白嘉轩瞅着鹿子霖远去的脊背说："官饭吃着香喀！"明明是自己主动上门求来的二次出山的机会，偏偏要说是人家领导硬拉他，离不得他！这是很多人遇到这种情况时的障眼法。我们在日常生活中也是经常能见到的，不奇怪。鹿子霖的眉眼白嘉轩是深深地刻在心里了，一身排场扎势的行头外加眉毛眼睛里掩饰不住的喜悦跃然纸上。小公务人员的日子好过普通农民能理解，但是没有道德立场，守不住农民本心的鹿子霖另类形象留在文学长廊里了。

关中土话批评人时老讲:"你这人没眉眼"或"你看你那好眉眼!"对方不服气时也常反驳:"我眉眼不好,你好你是啥眉眼!""眉眼"其实就是样子、外表、规范、形象等,是对一个人的总体评价。吴登旺心里有喜事,从眉眼上表现出来高兴,作为战友的常克俭看到了。因为熟悉其性格和日常为人处世的表现,常克俭一看他喜眉喜眼的劲头就能猜个八九不离十。冷冷地瞅着鹿子霖离去不再回头的脊背,白嘉轩看透了这个人,源于一个原上几十年的争斗与合作。谁不知道谁呀!

这也是对两类农民之间的关系的描写。常克俭和吴登旺也是两种不同类型的农民。陈忠实一直致力于农村题材的创作,《南北寨》是他从事创作之初的作品,稚嫩之处今天无法苛求。陈忠实也一直努力想创作出中国农民的两个典型代表,可以说他从开始走上这条神圣道路的时候就在琢磨这事了。《白鹿原》中的白嘉轩和鹿子霖出现后,塑造中国农民两个典型人物的愿望实现了。可是通读《南北寨》,不觉得作家的努力从1978年就开始了吗?不觉得常克俭和白嘉轩,吴登旺和鹿子霖在语言、行为、神态等方面有相像之处吗?农耕体制下农民踏踏实实种粮食的初心不还是一样没有变吗?

鹿子霖的儿子鹿兆鹏是活跃在白鹿原上的共产党头头。从兆鹏当年和黑娃一起闹农协,奉行一切权力归农协开始,到后来和鹿、岳两人一起举起左右拳盟誓国共合作,再到"四一二"反革命政变发生,抗日战争开始等,历史洪流的滔滔卷滚,鹿子霖这个做父亲的乡约在上司面前始终撇不清自己共产党头头父亲的嫌疑。

鹿子霖活了多少岁?书中没有交代。元代卢挚《折桂令》似乎颇能印证总结鹿子霖的一生。"想人生七十犹稀。百岁光阴,先短了三十。七十年间,十载顽童,十载狂赢。五十岁除分昼黑,刚分得一半儿白日。风雨相催,兔走乌飞,子细沉吟,都不如快活便宜。"这首散曲意义旷达,辞语亢爽,表达了一种人生如梦及时享乐的心态。

晚年的鹿子霖行走于白鹿原上,吆三喝五,聚众饮酒作乐,遍访老旧相好,"把一个个老相好和他生的娃子都认成干亲,几乎可以坐三四席了",好不快活!鹿子霖看上的都是原上各村的俏丽女人,所生下的孩子都浓眉深眼,五官端正,逢年过节都到家里来给他拜年祝寿,他喜不自禁,泪花直涌:"爸只是害怕孤清喜欢热闹,你们常来爸屋里走走,爸见了你们就不觉得孤清，就满足咧……"

解放前夕，白鹿原上遍布共产党和游击队的暗线。一位久不来往的老亲戚的儿子洗劫联保所时打仗没经验负了伤，为救伤找到白嘉轩，白嘉轩十分震惊："你家人老几辈都是仁义百姓，你也是老老实实的庄稼人嘛！都四十上下的人了，你咋弄出这号出圈子的事？"这孩子告诉他，白鹿原上现在暗地里加入共产党的人多着哩。白嘉轩和冷先生预料，共产党夺取政权后走到前台时这明里暗里的党员多得会让大家吓一跳。在白鹿原当时的形势下，两人感慨万千，评点起来原上谁活得最滋润呢？田福贤最不滋润，他提心吊胆，"在原上是老虎，到了县上就变成狗了，黑间还得提防挨炸弹！"白嘉轩啥时候都没滋润过。吃苦受累孤单凄清遭罪，最能相守的女人仙草撒手人寰，最珍爱的女儿生死未卜，最看重的儿子孝文践踏人伦道德，最忠义的长工兼兄弟鹿三疯癫后离开人世，最坚持恪守《乡约》，可世事变化时局动荡传统正义破碎不堪。冷先生坐诊行医，古道热肠，原想着大女儿嫁给鹿家为媳能生活幸福，罄尽家产营救女婿鹿兆鹏只想着能给女儿颜面，挽回可能延续的婚姻，结果女儿惨死，心中的悔恨无法诉说，他的生活方式和思维方式多少年没有变化，根本算不得日子过得滋润。

还是鹿子霖的日子过得最滋润！

鹿子霖吃官饭比吃家里饭香，坐牢时熬不了烟瘾，出狱后熬不了官瘾。

鹿子霖入狱后，妻子鹿贺氏主意坚定单纯，把家里藏的银元金条一次又一次全部打点送人，把门房门楼卖给在保安团干阔了的白孝文，把地卖得只剩下安有水车井的两亩了，这个开阔了眼界改变了气性的白鹿原女人一心救男人的行动感动了上到县长、下到狱卒的各路神仙，鹿子霖出狱了。出狱后的子霖看似想通了很多事，认为卖房子卖地花光家中积攒的银钱也不是个多大的事，"就是那一码子事喀"！蹲监狱两年，他丧失了对一切家事国事的兴致，明白了家中没有后人，万贯家产也无济于事，再也不愿意争强好胜了。白嘉轩真诚同情鹿子霖孤单无后，对他貌似看透世事的平淡神态反倒开始萌生歉意了。

人只要想通，就啥也不争了。鹿子霖真的看淡一切接受一切了吗？再里外不是人，他一生离不开政权。政治权力是他借以谋取经济利益，持续道貌岸然的有效手段。鹿子霖真的不是这种人啊。

小说中写道："直到他回家来的第六天，仍然不见田福贤来看他，鹿子霖自言自语地嘲笑说：'世上除了自个还是自个，根本就没有能靠得住的一个人。'田福贤是他许多年来的莫逆之交，居然在他蹲了两年多监狱回来后不看一看，未免太绝情了。"鹿子霖不耐烦众多乡亲到家里探望诉说，甚至对白嘉轩到家里来赔情道歉也兴趣不大，主要是该来的人没有来，来的都是可来可不来的人，无所谓的。他内心盼星星盼月亮的人是田福贤，数着日子田福贤六天竟然都没有来，他是有些生气的。"然而他也不太生气，种二亩地喝苞谷糁子的光景，与田福贤来往与不来往关系不大咯！"不生气是假的，只是经历了牢狱之灾，没有以前那么生气了。各人过各人的光景，你继续当你的总乡约，我当我一个倒灶了日子的穷汉农民，不在一个板凳上坐，没有共同的语言，生活的河流本可以稳稳地朝前流淌。鹿子霖"虚空已极的心突兀地猛跳起"，缘于田福贤热情邀请的态度，他仍旧以"高涨的气势到联保所供职来了"。

当了团长的鹿兆海带着队伍经过金关城时碰见了一个长相神情酷似白灵的穷窑户的女子，当即下聘礼与之成婚。加入国民党与白灵在信念理想道路上分道扬镳的鹿兆海其实是把自己对白灵的一片深情倾注到这个异乡女子身上了。鹿兆海率领士兵与日寇在中条山浴血奋战，是白鹿原上名义上和实际上真正的英雄人物，但最终却战死在国共摩擦的交火中。这个穿旗袍的女子带着鹿兆海的孩子一路寻觅来到了白鹿原，犹如一块石头投入平如镜面的池塘，荡起一圈圈涟漪，打破了鹿子霖刚平静下来的生活。

领着儿媳妇去祭奠兆海时，看到墓前的青石碑上被恶作剧的人不惜冒险爬上石碑顶端拉屎撒尿，业已干涸的稀屎糊住半边碑面，鹿子霖爆发了："我的儿啊，你舍生忘死出潼关打日本，保卫的竟是一伙给你脸上拉屎尿尿的流氓无赖死狗胚子……"

卢挚的曲子《醉东风》也恰是这种生活的描写："恰离了绿水青山那搭，早来到竹篱茅舍人家。野花路畔开，村酒槽头榨，直吃得欠欠答答。醉了山童不劝咱，白发上黄花乱插。""酒醉之后，必定头痛；放荡成习，必生疾病"。[①] 欲望满足与行为后果之间的评估和节制并不适应他，因为他

---

[①] 恩格斯曾批判过费尔巴哈这种空泛贫乏缺少历史阶级视角的道德观。见《马克思恩格斯文集》第 4 卷，人民出版社 2009 年版，第 292 页。

是旧的阶级社会制度中孕育出来的一种倔强的集传统与新生的邪恶力量。

**白、鹿两家比较**

从相貌上看,白鹿两家都为"贵"相,白家人以圆、凸为主,鹿家人以长、凹为主。白家从白嘉轩、白孝文、白灵到朱白氏,均为大圆眼、大圆脸,脸往外凸,眼珠子往外凸。鹿家从鹿子霖到鹿兆鹏、鹿兆海甚至鹿子霖与原上漂亮女人风流快活后留下的娃子,个个都有长脸形长睫毛凹眼睛的鹿系特征。白鹿两家都有坎坷的发家史,严明的持家格言和祖上遗训,祖上所留精神财富对后世影响都很大;白家发家是由于勤俭买地,鹿家发迹靠的是一把勺子;白家遗训侧重道德修养、鹿家遗训更重考取功名;白家以仁义道德为念、重传统,大灾中祈求神灵保护仍有伤亡,鹿家以聪明狡黠见长,在瘟疫时撒一把石灰而未死一人;白嘉轩克己复礼,以七房女人引以为豪,鹿子霖生性放荡,原上漂亮女人多与有染;两家又都克女人,白家病死八女,鹿家逼死一儿媳;从种代遗传看,鹿家长子兆鹏品性端良颇有嘉轩遗风,白家长子孝文荒淫无耻,似乎子霖孽种。

全书共描写了三场大雪,这三场大雪也都是为白鹿显灵,决定白鹿原命运做铺陈的。第一场大雪白嘉轩发现风水宝地,白家从此发达;第二场大雪,送走了积年的瘟疫,结束了"白鹿乱世"的局面;第三场大雪,伴随着白鹿精魂的形象化身朱先生升天,白家孝文当上滋水县革命政府县长。这三场大雪可以作为全书情节的又一索引。白鹿显灵总要下场大雪,虚幻的东西与美妙的自然景物交相辉映,白鹿精灵成了支配白鹿原命运的神灵,茫茫大雪成了白鹿原神奇的预言家。

以耕读传家作为立身之本的白家与推崇"忍受—报复"的"勾践"精神的鹿家各自将对方视为自己的精神对立面。由于这种"人生观、价值观、道德观和行为模式诸方面出现的对立,必然促使白、鹿二人在精神上相互较量,推动这两个生命张力的自我人格互相倾压,针尖对麦芒……"[1]

最具代表性的是白嘉轩作为传统伦理道德的形象,与市侩实用主义

---

[1] 张国俊:《中国文化之二难(下)——〈白鹿原〉与关中文化》,《小说评论》1998年第6期。

化身的鹿子霖长达一生的不露声色的较量。其中的人性黑暗面更发人深思。这两个有"世交""义交"传统的家庭，几十年中从没有放松过争斗，从人丁子嗣家财运道、到名声脸面、地位势力，无一不成为较劲的内容。为个人家族利益，"仁义"化身的白嘉轩精心谋划买回鹿子霖家藏有白鹿吉兆的二亩坡地。为后辈的德行前程，白嘉轩面对戎装整洁举止干练的鹿兆海"不由地心里一震"，鹿子霖面对仪态端庄的白孝文精心布下一个"等于尿到族长的脸上"的阴谋，道貌岸然的面具下赫然是人性的自私、偏狭、冷酷。在善恶对立问题的研究上，恩格斯曾引用了黑格尔的论述："有人以为，当他说人本性是善的这句话时，是说出了一种很伟大的思想；但是他忘记了，当人们说人本性是恶的这句话时，是说出了一种更伟大得多的思想。"[①] 可见，在黑格尔那里，恶是历史发展的动力借以表现出来的形式。

白孝文在童年时就对黑娃漠然待之，其人性中的"冷漠无情"已初见端倪。大饥馑时，毅然舍弃小娥出外乞食，在媳妇死尸前"没有动"更没有哭一声，发现儿子偷他的"私藏"，便是一顿暴打，后来更不管他死活。为了自己的前程和安全毫不留情地断送一个无辜团丁的命来脱罪，追捕儿时玩伴兆鹏邀功，枪毙有功之臣黑娃以求自保，人性中恶的一面急速地膨胀，粉碎了残存的"仁义"。这样一个工于心计、巧于变化、冷酷毒辣的角色最后却获得胜利者的姿态，折射着历史的冷酷无情。

白嘉轩与鹿子霖的攀比暗斗中，显然没有鹿子霖那么阴险，常让鹿子霖占上风。但他一直掌握着优越感，因为在他眼里，鹿家人是"卖尻子发起来的"，实际上他这种优越感激发了鹿子霖与他较劲的动力。他有了三个孩子后夸妻子"给白家立功了"，并因鹿子霖女人"已经腰干了"而幸灾乐祸。他"以德报怨以正祛邪"地去搭救被捕的鹿子霖，目的是"要在白鹿村乃至整个原上树立一种精神"，而他的初衷是要"让所有人都看看真正的人是怎样为人处世，怎样待人律己的"。直到鹿子霖发疯，成为废人，他终于没有抓住主动结束暗斗的机会。

鹿子霖哪怕再给李家寡妇冤枉钱，也不让白家占一点便宜。跟人攀比是鹿家世代传承的秉性。"天下第一勺"老太爷的遗嘱是"我一辈子都是伺候人，顶没出息。争一口气，让人伺候你才荣耀祖宗"。既然是为了

---

① 《马克思恩格斯文集》第 4 卷，人民出版社 2009 年版，第 291 页。

祖宗，鹿子霖居心专意供给子弟读书，总是想要胜过白家，很大程度上由不得已，也是一种无法抗拒的力量所使然。几乎每个人、每个家庭都受到这股力量的影响，好比白赵氏也给儿子嘉轩说过一句话："死了五个我准备给你再娶五个。家产花光了值得，比没儿没女断了香火给旁人占去心甘。"后来坐了两年零八个月的牢，鹿子霖开始想开了："能享福也能受罪，能人前也能人后，能站起来也能蹴得下，才活得坦然，要不就只有碰死到墙上一条路可行了。"出狱后，"他想起当初从白家宅基上房的壮举，又觉得可笑了，对于白家重新把这幢房子迁回而显现的报复意味也觉得可笑了"。他"两个儿子一个死了，一个飞了，连一个后人也没有了"，也失去了房子、金子、面子，"才明白了世事，再没争强好胜的意思了"。此时白嘉轩还在慨叹："而今这世事瞎到不能再瞎的地步了……"鹿子霖却说："瞎也罢好也罢，我都不管它了，种二亩地有一碗糁子喝就对哩！"他倒比白嘉轩醒悟得早，世事看得透。很快，他又回到自家的"勾践精神"来了。因为他看到了烈士儿子兆海的坟墓成了原上人的"官茅房"，业已干了的稀屎从碑石顶端漫流下来。他挥泪说："人还是不能装鳖哇！装了鳖狗都敢在你头上拉屎……"他好不容易"明白了世事"，放弃了"争强好胜"，又是一个由不得自己的原因让他不得不回到原点。意味深长的"还是"两字他后来又喊过一次，那是白鹿乡全民镇压反革命集会上："天爷爷，鹿家还是弄不过白家！"随后"突然脑子里嘣嘣一响"，一辈子驱使他坚持奋斗的动力最后宣告了他有灵性的生命的结束。

**商业文化与鹿子霖**

鹿子霖实在是中国农民的新人物，中国文学长廊中出现的一个新形象。他区别于农耕和儒家文化指导下的白嘉轩，反而更靠近商业文化的功利和机敏。以自然经济为主导的中国社会逐步演变成半封建半殖民地社会，商品经济冲击着古老的白鹿原。进城打工经商逐利以后最终的目的还是要回到原上，买地置庄基证明自己。依靠商业发达了，不得已还得皈依农业，伺机寻找更好的机会，鹿家老先人走的正是这条路。

"凡遇，合也。时不合，必待合而后行。故比翼之鸟死乎木，比目之鱼死乎海"。（吕氏春秋·卷十四）士大夫被君主赏识是时机成熟了，遇到自己喜欢的人也是机缘到了，对于以利益为本的鹿子霖家族而言也是这样。他们不会甘愿做逆势而行、固守困死的比翼鸟和比目鱼。相遇即是存在和合理。当下时间不合适，一是等待发展的合适时机，二是学会变通和投机冒险，寻求更适宜的条件。鹿家先人的隐忍变通、投机冒险完全被鹿子霖继承发展，他喜欢抛头露面，出人头地，激进振奋地寻找一切机会，勇立潮头。"说洋话办洋事出洋党"，他剪辫子穿制服、拥护农协、主动当乡约、讨好国民党地方党阀田福贤和岳维山等，没有自己坚定的政治主张，只是为了和白嘉轩分庭抗礼，乡约大约不低于族长吧！辛亥革命、国共合作、土地革命、抗日战争、解放战争的性质是什么，他并不关心，只是追赶。

权利更迭中无节操，追赶的目的是逐利。军阀来了可以当狗；农协斗争中仗着儿子敢钻铡刀；要没收土地了，他辞退长工；当保长征丁征粮无节度；看见漂亮妇女就占有；孤老无依时犹召集义子大会……怎么顺手顺心怎么来。风吹墙头草，哪边强倒向哪边。商业文化以实际可得利益为本，抽象的道德理念不是关注焦点。为丰厚的利益，资本商品都可以铤而走险，商人都可以置杀头风险于不顾，挑战道德底线和法律红线。鹿马勺成功后对师傅的报复何谈道德？鹿子霖对小娥的威胁和遍布原上的义子庇护更与道德无关，只是利益驱动。无利当然不起早，不谋划。冷先生为女儿婚姻幸福救女婿鹿兆鹏，拉了一牛车的银元要送给田福贤，即便是自己亲生儿子，让鹿子霖也感觉到不划算，倒吸一口凉气。银元花出去了，人救不回来，亲家何苦呢？

商业文化的享乐思想在鹿家打上了深深的烙印。农业和手工业生产出粮食和手工艺品，养活了众多人口，获得社会赞扬。商业鼓励消费，增加个人财富，挑战既有的贵族秩序，受到传统中国社会规范性的鄙视。中国传统是重农抑商，有了钱的商人阶层政治上社会上地位并不高。这钱是不是正道上来的？无商不奸，大众的目光始终保持怀疑和不齿。没关系，你冷眼旁观，我想做敢做，随心所欲。贪必滋欲，欲必迷狂。酒、财、色、权鹿子霖自鸣得意，迷狂至极。消费挥霍，尽享以前自己不能享受的，农耕阶层不敢不能享受的，在纸醉金迷中寻得慰藉也是不错的选择。鹿马勺这样，鹿子霖也这样。长工跟班伺候自己不算啥，水晶饼、冰糖等物质上的靠前消费自是当然，吃泡馍、听秦腔那是文化消费，舒坦，喝痛快酒之后享受原上姿色稍好的女人，甚至本家侄子媳妇小娥也不能漏网！可以乘人之危套出黑娃去向关键情报以邀功请赏，又能断绝黑娃回家后路，长期享受小娥温润玉体，为什么不?!

鹿子霖风流放荡恶行一生，可他开明，支持两个儿子外出上学从军，闯荡前程；相信科学，瘟疫来临之时用石灰粉消毒使全家躲过灾难，安然无恙；看重情分，庇护自己在原上喜欢过的女人及其子嗣，疼爱兆海遗孤；和蔼可亲，开朗诙谐，善待除了白嘉轩之外的所有乡民等。我们不觉得鹿子霖有多么可恨，只是认为他是中国传统文化中外向和进取的象征，精明算计、争强冒险集于一身的典型。

鹿子霖的一生是趋时追新的一生，过的是争强好胜、喜出风头、享受不俭的日子；积极入世的一生，过的是出人头地、摇摆不定、茫然空虚的日子；张狂飞扬的一生，过的是悲喜哀乐、大起大落、凄凉无依的日子。遇逆境捶胸顿足、怨天尤人，遇顺境张扬狂放、到处显摆，"同乎流俗，合乎污世"，对祸福、对修养理论的认知都没有达到理性高度。白嘉轩评价他潦倒的原因，"原本就是根子不正身子不直修行太差"。可检视我们自己，又有几个人身上没有鹿子霖的影子呢？人们崇敬感动于白嘉轩的坚守，可实际生活中，不由自主或心甘情愿地会滑向鹿子霖的道路。这道路丰富有趣，张扬享受，为达目的不计后路，恣意洒脱，情深义重，愈陷愈深，愈走愈远。

## 第三节　传统社会最后的智者：朱先生

### 圣人和凡人

小说中，朱先生是儒家文化人格美的典型。在朱先生身上寄予作者的文化期待，更体现了一套完整的儒家文化的话语系统。朱先生不是政治、阶级意识的符号，而是民间理想文化的最完整的展现。他没有高头讲章，却身体力行地奉行和实践儒家文化的信条。他的奇行、奇言、奇事，印证了儒家文化的活力，又印证了衰微之际儒学的无可奈何和包容襟怀。

《蓝田县志》引《汲郡府志》记载了一个故事。北宋时河南汲郡人吕贲任职刑部四司北部郎中时路过蓝田，见风光秀美，遂在县城西北附近购地盖房安家，并迁葬曾任太常博士的父亲吕通骨骸于此。吕贲后来娶一盲女为妻，生下六子，其中四子中了进士，即是大忠、人防、大钧、大临，后人称为吕氏四贤，老四大受和老六大观二十多岁就去世了，未能成名。

吕大忠、大钧、大临都是当时理学名家张载的学生。吕大钧曾在家庙（现在的五里头小学）讲学，收过不少学生。吕氏家族生活的时代，金人入侵，北宋演变为南宋，部分吕姓家人南迁，现在蓝田桥村的吕姓当都是吕氏的后代。吕氏家庙毁于金元战乱，明代重修后吕氏的牛姓学生在此继续讲学。清末民初，关中大儒牛兆濂整修家庙，以吕大临的号"芸阁"为名，成立芸阁学舍，"十亩薄田，一度春风一度雨；数椽茅屋，半藏农具半藏书"，过着一边耕读一边讲学的日子。

陈忠实写作《白鹿原》，唯一一个比较多地借助了生活模特的人物原型就是牛兆濂先生，只不过在小说中多加了一撇一捺，成了朱先生。作家怀着敬畏之心，把握住了原型和人物精神世界里的核心要素，把这个关中老一辈人家喻户晓的人物写传神写成功了！

小说中白鹿书院的原型就是实际中的四吕庵，或者吕氏庵、四献祠基础上拓修的芸阁学舍了。卞寿堂先生查阅的《续修蓝田县志》记载："芸阁学舍即本宋'四献祠'而拓修者，在县西北六里。"这一点经考证没有疑问，因为牛先生主持编纂了《续修蓝田县志》，编纂的地点就是平日里讲学的芸阁学舍。

吕氏先祖置地的地点从实际中的三里镇北面的桥村移植到一川之隔的白鹿原坡，地理风貌、风俗人情两岸相仿无碍。

朱先生并不迷信，是别人看他迷信。朱先生进驻白鹿书院的时候，挂上恩师方巡抚书写的"白鹿书院"牌匾，亲自上前扳倒了四座神像。朱先生让民工扒掉神像，民工畏怯不敢：多少人敬仰的神像能扳吗？先生亲自动手，教化他们："不读圣贤书，只知点蜡烧香，怕是越磕头头越昏了！"这说明朱先生并不迷信，是别人迷信他，把他当成了神！

愚民时代，没有文化的民众不理解朱先生对客观世界的判断。不发达民族总以为某人与某物有一种神秘关系，从而便有那种预知某物的特权，能看到万物的发展趋势和未来面貌。预测种豆子会有好收获、晴天穿雨靴是因为他掌握了一些农作物种植和天气预报的基本常识；足不出户能帮人找到黄牛是因为他能根据找牛者的心理、丢牛时的情景、村庄和农民居住的状况，合理判断出牛可能跑的去向等。一次两次说准了，便次次认为他说得准,未卜先知,影响被人为地不断扩大神化,人物的迷幻色彩就加重了。

历史上的牛兆濂曾作有《神仙辩》:"我非神、非仙,就是我;我是谁?即蓝田牛兆濂也。不料现在还有前知之传,实属自己不智。""我不是神,我是人。我根本都不信神。"超脱凡俗毕竟不是未卜先知的神明。的确,朱先生超越了人类始祖对神的理解。神是原始人类解释世界的方法,也是人们对某种神秘力量的崇拜。朱先生具有和神一样的主宰力,深受白鹿原上的村民的顶礼膜拜。因为他能洞穿现在和未来。对此,与朱先生神会的白嘉轩的感受最为深刻。"他敬重姐夫不是把他看作神,也不再看作是一个'不咋样'的凡夫俗子,而是断定那是一位圣人,而他自己不过是个凡人。圣人能看透凡人隐情隐秘,凡人却看不透圣人的作为;凡人和圣人之间有一层永远无法沟通的天然界隔。"

朱先生有一句至理名言,"房是招牌地是累,攒下银钱是催命鬼。房要小,地要少,养个黄牛慢慢搞"。这句话在小说里四次被提起。

开篇不久在朱先生出场时介绍过,用意在于区分圣人和凡人。凡人和圣人之间的差距是平民和士人阶层上千年演变形成的。凡人说到悟到都可以,就是难以做到。"粟喜堆山,金夸过斗,临行时还是空手",凡人只有在遇到灾难、病变、战乱、死亡等特殊时刻才能体会到身外之物的道理,平常日子里一般以尽可能地获得攫取为主要生活形态。感慨是一回事,感慨之后再努力追求财物则是真实的实践行为。我们在医院接受治疗时的想法是什么?在去殡仪馆参加逝者遗体告别仪式时的想法又是什么?在回到滚滚物流的大街上,快乐地东张西望或者踌躇万千,琢磨着马上该去见谁了、又该请谁吃饭了、谁又欠着我什么了等等,戒骄戒躁、清淡明志、清醒冷静的理想顷刻又被遗忘了。

"圣人能看透凡人的隐情隐秘,凡人却看不透圣人的作为;凡人和圣人之间有一层永远无法沟通的天然界隔。圣人不屑于理会凡人争夺嫌少的七事八事,凡人也难以遵从圣人的至理名言来过自己的日子。圣人的好多广为流传的口歌化的生活哲理,实际上只有圣人可以做得到,凡人是根本无法做到的。"

这是小说中作者对凡人和圣人的区分,以此来叙述朱先生的神奇和不被时人理解的诸多表现。我们会发现,陈忠实先生在塑造人物的过程中,深入研究了牛兆濂这个原型人物的经历和思想成就。陈忠实先生对人物的研究和小说事实的描述，历史事件中人性的描述，以及他一生热爱文学，笔耕不辍的生命历程和不卑不亢，情系读者和群众的朴素情怀，深入田间地头和人民打成一片的创作道路，正是从这个意义上说，作家陈忠实不可否认地成为区别于凡人的圣人！

第二次提到这句话是白孝文彻底堕落，卖房子卖地，白嘉轩请朱先生主持分家时朱先生说的。第三次是鹿子霖经过牢狱之灾回到家，知道家里为救他，把原先拆白家房屋木料盖的房子又卖回给白家时，想起了朱先生说的这句话："如今没招牌没累也没有催命鬼了"，房子、地和钱都没有了，鹿子霖被迫了无牵挂一身轻。

第四次是朱先生曾经点拨白嘉轩：一是辞掉长工自耕自食；二是将多余的土地赠给穷人。白嘉轩当时不能全理解，解放后土地改革查田定产划成分时，他因为三年没有雇佣长工才没有被匡算为地主，至此，白嘉轩猛然醒悟、心悦诚服，认为朱先生是真正的圣人。

朱先生这句话的本意并非一味反对人们对物质的追求，只是提醒人们不要把金钱物质看得过重，甚至走向贪得无厌、犯罪的深渊。房子不要过大，土地不要过多，金钱能满足日常需要即可，维持家庭农耕生产的必要畜力还是需要的。任何事情都有个度，关键在于度的把握，穷奢极欲则不是朱先生提倡的。

"以我转物者，得固不喜，失亦不忧，天地尽属逍遥；以物役我者，逆固生憎，顺亦生爱，一毫便生缠缚。"一个人面对周围的物质世界有一个基本问题要回答，究竟是人为物役，还是物为人役？人为主宰，那么得到也不应该惊喜，失去也就失去了，天地万物因为无人役使而逍遥自在；物是主宰，那么得不到自然就不高兴不顺心，得到了自然会生出爱悦，一丝一毫的这些念头将会纠缠得人不得安生，心理反复波动，念念不忘。人在心理上得不到超脱，始终挣扎于物质欲望之中，路危径险处舍不得回头，久而久之总会走上邪路。以平常自然之心待之，勤勉诚实，始终在光明大道上行走，心底坦荡天地宽，家境再穷愁寂寥，气度自是风雅不凡！

反观今天的社会，很多人还是处理不好心境与物质的关系，私德废弛，物欲膨胀，导致公德败坏。某一时期，官员办公室远远超标，有的厅级干部超过了两百平方米，办公室带有洗澡间、休息间、储物间等；小汽车越坐越高档超标，近百万的豪华越野车成为一些地方县处级干部的标配；一些小官巨贪型的领导家中被纪检部门查出了上亿元的现金，竟然烧坏了点钞机；一些官员包养多名女人，多处买有商品房。时代虽然变了，可是房子、金钱、车子、女人等都成了压在这些人身上的包袱，变成了朱先生口中的招牌、累和催命鬼。上亿元的现金能干什么呢？曾经暂时拥有只不过是充当了保管员的身份，被查出的时候除了成为量纪课刑的依据还有什么用呢？

**传统儒家的人格化身**

朱先生恪守道德良心，铁肩担道义，是传统儒家的人格化身。他淡泊名利，从不当官，却往往在历史的紧要关头，不避世事，挺身而出，为天下百姓出头，做到爱人救人，体现了儒家的治国平天下的理想，即世俗的"达则兼济天下"。辛亥革命时，朱先生乾州退兵，使西安免遭涂炭；反正后的白鹿乡民精神茫然，他整理乡约四条，治理乡村，"仁义白鹿原"传播四方；白鹿原上发生饥荒，饿殍遍野，朱先生赈灾放粮，救民于危难之中；白鹿原上罂粟盛开，农人大发其财，政府屡禁不止，他扶犁铲除，使乡民远离毒害；他迎接兆海灵柩，为抗日英雄洒泪；日寇入侵中国，他手书"砥柱人间是此峰"，激励兆海奋勇杀敌；抗日烽火之中，他发表八君子宣言，欲投笔从戎，震动全国，民族气节赫然凛凛。生逢乱世的朱先生一介布衣，一生居住白鹿书院，诵读诗书，但心中却装着天下百姓，沉潜内敛之下掩不住侠骨柔情和激昂热烈的光芒，始终关注世界的变化，常常有惊人之举，铸就了儒家文化的品牌，实践了"爱人"的哲学。

朱先生南方讲学归来登华山顶峰，吟诗一首："踏破白云万千重，仰天池上水溶溶。横空大气排山去，砥柱人间是此峰。"华山赋诗是他个人情怀、抱负和自我精神的写照，心担时代苦难，意气昂扬，他坚守关中学派宗旨，忧国忧民，呼民间疾苦，育可育之才。茹师长率军奔赴抗日前线时，此诗又被他书赠十七军，以强烈的爱国情怀赋予这首诗更高的精神寓意。

传统儒家理想以救世济民仁义为核心的社会具有终极目标性特征，美好和谐又遥远。学者们超然于社会政治生态，又异常关注民众的现实生活。朱先生一生恪守道德良心，正义思辨，由衷赞成"扶助农工"政策，因为这一政策发展生产，保障人民生活，体现民生关怀，反对混乱，厌恶战争，因为这会摧毁善良，颠倒秩序，仁义不存，恶性完斥。因而田福贤、鹿子霖主持惩罚农协骨干分子之时，朱先生、白嘉轩以静制乱、修补人心，试图使秩序扳回仁德的理性轨道，然而民国政府对人民的盘剥欺压更加野蛮，让人彻底失去信心。"一年把往昔十年的皇粮都纳上了，咱对国家仁仁义义纳粮交款，可而今这国家对百姓既不仁也不义了。"百姓和政府之间只剩下了仇恨，那么"如果不是白鹿原走到了尽头，那就是主宰原上生灵的王朝将陷入死辙末路"。

白鹿两家为了买地发生争执互不相让时，白嘉轩攥着卖地契约，理直气壮地到滋水县政府投诉，鹿子霖也不退让，到县里投上诉状，决定明早用骡马圈地，双方剑拔弩张。鹿子霖的父亲鹿泰恒老爷子暗中支持儿子，希望儿子能成为白嘉轩的一个强劲对手，这时朱先生写了一首诗，警示双方："倚势恃强压对方，打斗诉讼两败伤；为富思仁兼重义，谦让一步宽十丈。"白鹿二人在冷先生的邀约下，抱拳打拱互相致歉，原先拟定要买的地归还李寡妇，并再周济一些粮食和银元。滋水县县令古德茂题写"仁义白鹿村"的牌匾，亲自送到了白鹿村。仁义之举迅速传遍滋水县，朱先生功莫大焉！这件事的处理方式符合孔子"息讼"的思想，是传统文化精神的一次实践。

《菜根谭》有云："鹬蚌相持，兔犬共毙，冷觑来令人猛气全消；鸥凫共浴，鹿豕同眠，闲观使我机心顿息。"互相争斗为的都是名誉和利益，结局上却不免两败俱伤；和睦相处各让一步，实际上可能双赢。为达目的而不择手段，在朱先生看来就是"一场闲富贵，狠狠争来，虽得还是失"，纯粹属于自寻烦恼。朱先生在思想和行动上倡导的就是这样一种理想的和谐乡村，反对的是投机取巧和奸诈欺骗，斗狠致气。

他坚守旧学，拒绝新学和进步，是保守和理想主义的代名词。仁义是民间最为实用的生活原则，其建立在悠久的文化土地上，并以"仁爱"哲学作为基础，是一种道德规范下的文化。朱先生的仁义境界扎根于土地，是一种儒家文化的神性符号。

朱先生禁烟退兵，修志立约，赈灾济民，包括后来的意欲投笔从戎都是儒家民本思想的体现。在重大的历史转折关头和政治纷争中，他并不主动感应历史潮流，坚守内圣外王，信守关学，以一个固有的体系拒绝接受新的思想，守望独行。

朱先生对封建礼教实际上持维护的姿态。社会进步以女性解放和自由为衡量标志。田小娥追求个性解放和婚姻自主成为冒天下之大不韪，善良美丽泼辣能干都没有用，违背三从四德的伦理纲常却是致命的。过着贫贱自由生活的田小娥在失去黑娃庇护后孤立无援，生计无门，先后被鹿子霖、白孝文推入宗法社会深渊，为众人不容，最终被心爱的黑娃的父亲，自己名义上的阿公杀死。怎么处理小娥的骨殖，朱先生给白嘉轩的建议是："把她的灰末装到瓷缸里封严封死，就埋在她的窑里，再给上面造一座塔。叫她永世不得出世"，女性自由解放永远不能违背封建礼教的三纲五常，这不是与时代进步的潮流相逆的恶言恶语吗？

当白嘉轩陷入翻鏊子的斗争中，向朱先生咨询意见，朱先生回答："你种你的庄稼，你务你的牛犊儿就对了。"鹿兆鹏请朱先生算一下国共两党将来结局如何。朱先生莞尔一笑说："卖荞面的和卖饸饹的谁能赢了谁呢？二者源出一物喀，我观'三民主义'和'共产主义'大同小异，一家主张'天下为公'一家倡扬'天下为共'既然两家都以救国抚民为宗旨，合起来不就是'天下为公共'吗？为啥合不到一块反倒弄得自相残杀？公字和共字之争不过是想独立字典。卖荞面和卖饸饹的争斗也无非是为独占集市，既如此，我就不大注重结局了。"朱先生的这段评说政治的话在修订版中被删除了大半。不仅如此，修订版还新增了鹿兆鹏揭露国民党、宣传共产党主张的语言："你没看见但肯定听说过，田福贤还乡回来在原上怎样整治穷人的事了。先生你可说那是……翻鏊子？"朱先生不觉一愣，自嘲地说："看来我倒成了是非不分的粘糯糊了。"兆鹏连忙解释："谁敢这样说哩！日子长着哩！先生看着点就是了。"

朱先生是传统儒家文化的代表。他有着几千年的封建文化底子，在他之前的几千年的封建历史中，的确每次闹腾都仅仅是改朝换代的工具。他是白鹿原上的圣人、智者，根本没有接触过现代思想。他深厚的关学、理学底子和共产主义思想毫不沾边。他从他的文化角度去理解，"翻鏊子"一说非常合情合理。这个形象的比喻把白鹿原错综纷繁的斗争简洁而形象地概括了。它既生动地描绘了白鹿原式的斗争因反复而构成的激烈程度和频度，又深刻地喻示了这种翻来翻去的闹法给置身其中的乡民们造成的困苦，但并没有意识到这种翻来翻去还有正义与非正义的区别。

把朱先生"翻鏊子"的说法混同于作者陈忠实的观点实在是可笑的。不愿意再次赘述，引用先生创作之后的一句体会吧。"如果把朱先生的'鏊子说'可以看成是作者观点的糊涂，同样可以推及田福贤的反动观点给作者，鹿兆鹏的革命观点也应该是作者的。这种常识性的笑话，我在写作过程中是丝毫也不曾预料得到的。"①

朱先生不参与、不赞成、不介入两种政治势力的血腥斗争，正体现了他所代表的文化和他所处的历史的局限性。辛亥革命以来的战事在他眼中是"天下大乱"，对张总督代表的辛亥反正有限认同；把清廷方巡抚代表的朝纲正统认定为争权逐利，他看重的是社会建设和进步，痛恨生灵涂炭穷兵黩武，希望以伦理调节实现融容共治国家。朱先生是农耕文化的精神代表，主张在生存保证的前提下尽可能的恬淡安逸、和谐稳定，斗争总是带来痛苦和牺牲。他对这种政治利益的纷争是痛惜的，不针对任何一个阶级，卖荞面的和卖饸饹之间没有质的区别。朱先生以平民视角期盼和平，愤恨痛惜的是双方折腾和毁损，这种折腾毁损伤害双方，伤害社会和百姓。他所代表的关学文化在现代思想冲击下故步自封，逐渐日落西山，悲壮孤苦冷清，不能昭示社会发展方向。究竟谁能代表广大穷苦老百姓的切身利益，代表中国革命的未来，朱先生所有的知识储备回答不了这一问题。

朱先生"注定朱毛得天下"和"满地红"的语言判断也是在国民党政权穷途末路无可挽回的现实中做出来的。抗战之后，他更激烈地批判国民党的暴敛，判定国民党政权必定垮台，因为"这国家对百姓既不仁也不义"，完全背离了当初三民主义的初衷。恶取代善，霸道取代仁道，横征暴敛到连"富裕户也招架不住"的程度，"日子过不成了"，官逼民反自然就顺理成章了。

他认为毛泽东的书"写得好""人也有才"，赞扬"延安那边清正廉洁，民众爱戴"，天下注定是朱毛的。以《共产党宣言》的科学真理武装起来的中国共产党，将马克思主义基本原理和中国革命具体实践相结合，实现民族独立富强进而建立无产阶级专政政权，实现共产主义的宏伟蓝图和道路的伟大历史征程岂是农情乡意、淡雅自好、清高忧民、迂腐超然的朱先生能理解的？虽不能理解认同救国救民的科学真理，可他对于世道的忧虑，对于共产党执政重心的关切却不可忽视。"得了天下以后会怎样，还得看……"中华人民共和国成立后毛泽东明确提出："社会主义

---

① 《陈忠实文集》第9卷，人民文学出版社2015年版，第349页。

革命的目的是为了解放生产力。"① "文化大革命"期间的喧嚣与骚动在小说中一定意义上也不幸被朱先生言中。曲折难掩光明未来,此后中共一代代领导人在唯物史观指导下,坚持经济力量、物质生产方式决定社会发展的基本遵循,守初心、担使命,在马克思主义时代化、大众化、中国化的道路上越来越有信心,越来越接近中华民族伟大复兴的中国梦了。这些都是关学最后一位传人强烈的忧患意识和对治世的执着追求。

正因为理论上的局限,朱先生看不到历史发展的方向。

**俭朴生活的典型**

朱先生一身布衣,青衫、青裤、青袍、黑鞋、布袜,未着一丝一缕洋线丝绸,这个习惯保持了一生。他穿的衣服所用棉花都是农家自种、自纺、自织、自裁、自缝,布料都是贤惠的妻子、白嘉轩的姐姐用面汤浆过、棒槌捶打、飞针走线精心做成的,没有别的原因,朱先生只是觉得这样的衣服穿着舒服接地气,自然闲适,心月独明。朱先生去世后,妻子在给换穿衣服时,发现两条小腿微微打弯不平展,怎么也揉抚不下去,猛然发现给先生穿的是白洋线袜子,换成一双自家织布缝下的统套袜子后,朱先生的双膝立时不再打弯,平平展展地自动放平了。朱妻对惊诧不已的儿媳解释说:"你爸一辈子没挂过一根丝绸洋线,从头到脚从里到外,都是我纺线织布做下的土布衣裤。这双白洋线袜子,是灵灵那年来看姑父给他买的,你爸连一回也没上脚。刚才咱们慌慌乱乱拉错了,他还是……"当然小说是有神幻色彩的,但从另一个方面反映了朱先生一介布衣的朴素情怀,至死不改。

朱先生喜食粗茶淡饭,对吃酒豪饮之事极度反感,腻味不振。早年去杭州讲学,对同行邀请饮酒作乐之事觉得打乱了自己多年早读午习的生活习惯,烦闷不堪。在白鹿原上多年的生活,他喜食的只是红豆小米粥,掺着扁豆面的颜色发灰的蒸馍,伴着几滴香油的切细的萝卜丝,吃完饭咀嚼一撮干茶叶,免得授课或与人说话时喷出异味来。天天如此,顿顿不大重样。"麦饭豆羹淡滋味,放箸处齿颊犹香",农家便饭满口生香,回味无穷,远远超过山珍海味。

朱先生只身勇闯清兵大营,恩师方巡抚设宴款待,一双筷子只吃素

---

① 《毛泽东文集》第7卷,人民出版社1999年版,第1页。

菜不动酒，吃完就从随身携带的褡裢中掏出一只瓦罐，把盘中剩下的荤菜素菜倒进去，憨憨地声言，"我把这些好东西带回家去，让孩子尝尝"。朱先生此举意在告诉打算兴兵血洗西安城的方巡抚，天下大乱，平民百姓生活困苦不堪，实在无法承受即将到来的战事。方升听劝罢兵，带领二十万大军回归甘肃宁夏了。张总督备下酒席，为朱先生接风洗尘，不料先生掏出瓦罐大吃大嚼起来，吃完喝杯热茶起身告辞。朱先生此举意在告诉张总督，朋友之间的交往应该删繁就简，希望执政的张总督能舍去多余的应酬奢侈浮华，一心为民。

朱先生平日里以素食为主，瓦罐中装的荤素都有，想来不乏鸡鸭鱼肉，为什么要爽口大吃？"爽口之味，皆烂肠腐骨之药，五分便无殃"，适量吃一些，且只吃五分，才不会招致对身体的灾祸。日常生活就是修行，儒家其实就在平日的一点一滴中不断修炼提升自己。实际上，凡是难以下咽或平淡无味的食物如苦瓜、洋葱、海带、冬瓜、萝卜等多食是对身心有益；而油条、麻花、河豚、鲅鱼、鸽子、肚子、肠子等甘芳悦口的食物鲜醇香辣，多食自然对身心无益。所谓"志以淡泊明，节从肥甘丧"说的就是这个道理。

古人还总结了一个食物与品性之间的现象，发人深思：藜口苋肠者，多冰清玉洁；衮衣玉食者，甘婢膝奴颜。常年吃灰灰菜、苋菜等野菜、喝稀饭等粗茶淡饭的人大多操守清纯洁白，而经常着华美服饰，讲究吃山珍海味的人多卑躬屈膝或者骄横跋扈，活脱脱一副奴才嘴脸或者逞强使狠形象。那些瓦解消除人意志的东西，古人主张淡然处之，强调要与它们保持一定的距离。人生活在世界上，保持内心的操守、心灵的清明最为重要，善于以静制动。心明则志坚，心不明则惑生。消极对待万物的诱惑，克制自己的冲动，并非一味盲目冷淡拒绝；积极调整内心的平衡，以自身的静去控制外界的动，自己不能成为诱发矛盾的因子，如此才能把握事物矛盾的界限，抵制粉碎外物异化内心的客观趋势，养心明理。

平时吃什么只是饮食需要，能维持人体基本需求即可，超出肠胃接纳的范围，纯属没有必要。自然能提供给我们的美食很多，人类又在不断进步中挖掘食材，丰富满足我们的味蕾，作为一种享用无可厚非。超出自身能承受的限度，过度挖掘带来的恶果必须自己承受，这没有道理可讲。"病从口入"一方面是提醒人们要讲究饮食卫生；另一方面也是在讲不要超出人体体能的需要。长期让肠胃处于超负荷的状态，必然会让人疾病相随。中医常讲，人多数的病都是吃出来的，这是有一定道理的。中国古人讲人类饮食的合理平衡，在朱先生这里也是得到遵循的。

日常饮食也是一种修行，通过修行体会道理、感悟人生。"食蔗能甜，甘余便生苦趣"是指吃甜食时要能想到苦，甜到末尾就是苦，甘苦是转移相连转化的。"炉烹白雪清冰，熬天上玲珑液髓"是指当人们用一尘不染的冰雪熬煮茶叶，闻到满屋子的香味，看着袅袅的水气，只有清高的品质和人格，心无旁骛才能体会到发自内心的惬意舒服。"醲肥辛甘非真味，真味只是淡。"醇厚、肥醲、麻辣、甜美都不是食物味道的本原，本原只是清淡。

朱先生看望老岳母，问安后着急喝一碗稀饭："啊呀妈呃我饿坏了，快给我熬一碗包谷糁子吧！你熬得那么又粘又香的糁子我再没喝过。"岳母白赵氏亲自添水烧火拂下糁子放进碱面儿，一会儿紧火，一会儿文火地熬煮起来。先生在庆典结束的宴席上只是礼仪性地点了几下筷子，源于他的胃只能接受清淡的五谷菜蔬却无法承受荤腥海味。面对舅弟白嘉轩谈论鹿兆鹏、岳维山国共两党之间的争执，朱先生坦然说道："哈呀兄弟！咱妈给我把包谷糁子端来了。我可不管闲事，无论是谁，只要不夺我一碗包谷糁子我就不管他弄啥。"包谷糁子到底有多好喝？黄橙橙的颜色有多诱人？肠胃到底有多么适应这东西？关中人甚至北方人能习惯，江浙湖湘一带的南方人未必习惯。在朱先生看来，人吃五谷杂粮菜蔬，简单清爽为适宜，飞禽走兽为非常，没必要为难自己的肠胃。"炮龙烹凤"者想的是极尽口舌之欲，亦好像前些年广东等地食客爱吃果子狸一样，带来的是非典的肆虐。

自古民以食为天，在中国这块大地上解决温饱问题是件不容易的事情。涉及基本生存的就是柴米油盐酱醋茶，穿衣住房出行等看起来小，实际上是大得不得了的琐事。无论执政者是谁，谁声称自己代表民众利益，到底代不代表，代表得咋样，要衡量的只能看谁更能让普天下百姓丰衣足食的基本愿望满足得咋样。物质极度匮乏状态下，人的精神本原又可能被强制压抑或非正常表现，物质文明起步之后才普遍是精神上的富足和完善。

山野之人常怀庙堂之忧；轩冕之人常怀山林之气。朱先生在身居要职，为民赈灾之时，以民人为本为要，常以淡泊明志为趣；在白鹿书院教学治学修《滋水县志》之时，常有治国理政的胸怀和思考，勇退清兵，发表抗战声明，联络几名老先生奔赴抗日前线，保护共产党人，是儒家典型的出世与入世思想的统一和实践。士大夫阶层思考国家前途命运是根子里带来的，总希望在合适的时机上慷慨激昂报效国家。朱先生继承了这一优秀传统。当国家成为"熊"的时候，能为这个满目疮痍的国家做些什么，挽大厦以将倾？从一个传统知识分子角度出发，朱先生的作为是可圈可点的。

鹿兆鹏被捕后，被丈人冷先生用银元买通田福贤后得救了，躺在白鹿书院连睡三天。朱夫人精心调养，鸡蛋羹、变换花样的面食、红豆小米粥，很快让兆鹏面色温润、恢复元气。鹿兆鹏向先生告别时，看见先生和师母在昏黄的油灯下喝着一碗黑乎乎的东西，凭着气味可以辨别是苦涩的黑豆，内心的感激一时说不出来。自己喝黑豆糊糊，让被民国新刑法折磨得体无完肤的共产党人鹿兆鹏吃细粮，倒不是先生这时候倾向革命，他只是觉得两党纷争太过激烈残酷，应该让这个主张和实践救国救民的侄子，也是原上共产党领袖身体尽快康复！受人之托，岂可失信于人！

朱先生类似郑板桥的高洁挺拔，耿介超凡。板桥有联曰："咬定几句有用书；可忘饮食；养成数竿新生竹，直似儿孙。"在他们的言传身教中，饭不经吃，书耐咂摸品味，遇好书会心处便欣然忘食。竹子直而有节，中立不倚，对竹子百般呵护礼赞，教育儿女子弟则应学习竹子的坚贞不屈，清雅淡泊，虚心劲节，不妖不媚。全书彰显了朱先生传统知识分子的精神追求和人格魅力。

### 入世与出世

刘镇华军长率二十万大军围攻西安城期间，在末伏一个雷雨之后的傍晚造访朱先生。先生早就吩咐厨师做下一锅豆腐煮肉，等待刘军长品尝。刘吃了一口就皱起眉头，疑惑这厨师肯定是个外行："豆腐怎能跟肉一锅熬？豆腐熬成了糊涂，肉熬得发苦还是半生不熟嚼不烂。哈呀竟是名厨高手？"朱先生话里有话："豆腐熬肉这类蠢事都是名师高手弄下的。"

镇嵩军刘镇华部围困西安城八个月仍然没有进城，在受到冯玉祥部五十万人马攻击落荒而逃，刘部从西安逃走时，漆黑的夜空撒落着碎榛子一样的雪粒儿。雪粒儿在汽车顶篷上砸出密集的唰唰啦啦的响声，刘军长忽然想起朱先生为他预卜的见雪即开交的卦辞来，似乎那碗熬成糊涂、熬得发苦的豆腐和生硬不烂的肉块也隐喻着今天的结局，感叹："这个老妖精！"

刘军长曾问先生："何时围城成功几月进城？"先生直截了当、明明白白告诉刘军长："你进不了城。"两只柴狗挡门，混沌狂乱的叫声打破异常静谧的空气，惊得小鸟箭一般地射向天空，数次反复狂吠，造访的军长进不了白鹿书院的门。先生的意思柴狗挡门尚且进不了，何况守城的两只虎呢？杨虎城、李虎成两位将军带领全城两万部队和五十万市民团结一致、同仇敌忾、坚守死守，一定能赢来转机，战胜军阀。让刘军阀吃豆腐熬肉，就是进一步让他知道，团结起来的民众即使缺粮断人、饿死、病死、战死成为一锅糊涂，也要让祸害人的军阀成为一块生硬不熟的烂肉，目的无法得逞，最好是及早抽身。智者生逢乱世，总是要以自己有限的力量据理力争，劝导争地盘争利益的军阀停止战争，免得生灵涂炭，尸横遍野，朱先生面对镇嵩军首领，表达的是自己淋漓尽致的睿智和正气。

由旱灾引发的异常年馑里，旱象从春末持续到中秋节，谷子包谷黑豆红豆种不下去，冬小麦无法正常播种，出现了一亩一苗的奇观，柿树枯干，白鹿原庄稼绝收了。野菜、野草、树叶、树根都被挖光吃净了，饿死人已经成为经常发生的事情。甚至"饿死老人不仅不会悲哀倒会庆幸，可以节约一份吃食延续更有用的人的生命"，原上出现了人吃人的可怕传闻。这时候，朱先生被县政府抽调委任，担当赈灾济民的重任。

临时垒砌的八九个露天灶台，五尺口径的大铁锅，黄亮亮的米粥，依然满足不了挤成一团抢舍饭的灾民。朱先生领着赈灾的同仁们都拿着饭碗和灾民们一起舀一碗舍饭吃，意在教育孝文，也意在警醒同仁。大发灾荒财的大有人在，郝县长请求朱先生担任赈济灾民副总监一职，朱先生慨然击掌："书院以外，啼饥号寒，阡陌之上，饥民如蚁，我也难得平心静气伏案执笔；我一生不堪重任，无甚作为，虚有其名矣！当此生灵毁绝之际，能予本县民人递送一口救命饭食，也算做了一件实事，平生之愿足矣！"

"翻鳌子"的判断是朱先生理论上的糊涂和不清醒。"噢！这下是三家子争着一个鳌子啦！"朱先生超然地说："原先两家子争一个鳌子，已经煎得满原都是人肉味儿；而今再添一家子来煎，这鏊子成了抢手货忙不过来了。"

白嘉轩侧身倚在被子上瞧着姐夫，琢磨着他的隐隐晦晦的妙语，两家子自然是指这家子国民党和那家子共产党，三家子不用说是指添上了黑娃土匪一家子。白嘉轩说："黑娃当了土匪，我开头料想不到，其实这是自自然然的事"。

朱先生耍笑说："福贤，你的白鹿原成了鏊子了。"鏊子是烙锅盔烙葱花饼馍的，这边烙焦了再把那边翻过来，鏊子下边烧着木炭火……这白鹿原好比鏊子，黑娃把我烙了一回，我而今翻过来再把他烙焦。"

"翻鏊子"其意何在？朱先生是白鹿原上的智者、先知、哲人和圣人，是儒家思想的代表，与国民党的三民主义和共产党的马克思列宁主义都有很大的差异，因而他并不完全赞成这两者。政治胜利建立在暴力流血之上，但胜利者往往对与暴力结伴而来的人民的悲剧命运视而不见。对于民众来讲，是谁取得了最终胜利也就不那么重要了。关学思想的局限性在于无法认识社会矛盾和阶级斗争的必然性，朱先生理论上的糊涂正在于此。马克思主义普遍真理与中国革命实际结合诞生的毛泽东思想岂是朱先生能预见到的？！

农会不让人娶媳妇吗？共产党国民党只要有民人一碗包谷糁子喝就行了！白嘉轩信奉姐夫的话，因而对政治风云的动荡不大关心。

未经修订的原版小说突出地表现了他站在国民党和共产党斗争之外的超然角度看待国共两党互相斗争，就像鏊子烙馍烙饼翻过来倒过去没有是非正误，这符合他的身份立场。

有评论者认为茅盾文学奖存在着某种相对保守的意识形态"底线"，主要人物可以是平凡人物、异党教徒甚至土匪流氓，但作家必须在叙事过程中引导他们成功接受国家意志的规训，并在叙事立场上与之保持高度一致，才能保证文本最终获得主流意识形态的认同。《白鹿原》在政治逻辑上所表现出来的"含混"，显然触犯了这一底线：我们可以辩护"翻鏊子"和"国共之争无是非"是小说人物的观点，而非作者本人的认识；但以客观视角表现之，又"可能引起读者误解"。所以，难怪在一段时间内，"不管什么正式场合和活动，《白鹿原》成了一个敏感的、可能招祸的东西，都不敢碰了"。作家开阔的大文化视野却使他"一旦回到传统的为政治写史的路子或求全、印证、追求外在化的全景效果，就笔墨阻塞，不能深入。"因此，我们认同的观点是文学史，不是政治史和政党史，忠实记录时代变迁才是作家的责任。掌握真理，开出济世良方，实现救国救民的任务不是作家的职责。适应历史潮流的政治家和革命家才能力挽狂澜，领导书写波澜壮阔的中国革命史，而读者之所以认同小说和其中的一系列人物，就是因为真实和感人。

朱先生是"入世"与"出世"皆具的圣人形象，如果说白嘉轩是传统文化世俗领袖的代表，那么朱先生则是精神领袖，是理想的化身。文学史上的朱先生是继诸葛亮之后文学作品中少有的完美人物，他可以做到"达则兼济天下""穷则独善其身"，是君子型人格的典范，具有理想化的品格。同时他也是传统儒家文化的代表和象征。在他身上承载的是几千年的传统文化，而这种文化在现实社会中已经日落西山了。对于这点，朱先生有着深切的自知之明，他能清醒地认识到他所代表的文化精神在现代思想的冲击下大势已去。他在辞去县立师范学校校长职务时曾自嘲地说："我自知不过是一只陶钵。"并进一步加以解释："陶钵嘛，只能鉴古，于今人已毫无用处。"

这里有着深沉的悲哀。直到他死，这悲哀的气氛一直没有散去。朱先生的死亡不仅标志着一个生命的终结，同时也宣告了朱先生所代表的人生哲学，人格理想的历史性失落。更让人感怀的是他提前预知了自己的死亡，也是预知了他所代表的文化的即将死亡。他随着代表他文化理想的白鹿飘然长逝。朱先生对死亡的预感，来自于现实的荒谬和对社会的失望，"有道则见，无道则隐"，文中对朱先生的描写也如写一首挽歌，具有浓浓的悲剧气氛，朱先生的形象在整部小说中显得异常悲壮。

朱先生虽是圣人，生命的最后也曾"弱"过一次。他把一切世事，包括一些以后要发生的事都看透了后，"心里孤清得受不了，就盼有个妈"。"人穷则返本，未尝不呼父母也"。关学孕育滋养的朱先生感受到了文化的衰落和人生依托的虚无。这种孤弱，柔情似水，无关于朱家，只关乎白鹿原人，关乎民族秘史。到了人生的最后时刻，他突然变成一个"弱者"，无限眷恋又痛不欲生！因为他看不到希望，不能相信未来。看不到光明、不能相信未来的人只能是"弱者"，自然需要有一个母亲来呵护他。

"我心里孤清得受不了"的感叹和临死时叫妻子"妈"的行为让每位读者都感到心酸。关学和他的最后一位传人走到了无法突破和解释的末路，处处碰壁，无所适从，体验着文化上的落寞和孤独。

# 第四节　白孝文：小写的顽强生命

**族长的接班人**

原始父权制社会中，父终子承有利于维护权力的威严和稳定。皇权、王权、部落首领、家族一理。发生在白嘉轩身上的六丧七娶为的是传宗接代，也为了族权在白家手里能延续下去。"老族长白秉德死后，白嘉轩顺理成章继任族长是法定的事。"

族长为什么只能由白家人担任？老祖先侯家（或胡家）为了占尽白鹿的全部吉祥，老大一支改姓白，老二一支改姓鹿，白、鹿两姓共同祭祀一个祠堂，族长由长门白姓世代承袭。这祖传规矩效仿的是宫廷里皇位嫡长子继承制的铁规。白秉德、白嘉轩对子嗣的渴望超过了对家业的渴望。有人就有一切，家业只是其次，关键是要保住鹿家一直觊觎的族长位子。"无论家业上升或下滑，白家的族长地位没有动摇过，白家作为族长身体力行族规所建树的威望是贯穿始终的。"这是宗族规矩和血脉传承的需要，因此白嘉轩对长子的期望不可谓不高！

白嘉轩没有一个儿子时，作为继任族长主祭时每每"心里发慌沟子发松"，长子白孝文出生后，这种病症不治自愈。白孝文在娘胎里就是法定的族长继承人了，承载着无尽的期待和喜悦。白嘉轩岳父吴长贵用骡子驮来满满两驮篓一应俱全的礼物以示祝贺。母亲白赵氏"抱一个孙子又引一个孙子，哄着脚下跟前的马驹又抖着怀里抱着的骡驹，在村巷里骄傲自得地转悠着，冬天寻找阳婆而夏天寻找树荫"。白嘉轩终于实现了人财两旺。

成年后的白孝文完全是一个标准的小族长，是白嘉轩用家族观念铸造的标杆人物。他在全村老少面前主持隆重的祭祀仪式，仪态端庄，声音洪亮持重地领诵乡约，惩罚私德败坏的田小娥，代替父亲支持农村兄弟分家事宜，居中调解族人家长里短的纠纷，抑恶扬善，形象伟岸。"他比老族长文墨深奥看事看人更加尖锐，在族人中的威信威望如同刚刚出山的太阳。他的形象截然区别于鹿兆鹏，更不可与黑娃同日而语"，俨然白鹿两姓青年的样板和典范。

**狂奔的野马**

宗法家族意识对白孝文的道德塑化是脆弱的。在肉欲诱惑下，白孝文迅速败阵投降，鹿子霖亲自成功打造了这个浪子。违背祖训家规，卖地拆房，和淫邪女人厮守、课以重罚而不悔，吸食大烟，抛弃妻子和子女，白孝文放纵自己，任由生命脱离儒家传统的缰绳，像一匹野马一样自由奔放。

野马跑到哪里算哪里，暂时没有目的地。被囚禁压抑的生命个性沉睡太久了，独立雄强的新白孝文初露端倪。

长子又怎么样？耽于床笫之欢的白孝文并没有一味就范于父亲长子的训导。在鹿子霖的设计下，小娥成功勾引了他，堕落后的白孝文甘于沉醉甘于堕落。他需要的是纵欲中个人生命欲望的勃兴和全部的精神自由。白鹿原上大户人家的长子，未来的族长继任者，给了父亲一记记响亮的耳光，沦落为穷困潦倒快要饿死的乞丐，仍不听弟弟孝武的忠告，我行我素。

为度过年馑，他向父亲借粮不得就索性卖掉两亩上好的水地，白嘉轩怒其不幸恨其不争地想从儿子手里再买回来："这地你卖给我，我给你双价。"

白孝文已经做好了和父亲决裂的打算："那不行，大丈夫出言驷马难追。你给我钱再多也不能收回我的话了。"这是村里人眼中的破罐子破摔，却是白孝文心理上和旧有传统决裂的勇气和定力，对父亲的报复让他舒畅无比，"从今往后再没有谁来管我了"！

田小娥的窑洞他想去就去，不分白天黑夜，欲罢不能。挨过刺刷抽打身体俟一恢复，大白天他就去，"过去怕人看见现在不怕了，谁爱看谁看"。放下所有的心理包袱，白孝文彻底治愈了自己解开裤带不行、勒上裤带又行了的毛病，在田小娥身上一次次显示自己的强大雄健。失去宗法文化的全部脸面，个人生命欲望勃发。"过去要脸就是那个怪样子，而今不要脸了就是这个样子，不要脸了就像个男人的样子了！"纵欲让他不断堕落到人生的谷底，下降过程中充满好奇和刺激甚至快感，他在小娥的服侍下吸上了鸦片，卖完了名下所有的八亩半水旱地和门房，沿街乞讨。心中恶兽一旦放出便不可收拾，禁锢解除便失去底线，欲壑难填，

"孝子贤孙"的预设彻底沦丧。

博大繁华的世界变得愈发简单，就是一碗稀饭、一个蒸馍或一个烟泡儿、冬暖夏凉的窑洞和带来无数欢愉享受的火炕，小娥温润如光的脸蛋、楚楚动人的眉梢眼角、丰满的胸脯、浑圆的臀部、精美的糯米牙齿、蛇一样缠人的身姿，一切一切顿时失去魅力，白孝文经受了自家长工鹿三对自己此生最大的凌辱，却没有丝毫怯弱和后悔。"早先那光景再好我不想过了，而今这光景我喜悦我畅快。"把人活成狗的白孝文意志集中、心劲强烈，要到白鹿仓抢舍饭吃，面对弟弟孝武的劝导，他态度强硬，"要脸的滚开……不要脸的吃舍饭去啰"！曾经沧海难为水，白孝文感觉天翻地覆慨而慷，进入了一种自认为的自由状态。

田小娥受到刺刷鞭打后要抠抓鹿子霖的脸，"我给你害得没脸了，你还想要脸"？鹿子霖用复仇计划和一把银元安慰小娥，"甭怕人七长八短咬耳朵。人有脸时怕这怕那，既是没脸了啥也不怕了，倒好"！

白孝文作为白鹿原上的下一代，逐步从农耕文化和封建礼教的束缚中走了出来，打算要奔向自己自由的明天。他脱壳于旧有的文化，在新时代、新文化的潮流中所能依赖和效仿的榜样就是以鹿子霖为代表的商业文化。无拘束，抛却原有的心理负担，无所顾忌地把自己的个性犹如脱缰的野马一样放纵，敢于冒险敢于置之死地而后生，最起码在不顾颜面上，白孝文和鹿子霖有共通之处。商业文化的大胆放纵心性在田小娥身上找到了结合点。背弃妻子和违背人伦都是白嘉轩、鹿三看不上的，走上投机取巧邪路的白孝文、鹿子霖也是鹿兆鹏、白灵、鹿兆海同样看不上的，当然，假如他们知道的话。

### 涅槃的公鸡

生活就是生活，不是少爷小姐要脾气。时过境迁之后必须意识到活下去是实在得再也不能实在的问题，一切最真、最善、最美的幻想都必须服从活下去。海明威在《老人与海》中写道："生活总是让我们遍体鳞伤，但到后来，那些受伤的地方一定会变成我们最强壮的地方。"对一个人一生的路程而言，这样那样的困难总是有的，扛不住的时候总会出现，遇到跨不过去的难关，这个时候该怎么办呢？现实很残酷，没有别的好办法，忍不下去的时候只有一招：咬咬牙再忍。往往最困难的这一瞬间克服过去了就是柳暗花明，就是如开洞天，就是独辟蹊径！

从哪里跌倒，就从哪里爬起来。这很自然很通俗，但也是最实在、最无奈、最科学的道理。从 A 处跌倒，不可能从 B 处爬起来，任谁也不是土行孙。就是从 A 处跌倒了，只能从 A 处爬起来再继续前进。似曾相识，然而，爬起来的我却不是摔倒时的旧我了，新的蜕变产生，我已是新我了！从个人经历的奋斗过程而言，白孝文是经历了这个痛苦转变的。风光后，他回乡祭祖不是向父亲顶礼膜拜，向传统文化忏悔，只是饱受压抑、爆发、摧毁、重建后证明个人价值和颜面的需要。

当了营长回到原上祭祖的白孝文并非是对传统宗法文化的认同，只是一只涅槃公鸡对自己价值的认可。公鸡的羽毛有多么鲜艳，冠子赤红，嗓子嘹亮，一跃飞上墙的姿势多么矫健！"白孝文清醒地发现，这些复活的情愫仅仅只能引发怀旧的兴致，却根本不想重新再去领受，恰如一只红冠如血翎如帜的公鸡发现了曾经哺育自己的蛋壳，却再也无法重新蜷卧其中体验那蛋壳里头的全部美妙了，它还是更喜欢跳上墙头跃上柴火垛顶引颈鸣唱。"过去的都已经过去了，包括自己曾经的遵规守矩，曾经和发妻的爱恨情仇，和挚爱的小娥之间的欢喜哀乐，和父亲之间的明里暗里的较量争斗等。无比强大的白孝文区别于白孝武、白孝义，走出了白鹿原，以涅槃公鸡的感悟重新屹立在白鹿原上，成为一个顽强的生命符号。

"好好活着！活着就要记住，人生最痛苦最绝望的那一刻是最难熬的一刻，但不是生命的最后一刻；熬过去，挣过去就会开始一个重要的转折，一个新的辉煌历程；心软一下熬不过去就死了，死了一切就完了。""谁走不出这原谁一辈子都没出息"，"好好活着！活着就有希望"！曾在濒临被饿死边缘，横卧在土壕里、几乎被野狗当死尸要吃掉的白孝文心情很好地带领新妻子回乡省亲，表面温顺、生活优裕的太太岂能理解这个雄强刚烈男人此刻的心境?!

陈忠实即使在自己最困难的时刻甚至弥留之际仍把自己的生命感悟通过白孝文的口告诉一批批读他书的人。这是陈忠实的魅力，也是《白鹿原》耐咂摸、持久热销的魅力所在。人们应该积极乐观，向上努力前行，不分逆境顺境。人在很多时候，举目四顾可能会茫然，尤其是面临存亡抉择的时刻，可要走的路是自己的路，别人无法替代你，只有咬住牙独自前行。生活纷纷扰扰，事情接二连三地发生着，你能看得冷静而深刻吗？大喜之后必有大悲也都是常事，可大悲之后绝不会是走投无路。

生活中有很多不如意，我们不能选择逃避，而是要面对现实去解决问题，整装前行。没有过不去的坎和迈不过去的桥。门槛，迈过去就是门，迈不过去就是槛。白孝文迈过去了，爬出了人生的最低谷，仿佛一只即将引吭高歌的公鸡，涅槃重生了。

**圆滑的投机客**

为了维护封建礼教的道德秩序，统治阶级多倾向于"存天理，灭人欲"之类否定欲望的模式，可是，盲目否定并不能塑造出没有欲望的人，而只会使有欲望的普通人变得更加虚伪、狡诈、残忍，为达目的不择手段。白孝文之所以能成为老谋深算的投机客，缘于面皮和内心的长久分裂和欲望的非正常满足。不可否认，白孝文身上具有越王勾践一样的顽强信念，为了达到目的即怎么有利怎么来，谁挡路就消灭谁，发现隐患条件具备就要尽快消除。这样的人是黑娃可怕的对手，他们总能根据世事的变化择木而栖，逢时而动；昨日是盟友，今日即是敌人。世界不断变化，可是这样的人永远层出不穷；具体环境虽千变万化，但本真的选择不会变。

好话说尽，坏事做绝。当了保安团营长的白孝文就成了这样一个人。他选择对自己最有利的标准去行事，在白孝文看来，善与恶的界限其实已经不存在了。为了谋得上司国民党滋水县党部岳维山书记更进一步的赏识，他自然要想尽一切办法捉住原上的共产党头头鹿兆鹏。由于情报准确，保安团密切配合，岳维山重创了红三十军，受到了国民党省党部的特别嘉奖，心情愉悦。岳维山即带着白孝文到书院找朱先生聊天，不想偶遇鹿兆鹏。天赐的抓捕共产党头目的良机岂能放过？岳当即寄话让白孝文以回县城拿书为由，搬重兵围剿鹿兆鹏。无奈，朱先生坚持认为凡是冤家对头，一旦进入书院的门都是君子，概不分党政派系，要解两家冤仇，"必须等出了书院大门，厮呀杀呀烧呀煮呀我不管。"对立的两派一时动不得手，只能研墨清谈。句句刀光剑影，处处暗藏杀机。当鹿兆鹏以外出吃饭为由走出书院大门撒腿就跑时，岳维山霍地站起来喝道："孝文快撵——"白孝文的确不慢，他扔了墨锭从腰里拔出手枪，从桌子旁跃过书房时几乎把朱先生拽倒，"叭"地一声枪响，震得夜里栖息在院庭古树树杈上的喜鹊、乌鸦、斑鸠等惊叫着飞起来。这时候，在白孝文心里不会记得鹿兆鹏也是原上人，俩人还是本家兄弟的情分。大量的人由"坏人"变成好人，大量的身居庙堂者由"好人"变成了坏人，不断地反复变化，善恶不再有客观的标准，在斗争面前只有利益的选择。

人性有真善美，也有假丑恶。我们不能奢望自己遇到的都是真善美，但绝不希望假丑恶就簇拥在自己身边。反面教材总是伪装很深，总是在警示我们，有一批好话说尽、坏事做绝的家伙堂而皇之地行走在这个世界上，不容小视，须时时提防。白灵到滋水县与郝县长接头后犹豫半天，最终还是去见了亲哥哥白孝文，这也是小说中唯一浓墨重彩的一次兄妹见面。闲聊起来，说到几天前在朱先生书院里让鹿兆鹏逃脱一事，白孝文不无遗憾："碍着大姑父的面我不好出手，小子又跑了算是命大……"白灵心中可能也闪过这样的念头：兆鹏是我的爱人，他也是你的妹夫，别老以为他是你的对手，但对白孝文而言，两党争天下，现在亲老子也顾不上，鹿兆鹏不是乡亲，更不是妹夫，必要时你白灵也不是妹妹。白孝文以兄长的口吻教导妹妹："灵灵呀，你可得注意，而今当先生了，你就好好教书，甭跟不三不四的人拉扯，共匪脸上没刻个'共'字，把你拉扯进去你还不晓得。"白灵笑着说："要是那样的话，哥呀，你就带人来抓我。"白孝文半是玩笑半是认真地吓唬说："要是那样的话，哥也没办法……我吃的就是这碗饭嘛！"白灵说："这碗饭可是拿共产党的人肉做的！"白孝文瞪起眼。可见，兄妹情在这里让位于两党不同的信念主义和道路。不存在信仰信念，没有理论上成竹在胸，也没有中流砥柱的壮怀激烈，更没有洗心革面、脱胎换骨的念头，只有职业政客的利益选择。白孝文截然不同于白灵、鹿兆鹏、兆海、黑娃，枭雄的种子在他内心生根发芽，督促他在不仁不义的道路上越走越远，越走越带劲。没有别的原因，白孝文为自己暂时认定的利益选择绞尽脑汁，在剿灭白鹿原上的共产党人这件事上，被职业习惯磨炼成平淡的得意轻俏和残忍狰狞主宰了这个灵魂继续做尽坏事。白孝文终堕落成一个狡诈阴险、心狠手辣的投机政客。

田小娥因为淫荡被族长白嘉轩按照乡约族规当众惩罚后，对白嘉轩怀恨在心，为了报复，她听从了鹿子霖的教唆，以色引诱白嘉轩的大儿子白孝文就范。白孝文开始是完全处于被动和恐惧的状态下完成了所谓的"做爱"，不敢声张，一切行动由田小娥控制。从此白孝文的精神陷入了巨大的冲突之中。当他与田小娥要干那事，不脱裤子的时候觉得能行，一脱裤子又不行了，这种难堪的局面一直到隐情被父亲白嘉轩知道后才打破。白嘉轩对白孝文做出了剥夺族长继承权、分家、开除族籍的惩罚结果后，白孝文才第一次在田小娥面前显示了自己的强大和雄健，对荡妇的眷恋早已超过了当初对新婚妻子的眷恋。正如他所说："过去要脸就是那个怪样子，而今不要脸了就是这个样子，不要脸了就像个男人的样子了！"过去那个样子的白孝文之所以"那个样子"，是因为他要学为好人，要成为白鹿村道德的化身，仁义的代表，他要像父亲白嘉轩一样，以自己无可挑剔的人格魅力赢得族人从内心深处的敬佩，从而使他的族长继承更有合法性，所以他只有不断地压抑自己的本能欲望，使一切做得都合乎规范。在强大的道德约束之下，白孝文才会是"那个样子"。但是当他不要脸的时候，就是没有道德约束的时候，他内在强大的本能欲望如同汹涌的火山奔涌而出，从而变成"这个样子"。先后判若两人的白孝文人格出现了分裂。

　　白孝文的回乡之路不是黑娃式的忏悔般的回归之路，而是感伤痛苦、矛盾而又独立的自我证明之路。正如他所说的："谁走不出这原，谁一辈子都没出息。"而"回来是另外一码事"！回来是衣锦还乡，找回面子；永远走出白鹿原则是文化上的割断与背弃。就这样，白孝文在眷恋之中自觉地拒绝了白鹿原的束缚，拒绝了传统文化的美丽与温馨，他要为未来活着，为一种走出去的新希望而活着。但是，拒绝传统文化的白孝文，在新的历史舞台上却不可救药地堕落下去了！他以父亲无法理解的方式成为一个冷酷狡猾的政客。也许，只有在历史的风云中，和白孝文命运若即若离的黑娃才能洞悉个中缘由，然而，他却被县长白孝文冷漠而理性地处死了。对于可怜而又可憎的白孝文，当传统文化的价值意义早已内化于他独立自觉的人格意识之中时，使他做人能如此的纯洁，纯洁得让我们感叹；但当他生活的传统文化世界对他加以拒绝时，他又如此的放纵，放纵得让我们痛心。当他带着这种情感的绝望和理性的失落走进另一个世界时，他所具有的人格意识获得了另一种价值意义的合理性。从死亡的边缘走回来的他，以一种更激烈的独立和自觉性走上了追求自我价值的道路。这个要强的白孝文，在道德失范的政治舞台上，在对传统文化的自觉拒绝中，不可救药地迷失了自己的良知，成为一个理性的冷漠政客。他作为政客的圆滑让我们又是如此的无奈！从纯洁到放纵再到圆滑，白孝文精神世界中情与理的冲突表现出强烈的张力，形成一种悖论式的人格意义的反讽状态。

**小写的人**

矛盾而又不矛盾的白孝文，恰是两种对立的文化语境共同作用的产物。流氓性是中国国民性中最负面的东西，是上至统治者、下至草野流民身上都无法忽视的恶劣的人性品质。具体来说表现为善变、不负责任、冷漠、残忍、自私自利、贪图享乐、为了利益不顾道德廉耻等。作家借白灵的口一语道出人性的弱点："其实卑鄙每个人或多或少都有一点儿。"对白孝文来说，一切背离人类生活准则的事都大胆妄为：纵欲、吸大烟、对家人无怜悯责任等，凡族规里禁止的准则，都无所顾忌，最终完成了性格中更进一层的分裂，即无耻。封建正统文化熏陶出来的白孝文，起初似乎很"争气"，俨然一副族长、正人君子的模样。其实这个孝子贤孙内心的欲望只是一座暂时沉默的火山，一旦受到外界诱惑解除禁锢，他骨子里的流氓性便像喷涌的岩浆爆发而不可收拾。他会为了肉欲的狂欢与家庭决裂败光家产，他可以为了邀功竭尽全力绞灭童年的手足般的伙伴现在的共产党，也可以在势转弱时毫不手软地杀掉对他信任有加却犹豫不决的团长，更可以在革命成功后独霸功劳，在新中国建立后铲除掉他认为有威胁的同胞黑娃从而霸占县长要职。

白孝文没有信仰，国民党统治时期就站在国民党一方屠杀共产党，当共产党一方显示胜利的曙光时，他不失时机倒戈相向。双手沾满共产党人鲜血的白孝文走了当头鸿运，解放后担任了滋水县人民政府的第一任县长。在白孝文身上善变、卑鄙无耻、工于心计、巧于变化、冷酷毒辣的流氓性展现得淋漓尽致。

以白孝文之阴毒，他能承担国家、社会的责任吗？他在以后的国家建设过程中，是否会改变"顺我者昌逆我者亡"的阴毒本性呢？这就是小说为我们读者，尤其是革命者保持革命队伍干部纯洁性提出了严肃的警示。或许很多读者在看到白孝文的阴毒性格完成之后，会感到阴森森的令人发指的颤栗，原因就是一些混进革命队伍里的机会主义阴毒者依旧在祸害民生。白孝文的剥离更富意味，其大起大落的人生命运和思想经历，更显出剥离的复杂。擢升为县保安团一营营长的白孝文在衣锦还乡祭祖后曾"冷不丁"对太太说："谁走不出这原谁一辈子都没出息。"回乡祭祖使他感到自己与旧家庭之间坚硬的壁障开始拆除，老家久违的臊子面重新复活了潜藏心底的悠远记忆，但他清醒地发现：这些复活的情愫只能引发怀旧的兴致，却根本不想重新再去领受，恰如一只红冠如血尾翎如帜的公鸡发现了曾经哺育自己的那只蛋壳，却再也无法重新蜷卧其中体验那蛋壳里头的全部美妙了，它还是更喜欢跳上墙头跃上柴火垛顶引颈鸣唱。与其说这是白鹿原带给了他不愿回首的创伤性记忆，不如说是孝文彻底发生的思想及人生观的剥离。虽然他以一个营长的辉煌扫荡了他在白鹿村巷土壕和破窑里的不光彩记忆，但真正给他生命和灵魂带来脱胎换骨的人生体验的却是在他最痛苦、最绝望的最后一刻的挣扎：活着就有希望。只不过孝文的"活着"与"希望"观不再是我们熟悉的崇高和对未来的热情，而是以活着为资本也为目的的最后抵押，是自己对自己躯壳与灵魂的剥离，这也是他在当上滋水县长后要镇压副县长黑娃的缘由。

在同一个漩涡中陷深了，机遇和危险，一败涂地或赢得局面都有可能，孝文除掉黑娃的计划其实早就成竹在胸了。政治对他只是一种利益上的需要，或成为友军或势不两立，只是根据具体情况调整。白孝文和黑娃可以是童年玩大的伙伴，可以是炮营一营长和三营长的同僚关系，可以是县长和副县长之间的同志关系，当然也可以是敌我关系。作为信仰的政治选择和政治的既得利益之间存在着难以逾越的鸿沟。坦途从不需要以生命为代价去付出换取，然而，这个时候的白孝文不会也不可能按父亲为自己预设的道路走下去，他有他的虚妄也有他的筹谋。脱胎于传统的现代政治之路毕竟不是坦途，白孝文不可能正确面对自己走过的路，真正接受新社会的曙光。作为县长的白孝文必定无法展颜以面对黑娃的屈死和日后的政治尴尬。不残忍不行，白孝文的残忍源于内心深深的恐惧。自己以往的所有作为都有可能成为把柄，被黑娃悉数掌握。时刻存在的隐患成为心头大恨，必除之而后快！爱情必须身心合一，可在白孝文的政治关系中永远有投机和口是心非。

对投机者白孝文而言，采取怎样的策略只是形势和利益的需要而已。嘴上叫哥哥，腰里摸家伙，笑面含春威不露，一点杀机隐在心。多年之前的反共罪行一旦暴露，自己将身败名裂，心虚比肾虚更要命，这其中的内幕怎能让父亲白嘉轩知道呢！然而，白孝文低估了中共对党的建设的纯洁性的追求，确保肌体健康的一个重要法宝就是刮骨疗毒。"许多投机腐败的坏分子，均会跑在革命的队伍中来，……应该很坚决的洗清这些不良分子，和这些不良倾向奋斗，才能坚固我们的营垒，才能树立党在群众中的威望。"① 中国共产党人并不认为自己是工人阶级先锋队，有马克思主义为指导就沾沾自喜，在理论上始终是清醒的，因而对白孝文之流的清算是必然的。

他的剥离带有历史的蛮性和暴力，历史的悲剧往往惊人的相似。陈忠实显然意识到了这一点，所以我们才在小说中读到这样一句极不协调的干预性评论，作者借作家鹿鸣的心里想法来表述："重要的是对发生这一幕历史悲剧的根源的反省。"

## 第五节 女性悲歌

**白灵的出生与死亡**

白灵要满月了，白嘉轩打心眼里高兴，邀约亲朋好友打算办满月宴。冷先生属被邀之列，因为要去城里出诊，临走前答应来去三天，一定赶在满月前一天回来。事实上，过了十天也没有回来，第十二天夜里才回来。耽误的原因是城里反正了。

有一个小问题，依据上面信息白灵是哪一天出生的呢？

武昌首义是 1911 年 10 月 10 日。受此重大胜利和四川保路运动的鼓舞，陕西革命党人钱鼎、张钫 10 月 21 日晚到陕西新军陆军第三十九混成协参谋张凤翙寓所商议起义大计。

22 日清晨，陕西新军同盟会及哥老会骨干 30 余人推举张凤翙、钱鼎分别为起义总指挥、副总指挥，约定中午 12 时攻占军装局正式起义。后因警察数次查问，起义提前至 10 时举行。张钫带人攻占了军装局，打出"举义排满，与汉人商民无关"口号，释放咸宁、长安两县监狱。张凤翙组织兵力，义军占领了各个据点：钱鼎占领藩台衙门和鼓楼；张宝麟占领巡抚衙门和南院门；万炳南占领军事参事议官衙门。

22 日半天时间，起义军控制了城内满城以外的大部分地区。满城是西安八旗军及眷属驻扎区，西安将军文瑞紧闭城门与义军隔墙对抗。

23 日拂晓，义军从西、南两个方向攻打满城，傍晚时分张凤翙、马

---

① 《中共中央文件选集》第二册，中共中央党校出版社 1989 年版，第 282 页。

玉贵、刘世杰率部突破并控制满城，清军伤亡惨重。

24日，义军逐巷搜索，歼灭残敌。

25日，义军发布命令，严禁杀戮，战事平息。清朝高官西安将军文瑞投井自杀；护理巡抚钱能训自杀未遂被俘；前陕甘总督升允经草滩逃亡至甘肃，奉命率军伺机反扑西安。

27日，陕西军政府宣告成立。

清政府原计划以陕、甘为基地，收复东南，形势如火如荼，未料陕西率先响应武昌起义，清廷全盘计划落空。面对从潼关、华阴、河南东线入境和长武、邠县、乾州、甘肃西线入境的来犯清军，陕西革命军激烈战斗牵制敌力，减轻了武昌的压力。井勿幕、胡景翼、陈树藩等带领革命军，东渡黄河转战运城，有力地支持了山西革命。

查辛亥革命期间陕西历史，对照《白鹿原》中的人物和史实大体上是吻合的。可见，作者陈忠实创作态度的严谨忠诚，而且众多历史事件和人物都有神奇契连。

其一，白灵满月是10月23日，出生是9月23日。

反正的日子是1911年10月22日。冷先生答应要在满月的前一天返回，因为城里反正耽搁不能出城，让他着急回不了原上的10月22日就是满月的前一天，满月日则是10月23日。既是满月，白灵即应出生于1911年9月23日。

冷先生进城共耽搁了12天，"第十二天夜里才回来"，从10月22日起算大约应是11月3日回到原上。

其二，10月23日是一个神奇的日子。22日，长沙成立湖南军政府，23日，毛泽东即入湖南新军二十五混成旅五十标第一营左列，成为一名列兵。23日后，革命和独立风潮席卷全国。阎锡山29日宣布山西独立；蔡锷30日在云南；陈其美11月3日在上海；贵州、浙江4日独立；江苏5日独立；广西7日独立，安徽8日独立；广东9日独立。

其三，小说中白灵的原型是史实中的革命烈士张静雯。生于1911年的张静雯是蓝田安村乡宋家嘴村的一个富户家庭的大家闺秀。其在私塾读书、陕西省教会学校、省女子师范学校读书、入党、回蓝田传达省委指示、痛打考试院院长戴季陶、在南梁红二十六军根据地工作、在列宁小学当教员直到最后被当作肃反对象遭冤杀的一生经历和小说中白灵经历相吻合。1911—1935年，张静雯二十四岁的青春生命短暂，丰富感人，令人痛惜。1949年5月20日西安解放,1950年2月21日,蓝田县召开追悼大会,为烈士平反昭雪。小说中白嘉轩接到革命烈士牌证后,也才知道女儿的真实下落,他固执自豪地判定女儿给自己托梦的日子农历十一月初七就是她牺牲的具体时间。史实和小说高度契合印证,"中央红军到达陕北,周恩来代表党中央毛主席亲赴南梁制止了那场内戕,……那时候,白灵刚刚活埋三天……"

白灵在南梁根据地被当作肃反对象被"左"倾路线执行者杀害和贾平凹小说《山本》中井宗丞在秦岭被肃杀都是这一历史时期的悲剧典型。

其四,人物之间的师生同门关系也有历史渊源。"张总督"是《白鹿原》在记述西安"反正"的故事中曾数十次提到的一个革命军主要领导人物,这个小说中的张总督便是这一历史上真正的陕西总督张凤翙。在《白鹿原》中,张总督这个人物总是和与之相关的方巡抚、朱先生两个人物同时出现,其中还有这样一段叙述:"张总督和朱先生是同一年经方巡抚亲自监考得中的举人,那是方巡抚到陕赴任第一年的事。次年,方巡抚力荐当时的张举人官费赴日本国留学,他在日本参加了孙中山先生的同盟会,回陕后就成为方巡抚的头号政敌,直到反正成功,方巡抚仓皇逃出关中"。故小说称方巡抚是张总督的"恩师"。

其实,张凤翙和朱先生(牛兆濂)并非同一年经方巡抚(升允)亲自监考得中的举人,张凤翙也没有中举,而是考中秀才以后,由于新政府推行新政,取消科举,实行新学,张凤翙即进入陕西陆军武备学堂学习。因该校为升允亲手创建,所以张凤翙虽未中举,仍可视为升允的学生。而牛兆濂则是早在升允任陕西巡抚之前就已中举,所以两人一贯以至交故友相称。如果说小说作者在这一点多少有些虚构的话,前面所述的其他情节则与事实情况基本相合。

表面看来,白灵的死亡是一次偶然事件的失误造成的。神机妙算的朱先生曾提醒她道:"你的左方有个黑洞。你得时时提防,不要踩到黑洞里去。饶过了黑洞,你就一路春风了。"充满反叛精神的白灵锋芒毕露,义无反顾地奔赴革命一线,漆黑的旧中国到处都是黑洞,她视死如归地追求理想,矢志不渝。其实朱先生只说对了一半,白灵后来的确遇到了危险,但即使这次避过去了,根据中国后来的历史发展进程,白灵也不可能一路春风的,她不死于这次黑洞,也可能死于后来的波及更大范围的黑洞。陈忠实曾说写《白鹿原》是"关于我们这个民族命运的思考"。

"肃反"是革命中的错误认识，是封建毒害的延续，对革命组织和队伍造成了重大损害。在我们的民族命运中为什么会屡屡出现禁锢、残杀？男权社会的宗法制度及其所形成的一套思想体系在社会生活中根深蒂固，不只是在新旧民主主义革命时期存在，直到今天，我们仍然摆脱不了那恶魔的阴影。它对中华民族的毒害是何其深，影响是何其远！白灵当时被抓最迟，却被处死得最快，她敢公开嘲讽痛骂主宰她命运的小人物毕政委，自然会遭到疯狂的报复。最痛恨叛徒的革命家自己被打成"叛徒"惨遭活埋实谓悲剧，一个天真烂漫的伟大生命就这样死了。"白灵在囚窑里像母狼一样嚎叫三天三夜"，如果说这是她面临死亡的一种大义与无畏，更是一种白鹿精魂的傲然义气。"你比我渺小一百倍"，这是她在人世间的最后一句话。她热情、执着，单纯得就像一张纸、一团雪。白灵不屈不挠的斗争，追求到了真正的爱情、事业，她是一名真正的叛逆者。

白灵反抗的最高境界是对既定的不公正的社会秩序的反叛。在国共第一次合作时期，白灵和鹿兆海这一对情侣用投硬币的方式决定各自的政治选择，白灵选了国民党，鹿兆海选了共产党。但国共分裂后，当权的国民党政府抓到共产党员就塞进枯井的行为刺激了白灵，让她在大是大非面前重新选择了共产党，宁愿过着有信仰却充满危险的日子。对比白灵的选择，鹿兆海由共产党转向国民党的选择要无奈和颓唐得多，而白孝文参加国民党的保安营纯粹是出于势利的考虑，白灵比他们的政治选择在胸襟与境界上要高出一大截。

白灵的眼睛："这种眼睛首先给人一种厉害的感觉，有某种天然的凛凛傲气；这种傲气对于统帅，对于武将，乃至对于一家之主的家长来说是宝贵的难得的，而对于任何阶层的女人来说，就未必是吉祥了；白灵的眼睛有一缕傲气，却不像父也不像兄那样外露，而是作为聪慧灵秀的底气支撑主宰着那双眸子……整个白鹿原上恐怕再也找不到这种眼睛的女子了。""朱先生注视着白灵的眼睛，似乎比初见到朱白氏的眼睛更富生气了，甚至觉得这双眼睛习文可以治国安邦，习武则可能统领千军万马。"白灵眼中透出的这种大气是混合着善良、正直、坚毅、果敢、刚烈、聪慧等诸多优良品质的。她眼中透出的光芒足以震颤人的心灵，整个白鹿原上恐怕再也找不到这种眼睛的女子了，白灵被姑父朱先生认为是白鹿精灵附体的人。白灵可以说是由传统的优秀精神品质经过现代文明熏陶而转变体现为现代的优秀精神品质的象征，这种品质突破了男权社会对女性典型的"美貌、贤良"的审美标准，成为一名封建传统家族叛逆者的根源所在。她不再甘于自己的既定命运，不再甘于封建社会对女性的既定角色，她渴望自由和平等，这种对自己和社会清醒的认知正是她义无反顾、毅然逃离家族追求真爱，以实际行动参与社会的改造，坚持信仰的本质力量。

**阶级、战争与白鹿原上的革命**

汉语中的"革命"一词出自《周易》。《周易·革卦·彖传》中讲："天地革而四时成，汤武革命，顺乎天而应乎人。"商汤推翻夏朝，周武王取代商朝的行为就被称为"汤武革命"。

所谓"革命"的基本含义是改朝换代，以武力推翻前朝，包括了对旧皇族的杀戮，它合乎古义"兽皮治去毛"，这是西方 revolution 的意义里所没有的。现代汉语词典对"革命"的解释是："被压迫阶级用暴力夺取政权、摧毁旧的腐朽的社会制度，建立新的进步的社会制度。革命破坏旧的生产关系，解放生产力，推动社会的发展。"革命话语在中国现当代文学史中始终占据一席之地，不同的作品展示出革命的不同侧面。马克思和恩格斯在《德意志意识形态》阐释了以一种生产方式为基础的社会形态更迭的思想；革命从它最全面的意义来说，是从一个时代向另一个时代的剧变性的跃进。马克思从 1843 年已经开始研究的英国、法国和美国的革命，这些都是"资产阶级革命"，本质上是由资本主义的生产力扩大的需要促成的。马克思经常强调，共产主义革命在它的物质条件具备之前，不可能有实际意义，共产主义将实现人民当家作主，它第一次有可能消灭一切阶级差别，因为它不代表另一种所有制形式，而是摆脱一切所有制形式。它的执政将是一种道义的改革和社会的改革，清算过去，扫除人类肮脏的东西。

"阶级"和"阶级斗争"是马克思主义理论体系中最重要的内容之一。在阶级社会里，每个人都从属于一定的阶级范畴，具有阶级特征，阶级矛盾和阶级斗争构成了社会的主要矛盾和发展动力。"在斗争（我们仅仅谈到它的某些阶段）中，这批人联合起来，形成一个自为的阶级。他们所维护的利益变成阶级的利益。而阶级同阶级的斗争就是政治斗争。"① 这一无产阶级革命理论的中心思想，对于唤醒被压迫阶级积极投入革命斗争有重要的理论指导作用。在中华人民共和国成立后，其作为主流意识形态，占据了文学创作和批评的主要阵地。从阶级斗争的角度分析文学作品成为习惯性的思维模式，对人物的塑造和生活的摹写不同程度地具有简单化、片面化等弊病。20 世纪 90 年代《白鹿原》的出现，以民间生活原生态面貌，完成了对阶级模式的翻转与颠覆，作品对中国近现代社会阶级状况的反映是真实而深刻的。

《白鹿原》中人物的阶级状况和阶级观念都是非常复杂的，很难划定为某一阶级。哪怕提到地主与雇农的对立，白嘉轩与长工鹿三主仆关系很好，并没有明显的剥削与压迫。相反，他们在思想观念上惊人的一致，都恪守传统封建道德。另外，即便是同一经济成分也很复杂：比如，同为地主阶级，白嘉轩勤劳、勇敢、正直，鹿子霖不爱劳动、贪图享乐、阴险狡诈，但两人又都是封建伦理道德的卫道士；鹿三是典型的雇农，但他身上的封建正统意识最多，甚至不惜亲手杀人；黑娃在国民党、共产党和土匪之间频繁转换；鹿兆鹏虽是共产党的高级领导人，但他的阶级意识未必是无产阶级的……对于突如其来的革命，那些世代耕作、落后封闭的农民，由于知识水平和见闻视野都是有限的，他们对革命的认识、理解和接受是需要时间的。同时也说明当时的革命并没有得到广大人民群众的响应，也没有看到共产党在这场斗争中所肩负的使命和职责，这也是革命不全面的地方。

《白鹿原》中除兆鹏外从事革命斗争的人物并没有强烈的对某一党派的坚定认同，没有哪个人物非共不入，或者誓死效忠于某个政党，他们对政治方向的选择随不同境遇下的生存状况的变化而改变。比如，黑娃最初在共产党员鹿兆鹏的领导下积极进行农村革命，国共合作破裂后，他流落为土匪。后来，又被国民党保安团的白孝文招安，成为国民党的一名营长，并同时拜师于朱先生，甘愿立身于儒家文化阵营中。另外，在政党选择上，鹿兆海和白灵在懵懂的年纪，无法判断自己的阶级归属，就靠猜铜圆来决定入哪个党派，革命最初在这些年轻人面前形同儿戏，他们眼中根本没有非常清晰的派别界限；这也从侧面反映出另一个无奈的事实：非共即国、非国即共，只能二者选一。可见，政党选择的偶然

---

① 《马克思恩格斯文集》第 1 卷，人民出版社 2009 年版，第 654 页。

性和不确定性非常明显。在整部作品中,作者对国共两党的态度是平等的,共产党也有犯"左"倾错误的时候,白灵就被伙伴杀害。陈忠实对于国民党残暴的一面给予了客观的反映,如在作品中塑造的田福贤等人,但同时,在作品中他更多地描写了国民党中的"正人君子",如鹿兆海、岳维山等人。这样地描写更具历史真实。不同于以往文学作品过分夸大或贬损某一党派,而是客观地呈现出党派在民众心目中的地位和分量。以余华《活着》为例,主人公福贵的阶级成分变幻不定:剥削阶级——被剥削阶级——敌人——无产阶级,很难把他归于哪一类。严格地说,福贵与革命是绝缘的,革命对他并没有产生任何思想和精神上的触动,他从未认真思考过阶级或革命的问题,只想与家人和睦生活,然而也未能如愿。

《白鹿原》描写的是民国初年到新民主主义革命胜利半个世纪的历史。这50年是中国社会发生天翻地覆变化的50年,是新旧时代交替的50年,也是风风雨雨、生生死死的50年,作者以白鹿原为载体展示了一系列的政治事件,辛亥革命、国共合作、大革命、抗日战争、解放战争等,作为中国社会缩影的白鹿原在经历历次革命后,得到的不是风和日丽,见到的不是阳春白雪,而是血腥杀戮,成为革命双方争斗的"鏊子"——你翻过来我覆去,你唱罢来我登场。

《白鹿原》所展示的第一场革命是辛亥革命(反正)。爆豆似的枪声"忽然降临,使人不知所措"。"反正"(革命)到底给白鹿原带来了什么呢?在这里作者巧妙地算了一笔细账。这种别开生面的征粮仪式和射击表演,从白鹿村开头,逐村进行……瓦顶的大仓房里倒满了黄澄澄的麦子。在白鹿原烧掉的军粮,还得从白鹿原上补起来。烧了再征,叫他再烧,再烧再征。这回是一亩一斗一人一斗,再烧了再加。

朱先生后来在县志"历史沿革"卷的最末一编"民国纪事"里记下一行:镇嵩军残部东逃过白鹿原烧毁民房五十六间,枪杀三人,奸淫妇女十二人,抢掠财物无计。从以上材料可看出,发生在白鹿原上的首次革命,掠走了财物,留下了血腥和耻辱,白鹿原纯真质朴的生活开始被打破,为"风搅雪"上演做好了铺垫。

白鹿原上的第二场革命(国民革命)又是怎样的一场革命呢?"弟兄们!咱们在原上乱起一场风搅雪!"在此思想的鼓动下,所谓的革命者开始了一系列的所谓革命——敲《风搅雪》、围祠堂砸金匾、铡和尚、铡碗客……白鹿原在这场风搅雪中真正被搅起来了，留给白鹿原的只是搅、砸、铡、围攻、收拾……

接着国共反目，一浪未落一浪又起，血腥未干血腥又溅，只不过在同一舞台上换了一个曲目，换了一个式样——"风搅雪"换成了"耍猴"。随着国共两党斗争的深入，在白鹿原（鏊子）上的争夺也更趋激烈，"煎烙"的手段更简洁、省事、文明，那就是"填井"。"大哥这回翻脸，小兄弟血流成河。大肆逮捕。公开杀害，全国一片血腥气，惟独我们这座古城弄得干净，不响枪声，不设绞架，一律塞进枯井，在全国独树一帜，体现着我们这座十代帝王古都的文明。"由此我们可以看出争夺留给白鹿原的只有"中世纪的野蛮"。伟大的革命在朱先生的眼里也就成了荞面和饸饹了，不管他们喊出的是什么赞歌，都只不过是为了独占市场而已。革命顿时失去熠熠光环，给鹿兆鹏、白灵他们迎面泼了盆冷水，然而，在狂热的革命年代这并没有使他们清醒，只是为他们的人生悲剧埋下了伏笔。

白鹿原上的第三次革命（抗日战争）。以朱先生为代表的白鹿原人对革命对战争历来是漠然视之，但在有关民族存亡的大义面前，表现出了空前的热情和支持，面对鹿兆海抗日前的要求，毅然提笔，一气呵成"白鹿精魂"四个大字。由此显示了白鹿原人对民族战争态度的心灵转变。兆海阵亡中条山后，在白鹿原上举行了一次绝无仅有的隆重的葬礼，为民族而死的鹿兆海在人们心中再也不是"荞面"和"饸饹"了，真正成了人们心中的民族之魂。它激励着人们以更大的热情投入到这场战争中。正如安德森所说："为革命而死之所以被视为崇高的行为，也是因为人们感觉那是某种本质上非常纯粹的事物。"这才有后来的八君子抗战宣言的发表，以及八君子投笔从戎、北上抗战的壮举。然而支持抗战的热情，随着鹿兆海真正死因的证实而瞬间凝固。从此，朱先生停止读写，关门谢客专编县志。抗日战争背后愈演愈烈的内战，带给朱先生的是心灰，是意冷，是无奈，是精神的崩溃，是生命的终结。

第四场革命。中国共产党取得政权之后，"仍然革命""继续革命"的口号震耳欲聋。革命的浪潮并没因时代的变迁而退却，相反它又被掀起得更高更猛，连地下的死人也成了革命的靶子，朱先生的墓穴终于被挖开，他再也不能独享墓穴的静雅了，活着被"煎烙"，死了仍然被"煎烙"，革命带给他的只有"煎烙"。从某种意义上说，鹿兆鹏在白鹿原和滋水县的胜利的根本原因并不全在于共产党的正确政策，主要在于国民党政权的腐败。在这里作者清晰地透露出这样的一个信息：一个政权的巩固从根本上说，看他是不是真正为百姓做好事。如果不把百姓的利益放到至高无上的地位，不从民族的生存与发展着眼，而把党派的利益凌驾于百姓利益之上，一切以战胜对手为转移，其结果必然把手中的权力变成"鏊子"，烙糊对手的目的未必达到，却烙焦了百姓。

"革命是历史的火车头，是摧枯拉朽的风暴；但是人们往往遗忘了革命遗留的代价。"① 从上面白鹿原的革命历史画卷中，我们能清楚地看到历次革命带给白鹿原的苦涩和酸楚。

### 鹿兆海与白灵的分歧

坠入爱河的革命青年男女鹿兆海与白灵，在选择加入国民党还是共产党时是以游戏式的抛掷铜元来决定的。鹿兆海掏出一枚铜元说："有龙的一面是'国'，有字的一面是'共'，你猜中哪面算哪个。"白灵"觉得很有趣"，并"把铜元郑重地在手心抚了抚再抛到有亮光的地面上"。兆海猜是"字"的一面，白灵猜是"龙"的一面，结果铜元显示有龙图案的一面，就这样决定兆海入"共"，白灵入"国"。我们看到，这个"有趣"而又"郑重"的游戏，颠覆了我们习以为常的青年走上革命道路必有一个导师式的引路人的叙述模式，人生的选择极具偶然性。而就是这具有偶然性的游戏，二人谁也没料到它"揭开了她和他走向各自人生历程中精神和心灵连续裂变的一个序幕"。在实际的生活经验中，二人分别与自己的初衷背道而驰，白灵退"国"入"共"，兆海退"共"入"国"。本来二人都心想自己这下与对方立场一样了，却不曾想正好"弄下个反翻事儿"。就是这"多像小伙伴们玩过家家娶新娘"半真半假的游戏，"却给他们带来不同的命运"。不仅白灵、兆海的命运如此，其实发生在白鹿原上的许多事件都体现了一种"变与常"的生活法则。

革命的动机对不同人群是不同的。刘镇华的革命是要打上引号的。

镇嵩军刘军长想在西安称王，趁兵荒马乱，连年灾害，民不聊生时招收"革命"的队伍。这支队伍参加革命的动机从下面的引文中一目了

---

① 《马克思恩格斯文集》第2卷，人民出版社2009年版，第161页。

然:"跟我当兵杀过潼关进西安。西安的锅盔一榨厚面条三尺长。西安的女子个个赛过杨贵妃……"

白灵和鹿兆海参加革命更是随机和毫无思想基础的,用抛铜元来决定自己姓"国"或姓"共"。由此可知,他们参加革命并没有成熟的革命理论的武装,没有明确的革命理想,或出于狭隘心理,或为了一己之私,或为了追赶潮流随机而行。勤劳善良的黑娃由"风搅雪"涉足政治之后,强劲的社会风浪把他冲来荡去,他不断变换着身份,却始终没有找到自己的位置。在解放战争中,立有策划起义之大功的黑娃居副县长之后,被白孝文暗中诬陷惨遭镇压。天真、纯朴的白灵参加革命后,出生入死,诚心诚意,却被误作潜伏特务处以"活埋";身为国民革命军营长的鹿兆海在进犯边区时身亡,却被当成了抗日"烈士"厚礼安葬;贺老大被残忍地墩死;只为生活而挣扎的田小娥被自己的公公用镖捅死等。革命者的死无疑是凄凉的、悲哀的,它不但不能给白鹿原人带来安乐与幸福,反而招致了无期的"煎烙"。所以他们的死在作者笔下自然就成了黑色幽默的东西。

白灵是一个真正的抛却个人名利不断进步的革命者。在中国革命历史进程中这样的先烈不计其数,千千万万的烈士付出宝贵的生命,留下姓名的也只是一小部分;留下姓名常被今天的人们挂念的则少而又少。但当初先驱们投身革命也并不是为了让人铭记或载入史册,只是为了一个目的、一个信念,矢志不渝地努力罢了。像白灵这样的先烈,小说中还有廖军长、胡达林等,他们都光耀千古。类似红三十六军姜政委那样背叛革命的无耻叛徒,则以盲目动摇的鹰犬面目永远成为人们口诛笔伐的对象。

以白嘉轩为代表的封建人物身上的许多东西呈现出特有的精神价值,而这些有价值的东西却要为时代所革除,价值和革除它的力量究竟谁是谁非,很难判断清楚。例如,共产党倡导斗争哲学,有时把斗争哲学推向极端而出现了残酷的内部杀戮。白嘉轩和朱先生以儒家的"仁"和"中庸"为思想指导,反对斗争哲学,追求社会的和谐稳定,无过无不及,不使事物发展到极端而走向反面。如果把斗争扩展到生活的各个领域,整个生活岂不成了朱先生说的"鏊子"了吗!随着革命的深入,朱先生、白嘉轩的传统观念、主张越来越失去了市场,但一个接一个的革命政治运动说明朱先生、白嘉轩的观念和主张有其合理的内核。正如费秉勋评论说:"因过分地施行斗争和暴力所造成的悲剧,绝不仅仅属于一个人物,也肯定属于这个人所代表的国家和民族。"①

参加革命就要考虑牺牲,甚至受委屈蒙冤。求仁得仁,有何怨焉?陈毅同志 1962 年 3 月以轻松乐观的口吻谈到了这类沉痛的教训。"我常常跟我们的同志讲:要来参加革命,你们要准备哟!首先准备有可能把自己的命'革掉',不要以为光革人家的命。大革命中间把自己的命'革掉'的人多得很。我还是幸免。我们可能被敌人打死,也可能被自己的人打死。被敌人打死可以报账,被自己的人打死就报不了账。人从野蛮到文明,从文明到更文明,在革命队伍里,不要以为一切都是光明的,只是逐渐走向光明。有阻碍是可以克服的。"抱定为国为民赤胆忠心的信念,大风大雨中这些都是必要的考验,因此而动摇党领导的正确性和革命事业的光明前景不是积极和客观的态度。"部分组织,部分组织的负责人,一个时候会犯这样严重的错误,那是可以改变的。"白灵在肃反扩大化过程中被错杀是当时历史的真实反映。

以王明为代表的"左"倾错误在党内占了统治地位,在 1931 年 1 月到 1935 年 1 月期间严重的"左"倾冒险主义错误,以"残酷斗争、无情打击"为主要手段,在各革命根据地相继开始了各种名目的"肃反"运动,给中国共产党的革命事业造成了重大的损失。1935 年 7 月在陕北开始发生"左"倾肃反,历时三个多月,西北革命根据地发生错误肃反事件,逮捕刘志丹等一大批党、政、军领导干部,至 10 月 24 日,党中央、毛主席率领中央红军到甘泉县迅速制止肃反。在湘鄂西中央分局书记夏曦严重"左"的错误指导下,从 1932 年 5 月到 1934 年 7 月中央关于停止"肃反"的指示为止,湘鄂西苏区和红三军中总计进行了 4 次大规模的"肃反"。时任红四方面军总指挥的徐向前在回忆中悲痛地说:"将近三个月的'肃反',肃掉了二千五百名以上的红军指战员,十之六七的团以上干部被逮捕、杀害。"张国焘从个人野心出发,排除异己,肃反斗争中一批忠于革命的干部战士被错杀,加之全国不少革命根据地在必要的队伍清理整顿中出现了仓促行为和扩大化的问题。鄂豫陕、鄂豫皖、陕甘等根据地都发生了令人痛惜的事情。白灵只是其中的一例。

---

① 费秉勋:《谈白嘉轩》,《小说评论》1993 年第 4 期。

### 女性的贞节

统治者或当权者所重视的狠抓的民间观念伦理也必予以重视。儒家思想认为女性未嫁从父，既嫁从夫，夫死从子，即三从也。汉代妇女贞洁观有系统化理论，现实中遵行得并不严格。唐代妇女再嫁稀松平常，人们对此亦无太多非议，唐公主寡居再嫁者就有二十多人。

宋代理学兴起后，妇女们被要求从一而终，饿死事小，失节事大，实际生活中执行得也并不十分严格。朱熹对此持反对态度，认为"自世俗观之，诚为迂阔"。

明代有意识地宣传节妇烈女，从精神和物质上引导激励，有明一朝，出现了三万多名节妇烈女，超历史上其他朝代之和。"凡民间寡妇，三十以前夫亡守志者，五十以后不改节者，旌表门闾，除免本家差役。"这个政策造成许多悲苦惨烈的事例涌现。

节妇烈女只是一个笼统的称呼，不同种类的具体涵义大体上是明确的：

节妇，丈夫去世后，坚守贞节绝不改嫁的已婚女子；

贞女，尚未入嫁，未婚夫就去世，女子自此后终身守寡者；

烈女，为死去的未婚夫殉身，或为避免受辱自杀的未婚女子；

烈妇，丈夫死后三日或七日内自杀殉夫的已婚女子。

三十岁以前的女子青春年华最难熬，朝廷对"荣誉资格"的授予考验最严格，物质精神上奖掖也最舍得，民间各种奇闻轶事络绎不绝。九江欧阳氏丈夫去世，父母希望其改嫁，她用针在额上纹四字明志：誓死守节，地方尊称其为"黑头节妇"。

舆论往往会推波助澜，本人则变本加厉地为了名节追求轰动效应折磨自己。民间还出现了一批违背人情的贞妇义女在孝养公婆、父母方面做出了超出常人的残酷行为，如割自己的肉做药引子；遇恶兽水火重灾时，舍身救父母；卧冰救人；剖股割肝割乳房的行为不断出现，政府也大跌眼镜。洪武二十七年（1394年），朝廷在重议旌表时限定，割肝、杀子、卧冰、割股之类的自虐不算孝妇。

为了获评节妇烈女，赢得朝廷赐建的宗祠、牌坊、旌表，上吊自杀，投水淹死，饿死甚至自杀前连女儿（儿子要传承血脉，不能杀死，杀子就一票否决）一起杀死都是司空见惯的事。地方官收集上报的节烈妇女越多政绩越突出，越变本加厉。地方修志烈妇不多，官员就会痛心疾首，感叹世风日下。冯梦龙在福建寿宁当县令，收集到几个节妇事迹，当作自己政绩，喜不自胜。

朱元璋亲自下诏旌表节妇烈女，明成祖为"列女传"作序。《古今图书集成》中记载了主要朝代节妇烈女数量：唐代 51 人，宋 267 人，明 36000 人。明清两代在全国就立有节妇碑 6000 多座，安徽歙县志记载这一地区节妇烈女达 65000 人，可谓触目惊心！

陈忠实翻开二十多卷的《蓝田县志》，发现竟然有四五个卷本密密麻麻地记载着该县有文字记载以来的贞妇烈女的事迹或姓名。"心里似乎颤抖了一下，这些女人用她们活泼的生命，坚守着道德规章里专门给她们设置的'志'和'节'的条律，曾经经历过怎样漫长的残酷的煎熬，才换取了在县志上几厘米长的位置，可悲的是任谁恐怕都难得有读完那几本枯燥姓氏的耐心。"在阅览过程中，陈忠实产生了"一种完全相背乃至恶毒的意念"，民间流传着这么多荡妇淫女的个例，能不能有一个全新的女性形象？本村解放前夕，一个因逃婚而被刺刷抽打的新媳妇的尖叫声和西隔壁邻家门牌上漆皮脱落、清末陕西总督张凤翙金色楷书"贞节可风"的牌匾搅和在一起，一个文学长廊中全新的人物横陈在眼前，萦绕不散，无法淡忘，田小娥的形象渐渐丰满起来了。要写一个没有思想启蒙和人生伦理的女性，以弱者的反叛对抗礼教，最终肯定是一个悲剧性的结局。田小娥就是作者塑造的一个一错再错，一错更弱的"荡妇"和"妖孽"形象。

让伤风败俗的女性裸体公开受刑、公开进行道德宣判，弥补教化不足，是"大明律"的规定。宋允许女子穿衣受刑，勉强维持些许尊严，大明朝则不玩小心思，"其为人犯罪，应决杖者，奸罪，去衣受刑。余罪，单衣决罚"。元代只规定脱衣受刑，是否保留内衣可斟酌，明代规定很清晰，不容变通，"去其底衣"。妓女常无端中枪，成为教化范本。

明嘉靖年间（1522—1566 年）散曲作家冯惟敏目睹了妇女裸体受仗刑的过程。官妓李争冬容貌出众，骑马招摇过市与儒士发生争执，书生们义愤填膺，聚众闹事，官府拘抓李争冬公开施刑。大板横飞，血肉模糊，李争冬面如浇蜡，浑身筛糠。"筋连十指钻心窃，血染双臀入子宫，皮开肉绽花心动。这其间破了的谁补，绽了的谁缝？"

李争冬的裸体，平日里要付高价才能看到，今日行刑岂不是免费围观？站在道德高地上的道学家们鄙夷贪婪的目光既是胜利者的快感流露释放，又是窥私心理的满足发泄。

"女子裸体受刑，侮辱的不单单是女子，更是这一个朝代。"① 罄竹难书的许多违悖天理的人性悲剧在中华大地上不间断地上演，统治阶层、封建纲常的躬行者、假道学、伪君子所极力维护的"存天理，灭人欲"的礼教秩序和"食色，性也"的民间吟唱和对立。为情为爱为自由，冒天下之大不韪的例子比比皆是。高龄老妇再嫁；尼姑思春觅郎君；深闺少女私奔；寡妇寻夫改嫁亦是暗流涌动，为坊间津津乐道。

正是在礼教禁锢最严密的明王朝，才诞生了《金瓶梅》《肉蒲团》《绣榻野史》等号称情色之最的一批作品，禁而不绝，不胫而走。

欧洲中世纪最盛行的贞节带在中国从未出现。1995 年陈忠实到意大利参观，在国家博物馆看到了匠心独运的钢铁材料制成的贞节带。这原本是罗马帝国出征前夕的将士们为自己妻子制造且必须使用的。悉心设计的器械锁住了女人们的阴部，又巧妙地留下了大小便的出路，带走钥匙的将士们扛着矛、盾放心征战，凯旋归来才打开铁锁。我们的祖宗是高明的，一部《女儿经》，一套妇道纲常伦理，一块旌表牌匾，一阵风行嘉奖或惩罚，就达到了绝佳效果。"我们有贞节牌，我们有县志上的贞妇烈女卷，我们以奖励为主导方式弘扬那些嫁鸡随鸡、嫁狗随狗、鸡狗早夭了还为鸡狗守节受志的女人们。"的确行之有效，贞节带的使用只有一段时期，而我们的观念钳制方法安然延续了上千年。

贞节牌坊祠堂和贞节带都是理论法律道德观念的产物，都是对女性灵与肉的扼杀，同等残忍野蛮，同等黑暗违背人伦，但其产生时却都堂而皇之，彰显着神圣合理，被无数人膜拜遵循。

中国历史上遍布大地的一座座雕刻精细的贞节牌坊如今是引人注目的历史文化遗存，可其中包含着多少凄美动人的故事！从一而终的背后是无尽的孤单摧残和漫漫长夜。今天人们欣赏陕西韩城党家村的贞节牌坊精美的砖雕艺术时，不大理会其故事的惨痛。新婚不久，丈夫赶考染病身亡，16 岁的妻子孝敬公婆，洒扫庭院，料理家务，拒不改嫁，坚守五十多年直到去世，光绪皇帝敕建牌坊，以示旌表，当地百姓传为美谈。青春少女半个世纪把最美好的生命用来坚守一个"生是他的人，死是他

---

① 袁灿兴：《明人的率性生活》，华中科技大学出版社 2016 年版，第 266 页。

的鬼"的伦理观，岂不是需要超人的勇气和忍耐？值与不值？读者诸君自有论断！然而，留下来的是刻在青砖上的"巾帼芳型"，以及"矢志糜他克谐以孝，伦音伊迩载锡其光"的溢美之词，封建伦理观念犹如铁框禁锢了当时和后续妇女们的思想，阻碍了妇女解放进程。这些贞烈事件的当事人，名字今天没有几个人知道，事迹也绝不会传颂，只是令人惋惜！

关注历史既要关注辉煌与荣光，更要研究耻辱与幽暗，为的是不走老路，控制野蛮和非理性，把时不时要冒出来以各种形式装点起来的要蛊惑人心、触目惊心的幽灵因子扼杀在出土破芽之时。

**鹿冷氏与小娥的悲剧**

田小娥的死亡对于白鹿原上的人来说也是不值一提的。白鹿原上的人一致认为田小娥的死是她咎由自取，怨不得谁的！对于鹿三这个杀人凶手除了惊讶并没有其他。然而，事情的真正原因真是这样的吗？她的死亡真的只是个偶然，是自己的过错吗？不是的。所有的悲剧产生都不是偶然的。

儒学的发展历程也是对女性的钳制由松转紧的过程。儒教对人的控制主要是通过礼俗来完成的，在儒学中"名分""纲常""三从四德"似乎成了女性的专利，形成一张高强压的网，诱逼她们就范。女性在出嫁前开始修炼妇道、妇德，成妇后要婉顺恭敬，做了孀妇后要灭欲守节。

鹿冷氏从小受的就是这种教育。她亦步亦趋地走着"为人女，为人妻，为人母"的标准道路，本来可以成为符合传统文化要求的贤妻良母，但是她的丈夫不服父母之命是个叛逆者，抛下无辜的她在家中守活寡。觉悟成长中的革命青年兆鹏是她名义上的丈夫，在追求革命和爱情的路途中基本未顾及鹿冷氏的感受。她幻想着爱情，渴望得到满足，特别是当她的性意识觉醒以后，这种渴望肉体享乐的念头越来越强烈。于是她开始做奇怪的梦，梦中"她与兆鹏一起厮搂着羊癫风似的颤抖着"，她甚至梦见和许多男人一起颤抖着，哪怕是得到伦理世界绝对排斥的公公的爱抚也在所不惜，但是在理性上、在现实世界里，她又觉得自己的那些想法是极端可耻的，贞节名声高于天，她一度用"麦草"羞辱公公，以示贞节，但所有努力均宣告失败。

当这种矛盾越来越大，以致超过自己理性上限时，精神的堤坝挡不住生命的潮涌时，她自然疯了，得了整个社会羞于启齿的淫疯病。一个顺从传统道德的良家女子理所应当地疯了，而把她逼疯的实质上是中国的传统礼教。传统文化要求灭欲守节，但是她既不能无视自己的欲望的存在，又无力理直气壮地追求现实的欲望，她只能在渴望实现欲望与不能实现欲望之间痛苦地挣扎着，一步步吞噬支撑传统文化的理性神经，以致走向疯狂。"学规矩点，你才是吃草的畜牲"，公公短短一句话，恶言恶语彻底击溃了她。"搞了半辈子女人"的鹿子霖义正严词、堂而皇之的潜台词是："要想乱伦的人是你，你是可耻的，而我是代表传统公理来宣判你的。"

　　鹿冷氏的悲剧就是这样。她当时屈从了其父冷先生的安排，然而，婚姻不幸福的她也只能默默地认为是自己命不好，挣扎在欲望的漩涡里。她看见田小娥原先觉得恶心，后来"竟嫉妒起这个婊子来"，然而"当她挎着装满麦草的大笼回到自家洁净清爽的院庭，就为刚才的邪念懊悔不迭，自己是什么人的媳妇而田小娥又是什么烂女人"，从这般心理变化描写中，我们不难看出鹿冷氏在努力地扮演着"鹿冷氏"这个角色，干着日复一日婢女一样的家务活，顶着有出息的丈夫、大户人家媳妇的桂冠，名存实亡却心有不甘地守着活寡。中国传统文化对女人精神的渗透使她成为"三从四德"的忠实拥护者，对于丈夫，她根本没有选择的机会，她只能被动地接受，这对女性来说是多么不公平！鹿子霖讲面子不愿休她，叛逆者鹿兆鹏忙革命，并没有有效拯救她。鹿冷氏得了"淫疯病"后被父亲狠心治哑治死，生命像蝼蚁一样破碎在礼教车轮的碾压之下。做一个传统的贤妻良母愿望落空，死时下场悲惨，触目惊心。

　　田小娥美丽、妩媚，但是她白天受大娘子的气，晚上在大娘子的逼迫下还得充当泡枣的工具，过着"连狗都不如的日子"，要与入土半截的人相伴一生，她生活寂寞（性寂寞和心理寂寞），从内心的深处渴望着幸福生活。她在和黑娃偷情中渐渐产生了厮守在一起的愿望：

　　　　我看咱们偷空跑了，跑到远远的地方，哪怕讨吃要喝我都不嫌，只要有你兄弟日夜跟我在一搭……

　　　　一个旧秀才家的小家碧玉，重情纯粹，不计名利，超越礼俗，一心要与心爱的黑娃两情相悦，还原性爱娱情悦色本性，却与传统宗法文化格格不入，不能进祠堂认宗拜祖，不能进鹿家认亲归宗，不能在白鹿村过安分守己的平常日子，在失去黑娃的保护后不间断地成为牺牲品，死后被砖塔镇压不能翻身。

然而私奔以失败告终，违背贞操、不守妇道的田小娥如"庭院里的一泡狗屎"一样遭到家人与邻里的唾骂。野性的欢愉并不见容于强悍的伦理规范，尽管田小娥"没有偷掏别人一朵棉花，没有偷扯别人一把麦秸柴禾，没骂过一个长辈人，也没揉戳过一个娃娃"，可是白鹿原仍然容不下她，只因她是中国传统文化的违背者。她没有做到"一女不嫁二夫"，没有做到"饿死事极小，失节事极大"。

人类在追求情欲的自由时，就会触犯社会道德戒律，而变成一种罪；人类在企图维护社会道德时，就会丧失情欲的快乐和自由。如果追求情欲快活和自由是人的天性，那么人类就永远也摆脱不了道德的审判。正是在这个意义上，亲生父亲的毒药、公公的梭镖才是鹿冷氏和田小娥最恐惧的。对男权社会中的女性而言，致命的一击往往来自最亲近的人。男人或者陷入传统争斗厮杀不止，或与同行者拥抱明天、追求自由解放，传统女人只能成为旧文化的牺牲品。摆上圣坛或祭台，怀揣着无望的梦想在呻吟中生命破碎一地，可怜无助地离开人世。

成为恶之花的田小娥已经被传统礼教打在永久的耻辱柱子上，没有任何救赎的机会。过不上正常人的生活，生命最终被剥夺。在那样的一个环境下，鹿冷氏和田小娥也只能成为牺牲品被放在祭坛上了。

作者对田小娥死后景象的描写尤其令人深思："一脚蹬开门板，嗡的一声，苍蝇像蜜蜂一样在门口盘旋，恶臭一下子扑出门来。"令人惊奇的是，鹿兆鹏媳妇的死后图景与田小娥有异曲同工之妙，"左邻右舍的女人们在给死者脱净换穿寿衣的时候，闻到一股恶臭，发现她的下身糜烂不堪，脓血浸流……"这是简单的巧合吗？她们都与革命有着必然的联系，鹿兆鹏是共产党员，黑娃是农协主席、红军旅长的警卫员、暗中帮助共产党的土匪、率部起义的国民党营长。他们不同凡响的政治身份，给这些女性带来了厄运，她们生时遭人蹂躏、活守空房，死时恶臭扑鼻、令人作呕，这既是实写又是虚写：实写——写其死时真实场景；虚写——反映出她们在复杂的政治势力角逐中被残害致死，成为牺牲品，仍要遭人唾弃。田小娥、兆鹏媳、孝文媳、鹿白氏、狗蛋儿等难道不都是政治斗争的牺牲品吗？

自古以来，女人的美貌似乎就是一种原罪，女人一美，在男权话语中就成为到处流淌的祸水，她的美貌被哪个男人所消费，她就祸及哪个男人。乡土社会有一个共识，风骚漂亮的女性必定是男人的克星，古人所谓人之三样宝：近地、丑妻、破棉袄。红颜祸水也堂而皇之地成为大唐由盛转衰的诱因。帝王疏于朝政就是因为"春宵苦短""三千宠爱"，女人成为亡国的根源。

这种逻辑轻而易举地把男人从自己应负的责任中金蝉脱壳而去，无辜的女人就成为替罪羊，她们被制造成"婊子"。对这种"婊子"，几乎所有的男人都表现出暴力的残忍。

小娥的美丽成为焦点和资本，也成为祸水和悲剧的前提。"在朱先生和白嘉轩的眼里，小娥就是一个妖孽呀。"妖孽的根源在于对乡约族规传统的反叛，对现有道德伦理观念底线的挑战。是"妖"就得镇压，就得让她永世不得翻身。鹿三对无辜生命血淋淋的戕害是有"仁义"的理直气壮支撑的。"精神领袖"朱先生在对待田小娥上也表现出从未有过的冷漠，建议白嘉轩将骨灰封在瓷缸里埋了，并造一座塔"叫她永远不得出世"。而与小娥有过欢爱的黑娃、白孝文在困难时舍她而去，风光时绕她而行。有了小娥，黑娃的忤逆、孝文的堕落、恐怖的瘟疫都找到了归因，男权的暴力残忍又一次暴露在公众视野中。曾经想"学为好人"的小娥被彻底放弃和摧毁了，复仇成为她生命存在的依据。

**变成鬼蛾的小娥**

田小娥是一个看似淫荡而实际上并未泯灭人性的艺术形象。她是幼稚的。她在鹿子霖的教唆下拉未来族长白孝文下水，何西来认为《白鹿原》中性描写的重要性至少不在其史诗效果的探求之下，其性描写写出了文化，写出了艺术创造的审美效应，并坚决肯定"没有性，就没有田小娥这个人物""饮食男女，人之大欲存焉"。性是人生命的重要组成部分，以性武器作为报复的工具，田小娥以血泪和肉体作为代价，在报复中糟践着自己。因此，田小娥的性既是被压抑后合乎人性的生命需要，又是她反抗社会的武器和对命运挣扎的表现。

黑蛾是不屈的灵魂和怨恨之气的结合，是对中国传统宗法文化的抨击控诉和宣泄报复。令白鹿原人不齿的小娥死后尸体腐烂，腐烂味经久不散，最后白嘉轩率领族人火烧窑洞并造塔镇压，漫天飞舞的各色蛾子让白鹿原人无法理解。白鹿原是那样的专制无情！

小娥的孤魂神乎其神，小说中先后数次出现。

白孝文在成为县保安团大队部文秘书手第一次领饷后即策马回原，首先酬谢了关键时刻给他机会的指路明灯鹿子霖和田福贤，这是必须的。自己还有辉煌的发展前景，政治投机者的本色出现，这一酬答顺序不能变，是事先深思熟虑过的。其次就是把剩余的钱给可怜的小娥，自己曾经生命弥留之际想念的可人儿不能忘。可是，他扒开虚土从天窗钻到窑洞里见到的是小娥的白骨，见到的是"一只雪白的蛾子在翩翩飞舞，忽隐忽现，绕着油灯的火焰，飘飘闪闪"，顿时放声大哭，昏厥过去了。这是第一次。小娥化身雪白蛾子向白孝文诉说的是两人曾经的柔情蜜意和无穷的欢愉，恋恋不舍。白孝文此时的深情基于自己曾经被宗法礼教变相阉割产生的彻底背叛与小娥对宗法礼教的向往、漠然、痛恨之间的吻合，同病相怜不是假话，最难捱的光景里他们两人朝夕相处、日久生情。情是真的，性也是真的，肉身和情感的融合中责任缺失，责任又重生。小娥和孝文相好时曾内疚于黑娃，也痛恨黑娃对自己的不管不顾，命都要丢了，忠于黑娃的义务和责任无存。孝文的彻底反叛把自己从人上人变成了人下人，罔顾发妻饿死，想承担的只是对小娥的承诺："我总不能引上你去要饭？等着，我要下馍给你拿回来。"人由废身变为"人头里的人"，想起以往和小娥之间的根根蔓蔓，酸甜苦辣，怎能不发誓为她报仇、不伤心落泪呢？

　　鹿三杀了小娥，完成了白鹿村众人称快的壮举，却陷入了缺乏自信、负罪的心理癫狂状态。收拾好凶器搓洗手上的血污时，水缸里小娥凄凉悲怆地盯着他；打算睡觉耳朵里传来的又是小娥垂死时叫他大的凄婉呻吟；吃饭赶车听人说话时，传来的还是小娥时不时叫他大的声音。这只是小娥屈死冤魂报复的开始，是黑蛾的孵化期。

　　黑娃回到白鹿原寻小娥不成，报仇不得，看到父亲鹿三掷到当面的梭镖呆了。鹿三心理暂时爽脱了。黑娃回到山寨用烧酒倒在凶器上祭奠小娥，"梭镖钢刃骤然间变得血花闪耀"。奇异的景象吓愣了土匪头子郑芒儿，黑娃告诉大拇指郑芒小娥被人害了，"话音刚落，梭镖钢刃上的血花顿时消失，锃光明亮的钢刃闪着寒光，原先淤滞的黑色血垢已不再见"。小娥的冤魂借助烧酒、借助钢刃上的血花向自己的黑娃哥诉说满腹委屈。不计任何功利只图过个安生自由日子的小娥至死也没有被白鹿村接纳，祠堂进不了；鹿三和鹿惠氏认不了；黑娃流落在外自己无依无靠被鹿子霖逼奸，被鹿子霖设计色诱白孝文，成为了玩偶和工具；被亲公公谋杀叫一声大也挽救不了凄惨一生。小娥是有错，可这错纯粹是自己造成的吗？白鹿原的每个人都是正人君子贤妻良母吗？这错至于要命吗？至于以这样惨烈的方式呈现吗？短暂一生的奇异冤仇化为钢刃跳跃的血花铭刻在黑娃心头，闪耀在读者心头，令人不由得潜然泪下。

在白鹿原上毁灭性的大瘟疫中，鹿三的女人鹿惠氏即将被瘟神吞噬，她肯定无疑地问鹿三："是你把黑娃媳妇戳死咧？"小娥刚才给她托梦并让婆婆看她后心的血窟窿："你拿梭镖头儿戳的，是从后心戳进去的。"没有身临杀人现场的老伴说得这么清楚，鹿三完全没有想到，神秘主义不可知的力量再次宣明了事情的真相。"屋里似乎噌地一声掀起一股阴风，清油灯盏的火焰猛烈地闪摆了两下差点灭掉，终于又抽直了火苗静静地燃烧。"此时刮起的阴风客观上可以认为是巧合，可鹿惠氏的梦境却真真切切地让凶手鹿三浑身紧缩，头发倒立，头皮发麻。田小娥就是要让这个吃人社会的直接凶手灵魂不得安生，通过托梦的形式发泄报复，可谓"怒气腾腾三千丈，屈死的冤魂怒满腔"！苟活着的鹿三对自己当初用梭镖戳死小娥的做法犹如凉水浇头，始终没有太想明白自己对不对、该不该。精神日渐萎靡的鹿三被小娥附体，借公开演说自我惩罚，崩溃以至死亡。小娥讨回了欠债，白嘉轩维护伦理道德，鹿三则经历了罪与罚的全过程。"一缕幽魂无依傍，星月惨淡风露寒"。青春年少丧命的小娥托梦、刮阴风就是要表达自己对宗法礼教咬牙切齿般的痛恨，对自己凄惨一生的无尽惆怅和滔天埋怨。

陈忠实眼里的小娥不肮脏不邪恶，只是令人同情和怜悯。当写道鹿三把梭镖钢刃捅进她的后心，她回过头来，叫了一声"大呀"时，陈忠实"眼睛都黑了，半天才恢复过来"，随手在一绺儿纸条上写下："生的痛苦，活的痛苦，死的痛苦。"陈忠实在写作技巧上采用了魔幻现实主义的手笔，用如椽神笔抒写了白鹿原半个世纪以来的风云传奇和对礼教文化的深刻检视。

不仅给婆婆鹿惠氏托梦，小娥还要给即将咽气的族长夫人仙草托梦。回光返照的仙草一骨碌坐起来直着嗓子："黑娃那个烂脏媳妇嘛！一进咱院子就把衫子脱了让我看她的伤。前胸一个血窟窿，就在左奶根子那儿；转过身后心还有一个血窟窿。我正织布哩，吓得我把梭子扔到地上了⋯⋯"

小娥最痛恨的是白嘉轩和鹿三。她在白鹿村的一切不幸都是白嘉轩造成的，最后丧命是名义上的公公鹿三直接实施的，可报复没有直接降临到这两个人头上。情节上有意的停顿是必要的，让生前来不及倾诉悲惨命运的小娥以一个持续引人注目的方式陈述自己的冤屈和悲凉是作者的匠心设计，慢慢展开，读者诸君慢慢看。全书34章，小娥之死出现在第19章，小说过半之后小娥死了。小娥之死是全书人物命运的转折，作者直面死亡，让其他人物开始逐一谢幕。

白鹿原因为瘟疫陷入大面积集体死亡中，隔三岔五就死人，哭声仅仅是某人死亡的信号不再引起同情，丰收带不来往年的欢乐与喜悦。"死去的人不管因为怎样的灾祸死去，其实都如同跌入坑洼颠断了的车轴；活着的人不能总是惋惜那断轴的好处，因为再也没有用了，必须换上新的车轴，让牛车爬上坑洼继续上路。"作者的叙述表明生死观，冷静客观。

报复的重头戏是针对鹿三展开的，小娥鬼魂附于鹿三的肉身，让其出丑丢脸，兼带着羞辱白嘉轩，不分时间和场合。白嘉轩做好饭叫鹿三吃饭，被小娥附体的鹿三眼神轻佻、动作扭捏、尖声俏气地戏弄他；白嘉轩给鹿三端饭，鬼魂磕碗大笑前俯后仰："哈呀呀，值了值了，我值得了！族长老先生给我侍候饭食哩！族长跟我平起平坐在一张桌上吃饭哩！值了值了我值得了！我是个啥人嘛，族长？我是个婊子是个烂婆娘！族长你给婊子烂婆娘端饭送食儿，你不嫌委窝了你的高贵身份吗……"

变本加厉的鬼魂让鹿三一刻也不得安歇，在马号里和晒土场里向全村公开委屈和真相：

我到白鹿村惹了谁了？我没偷掏旁人一朵棉花，没偷扯旁人一把麦秸柴火，我没骂过一个长辈人，也没撂戳过一个娃娃，白鹿村为啥容不得我住下？我不好，我不干净，说到底我是个婊子。可黑娃不嫌弃我，我跟黑娃过日月。村子里住不成，我跟黑娃搬到村外烂窑里住。族长不准俺进祠堂，俺也就不敢去了，咋么着还不容让俺呢？大呀，俺进你屋你不认，俺出你屋没拿一把米也没分一根蒿子棒棒儿，你咋么着还要拿梭镖刃子捅俺一刀？大呀，你好狠心……

被抛弃、侮辱、利用、鞭笞、残杀的小娥只因美丽不守所谓妇道，本分真挚生错时代，一再堕落没有底线，最终走向悲剧的结局。鹿三虔诚地维护着以白嘉轩为代表的仁义道德，甚至不惜为此杀人。可是，死去的田小娥却借由他的口，道出了自己的满腹委屈和他们的不仁不义。

封建专制社会中类似小娥这样美丽而被戕害的无辜，不可尽数，全国各州各县的县志记载不完。

鬼魂附体时鹿三是小娥，簸箕扣到鹿三头上用桃木抽打后鹿三变回鹿三，反复几趟折腾让白鹿原上的农人们也看腻了。鬼魂附体的小娥和白嘉轩展开较量，屈死的魂灵发誓绝不轻饶白嘉轩："我把你弄死太便宜你了，我要叫你活不得好活，死不得好死，叫你活着像狗……"白嘉轩针锋相对战斗到底："我活着不容你进祠堂，我死了还是容不下你这个妖精。不管阳世不管阴世，有我没你，有你没我……"与其说是人和鬼魂之间的较量，不如说是两种观念之间的剧烈冲突，双方的宣言是彻底无保留，你死我活斗争的决心都没有退却。

白嘉轩两次请法师做法镇鬼捉鬼，鬼魂东躲西藏，要捏死原上所有的老老少少独留下白嘉轩和鹿三，酝酿更大规模的报复。小娥要在精神和气势上彻底压倒压垮白鹿原，借鹿三之口提出要在自己曾经居住的窑畔上修庙塑身，要族长白嘉轩和乡约鹿子霖重新装殓她的尸骨，抬棺坠灵，风光再葬，否则就让原上所有生灵灭绝。村民们自发捐钱捐物叩头作揖，在小娥曾住过的窑洞前连日香烟袅袅，烛火旺盛。农村中的确会有一些奇异事情发生，无法解释的人们只希求通过集体朝拜消灾免祸，化身鬼魂的小娥认为这才是对她应有的礼遇和生前不公正遭遇的勉强弥补。鹿子霖、冷先生、白孝武、几位德高望重的老者和广大族人都认为拯救生灵，免遭涂炭，最好的办法就是给小娥修庙塑身，装殓尸骨抬棺厚葬。"人跟人较量，人跟鬼较啥量嘛！"

白嘉轩在姐夫朱先生的指导下，打定主意敬神不敬鬼，把小娥的骨灰封在瓷坛埋在窑里，毫不动摇地在其上兴建六棱砖塔，让其魂灵永远不得出世重见天日。"族规和乡约哪一条哪一款说了要给婊子塑像修庙？世上只有敬神的道理，哪有敬鬼的道理？对神要敬，对鬼只有打。……"将封塔基的时候，窑垴塄坎的草丛里飞出了大量彩色蝴蝶翩翩起舞，白嘉轩让族人们把这些颜色鲜艳的鬼蛾扑死铲到瓷坛四周，才敲锣打鼓鸣铳庆祝，镇妖塔开始动工建设。冬至后竣工的砖塔塔身南北镌刻憨态可掬的白鹿，东边刻太阳西边刻月亮，既有日月正气，又有东西南北天地六个方位，还有白鹿精魂的保佑，白鹿原该四季平安和顺了吧。瘟疫随着寒冬的降临彻底断绝了，被镇压住的鬼魂不再附体，可鹿三却愈发痴呆懒散，形同一个废人了。

小娥死了，骨殖被烈火焚烧后，雪后干枯的蓬蒿草丛里飞出了彩蝶，这彩蝶被白嘉轩称为鬼蛾。鬼蛾是她不屈的灵魂，这不屈的灵魂始终在向白鹿原人展现着、控诉着自己的奇冤和愤懑。小说的写法是传奇魔幻的，但却并不费解。人世情仇，争斗痴怨，再难分难解留待后人任由评说。

悲剧人物遭遇不幸，大体上有主观、客观两个方面的原因。主观方面是指人物自身的弱点（如阶级局限、认识错误等）；客观方面是指当时具体的社会历史条件的限制（如社会发展水平、社会力量对比等）。在这主、客观两方面原因中，客观社会环境是形成悲剧的决定性因素。因为人物自身的诸多弱点归根是由他的社会存在决定的。一切悲剧的发生都根植于社会存在，绝不是无缘无故的。

至鹿三离世，小娥和鹿三之间的以怨报怨结束了。人世间繁多爱恨情仇常以惨烈开局和收场，郑芒儿和小翠之间是炽烈新鲜的真挚爱恋；郑芒儿和小翠的新婚丈夫杂货铺王家公子之间是刻骨的仇恨；郑芒儿和王家公子二次娶的新婚妇之间是报复的快感；郑芒儿和二师兄之间是朴实敦厚、胆大心细和尖酸嫉妒、卖主求荣之间的较量；可见围绕郑芒儿发生的所有故事的主人公无一例外地以惨死收场，典型地以怨报怨反复上演。作者并不赞成这样的观念，反而对白嘉轩以德报怨的立场颇为褒扬。白嘉轩唯独对田小娥的离经叛道不认可，缘于儒家传统礼教和妇女自由新生之间的尖锐对抗。故事凄婉好看，人物命运一咏三叹，这样而不是那样的深层根源是文化心理的不同。从血性自然人格的塑造进而揭示民族历史的奥秘是作家陈忠实纤毫笔触对社会的深刻解剖，不仅仅是简单描摹几个女性形象。

正常的追求而偏偏不能实现，怎么努力就是不能实现，这是最现实意义上的悲剧。池莉说："哈姆雷特的悲哀在中国有几个人有？我的悲哀，我的许多熟人朋友同学的悲哀却遍及中国。这悲哀犹如一声轻轻的叹息，在茫茫苍穹里缓缓流动，那么虚幻，又那么实在，有时甚至让人留意不到，不值得思索，但是总有一刻让人感到不胜重负。中华民族是极能忍辱负重的民族，我们的悲哀只是积蕴在心底，也许这悲哀来得更重更深刻一些。"[①] 陈忠实创作《白鹿原》是符合恩格斯关于悲剧是"历

---

① 池莉：《我写〈烦恼人生〉》，《小说选刊》1988 年第 4 期。

史的必然要求和这个要求的实际上不可能实现之间的悲剧性的冲突"的论断的。日常生活的琐屑烦恼可以表现为新现实主义的悲剧精神,众所公认,陈忠实以当代意识拷问历史,以哲学文化反思历史,把个人生命、家族、民族、国家融为一体,超越自身铸就的《白鹿原》是史诗美和悲剧美的完美结合。

灾难只能带来悲伤,产生不了阅读的快感。纯粹描写灾难只是纪实文学,悲剧重点在于对灾难的反抗。陷入罗网中明知不得出还要拼命挣扎逃脱,成功不了也要反抗到底,因此,田小娥是被侮辱与被迫害者,也是敢于抗争的不屈的复仇女神。像"白娘子"一样被镇压在砖塔之下的审美焦点就是她性格中的抗争精神,以此造就悲剧美学的巨大文化和人性力量。

## 第六节 黑娃：欲说还休的革命者

**黑娃的革命与实践**

摧毁一个旧世界,依靠黑娃等人的革命就能达到。不让人进的祠堂、门口不顺眼的石狮子、铭勒着封建礼教的乡约石碑等一时兴起都能统统砸掉;兴办学堂、剪掉辫子,抑或不让自己的子女缠足等也都可以做到,然而在破坏掉一个旧世界之后怎么办？热情地投身自己最初的选择,自己所挑战的旧秩序被破坏之后,自然而然地迎来的必然是一个人间天堂吗？黑娃抡起的榔头没有答案。历史事实告诉我们,在革命的废墟上未必能建设成一个美丽的崭新世界。

历史发展具有内在逻辑和固有规律。伟大的斗争必须依靠伟大的理论。这一伟大理论表现为在深谙社会矛盾和生产力与生产关系运行规律基础上提出的能有效解决当时历史现实的突出矛盾的办法；伟大斗争则是在伟大理论的指导下稳固、妥善、创新、革命性地解决社会利益矛盾重建新格局的实践。小说《白鹿原》对于历史和人物的还原告诉我们：依靠黑娃的盲动和白鹿原上简单的不系统的农民运动培训显然是达不到理论和实践完美契合的。

随波逐流、挣扎起伏或半信半疑、摇摆不定的人只能成为革命的牺牲品、殉葬品。在不断翻云覆雨的社会剧烈震荡中，被视为神圣的革命会撕裂社会。阶级不可调和的矛盾就表现为阶级对抗，犹如一块银元的正反面，字就是字，图就是图。尖锐的阶级对立，你死我活的斗争会纷纷上演。同时，由于立场和本质的不同，革命群体不断分化，分道扬镳的故事每天都在发生。当然，必要时间节点上的联合也是需要的。左派和右派、革命派和反革命派、共产党和国民党之间的对立联合斗争就成为必然的了。这一切，兆鹏、兆海、白灵、黑娃谁能火眼金睛似地透过残酷的叙事，悟得真谛并抓住真相？理想与现实、矛盾与冲突、失落和幻灭等都是悲剧发生的缘由。正是在这个背景和事实上，革命是最适合悲剧的题材。

悲剧之所以发人深省，就是因为它不是简单地再现历史，而是在传统精神文化解析过程中通过生活细节的真实描写，客观地还原了人物命运和历史发展走向。一切悲剧不单纯仅仅是悲剧，深藏于悲剧后面的是民族传统和文化命脉使然。

在所有人的严厉指责和鄙视中，黑娃怀着凄惶的心情，买下村外一方破窑洞，打算与小娥"不要脸"地苟且一生。此时的黑娃，一方面不愿受礼教观念的束缚，任其本真人性自然流露；另一方面又感到冲破传统观念后的孤寂和痛苦。既想摆脱传统文化的束缚，又找不到新的文化归属，精神便不可避免地遁入无家可归的苦闷深渊。兆鹏对他的启发是及时有效的。国民革命的目的是什么？基于幼年的友谊，这种启蒙便开门见山，畅畅快快。鹿兆鹏所接受并首先传播给黑娃的理论就是革除封建统治，实现民主自由包括婚姻自由。兆鹏打心眼里不满足父亲给自己订的娃娃亲，羡慕黑娃自己给自己找下个田小娥，尽管不能进祠堂拜祖，但恋爱自由、活得更自在却是实实在在的。

黑娃最初所认可接受的理论便是发小鹿兆鹏启蒙的。兆鹏心中婚姻自由自主的理念由黑娃在行动中亲身实践了。

白鹿原上，反革命的理论和号召也很通俗易懂，诱惑人、鼓动人。从政当官也成为谋生的一种手段。镇嵩军首领刘镇华投机革命，投靠奉系军阀，不断出现城头变换大王旗的闹剧，目的就是想攻入西安城称王。鹿兆鹏认为他们是一帮兵匪不分的乌合之众。当时的河南连年灾害，饥民如蝇、盗匪如麻，刘镇华在豫招兵的广告词声称："跟我当兵杀过潼关进西安。西安的锅盔一拃厚面条三尺长。西安的女子个个赛过杨贵妃……"锅盔厚、面条长、女子漂亮跟部队有啥相干？然而，反动军阀的理论逻辑简单实惠，当兵为吃粮、为娶妻生子，说到底为谋生，尤其在灾荒年盗匪横行之时。军阀投靠谁要看谁枪杆子多，地盘大，实力强；军阀部队行动的去向要看哪里油水大，能更好地解决物资供给和战斗力供给问题。

面对镇嵩军无度征粮的行径，鹿兆鹏组织放火烧掉粮台就成为一种革命的斗争形式，犹如当年白嘉轩反对民国政府组织交农一样。下一步怎么办没有想好，这一步却必须走出去。真兄弟之间免去客套可以永远开门见山讲真心话，黑娃被鹿兆鹏烧粮台的创意惊呆了：兆鹏的父亲是白鹿仓第一保障所的乡约，人面前行走的头等人物，粮食免交，总不至于像其他穷苦人家一样为下锅米煎熬；兆鹏本人是白鹿县立初级小学的校长，挣的是政府硬洋；文文雅雅的书生怎么会产生纵火烧粮的、类似土匪暴动一样的行径？虽然经过启蒙，但是黑娃怎么也把烧粮台与革命联系不起来。

不独黑娃，兆鹏也没有想清楚粮台烧了以后怎么办。白鹿原上的农人们幸灾乐祸地看着亲手送进白鹿仓里的麦子顷刻变成了壮丽的火焰时，更是没有预料到斗争的下一步更残酷惨烈：再烧再征，变本加厉。

军阀、政党、宗派及各种主义在白鹿原上的精英阶层朱先生、白嘉轩和凡夫俗子们面前威武神秘却苍白无力。他们甚至不支持辛亥革命，不理解国共纷争，不参与军阀争斗，他们更重视的可能还是天时地利人和秩序下的生活生产。朱先生说："我可不管闲事。无论是谁，只要不夺我一碗苞谷糁子，我就不管他弄啥。"面对"一切权力归农协"的标语，白嘉轩怀有恒心，坦然轧棉花，劝导儿子白孝文也上机轧棉花："你一踏起轧花机就不慌不乱了。哪怕世事乱得翻了八个过儿，吃饭穿衣过日子还得靠这个。"

毛泽东在《湖南农民运动考察报告》中提出："打倒土豪劣绅，一切权力归农会。"1925 年，中共四大通过的《对于农民运动之决议案》明确要求组织鼓动各地农民从事经济政治斗争，扩大农民自卫军，普遍建立农协。正是基于对农村现状与矛盾的深入了解，农协农会成为当时乡村唯一的权力机关，革命领袖提出这一结论并成功撬动中国革命，领导了这一轰轰烈烈的运动。

1926 年 10 月，在湖北、湖南广大农村发生的农民运动也波及了西北地区。1927年1月，国民联军驻陕总司令部成立，代行陕西省政府职能，国共合作领导的农民革命运动空前高涨。国民党陕西省临时党部成立了，全省67个国民党县党部也成立了，其中骨干成员都是共产党员担任的。至1927年5月，全省由共产党领导的县级农协达50多个，村级农协3600个，会员41万多人，农民自卫武装超过了10万人。固守农村儒家传统文化的精英们显然是被时代及科学理论抛弃了。族人向白嘉轩报告了黑娃的又一个革命壮举：在祠堂里乱砸乱挖。听到这一消息，白嘉轩不慌不忙，遇事反倒食欲大增：安排初一开始的所有日常活动：祭祖、敲锣鼓、喂牲口、轧棉花、给儿子孝武完婚。亲朋族人们建议缓过乱世再办婚礼时，白嘉轩还是不改初衷，义正严词："他闹他的革命，咱办咱的婚事。两不相干咯！农协没说不准男人娶媳妇吧？"

在简单理论指导下黑娃的革命遇到朱先生、白嘉轩的世俗理念便稀里哗啦地溃败了。不光对黑娃这样，面对田福贤在原上兴风作浪，白嘉轩坚持不当约，不借戏楼给对方作整人舞台，崇信礼仪德治，恪守乡约，续修族谱，像平常人一样一天天过日子。面对治世乱世，白嘉轩处乱不惊的想法始终没有变。他不偷不抢，不嫖不赌，守住田地，守好古原，立志做一个实实在在的庄稼人，理想多么简单平实磊落！国民党也好，共产党也好，田福贤也好，鹿兆鹏和黑娃也好，难道连他这样正经庄稼人的命也要革吗？白嘉轩面对黑娃从来没有慌过，腰杆挺得很直，倒是黑娃经常紧张，经常想把白嘉轩腰杆敲断了，最后的确也做到了。庄稼人的本分就是种地，革命的，反革命的人儿，不吃粮食总不行吧，这就是白嘉轩所谓的恒心恒念。

农民问题是中国革命的根本问题，忽视这一点就不是一种客观科学的历史辩证的正确态度，任何时候要想站稳脚跟，抓住根本都要从这一基本点出发。黑娃和初期的鹿兆鹏还不是用科学理论武装起来的革命者。从小说叙述的情景来看，打土豪分田地，从而解决诸如李寡妇那样贫苦农民依托问题的战略性策略还尚未在白鹿原大地上全面展开。

哈佛大学龚忠武博士敏锐地意识到中国革命胜利的根本在于毛泽东抓住并解决了农民问题，继而开辟了农村包围城市的正确道路，夺取了新民主主义革命和农业社会主义改造的胜利。中国的农村是中国社会的基础，从古到今，谁能够解决农民问题，谁就能控制农村，治理好中国，实现长治久安。毛泽东在童年时代阅读了大量的旧小说，越读越感到奇怪:"这些旧小说里面,没有种田的农民。所有的人物都是武将、文官、书生,从来没有一个农民做主人公。对于这件事,我纳闷了两年之久,后来我就分析小说的内容。我发现它们颂扬的都是武将,人民的统治者,而这些人是不必种田的,因为土地归他们所有和控制,显然让农民替他们种田。"1925年9月,毛泽东在《国民革命与农民运动》中指出:"农民问题乃至国民革命的中心问题,农民不起来参加并拥护国民革命,国民革命不会成功。"1926年底,在经过32天步行1300公里经历湖南5县调查之后,毛泽东写成了《湖南农民运动考察报告》,其中提出:"没有贫农,便没有革命。若否认他们,便是否认革命。若打击他们,便是打击革命。"

秋收起义后,毛泽东率部队上了井冈山,建立了农村革命根据地,这并非无路可走时的权宜之计。"为了夺取政权,这个政党应当首先从城市走向农村,应当成为农村中的一股力量。"① 武装斗争是中国共产党领导下的农民战争;根据地建设必须依靠农民;土地革命的目的是解决农民最关心的土地问题,进而调动农民的革命积极性。

共产国际1931年发出了"加紧反对富农"的指示,在具体执行中,王明路线主张"地主不分田,富农分坏田"的方针。1933年,毛泽东在长期调研的基础上认为在中国农村消灭富农的倾向是错误的,制定了符合实际的消灭地主、削弱富农的策略。针对如何处理地主和富农、中农、贫农的关系问题,1934年,毛泽东在第二次全国苏维埃代表大会上提出了土地革命的路线,即依靠雇农贫农,联合中农,限制富农,消灭地主。这一路线的正确应用是保证土地革命斗争胜利发展的关键,是苏维埃政权制订农村具体政策的基础。

在陕南,到1935年12月,鄂豫陕特委率红74师在宁陕、佛坪、周至宣传土地革命政策,创建根据地中心区。鄂豫陕边区苏维埃政府建立后,13个区,70个乡,314个村苏维埃政权星火燎原,土地革命轰轰烈烈。"凡豪绅地主所有之土地一律无代价的没收之";"凡祠堂、庙宇、祖积、公积之土地及一切公产官地一律没收之";"丈量、登记、分配土地;镇压民愤极大的土豪劣绅;优待红军家属、无地少地农民,分配粮食、腊肉、棉花等诸项工作同时进行",真正严格地将土地利益落实在贫苦农

---

① 《马克思恩格斯选集》第4卷,人民出版社1995年版,第485页。

民身上，劳苦农民深感腊月梅花开，挺胸抬头腰杆伸直了。

1927年10月至1930年2月，毛泽东、朱德、陈毅、彭德怀、滕代远等率红军在井冈山创建了第一个革命根据地。两年零四个月的井冈山斗争实践了一系列重要理论，闯出了一条新路，如实事求是、党管武装、干群之间的血肉联系、艰苦奋斗、坚定信念等。红军到了井冈山，解决了农民的土地问题，我们有必要重温当年那些朴实无华的井冈歌谣。

霹雳一声震乾坤，打倒土豪和劣绅。往日穷人做牛马，如今是顶天立地的人。

红旗飘飘五角星，共产党来哩有田分。打倒土豪和劣绅，劳苦大众乐盈盈。

红军来到掌政权，春光日子在眼前。穷人最先得好处，人人都有土和田。

田里豆子开红花，红军到来笑哈哈。土豪劣绅都打倒，山林土地回老家。

句句离不开群众对红军的一片热爱之心，首首包含着劳苦大众获得土地后的喜悦之情。如此能解决群众实际问题，生活更加安定向上的队伍和政权自然能赢得民心和拥护。"韭菜开花一杆心，剪掉髻子当红军；保护红军千千岁，妇女解放真开心。"革命队伍实力不断增强，以宁冈为中心的井冈山地区成为革命的大本营，锻炼和成长起来了一大批共和国的栋梁和中华民族解放的精英。

1925年冬至1927年春，毛泽东先后发表《中国社会各阶级的分析》《湖南农民运动考察报告》等著作，指出农民问题在中国革命中的重要地位和无产阶级领导农民斗争的极端重要性。1923年开始，彭湃起草的《广东农会章程》《海丰农民运动报告》《没收土地案》指导了当时蓬勃开展的全国农民运动，为中国共产党领导土地革命和全国的农民运动开展提供了借鉴。1926年夏天开始，广西农民运动领袖韦拔群亲自率领农讲所学员和农民自卫军迎击桂系军阀，沉重打击了敌人的气焰，使农军威震四方。韦拔群的农民自卫军，坚持公开武装斗争，在斗争中发展和壮大，为红七军的诞生奠定了基础。小说中黑娃缺乏的就是这些科学理论和正确实践！

没有科学正确理论的武装和指导，白鹿原上的革命者在实践中不断陷入尴尬中。黑娃按照兆鹏的计划，让革命十兄弟在原上的十个村子各联系十个积极分子举办的"农习班",结果很不顺利。十兄弟中的两个就坚决不动,任黑娃数落就是一句不吭。

黑娃骂道:"你是个熊包,你是个软蛋!你是镢枪,你是白铁矛子见碰就折了!仨月的受训白学了革命道理,不要钱的肉菜蒸馍白咥了!你不讲义气不守信用,结盟发誓跟和喝凉水一样。"黑娃说的自然是没错,然而,革命不单单是白吃肉菜蒸馍,吃完之后要有更深更系统的道理,更具体的措施是什么,群众为什么不理解白鹿原上"风搅雪"式的革命,以什么样更有效的形式来宣传实践革命,黑娃没啥招数,怕是这个时期的鹿兆鹏也没有好招。

黑娃给退出阵营的这位兄弟的父亲讲了半天革命道理,老汉听不下几句就拒绝再听:"你说的好着哩对着哩!俺家老几辈都是猪都是鸡,靠嘴巴拱地用爪子寻吃食儿,旁的事干不来也弄不了咯!你要再拉扯俺娃,我就照脖子抹一刀……"老汉不仅当场让黑娃的革命鼓动下不来台,而且还退给他两枚银元:"这是饭钱。俺娃在城里仨月吃人家饭的饭钱。咱不白吃人家的。"黑娃生气恼火不顶用,一遍一遍讲革命道理,引发不了宣传对象的响应,培训班开班之日,仅仅动员了开配种场的白兴儿和自己女人田小娥,让这个革命者沮丧不已。

一个组织内不会是铁板一块,需要不断凝练打造,犹如不断淬火是炼成好钢的唯一可靠途径。党在成立初期,各地各类组织中有着相应层级和数量的不坚定分子,盲目跟随组织走走停停、歇歇看看、吃肉喝汤的人亦不在少数。兆鹏、黑娃在组织农运时也自然认识到了这一点:培训时吃白馍肉菜,结盟发誓时钢牙利口都可能是真的,面临重大考验时临阵脱逃也是真的。不坚定的人啥时候都有。田福贤反扑回来的时候,自扇耳光的农运分子痛哭流涕承认错误者不在少数。成立初期的共产党在探索中国革命的曲折历程中不断汲取教训,纠正错误,纯洁组织,坚定信念,以顽强的意志和战斗力,以铁的纪律为保障,在科学理论的指导和崇高理想的鼓舞下从一个胜利走向下一个胜利,从一个个根据地开始,星火燎原,最终才走向了全国胜利。

白鹿原上的革命领袖鹿兆鹏理论上还不成熟,显然也没有准备好。老对手、原上的国民党骨干田福贤逼问他:"既然一切权力都要归农协,那我得向农协移交手续。"鹿说:"这个问题农协还没研究。再说农协还在筹备阶段,等正式成立以后再说。你是区分部书记,就应该跟农协站在一起，站在一起就不存在权力移交的问题而只需分工了。"田福贤认定共产党这样煽动农民造反是胡闹，因而对兆鹏的回答不置可否。

　　农协在成立初期，斗恶霸村盖子劣绅是当时普遍的做法，有时候难免会矫枉过正。革命是在探索中发展的，问题只能随着矛盾的爆发不断得到解决，因为革命者对科学理论的认识和掌握、理解和传播、具体化和中国化都还有一个过程，不可能一步到位、一蹴而就。螺旋形发展的历史规律和认识规律是吻合的。不光白鹿原，关中各地各县农协类似事件也都是有记载的。白鹿原革命者闹农协的事实描述说明作者陈忠实是在认真总结提炼历史的基础上进行创作的。

　　1993年的《扶风县志》记载：民国十六年（1927年），在全国农运和学运高潮中，扶风各地农协也相继成立，学生联合会也成立了。5月7日，学联配合农协，在国民党县区党部的领导下，拘押了私立义成小学校长卢树河。5月8日，卢树河以"恶绅"名义被押到西安高等法院候审。西安高等法院印发的传单中列明卢树河五条罪状：破坏行政统一；把持六里财政；破坏司法；包办农协，破坏农协；毁坏教育。这一看似庄严的押解行动最终因为没有真凭实据，不能以农运中传单口号为定案凭据，一放了之。历史潮流会影响人物的命运，现实中的卢树河和小说中黑娃一样，轰轰烈烈，毁誉参半。

　　白鹿原的革命还没有接触到群众最关心的根本问题——土地，只是不断地进行外围的形式改革，有足够的震撼，但没有触及根本利益，目标也零散，没有提出或者严格贯彻一个科学系统的纲领。工农革命推进到一定程度就必然会涉及土地和社会财富的再分配问题，这是广大群众的呼声和焦点。土地越集中，矛盾越尖锐，社会越衰退，只有农民成为土地的主人，社会生产力与生产关系才能适配，社会才能进步。解决贫苦农民的土地问题是阶级斗争在白鹿原白热化的导火索，财东乡绅占据大量土地，革命要革到自己头上的时候，国民党官员的反扑就开始了。田福贤等贪官污吏未得到惩罚，农协计划中的土地分配未及开始，"四一二"政变发生，田福贤"斩草除根"的行径异常凶猛和残酷地上演了。我们能深切体会到原上这场革命的无奈和革命者自身的茫然："我们建立了农协得办点大事，人家说我们农协剪纂儿拆裹脚光能欺负女人！"鹿兆鹏总结启发说："问题的关键是群众信服不信服我们。我们提倡女人剪头发放大脚是对的，禁烟砸烟枪烟盒子也得到群众拥护，我们还得进一步干出群众更需要的事来。同志们，说说群众反映最大的问题……"革命的形式和组织完全符合要求，互称同志也大致没有问题；讲习班再难招收学员也终于成立、开张和不断扩大了；第一批重点发展的十个村子也有九个村子都成立了村级农协，但早期革命的不成熟和盲动则源自理论上模糊，没有抓住土地这个命脉性问题。白鹿原上三十六兄弟商量最后的一致意见竟然是把三官庙那位年逾六旬的骚棒老和尚捆绑示众。在鹿兆鹏的带领下，白鹿原上的革命运动以极为残忍的手段让软瘫如泥的老和尚知错但没有机会改正了：铡刀落下，血光冒起，大限到了。原来商定撵走老和尚，把三官庙的官地分给佃农的决议刚刚接触到土地问题的表层，暴怒的群众就让形势无法控制，兆鹏把双手握成喇叭搭在嘴上喊哑了嗓子于事无补。革命没有既定纲领，在简单的实践中不断走样，领袖的心理也被形势左右，甚至随波逐流。四五十个村子挂上了农协牌子，黑娃认为形势一派大好："风搅雪这下真正刮起来了，兆鹏哥，革命马上要成功了！"

白鹿原成立了农民协会总部，除此而外，六十一个村子建立村级的农民协会。办了"讲习班"；革命十兄弟扩大为三十六兄弟；铡完和尚铡碗客郑克恭；敲完风搅雪再砸祠堂……接下来干什么？革命干什么？革命朝哪里走？白鹿原上的先行者开始思考：那么，革命是什么？革命又不是什么？

革命不是一把铡刀。原上那么多财东恶绅村盖子，才砸了三五个就停下，革命咋能彻底进行？面对这种疑惑，鹿兆鹏大声警告："同志们，革命不是一把铡刀……"申明今后再不许随便铡人，也不许把铡刀摆到会场，要处治谁需总部讨论批准，各村农协可以决定斗争和游街对象，但须防止群众有意或失手打死人。这就是理论指导下的初步规矩。在清算民国以来每年征收皇粮账目的过程中，发现了区分部书记、总乡约田福贤侵吞400两银子的事实，鹿兆鹏决定将田福贤等11人交滋水县法院审判。县党部书记岳维山认为农协用人不当，农协的头儿都是村子中的死皮赖娃，鹿兆鹏的队伍岂能推进乡村的国民革命！岳维山也同意兆鹏的观点："革命不是乱斗乱铡！"

国民革命不是弄钱。大革命失败以后，急切盼望土地分配具体方案的黑娃们一边说服改造占山为王的土匪部队，一边忙着训练农协武装。桃红柳绿转变为麦收在即，形势愈发险恶，观望等待三个多月的国民革命军冯玉祥投蒋反共，黑娃组织的三百多人的扛着梭镖矛子和红绸大刀的农协武装因为小麦即将收割而散伙了。白鹿原开始全面清理通共分子，田福贤带着民团武装卷土重来，立誓在原上要实行一个党一个主义，将共产党斩草除根。在白鹿村的戏楼上，原先分到田福贤贪贿银元的乡亲慑于淫威纷纷退了回来，表示黑娃分给他们的这种罪恶的银元决不能拿。田福贤火了："国民革命不是弄钱嘛！再不把银元拿走，我就把你们的手砍了！"为了笼络人心，田福贤向乡亲们表白，涕泪交流："我田某人一辈子不爱钱。黑娃抢下我的钱分给各位乡亲，分了也就分了，我不要了。只要大家明白我的心就行了。"

革命的确不是弄钱，但对田福贤来说，革命不是弄小钱。在一大堆钱面前，田福贤自然淡定不起来。当冷先生为搭救兆鹏，打算把积攒多年的"白货"和"黄货"用药包包好装了十个麻包全部送给田福贤。鹿子霖叹息冷先生："恐怕你这十个麻包银元撂不响！"冷先生说："撂响也罢，撂不响也罢，反正撂出手我就不管它了。"为了女儿在鹿家、在原上的生存着想，对冷先生来说，救女婿这件事非办不可。钱撂出后依常理必有动静。冷先生的冷静源于人性的贪婪和权钱变通的陋规。钱到命留，田福贤愿意冒风险放兆鹏一马，一方面是为自己留后路；另一方面，十个麻包的金银货物为搭救兆鹏不能不说起到了重要作用。

黑娃成功地在白鹿原上发动起一场旷世未闻的"风搅雪"。黑娃的革命要做到"群众怕他们"，随时都把明晃晃的铡刀放在会场边上，肆意绑人游街示众，轻率地把人塞到铡下铡得血花四溅！当鹿兆鹏示意他们不能乱铡人、斗人时，他们"都觉得窝了兴头儿，嗷嗷叫着抱怨鹿兆鹏太胆小太心善太手软了"。被"革命"的激情冲昏了头脑的黑娃失去了理智，砸铁锁、砸乡约碑、砸"仁义白鹿村"石碑；他不顾鹿兆鹏的反对、不顾国共合作的大局，毅然要把"同志加兄弟"的田福贤送到铡刀下，此时痛痛快快搞破坏的黑娃，根本不能分清中国社会历代传承下来的文化传统中的精华和糟粕，一味地狂暴破坏。在此，可以说，作者对20世纪的农民革命做了一次理性的关照与思考，对鹿兆鹏、黑娃们在"时代浮躁"的驱使下一种缺乏思考辨认的一刀切、教条主义的狂暴的革命方式提出了质疑。国共合作失败后，黑娃的革命也随之而失败。

革命失败了。革命的失败造成他更大的精神压力，精神上极度空虚的黑娃在奔突中自嘲说"堂堂白鹿村出了我一个土匪！"这又是怎样的自责。他始终背负着砸烂白鹿村祠堂的压力。他用白鹿村的仁义坚决维护着众多土匪的利益：拒绝鹿兆鹏让他再次投奔共产革命的动员，接受了当时的国家政府——国民党的招安，成为国民党保安团的一个营长。

黑娃又一次陷入迷失的境地，他找不到路在何方。在生存本能的促使下，他投奔了土匪，摇身一变成为土匪队伍中的"二拇指"，他率领一帮兄弟打家劫舍，过起一种为人不齿、被人辱骂的土匪生活。但这不是黑娃自己的偶然选择，这一切都是历史必然性和偶然性的统一造成的。

**压抑与报复**

人对自己没有见过的物质总是持有一份喜爱和好奇之心。基于自身熟悉的环境和物质体验，他可以怡然自得认可现状，但当外部刺激因素介入后，可能引起的巨大反差连第三者都会感到吃惊。黑娃是长工鹿三的长子，他所接触和熟悉的就是一个仁义长工的物质和精神世界。小时候，三个小伙伴兆鹏、黑娃、孝文因为偷看驴马交配而受到先生和家长的责罚。黑娃在父亲鹿三重不可负的一击下趴倒在地，眼前霎时一片金光又一片黑暗。醒来时，黑娃吃惊地发现白嘉轩和蔼可亲，且笑容满面，劝他也夹上书到学堂上学："念些书扎到肚子里却是实情，你该明白'知书达理'这话，知书以后才能达理。"白嘉轩不顾鹿三的反对，拉着黑娃去学堂，黑娃无法拒绝那只粗硬有力的手，被硬拽到学堂，开始了短暂的上学求知明理的日子，这是黑娃精神世界的发轫。

在学堂里，虽然孝文孝武比他小很多，但他对他们总是敬而远之，因为"他坐在白家兄弟的方桌上，看着孝文孝武的脸还是联想到庙里的那尊神像旁边的小神童的脸，一副时刻准备着接受别人叩拜的正经相"。这是他早期朦胧的反抗意识的觉醒，这种反抗与其说是对儒家传统的反感，不如说是对封建礼教传统的反抗，对礼教的一种敬畏和因敬畏而产生的排斥。所以他耐不住白家兄弟方桌上的寂寞，把自己的独凳挪到比较随和的鹿家兄弟那边去了；所以他对父亲鹿三让他去白家做长工的命令置之不理，尽管白家对长工鹿三及其儿子仁爱有加，这在当时别的地主家是极难"享受"到的；可他宁愿出走到他乡异地去打工。家境的贫寒和出身的卑微在他的潜意识中投下了自卑的阴影，这刺激他努力挣脱受惠于白家的感情枷锁，去获得人生的平等和自由。

兆鹏出于好心送给黑娃一块冰糖，初尝冰糖的黑娃浑身颤抖，无可比拟的甜蜜感动击溃了黑娃的味蕾。"……甜滋滋的味道使他浑身颤抖起来,竟哇的一声哭了",他发誓将来挣下钱,必定先买狗日的一口袋冰糖。财东人家的娃娃吃冰糖是再正常不过的事情,于黑娃却是无法承受的巨大诱惑和物质享受。后来兆鹏再给他水晶饼时,他瞅着手心里远远的水晶饼,身上开始颤栗,一咬牙却将其扔到路边的草丛里去了,伸手揪住兆鹏的领口"财东娃,你要是每天都拿一块水晶饼一块冰糖来孝敬我,我就给你捡起来吃了"。随之的突然气馁、瓦解让黑娃不无悲苦地道出压抑自己的事实——"我再也不吃你的什么饼儿什么糖了,免得我夜里做梦都在吃,醒来流一滩口水!"对冰糖的求之不得使他不得不压抑自己,更深层的原因是自己出身的卑微穷困。这痛苦难堪的体验给黑娃留下了刻骨铭心的记忆。不是黑娃不想吃,而是太想吃却不能天天吃;那就干脆不吃,省得以后想吃却没得吃。

  黑娃知道拒绝诱惑,与其享受一次老惦记还不如一开始就断了念想。这是黑娃的思维,独特个性却又让人无话可说。凛然的气质和胆略无论如何都可以让人成就一番事业,从这个意义上说,黑娃是具备成就一番事业的潜质的。穷人的孩子历来早当家,俭朴日子过惯了,乍一下太超过日常的享受的确承受不起。黑娃沦为土匪后,手下弟兄们曾缴获了一大缸冰糖,其他弟兄们用手抓着糖块往嘴里填、往口袋里装时,久违的颤栗让黑娃大喝一声:"掏出来,掏出来,把吞到嘴里的吐出来!"而后痛痛快快地往满装冰糖的洋铁桶里浇了一泡尿,以浇尿而非猛吃狂吃的畸形发泄方式来满足儿时没有实现的愿望。

  出身贫苦低贱的黑娃让冰糖、水晶饼这些稀罕的物件压得思想上喘不过气来,而一泡尿让他内心的冰糖、水晶饼情结暂时打开了。人,自然是要有一些品性的,记忆中永远封存的伤痛成为心理上的底线,像冰糖之于黑娃,一提起来就黯然神伤,浑身颤栗,异常复杂。这是黑娃物质和精神互相交织的扭曲世界。

  人对"吃"的记忆是最保守最顽固的,一次强烈的记忆往往会左右人的一生。把黑娃对兆鹏的"铁"感情和对起义的忠诚联结在味觉、颤栗等感官记忆上,再用"似乎"来暗示着因果,是作家深厚的功力所在。

  冰糖作为一个媒介成为黑娃和兆鹏两个挚友最难忘和最揪心的记忆。冰糖曾经带给他们最初的友谊和痛苦,后来成为黑娃的一个复杂心结。兆鹏完全能理解并铭记在心,后来二人还以此为接头暗号,重逢了。

1949年5月20日是白鹿原解放的日子，鹿兆鹏在县西麻坊镇哨卡让哨兵给鹿兆谦营长传话："一位少校军官要过哨卡，要到县里找你。鹿营长，你说放不放他过卡子？他不说他的姓名，也不报他的来处，却是叫我问你鹿营长还喜欢不喜欢吃冰糖……"曾经是黑娃，现在是堂堂正正的国民党滋水县保安团炮营营长，听到老朋友关于冰糖的问候立即从一种无知觉的状态灵醒过来，妥善安排了后续事情，平静地迎接了一个新政权诞生的最初过程。

　　发生在黑娃身上的颤栗在今天带给我们的思索就是世界上还有哪些物质诱惑总是难以抵抗？作为一个大写的人如何守住道德底线，抵御各类诱惑，战胜贪婪、虚荣暴戾、乖张之心？所谓抱朴守拙，即是说抱简单朴实、归真闲适、尊贵律己之心，守诚实清廉、踏实勤奋、为民上进之实，如何做到？经典著作带给人的回味是无穷的，经得起几辈人咀嚼，而且越读越有味。

　　白嘉轩挺得太直太硬的腰杆代表了宗法社会至高无上的权威，这给了黑娃心灵世界中挥之不去的阴影。我们一接触这个情节，甚为不解。你挺直你的腰杆，我活好活旺我的人，井水不犯河水，有什么相干？！然而，黑娃一见到白嘉轩挺直的腰杆就不舒服不自在。人一般不会自觉自愿地接受别人的教诲和恩赐来的救助。人格尊严本无高低贵贱，生而自由的人处于无往不在的枷锁之中，这枷锁就是差异和压力。出身贫贱一直为白家打长工，再好的长工也是长工，如鹿三，再差的东家也是东家，如黄姓地主，再仁义的地主也是地主，如白嘉轩。一种与生俱来的自卑感像一颗种子一样埋藏在黑娃心中，生根发芽。

　　子长十五夺父志。黑娃从年龄上看可以和白鹿两家的公子们一样到学堂去上学或者更远的地方谋个营生了，父亲鹿三开始考虑他的出路了。十五岁男孩子对自己的未来有设想是正常的，继承父亲的事业给白家干活按道理是顺茬。像鹿三和祖上一样到白家继续打长工并不是黑娃的本意，他宁愿远离故土到异乡去熬活，也不愿意整天看到白嘉轩那个挺得又硬又直的腰杆。

　　渴望被尊重，不甘人下，心地善良是黑娃的本质。白嘉轩希望鹿三能给自己的宝贝女儿白灵当干大，鹿三思前想后为了不伤嘉轩脸面答应了。在满月庆祝仪式上，当地有给主人和干亲脸上抹红以示热闹喜庆的习惯，这本来是一道流传于陕西、山西等省的正常风俗，然而，当看到父亲脸上抹得黑灰和红水,黑娃坐在炕上,像个大人似的用一只手撑着腮帮,眼里淌着泪花,闷闷不乐。鹿三问不出儿子所以然,拉着儿子去白家吃饭坐席,"黑娃斜着眼一甩手走掉了"。黑娃自卑倔强,争强好胜,不愿意父亲成为乡亲们尤其是白家人祝贺喜庆的工具,可是又没有办法,只能逃避不参加。父亲地位的低下和固守的"仁义长工"观念深深地伤害了黑娃,如父亲一样的人生让黑娃再走一遍是打死也不愿意的事情。黑娃打定主意,宁愿不识字也不愿意欠人情到学堂读书;宁愿把水晶饼扔了也不愿意惯坏自己的性子;宁愿去异乡熬活也不愿意再到白家打长工;宁愿与小娥到村外的土窑里厮守也不愿意应承白嘉轩给他连订带娶下一个媳妇的好心。二十多年来白鹿原上人们一直传颂着一件善事,那就是当年白嘉轩的父亲白秉德老汉出面为鹿三连订带娶地操办了婚事;今天,只要黑娃抛弃小娥,白嘉轩就会再为鹿三的儿子鹿黑娃也连订带娶地接回一个能养得住的居家过日子的女人来!换句话说,如果这样,鹿三父子都是在白嘉轩父子一手操持下延续香火,娶妻生子过日子的?!祖上就依赖人,命运无法更改!这种局面和故事是倔强自尊的黑娃怎么都不能接受的,更何况黑娃这时和小娥的生活历经患难,如胶似漆,恩爱有加,是坎坷曲折之后终得结合的美满日子,怎么能说丢开就轻易丢开?这对苦命鸳鸯生死相依,互相扶持,堪称白鹿原上的大爱,所以,争强好胜的黑娃内心深处连想都没有想,第二天就扛着青石夯挂着木模,到外村给人家打土坯挣钱养家去了。凭力气换钱,和小娥患难相依,过两年再拉扯个娃娃,让自己的后代争取上学堂读些书,日后能出人头地成人争气,平平安安过好日子足矣!这是黑娃通过努力换来的居家日子和情感世界。

舍得力气劳动,"日子就一年强过一年",这原本是典型的农耕社会"齐家"理想,家境改善、地位升迁也为期不远,然而,事与愿违,白鹿村根本不容最初抱有安分守己和与人为善理想的黑娃。以仁义文明传世的白鹿风范,黑娃其实打心眼里还是尊崇的。他对自己做过的一些不符合仁义道德的事,如与郭举人小妾田小娥私通也曾十分愧疚,但一个人对对方的尊重崇敬得不到基本的礼遇时,报复的种子就被点燃了,以至最终心服口服地离开白鹿村,心有不甘却又无可奈何地沦为一个土匪。最初不想做土匪,然而却成为土匪窝的二当家是不争的事实。对黑娃性格命运的分析也一直是研究《白鹿原》和作家创作思想的一个热点,根源在于黑娃的性格让人着迷，与小娥的情感让人叹息，命运让人扼腕！我们感谢作家陈忠实为我国乃至世界文学长廊塑造了黑娃这样一个迥然不同的敢爱敢恨敢担当的悲剧人物形象。人物形象的经典魅力在于其言行和历史逻辑的暗合。

黑娃与小娥私通事发，被迫离开郭家，心里是很难过内疚的。一方面，自己走了，郭举人因为他的离开要亲自侍守牲口了，抱歉得很；另一方面，郭举人对自己不错，让他干轻松风光的活路，遛马放鹁鸽，很放心地让他一个人侍喂骡马，自己却偷偷把人家女人睡了！干的这叫啥事嘛！

黑娃一生中时不时冒出来的善良本性总是让我们无端地感动。黑娃和郭举人铡苜蓿时，瞅着东家银白头发的大脑袋，心生懊悔；让郭举人即将独守马号，难过得恨不得抽自己两个耳光：对不起东家啊。可郭举人怎能咽下这口气呢？他派了两个亲门侄儿收拾黑娃，不料全被黑娃识破、解决，自己顺利逃脱了。"黑娃现在再不觉得对不起郭举人了，这两个蠢笨家伙的行动反倒使黑娃解除了负疚感，只是在心里叫苦：娥儿姐不知要受啥罪哩？"解除心理负担的黑娃一身轻松，再无任何愧疚，只是心忧小娥在郭家的命运。

黑娃对小娥强烈的思念使他大着胆子摸黑爬树翻墙跳进郭家西厢房，见黄铜长锁锁着门，知道小娥必定是出事了。从孙相口里知道小娥已经被退回三十里外的田家什字村，谢过孙相，压抑不住心中的急切和喜悦，临走不忘摸一把酣睡中的王相，黑娃连夜就赶到小娥娘家村子。成功潜伏在田家的黑娃意在托人说媒带走小娥，而非真的要打工挣银元。

这一切都如愿实现了。黑娃和小娥的婚恋在宗法家族中是大逆不道、离经叛道的行为，是白鹿家族不能容忍的。封建社会中，一个男人娶谁为妻，一个女人嫁谁为夫，都是要有以宗法关系为基础的家族来审定接纳安排的，个人没有自主的权利。白嘉轩连娶七房女人，白孝文、白孝武、白孝义娶妻，小翠和杂货铺王家的婚姻，白灵和王村婆家订婚，鹿兆鹏与冷氏大姐儿的结合，兔娃的婚姻等无不表明：白鹿原上的宗法婚亲的决定权与男女主人公都没有多大关系，主人公只负责过好日子，传宗接代，父母亲家负责聘礼（麦子和棉花或兼带其他实物）和迎娶之事。

始终进不了祠堂认祖归真，这让黑娃和小娥一直郁闷。多方努力还是进不了祠堂，干脆也就不再想了。一有机会黑娃就要宣泄排解心中的憋闷之气。黑娃后来率领三十六兄弟聚集祠堂，看着书写着列祖列宗姓名的神轴时，又触生出自己和小娥被拒绝拜祖的屈辱，遂提着铁锤，砸烂了铁索、仁义石碑、石刻乡约条文。从彻底毁掉顽固的封建堡垒，压抑自己的宗法形式上的根源在被砸烂的那一刻起，黑娃开始了名正言顺的报复。

偶像、军阀、独裁者以至礼教、宗教都可以打倒了事，然而一味打倒，破除迷信并不能寻找到科学之路。黑娃砸碎了那么多，却没有强化自己的理性追求。兆鹏也并未给予及时的精神引领，一对苦命鸳鸯在黑暗的旧中国一再迷失自我。天生丽质，追求真爱，真心善待村民，一心只想和黑娃过安生日子的小娥死后也忘不了被祠堂拒之门外的委屈，借鹿三之口向世人控诉："我不好，我不干净，说到底我是个婊子。可黑娃不嫌弃我，我跟黑娃过日月。村子里住不成，我跟黑娃搬到村外烂窑里住。族长不准俺进祠堂，俺也就不敢去了，咋么着还不容让俺呢？……"可见，夫妻二人争强好胜，内心深处是想过好农耕日子，希望获得白鹿村认可的，然而，这个善良的愿望在宗法制度之下自然没有实现的可能。

黑娃的报复是随心所欲自然而然的，善念不断闪现时是有所顾忌的。面对着缴获的冰糖，首先想的不是享受分配，而是"浇了一泡尿"；在蟠龙镇抢劫药材店时碰到熟人白孝武，交给其他兄弟处理时，黑娃眼前闪现的仍是他和孝文孝武兄弟坐在白家方桌上念书的情景；洗劫白鹿村的过程中，自己不敢面对白嘉轩很直很硬的腰杆，让其他土匪兄弟打折白嘉轩的腰，事先对弟兄们交代得很清楚："那人的毛病出在腰里，腰杆儿挺得太硬太直。我自小看见他的腰就难受。"黑娃详尽地设计了洗劫白鹿两家的具体方案，其目的就是报复惩罚白嘉轩在祠堂用刺刷抽打小娥之事。报复方案中打折白嘉轩的腰，因为看不惯；处死最好能蹚死鹿子霖，因为鹿子霖无耻阴险；善待守了活寡心灰意冷的鹿冷氏，因为她是大哥兼领袖兆鹏的媳妇；蹚死了鹿泰恒老太爷，因为鹿子霖侥幸命大逃脱，只好迁怒于老子了。一切都按照既定的方案实施中，黑娃走回到自己和小娥的窑洞，门板上挂着锁，鸡窝里没有了鸡，猪圈里没有了猪，他坐在窑院的石头上回忆起柔情似水的恩爱日子，临走不忘留下一把银元，最后看一眼窑洞的一切，缓缓地离开了。在乱世纷争中，一个心地原本善良的农家子弟被迫当了土匪，只是因为求稳求平安的日子得不到，心爱的女人也无力保护，以仁义著称的白鹿村容不下学为好人的鹿兆谦，我们似乎能体会到那个缓步离开曾经溢满恩爱院落的浪子了。性格中天生的反叛因子让黑娃完成了一系列的报复行为，赢得了暂时的心理慰藉。然而，这一切无法通过破坏和报复彻底消除阴影。

黑娃戏剧性地落草后，土匪头子郑芒儿劝他先吃好、喝好、养好伤，"要革命了你下山再去革命，革命成功了穷人坐天下了我也就下山务农去呀！革命成不了功你遇难了就往老哥这儿来，路你也熟了咯"！郑芒儿的劝说让黑娃有了暂时落草为安的打算。"堂堂白鹿村出下我一个土匪啰！"既是黑娃痛哭后的自嘲，也是一种无奈的悲凉。不知明天在哪里，不知小娥谁来保护，曾经的革命已经是过眼烟云，满腔的怒火盲目发泄后，涌上黑娃心头的必然是一地的凄凉和透心的忧愁。

乱世中的个人犹如浮萍一样，命运抉择常常身不由己。在经历国共两党对土匪武装的争夺拉拢后，大拇指郑芒儿死了，血的悲剧使黑娃接受了国民党保安团的招安和改编，摇身一变成为了炮营营长。营长的安逸威武生活并没有带来精神的解脱和满足，黑娃始终没有接受到先进的社会意识和科学革命理论的系统指导，没有形成足以和传统宗法思想相抗衡的价值观，向曾经反抗过的传统皈依臣服就成为一种无奈转折了。

要回归传统，必须彻底否定以前对传统的反叛，黑娃决心顺从传统道德与礼教，做一个安分守己的君子。在选定高秀才的女儿玉凤作为妻子时，他说："我需要寻个知书达理的人来管管我。"成功戒烟后他迎娶了老秀才的小女儿，开始艰难蜕变。看见高秀才斯文的举止，他想起小娥父亲田秀才的早诵午习和女儿被郭举人退回后的羞于见人；跟着彩轿回程时，他又想起他在郭举人家翻墙私会小娥的情景；领着新娘入洞房时，他眼前闪现的仍是和小娥进村头窑洞的一刻；揭开新娘盖巾，看着玉凤羞怯自若沉静的面孔时，他眼前闪现的还是小娥眉目活跃、生动多情的模样……

这里有回忆，有比较，有铭记，有撕裂般的疼痛，但表现出来就都是平静如水的谦谦君子的样子，黑娃更加沉稳了。这个高玉凤，集儒家传统文化于一身，内秀又刚烈，知书又达理，她会是自己今后的感情寄托吗？新婚之夜，黑娃面对这个弱女子感到别扭、空虚、畏怯、卑劣时，他已经全部否定自己以前的"糊涂"和"混账"：与田小娥的苟合结合、烧粮台、参加农协、砸祠堂、铡碗客和尚、落草为寇、睡黑白牡丹、洗劫白鹿原等都是一波漫过一波的污浊，没有一样能让自己自信和骄傲。

红烛燃尽，漆黑中黑娃才怯怯说话："娘子，你知不知道我以前不是人，是个……"儒家礼仪侵染和导引下的另一类女子高玉凤影响、改变了黑娃，反思过去回归传统成为黑娃自觉的生活方式。以前种种，譬如昨日死；今后种种，譬如今日生。高玉凤以宽广温柔的心胸、理智冷静的情怀接纳了这个回头的浪子。

在妻子的引导下，炮营营长鹿兆谦拜关中大儒朱先生为师，开始诵读《论语》。朱先生感慨黑娃对《论语》的诵背和体味："别人是先奠下学问再出去闯世事，你是闯过了世事才来求学问；别人奠下学问为升官发财，你才是真个求学问为修身做人的。"黑娃学儒家礼教，学多少做到多少，举手投足间尽显儒雅之气。文化对人的侵染是持久和终生的，草莽英雄诗书读久了自然会按要求学为好人。人无论走多远，最终离不开文化的支撑。只有精神上的需求得到满足，才会使人心安。文化礼仪让浪子黑娃幡然醒悟，脱胎换骨，沉稳安静，去浮躁虚夸之风，增雅致儒雅之度，俨然一谦谦君子。"中国古代先圣先贤们镂骨铭心的这里，一层一层自外至里陶冶着这个桀骜不驯的土匪胚子。"看似无形的传统文化潜移默化地教化归引着黑娃，作为一种特殊的文化形态，儒家伦理道德把他改造成了朱先生意想不到的最得意的关门弟子。

农民出身的黑娃一生中没有机会掌握一套改变不合理现状的思想武器，在三个月农讲所的学习中，也没有受到系统的革命理论的培训，没有也不可能从根本上思考自己受压抑，社会不平等的根源和中国革命的现状、问题和战略，错过了走上马克思主义科学真理与中国革命实践相结合的正确道路的机会。鹿兆鹏对他的启蒙也只是来去匆匆，只言片语，临去延安前交给他一本毛泽东的著作，也缺乏进一步的讲解启发。黑娃在白鹿原上开展的"风搅雪"式的革命也只是对不合理现象的报复，不计后果且没有科学理论指导，思想的空虚和迷茫始终存在。把妻子高玉凤送到城里学仁巷居住后，他甚至萌生退意："我想当个先生。我想到哪个偏远点儿的村子去，当个私塾学堂的先生，给那些鼻嘴娃们启蒙'人之初，性本善'……我不想和大人们在一个锅里搅咧！"传统儒家文化虽然把黑娃改造成了一个知书达理、学为好人的谦谦君子，但并没有给出解决社会问题的出路。和朱先生、白嘉轩一样执迷于传统文化的乡村精英们包括黑娃一类的后学新秀，在与现代化思潮的对决中日渐衰落。朱先生专修的《滋水县志》解决不了日寇侵略中国的问题，扭转不了衰微的时局；不断翻修的白鹿祠堂和石碑乡约依然挡不住日甚一日的抽丁加赋；浪子回头的鹿兆谦精神空虚，同样迷失在传统文化的沙漠之中，个体生命步入生存困境和心理困境。再温柔再贤惠的妻子也帮不上他，黑娃总是提不起精神："我老早闹农协跟人家作对，搞暴动跟人家作对，后来当土匪还是跟人家作对，而今跟人家顺溜了不作对了，心里没劲咧，提不起精神咧……"

黑娃提不起精神和鹿三提不起精神正好互相映衬。黑娃在朱先生陪同下回乡祭祖的行为并没有提振鹿三的精神，鹿三反而更加萎缩迟钝，对啥事都无动于衷。白嘉轩想不通鹿三的平淡不振：黑娃不务正道你见不得他，我赞成，如今学为好人，你执拗冷淡打不起精神，为什么？鹿三也想打起精神，可精神就是冒不出来，他说："那劣种跟我咬筋的时光，我的心劲倒足。这恩娃子回心转意了，我反倒觉得心劲跑丢了，气也撒光咧……"十来天后，鹿三愈觉灰冷，精神继续退坡，行动失魂落魄迟疑委顿，和白嘉轩喝完人生中最后一次西凤酒后溘然去世了！

人之初，性本"弱"。黑娃对传统礼教的"神性"又惧怕又向往，对"神圣"革命一片赤忱，对"反人性"的阴谋毫无预测，都归根于他本性的"弱"。田小娥、高玉凤那么爱他，鹿兆鹏、大拇指那么信他，白嘉轩、朱先生那么容他，不仅因为他真诚、坚强，更因为他"弱"。凭一己之力无法抗拒的弱是最根本、最原始的弱。黑娃有三次怯弱：

他对白嘉轩太硬太直的腰和凛然正经八百的神像似的脸又敬重又怯惧。那是对白嘉轩个人背后的文化积累和价值观的复杂感受。他对孝文孝武的小神童似的正经相也有同样的感觉。相反，他对鹿家父子的长条脸、深眼窝、长睫毛感到亲切，无法摆脱那个深眼窝里溢出的魅力。

他对郭举人的威严感到惧怯。在和小娥的私情暴露后，他看穿了郭举人慷慨厚道背后的真相和隐藏在儒家"仁义"后面的虚伪和残酷。于是摆脱了负疚感，他先闹农协，搞暴动，失败后投靠大拇指上山，后来归顺保安团，再拜朱先生为师念书，回原祭祖，最后率团起义，他心中一直在寻找归宿。

他对高玉凤发自内心地感到怯弱。新婚之夜，他携妻回乡的那天夜里，在自家厦屋炕上的破棉絮里说："我这会儿真想叫一声'妈'……"妻子高玉凤"浑身一颤，把黑娃紧紧搂住，黑娃静静在枕着玉凤的臂弯贴着她的胸脯沉静下来……"

黑娃接受的完全是儒家教育，不论是他在为时不多的学堂学到的，还是生活中鹿三的指教。孝悌、伦理多是在耳濡目染，代代相传中形成。黑娃生长于"农耕"，同样有着"耕读传家"的思想，他满意于和田小娥过的恬淡的"日月"，他甚至还设想遵循"耕读传家"的传统计划将来让孩子去读书，给祖上争光。他相信通过劳动"日子就一年强过一年"。

黑娃从根本上说是儒家思想的浸染者。黑娃不是反封建，而是复仇心理驱动下的行动。他一再说白嘉轩"你的腰杆太直了"，其实这只是他对幼年所受"伤痛"的回击以及对与小娥被拒拜祖的"屈辱"的掩饰。错把形式理解成本质，是追随者突出的表现。认清了黑娃并非真正意义上的反封建这一本质，才能更好地理解他最后选中高秀才的女儿玉凤为妻，"学做好人"。带妻子"跪倒在祠堂里头"的那一刻，黑娃心里是踏实的。说到底，黑娃的反叛和皈依最终标榜的是——传统儒学。当黑娃最终意识到这一点的时候，他选择生养他的白鹿原和祖宗，他所选择的其实是他内心深处一直渴望的"耕读传家"的踏实和"学做好人"的文化。"哦呀呀黑娃兄弟呀……你怎能跑回原上跪倒在那个祠堂了？你呀你呀……"——这正是一心追随革命的鹿兆鹏所始终反对的"封建"，这一分歧恰恰为鹿黑二人的背离提供了土壤和养料。

文化上的落寞和孤单无依靠是一个人或一个群体提不起精神的诱因，但问题的最终实质却是对社会发展规律和趋势的茫然无知。在人生最关键的关头，一种先进理论的支撑和武装足以成为信念、信仰、动力，一个代表先进生产力和文化的阶级足以成为其前行的引导力。黑娃最缺少的就是这些，也正因此导致了其最终的悲剧命运。

**黑娃之死**

曾经充满活力、豪气冲天的草莽英雄；归顺保安团后成为威武利落、治军严明的炮营营长；滋水县首倡起义，配合西安解放的功臣，新生的人民政府的副县长；学为好人、皈依入学，关中理学大师朱先生最得意的关门弟子黑娃鹿兆谦同志被人民政府的第一任县长、富于心计虚伪冷酷自私狠毒的白孝文同志陷害，经过人民法院公审判决后，他嘴唇焦燥干裂，眼睛布满血丝，掉下一滴又一滴清亮的泪珠儿之后，在白鹿原上与岳维山、田福贤这些与人民反抗到底的反动派一起被公开枪决了。

黑娃死了。

黑娃死在没有认清人，主要是没有认清白孝文这个人。

明陈继儒有言在先："大事难事看担当，顺境逆境看襟怀，临喜临怒看涵养，群行群止看识见。"认清白孝文这个人是件难事。人不识人苦一世。咋认识白孝文？黑娃咋认识白孝文？

曾国藩有言："宁可不识字，不可不识人。"其《冰鉴》是一部认识人的专著奇作，他总结识人认人是有一些方法的：邪正看鼻眼，真假看嘴唇；功名看气概，富贵看精神；主意看指爪，风波看脚筋；若要看条理，全在语言中。

白孝文的乳名（小名）叫马驹，正如鹿兆鹏的乳名叫栓牢，白嘉轩的乳名叫栓狗一样。关中农村，越是贵重值钱的孩子越是取那种通俗丑陋的名字才更吉利，一旦孩子稍微大一些，度过多灾多难期临上学之前才会取一个雅而不俗的官名。孝文叫马驹，孝武叫骡驹，孝义叫牛犊，黑娃叫黑娃，上学堂前，白嘉轩才给取了官名叫兆谦。

幼年的马驹、黑娃也算是很好的玩伴，马驹递给黑娃仿纸、毛笔等学习用品时完全是友好和善的："俺爸叫我给你的。"割草、砍柴、凫水、掏雀蛋的可贵友谊是天真无邪的，但黑娃总是不大亲近孝文。他看着坐在方桌上孝文小神童似的脸、流利的背诵、被徐先生画满红圈的妙方，言必称自己官名兆谦的正式称呼，总是对白家兄弟敬重有加，却与鹿家兄弟愈发亲近起来，对斯斯文文的白孝文敬而远之。

徐先生指派黑娃去河滩里砍一根柳树棍，黑娃叫上兆鹏、孝文做伴同行。路过独庄配种场时，在黑娃提议下，三人一同观看黑驴红马交配而遭到徐先生和家长们的责罚。新砍回来的柳木棍削平刮光立即成为戒尺，派上了用场。"三个人谁也不招认在去河滩以前曾经到庄场看过黑驴和红马配驹儿的事，黑娃因此佩服孝文也是个硬头货。"黑娃小时候的判断没有错：孝文当然是个硬头货，精神和毅力都堪称顽强。当年孝文与父亲断交，执意卖自己的二亩上等水地；不顾自家女人的死活依然离家和小娥厮混；枪击张团长；迫害黑娃并置之于死地等都是硬头货干的硬头事了。三岁看老并无大错，孝文的确是一个不可觑、人格复杂的硬汉子。白孝文欲望强，为达目的不计方式方法，手段逐渐豪狠老辣。可以说，黑娃从小对孝文的预感是准确的，认识也不断在深化，兆鹏虽然不时提醒，"小心咱们乡党"！但黑娃始终缺乏警惕，忠诚老实有余，防范自卫手段不足，最终吃了大亏。

鹿家人随和容易亲近，尤其是兆鹏哥影响自己也走上了反叛传统和封建的道路。白家人凛然寡言，古道热肠，凡张口必愿意帮助人，所谓施惠未念，施恩莫忘矣。黑娃和孝文成为暂时的盟友，时不时的仇人对手，为小娥又成为情敌关系，最终命丧孝文之手。鹿子霖"瞅见主持这场镇压反革命集会的白孝文，就在心里喊着：'天爷爷，鹿家还是弄不过白家'！"表面看起来是两个家族的恩怨情仇被白鹿家族宿命化了。其实有些兆头在事情发展的初期亦可见端倪，尤其是回顾黑娃与白孝文打交道的过程可见一斑。

黑娃生命历程中的幸与不幸大部分缘于碰见小娥并与之相爱。躲过郭举人的追杀，熬过父亲的绝情，黑娃与小娥在村外破窑里安家，"当窑门和窗孔往外冒出炊烟的时候，两人呛得咳嗽不止泪流满面，却又高兴得搂抱着哭了"，生活的小船终于被他们划到了一个相对宁静的港湾。有一个贤惠知心的妻子，有一份富足的生活，有一个别人能不下眼看的社会地位，黑娃就心满意足了。在历来的社会风云变幻中，中国农民追求的只是美好生活与自由平等的心态和社会剧变中尽可能少的伤害，然而，这朴素的经济和政治要求都受制于传统文化的禁锢和宗法文化的束缚。黑娃在遭受挫折后选择向命运低头，安于现状而不愿意再寻求革命的目标。他不愿意思考也思考不来什么是造成自己不平等地位的社会根源，也无法消除因贫穷家境与低贱出身造成的自卑感，潜藏于内心的平等愿望与超越自身化蛹为蝶的需要强烈地刺激着他。兆鹏努力劝他去"农讲所"受训，黑娃起初表现的只是农民的循规蹈矩和图谋安稳：

噢呀，我这回可不想跟你跑了，乌鸦兵跑了，进不进祠堂的事也过去了，我想蒙着头闷住声下几年苦，买二亩地再盖两间厦房，保不准过两年添个娃娃负担更重了，我已经弄下这号不要脸的事了，就这样没脸没皮活着算球了，我将来把娃娃送到你门下好好念书，能成个人就算争了光了。

在兆鹏的再三开导和劝说之下，黑娃迟迟疑疑地答应去省城受训了。

白孝文这时是父亲白嘉轩着力培养的族长接班人。孝文孝武神态端庄，彬彬有礼，不苟言笑，绝无放荡不羁行为，相比之下，孝文更机敏持重，处事更显练达，统领家事，继任族长再合适不过了。孝文咋看待黑娃受训之事呢？他认为堂堂校长鹿兆鹏与不干不净又麻达的黑娃混搅在一起实在搞不明白，让人大跌眼镜。抢夺人妻，龟五贼六的"货"们竟然成为共产党的座上客，让人不可思议。白孝文碍于父亲"凡事看在眼里记到心里就行了"的教诲，冷眼静观着黑娃的变化。

黑娃铡了老和尚，白孝文惊慌失措。黑娃铡了碗客郑克恭，乱砸乱挖祠堂，白孝文按照父亲安排，坦然请执事为弟弟孝武筹备婚礼。"四一二"政变国共分裂后，革命形势愈见险峻，梭镖弟子和大刀绾上红绸没几天，黑娃组织的农协武装就迫于农忙散伙了。而白孝文领着工匠垒砌补缀被黑娃砸断的"仁义白鹿村"石碑，清除农协留下的每一条标语纸头，主持着隆重的祭奠仪式，声音洪亮仪态端庄，持重庄严地领诵《乡约》。沦落为土匪的黑娃为了报复白嘉轩在祠堂用刺刷惩治小娥的事，精心设计并实施洗劫白鹿两家之时，白孝文正被田小娥牵着在破烂砖瓦窑里调情媾和，体会着与自己粗糙无味豆腐渣式的婆娘不一样的、丰盈与奇香融为一体的田小娥："甭看都是女人，可女人与女人大不一样。"

不一样的人生履历和周遭境遇促使白孝文抱着一种奇妙复杂的心态半推半就、毅然决然进入了田小娥的内心世界，卖地、卖房一步步堕落成为一个传统世俗眼中的浪子、败家子。在这个过程中，白孝文实现了对父亲和家族，对妻子和黑娃，对传统和礼教的彻底背叛，终于"把人活成了狗"，从白家曾经的顶梁柱沦为地道的孽子，和小娥一起过着喜悦畅快的光景。孝文和小娥曾萌发真情，曾无数次在这个冬暖夏凉的窑洞享受人生欢愉，但"当小娥扫了瓦瓮又扫了瓷瓮，把塞在窑壁壁洞里包裹过鸦片的乳黄色油纸刮了再刮，既扫不出一星米面也捏捻不出一颗烟泡的时候"，他最终难以熬过饥饿和鸦片烟瘾的双重痛苦，"走出窑洞时没有任何依恋，胸间猛烈燃烧的饥饿之火使他眼冒金星鼻腔喷焰"，放弃尊严、人格开始乞讨维持活命。期间受过神禾村财东李龟年的冷眼施舍，受过贺家坊贺耀祖的说教羞辱，受过恶狗的袭击，受过自家长工鹿三恨铁不成钢般的刺激羞辱揶揄，抢舍饭时受到鹿子霖的怜悯痛惜，体会尽了堕落者的窘迫羞耻，终于峰回路转，凤凰涅槃，被举荐到滋水县保安大队！白孝文乞讨到泛着豌豆黄色馍馍时后悔没有给小娥送回去；他从栖息的庙台翻跌下来，死神即将来临放声痛哭时呼喊的是小娥的名字；他从斜坡上滚下来跌落在大土壕时，眼前出现的还是小娥抿嘴勾眼嗔笑的模样；他到保安大队当了文秘书手第一次领饷时想的是把剩余的钱要留给小娥；小娥遇害后，他踩着虚土爬上窑垴从天窗钻进窑里，伤心昏厥点亮清油灯祭奠发誓报仇："我一定要把凶手杀了，割下他的脑瓜来祭你！亲亲……"

白孝文算是和黑娃一直结下了梁子。纵然小娥有自己的不对，但乘人之危，黑娃不在期间争夺到小娥总是事实，孝文一直心里有些愧疚。黑娃归顺保安团后，为给黑娃重新物色一个知书达理的新妇，孝文亦是费心下功夫，正式做媒极力选定了高秀才的女儿高玉凤。

黑娃按照兆鹏的叮咛起初对孝文心存戒备，但很快就放松了警惕。滋水县保安团按照兆鹏的策划，黑娃率先召集千余十个官兵集体起义，反动政权摧枯拉朽般灭亡了。白孝文嫌张团长嘟囔犹豫要求告老还乡解甲归田不积极，直接当场举枪击中张团长左胸，后来又残忍地朝其脸上补射一枪致其毙命。二营长焦振国向黑娃提起这事时，"总怯这孝文补打到张团长脸上的那一枪"，黑娃仍然不置可否。白孝文单独以保安团一营名义向西北军政委员会主任贺龙写致敬信时，黑娃咂了咂舌头表示不理解，报告全团起义贺主任会更高兴，抱怨孝文做事光顾自己，主动宽慰焦振国："兄弟，不是我说你，你这人心眼儿太窄。这算个啥大不了的事？孝文报了也就报了，他没写上二营三营，难道你我就不算起义？"在新政权担任副县长的日子里，黑娃积极性十足，顾全大局为孝文开脱，主动配合白孝文县长忙碌着。

这时的白孝文已经转变为一个虚伪冷酷、深藏不露、残杀异己、毫不手软、投身革命的机会主义者。白孝文先前在原上紧跟岳维山大力围追堵杀共产党人，甚至几次险些成功抓捕鹿兆鹏的滔天罪行只有黑娃清清楚楚地知道；在滋水县起义和平解放的大事上弄虚作假、抢占头功的枝枝蔓蔓也只有大大咧咧的黑娃清清楚楚地知道；抢占人妻、卖房卖地、吸毒乞讨心胸狭窄的品性做派也只有黑娃清清楚楚地知道，隐患太大了。埋藏于自己身边和今后安危仕途是否顺利的定时炸弹不是黑娃是谁？！最妨碍孝文解放后左右逢源、如鱼得水的人不是黑娃是谁？！作为解放后滋水县第一任县长的白孝文肯定也全面研究了共产党的政策，熟悉正风肃纪等内部活动的规律，一旦类似运动再发生，他自己就是滋水县首要的冲击对象，威胁最大的就是黑娃了。岳维山被枪决是必须的，白孝文可是给岳当过黑干将的，也曾经劝过姑父朱先生发表反共声明，曾经是抓捕处决共产党员的积极实施者，因此，一个选择题出现了：黑娃和孝文只能活一个，谁活下去呢？

以当土匪匪首残害群众，"围剿"红三十六军，杀害共产党员三条罪名黑娃被逮捕审判。"围剿"三十六军不属实，实际情况是分发盘缠解救三十六军战士并医治好了政委鹿兆鹏的枪伤；杀害共产党员不属实，实际是按照秦岭游击队韩政委的指示处决了叛徒陈舍娃；当土匪时确有一些土匪行径，黑娃据理申辩：

滋水县保安团的起义是鹿兆鹏策划的，由我发起实施的，从提出起义到起义获得胜利的整个过程，都是由我领导的；西安四周距城最近的七八个县里头，滋水县是唯一一个没有动刀动枪成功举行起义的一个县，我从来也没敢说过我对革命有过功劳，我现在提说这件事是想请你们问一问秦书记和白县长，我的起义能不能折掉当土匪的罪过？至于第二第三条列举的罪状，完全是误会……

黑娃的申辩无疑加快了案子的归结。白孝文知道黑娃说的有道理，也知道黑娃曾是红军首长的贴身警卫，是滋水县起义首倡者、是功臣，正因为这样才必须除之而后快，除之而后安。面对白嘉轩对黑娃的主动担保，以新政府不瞅人情面子，该判的就要判，不该问的不要乱问乱打听为理由轻轻回绝。

黑娃学为好人的思想影响了他。一旦认定一个理，头上不安转轴，对匪首郑芒儿、习旅长、兆鹏、张团长如此，对孝文后来也是这样。干事业需要忠诚于事业，但前提是方向和原则不能出错。作为一个将才，他是合格的，帅才却不够资格，他没有自己的系统思想。小说中暗示黑娃学为好人后有可能成为朱先生思想的践行者和继承者。他回到白鹿原上祭祖，躺在自己出生的土炕上叫妻子高玉凤为妈；朱先生临终前躺在白朱氏腿上，心里孤凄，也喊自己妻子为妈；他愿意解甲归田，不与大人争斗当一名教书先生；朱先生仙逝后，师母评价黑娃是先生一生中最好的学生，这些都暗示着黑娃日后的发展可能会更加如日中天，远远超过孝文！

黑娃之死与兆鹏关系甚大。从闹农协开始，兆鹏就是黑娃的精神领袖和行动导师。作为一个风尘仆仆、信念坚定、行为果断、理论上不断成熟的职业革命家，鹿兆鹏始终来去匆匆、重任在肩，疏于对黑娃的引导，仅有的三四次点拨也是蜻蜓点水，并没有达到点石成金的功效。可能黑娃蒙昽盲动，可能鹿兆鹏也没有循循善诱，毛泽东的著作也只是泛泛推荐，黑娃始终没有成为一个政治上坚定、理论上清醒的马克思主者。滋水解放前夕，鹿兆鹏策划启动保安团黑娃的三营首倡起义，然后才联合白孝文的一营、焦振国的二营共商起义大事，按照组织原则和程序，兆鹏应该将滋水县保安团起义的具体情况向上级报告，然而，他当时没有这么做，从小说情境判断，事后他也没有这么做。这一失误客观上促成白孝文捷足先登，首发致敬信，导致西北军政委员会没有掌握这一事件的真实全面情况，埋下了隐患。西安刚一解放，鹿兆鹏因为战事吃紧已经按照组织安排一路向西，参加完扶眉战役，继续向西追打到新疆去了，音信全无，生死未卜。这种情况下，解放后的镇压反革命活动就给白孝文提供了一个名正言顺地除去心头大患的机会。

黑娃的公判枪决大会如期在白鹿原上举行。从来不参加这类热闹事的白嘉轩涌起巨大的力量挤到台前，瞅着临刑前黑娃焦躁干裂的嘴唇和布满血丝的眼睛，黑娃一滴一滴清亮的泪珠儿落地，双目对视，垂下头去。一串枪声后，白嘉轩因"气血蒙目"昏厥在地。

曾经的枭雄、功臣；郭举人家的小长工、娥儿姐心中的多情人、妻子玉凤怜爱的好丈夫；荡涤威严的氏族祠堂的反叛者；革命者兆鹏、韩政委眼中的好兄弟好搭档；走出白鹿原冲破心灵藩篱的独特革命者；白孝文心目中的定时炸弹；学为好人诵读《论语》的虔诚学生；关中大儒朱先生关门弟子也是知行合一的优秀弟子；土匪窝里的二把手；一生从不负人的保安团炮营营长；刚开始充满干劲为民众服务的新生政权的激情副县长；小说中的悲情主人公黑娃鹿兆谦始料未及地、庄严地、悲剧性地死了。

传奇、灾难、痛苦、不公等，历史似乎把这些都集中在这个原本质朴憨厚的农民身上，看起来都是偶然。偶然的碎片织成了巨大的生活之网，其中有必然逻辑，这逻辑不可抗拒。预想报复鹿子霖时，却报复到鹿老太爷身上；回家探望小娥时，小娥看戏去了；带领土匪到镇上劫财时却抢到了孝武，而且还偏偏抢到了一大桶冰糖；本是起义的策划者，白孝文上报起义名单时疏忽漏掉了他；生死存亡的关键时候见证人鹿兆鹏下落不明……巴尔扎克在《人间喜剧》的前言中说："偶然是世界上最伟大的小说家：若想文思不竭，只要研究偶然就行。"[①] 陈忠实发现了这其中的奥妙，悲剧之所以是悲剧，那都是历史的必然。

---

① ［法］巴尔扎克：《人间喜剧》，傅雷等译，世界图书出版社2009年版，第7页。

### 作家看黑娃之死

死亡的悲哀远远超过了生命诞生时的哭叫。这个哭叫只是新生命向世界的无意识的宣告，是自自然然的生命体征的反映。但小说中冷先生不这样认为：

我看人到世上来没有享福的尽是受苦的，穷汉有穷汉的苦楚，富汉有富汉的苦楚，皇官贵人也是有难言的苦楚。这是人出世时带来的。你看，个个人都是哇哇大哭着来这世上，没听说哪个人落地头一声不是哭是笑。咋哩？人都不愿意到世上来，世上太苦情了，不及在天上清静悠闲，天爷就一脚把人蹬下来……

冷先生看来，人降生是应该有原罪心理的。人生在世是注定要受苦的，既然是受苦来的，遇到啥样的灾难都要能想开，内心强大自己安心承受，心理得到慰藉。

作家陈忠实不轻视任何一个重要人物的结局。他们任何一个结局都是一个伟大生命的经历后的终结，"他们背负着那么沉重的压力经历了那么多的欢乐或灾难而未能实现自己的人生理想，死亡的悲哀远远超过了诞生的无意识哭叫"[①]。因而要尊重人物在特定历史条件下形成的文化心理结构，这个独特的结构决定了他的言行和结局。

记得 2011 年，我在石油大学陈忠实先生的工作室因事拜访，看着他精神情绪都不错，把我埋藏于心底的两个问题和盘托出，一个是解放后甚至"文化大革命"中白孝文的命运会咋样？一个是找到鹿兆鹏后，黑娃有没有平反可能？

他抽着雪茄，喝了一口浓浓的陕青茶，沉吟了一下说："孝文这种人应该会如鱼得水的。"

"至于黑娃，兆鹏回来后平反昭雪那是肯定的。历史总是在反思中总结和前进。"现在看来，我的确问了一个文学之外的傻问题，本不该问。因为他曾经说过人物创作完成后，让作家解释作品情节和作品人物比创造这些人物还难。可贵的是先生没有低看我的意思，只是高看了我对文学的兴趣。如果一个纯粹的行政官员提问他或预设人物未来的命运，可

---

[①] 陈忠实：《寻找属于自己的句子——〈白鹿原〉创作手记》，上海文艺出版社 2009 年版，第 191 页。

能换来的是一句直截了当的尴尬回复。1998年,评论家郑万鹏在采访陈忠实时,曾问到为什么小说中兆鹏在解放后销声匿迹了呢?陈回答时提到:"在监狱里,黑娃对高玉凤和孩子说,惟一能给他作证的是鹿兆鹏,可是,就是找到了鹿兆鹏,他也救不了黑娃。"① 这种回答更多基于作家鹿鸣对于民族命运和历史的反省思考。能那么快找见人吗?即使很快找见他了能迅速地实现解救吗?都不能断然肯定。

十年来的两次回答并不冲突。救不了就是救不了,但平反冤案昭雪天下却是必然的。历史是在代价中曲折前进的,这是规律,不容违背。

小说中的黑娃死于历史上1950年3月至1953年秋在全国开始的镇压反革命运动中。为了巩固新生政权,境内外敌对势力夹击对新政权的颠覆,中共中央安排部署,全国形成高潮,镇反运动取得了决定性的胜利。1951年镇反高潮时,被镇压的反革命人数是220多万,共处决50余万人。时任公安部长罗瑞卿向中央统计报告新中国建立初全国的反革命分子320万人,包括新国民党溃散武装(政治土匪)200万人、各地潜伏特务60万人、反动党团骨干60万人,民愤很大的地主、旧官僚等尚不在内。②

镇反过程中,个别地方不可避免地出现了一些偏差和失误。存在的问题主要是两个方面,一是存在凑数现象;二是存在挟私报复现象。一些原本就是社会渣滓的人混入革命队伍、伺机而动,政策理解不准,干部素质良莠不齐等都是造成极少量错捕、错杀等问题发生的原因。此后,这类问题引起司法部门的高度重视,基本予以了纠正。

中央文献研究室编写的《毛泽东传》指出:"运动中出现过一些偏差,包括错杀、错捕等。这些偏差一经发现,便及时地加以纠正,基本上保证了运动的健康进行。"③ 2016年,中央党史研究室编写的《中国共产党的九十年》给予了实事求是的意见,"由于解放初司法体制还处于初创阶段,审判程序还不够健全,镇反运动工作在一些地方出现过错捕、

---

① 郑万鹏:《白鹿原研究》,时代文艺出版社1998年版,第229页。
② 简婷:《如何正确看待新中国成立之初的镇反运动》,《世界社会主义研究》2017年第122期。
③ 逄先知、金冲及编:《毛泽东传》第3卷,中央文献出版社2013年版,164页。

错杀等偏差,中央及时发现并作了纠正"①。面对中华人民共和国成立初的外敌虎视眈眈,内敌血雨腥风,肃清反革命分子,保护新生政权是及时的、必不可少的。借少量的偏差和失误,否认镇反运动的正义性和历史作用,是别有用心的错误思潮和历史虚无主义的表现,必须高度警惕,全面批判。

因此,作家对当时历史史实的准确把握和后续人物命运的判断是符合客观的。"伟大的阶级,正如伟大的民族一样,无论从哪方面学习都不如从自己所犯错误的后果中学习来得快。"② 白孝文就是混入革命阵营的投机分子,杀害黑娃是他蓄谋已久的挟私报复行为,而对这起冤案的纠正是很快就要发生的故事。电视剧《白鹿原》在剧终对白孝文的逮捕是对小说原著的补充和史实的印证。

在历史和个人进程中,黑娃的结局无疑是一个悲剧。所有悲剧的发生都不是偶然的。历史总是在必然和偶然的反复交织中迂回前进,整体上看来,悲剧是民族、是国家和社会、是文化和传统从衰落走向复苏、复兴、复壮的必经阶段。

陈忠实看重生命的脆弱和命运的不可捉摸。谈到《白鹿原》时,他庆幸自己在人生精力最好、思维最敏捷、最活跃的阶段,完成了一部思考我们民族近代以来历史和命运的作品。③ 1992 年,50 岁的陈忠实创作完《白鹿原》后,即将就任陕西作协主席的作家路遥 8 月 6 日到延安,一到延安就生病了,之后辗转治疗,于 11 月 17 日去世。1992 年 11 月 26 日草写,1993 年 9 月 16 日改写成了诗歌《猜想死亡》:

天宇里/有一颗专司死亡的星星
是有意还是无意/是选择还是冒碰
一旦砸下来/便要击中一个天灵盖
这个人便死了
无论是元首还是将军/抑或只是一个平民
它不辨善也不择恶/不分贵也不分贱/更没有公平可言
撞上谁/算谁倒霉/这个猜想如果成立/我们反而坦然

---

① 中共中央党史研究室:《中国共产党的九十年》(社会主义革命和建设时期),中共党史出版社、党建设物出版社 2016 年版,第 388 页。
② 《马克思恩格斯文集》第 1 卷,人民出版社 2009 年版,第 379 页。
③ 陈忠实:《原下的日子》,太白文艺出版社 2004 年版,第 323 页。

被砸中了便走向死亡/砸不上便继续做自己的事

总统继续竞选连任/将军继续操练士兵/平民继续忙油盐酱醋的日子

担忧根本无用/躲藏更属徒劳

运气仅仅在于/一个迟些……一个早些

　　面对突如其来的死亡，作家也很迷茫，寄希望于上苍给自己一个健全的大脑和相对健康的身体，以便在有限的日子里做完想做的事情。1993年3月，51岁的陈忠实在接受评论家李星的访谈时，希望"在50到60岁这一年龄区段里，如若身体不发生大的灾变，其精力还是可以做长篇小说创作的寄托的，所以得充分利用这个年龄区段间的10年，这无疑是我生命历程中所可寄托的最有效也最珍贵的一个10年了。所以打算在这10年里以写长篇为主，之后的生命的保险系数很难确定，到10年后再视情况而定，说到此就有一缕人生的悲怆潸然浮上心头"①。世事难料，陈忠实关于长篇小说创作的材料收集完成了一部分，但是创作兴趣发生转移，后续的岁月更加偏好散文和中短篇小说了，计划好的事都变了。评论家冯希哲在《陈忠实先生身后的五桩憾事》中说："《白鹿原》完成后两年，先生即开始第二部长篇小说的准备工作，作品整体的时空跨度是20世纪的后50年，依然是关中。上世纪90年代末他就开始了资料的搜集，并沿着人物原型的足迹，远赴贵州、云南、江西等地采访调查，后因特殊历史时期把握问题和身体原因等被迫放弃，但这件事一直是他的心结。"② 2015年，陈忠实开始患病，2016年4月29日，天空中那颗星星始料不及地砸中他了，我们这个时代的伟大作家的头脑停止了思考。原上曾有白鹿，世上再无忠实！

　　一树繁花先后落。没见哪朵不落，只是时间差罢了。也没见同时落尽的，那违背自然规律。生命的意义在于从孕育到盛开到落英缤纷再到零落成泥，再到春去秋来，寒来暑往，生生不息，繁华落尽又一树！纳兰性德有词：春在桃花！一切过去的日子都是不能抱怨的，一切未来的日子将更加美好。

---

① 陈忠实：《寻找属于自己的句子——〈白鹿原〉创作手记》，上海文艺出版社2009年版，第200—201页。

② 陈忠实、冯希哲、张琼编选：《陈忠实访谈录》，陕西新华出版传媒集团、陕西人民出版社2016年版，第374页。

# 第六章　经典与经典化

## 第一节　《白鹿原》的经典化

**销量与经典化**

经典作品往往有一个畅销与常销的表象。没有一个较长历史时期的检验和不同年代读者群的爱好，作品要称之为经典，信服力是欠缺的。《白鹿原》其实是在走向经典化的过程。

《白鹿原》首先在《当代》杂志1992年第6期和1993年第1期连载。一时"洛阳纸贵"，人民文学出版社前总编辑屠岸曾应音乐家瞿希贤的要求为他寻找《白鹿原》的下半部。事情的起因是，瞿的女儿在法国学美术，发现一批海外读者在《当代》1992年第6期看到《白鹿原》的上半部后，迫不及待地托国内的权威人士务必寻找到它的下半部。一睹为快是读者的愿望，无法强迫，只是出于内心阅读的渴望。

这部小说的单行本是1993年6月由人民文学出版社正式出版的。最初人民文学出版社把它当作严肃文学来看待，初版只印了14850册。这个印数在当时是大胆的，因为一般长篇小说也只印不超过10000册。人文社当代文学一编室（主管长篇小说书稿）负责人读稿编辑高贤均在复审意见中说："一部好书迟早会得到社会和读者的重视。基于这点，我们对它的经济效益也是有信心的。"印多了销售不出去怎么办？出版社那个年代就开始面向市场进行成本核算经营了。

1993年6月，正版书面向社会发行，同时盗版书蜂起。盗版书商的嗅觉是灵敏的，不下十余种盗版书在市场上堂而皇之地销售，其印量和正版接近。

在文学萧条的情况下，严肃文学征订数量经常只有几百册，《白鹿原》一面向市场就出现倾销着实没有预料到。更让陈忠实惊喜的是人民文学出版社当年《白鹿原》第二次印刷是 50000 册，第三次印刷是 100000 册，第四次印刷又是 50000 册。到 10 月份第七次印刷，共印 56 万册之多。2009 年 7 月，《新京报》曾记录了《白鹿原》的印刷情况，"到现在这本书各种正版销售了大约 150 万册，还有盗版也不比这个数字少。这几年每年都加印 3 万到 5 万册。今年各种版本加印不下 10 万册"。这时候，人民文学出版社意识到，《白鹿原》已经成为畅销书、长销书，每年都要加印。据何启治先生回忆，到 2000 年印数已达 997850 册（含修订本、茅盾文学奖获奖书系、百年百种优秀中国图书书系和精装本）①。

1993 年 6 月 10 日，《白鹿原》获陕西省作协组织的第二届"双五"最佳文学奖。

1994 年 12 月，人民文学出版社由一批资深编辑组成的评委会通过认真讨论和无记名投票，一致同意授予《白鹿原》以"炎黄杯"人民文学奖（评奖范围为 1986—1994 年人民文学出版社出版的长篇小说）。

第四届茅盾文学奖的评议从 1995 年启动，到 1997 年 12 月 19 日揭晓。《白鹿原》在 23 人的审读小组顺利通过，但评委会要求作者进行修订。这些意见主要是："作品中儒家文化的体现者朱先生这个人物关于政治斗争'翻鏊子'的评说，以及与此有关的若干描写可能引出误解，应以适当的方式予以廓清。另外，一些与表现思想主题无关的较直露的性描写应加以删改。"②

陈忠实表示自己原本考虑就要对作品进行适当修改。他躲到西安市郊区一个清净的地方，删改了两三千字。《白鹿原》（修订本）于 1997 年 11 月底寄到人民文学出版社，修订本于 12 月出书。长篇小说《白鹿原》（修订本）与王火《战争和人》（三部曲）、刘斯奋《白门柳》（一、二部）以及刘玉民《骚动之秋》终于荣获中国当代长篇小说的最高奖项——茅盾文学奖（第四届）。1998 年 4 月 20 日，它的作者陈忠实终于登上了人民大会堂的第四届茅盾文学奖的颁奖台。

1981 年，中国作协根据茅盾先生遗嘱创办茅盾文学奖，它由主管文

---

① 何启治：《〈白鹿原〉档案》，《出版史料》2001 年第 7 期。
② 《文艺报》1997 年 12 月 25 日第 152 期"本报讯"。

学的中国作协主持，受中宣部直接领导。茅盾文学奖虽然不是一个政府奖，但却是在政府领导下体现着国家意志的一个级别很高的专家奖，享有极高的知名度和权威性。

茅盾文学奖的设立和评选的确刺激和影响了二十多年来长篇小说的兴盛繁荣。在整个20世纪80年代，每年公开发表和出版的长篇小说都在百部左右；90年代后期，长篇小说已达到了年产800部甚至1000部的水平；进入新世纪之后，我国长篇小说年产量一路飙升。

何启治认为《白鹿原》的修订并不是如有些人所顾虑的，是"伤筋动骨"而至于"面目全非"。牡丹终究还是牡丹。修订过的《白鹿原》不过是去掉了枝叶上的一点瑕疵，而牡丹的华贵、价值和富丽却丝毫无损。作为这本书的终审编辑和责任编辑，40年的编辑生涯使何先生认识到有了伟大的人物，而不知爱戴、拥护、崇仰的民族，是可悲的；有了堪称"大书"的优秀作品，而不知呵护、赞赏和热爱的民族，也同样是可悲的。

什么是经典？标准和看法都是多元的，但大致可循。

《白鹿原》的经典化是逐步实现的。

问世23年来，《白鹿原》的下列表现足以让它跻身经典作品的行列：

市场持续热销。人民文学出版社每年加印，其他出版社也有多种版本涌现。作品登上不同的图书书系和销售榜。香港中文新闻周刊《亚洲周刊》1998年11月组织海内外14位文学名家在全球范围内联合评选"20世纪中文小说100强"。1999年6月揭晓，以得票多少排序。入围"100强"的我国新时期出版的长篇小说共14部，《白鹿原》排名第三。人民文学出版社在2000年7月又推出"百年百种优秀中国文学图书"系列，2002年1月，大学生必读本的《白鹿原》也相继上市。一家规模不大的书店在一天之内即售出《白鹿原》1500册。书店经理兴奋地说，买书的大多是年轻人，他们反映，纯文学作品只要品位高，能打动人，就能进入市场。[①]陈忠实已在全国不同城市签售《白鹿原》达百场之多。韩文、日文、法文、蒙古文等不同文字版本的《白鹿原》在海外发行，受到热捧。

这与作品的可读性密不可分。读者才是作品存活的土壤，陈忠实一

---

① 雷达：《一九九三年的"长篇现象"》，《当代作家评论》1994年第1期。

直想要写一部由读者、市场来检验的书,他宣称:"必须解决可读性的问题,只有使读者对作品产生阅读兴趣,并迫使他读完,其次才可能谈及接受的问题,……我当时感到的一个重大的压力是,我可以有毅力,有耐心写完这部四五十万字的长篇,读者如果没有兴趣也没有耐心读完,这将是我的悲剧。"① 在整部小说中,陈忠实大量运用了悬念、延宕等叙事技巧,让读者自始至终都处于一种紧张、渴望的阅读期待中,欲罢不能。中国读者对小说的审美期待,在这个方面,《白鹿原》可以说是占尽风光。也就是说,小说的各种功能形态都可以在这部作品里找到依据。或者说,各种读者都可以在这部小说里找到自己神经的兴奋点。比如我们的政治改革家,可以从中看出中国革命在初芽状态时的先天之不足;我们的党史工作者,可以从中看到主流革命家之外民间革命者的野生状态;我们的劳工和民众,可以从一部家族"秘史"中读到引人入胜的故事;我们的文化学者,可以从中读出儒家文化在民间村社的原始生态;我们的青年知识分子,从中可以看到我们民族的一段辛酸的记忆;我们的历史学家、社会学家,都可以从中打捞出各自所需要的东西。《白鹿原》有关的历史感、文化味、哲理性,都含而不露地化合在引人入胜的故事情节和艺术魅力之中,比较好地打通雅与俗的界限,让《白鹿原》成为雅俗共赏的长销的作品,至今还在被人们关注和阅读。小说中诉不尽的精神意蕴以及绚烂的笔墨枝展蔓延,常读常新,恰如卡尔维诺(Italo Calvino)所言:"一部经典作品是一本永不会耗尽它要向读者说的一切东西的书。"②

民间自发阅读行为热烈。中国科学院"1978—1998 大众读书生活变迁调查"中有一项是关于"20 年内对被访者影响最大的书"的调查。《白鹿原》与《平凡的世界》、"贾平凹作品"、《穆斯林的葬礼》《曼哈顿的中国女人》一起入选,而且排名靠前。当年初版《白鹿原》的读者,如今是青年变成了中年,中年变成了老年;但这第一茬读者的老化,并未减弱《白鹿原》的传播,相反,更年轻的一代读者又汹汹而来,他们像前辈读者一样,在这部小说中,读出了审美的新鲜和思想的冲动,这种现象在新时期文学中是罕见的。

---

① 雷达、李清霞:《陈忠实研究资料》,山东文艺出版社 2006 年版,第 29 页。
② [意]卡尔维诺:《为什么读经典》,黄灿然等译,译林出版社 2006 年版,第 3 页。

《白鹿原》发表后，陕西长五县农民任安民八十多岁的父母对此小说爱不释手，但因年老眼花，看书很吃力，孝顺的任安民便用毛笔小楷手抄这部五十万字的作品，供父母赏读，不料父母未看完便先后去世了。陕西省书画研究院得知此事，鼓励任安民将小说抄完，任安民花了五年多时间将这部小说分三十四册抄完，该手抄本由陈忠实题写书名，按原貌出版发行，并被陕西省书画研究院收藏。这证明《白鹿原》不仅仅是一种文学现象，更因其在社会上的广大反响而成了一种文化现象。

作品进入教育体制，被列为中学生新课标必读书目，引起文学史教材关注。1997 年谢冕、钱理群主编的《百年中国文学经典》与谢冕、孟繁华主编的《中国百年文学经典》隆重推出，《白鹿原》仍稳坐其中。朱栋霖主编的《中国现代文学史 1917—1997》总述 90 年代长篇小说，提到陈忠实风格属于坚守传统的现实主义但更贴近批判现实主义，专门评介《白鹿原》在内涵和艺术形式上的史诗特征。《共和国文学 50 年》（杨匡汉、孟繁华主编）、《中国当代文学史教程》（陈思和主编，复旦大学出版社，1999 年 8 月版）、《中国当代文学史》（洪子诚，北京大学出版社，1999 年 8 月版）等文学史教材都对《白鹿原》进行了评论和探讨。2002 年，《白鹿原》被国家教育部选入 100 部"高等学校中文系本科专业阅读书"书目之一，《白鹿原》成了中国当代文学部分唯一一部入选的长篇小说。学院接受者固定地面对一些文学作品，并且是在没有任何先兆的情况下，这些作品就会在一代代人中形成一种不可动摇的地位，从而成为被不断传诵的经典。进入大学教科书常常是经典化的最重要的途径，教育机构一代又一代的传授对经典形成无疑是至关重要的。作品的经典化，往往是通过纳入国民教育序列、编入教科书而实现的。进入教育机构同时也是拿到经典作品的强有力的证书。

评论研究不断。多家媒体和主要的评论刊物多年关注，一批有影响的作家、评论家深入评析，各抒己见，新成果不断出现。《人民日报》《光明日报》《中华读书报》《陕西日报》《西安晚报》《三秦都市报》等平面媒体和新浪网、中国作家网、西部网等一直保持着对《白鹿原》的关注，使这部名作处于话语中心，得到不断的宣传和推广；《小说评论》《唐都学刊》《殷都学刊》在《白鹿原》发行流传过程中征集刊发的一些重要论文使得《白鹿原》在学界影响不断扩大，《名作欣赏》《文学评论》《文艺理论与批评》等专业期刊对《白鹿原》的推广更加引起读者对《白鹿原》阅读批评的参与。高等院校的中文等专业学生以硕士、博士论文的形式开展对作家作品的长期研究，成果丰硕。1999年到2008年，以《白鹿原》为研究对象的硕士博士学位论文16篇。西安石油大学、西北大学、西安思源学院、西安工业大学等高校相继成立以陈忠实为研究对象的当代文学研究机构，学者们兴趣盎然，成果丰硕。关于陈忠实和《白鹿原》的各类研讨会在不同城市多次召开。更多的学者将《白鹿原》置于中西文学背景中，如将之与《创业史》《日瓦戈医生》《红旗谱》《静静的顿河》《百年孤独》等东西方作品进行比较研究。

多种艺术形式反复呈现。与《白鹿原》同名题材的木版画、连环画、陶塑、泥塑、话剧、舞剧、秦腔、电影、电视剧等多种艺术形式不断产生，并得到陈忠实本人的认可，在更广阔的层面上推动了《白鹿原》的普及。陶塑版《白鹿原》被称为"中国第一部陶塑小说"，其制作最费功夫，它包括88个场面，三千多个人物，并在中国各大艺术馆、德国、法国、澳大利亚、台湾地区巡回演出。2006年5月31日，《白鹿原》首次被改编成话剧，并作为北京戏剧节的压轴戏在首都剧场上演。2012年9月，根据《白鹿原》改编的同名电影在全国公映。2017年4月，65集电视连续剧《白鹿原》在江苏卫视、安徽卫视首播，反响热烈。

经典可能与篇幅、销量、时代关系不是很密切，但一定与比较准确地把握历史规律、能提供人们创新人文或文化价值观、塑造一个以上文学长廊全新的人物形象、一个较长时间段读者的阅读等有关。这些，《白鹿原》都做到了。

经典指具有典范性、权威性、经久不衰的万世之作；经过历史选择出来的"最有价值的"、最能表现本行业的精髓的、最具代表性的、最完美的作品。经典生成于特定的历史时空，却又超越时空而获得纪念碑式的不朽品格，它是将过去和现在连接起来的东西，经典的不朽正是由于不断的阐释赋予了它们新的意义。《诗经》《春秋》《史记》等成为儒家经典也是经过修订、阐释，在价值观不断演变，不同文化势力抗衡过程中得到认同的。

1986年，44岁的陈忠实清晰地听到了生命的警钟，意识到年龄大关带给自己的深深恐惧。如果到知天命之年还没有一本自己的垫棺作枕之作，今后的日子将无法想象。于是，在完成了史料、社会人文资料搜集整理和其他艺术准备之后，1988年4月至1992年1月，他终于完成了近

50 万字的巨著初稿。这一段时间，他撇开城市里的尘嚣杂务，独自居住在故乡的祖屋里，调动全部生活库存和他对人生的思考，抽雪茄，喝酽茶，下面条，踱步子，帮助料理村民家事，间或耕种原下的二分撂荒地，一心一意去建构和撰写民族秘史，和自己塑造的白嘉轩、鹿子霖、黑娃、白孝文、田小娥等人物厮守着，在白鹿原上布局了交错缠结的家仇国恨和残酷的厮杀以及催人泪下的牺牲，在斑斓多彩、触目惊心的长幅画卷中探究着"这个民族从衰败走向复苏复壮过程中的必然"，收获着清苦日子里精神剥离带来的巨大喜悦和痛苦。

表象上看，轰动文坛的世界文学名著大多诞生于默默无闻的小村落或无名乡镇。实质上，地点只是地点，关键是写出不朽文学杰作的作家大多得耐得住漫长的寂寞。喧嚣与繁华只是外表，而内心必须冷静孤单，小村落提供的寂静更便于清空内心，整理思路，构思故事罢了。从这个意义上看，陈忠实先生创作时的小院子类同于大城市中的小书房，内心的宁静是主旨。作家要创作出经典作品，要经历的内心风雨往往是不动声色的谋篇构思和矛盾冲突、人物的性格撕裂以及悲途末路等，于无声处听惊雷，其中的惊心动魄只能自己体会，局外人是不好分享的。这些大事只能在一个能让自己安静下来的环境中咀嚼咂摸。

让一个半世纪以来落后、挨打、贫穷、封闭的国度以世界强国的新姿态出现在国际大舞台。作家们的思考不能不围绕这一点展开，并且进一步地追问影响和妨碍国家兴旺、民族繁荣的症结在哪里？推动社会前进的活力又在哪里？我们应该以什么样的精神面貌、什么样的文化心理去迎接时代的呼唤？陈忠实通过《白鹿原》所表现出来的严肃思考和自觉承担就更加值得尊敬。

**以绚烂的方言为例**

《白鹿原》中大约使用了 1100 多处方言和土话，这些都是作者寻找到的"和那一段乡村历史生活内容最相称的语言方式"[①]。从小习得的方言乡音不仅是对家乡的强烈依恋，也成为他表达生存生命体验和文化思考情有独钟的载体。

陈忠实《白鹿原》中的方言有硬度，有韧性，有韵味，绚烂多彩。

---

① 陈忠实：《〈白鹿原〉小说叙述语言的自觉实践》，《商洛学院学报》2010 年第 5 期。

当小娥对鹿子霖进行了侮辱性的反抗与报复后，鹿子霖恼羞成怒："给你根麦草就当拐棍拄哩！婊子！跟我说话弄事看向着！我跟你不在一杆秤杆儿上排着！"小娥跳起来："你在佛爷殿里供着我在土地堂地蜷着；你在天上飞着我在涝池青泥里头钻着；你在保障所人五人六我在烂窑里开婊子店窑子院！你是佛爷你是天神你是人五人六的乡约，你钻到我婊子窑里来做做啥！你逛窑子还想成神成佛？你厉害咱俩现在就这么光溜溜到白鹿镇街道上走一回，看看人唾我还是唾你？"浑然天成却又一针见血！作者找到的真的只是属于自己的句子。只有这样的方言才会具有这般绚烂的控诉效果，鹿子霖的阴狠与狡诈，小娥的无助与反抗，也只有方言才能让这些人物真正大放异彩。鹿子霖以正统乡约自居，威胁警示小娥要知道两人之间悬殊的身份和地位，可是备受凌辱、内疚痛苦、善良犹存的小娥不畏邪恶强权，反唇相讥。这段包含着大量关中方言俗语的一来一回，表现了鹿子霖的道貌岸然和阴险自私，也寄托了作者对小娥善良勇敢的同情。

　　数十年的乡村生活阅历，使得陈忠实对于陕西这块富有传奇色彩的土地产生了透入骨髓的钟爱，这种钟爱的体现之一，便是他对于关中民众话语表达所隐藏的内在意蕴的揣摩和描述。作品中众多凸显关中人文色彩风味的方言穿插运用，是整部小说的一大亮点，它的出现既没有造成文本阅读过程的粗涩和隐晦，也没有影响文本叙述内在节奏的设置，这其实是作家长期农村生活历练在话语书写层面所具功力的真实而又客观的显现。

　　嘉轩解释说："不该再吃偏食了，他俩大了，人说'财东家惯骡马，穷汉家惯娃娃'。咱们家是骡马娃娃都不兴娇惯。"白赵氏似有所悟，低头看看偎贴在腰上的两颗可爱的脑袋，扬起脸对儿子说："今个算是尾巴巴一回。"

　　嘉轩仍然不改口："当断就断。算了，就从今个断起。"白赵氏把已经码到手心的铜子和麻钱又塞进大襟底下的口袋，愠怒地转过身去："你的心真硬！"街巷里的梆子声更加频繁地敲响，干散清脆的吆喝声也愈加洪亮："罐罐儿馍——兔儿馍——石榴儿馍——卖咧"。仙草从织布机上转过头说："你去把那个卖馍客撵走，甭叫他对着门楼子吆喝了，引逗得娃们尽哭。"嘉轩反而笑说："人家在街巷里吆喝，又没有钻到咱们院子里来吆喝，凭啥撵人家？吆喝着好，吆喝得马驹骡驹听见卖馍卖糖的梆子铃鼓响，就跟听见卖辣子的吆喝一样就好了。"

在上面的这段引文中，普通话语书写交代了事件的发生和展开，保证了故事的顺利进行，人物之间的对话，穿插了许多具有关中地域和民俗色彩的方言，如"吃偏食""不兴""尾巴巴""尽哭""卖辣子""罐罐儿馍""兔儿馍""石榴馍"等，很好地将一个普通关中地界家庭内的为了孩子买花馍而引起的父母间的争吵画面进行了书写。通过这样的对话，既突出了白嘉轩在白鹿村的威严形象，即说一不二，不容商量的族长形象，还从侧面贴切地描绘出了白赵氏对于自家孩子的母爱之情。

白孝文濒临绝境，软软地躺在土壕的塄坎下，被前来取土的鹿三当成卧道的饿殍。叔侄俩有一段精彩对话。

鹿三："噢呀呀呀弄成这光景了？"

白孝文："这光景不错，这光景嫽得很！"

鹿三："想想你早先是啥光景，而今是啥光景？"

白孝文不假："早先那光景再好我不想过了，而今这光景我喜悦我畅快。"

鹿三："你生装嘴硬，你后悔来不及了！你原先是人上人，而今卧蜷在土壕里成了人下人！你放着正道不走走邪路，摆着高桌低凳的席面你不坐，偏要钻到桌子底下啃骨头，你把人活成了狗，你还生装嘴硬说不后悔！你现时后悔说不出口喀！"

白孝文："嗬呀三老汉！别人训我骂我我倒是罢了，你也来训我烧骚我，你算老几？"

鹿三："我算老——三。甭看三老汉熬一辈子长工，眼窝里把你这号败家子还拾不进去！我要是把人活到这步光景，早拔一根毯毛勒死了……还活啥人哩？"

白孝文奄奄一息垂死挣扎，却又自欺欺人的对长工说自己日子好得很，不用你管！这一方面是白孝文的自我麻醉，另一方面也是脱离家族枷锁之后的浪子已经无所谓，随波逐流了。"嫽"在关中方言中指满意赞赏之意，语出《诗经·陈风·月出》之"佼人嫽兮"。《诗经》是中国最早的诗歌总集，其中的《风》是采自以黄河流域为中心的民间歌谣。"嫽"在今天的陕西、青海、山东、江苏一些地区还在使用，这足以说明来自民间的艺术价值和精神力量的深邃。

所谓"高桌低凳的席面你不坐，偏要钻到桌子底下啃骨头"，这不是狗又是什么？陈忠实笔下的鹿三眼中，白孝文已经由人面前的人，变成了人下之人，甚至连狗都不如了，实在是处在人生最低谷了。

"烧骚"类似于"骚皮"，就是让人丢脸，感到被侮辱的意思。在这样的时间节点上，白孝文认为谁都可以看不起以至侮辱蔑视自己，就是鹿三不行。他心中，自己曾经是主人，少东家，族长接班人，鹿三是长工，是靠为白家打工为生的。涅槃之前的白孝文正在经历着人生的大落，即将到来的就是大起了！人生还能糟到什么程度呢？

毛泽东同志《在延安文艺座谈会上的讲话》中讲："如果连群众的语言都有许多不懂，还讲什么文艺创造呢？"语言大众化不仅是学习群众语言以打成一片的需要，而且是五四以来现当代文学语言大众化传统的延续。当然，生活中的语言变成文学语言，还要经过采撷和加工，杜绝口语化、低俗化、生僻化。"我在写小说时对使用方言有自己的把握尺度，一直坚持要让其他地方的读者能从字面上把握词句70%的意义，否则我不会使用。"①

**经典出笼前的阵痛**

陈忠实在坚韧地自我完成和提升中不断认识到，作家是要不断创作以超越自己并竭尽可能反映所思所想的。在这一艰难历程中，通过对一段历史和社会中的背景人物事件纠纷的描述来展观人性的美丑复杂，在探究中华民族特有的心理意识形态影响的过程中，将之与日常生活的方面相联系，找出其中的脉络和呈现形态，在属于自己的创作视野中展开铺陈。《康家小院》《梆子老太》《初夏》《天折》《十八岁的哥哥》《最后一次收获》《蓝袍先生》等都是《白鹿原》创作前夕作家读书与反刍时的集中体现。

陈忠实1974年的《高家兄弟》，1976年的《无畏》都紧跟时代潮流，作品中人物在农村用大批判促进生产，主张全面整顿是"反革命逆流"，要把"文化大革命"进行到底，这不丢人。作家和革命家成长规律不一样，不能苛求。他在思想上否定自己有一个过程。柳青关于作家要进生活、政治和艺术三个学校的主张为陈忠实所钦佩和效仿。他说："我

---

① 李晓晨：《陈忠实访谈录：无论小说还是电影，人物与时代都是血肉相连的》，《文艺报》2012年4月20日。

信服柳青把生活作为作家的第一所学校是有深刻道理的。"从政治向生活、向艺术的转变是一个或迟或早的过程。1979 年创作的《信任》是一个有益的尝试，这个作品获得了当年的全国短篇小说优秀奖。

1981 年创作的《初夏》中，冯家父子面对分田到户，心理上产生激烈的冲突和矛盾。这种冲突来源于生活和作家的思想。多少年信奉的集体主义要被抛弃了，"高大全"已经成为过去的时代英雄了。柳青当年描写的现实中皇甫村为成立和发展壮大农业合作社的艰苦努力和梁生宝这个闪光的人物都和自己在灞桥任职时深入农村拉牛散社联产承包的大规模推开竟是两个相反的方向？！陈忠实也陷入了深思。

1984 年创作的《梆子老太》标志着作家开始关注政治变革中人物的性格命运变化和国民性的丑陋。"文化大革命"中，梆子老太因为贫穷根红苗正成为村子的上层，一时耀武扬威指东画西；"文化大革命"后，她一瞬间成为一个被时代抛弃的弃儿，悲伤愤怒又无可奈何。曾经的穷是光荣是现金，现在的社会变迁让她妒火中烧，遭人嫌，盼人穷。这个形象的塑造让读者看到了乡村巨变中的另类人的可悲可恨。

1985 年后，作家愈发关注文化心理结构对人的性格和命运的影响。面对传统和教条，人如何企图抗争或无奈顺从，陈忠实以《四妹子》和《蓝袍先生》进行了成功的尝试。陕北女子四妹子嫁入关中普通农家，面对公公至高无上的权威，她通过自己的智慧和努力，突破传统的束缚，实现了家庭富足和自己的初步理想。《蓝袍先生》叙述了青年徐慎行虽然脱下了旧式蓝袍，一度心灵复醒意欲接受新观念和新派女性，但是最后又迫于无形的压力，回归传统窠臼的小悲剧故事。《蓝袍先生》是《白鹿原》之前的一次试笔，是对人物命运性格和文化传统之间关系博弈的一次探索。人物之所以是现在的模样和结局，进而历史之所以是目前的现状和走向，包括其中的曲曲折折和反反复复，究其原因，作家认为这很大程度上离不开背后的民族文化传统和长期积淀的心理结构。问题只有想通了，方向才会明确，才有可能接近目标。徘徊和故步自封永远不是接近目标的有效办法，只能是桎梏。

1991 年陈忠实在给友人的信中自述到"我正在吭哧的长篇"，"吭哧"一词纯粹是关中俗语，刻画的分明是一个不断努力，埋头苦干的硬汉形象，其中不无刚硬、坚毅、豪狠，甚至于拼命的意味。不沉下身子"吭哧""吭哧"，贪恋繁华舒适和眼前利益，怎么能在困苦中磨砺，在幽愤中积淀，厚积薄发，铸就经典《白鹿原》呢？

**文化与史诗意蕴**

从文化的角度切入，陈忠实大胆突破一系列禁忌、摆脱束缚、真实地再现了我们很熟悉但又陌生的那段历史。在客观审视这段历史时辅之以深刻的反思，从而引导人们思索这段历史的得失。很多人夸奖他摆脱了传统的政治模式和立场；大胆地写了白灵蒙冤、共产党高级领导人叛变、肃反、白孝文杀害黑娃等共产党并不光彩的历史；并称赞了他客观的态度和深刻的历史批判意识。

陈忠实《白鹿原》中的史诗意蕴也被论者多次提到，白烨在《史志意蕴史诗风格》中论述得相当充分，"在一部作品中复式地寄寓了家族和民族的诸多历史内蕴，颇具丰赡而厚重的史诗品味，在当代长篇小说创作中当属少有"。"陈忠实还是把白鹿原作为近现代历史演变的一个舞台，以白、鹿两家人各自的命运发展和相互的人生纠葛，有声有色又有血有肉地揭示了蕴藏在秘史之中的悲怆国史、隐秘心史和畸态性史，从而使作品独具丰厚的史志意蕴和鲜明的史诗风格"。

畅广元与屈雅君、李凌泽的对谈录《负重的民族秘史》中很欣赏作家秉笔直书的史家心态，称赞陈忠实"放胆写了白灵蒙冤，黑娃屈死，白孝文得逞，把宗法制下小生产者为主要构成因子的革命所带来的历史局限，作为历史的真实活脱的呈现给读者，令其品味昨日，审度今朝，透析明天"。

李建军《一部令人震撼的民族秘史》中将《白鹿原》文本的史诗特性做了充分的拓展。他认为作者"以超越的立场，重新审视民族半个世纪的进程，重现历史生活的本来面貌，叙述人物的悲欢离合生死沉浮，揭示中国历史的具有恒久性的本质，使这部小说成为我们民族的秘史"。[1]

批评家和作家应该是互相激励的矛盾体，一味地大唱赞歌有违批评的初衷。批评的基本要务是传达对作品的艺术感受，这种感受是苦心孤诣的，这种苦心孤诣的感受在作家自己所理解的作品的艺术氛围中。这种感悟是一种直觉式的感悟。直觉感悟最大的特点在于不经过逻辑推理，也不讲求分析技巧，往往伴随着形象性和情感性，由感官直接与审美客

---

[1] 李建军：《一部令人震撼的民族秘史》，《小说评说》1993年第4期。

体发生联系，所得出的结论一般是不可证明的。作家们在创作中一般对理性的介入持一种审慎的态度，而更加信赖自己的感觉，而且作家的知觉感悟能力也非常人所能企及，因而，他们评论作品的时候用的便是自己最熟悉的这一思维的武器。

作家所最擅长的叙述性的话语不是对作品原来话语的原封不动的照搬，是作家自己在创作时侯的心理的真实感受，对于我们理解作品，对于我们更好地还原作品都是有帮助的，他批评的话语所指蕴涵在叙述过程本身，使我们在阅读过程中不知不觉地融入作品中去，与作品一同呼吸，同作家共同感受作品的心跳。

**家族叙事的新高度**

根植于中国大地上，写出自己最熟悉最想写的东西，而不是盲目模仿外国文学，这是20世纪90年代开始中国作家面临的问题。回答这一问题，必须用自己积极的创作实践。

在关注现实与历史叙事的基础上，贾平凹有了《商州三录》《秦腔》《带灯》等，路遥有了全景叙事式的《平凡的世界》，张炜有了《家族》《古船》，莫言有了《丰乳肥臀》《蛙》，红柯有了《西去的骑手》，铁凝有了《笨花》，迟子建有了《额尔古纳河右岸》，叶广芩有了《青木川》等，而陈忠实则捧出了《白鹿原》。

"没有民族特色的文学是站不起的文学，没有相通于世界的思想意识的文学同样是站不起的文学。"①《白鹿原》是关中平原上一个小村落近百年历史变迁中两个家族斗争兴衰史的描述，民族特色鲜明。同时在作品整体艺术建构上受到了马尔克斯、肖洛霍夫、谢尔顿（Sidney Sheldon）等世界级文学大师的深刻影响，对人性丑恶的描写入木三分，从这些意义上讲，《白鹿原》亦与世界相通。

家长或族长不再是一无是处的地主乡绅恶霸，而被还原成有人情味儿的长者。普遍的他们有致富的渴望和勤劳的品性，对仆人或长工仁爱道德，对不符合礼教的行为痛恨，洋溢着乡村社会普遍认可的正气，有着较高的威望。这类代表人物被作家当做一个个诚实痛苦的灵魂在叙写，如《白鹿原》中的白嘉轩和《古船》中的隋恒德等。

---

① 贾平凹：《静虚村散叶》，陕西人民教育出版社1990年版，第118页。

家族史和社会发展的大潮流在小说中有机融合。家族的发展变迁无不包含在社会大的历史潮流中,命运脉搏同振共频。《白鹿原》中,清帝逊位、辛亥革命、"四一二"政变、二虎守长安、长征、土地革命、抗日战争、解放战争、西安解放、镇压反革命等20世纪的重大历史事件是家族人物活动的大背景,故事跨越了近代中国最为波澜壮阔的历史画卷。

中国传统历史文化尤其是地域文化是陈忠实建立自己审美意识的支点。陈忠实继承关中地域历史文化,秉承关学要义,凝结了沉重浓郁的历史文化意识。关中这方热土给予了他太多的生命情感体验,对儒家文化的把握而言,评论家韩鲁华认为,《白鹿原》是探索的结晶,也是历史性的终结。"《白鹿原》将中国以儒家为代表的传统文化写到了极致,将中国乡村儒家文化浸透的文化实践人格写到了极致,成为中国历史文化及其人格建构和近现代社会的一个标本。"① 因而,我们在阅读小说的过程中,看到精神或多或少侵染了儒家历史文化人格的主人公们在家族、社会的巨大变迁中演绎着悲欢离合。

如果说张炜的家族历史叙事,更为强调人的自由、自在的生命情感精神境界的抒写,而陈忠实则更强调礼制秩序下的乡村人生状态的构建。……所以,张炜是一种放逐中的精神坚守,陈忠实是一种坚守中的精神回归。②

把文化精神蕴含于民族秘史,使得作品中的主人公们自觉按这种文化精神的要求支配自己的思维和行为,不仅白鹿两姓,而且原上原下人都形成一种文化无意识习惯;不仅日常生活、风俗习惯如此,而且命运选择的重大关头亦如此,这是陈忠实和《白鹿原》的总体视角和艺术建构。就对关学尚实躬行的实践文化品格挖掘而言,这是其他类似家族史小说难以企及的,也是《白鹿原》独有的厚度和高度。

作家本人的文化人格魅力与作品主人公至善至美的坚守追求相吻合。《白鹿原》是一本无形的大书,世世代代流传下来的传输和熏陶,使得他开始接受诸如"仁义礼智信"等观念,从小父亲就灌输给他要踏实,甭张狂;要对得起忠实这个名字;不要把龌龊带回原上这个老院子等教诲,言犹在耳,都让他不断地体验着仁义、至善、至真不屈等给他带来的人

---

① 韩鲁华:《当代新乡土文学叙事比较论稿》,陕西师范大学出版社2019年版,284页。
② 同上书,第129—139页。

格享受。朱先生、白嘉轩在原上倡导和实践的就是儒家内圣外王的人格追求。出身、经历决定写作的姿态和出发点。始终站稳人文立场，简单朴素生活，反思历史，审视现实，坚守良知，为民鼓与呼等，这些都是陈忠实自身和《白鹿原》文本成功融合的共通因子。这在作家与作品之间是少见的，家族小说尤其如此。

柳青曾经说："作家与作家之间最根本的差别往往不是文字技巧，而是在生活和思想上，同时也有意志的竞赛。"[①] 陈忠实不愧是"小柳青"，他从各个方面遵循着柳青"三个学校"的主张，同时又扎扎实实地超越了柳青，拿出了自己高质量的一部作品——《白鹿原》，至今仍是一座高峰，难以逾越。

《白鹿原》历经经典化过程，已经位居经典行列。

## 第二节　灾难与死亡面前的人心

**从《白雪乌鸦》说起**

迟子建的小说《白雪乌鸦》中复原了百年前流行于哈尔滨的鼠疫，以傅家甸为中心考察。

中国老百姓多是处于一种尴尬之中：既非大恶，也非大善，都是有缺点的好人。生活中有喜有忧，无权无势，彻底没有资本，不可能做一个完全的善人或恶人，只能用小聪明、小心眼、小把戏以不正当的方法为自己谋取利益。

直面灾难时，小人物选择用平和之心面对痛苦，顽强而坚韧地生活下去，再大的灾难也不能将人性中美好的东西毁灭，即便是绝望，也有生的意义和希望。人物坦然面对命运带来的种种不公，接受了严峻的现实，将人生的哀痛看成平常普通的生活，把生的不公转化为活的力量，继续生活。

她的天下，是靠温顺打出来的，一旦想明白了自己这一生不会有太

---

[①] 刘可风：《柳青传》，人民文学出版社2016年版，第469页。

好的日子了，翟桂芳也就安静下来了。①

灾难带给了人死亡与痛苦，却也让活着的人更加珍惜生命，相互依偎、互相扶持，在彼此的不幸中解救对方，得到活下去的勇气和希望。

在灾难面前，人们多做不到达观智慧，逆来顺受是常见的心态。人再有坚强的主观态度毕竟一时改变不了清苦命运，这是一种严峻事实，古今概莫能外。一个进城农民突发疾病，无钱住院怎么办？叫天天不应，叫地地不灵。再讲天时地利人和，念叨仁义礼智信没有用。生活和命运的尴尬让智慧达观无能为力，可能只好发愣、听天由命。这个时候希望媒体帮助或医院启动绿色通道或一个良善陌生人出手援助或达官贵人突然伸出援手等都可能立刻，或经外部事物激发数日内出现转机，但这只能是个例中的个例。其实想起来很悲观，很多人终身没有出头之日，即使逢着天时或地利或人和，上天也不给这部分人彻底脱离困境的机会，只有局部的小改善。

一种普遍的社会救济渠道的迅速开启需要制度的完善和社会的不断进步，这都要假以时日。天使没有降临或绿色通道机制没有完善之前的时光里，硬撑等待是凄惨的，也是让人灵魂发颤的。

陈忠实用大量笔墨客观铺陈着由空前未遇的大旱造成的旷日持久的年馑。野菜野草刚挣出地皮就被人们连根挖去煮食了，树叶刚绽开也被摘去下锅，榆树皮被刮剥净尽，柿树、榆树相继绝种。老人的死已引不起惊慌，相反因为节约了一份吃食而庆幸，到处流传令人发指的人吃人的流言。和大干旱相比，大瘟疫更让人恐怖，陈忠实有意多次描写个人在瘟疫时的死亡进程，让读者感受死亡的逼近。鹿三媳妇的死，仙草的死，都给读者留下强烈的阅读冲击，个人在灾难面前的痛苦被表现得淋漓尽致，触目惊心。种种呈现在读者面前的苦难总是与邪恶相互伴随，谁能在大灾难面前拯救最底层的人民呢？

除了大自然的淫威强暴，经常性的病魔也如无期徒刑般无休止地折磨着白鹿家庭。白嘉轩四个孩子死亡过程一模一样，出生第四天开始啼哭，第六天翻起白眼夭折。他们都经过艾叶炙烤，烧得嫩皮吱吱作响，断气后交给鹿三，埋进牛圈拐角直到将幼嫩的骨肉蚀成粪土，再作为肥料施进田地，其残忍程度令人毛骨悚然。他的七个女人，第一个死于难

---

① 迟子建：《白雪乌鸦》，人民文学出版社2010年版，第15页。

产，第二个死于痨病，第三个连病也没搞清，第四个患了羊毛疔，第五个因疯癫而溺死，第六个神力衰竭而死，第七个丧命于瘟疫，父亲白秉德老汉也因患"瞎瞎病"在极度痛苦中死去。这一切惨得让人不忍卒读，却又是历史真实和艺术真实的统一。

然而，作家的使命就在于真实客观地尽自己所能呈现灾难、死亡或战争、瘟疫带给主人公的心理创伤。在生离死别面前做到不动声色地描写，把一切摆在读者眼前。"假如一个作家不惜违背事实去渲染现实，并且顾惜读者的痛苦忍受而掩蔽真面目去迎合读者需要，那他就不是一位好作家"，《静静的顿河》对陈忠实影响颇深，贯穿于《白鹿原》的客观、冷静、理性、深邃如炬的目光和肖洛霍夫一样相似。在大自然肆无忌惮的暴虐中，白鹿原上的人们如原上野草挣扎在烈风中顽强地求生，吹倒、枯萎、复生，几千年都是如此，世世代代，生生息息。一个人终其一生，无论是谁总会亲历一个终点和一个奇迹，那就是死亡。到那时，我们就会真的知道生命的真相，以及它到底要走向哪里。大多数时候，人在彼情彼境下，虽有真意却欲辩已忘了。太多的来不及和后悔就此罢了。叔本华说："死亡是威胁人类的最大灾祸，我们的最大的恐惧来自对死亡的忧虑，最能吸引我们关心的是他人生命的危险，而我们看到的最可怕的场面是执行死刑。"[①]

### 生命的意义

人的一生犹如特修斯之船（The Ship Of Theseus），航行中的木板不断被替换，直到老之将至，我们还是不是那个当初的自己？我们自身（Body）不管如何变化，但那个能认知自身的自我却一如既往，依赖它我们才能找到回家的路。自我和自身的距离是我们一生的使命。所以《道德经》有云："吾所以有大患者，为吾有身，及吾无身，吾有何患？"人一生的命运皆在于身心如何安顿。主父偃言："生不五鼎食，死即五鼎烹。"而卒如其言。孔子弟子曾皙的理想人生："浴乎沂，风乎舞雩，咏而归。"那种犹如列子御风般的洒脱不羁，得到夫子的认同："吾与点也。"不同的时代、不同的人，自我的安顿自是不同，而命运也千差万别。人应该拥有怎样的自我，成为怎样的主体，是哲学永恒的话题。或

---

① ［德］叔本华：《爱与生的苦恼》，金玲译，华龄出版社1996年版，第145页。

许这是个悲哀的时代，人不仅丧失了自由，而且生活意义也变得虚无。人不知所从来，也不知向何处去，怀揣着永恒的乡愁。怎样才能找回自由，摆脱桎梏，找到心灵的应许之地（The Promised Land）？人怎样才能在此世，而不是彼岸得到拯救，得到精神和肉体上的指引？就像阿尔都塞举的例子，在大街上，你被警察叫住：Stop！当你转过身来的那一刹那，你忽然明白你是谁！你是被权力"询唤"而成为主体的。

死亡在《白鹿原》里是如此的惊心动魄，死亡是对白鹿原生命意义秩序的反思与重述，对死亡的祭奠更是做给活人看的。朱先生的死，皑皑雪野五十多里路途之中，几十个大村小庄，巷哭不绝，是"古之遗爱也"。它把文化人生命的意义推崇到至高无上的位置，某种意义上，战争中的死亡是如此频繁，甚至让人反感和漠然。白孝义被"征兵"到河南，战场上一时走神，忘记了自己战士的职责。"他看见死那么多人，己方和敌方的尸首交错叠压在一起，使他联想到麦收原上田地里的麦捆子"。白孝义感觉到自己面前成群的人不明目的的就被对方消灭实在没有意义，"这都是图个为啥嘛？"战争的无度杀戮带给人的只是厌恶，白孝义"不想结别人的伙食账"，也不想被别人"嘎嘣"一声把伙食账结了，找机会当逃兵是他从军后的快速选择，躲避战死噩运。

朱先生的死是《白鹿原》生活"魂"的丧失。田小娥之死，简直就是现代版的"窦娥冤"，虽没有六月飘雪，却引发一度的瘟疫，白鹿原人人自危，烧香拜佛，修塔镇妖才得以化解这场灾祸。这一系列隐喻实际上表达了田小娥对族权、纲常名教的反抗与示威。我们知道，生命的意义必须由死亡来彰显。就像金戒指，对它来说，洞孔和金子同样重要：没有金子，洞孔无从存在；没有洞孔，金子只是金子，而不会是戒指。同样的道理，人的"在世之在"（现实的存在），正是因为死亡而得以"显在"。或者按萨特的说法，描述"存在与虚无"的原则竟然完全相同。

我们"在世之在"（现实的存在）和"再世之在"（死亡的存在，虚无的存在）乃是我们生命意义的"同在"。如果死亡变得毫无意义，那么人现世的存在的意义一定会变味。因为我们有限的生命无法面对死亡的幻灭感，除了物质欲望、及时享乐的本能之外，还有什么可以支撑我们生命的本体意义？

在这里"死个人如同死只蚂蚁，死个人如同落下一片树叶。灯一灭，人就不在世上了，和树叶飘落一样死掉"。阎连科笔下的村庄中充斥着卑劣、腐烂与死亡，《丁庄梦》无疑是一部令人震撼、毛发倒竖的忧世伤生之作。阎连科在小说后记里写道："说不清为什么而苦痛，为谁而流泪，为何感到从未有过的绝望和无奈。是为自己的生活？还是为自己身外的这个世界？"

**白狼的灾难**

动荡动乱为白鹿原带来的是惊恐和灾难。原上出现的白狼和白鹿作为两种截然相反的意象对照鲜明，白鹿人人向往，白狼人人恐惧。

这是现实中的真狼，咬死家畜吸吮鲜血，造成庄稼人实实在在的损害。"那是一只纯白如雪的狼，两只眼睛闪出绿幽幽的光，白狼跳进猪圈，轻无声息，一口咬住正在睡觉的猪的脖子，猪连一声也叫不出，白狼就嘬着嘴吸吮血浆，直到把猪血吸干咂尽，一溜白烟就无影无踪地去了。猪肉猪毛完好无损，只有猪脖下留着几个被白狼牙齿咬透的血眼儿。人们把猪赶出猪圈，临时关进牛棚马号里，有的人家甚至把猪拴到火炕脚地的桌腿上。可是无济于事，关在牛棚马号里的猪和拴在火炕脚地上的猪照样被白狼吮咂了血浆而死了，谁也搞不清那白狼怎样进出关死了门窗的屋子。"为防止白狼更大的伤害，白鹿原进入紧急状态，修补围墙轮流值守，灾难临头的时候，族人悲愤激昂，同仇敌忾，收效明显。

交农事件过后，张总督罢免了县长史维华，任命何德治接任滋水县长。七八个穿着黑制服裹着白裹腿、戴着白帽圈、扛着枪的团丁整日晃荡在白鹿原上，白嘉轩深感不安。何县长解释这是为了防白狼，"白狼是个人，是一帮子匪盗的头领，闹得河南民不聊生。据传，白狼打算西来闯进潼关……这个白狼比嘈传的白狼恶过百倍！那个白狼不过吮咂猪血，这个白狼却烧杀奸淫无恶不作，有上万号人马，全是些白狼……"陈忠实通过何县长的口说出了当时肆虐豫陕一代的白朗起义，白嘉轩"不晓得成千上万的白狼正在叩击关中的大门"，遂不再非议这些他心目中的团丁。

何县长严防的起义军白狼并没有来，如期来到陕西的是镇嵩军刘镇华的白狼一样的军阀队伍。他们继续在白鹿原上征集军粮，烧杀抢掠。隐藏在原上的革命者兆鹏、买不起洋火（火柴）的黑娃、刚迁到原上的韩裁缝三个人联手放火烧了粮台，并在第一保障所门柱上刷下赭红色的标语：放火烧粮台者白狼。眼看着农人们被迫送缴的军粮化为壮丽的火焰，黑娃给小娥说自己就是放火的冷娃，就是白狼。

1911年10月，宝丰人白朗公开举义，打富济贫，深受群众拥护。起义军转战河南，接连获胜，至1913年11月已发展到2万多人。白朗响应孙中山号召反袁，自任"中华民国抚汉讨袁军司令"，西征陕甘，伺机入川。至1914年1月，连克河南光山、商城等地进入皖西鄂北，张贴布告，反对专制，力主共和。起义军在1914年3月分路西进连克富水关、商南、武关、龙驹寨（今丹凤县）、商州城（今商州市）。陕西都督张凤翙见起义军来势凶猛，省城西安受到了严重威胁，即仓皇率军至黑龙口、蓝田进行防御，以民政长宋联奎会办军务，专守省城。义军主力先后经镇安、孝义由库峪、大峪口出秦岭入关中，克盩厔（今周至县），渡渭水，经武功直趋醴泉（今礼泉县），攻乾州（今乾县），先后攻占永寿、邠州（今彬县）不利后，破麟游、岐山，绕凤翔进入千阳、陇州，向西进入甘肃境内。1914年5月，经陕西返回河南宣告失败。白朗起义勇往直前、不怕牺牲、避实击虚，机动作战，先后同北洋政府军20余万人作战，给袁世凯的军阀统治以沉重打击，最终成为中国农民起义史上的一首孤独绝唱。黄兴赞之"自足下倡义鄂豫之间，所至披靡，豪客景从，志士响应，将来扫清中原，歼灭元凶，足下之丰功烈绩，可以不朽于世……"，"白狼"实际上是反动军阀对他的污蔑，小说中人物何县长对白朗的评价是不公正的，白嘉轩等白鹿原乡民们把白朗等同于"白狼"也反映出起义脱离民众、缺乏明确政治纲领、陷入流寇主义等先天不足。

小腿上打着白色裹缠布的镇嵩军在原上肆意征粮、威吓乡约总乡约、糟践稍有姿色的女人，种种劣迹很快有了白腿乌鸦的绰号，在乡亲们眼中，这些为非作歹的军阀士兵无异于四条腿的畜生，也是军阀混战时期的白狼。

匪帮的旗号和图腾也是白狼。黑娃加入匪帮拜叩后说："白鹿原没见出个白鹿，倒是真个出了个白狼。"他发现香案后的崖壁上画着一只涂成白色的狼，这狼早就是郑芒儿作为匪首确定的团队崇拜的图腾。洗劫白鹿村或其他行动，黑娃打的都是白狼的旗帜，迎风招展的匪旗在灾难年代也成为掩人耳目的意象。

作为动物的白狼，作为团丁成为白嘉轩心理暗示中的白狼，作为起义军的白狼，作为军阀的白狼，作为土匪的白狼在小说中并没有明确的区分，几乎是混同一体的。文学创作不是简单图解政治，也不是历史人物的臧否，陈忠实之所以这样混同处理，只是想表明战争动乱给民众带来的灾难惊恐和流离失所，也从一个侧面反映出作家对脱离民众利益的所有历史变革的反感和安稳健康乐业太平的向往，抒写了对历史动荡兴亡对普通人命运叵测的悲叹，正是在这个意义上，白狼区别于白鹿成为邪恶的象征。

《白鹿原》中充满荡气回肠的人间大爱，即使悲剧人物像黑娃被错杀。当子弹穿透他的头颅，他扑倒在白鹿原的土地上时，他依然为脚下的这片热土所接受，就像回到土地母亲的怀抱。而在宗祠里，逝去的亲人、族人接纳了他。在那里，鹿三还是他的父亲，鹿子霖还是他的叔，鹿兆鹏还是他的兄弟……黑娃还活在这些人组成的"我们"当中。

白鹿原人生活的意义就在于过日子和光宗耀祖。既然传统的中国人，包括白鹿原人，实现生命意义的地方都在家庭之中。那么个人的生命犹如一滴水，像佛祖所言的那样，只有融入无限绵延的家庭生命序列的大海之中才能永不干涸。对一个人而言，存在的意义，往小了说，就是把日子过好了，往大里说，就是把人做好。每时每刻扮演好自身承担的多元角色，从其中寻找行动的动机。当他圆满地完成每一阶段的人生使命，在生命的尽头，也是他人生的圆满之时。他可以无愧于祖先，无愧于后人，无愧于他人。

这是一个陈旧的沉重话题，宏大多元。

史铁生有一句话说得冷静、残酷、理性、智慧："死是一件无论怎样耽搁也不会错过了的事，一个必然会降临的节日。"乍一听，作家这话说得让人目瞪口呆，一阵怅然，却又不得不点头称是。乔布斯生前也说："死亡是我们每个人的共同终点。从来没有人能够超越它，也应该如此。因为死亡就是生命中一个最好的发明。它将旧的清除，以便给新的让路，眼下你是新的。但不久过后的某一天，你慢慢地变成了旧的，被清理掉了。很遗憾变化是如此剧烈，但这相当真实。"生命是一趟没有返程的列车，终点是既定的，所有人都将毫不例外，那么我们生活的过程又有什么意义呢？

做事。只有做事，做自己喜欢做的，做自己需要做的，做有益于家人、社会、国家的事。一件件做，一天天做，做完一批再做下一批，生命才有质量和密度。碌碌无为是我们所不齿的，虚度光阴日后也会让我们后悔。当人生已至暮年，总要有值得回忆的东西，如果发现过去的日子无所盘点，那将是一个悲剧中的悲剧。个体的悲剧多了，不影响大局，人类历史和社会必然会在一代代人命运和故事的延续中演化发展。

曾几何时，读到陈子昂的"念天地之悠悠，独怆然而泪下"，我们也会在"前不见古人，后不见来者"的时空中萌发旷世之悲。在我们脚下的这片热土上，伟大的古人也一样有思想、有作为，尽管并不愿意，也酣畅淋漓，婀娜多姿地走完了自己壮美的一生，或金戈铁马，建功立业；或著书立说，泽被后世；相夫教子，勤劳耕作；或命运曲折，离奇坎坷；或默默无闻，平淡无奇……世间的千姿万象，如不尽长江滚滚东逝，丝毫不理会过客们的忧伤情怀。

唐代诗人张若虚站在江边，写尽了江南春夜的缠绵悱恻，寄寓离别相思之苦，洗尽六朝宫体诗的浓脂腻彩，《春江花月夜》孤篇盖全唐。每每读《春江花月夜》读者总会感到是千古绝唱。尤其是"江畔何人初见月？江月何年初照人？人生代代无穷已，江月年年望相似。不知江月待何人，但见长江送流水"几句直抒旷古忧思，让人禁不住黯然神伤，潸然泪下。个人生命相对宇宙万物是短暂的，草木虽一秋，而人类却代代相传，虽是一轮明月却也寄寓着前人多少忧思、追求、热爱、渴望呢？正是有长江流水和天上明月才折射出荡漾的诗情，曲折有致的哲理。有短暂的感伤，却不颓废绝望，微情渺思，字字有情，浅浅说去，百读不厌。王夫之称以"动古今人心脾，灵愚共感"；闻一多读这首诗，认为"一切赞叹是饶舌，几乎是亵渎"，说这首诗是"诗中的诗，顶峰上的顶峰"，何曾不是?!"白云一片去悠悠，青枫浦上不胜愁。谁家今夜扁舟子，何处相思明月楼？"读到此处，一种少年时代的憧憬、梦想、悲伤惆怅总是扑面而来，江山永恒，风月无限，这种发自内心的审美体验意境深深地感染着你我这等普罗大众。

活在当下。最接近当下的人是最接近生活的人，人的思绪离当下越近就越幸福。日本佛学大师松原泰道说过："人生总是半途终结的，我们每一天只需尽力做好能做的事。力所不及的事，就交给苍天吧。"生命总有不得不戛然而止的时候，当此时，一切的前尘往事都成为云烟，年少时诵读的白驹已过了隙了，"他生未卜此生休"，此生真切，他生难卜，还会有梦一场的感慨吗？亘古的忧思飘来，那道始终困扰我们的初始命题并未解决：我是谁？我从哪里来？我要到哪里去？

做好眼前该做的和正在做的事，珍惜眼前的人，善待报恩对你好的人，弥补实现一直想完成的愿望遗憾，使得你我这样每一个个体在时空布局中的角色定位更准确，职责完成更圆满，这不是离幸福越来越近吗？真正的快乐不是拥有的多，而是计较的少。人生一路走来，心态更平和积极，欣赏他人、善待世界，这些原来都不是空语。

拥有财富不一定拥有幸福，但是认知财富方能认知幸福。财富是一种测量我们贡献多少的工具，没有贡献的人将一无所获，贡献大的人将有丰硕的收获。朱德庸说："我们碰上的，刚好是一个物质最丰硕而精神最贫瘠的时代，每个人长大以后，肩膀上都背负着庞大的未来，都在为一种不可预见的'幸福'拼斗着。但所谓的幸福，却早已被商业稀释而单一化了。"人的欲望是无穷的，难道每一个欲望都要满足吗？未必要这么累这么贪心吧。

从古至今，道理无数，简单又真实，文化在传承，只看我们信不信、做不做，做得好与坏罢了。

"死亡，从来不是人类的经验。"哲学家维特根斯坦在这里指的是树立信心，战争恐惧。聪明的人类没有理由为一件一定要到来，但从来没有死亡过的人告诉你真实体验的例子而始终念念不忘，杞人忧天，以至于忘记了此行的目的。人类离不开哲学，在迷茫的时刻，哲学思维犹如大海里的明灯，担负着指点方向的使命。

### 死亡与家族、宗族

传统中国人始终活在"家"中，活在祖先—自我—后代的"互惠意涵的关系"序列中。"自我"一方面利用祖先的象征资源，避祸求福，同时"自我"的所作所为不仅影响后人，同时也影响祖先的声誉。祖先—自我—后代的祭祀序列共同营造着家族的象征资本。因此，我们看到中国传统文化对个人生命意义的独特安排：自我的生命是超越此生的，构成祖先及后辈链条的一部分。死亡并不可怕，逝者依然安详地活在族谱里，只要家在，死不过是另一种参与家庭生活的方式。在祠堂的祭祀里，自我和祖先，以及故去的其他亲人，同后辈祭祀的子孙们同处一堂，直面相对，是如此的亲切，好像一切都和活着一样——其实我们大家是"同在"的。

因而也不难理解，对个人而言最可怕的莫过于没有男性的后嗣，祖先—自我—后代的祭祀序列因而发生断裂，自我只有"现世"之在，却没有"再世"之在，等于"家"的绝灭，祖先—自我将成为无根的游魂、若敖之鬼！自我将成为家族的罪人，个人生命变得苍白无力。从这一点延伸理解，在传统农业社会中，宗族对个人的所有处罚中，最为严厉、最为有效的是"削"，由此，个人丧失作为宗族成员的一切利益。不仅生前不得享受宗族物质利益，而且死后不得将其牌位供奉祠堂，没有人祭奠他。这就等于被"拒之于族人阴阳两界之外"，对一个人而言，存在的意义，往大了说就是自己不但要完成自己的角色，不辱没祖先，不使子孙因为自己而蒙羞，而且要光耀门楣，使祖先和后辈因自己的所作所为而有荣光，那是人生的更高境界。自己的名字在族谱中闪烁的光芒，将使祖宗和后辈因此而令人羡慕，这是多么美好的人生！就像韩愈在《柳子厚墓志铭》说的那样："子厚，讳宗元。七世祖庆，为拓跋魏侍中，封济阴公。曾伯祖奭，为唐宰相。"祖辈的官声使柳宗元的河东柳氏声名鹊起，成为唐朝有名的望族，柳宗元及后辈因此而倍感荣光，也希望成为祖辈那样的人，使光彩在自己身上延续。

在白、鹿两个家族百年的历史与生存演变中，"一切的家族伦理如忠孝、仁义、慈爱等都受到族人的推崇，一切的家族仪式如祭祀、敬祖等都被族人视为神圣的事情。'耕读传家'的治家传统和'修身齐家'的人格理想等共同构成了白鹿村有形或无形的家族文化。陈忠实以严谨而恭敬的笔调从正面对传统的家族文化作出了描述，给家族赋予了神圣意义"。

宗与族是相依赖而存在的，同宗者，必是同一血缘，共祭同一祖庙；同族者，必有共同所亲之祖、所敬之宗。于是，宗族的连用就十分普遍，《尔雅·释亲》："父之党为宗族。"《墨子·明鬼下》："内者宗族，外者乡里。"在宗族这一概念之中，祖先崇拜和血缘关系被有机地结合在一起，血缘关系是祖先崇拜的基础，祖先崇拜又是强化血缘关系的纽带，随着宗族概念的反复运用，祖先崇拜和血缘关系不断地被强化和延续，成为中国封建社会赖以存在的核心。

关中地区男女婚配由家庭中的父母作主，请各自的亲友为"冰人"（现在的媒人），男方要交纳一定数量的聘礼，因为男女订婚，选择对象都是在本村本屯，所以，选择范围较小，往往聘礼比较高，且男女悔婚的事情也常有发生。中国的传统婚姻是依附于家庭的，婚姻纯粹是为家庭和宗族传宗接代的需要而存在，《华阴县续志》中载"上以事宗庙，而下以继后世"，因此，婚姻带有宗族主义色彩，自然要由家长来包办。乾隆《临潼县志》中载："村屯民庶，问名、纳采，不用庚帖，惟用亲友为冰人。"民国《华阴县续志》中载："男女庚甲，久不通之吉柬，近岁有悔婚姻者，构讼于官。邑宰素悉习俗，据媒庭断，而府宪以无庚帖为凭，遽然判离。"既然邑宰熟悉习俗，断案时不以有无庚帖为依据，而是按照当地的习俗，仅以媒人作为凭据，可见缔结婚约时不用庚帖在整个关中地区已习以为常了。

白嘉轩一生里娶过的七房女人，都是找媒人、行聘礼，最后完婚的。在他娶第六个女人胡氏时，"母亲从舅家归来，事情已成定局"。"聘礼之高足使正常人咋舌呆脑，二十石麦子二十捆棉花或按市价折成银元也可以，但必须一次交清。"这个数字使嘉轩脊梁发冷，母亲却不动声色地说"她已经答应了人家"，她以白鹿原族长的身份主持了儿子白嘉轩和儿媳进祠堂叩拜祖宗的仪式，"这种仪式要求白鹿两姓凡是已婚男女都来参加，新婚夫妇一方面叩拜已逝的列位先辈，另一方面还要叩拜活着的叔伯爷兄和婆婶嫂子们，并请他们接纳新的家族成员"。

关中丧葬礼俗表现出明显的厚葬观与停柩不葬特征。白嘉轩在给父亲白秉德办丧事时，曾说："俺爸辛苦可怜一世，按说该当在家停灵三年才能下葬。俺爸临终有话，三天下葬，不用鼓乐，一切从简。我看既不能三年守灵，也不要三天草草下葬，在家停灵'一七'，也好箍好墓室"。长辈老者知道此时的嘉轩连个骑马坠灵的女人也没有，同意了嘉轩的安排，认为"生死不能同时顾全，那就先顾生而后顾死"。他找了乐班讲定八挂五的人数，头三天和后一天出全班乐人，中间三天只要五人在灵前不断弦索。嘉轩这样做，一是尊造父亲临终嘱咐，二是体现传统观念文化中生与死认同的差异，生为重要，"无后"为重要，过了两月之后，嘉轩娶了第五房女人。

关中民间信仰习惯十分普遍。"一乡数里间，或无学舍，而淫祠遍村堡"。当干旱威胁了白鹿原，族长白嘉轩决定伐神取水。族里十二岁以上的男人全部参加，一连四个伐马角的人都失败了，白嘉轩毅然决然地充当了第五个马角，他舞动着刚出炉的铁铧，又把烧红的钢钎从自己的左腮穿到右腮，带领一族人到山岭深处的黑龙潭去取水，这一浸透着迷信色彩的祈雨活动，是以浓墨重彩加以描写的，在传达那种极为紧张、神秘而又悲壮的气氛的同时，作者将白嘉轩及原上民众的那种虔诚与牺牲精神以及不甘屈服而欲感天地泣鬼神的个性，充分地显露了出来。作家这样写并非要宣扬迷信，甚至其中也隐含了作家的悲悯情怀和批判之意，是关中古老习俗的具体展现。

白嘉轩梦中受托并给父亲迁坟，他请来了阴阳先生算过了安葬的脉气，便举行了隆重的迁坟仪式，吹鼓手从老坟吹唱到新坟，三官庙的和尚被请来做了道场。正是这些传统习俗作用于人的灵魂，渗入人的血液之中，并在白鹿一族的每个成员的社会化进程中发挥着陶冶教化的作用。

白鹿村里的宗族特征首先体现在对传统耕种制度的极度虔诚上。作为中国的传统民间宗族，白鹿村信奉着传统的农耕文化。小说中白、鹿两家都有着对土地深层的眷恋。白嘉轩的祖上一直靠勤劳的日耕夜作来发家致富。白嘉轩继承了父亲白秉德的躬身劳作："我由不得出力下苦是生就的，我干着活儿浑身都痛快！"他将自己紧紧地安放在土地上，他体恤长工，将鹿三视作知己朋友，成为地主之后更是不断地扩充自己的土地。而鹿子霖一家，祖上马勺娃到城市里做厨师挣得了钱财之后，虽然知道"城里比原上好多了"，但还是回到了家乡，将自己挣的银元交给两位哥哥，置买土地和房屋，这是一个有着根深蒂固的农民思想的行为，认为有了土地才是安全的，土地是农民的信仰。

清朝末年，革命的浪潮涌入了乡村，封建社会自给自足的小农经济难以为继，宗族面临全面的分崩瓦解。乡土社会是一个小农经济，虽然表面上是在封建王朝的"专制""独裁"统治之下，但是很多时候，对于"关门种地"的乡村而言，政治是松散和微弱的，即"无为政治"。而在这样一个团体之中，如何达到教化的目的，不同的宗族拥有不同的方式。

白嘉轩继任族长之位。他依靠父辈在土地上的辛勤劳作，日月积累，成为白鹿村里的大地主。在解决了子嗣问题之后，白嘉轩开始寻求更高层次的地位——族长，这符合宗族社会中的发展之路。继任族长之后，白嘉轩秉承封建儒家的正统思想，以"仁义"精神规范自家行为，并将这一理念扩展到了整个白鹿原。白嘉轩、鹿子霖为白鹿村修建学堂也被朱先生跪赞为"让子弟晓以礼仪的万代大事"。朱先生为白鹿村制定的以仁义为思想本质的《乡约》更是被称为"治本之举"。这是白嘉轩秉持仁义构建的家族理想，也是他家族理想的内在精神。白嘉轩家族理想的"礼法"规范通过家庭中的"孝悌"与宗族《乡约》来实现。白嘉轩亲身作则，在家庭中，他秉承着"孝悌"之义，自父亲白秉德去世之后，仍然坚持每晚去母亲房内问候，聊以安慰母亲孤独之心。在白鹿村中，他作为族长以身作则，把家族理想置于"大孝"之上，施以仁义之术。在白嘉轩等人的仁义教化下，白鹿村"从此偷鸡摸狗摘桃掐瓜之类的事顿然绝迹，摸牌九搓麻将掷骰子等赌博营生全踢了摊子，打架斗殴扯街骂巷的争斗事件再不发生……"

围绕田小娥一个女人发生的风波，代表了以族长为核心的封建伦理道德对于其子民的行为束缚。现代化的步伐步步逼近，安稳的乡土生活终将被破坏。自小说第六章开始，白鹿村上自给自足的生产模式已经开始被打破。对于白孝文、狗蛋、田小娥的审判成为以"祠堂"为中心的封建伦理纲常最后的唱响。从有一天冷先生带来"皇帝只剩下一座龙庭了"的消息，白鹿原出现了除族长之外的"乡约"等行政官职。然而，不管国家政权怎么变化，白嘉轩都坚持着传统，带领族人祭祀先祖，续修家谱。在时代面前，他感到了自己的无能为力。面对祠堂被破坏，石碑被砸成粉碎，戏楼中上演的各方势力胡乱杀人的情况，他感到深深的无力。当时代急速变化与局势日益动荡，白鹿原逐渐成为政治斗争的舞台，白嘉轩只能悄悄地隐退，离开权力中心，一边带领着接了族长位置的儿子孝武干些修族谱的闲话，一边自我坚守以仁义道德治家的最后一块精神净土。白嘉轩对于现代政权的茫然，正是无数个封建乡村对于现代社会的茫然，当他无法再以"仁义""道德"去约束一个族人的时候，意味着封建的宗族走到了尽头。

宗法并不平等，对于穷苦农民来说，它是一张随时张开的吃人的血口。在惩治所谓淫妇小娥时，从白孝文照着乳根毫不手软"刷抽去"，男人女人对淫乱者挤着抢夺刺刷的暴力狂欢，可以洞透众人掺杂着病态而复杂的感情，道德感和虐待狂不可分开，以"全族面子"为幌子遮蔽对这年轻健康光鲜的肉体的不可告人的妒恨。白狗蛋并未淫乱，真正淫乱之人是鹿子霖。对此，族长并不是未曾见闻，族人也并不是心无疑绪。只是白狗蛋是一个孤身无助的下等人，打死也无所顾忌。

旧家族的叛逆者鹿兆鹏对个人幸福事业的追求是以牺牲无辜的鹿冷氏为代价的，最为可悲的是，她的死却不曾换得兆鹏一点同情和眼泪。另外，鹿冷氏也是被冷、鹿两家为巩固自己在白鹿原的家庭地位作为交易牺牲掉的。鹿兆鹏不喜欢妻子，按照封建婚姻制度，完全可以将对方休掉，鹿子霖之所以没有允许儿子这么做，并不是担心儿媳的命运，而是担心弄僵与在乡里威望甚高的冷家的关系。冷先生明知女儿深深忍受着生理与精神上的折磨，为了谋求自己在白鹿原立足发展的资本，亲手下毒将亲生女儿置之死地。这种自私与冷酷不能不让人发寒和恐怖。兆鹏的出走，鹿子霖的挑逗，冷先生的绝情，终使这个可怜的女子如蝼蚁般死去。

白嘉轩没有想到母亲白氏在父亲白秉德去世后的坚强、理性、冷静、甚至伟大。父亲在世大小事均由父亲做主，而父亲白秉德老汉快要咽气的那一刻，母亲没有乱了阵脚，而是有条不紊地安排接下来的一连串事情，一味地陷入单纯的悲痛欲绝有什么用呢。

这是一种更高层次的真实，是在生活基础上的艺术再现。

冰心和吴文藻在云南时，吴先生曾发高烧，一度很严重，冰心被医生叫到病床前的时候，发现周围围了十几个人，丈夫身上蒙着一个大白床单。丈夫肯定是死了，冰心没有尖叫没有惊慌，马上想到接下来要干的事情还很多，她这时看到窗台上摆着两碗冒着热气的稀饭，第一动作是立刻把这两碗稀饭喝掉。喝完了，丈夫翻了个身，原来没有死。丈夫死后马上要干很多事情，吃饭会使她有力气，冰心的自述源于生活的真实。

劳伦斯作品《菊花的幽香》中，女主角伊丽莎白得知丈夫死讯后并未昏倒绝望，而是马上计算起微薄的救济金能否维持生活，打定主意必须顽强地活下去，胎中的孩子也得健康出生。她和旷工谈判安排事，安慰婆婆女儿，做好接下来的各种准备，这都源于生活的真实和母爱的伟大。

死者为尊，可生者为大。天不能塌下来，日子还得过下去。丧事得稳妥体面地安置停当，而且白家不能断后，这些都是现实的问题，躲不过去必须面对。

不深入生活，不身临其境，就认为小说中的人物细节不真实，这些或者是异想天开、不谙实情的娱乐记者的念头；或者是技术派写手肤浅的思辨。面对生死之间的隔膜，外部形态很难判断真爱或真悲伤，号啕大哭、呼天抢地在某种场景下反而有表演的味道。真水无香，真爱无声，真悲伤则会转化成冷静理智和责任使命，以至于会以局外人的姿态波澜不惊、沉郁平静地跟着节奏处理接下来的系列事务。

丈夫突然死亡也是生活的一部分，不承认、不顺从这一事实接下来还怎么能抗争命运？新生活要开始继续下去，伊丽莎白先收拾好厨房，明天孩子起床吃饭都还要继续；冰心先吃饱饭恢复力气以处理后续一系列事情；白氏面对丈夫暴卒，生死观通透了，训导儿子安排了丧事，又继续为白嘉轩提亲再糊上一层窗户纸。

作家的自传尤其是心理经历蕴含在其全部作品中。《生死疲劳》中的西门闹的很多感觉既是莫言本人，又不是莫言本人。中篇小说《红高粱》中的罗汉就有莫言小时候饶舌讨人嫌的影子。之所以将管谟业改成莫言，以至于身份证、户照也用莫言的名字，是因为作家母亲教育他从小少说话，故而以"莫言"为笔名自警。文学的真实来源于生活而又在艺术性抽象性上高于生活。

装聋作哑，不逞一时口舌之快；祸从口入，多说话会招致无穷后患，嘴上老爱占上风多是愚蠢的匹夫之勇，文学上的事关键就是要埋头看书写出作品，而不是忙忙碌碌的社会交往和处心积虑的宣传策划。这是经典形成的心理积淀和事实上的"豪恨"预备。

关于经典作品的形成，于作家而言，必是无意识中对过往积累的总结和表现中完成的，而不是蓄意谋划在某个主题指引下完成的。形象大于思想，而非思想大于形象。作家不能把自己看成领导人或救世主，在作品中肩负着伟大使命，灌输伟大思想，居高临下俯瞰芸芸众生，指点江山，批评政府党派，透过激扬的文字企图拯救世界。一部《红楼梦》，政治家、道学家、红学家、普通人看到的风景各异。有人看到了阶级斗争，有人看到了封建主义必然灭亡和资本主义萌芽的表象，这绝非曹雪芹的意图。曹雪芹的创作动机绝不是要通过写大家族的兴衰揭示资本主义取代封建主义制度的历史规律，因为他没有马克思主义经典作家的理论素养。"满纸荒唐言，一把辛酸泪。都云作者痴，谁解其中味？"这"痴"不至于是这样伟大的政治命题。

小说只是要通过人物描写、艺术水平、语言运用能力、遣词造句风格、人物形象、揭示的主题等方面来看作家作品挖掘展现了人类灵魂中的隐藏地带和心灵颤栗。

小说不是政策和措施。用小说替农民说话，希望借助小说帮助农民解决问题，这基本上是童话。小说没有这种功能。涉及农民题材或下岗职工、城市打工题材，如果作家把写作当作一种改变社会、改变某些群体社会生存状态的工具，出发点倒不错，但确是一种虚伪和近乎童话的写作方式。

　　弱势群体并不天生道德完美，其灵魂深处可能存在阴暗，可能会披着正义公理的外衣，转化成仇恨。牢骚满腹，迷恋名利的群体到处都是，作家不应满足于对其生活现状的描述，而要用自己的痛苦、孤单、感悟、怜悯、爱意着力对心理状况、灵魂进行分析、揭示、开拓。过去作品中贫下中农完美无缺，地主富农一无是处，事实上并非如此。鲁迅先生在描写他们悲惨现状的时候，不忘揭示劣根性，"哀其不幸，怒其不争"。阿Q作为弱势一员欺负小尼姑，难道他向往的是无产阶级革命吗？白嘉轩作为原上最仁义的东家，恪守道德礼义，忠厚传家，作为曾经的地主难道他就不向往新生政权，就一无是处吗？

　　事情远远没有想象的那么简单。

## 第三节　《白鹿原》与经典类作品比较

### 《白鹿原》与《百年孤独》之间

　　马尔克斯影响了一批中国作家的创作心理。文学尽管是魔鬼，可文学依然神圣迷人。1984年莫言读到《百年孤独》和陈忠实读《百年孤独》的震惊是一样的，都好像马尔克斯20世纪50年代读到卡夫卡的作品时一样：原来小说还可以这样写？！我们的生活中不乏丰富的体验和素材，除了不服气就是暗暗模仿和学习。走向世界超越原有的窠臼是艰难的，摆脱单纯模仿之后便是自己的剥离反思和升华。同一时期出道的作家普遍地崇拜马尔克斯、福克纳、海明威和卡夫卡、卡彭铁尔，西方文学帮助中国作家打开了思路，清规戒律不应该成为作家表达的束缚。

　　陈忠实接触拉美魔幻现实主义的过程是作家放眼和接触世界文学以实现自我升华的过程。德国文艺评论家弗朗茨·罗最早提出了魔幻现实主义的概念。他和后来的评论家、作家公认魔幻现实主义要通过梦境、幻觉、回忆、现实的糅合，以独白、意识流、象征、比喻等手法强化社会弊端和人性丑恶，使传统现实主义耀发神奇特色。卡彭铁尔、马尔克斯、鲁尔福等都是用这种手法创作作品的代表作家。

　　卡彭铁尔（1904—1980），古巴著名的小说家、散文家和文学评论家,被誉为拉美文学的领军人物。童年时代的卡彭铁尔随着父母遍游欧洲诸国,后系统学习了建筑、音乐等。1928年,卡彭铁尔因反对独裁统治被捕入狱,出狱后流亡法国长达20年,与法国超现实主义作家和理论家来往密切。卡彭铁尔回国后不久,选择蹲点在拉美地区唯一保存着纯粹黑人移民的国家海地,1949年创作出小说《人间王国》,以魔幻现实主义的手法震惊欧美文坛,为拉美文学掀开了新的一页。

陈忠实先生深入跟踪研究了卡彭铁尔艺术探索和追求的传奇性经历,深受震撼和感慨。陈忠实说:"他(指卡彭铁尔)失望至极时决定回国,离开法国时留下了一句失望而又决绝的话:在现代派的旗帜下容不得我。我读到这里时忍不住'噢呦'了一声……。卡彭铁尔的宣言让我明白了一点,现代派文学不可能适合所有作家。"[1] 卡彭铁尔开创性的行程和创作启示他现代派文学不可能适应所有作家,必须立即了解生活着土地的昨天,且首先要搞清楚自己生活的西蒋村近百年演变的历史脉络,其次才是白鹿原,才是关中,陕西乃至中国近代历史的变迁。

对脚下土地的了解是开端,且必不可少的。以西蒋村为中心的这块土地上究竟发生过哪些大事?汉代刘邦屯兵白鹿原以及唐代诸多诗人在此或行吟或隐居都给这座原留下了什么?周秦以来一直到封建社会崩溃,民主革命兴起,历史事件和人物留下来的难道只有文物和古迹?既往的历史传承给人们精神和心理上带来的还有什么?带着思考和疑问,陈忠实仔细查阅了蓝田、长安、咸宁三个县县志,在绵薄发黄几乎经不起翻揭的纸页中,他看到了山川河流、平原、坡岭、沟峪、谷地;看到了历代县官名称简历和重要政绩;看到了宋朝的吕氏四兄弟,尤其是吕大临创造的哲学"合二而一"论;看到了战乱、地震、瘟疫、大旱、奇寒、洪水、冰雹、黑霜、蝗虫等种种灾难;看到了"贞妇列传"中无数女人用活泼的生命,守寡、守节、明志、守身,抚养子嗣、侍奉公婆直至终了,用一生坚守道德礼教,换取了彰显其事迹的烫金牌匾和县志上几厘米的位置……民间广为传播的一些荡妇淫女的故事与县志排列榜样的强烈对抗和不同人生轨迹的反差巨大:如何把握已经逝去的那个时代人的脉络和心理结构形式及其冲击裂变呢?不是以史学家也不是以民俗学家,而是以生于白鹿原、长于白鹿原的一个子民作家的角度,该如何剖析、

---

[1] 《陈忠实文集》第9卷,人民文学出版社2015年版,第310页。

理解、体验、呈现对白鹿原这块土地的精神透视？只有把事件人物放在历史的大环境中才能发现人性的复杂和神秘，陈忠实也开始学习用非现代的手法试着架构重建这一切。

陈忠实在理论上的升华不是冥思苦想得来的，而是在理解白鹿原历史风貌和精神文化传承史的基础上，掌握了大量翔实、鲜为人知的一手资料，自觉地反思和解剖自己的创作，从历史和传统文化的角度与魔幻现实主义试图比较对接，从而确立了自己创作的思路和方向。一个杰出的作家必然是一个伟大的思想家，浅薄空虚的头脑创作不出来属于自己的独特人物形象。

嚼别人嚼过的馍当然会吃饱，但味同嚼蜡没有意思；沿着别人走过的路不出意外也会到达目的地，但一路风景单调、重复无聊缺乏惊喜。从来文似看山不喜平。

生产力与生产关系之间矛盾的冲突变化使社会剧烈变革，在上层建筑中会产生与经济基础不相适应的地方，山雨欲来风满楼，作为作家如何呈现这种变化？《创业史》《山乡巨变》就是在这样的独特背景和方式下表现了人群和人的变化，这是从宏观到微观变化的角度介入的叙事方式。

《四世同堂》《白鹿原》则是通过家族兴衰和个人命运的变化透视出社会的重大历史事件。长篇小说《白鹿原》主要摹写乌云压城摧城、城头变幻流转下的兄弟阋墙、情人反目、父子断交、鹿翁杀媳、土匪投诚、两党争执等变端，其中不乏祈雨、安葬、耕种、讲课、游学、禁烟、镇妖等民俗文化和辛亥革命、农民暴动、国共分流、民国十八年年馑、刘镇华围西安、二虎守长安等政治经济事件，夹杂以托梦、捉鬼、化蛾、附身、显灵等神秘魔幻情节，架构了一幅晚清以来关中平原近百年波澜壮阔的历史风云画卷。从微观中体现宏观变化意欲何为？人性的神秘复杂性影响了历史事件的走向，从而真实地左右了民族和国家前途命运。"所有悲剧的发生都不是偶然的，都是这个民族从衰败走向复兴复壮过程中的必然。"中国封建社会的违背人性的仁义道德才是不团结、家族民族衰败的内因。这正是陈忠实从白鹿原地区蓝田、长安、咸宁三县的县志中、历史事件中、精神传承中、民俗呈现中所探究总结到的初步认识。陈忠实严肃认真、扎实细致的态度，大胆创新、剥茧抽丝的思考，掌握一手素材的基础上，深入群众、扎根沃土的创作道路永远是值得我们敬仰和学习的。

### 《百年孤独》的影响

陈忠实笑称自己是接触马尔克斯《百年孤独》最早的国人之一，大陆最早那版《百年孤独》尚在校对时，陈忠实就机缘巧合地看到了，他从来不否认自己受到《百年孤独》的影响。"马尔克斯的两部作品（《百年孤独》和《霍乱时期的爱情》）使我整个艺术世界发生震撼"，李下叔在回忆陈忠实创作过程时说："他多回谈起那精灵般的白鹿，几次谈起那迷人的小娥，反复议及马尔克斯笔下的那个小镇马孔多。他对《百年孤独》嚼得很烂很熟。"

孤独和孤清分别是支撑布恩迪亚和白鹿两类家族的群体意识。"最大的挑战是缺乏能使生活变得令人可信而必须的常规财富。朋友们，这就是我们孤独的症结所在"。饥荒、战争、贫困、政变此起彼伏，泪水、鲜花、死亡日复一日地伴随着人们的生活。拉美在摆脱西班牙葡萄牙殖民后进入的是一个疯狂专制的历史时期，马孔多人心理上离现代文明越来越远。马尔克斯的《百年孤独》反映了加勒比海岸布恩迪亚家族七代人离奇坎坷的遭遇以及马孔多镇一百多年的历史变迁。当然，作家不是在为这个家族写家史族谱，而是从历史生活中、从人性最隐秘的深处寻找本民族的群体意识——孤独。在孤独折磨下，人们互不信任、互不了解，冷漠绝望，制造愚昧落后、保守衰败，最终消亡。布恩迪亚家族的孤独来源于对死亡的恐惧和爱情的绝望；白鹿两姓领衔人的孤清源于文化传统的消亡和对未来的无所适从。两本著作描述的都是孤独伴随下的家族命运史，都是各自地域下的独一份，其中的史诗意蕴都不可再现。

马尔克斯断言："这手稿上所写的事情过去不曾，将来也永远不会重复，因为命中注定要一百年处于孤独的世家决不会有出现在世上的第二次的机会。"自信文学创作是自己最佳的气场，一直试图把粗糙的手按在历史的脉搏上，陈忠实痛苦孤独地叙述着白鹿原的神秘故事。能否撇开浮名，忍受孤独才是对作家文学人格的考验，否则不必搞文学。在1987年开始构思故事之前，他曾经心如死灰，感受到彻头彻尾的孤独，"世界上只剩下我一个受苦人"，满腹的悲凉化为狠心蜗居祖屋的坚韧，终于酿成了拯救自己灵魂的《白鹿原》。

人们眼前晃动的黄蝴蝶和翩翩起舞的黑飞蛾都是悲剧的象征，都把读者带入撕心裂肺的悲剧故事中。受过良好教育，追求自由真爱的布恩迪亚家族的第五代女儿蕾梅黛丝（梅梅）与机械工人巴比洛尼亚热恋。梅梅的母亲在家庭里独断专行，非难、反对最终断送了她的热恋、幸福和后半生，巴比洛尼亚遭到暗算。梅梅从此心灰意冷，再也不开口说话，被母亲送到遥远的修道院里。作品中每当巴比洛尼亚出现时，不吉祥的黄蝴蝶就会在眼前晃动，最后一只黄蝴蝶粉碎意味着巴比洛尼亚的死亡。黄蝴蝶是对家长制的批判，家长制是拉美近代社会所存在的一种制度。从这种意义上说，《百年孤独》回到了它的主题——批判民族心理缺陷。

梅梅的自由恋爱被认为是屈辱和大逆不道，小娥追爱和纯真自由突破礼教同样是淫乱的象征。小娥本是老秀才美丽温柔的乖女儿，却因家贫嫁给了七十多岁的郭举人，成为他的养生工具。如果说小娥最初与黑娃的结合是情欲的冲动和弱小者本能的反抗，那么，后来他们的相爱则是出于对生命的热情和需要。可是，他们的爱情不容于他们的父亲、更得不到族长白嘉轩的认可，以致被整个白鹿原放逐。当小娥被鹿三刺死后，她不屈的灵魂和怨恨之气结成了黑蛾子给白鹿原带来了灾难，她附身于鹿三，哭诉白鹿原的无情和专制。这场哭诉是她内心的自白和对白鹿原愤怒的控诉。小娥的积极反抗是对中国传统宗法文化的批判。黑飞蛾的控诉是强有力的，小娥的复仇也是猛烈的，带有宣泄色彩。这种复仇的力度恰能显示宗法文化压抑人性和扭曲人性的程度之深。

马尔克斯则抓住人类生存状态和精神品质，以独有的拉美风格挖掘人类共同的东西。一个民族的文学要走向世界，不仅仅表现在民族个性的强化上，更应该表达出人类共通的思想。民族的个性与世界的共性得到艺术的完美统一才是文学通向世界之路的桥梁，陈忠实正是从马尔克斯这一独特的创作精神和心理得到启示。他立足关中文化——最具代表的中国传统文化，揭示中华民族虽多次遭外族入侵却不易被异化的原因即中华民族具有一整套农业文明根深蒂固的正统思想——仁义为怀、自立为本的人格精神，这种文化传统使中国依然生存于世界民族之林。但陈忠实并没有一味地陶醉于这种文化传统，而是发现了它的弊端并加以批判。陈忠实曾说："我以为解析透一个人物的文化心理结构抓住不放，便会较为准确真实地抓住一个人物的生命轨迹。"①

　　老霍桑与白嘉轩的比较中，可以看到民族生存的挣扎和原始活力。老霍桑是马孔多镇的首领，富有巨大的使命感和责任感，力图用科学和理性改变社会面貌，虽然在家族内部的网和命运网中迷失，屡受压抑和践踏扭曲，死亡不能逃脱，但是整个民族有过辉煌灿烂的历史，未来生存、发展、演进、蓬勃的潜能不可忽视，也不可能被泯灭扼杀。老霍桑在，马孔多镇就在。白嘉轩是白鹿原上的族长和精神领袖，以儒家文化封建道德为支撑，为百姓请命，为个人谋利，都是用尽心机，硬气刚正，气概非凡。六娶六丧、六丧七娶是对女性的天然占有，却也是一个男人顽强雄健生命阳刚之气的体现。一个人撑起一道原，白嘉轩悲愤坚毅地维护儒家道德。"苦难既消解着生命，又激励着生命"。白嘉轩身上表达出来的是生生不息的强悍。他的顽强正是饱经沧桑、内忧外患而又坚毅倔强的民族的象征。封建社会末期，气数已尽，但这个制度曾经有过辉煌和生机，白嘉轩是个悲剧人物，他的悲剧并不能抹杀他身上体现出的原始生命力。

　　第六代奥雷良诺上校和鹿子霖都是生命力顽强、精力过人、豪狠善斗的传奇人物，但晚年后内心的孤独、冷清、恐惧感则是共同的。奥雷良诺是一个贯穿布恩迪亚家族七代的神秘人物，早年不顾父亲的反对毅然与冤家的女儿小姑娘雷梅苔丝结婚，雷梅苔丝死后他的爱情也开始枯萎，与许多连姓名都不知道的姑娘同床共枕，生下了 17 个名为奥雷良诺的儿子；他疾恶如仇、勇敢善战，面对保守势力的猖獗，毅然率领 21 名男子用餐刀和铁器攻占了兵营；他身经百战，最终却感悟到自己是因高傲而去打仗的；他用自己的智慧多次死里逃生、化险为夷，最后却把自己关在炼金房里与世隔绝，在百无聊赖的生活中打发他的余生。奥雷良诺一生无法逃脱布恩迪亚家族与生俱来的孤独。

　　马孔多人周而复始地重复着贫苦、落后、愚昧。历史过去一百多年了，生活和观念没有变。拉美什么时候才会有一个富强文明的未来呢？作家对马孔多镇以及拉美民族的思考上升为对非理性世界的理性思考，这是马尔克斯超越历史上升到哲学高度对人类历史与未来的考量。

---

①　陈忠实：《寻找属于自己的句子——〈白鹿原创作手记〉》，上海文艺出版社 2009 年版，第 190—191 页。

作品的厚重来自于历史的厚重和作家思考的深入。黑娃、白孝文所昭示的历史发展趋势始终无法摆脱传统文化的迷雾。"走出原"与"拜祠堂"其实都是从原点出发又回归传统的左冲右突,是不无焦虑地对自我生存方式的选择,对历史重负和文化重负的摆脱,反抗和扬弃都是后发民族走向未来的逻辑起点。"虽然每一代人都有自己明确的目的,但在千百年的整体上却表现出某种盲目性。历史的规律就深藏在这种盲目性之中,揭示这种盲目性并让更多的人认识它,这就是一个历史学家的良心。"自然,这不单是历史学家的责任,有良知和胆识的作家亦应如此。《白鹿原》即陈忠实自觉从文明文化史角度对中华民族历史的一次沉思。[①]

奥雷良诺上校发动过三十二次武装起义,三十二次都失败了,他跟十七个女人生了十七个儿子,但一夜之间,一一惨遭杀害,其中最大的还不到三十五岁。奥雷良诺上校躲过十四次暗杀,七十三次埋伏和一次行刑队的枪决。

鹿子霖第二次出狱后到联保所供职,置办了靓丽行头,一改牢狱生活的稀松邋遢相,在原上受到所有保长们的殷勤招待。红火是红火,可依然受不了孤单冷清,"有人才有盼头,人多才热热闹闹;我能受狱年之苦,可受不了自家屋院里的孤清"!两个儿子一个死一个当共党,儿媳一个死一个短暂到家又离开家,曾经的小娥也成为冤魂被镇在砖塔之内,自己本人两进监狱,热闹威武一生的人难耐寂寞,感到了人性的诡秘和人生的了无生趣,孤清冷寂和恐惧袭上心头,"他甚至安静地期盼,今夕睡着以后,明早最好不要醒来"。一个几年未联系的老相好和他偶遇,为逃避抓壮丁求到他门下,鹿子霖爽快答应并且在原上搜寻干娃,把一个个老相好和他生的娃子都认成干亲,保护起来。

鹿子霖瞧着那些以深眼窝长睫毛为标记的鹿家种系,由不得慨叹:"我俩儿没有了,可有几十个干娃。可惜不能戳破一个'干'字……"

鹿子霖在原上是与白嘉轩相对的另一种农民人格的典型代表,甚至是中华民族人格宝库中一类人物的代表。白嘉轩一直认为鹿子霖爱吃官饭,官瘾比烟瘾大得多。从中国封建社会以来,官本位的思想并没有绝迹。鹿子霖从来愿意成为人上人,人面前的人,太过于平凡平常的角色绝不干,就是官本位思想的流传。实际生活中的人不可能简单地标签化,

---

① 金观涛:《在历史的表象背后》,四川人民出版社1984年版,扉页。

一味的好人或坏人是没有的。奥雷良诺上校晚年把自己隔绝起来,百无聊赖地制作小金鱼,其实表现的是一种对未来的恐惧感和家族百余年来与生俱来的孤独感;而鹿子霖晚上睡不着,一听到屋梁响声,就有一种天毁地灭的恐惧,逐个把自己在原上与众相好们生的几十个儿子集中保护起来,体现的实际上是对孤独冷清的抗拒。"爸只是害怕孤清喜欢热闹,你们常来爸屋里走走,爸见了你们就不觉得孤清,就满足咧……"

《白鹿原》开篇一句"白嘉轩后来引以为豪壮的是一生里娶过七房女人"不知吸引了多少人的目光。这样的开头让人有继续读下去的欲望。迫切地想知道这七个女人的命运到底如何。这和《百年孤独》的开头"许多年之后,面对枪决行刑队,奥雷良诺·布恩迪亚上校将会想起,他父亲带他去见识冰块的那个遥远的下午"有异曲同工之妙。

宏大叙述区别于庸常叙述。人们在习惯了烦恼人生和一地鸡毛的琐碎的情况下,突然接触到《白鹿原》的宏大,是不能不吃惊的。"搞不清这里从何年起始有人迹,说不清第一位来到这原坡挖凿头一孔窑洞或搭置第一座茅屋的始祖是谁。频频发生的灾祸不下上百次把这个村庄毁灭殆尽,后来的人或许是原有的幸存者重新聚合继续繁衍。灾祸摧毁村庄,摧毁历史也摧毁记忆,只有荒诞不经的传说经久不衰。"这种有如开天辟地式的宏大叙述和"小林家的一块豆腐馊了。一斤豆腐有五块,二两一块,这是公家副食店卖的。个体户的豆腐一斤一块,水分大,发稀,锅里炒不成团"式的庸常叙述给人的心灵冲击是有天差地别的。

梦境与现实的神奇沟通淋漓尽致。梦是非现实的,也是非理性的,但通过梦境体现人的恐惧或迷茫的心智都是真实的。第六房妻子胡氏没有见过前面五位女人,但梦见的五个死者的相貌特征个个吻合;白灵死的当天,父母及奶奶都梦见流泪的白鹿,白鹿迅速变成白灵的脸庞倏忽飘逝;鹿赵氏和仙草并不知道小娥被杀的具体情节,但梦中所见与真实情景却一模一样。朱先生临死前,朱白氏看见前院腾起白鹿,房檐上飘过的景象即是神奇的幻觉。瞬间从梦境与幻觉、现实与幻觉、人与鬼、人与人之间的变换,把内心深处最隐蔽,最深厚的潜意识唤醒,表现了人物在具体情境下的真实心志,拓展丰富着历史真实和心灵意蕴,从而读者的审美习俗重新建立起来了。

神奇魔幻的情节在小说情节发展的关键时候出现。小娥借鹿三之躯还魂,吊着眉眼挑逗白嘉轩;鹿三老婆鹿惠氏临死时,竟然神奇地坐了起来，在黑暗中用手梳理自己的头发，瞪着两只失明的眼珠，质问鹿三杀死小娥的事，还说这是小娥刚才告诉她的；白嘉轩的老婆白吴氏，在生命走到尽头时，卧床不起的她忽然豁开被子坐了起来，口齿清晰地告诉白嘉轩她刚才撞见小娥了，后来白嘉轩用六棱塔镇住了小娥阴魂，却分明让围观的村民感受到了阴魂的存在。《白鹿原》用这种魔幻的手法揭示了人物心态的另一种真实，开辟了小说创作的新领域。

事物本身的荒诞性使小说中的人物津津乐道。如托朱先生之口诠释活人愚昧是由于前世死时脸上蒙上了蒙脸纸，看不清投胎道路；郭举人身强力壮是吃了女人的泡枣。更为有趣的是，全书把冠冕堂皇的人物、事件全都放在了龌龊的场面环境中：如陶部长训话，大讲特讲学生、爱国、抗日、蒋委员长的地方，竟是藏污纳垢的妓院民乐园；鹿乡约神圣的祖坟竟成了原上露天大便的优良港湾；歌功颂德的墓碑上糊满了稀稀拉拉的屎花。此外，其他场地的设置，也显示出了历史演进露出的荒诞不经。

不去表现事物发展的正常行为结果，相反，对于其反常性，则浓墨重泼。如"白鹿精灵"所在风水宝地本为鹿家所有，却被白家占用；白灵本与兆海相恋，却与兆鹏同居；冷先生本为原上名医，却冷不防给自己女儿开了一剂虎狼药要了她的性命；狗蛋捉奸鹿子霖，反被鹿以此陷害；孝文看罢酸戏，本欲励精图治却顷刻间被小娥脱了裤子，并一发不可收拾地陷进了女人温柔乡不能自拔，等等，它以这种反常性、差异性来揭示"历史"演进和个人命运流转的复杂性。

马尔克斯营造的神秘文化使现实的纯粹和神话的迷人交织融合，混沌梦幻；陈忠实营造的神秘文化和预测神谕则坚守文化意蕴，某种程度上不无虚妄，但线索清晰，符合人物身份，不动声色，却让人感到阵阵惊涛骇浪，昭示着深层因果关系。倘若朱先生在小说中不能预测牛丢失的方位；不能解析白鹿精灵的梦幻意义；不能预测朱毛得天下的未来；不能预知自己死后墓室被毁的种种行径等，这个人物则可能干巴到无法立足，历史的盲目随机也就缺乏冷静客观的关照了。历史清晰得如同教科书，阶级和阶级对抗阵营分明，好人坏人泾渭分明，一切井然有序得如同脸谱，清楚倒是清楚了，却不是人性表现和文学经典了。

陈忠实认为："所谓历史就是人的心理秩序不断被打破，又不断寻找到新的平衡的历史，感受历史就应该把握住那个时代的社会心理真实。"

历史有多深厚，作品就有多深厚。一个民族的文学要走向世界不仅仅表现在民族个性的强化上，更应该表达出人类共通的思想。民族的个性与世界的共性得到艺术的完美统一才是文学通向世界之路的桥梁。陈忠实没有简单地模仿马尔克斯，他是在借鉴吸收的基础上再创了自己的风格和个性。比较中外两部经典，给我们的启示是：经典来自传统，经典来自民族，经典必须根植于它丰富的历史文化资源。

### 《白鹿原》与《复活》

《白鹿原》和托尔斯泰的《复活》之间至少有三点关系，一是创作的时代背景和作品的史诗品质；二是作品人物的复杂心理矛盾和对世界文学长廊中人物形象的更新；三是作家对社会问题解决方案的思考。

托尔斯泰一生创作浩如烟海，其俄文版全集现在已经扩大成一百卷。托翁影响最大的是三部长篇小说，即《战争与和平》《安娜卡列尼娜》和《复活》。三部作品已经成为世界文学的瑰宝，反映了形形色色的人物在俄罗斯19世纪社会中的苦难和命运。

《复活》创作耗时十年（1889—1899年），前后历经三稿。当时俄罗斯处于1905年大革命前夜，"山雨欲来风满楼"。晚年的托尔斯泰彻底否定了沙皇制度，借助玛丝洛娃的一个体冤案广泛地批判了整个社会。法庭荒唐、监狱黑暗、农村苦难、上流社会腐朽堕落、革命党人成分复杂、人格高尚等都构成了19世纪俄国生活的历史画卷。

为了创作《复活》，托尔斯泰参观了莫斯科和外省的多处监狱，旁听审判，大量采访律师、囚犯、法官等，查阅档案资料，深入农村调查农民生活，耗费大量心血，持续十年的创作激情造就了历史经典。

列宁评价托尔斯泰抛弃了贵族阶层的一切传统观点，在自己晚期的作品里，对现代一切国家制度、教会制度、社会制度和经济制度作了激烈的批判，而这些制度所赖以建立的基础，就是群众的被奴役和贫困，就是农民和一般小业主的破产，就是从上到下充满整个现代生活的暴力和伪善。[1]

《白鹿原》的创作从人物的酝酿和资料收集算起，前后也耗费了十多年时间，集中创作用了四年时间。

---

[1] 《列宁全集》第16卷，人民出版社1959年版，第330页。

## 第六章 经典与经典化

托尔斯泰深感于社会剧变前夕的复杂矛盾，深感于类似聂赫留朵夫的内心痛苦和玛丝洛娃的悲惨遭遇，按捺不住自己的冲动和思考，愿意提出矛盾的解决方法和人物出路。聂赫留朵夫曾经成长受益于沙皇专制制度，也曾经一度堕落迷恋于上级阶层的腐朽糜烂生活，但最终在对整个沙皇制度和官僚阶层深刻批判揭露的基础上，他开始了最坚决的决裂。

聂赫留朵夫精神上一度昏昏欲睡，生活穷奢极欲，无所作为。"当年诱奸她的德米特里伊凡内奇聂赫留朵夫公爵正躺在高高的弹簧床上，床上铺着鸭绒垫褥，被单揉得很皱。他穿着一件前襟皱裥熨得笔挺的洁净的荷兰细麻布睡衣，敞开领子，吸着香烟，目光呆滞地瞪着前方，想着今天有什么事要做，昨天发生过什么事。"聂赫留朵夫承袭公爵爵位，精神上没有寄托，浑浑噩噩地过着每一天，物质上极尽可能地享受着整个欧洲乃至世界的文明成果。"凡是他使用的东西，衬衫、外衣、皮鞋、领带、别针、袖扣，样样都是最贵重、最讲究的，都很高雅、大方、坚固、名贵。"上层社会的物质生活居于物质文明的顶端，穷奢极欲的消费理念甚至会加剧人们对物质的华丽贵重的要求，当然远远超出了下层民众满足一般需要的程度。贵族们对社会进步和历史发展的推动换句话说对社会精神的贡献并不必然匹配。岂不知，一个个高贵华丽的皮囊下行走着的是一具具伪善颓废的灵魂。

痛苦的公爵聂赫留朵夫在承袭了大量产业后一度是高兴的。他当年是斯宾塞的忠实读者，信服"正义不容许土地私有"，身为大地主，他不愿意违背信念而占有土地。虽然心理上不时受到斯宾塞、乔治两位经济学家土地私有不合理这个"光辉论证"的叩击，但是他毕竟奢侈生活过惯了，除了土地，他没有其他生活资料，怎能说放弃就放弃？把土地无偿分给农民只是自己年轻时图慕虚荣想一鸣惊人的欲望，实践中无法当真的。

作家是矛盾的，也是有局限性的。托尔斯泰以救国救民为己任，在描写了大量俄国社会复杂矛盾的基础上，极端苦闷，真诚地为社会找到的救世良方是皈依宗教，寻求慰藉。在批判决裂的同时，托尔斯泰笔下的主人公聂赫留朵夫打开了《福音书》，"据说什么问题都可以在那里找到答案"。

答案是什么？

"道德的自我完善"和"不抗恶"告诉聂赫留朵夫自己看到的一切骇

人听闻的罪恶克服的唯一渠道就是谅解饶恕不反抗。"要克服使人们饱受苦难的骇人听闻的罪恶，唯一可靠的办法，就是在上帝面前承认自己总是有罪的，因此既不该惩罚别人，也无法纠正别人。"找到答案的喜悦掩盖了自己被玛丝洛娃的"不再需要"，伤心羞愧之余，剧烈折磨他的问题终于有了答案："原来就是基督对彼得说的那段话：要永远饶恕一切人，要无数次地饶恕别人，因为世界上没有一个无罪的人，可以惩罚或者纠正别人。"

社会尽管存在诸多不合理现象，现有秩序还能维持下去，为什么？要让社会更稳定和谐地继续维持下去还缺少什么？"社会和社会秩序所以能维持，并不是因为有那些受法律保护的罪犯在审判和惩罚别人，而是因为尽管存在这种腐败现象，人们毕竟还是相怜相爱的。"人与人之间虚弱的关心爱怜在聂赫留朵夫身上可能是应验的，因为他是精神上走向复活新生的一个代表，但是，大量的贵族特权阶层因为维护固化阶级利益的根本需要，绝不会像他一样背叛本阶级。

大革命前夕的社会是混乱的，情急之中的作家真诚地为社会开出的良方只能是一个祝愿。19世纪最伟大的作家给全世界人民贡献了长篇小说的明珠，但提出的办法却是局限于自身世界观的。没有科学的理论指导，提不出伟大正确的社会变革方案，这本身也不是作家分内职责。

在人与人之间虚弱怜爱的同时，缺少的是戒律的有效执行。《登山示众》中对众信徒们所要求的戒律简单明了，可操作性强，聂赫留朵夫认为一旦实行，人类社会就能消灭暴行，实现地上天国，建立起崭新的秩序。违背戒律就会招来惩罚，要宽恕要爱仇敌，"要宽恕别人对你的欺侮，温顺地加以忍受。不论人家要求你什么，都不可拒绝"。人与人之间的阶级阶层划分原本就不存在，存在的只是宽恕和爱不够。"人不仅不可恨仇敌，打仇敌，而且要爱仇敌，帮助仇敌，为仇敌效劳。"在温柔乡里，人们彼此安于现状，接受箴规，忍受痛苦执行戒律。

人之所以要来到这个世界，只是秉承上帝的旨意，看守人间各地的葡萄园。看守葡萄园就要遵从上帝的戒律，宽恕一切做恶事的人，引导人人向善，让大家都执行众多的戒律，建立幸福的安乐园的愿望才能实现。人从出生到离开人世并不是为了享乐，而是在宗教中不断沉静和升华。聂赫留朵夫明白了这些道理，心情轻快，也就不为明天忧虑了。"看来这就是我的终身事业，做完一件，再做一件。"

皈依宗教，遵守戒律而非奋起反抗，推翻旧阶级的统治，通过暴力革命建立起新无产阶级专政的新政权，这就是托尔斯泰为社会找出的救世良方。聂赫留朵夫这类脱下旧贵族外套，实现自我救赎走向精神复活的新新人类拯救社会的使命也大抵就是如此了。

再伟大的作家也没有责任为社会开出救世良方。

恩格斯认为，一部作品"只要通过对现实关系的真实描写，来打破关于这些关系的流行的传统幻想，动摇资产阶级世界的乐观主义，不可避免地引起对于现存事物的永世长存的怀疑，那么，即使作者没有直接提出任何解决办法……这部小说也完全完成了自己的使命"①。

**《白鹿原》与《秦腔》《高兴》**

文学的表现形式是观察和描摹基础上的表达和体验，本质是基于社会进步意义上的批判。列宁在论及托尔斯泰作品的认识意义时说："托尔斯泰的学说反映了一直在最深的底层都在汹涌激荡的伟大的人民的海洋，既反映了它的一切痛点，也反映了他的一切有利的方面。"② 《复活》等三部巨著之所以能成为俄国社会的一面镜子，就是因为通过长篇小说这种特殊形式，托尔斯泰完成了对社会的观察和批判。

在中国农村全方位改革和城市化进程中，贾平凹的《高兴》和《秦腔》都是反映传统文化和传统生产方式崩溃过程的代表性作品。社会变化给农村带来的生活方式的变迁和农民受到的心理冲击是前所未有的，作家的责任是"想清楚，说清楚"。《秦腔》写的是社会变迁冲击下农村的生活状态和农民的生存方式；《高兴》写的是青年农民刘高兴进城打工，极力融入却又不被城市接纳的尴尬状态，两者有逻辑上的衔接关系。作家精神自由、责任充溢地观察现实，描摹生活，探索出路，寻找现实条件下农村发展的出路和农民进城后的心灵安放方式，痛苦无解。

作家和政治家的责任不同，政治家调查研究，心贴群众，高瞻远瞩地提出建设美丽乡村生态中国的宏大战略，提出新市民、廉租房等一系列农民进城后的具体举措，作家只能在观察描写批判中痛苦探索，如果提出的思路能与党和政府契合，那就是从政治情结中突围后的轻松自由，

---

① 《马克思恩格斯全集》第36卷，人民出版社1972年版，第386页。
② 《列宁全集》第16卷，人民出版社1959年版，第352—353页。

而非救世良方。

"作家是受苦与抨击的先知,作家的职业决定了他与社会可能要发生摩擦,却绝没企图和罪恶。"[1] 作家的前瞻性决定其他的任务不是顶礼膜拜,也不是歌颂宣传,而是怀疑批判,但这种批判是建立在对世界、对人生意义怀疑的立场上,而不是为批判而批判,为名利而批判。作家与社会的关系的适度紧张有助于出现好作品,有助于强化作品的深刻和厚度。贾平凹的看法是基于自己多年的创作实践和社会体验提出来的批判意识和社会责任感的体现,反映了他的创作道路和出发点。以农村鸡零狗碎的人和事,以白描为主要手法完成的《秦腔》亦堪称是这种矛盾心理的代表。

中国是现代化工业正在崛起的传统农业国家,农民勤劳善良,贫困落后,联产承包责任制改变了农村面貌,农民吃饭问题得到根本解决,但改革没有借鉴榜样,前路怎么走?贾平凹以故乡商州清风街为例子,写出了世事的乱象和困惑。"一切都充满了生气,一切又都混乱着,人搅事,事搅着人,只能扑扑腾腾往前拥着走,可农村在解决了农民吃饭问题后,国家的注意力转移到了城市,农村又怎么办呢?农民不仅仅只是吃饱肚子,水里的葫芦压下去了一次就会永远沉在水底吗?"农村、农民、农业问题重重,下一步发展的动力何在?故乡商州"这里没有矿藏,没有工业,有限的土地在极度地发挥了它的潜力后,粮食产量不再提高,而化肥、农药、种子以及其他各种各样的税费迅速上涨,农村又成了一切社会压力的泄洪池。体制对治理发生了松弛,旧的东西稀里哗啦地没了,像泼出去的水,新的东西迟迟没再来,来了也抓不住,四面八方的风方向不定地吹,农民是一群鸡,羽毛翻皱,脚步趔趄,无所适从,他们无法再守住土地,他们一步一步从土地上出走,虽然他们是土命,把树和草拔起来又抖干净了根须上的土栽在哪儿都是难活"。

《秦腔》创作于2005年,中间所揭示出的问题突出表现为土地荒芜,农民丢掉家园和尊严涌向城市,清风街颓败,根源在于社会主义新农村没有迎来农业现代化。十年过去了,我们今天可能感觉当年的问题不是问题。党的十八大以来,党中央提出到2020年全面实现农村脱贫攻坚任务,以乡村振兴计划和城市治理生态中国等战略举措,逐步实现各类人

---

[1] 贾平凹:《秦腔》后记,人民文学出版社2008年版,第566页。

群尤其是农民对美好生活的向往,这才是破解作家之难,治国理政新思维。

《秦腔》创作之后的《后记》末尾,作家写道:"树一块牌子,并不是在修一座祠堂,中国从来没有像今天这样渴望强大,人们从来没有像今天需要活得儒雅,我以清风街的故事为碑了,行将过去的棣花街,故乡啊,从此失去记忆。"曾经的辉煌悲伤都需要记载,不为纪念,只因为文学是时代和历史的记忆。要了解十多年前的棣花,就去看《秦腔》,窥一斑而见全身,中国当时农村的复杂多变和农民的精神迷茫一一得见。随风而逝的可能是悲伤,随风而来一定是仰望星空,凝视大地和哲思。"作家是受苦与抨击的先知,作家职业的性质决定了他与社会现实要发生摩擦,却绝没企图和罪恶。"文学艺术为人群而存在,既不能曲高和寡脱离现实,也不能等同于宣讲和说教,而要忠实记录还原历史,整合国家伦理和人类伦理,文学抱负才会印证和超越现实。

城市是率先实现现代化的场域,是现代文明的传播核心,是商品生产、制造、流通、消费的中心,汇集除了农业以外的所有行业。人口高度聚集,消费潜力巨大,工业布点集中,存在大量的岗位需求和巨大的生存与发展机遇空间。农民眼中的城市是财富的象征,诱惑力巨大。《高兴》中的主人公刘高兴在一批批荣归故里的打工返乡者的示范下,义无反顾地走进城市,寻求属于他们的一方天地。

城市里情况复杂多了,远远超过乡村的一两个村子那样简单的产业结构和人际关系。长期生活在城市福利城堡中的市民,天生在社会资源与竞争方面占据着优势,心理上、行为上难免流露出对农民工的偏见和歧视,某些市民还形成身份上的优势意识。

进城后的刘高兴凭借辛苦和善良捡垃圾卖钱生存,物质贫困,精神自得,满足于既有现状,愿意适应和奋斗。他面对城乡差异和心理落差,是一个天然的乐观派,坚持能改变的去改变,不能改变的去适应,不能适应的去宽容,不能宽容的就放弃,一心想成为西安人。时不时的不平等让他的精神游离于城乡之间,扎不下根又回不去乡,"我已经认作自己是城里人了,但我的梦里,梦着的我为什么还依然走在清风镇的田埂上?"

刘高兴区别于和他一起进城打工的农民们。他的同伴物质贫困,精神匮乏,衣衫面容不整,教育缺失,体力劳动繁重,饮食粗陋,住简易工棚，挣扎在生存的温饱线上。面对大城市令人咋舌的消费，他们无缘都市风景，蜷伏一隅，忍受城里人居高临下的心理威压。农民工为城市的繁荣发展和运行付出艰辛的劳动，往往却不被承认，也得不到应有的尊重，经常遭受的不公正激起他们对城市的愤恨，可能引发报复，铤而走险。

刘高兴和同伴五富身处社会底层，多年的努力未必会让他们摆脱困境出人头地，生活和命运可能是尴尬的，但凭着对明天的憧憬和向往，对人格尊严的执着和维护，他们的形象和理想是饱满的。千千万万的草根在中华文化传统的沃土中，一边辛劳一边思考，清醒、平淡、执着、耐心地走着属于自己的人生道路。

捡破烂的人没有人格吗？"遇人轻我，必定是我可重之处么，当然我不可能一辈子只拾破烂，可世上有多少人能慧眼识珠呢？"一个明知不可求却偏要矢志追求的人始终坚信"我是一颗明珠"，生存可能卑微，生命绝不卑微！

现代化不纯粹是城市化，大量的中小城市一出城就是农村。没有谁世代就是城市居民。把全中国都变成城市，乡土中国，农耕传统就没有立足之地了吗？

鲍鱼、糍粑并存；网店流行，实体店也无法取消；电脑写作有优势，仍有人习惯于笔纸写作；木柴烧火还是煤炭天然气烧火不是问题的核心，核心是你烧出来的是啥东西。一切思考和讨论都是在不抬杠的前提下进行。我主要指形式不影响内容的情况下，用内容决定事物的性质。形式当然也重要，毕竟用麦秆点燃总不能让火箭发射，发射火箭离不开特定的固体燃料。然而用木柴或煤炭天然气煮蛋不影响生熟和口感，火候到即可。关键看煮的是鸡蛋、鸭蛋、鹌鹑蛋还是天鹅蛋。

创新的唯一根据是生活，寻找也能从生活中撷取。有心人总会找到属于自己的句子。柳青关于"三个学校"（生活的学校；艺术的学校；政治的学校）观点素来为陈忠实所信服。

正是在这个意义上，《白鹿原》《秦腔》《高兴》《带灯》等都是作家从生活中找来的属于自己的句子，没有雷同，只有创新。《带灯》的主人公带灯说，基层社会的矛盾就像陈年的蜘蛛网一样，你动哪儿都往下落灰尘。你就不敢动，动哪都是事情。社会都要朝前走，太不符合社会潮流的东西就要克服和补充。这里的潮流指的是历史的规律性。

天气也是一种民意，民事也是民意。鸡零狗碎的东西也必须正视、解决，而不是隐瞒、限制。

在城乡二元式的社会结构下，农民当然是人民，但还不属于市民。"认清中国的国情，乃是认清一切革命问题的基本的根据。"① 邓小平同志简单明了地指出了"传统主义"下农民的愿望，"不管天下发生什么事，只要人民吃饱肚子，一切就好办了"②。吃饱肚子是从生存权的角度来看问题的，然而吃饱肚子之后呢？生为农民，怨天尤人没有用，如何改变自己及后代的身份才是从生存到发展过渡时期着重考虑的。梅因说"所有进步社会的运动，到此处为止，是一个从'身份到契约'的运动"③。费孝通认为，"从血缘结合转变到地缘结合是社会性质的转变，也是社会历史上的一个大转变"④。

改革开放之前，社会成员的社会交往和流动受到两方面的限制，从纵向来看，依据劳动的出身划分人身等级关系，使得农民、工人和干部相互之间壁垒森严，农村人口与城镇人口不得流动；从横向来看，依据人们出生的地缘关系，通过严格的户籍管理，使不同地域的社会成员画地为牢，极大地限制了人们之间的相互交往和社会流动。因此，中国社会对人们的身份限制和地域限制异常牢固。从身份限制来看，身份"血缘"先天地规定了人们在社会中的地位，社会诸阶层之间界限凸显得尤为明显。各阶层之间难以流动，尤其是处于社会阶层结构下层的社会成员，除了个别人因政治需要之外，一般不能凭借自身的努力跻身于社会上层。这种封闭僵化的阶层结构，消磨了人们的热情和活力，也使社会失去了进步的动力。从地域限制来看，地域"血缘"也先天地确定了人们在社会中的空间位置，决定了人们生产、生活以及社会交往的范围。计划经济体制下的中国社会的户籍制度、单位所有制度以及农村的公社制度等将人们牢牢地限制在某一区域，人为地切断了人们在更大范围内的正常关系。人们难以实现普遍化的社会交往。因此，中国社会关系的特点是封闭、单一。地域限制的结果，表面上看来有助于防止社会矛盾和冲突，有利于社会稳定和社会生活的秩序化，但是，这种社会稳定不

---

① 《毛泽东选集》第 2 卷，人民出版社 1991 年版，第 633 页。
② 《邓小平文选》第 2 卷，人民出版社 1994 年版，第 406 页。
③ ［英］梅因：《古代法》，沈景一译，商务印书馆 1959 年版，第 97 页。
④ 费孝通：《乡土中国》，北京大学出版社 1998 年版，第 75 页。

是经过人们普遍化的交往建立起来的动态有序的稳定，而是主要通过政治权力之网而建立的静态有序的稳定。这种稳定模式和稳定机制抗干扰能力差，适应外部环境的能力有限，一旦社会环境变化，足以破坏政治权力控制之网，局部乃至全局的失序现象就难以避免。

在当下问题主要是：

其一，农民的家园观念生成、完善过程缺失制度性支撑因素。户籍制度虽有松动，但还是在城乡二元对立的社会框架不变的大前提下做出的微调；农民工在城市中的定位仍然摆脱不了舆论和操作上的歧视；农民在社会保障、就学就医、劳动就业等方面与城镇居民权利义务不对等。

其二，家园观念应该是一个因人而异的、发展中的概念。安居乐业也罢，故土难舍也罢，这些都是农民从生存理性向发展理性、经济理性转变过程中必然存在的问题。江苏省昆山市比较早地把下属的"外来人口管理办公室"改为"新昆山人服务中心"①，这是观念上的一个历史性的变化。市民数量的增大毕竟是现代化进程中出现的一件好事情。我们应该认识到家园内涵的丰富也是对家国观念的有力支撑。

其三，家园观念促进地方政府之间治理竞争行为。哪里的政府能更多地关心人民利益和愿望；哪里的政府能从服务大众的角度不断检讨自己的社会角度、社会职能；换言之，"哪里的工资更高、更有保障，农民工就往哪里跑，薪水和就业环境成为农民工流动的风向标……"② 新的移民家园也就在哪里容易建立。

其四，家园观念唤醒中国最广大基层民众——农民的公民意识和政治理性。为了谋求一个更好的生存环境；为了使家人生活得更舒适；为了使后代有一个更好的发展机会，广大农民积极追求幸福和自由的空间需要不断扩大。只有这样，农民才能最终从"村民"走向"市民"，成为"公民"，增强独立人格和个人理念，完成从生物意义上的人到政治意义上人的转变。

最严重的问题是教育农民，这一点，柳青《创业史》做了充分诠释，可是，最严重的问题还是接受农民教育。生在中国的一代代农民应该是

---

① 陆剑锋：《落实平等待遇实现共同发展——我市加快推进"新昆山人"建设》，《昆山日报》2004年8月2日。
② 李柯夫：《流动更趋理性　湖南农民工不再只盯"珠三角"》，《北京青年报》2004年10月18日第6版。

作家、艺术家最应关注的主体，贾平凹的《高兴》《秦腔》则试图阐释进城的农民和留守的农民出路何在。

文学对现实强烈的关怀就是对变革历程的详细记录，其阵痛和痼疾不是无根的。作家温暖有根的笔触是使命和责任心的体现。"我有使命不敢息，站高山兮深谷行"，贾平凹跑遍了陕南所有的乡镇村庄，笃信生活是创作的源泉，至今仍在旺盛的创作中。

《秦腔》离不开秦腔。秦腔团团长夏天智离不开秦腔，白雪热爱秦腔，可是在现代文明的冲击下，秦腔这个古老的艺术品种衰落了。秦腔落了个夏天智自我陶醉自我欣赏的结果，没人买账。小说中夏天智一味钟情传统文化，拒绝铺天盖地的现代生活方式，营造了心灵上的文化孤岛。

县剧团三十年前在清风街演出了一场秦腔《拾玉镯》，狗剩从年轻时候就喜欢漂亮的主演。三十年后剧团又到清风街，黑瘦的狗剩寻思半天慕名把头伸到女主演面前，突然说："你是《拾玉镯》？"老女演员愣了一下，以为碰到热爱自己的粉丝了，笑着点头，未曾想狗剩说："我的毬呀，你咋老成这熊样啦？！"老女演员变了脸，情绪降到了冰点。狗剩要握手，她把手塞到口袋里，拒绝和这个年轻时或许迷恋秦腔或许迷恋美色的老黑瘦男人握手。

演出开始后，"每一个演员出来，报幕的都介绍是著名的秦腔演员，观众还是不知道这是谁，不鼓掌，哄哄地议论谁胖谁瘦，谁的眼大谁的脸长"。吸引观众的是名角，普通演员不受待见，不能说清风街上的农民势利。明末以来就在农村广泛演出的老戏一个又一个，观众都会唱了，不创新发展就会越来越衰落。

喜欢秦腔的人没有办法将这种艺术形式发扬光大，让更多的外部世界去认识和欣赏它。轻易就能欣赏到秦腔的人反倒不珍惜不在意，哪怕这种意识形式流传几百年，哪怕它在平静地叙述中诉说怎样深沉的悲痛。犹如秦腔演员白雪，在引生心目中是神圣的、可望而不可即的、是始终向往而无法得到真爱的，而得到她的夏风却不把她当回事，痛苦就在这里。

**都是身份惹的祸**

小说《秦腔》中引生迷恋白雪，而白雪不喜欢他，夏风和白雪结婚了。村里的文化人赵宏声劝引生找个媳妇传宗接代，疯子引生说："我要儿子孙子干啥，生了儿子孙子还不都在农村，咱活得苦苦的，让儿子孙子也受苦呀？与其生儿得孙不如去栽棵树，树活得倒自在！"

话粗理端。农民的后代没有脱离农门的有效办法就只能继续当农民，这是身份所限。城市的孩子可能会受好的教育，占据的资源多，发展得再不好还会继续当城里人，这同样是身份带来的优待。社会现实语言体系中流行的"官二代""富二代""穷二代""农二代"等标签，昭示了一种令人厌恶的样板，正在腐蚀社会的健康和政府的公信力。

在"身份社会"，出身的本质就是讲究差别、亲疏、尊卑、贵贱，它成为确定人们地位高低、权利大小、义务多少的根本标准，是人们获取特权的主要途径，成为人与人之间一切差别的总根源。

疯子引生眼中，从清风街走出的著名作家夏风娶了最美丽的女人白雪，而自己连亲近的机会都没有；不同身份的同村人丧礼仪式和装扮也分为三六九等；夏家从农村的人上人走向衰落；夏天义家的狗来运也只和乡政府的狗赛虎谈恋爱等，身份和等级意识决定影响了人物的行为处境。

而在"契约社会"，契约是设定人们权利义务的常规手段，它不像"身份社会"那样依靠出身继承，而不作任何努力却获得种种特权，它主要依靠的是每个当事人自身的努力，通过自由竞争，自己设定权利、自行履行义务、自己承担责任，激发和维持人们的主动性、积极性和创造性。

在"身份社会"，讲究身份，人分三六九等，这其实就是在人与人之间自设樊篱，使社会分崩离析。这种社会不利于人们互相交往，不同身份的人与不同身份的人各自画地为牢、以邻为壑。人们讲究门当户对、互不交通、没有平等交流可言，有身份的人与无身份的人打交道觉得有失身份，无身份的人与有身份的人来往觉得高攀别人。

讲究身份，无中生有了很多繁文缛节，身份是阻碍人们相互交往的樊篱。讲究身份的目的是为了维护少数享有身份人的特权，身份是特权的渊源、身份是特权的实质根据，要维护特权不能没有身份。"怪不得贵族要这样夸耀自己的血统自己的家世，一句话，夸耀自己肉体的来源。这当然是纹章学所研究的动物的世界观。贵族的秘密就是动物学。"祖先高贵或下贱带给人们的烙印一时半会儿消除不了，只能承袭下来或享受维护或挣扎背叛。

马克思所嘲讽过:"个人的出生和作为特定的社会地位、特定的社会职能等等的个体化的个人之间存在着直接的同一,直接的吻合,就是一件怪事,一个奇迹。"[1]

身份社会处处讲究身份,其目的是拔高少数有身份的人,而贬低绝大多数无身份的人。身份就是维护人与人之间不平等最有力的工具。讲究身份,就是遵守三六九等,不得僭越,人们奉行的是一种宿命论哲学。一切都是命中注定的,后天的努力无以改变。官恒为官,民恒为民。身份恒常不变,其结果就是身份高贵者养尊处优,骄奢淫逸,无须努力却万事俱备,它会使人们躺在祖宗的荣誉下断送自己的未来;而身份低贱者绝大多数人先天注定做牛做马,永不翻身,个人后天努力往往弥补不了因身份低贱而造成的先天不足,因此,出身卑微的人往往安于现状,不思进取,乃至产生一种绝望失落情绪。这两种情况,一个是无须进取,一个是进取亦是枉然,最后都在腐蚀、消除社会发展的动力。

身份高贵者不能确保时时高贵,身份低贱者并不意味着时时低贱。"人生贵贱无始终""老子英雄儿笨蛋""丑小鸭也会变成白天鹅",甚至"朝为田舍郎、暮登天子堂",所有的身份(职位)都是变动的,都是向所有人开放的,不能为少数人所独占。合理社会中较优越的地位总是表明占有这种地位的人对社会作出较大的贡献,社会也反过来对他给予较多的回报,而不是由人的出身高低来决定的。社会关系不断变革,一切固定的身份、一切固定的关系、一切古老的观念都不复存在,因此,"契约社会"是一个人人具有生机活力、人人奋发进取的社会。

中国近代社会是这样,托尔斯泰生活的俄国也是这样。社会向现代化的迈进必然伴随着观念的激烈冲突,而观念变革来自人们的身份。

聂赫留朵夫和玛丝洛娃,鹿子霖和田小娥,引生和白雪甚至于来运和赛虎,引发他们激烈冲突的正是身份。

鹿子霖和小娥密谋设计,让小娥勾引族长白嘉轩着力培养的接班人白孝文,企图得逞后,白嘉轩冰雪天昏倒在窑洞门口,孝文颜面扫尽,当众受到惩罚。寄予厚望的长子辜负自己,看不见希望的白嘉轩丧气败兴地用酸枣棵子做成的刷刷狠狠地抽在孝文的脸上,"是泄恨是真打而不

---

[1] 《马克思恩格斯全集》第 1 卷,人民出版社 1956 年版,第 377 页。

是在族人面前摆摆架式"，"鲜血顿时漫染了脸颊"。

小娥报复族长的目的达到了，计划实施成功却没有喜悦，反倒被亲手设计的后果惊呆了。人一生可能有些计划实施的后果超出自己的想象，再有胆略的人也不太好接受。当鹿子霖异常兴奋地按捺不住喜悦和小娥求欢时，小娥把尿尿到他脸上，两人就此恩断义绝。

鹿子霖扇她一巴掌，恼羞成怒："给你个笑脸就忘了自个姓啥为老几了？给你根麦草就当拐棍拄哩！婊子！跟我说话弄事看向着！我跟你不在一杆秤杆儿上排着！"

小娥跳起来："你在佛爷殿里供着我在土地堂地蜷着；你在天上飞着我在涝池青泥里头钻着；你在保障所人五人六我在烂窑里开婊子店窑子院！你是佛爷你是天神你是人五人六的乡约，你钻到我婊子窑里来做啥！……"

鹿子霖违背伦理道德，用白嘉轩的话讲"原本就是个畜生"，乘人之危和侄子媳妇小娥偷情给他带来欢乐，但不能因此蔑视小娥。小娥的人格远比他要光亮得多。鹿子霖自己的所作所为已不能使他冠冕堂皇地立于街坊邻居面前，非议伴随了他一辈子。

小娥的火热太过于通俗、凛然、暴烈？还是介于人、神、魔之间的挣扎？抑或是正义对于非正义的宣判挑战？

在鹿子霖眼中，自己是行走于人面前的堂堂乡约。乡约和小娥好是给小娥面子，小娥岂能肆无忌惮地辱没自己？我是什么身份？你是什么身份？乡约和破鞋怎么能坐在一个板凳上？

而在小娥看来，鹿子霖的下贱、阴险、残忍、乱伦，枉为人五人六的乡约，还有什么资格在自己面前摆谱扎势？我若是为人所不齿的破鞋，你便也是破鞋，一条绳上的蚂蚱，用乡约和婊子的身份难道能区分开来吗？在鹿子霖的淫威威逼下，如茅草般柔弱的田小娥无奈堕落成报复白嘉轩的工具，也获得了苟活的生活来源的依靠。复仇后的鹿子霖鲜廉寡耻、得意忘形之时，遭到了小娥酣畅淋漓的羞辱和嘲弄。这是小娥未曾全部泯灭的良知与怜悯的复活，这不是随波逐流，而是忏悔和自责的真情流露，是一个被宗族传统遗弃的女子受虐施虐于一体的仅存的人性光辉的闪现！

# 参考文献

中共中央马恩列斯著作编译局：《马克思恩格斯文集》第1—10卷，人民出版社2009年版。

中共中央文献研究室：《毛泽东文集》第1卷，人民出版社1993年版。

中共中央文献研究室：《毛泽东年谱》（1893—1949）（上），中央文献出版社2013年版。

《邓小平文选》第3卷，人民出版社1994年版。

《习近平谈治国理政》第2卷，外文出版社有限责任公司2017年版。

中共中央书记处研究室文化组编：《党和国家领导人论文艺》，文化艺术出版社1982年版。

中共党史研究室：《中国共产党的九十年》上中下，中共党史出版社、党建读物出版社2016年版。

逄先知、金冲及：《毛泽东传》1—6卷，中央文献出版社2013年版。

陈忠实：《白鹿原》，北京出版社出版集团、北京十月文艺出版社2008年版。

人民文学出版社编辑部：《陈忠实文集》（1—10卷），人民文学出版社2015年版。

陈忠实：《陈忠实文集》1—7卷，广州出版社2004年版。

陈忠实：《陈忠实集外集》，白鹿书院、陈忠实文学馆2011年版。

陈忠实：《寻找属于自己的句子——〈白鹿原〉创作手记》，上海文艺出版社2009年版。

陈忠实：《创作感受谈》，陕西人民出版社1991年版。

陈忠实等：《我的读书故事》，陕西出版集团、陕西人民出版社2011年版。

陈忠实、冯希哲等：《陈忠实访谈录》，陕西新华出版传媒集团、陕西人民出版社2016年版。

卞寿堂：《〈白鹿原〉文学原型考释》，陕西师范大学出版总社2012年版。
畅广元：《陈忠实论——从文化角度考察》，人民文学出版社2003年版。
车建新、钱莊：《体验的智慧Ⅱ：生活哲学》，浙江大学出版社2012年版。
陈建功、傅光明：《作家的素材本》，安徽文艺出版社2009年版。
陈忠实当代文学研究中心、冯希哲等编：《说不尽的〈白鹿原〉》（第二辑），陕西新华出版传媒集团、太白文艺出版社2017年版。
陈忠实当代文学研究中心、冯希哲等编：《走近陈忠实》（第二辑），陕西新华出版传媒集团、太白文艺出版社2017年版。
冯希哲、赵润民编：《说不尽的〈白鹿原〉——〈白鹿原〉评论选》，陕西人民出版社2006年版。
冯希哲、赵润民编：《走近陈忠实》，陕西人民出版社2006年版。
冯肖华编：《陕西地域文学论稿》，陕西人民出版社2006年版。
公炎冰：《踏过泥泞五十秋——陈忠实论》，陕西人民出版社2002年版。
郭齐勇：《中国文化精神的特质》，生活·读书·新知三联书店2018年版。
韩鲁华：《当代新乡土文学叙事比较论稿》，陕西师范大学出版总社2019年版。
厚夫：《路遥传》，人民文学出版社2015年版。
雷达、李清霞编：《陈忠实研究资料》，山东文艺出版社2006年版。
黎峰、沙莎：《对话——陕西当代文化名人访谈》，陕西新华出版传媒集团、陕西人民出版社2016年版。
李继凯：《秦地小说与"三秦文化"》，商务印书馆2013年版。
李建军：《陈忠实的蝶变》，二十一世纪出版社集团，全国百佳出版社2017年版。
李建军：《宁静的丰收——陈忠实论》，华夏出版社2000年版。
李清霞：《陈忠实的人与文》，中国社会科学出版社2013年版。
李书纬：《晚清民国众生绘：1840—1949市井百态全记录》，中国纺织出版社2013年版。
梁颖：《三个人的文学风景——多维视镜下的路遥、陈忠实、贾平凹比较论》，人民出版社2009年版。
刘可风：《柳青传》，人民文学出版社2016年版。

刘宁：《当代陕西作家与秦地传统文化研究——以柳青、陈忠实和贾平凹为中心》，中国社会科学出版社 2014 年版。

蒙万夫等：《柳青传略》，陕西人民教育出版社 1988 年版。

蒙万夫等：《柳青写作生涯》，百花文艺出版社 1985 年版。

莫言：《作为老百姓的写作——访谈对话集》，海天出版社 2007 年版。

人民文学出版社编辑部编：《〈白鹿原〉评论集》，人民文学出版社 2000 年版。

宋颖桃、王素：《生命体验与艺术表达——陈忠实方言写作叙论》，中国社会科学出版社 2013 年版。

苏育生：《中国秦腔》，上海百家出版社 2009 年版。

赵军良等：《北宋大儒张载》，陕西新华出版传媒集团、太白文艺出版社 2016 年版。

陈俊民：《张载哲学思想及关学学派》，上海人民出版社 1986 年版。

孙隆基：《中国文化的深层结构》，中信出版集团 2015 年版。

孙新峰、席超：《陕西新时期作家论》，中国社会科学出版社 2015 年版。

王大华：《崛起与衰落——古代关中的历史变迁》，陕西人民出版社 1987 年版。

王刚编著：《路遥年谱》，北京时代华文书局 2016 年版。

王蓬：《横断面：文学陕军亲历纪实》，西安出版社 2016 年版。

王玉林：《白鹿原论稿》，新星出版社 2001 年版。

王仲生、王向力：《陈忠实的文学人生》，陕西师范大学出版总社 2012 年版。

邢小利、邢之美：《陈忠实年谱》，陕西新华出版传媒集团、陕西人民出版社 2017 年版。

邢小利：《陈忠实传》，陕西新华出版传媒集团、陕西人民出版社 2015 年版。

邢小利：《陈忠实画传》，陕西师范大学出版总社 2012 年版、2016 年版。

邢小利：《陕西作家与陕西文学》（上、下），陕西新华出版传媒集团、陕西人民出版社 2017 年版。

阎敏学：《秦腔发展历史纲要》，陕西出版传媒集团、陕西科学技术出版社 2014 年版。

杨开道：《中国乡约制度》，商务印书馆 2015 年版。

张志峰、孙红瑀：《秦腔散论》，飞天出版传媒集团、甘肃文化出版社 2014 年版。

郑万鹏：《〈白鹿原〉研究》，时代文艺出版社 1998 年版。

中共陕西省委党史研究室、中共商洛地委党史研究室编：《鄂豫陕革命根据地史略》，中共党史出版社 1992 年版。

陈先达：《文化自信中的传统与现代》，北京师范大学出版集团、北京师范大学出版社 2017 年版。

徐国源：《美在民间——中国民间审美文化论纲》，上海人民出版社 2018 年版。

# 传统与情怀：致敬脚下的土地与身边的文学（代后记）

**德国的土地**

迄今为止，我所获得的对这个世界的感悟和思考离不开土地。脚下的地当然是地球表面的一部分，然而，奢望尽可能地多走一些路，多看一些异域的风土人情是大多数人的愿望。今天的人们称之为旅游，地球已成为一个村庄了，南北极甚至星空都是人类旅游足迹涉猎的范围。不管怎么说，人在旅途，放飞心灵毕竟是一种享受。

有机会能走多远就走多远是一件幸福的事情。我最远到过欧洲的德国，看到二战后迅速恢复生态破坏的德国城乡，浏览德国乡下的原野、农田、森林、溪流，走进一个个位于其中的古堡和城镇，也看到在大都市中遗留保存的二战炮火遗迹，这一切深深地震撼了我。

被破坏的生态迅速恢复，让我感叹德国人对环境保护的重视。毕竟天高云淡、山青水绿让人爽心悦目，漫天灰霾、污水横流让人生厌。大大小小上千座神秘的古堡蕴藏着经典烂漫和辉煌历史，无言中诉说着厚重和传奇。位于汉堡的尼古拉教堂在二战中遭轰炸，并被烧毁，只有塔楼和地窖穹顶保存了下来，迄今都是一个没有愈合的伤口。我看到位于柏林的威廉皇帝纪念教堂内部，天顶上的壁画残缺不全；多条裂痕清晰，这都是二战在它身上留下的"疤痕"。这些遗留的历史废墟没有拆除，被作为残暴战争的见证保留了下来，让人们在惊叹建筑本身富丽堂皇的细节的同时，也深深感受到战争残酷的震撼。烟熏火燎的残垣断壁，时时警醒世人铭记历史的教诲。一个忘记历史，不愿意、不善于铭记历史教训的民族终究是没有前途的，也不会赢得人民的尊重和理解。

遍布德国的第二次世界大战遗迹足以让世人铭记战争的野蛮残酷与和平的来之不易。对历史的记载有多重形式，遗址保护是最直观的一种，是不可更改的。长篇小说作为一种艺术形式，对细节和风俗、习惯、思潮等的记录同样是真实而不可更改的。为什么小说被认为是一个民族的秘史，就是因为其中记录了潮流变革，具有时代特征的人物的言行举止和思想流变。

启蒙时期著名作家席勒的《阴谋与爱情》，18 世纪末 19 世纪初最伟大的诗人、作家和思想家歌德的《少年维特的烦恼》《浮士德》等，继歌德之后德国最重要的诗人海涅的《德国——一个冬天的童话》，现代著名作家，后加入美国国籍的雷马克的《西线无战事》等这些伟大的名字和作品讲述的不仅仅是故事，而是不同时期的德国历史文化。有感于德国人对待民族历史的谨慎庄重，行走在德国的日子里，我深深体会和想象公元 476 年前后至今，这片土地上演绎发生过多少激动人心，影响历史的事件。

从理论研究的角度看没有被割断的历史，历史是一脉相承的。人们对待战争的态度有一个演变的过程。雷马克的《西线无战事》讲述了马恩河战役前后，一群德国少年对战争由兴奋、憧憬到反感的过程，这当然是历史的真实反映。这个真实的流程不会随着时间推移而烟消云散，史诗般的文学作品往往成为忠实记录的载体，隽永而真实。只有看到遍布德国的反思类建筑、反对战争的印痕，才能体会作品和现实之间印证的深刻和真实。

19 世纪初，由出生于莱茵河畔的德国著名语言学家，雅可布·格林（Jacob Grimm）和威廉·格林兄弟收集、鉴别、整理、润色完成了《格林童话》，这是世界童话的经典之作和世界文学宝库的瑰宝。格林兄弟既保持了民间文学原有的特色和风格，又进行了提炼加工，以简朴、明快、风趣的形式，以丰富的想象、优美的语言讲述了 216 个神奇而又浪漫的童话故事，表达了德国人民的心愿、幻想和信仰，反映了德国古老的文化传统和审美观念。

童话的产生需要特殊环境和地域特色。面对着欧战后恢复良好的秀美景色，同行的孙君感慨，生活在这块土地上的人们如格林兄弟怕是情不自禁地想着要创作童话故事，而在中国广袤无垠的土地上留下的更多是战乱，兴衰的历史悲叹和三打白骨精的鬼怪故事。孙君此言虽有偏见但无意贬损我们的土地风光旖旎，只是说路多崎岖，山多雄奇，水多凌冽，人要有战天斗地的思想准备罢了。

海德堡内卡河北岸圣山南坡的半山腰上，是一条长约两公里的被称

传统与情怀：致敬脚下的土地与身边的文学（代后记） | 387

为哲学家小道的散步小径，据说黑格尔在海德堡大学任教时经常在这条路上与同事们讨论哲学问题。在这条路的一个花园的门口竖着一支向上平伸的手掌模型，掌心里写着简单的一句话："今天已经哲学过了吗？"其实不光在海德堡，在柏林、在杜塞尔多夫、在波恩等城市都有静谧清幽、远离喧嚣的小镇、小路，曲径通幽，鸟语花香，郁郁葱葱的树木，斑斑驳驳的砖墙无不是历史和岁月的象征，徘徊于其中的众多学者，理性精神已经渗入骨髓，成为他们的一种生活方式。自觉不自觉地，生活工作中一板一眼，踏实较真也就逐渐成为今天的德国工匠精神的源头了。思考世界，探究宇宙，总结历史，考量人性，理论上集大成就是水到渠成的事了。如梦如幻的自然风景让人充满艺术的感觉，从浪漫的河谷滩涂，到巍峨的阿尔卑斯山脉，从广袤的葡萄种植园，到雄浑神圣的免于战火洗礼的大学和古城风貌，从夕阳的余晖到透着历史韵味的美丽古桥，好奇和思考会充满人的心胸，促使人们在尽情的思考中接近许多或深刻或浅显的哲理。环境能深刻地影响人，不论中国外国，南方北方。我们不能离开的正是脚下这片真实的土地和环境。

**雨落关中大地**

我待的时间最长的当然是陕西，尤其是关中大地。人对自己出生和成长的地方总是格外情有独钟，八百里秦川的阡陌沟壑经常让我魂牵梦萦。这块土地深深地影响了中国历史的走向和内涵。关中大地和长安城的兴衰无不是波诡云谲的中国史的见证。周秦汉唐兴，八水绕长安，这是多么恢宏的气势！

小时候，农村刚实行联产承包责任制，农人们脸上写着喜悦，扛着锹，锄头去田野里打小木桩，以示每家的地界，堆起陇沟，于是就有了责任田、自留地等。到了收获的季节，留着汗水，诉说着苦累，抱怨着城里的人为啥这时节不到农村劳动，然而，看着麦子、玉米等农作物的果实在自家场院里堆积如山，呵呵的笑声里掩饰不住发自内心的喜悦。新麦下来了，农妇下厨做一顿新麦磨成的面条，稀溜稀溜地吃起来。我清晰地记得人们的高兴，无不感念共产党和改革的好处。到了第二年麦收季节，同样的过程重新来过。有不堪劳累的庄稼汉抱怨说："这半月咋不叫人死过去，麦子收完了再活过来多好！"抱怨归抱怨，活还得干呀，而且明显是一边喜悦一边辛苦地继续干着劳累的农活。

我从小学开始，每一个夏收秋收，抑或周末都要帮家里人干农活。身子板弱也要干，不然让谁干？一年年过去，自己也去县城上了高中，慢慢地有些厌烦故乡脚下的土地了。高考的那一年，对同伴说："明年秋收我再也不想回家收玉米了，这农活太重了，你愿意干你干，我非得考上大学不可。"同伴有些吃惊，怀疑地瞅着我。我接着说："要是留在农村干农活我肯定干不过别人，没有多大出路，力气不大，自己也不喜欢，只有读书才能改变命运，读书我却可以读过别人。"同伴十几年后很佩服我当年的这些话。这样貌似励志的话于今日我也觉得吃惊，似乎我很有思想一样。记得当时与同村几个有一样想法的小伙伴交流，他们时常着迷一样诵读前贤和领袖诗词，尤其是读到"问苍茫大地，谁主沉浮"这样的句子时都很激动，都认为自己胸怀理想，注定是要做一番事业，名垂青史的。村落方圆一公里不到的这片土地咋能限制住人的脚步呢？等我到城里安居乐业几年后才发现，周围农家出身的亲密同事们当年大都有同样的思想和历程。

上大学期间，我几次回乡下过暑假，仍旧帮家里干农活，掂着手里的农具还十分有理想地对母亲说："大学毕业如果分回乡下，我就抗分，要不自己去南方，在农村工作丢人就活不成了。"大约母亲也不懂什么是抗分，只是觉得吃惊，训我说："农村这么多人，都不活了？娃，想啥做事都要踩踏实了，离开脚下的地咋能行呢。"我却不以为然。

印象深刻的是，有连续两年，关中夏天大旱。地里的秋苗被太阳晒得卷起来，旱地的苗由于水浇不上，干脆就被割了，部分水浇地由于处于下游，灌溉的水又不能及时到，也看着奄奄一息。上游的水库由于天旱水量下降厉害，也到不了下游的村子。我跟随大人到农田里用手抓抓土，能真切地感觉到地下冒出来的热气时时往上蒸，用扁担挑去的水刚浇完，过两三天地又渴得裂了嘴。我年纪虽小也甚是发愁，这样的大旱咋能行？旱过三个月后，终于有一天，雷声大作，瓢泼大雨不期而至。久旱逢甘霖的喜悦让全村人甚是激动，很多人光着脚板，就在雨地里跳跃欢呼感动：老天爷想起我们了！

多年后，读到我所仰慕的作家陈忠实先生的《白鹿原》中写到同样的场景。关中年馑里久旱不雨，白嘉轩装扮成乌鸦公组织族人求雨，一场白雨到来，白鹿村的人同样地上演着大雨来临的喜极而泣，从抱怨到感动：老天爷到底没有忘记天底下还有一层黎民百姓啊。读这样的文字，立刻觉得创作真是来源于生活，除非经历过，否则陈先生写不出这样平实但惊心动魄的文字。

我的母亲曾经说："土地是农民的命根子，一年一年收成就是人在刮金板，给你金板你不刮，咋能有好收成？"正所谓"人吃地一生，地吃人一口"。土地提供世世代代农村生产生活的依赖，最终又以宽阔的胸怀接纳了在这片土地上勤劳耕耘了一辈子的农人。我在多年进城学习、工作的间隙都要回乡下探望亲人，每每走到临近村口的坟林总能看到一个或几个新添的墓冢。新培的黄土、飘扬的引幡、零落的花圈、插在墓冢四周的柳木让我心惊肉跳，唏嘘不已。遇到的村人也总是告诉我新进坟林的都是熟悉的谁谁谁，想起他们不久前的音容笑貌，我甚至眼眶湿润，潸然泪下。我们可亲可敬的乡亲世代安居在这片土地上，演绎着轰轰烈烈的一生。一个农民在自己的一生中面临着娶妻生子、盖房种地、伤老病死、村镇邻居等大事，这对他自己而言都是大事、难事、重要事，都是要考验生存智慧和人际关系的。对别人容易，对自己来说一件件、一桩桩绝非易事。事非经过不知难，绝不能看不起广袤乡野中发生的人和事！设身处地把我们放到那样的具体环境中，未必有人家处理的那样妥善，活的那样精彩！顽强的意志和穷且益坚的品质不分时间地点都是人类优秀文化的组成部分。

**路遥曾讲过的故事和文学陈忠实**

曾经在1992年听过路遥先生面对大学生谈创作的一场报告。我作为一个文学爱好者，聆听自己着迷的作家谈生活和创作经历，早早坐在教室前排，心情激动，竖起耳朵全神贯注，生怕漏掉一个字。讲座结束，围着路遥请他签名，印象最深刻的还是他一头稀疏灰白、凌乱不堪的头发，这是怎样一位平和勤奋辛劳的大师啊。

当天，路遥说过："我不喜欢做出一副作家架势。作家应该是一个最普通的劳动者，应该是在最自然的状态中去工作。不要摆架势。常常看到武打片中，那些高手往往是衣衫不整，懒懒散散，其貌不扬的最后出场者。"

路遥生于长于陕北，那天讲座中路遥讲过这样一个经历，20世纪90年代的陕北依然贫瘠，上海作家王安忆到陕北后，路遥曾经陪同其参观陕北的一些地方。海派作家问了陕北作家一个问题：这地方环境条件这么艰苦，你怎么不考虑到别的城市换个环境呢？路遥半天没有回答，车子绕着山路转了几个弯，突然崖畔上迎面怒放了几株山丹丹花，路遥说："这花能搬家吗？花能生存且绚丽绽放，人怕什么呢？"我遍阅能见到与路遥有关的文字和相关传记，这个故事真假未得到证实。二十多年过去了，回想起在师范大学联合教室听到路遥讲述这个故事时语调平淡却沉着坚定，仍记得满场掌声热烈持续，仍记得自己当时心里的强烈震撼，庆幸我上了一个好大学，让我有机会接触过大师。

人一生与大师与经典接触的机会并不多。我自从结识陈忠实先生，就一直珍惜和勉励自己，庆幸自己遇到这样伟大的灵魂，并能不时请教几句。天上的太阳，地上的清水都是平日里常见的，可我们虽然过的是平常的日子也得知道感天谢地。我时常感谢今天的工作经历，让我有幸如此近距离地接触到路遥、陈忠实、贾平凹等一拨人类精神高地的创造者。我渴望并痴迷于继续能碰到这样伟大的灵魂和文学的赤子。

**向土地致敬**

工作了二十多年，经历了一些事，也见了一些人，慢慢地，脚下的土地在我心中起了变化。读陈忠实的《我的关中我的原》，读朱弘的《关中——中国的后花园》，读贾平凹的商州系列，读与我同乡的作家吴克敬的《舌尖上的母亲》《初婚》等，与榆林作家马语《故乡的人，他乡的我》等，愈发使我对脚下的这片土地充溢着深深的敬意。

这块土地上，先民们勤劳耕耘，创造和续写着历史。土地满负着历史文化，联结着重复着人类诞生以来最悠长不已的体验和记忆。看蓝田猿人遗址，看半坡，看周原，看秦陵，历史的遗迹无不让人震惊，肃然起敬。孔子采集整理的《诗经》名篇《国风·周南·关雎》也正是起源于这片土地：关关雎鸠，在河之洲，窈窕淑女，君子好逑；秦重用商君之法，一统天下，铸就郡县制的天下治理模式和统一的潮流趋势；周秦汉唐兴，八水绕长安，一曲华阴老腔《征东》叙说着远古传来的摇滚呐喊，余音不绝。正是在这片土地上，发生了八百西安娃抗击日寇，齐跳黄河的壮举，临死前唱着秦腔：两狼山战胡儿地动山摇，好男儿为国家何惧生死；张学良、杨虎城周密部署，侠肝义胆，拘禁了最高首长，发动了震动中外的西安事变，改变了历史走向；刘志丹、习仲勋、谢子长等投身革命，把生死置之度外，追随党中央毛主席开辟了革命根据地。

星星之火可以燎原，我们党立足于民族解放的前线，呼应了最尖锐紧迫的时代难题，中流砥柱，实现了全面执政。去延安清凉山，就能远远看到陈毅的诗句：试问九州谁作主，万众瞩目清凉山。这是怎样的宏伟气魄！党中央的声音从这里传遍全中国全世界。哪一块不是奋斗的热土？哪里没有留下先辈们的足迹？脚踩着先辈们踩过的这片热土，一个政党，一个民族，一个国家在世界就屹然站立起来了。

对史诗效应的追求是因为关中这块土地有其悠久的文化传统。周秦故地是中华民族摇篮。《诗经》《尚书》《春秋》中不少篇章写秦地或在关中写成，以及史书大笔《史记》和《汉书》的作者都是关中人。特别是《史记》，注重诗与史的结合，被鲁迅誉为"无韵之《离骚》"。以审美的眼光读史，在秦地的文化史中，是一个不可忽略的传统。当代作家里的柳青、杜鹏程、路遥到陈忠实，无疑都深得史诗传统的精髓。

陈忠实为家乡灞桥区的一本《民间文学集成》所作的序文中，第一次比较透彻或直率地坦露了他对关中这块土地的理解和体验，字字句句无不散发着深情和沉思："作为京畿之地的咸宁，随着一个个封建王朝的兴盛走向自己的历史峰巅，自然也不可避免随着一个个王朝的垮台而跌进衰败的谷底；一次又一次王朝更迭，一次又一次老帝驾崩新帝登基，这块京畿之地有幸反复沐浴真龙天子们的徽光，也难免承受王朝末日的悲凉。难以成记的封建王朝的封建帝君们无论谁个贤明谁个残暴，却无一不是期图江山永铸万寿无疆，无一不是在他们宫墙周围造就一代又一代忠勇礼仪之民，所谓京门脸面。封建文化封建文明与皇族贵妃们的胭脂水洗脸水一起排泄到宫墙外的土地上，这块土地既接受文明也容纳污浊。缓慢的历史演进中，封建思想封建文化封建道德衍化成为乡约族规家法民俗，渗透到每一个乡社每一个村庄每一个家族，渗透进一代又一代平民的血液，形成一方地域上的人的特有文化心理结构。在严过刑法繁似鬃毛的乡约族规家法的桎梏之下，岂容那个敢于肆无忌惮地呼哥唤妹倾吐爱死爱活的情爱呢？即使有某个情种冒天下之大不韪而唱出一首赤裸裸的恋歌，不得流传便会被掐死；何况禁锢了的心灵，怕是极难产生那种如远山僻壤的赤裸裸的情歌的。"

关中平原不仅气候适宜，风调雨顺，历史源远流长，中华民族的先民们早就在这片大地上诗意的栖居着。《白鹿原》中这片古老而具有民俗文化的关中地域，几乎可以说是集中代表了我们民族的文明与历史，我们的民族正是从黄土地上起步，这是一块记录了我们民族漫长历史的文化沃土。因此有人赞叹："大部分令人自豪的中国历史都放在这片厚土上了。"这应该是陈忠实正在写作《白鹿原》时的最真实的思绪的坦露。作家陈忠实苦心孤诣创造出来的白嘉轩、朱先生、鹿子霖、田小娥、黑娃以及白孝文等人物，就生活在这样一块土地上，得意着或又失意了、欢笑了、旋即又痛不欲生了，刚站起来快活地走过几步又闪跌下去了。

我相信，这不仅是作家创作时真实思想的流露，而且还将打动激励更多的后来者。我们期待着更好的作品和更温暖的文字、更鲜活的人物、更凝重的历史情节再现，然而这对陈忠实而言已经不可能了。世事变化无常，先生永远地离开了这个世界，留下了永恒的《白鹿原》留待后人咀嚼。

过一种不仅仅止于温饱的生活，而且还能依兴趣选择文学；过一种精神富足的性灵生活，在思维最活跃状态最好的年龄完成一部代表作，不折不扣地实现当初的少年梦，这是陈忠实个人和文学的幸运。"一个穿粗布衣服吃开水泡馍的人怎么就弄起了被视作浪漫而又富于诗意的文学？多年后我把原因归于一根对文学敏感的神经，就是这根神经使我在少年时就做着作家梦。"谜底似乎可以揭开了。1996年，陈忠实清明节回原上祭祖时写了两句诗，"轻车碾醒少年梦，乡风吹皱老容颜"，这车碾醒的就是文学梦，就是作家梦。为了少年时的梦而追逐一生，矢志不渝，这梦成了他从事创作最初的冲动。之后六十年如一日对文学的坚守和信赖，不仅是心灵宁静、毅力的坚韧，更是自然而然的对于文学的献身和生命体验、文化传统体验以至于哲学体验的升华。

1994年，陈忠实在给莫斯科大学留学生汪健复信时，曾谈到了自己对赵树理、肖洛霍夫、柳青等的崇拜，"崇敬乃至崇拜一位作家的最虔诚的行为便是研读他的作品，他的全部思考和艺术理想全都灌注在他的作品里，尤其是他作为艺术成熟象征的代表作，研究他的作品便可以获得他的艺术精髓"。艺术的精髓离不开时代的精髓和历史的真实，离不开事件背后的文化传统和心理意蕴。研读《白鹿原》并从文化传统和家国家园情怀的角度，比较系统地审视其中的结构和线条，仅仅是本书初步的努力。

怀念亦当如此。

读《白鹿原》吧。

张志昌

2019年4月29日